KB002910

자작나무 숲으로 가다

자작나무숲으로 가다

2024년 4월 21일 1판 1쇄 인쇄 / 2024년 4월 30일 1판 1쇄 발행

지은이 송희복 / 펴낸이 민성혜
펴낸곳 글과마음 / 출판등록 2018년 1월 29일 제2018-000039호
주소 (06367) 서울특별시 강남구 광평로 280, 1106호(수서동)
전화 02) 567-9731 / 팩스 02) 567-9733
전자우편 writingnmind@naver.com
편집 및 제작 청동거울

책값은 뒤표지에 있습니다.
잘못 만들어진 책은 바꾸어 드립니다.

ISBN 979-11-98186-01-0 (03810)

자작나무숲으로 가다

송희복 소설집

글과마음

| 차 례 |

1. 중편

2. 단편

3. 엽편

1. 중편

옥비랑, 한삼을 뿌리다

1. 프롤로그

모든 예술은 결을 만들고, 장(場)을 마련한다. 결은 자연으로부터 영감을 얻는 경우가 적지 않다. 예컨대, 강의 물결, 들녘의 바람결, 원목의 나뭇결 등이 가장 대표적인 자연의 결이다. 사람의 살갗에 잡힌 주름이나, 달빛 바다의 잔물결인 윤슬 역시 결들이 자연스럽다. 아니면 넓은 범주에서는 사람의 숨결, 꿈결도 자연에 해당한다. 생명현상이 곧 자연현상이니까. 이 대목에서 장이란, 소통이 이루어지는 때와 곳을 말하는 개념인데, 장은 예술의 장터다. 장이 시간으로 서면 시간예술이요, 장이 공간으로 서면 공간예술이다. 만약 예술의 장이 시공간을 두루 아우르면, 두말할 나위도 없이 종합예술이다. 이 글에서 기둥말의 하나가 될 '가무악'이란 것도 노래와 춤과 연주가 서로 어울리면서 무대에서 실현된다는 점에서, 각자가 한데 어울린 일종의 종합예술이다.

내가 지금부터 하는 이야기는 한 예술가에 대한 옛날이야기다.

지금의 사람살이를 비추어준다면, 옛날이야기는 비로소 값어치를 지닌다. 이 이야기는 한 시대를 대표하는 선비로서 지금의 우리에게 유배객의 이미지가 강하게 남아있는 정약용과, 진주 기생으로서 가상의 다재다능한 예인(예술가)으로 그려진 옥비랑에 관한 이야기다. 두 사람은 애젊은 나이에 만난, 서로 아는 사이였다. 젊어서부터 늙을 때까지 시간대의 폭이 넓은 이야기라고 할 수 있다. 남녀의 이야기니까 으레 남녀관계의 미묘함이거나 가슴 설렘의 서사이겠지 하면서 넘겨짚거나, 또 이런 유의 것들을 기대하는 독자들이라면, 이 소설의 책장을 미리 덮어두는 게 좋을 듯하다.

지금은 거의 쓰이지 않고 있지만 옛날에는 꽃다울 방 자 방심(芳心)이란 말이 있었다. 글자 그대로 꽃다운 마음이다. 이 말이 남녀 사이의 꽃답고 애틋한 마음을 말하지만, 통상의 연애감정을 나타내는 말뜻만은 아닐 것이다. 물론 시대는 지금의 문명사회에 비해 한참 후락한 조선시대를 비추고 있어도, 이 이야기에는 예술의 아름다움이랄까, 이것의 근본원리랄까, 그 밖의 본령에 관한 얘깃거리나, 또한 요즘에 있어서 사람들의 말버릇이나 세태의 문법대로 말하자면 여성으로서의 젠더적인 삶에 관한 이런저런 사연들이 날과 씨로 얽히고설켜 있다고 할 것이다. 그러니까 이 이야기는 뜨겁고 격앙된 애욕으로서의 방심에 관한 얘기가 아니라, 이에 대한 일종의 유다른 해석이라고 말할 수 있겠다.

옥비랑은 기녀이며 연희예인이었다. 교방의 춤꾼으로서, 가무악에 관한 한 변방의 재원으로서, 자기 시대의 한계를 뛰어넘으려고 했지만, 아쉬운 대로 뜻을 이루지를 못했다. 뜻을 이루지 못한 사람의, 사람살이에서 비추어진 결여된 삶의 파편적 서사가 바로 소설이 아닌가? 그녀가 이 소설의 주인공이, 소설 속의 문제적 개인이 되는 것은 당연한 이치라고 할 수 있다. 동아시아권에서는 가무악을 이른바 예악이라고 치부하면서 숭상해 왔다. 이에 반해 극(劇)과 연희는 짓거리의 예술이라고 해서 능멸되어 왔다. 한편 가무악의 연행이 궁중의 예인들이나 지방 교방의 기녀들에 의해 주도되어 왔지만 전문가로 어느 정도 인정해준 것은 눈 여겨서 볼 만하다. 18세기에 밀양의 무기(舞妓) 운심이 선비들에게 높게 평가된 것이 대표적인 사례다.

정약용의 기억 잔상 속에 남아있는 옥비랑은 자신이 산 시대를 대표하는 가무악의 예인이요, 또 이 중에서도 시대의 춤꾼이었다. 이 이야기가 소설이지만 이름 없이 사라진 예인을 염두에 둔다면 개연성이 충분하다. 사라진 삶의 진실 속에, 충분히 있음직한 이야기가 된다.

두루 아는 바일 터이겠지만, 모든 춤의 기본은 호흡이다.

말하자면, 호 하며 내뱉는 날숨으로 몸을 이완하고, 흡 하며 들이키는 들숨으로 마음을 긴장시킨다. 그러니까 춤의 동작은 대체로 호흡과 함께 움직임의 연속성이나 멎음의 매듭짓기로 이루어진다. 굳이 춤의 전문가가 아니라고 해도, 느낌이나 지각으로도 알 수 있는 얘기다. 춤의 바탕이 되는 양면성인 호와 흡의 숨결뿐만이 아니라, 무와 용, 선과 각, 동과 정 등은 각자의 미세한 질감을 가지면서, 또 몸의 움직임 속에 드러나게 마련이다. 이 각자의 질감들이 한데 어울려, 춤의 완성이라고 하는 풍성한 양감을 형성한다. 물론 움직임과 멎음의 사이나, 들숨과 날숨의 틈서리에 살짝 놓여있는 쉼의 여백이란 것도 중요하다. 그런데 이 여백은 일반인의 생각을 넘어선 전문가의 영역이다.

그러니까 호흡이나 숨결의 양면성은 춤의 양면성이기도 하다. 춤에는 선의 굽음과 곧음, 면의 둥긂과 모남, 해의 돋음와 넘음, 달의 가득 참과 기울어짐 등이 담겨 있다. 서로 다른 것을 어울러서 하나가 되게 하는 게 춤이 아닐까? 춤의 원환과 포용성을, 우리는 이 대목에서 잘 알 수 있겠다.

그러면서도 춤은 두루 삶의 깊이를 반영한다. 말하자면 춤이 삶이요, 삶이 춤이다. 이 두 가지의 개념은 떼려야 뗄 수가 없다. 개개인 삶의 생사화복이나 희로애락이 춤사위 속에 배어있다. 춤꾼에게도, 구경꾼에게도 마찬가지다. 나아가서 춤꾼이 살아가는 그 지역 사람들의 삶의 터전과 생활양식과도 깊은 연관을 맺지 않을 수가 없다.

때는 경오년(1810) 봄이었다.

그해의 이월(음력)은 절기로 살펴볼 때 만물이 겨울잠에서 깨어나고 날씨는 춥고 따뜻함이 되풀이된다는 경칩인 날로부터 시작했다. 정약용은 이제 나이가 쉰 고개를, 또 강진에 유배된 지 십 년을 앞두고 있다. 그가 읍성 동문 밖의 주막에서 거주하다가, 한 제자의 집을 거쳐, 외가인 해남윤씨 집안의 초당으로 이거한 지도 그리 오래되지 않았다. 살아가는 일에 있어서나, 생각하는 일을 살펴보아서나, 이제 비로소 숨통이 트이는 것 같았다.

그가 읍성으로부터 벗어나 초당으로 온 이후, 흘러가는 시냇물을 끌어들여 가둔 채 미나리꽝을 일구었다. 이른바 근전(芹田)이란 게 땅이 걸고 물이 고인 곳이라야 했다. 그는 올봄에도 미나리를 뽑아서 반찬으로 사용하려고 한다. 작년에는 제자들이 초당에 공부하러 올 때 가져온 전복 회와 농어 탕을 요리할 때 파를 익히고 미나리를 데쳐 다들 맛있게 먹기도 했었다.

또 봄이 시작되면, 그는 읍성 안에 살 때부터, 여기저기 야생으로 자라는 약초를 채취하기도 했다. 논가와 들판, 그리고 야산에 황새냉이와 노루발풀 등이 드문드문 보였다. 이월부터 하얀색 열십자 모양의 꽃을 피우기 시작하는 황새냉이는 부기를 가라앉히고 잔기침을 멎게 한다. 오뉴월에 하얗거나 분홍의 빛깔을 머금은 꽃을 피우는 노루발풀은 벌레 물린 곳이나 상처에 즙을 내 바르면 효과가 좋다. 이 두 가지 약초를 수습해 찌기 전에, 약물의 품성에 따라 각각 햇볕에 말리기도 하고 그늘에 오래 두거나 해야 한다.

그에게 있어서 이 정도의 얘깃거리라면, 이미 경험하거나 전해들어오거나 한 바가 있었으므로, 그로서는 두루 잘 알고 있는 거였다. 날이 무덥기 전에 될 수 있는 한 적잖은 약물을 준비해 두는 게 혼자 사는 이로서 살림을 준비하는 데 썩 긴요한 일이 된다는 것도 잘 알고 있었다.

얼마 전에 진주의 노기 옥비랑(玉飛娘)에게서 사신이 전해져 왔다. 이름이 구슬 옥 자에 날 비 자인 뜻은 구슬 같은 목소리로 노래하고, 나는 것처럼 춤을 춘다는 데서 말미암는다. 그녀는 한때 영호남에서 가무악의 으뜸으로 손에 꼽히는 예인이었다. 장안(한양) 도성으로부터 궁벽지고 오래된 고장의 명기라는 점에서는 중국의 설도(薛濤)를 떠올리기에 충분했다. 그녀는 진주 교방인 백화원에 입문해 기예를 습득한 후 재능과 이름을 떨치면서 일가를 이루다가, 정약용이 강진의 초당에서 유배생활을 할 무렵에는 이로부터 온전히 손발을 놓고 지병을 다스리면서 집에서 쉬고 있었다. 선비들 중에 풍류를 좀 아는 이를 가리켜 풍류객이라고 하는데, 선대로부터 물려받은 재물을 가진, 그 시대의 풍류객 중에는 도처에 기생 알음알이가 있었다. 이에 비하면 정약용에게 기생 알음알이라고는 고작 진주의 옥비랑 정도였다. 그것도 남녀에 관한 일이라기보다 예를 둘러싼 알음알이였다.

정약용이 근래에 저술을 시작한 '악서고존(樂書孤存)'의 일부 초고를 필사해 보냈기에, 감사의 뜻을 담은 답신을 보내온 것이다. (물론 이 책은 그가 오래 숙고하고 천착한 끝에 10년이 지나서야 완성되었다.) 그녀가 보내온 두루마리 글월은 언문으로 정갈하게 쓰여 있었다. 앞뒤의 인사말을 거두절미하고 글월의 요지를 대충 따오면 다음과 같다.

선비님께서 미천한 제게 근자 보내주신 초고를 잘 읽어보았나이다. 대저 율(律)이라고 하는 것은 두 인 변에다 손에 붓을 잡은 모습이 합하여진 글자가 아니오니까? 율은 소리의 가락을 뜻하는 글자이기도 하거니와, 그밖에도 법의 형률이니, 도덕의 규율이니, 불법의 계율이니 하는 여럿의 뜻을 여러 모로 머금기도 하는 게 아니오니까?

승지(承旨 : 국왕의 비서관)로서 나라님을 지근의 자리에서 모셔온 선비님께서는 구중심처의 아정(雅正)한 노래와 춤을 듣거나 보거나 했을 것으로 여겨지는바 "예로써 마음의 바깥을 절제하고, 가악은 그 안팎을 조화롭게 하며, 절이란 행을 통제하는 것이요, 조화로움은 덕을 기르는 것이니……가악으로써 사람을 가르치는 일에 먼저 힘을 써야 한다(禮以節外樂用和衷節乃制行和則養德……樂之於以敎人所先務也)."라고 하셨습니다. 이와 같이 선비님께서는 가무악에 있어서 예를 무척 중시하고 있사오니 필경 가악이 예악(禮樂)의 구경(究竟)으로 향해 나아가야 한다고 함을 제 어찌 모르겠나이까? 모든 게 몽매한 저에게 가르친바 방불하옵니다.

하오나, 이 몸이 선비님께 예와 악에 대해, 또 악이 예로부터 벗어난다고 세태를 나무라신다고 해도, 감히 몇 마디 말씀을 올리고자 합니다. 사람살이에 행해지고 있는 모든 성음(聲音 : 노래)과 주악(奏樂 : 연주)과 정재(呈才 : 춤)가 예악으로만 귀결된다면, 이 몸은 사람마다 살림에서 비롯되는 다정다한을 어찌 다 드러낼 수 있을까, 하는 생각에 미치지 않을 수 없습니다. 선비님께옵선 대저 율의 참뜻이 권선징악의 도덕률에 있으리라고 여길 터이옵니다. 지체가 낮은 예인으로서 쉰 고개 넘도록 평생을 살아온 저의 소견에 의하면, 춤과 소리의 율이야말로 적어도 권선징악의 도덕률이 아니라, 요컨대는 고저장단 자체의 음률에 있다고 믿어 의심치 아니하옵니다.

아정한 노래와 춤을 향유해온 왕후장상들께옵서는 또 궁중에서 주악을 업으로 삼고 있는 풍류아치(악공)들은 이른바 향제(鄕制) 풍류를 일삼는 저희 같은 천한 것들이 내는 목소리(창), 풍악소리(연주), 춤사위를 두고, 저게 뭐냐, 허튼 가락이 아니냐고, 저건 또 뭐냐, 허튼춤이 아니더냐고, 어찌 생각하지 않으리까? 더욱이 도성에서 남쪽 지방으로 멀어질수록 성음과 박자와 악절이 일정치 아니하고 맺고 풂이 변환 자재하여 심지어는 제 마음대로이며 반듯한 마음을 들쭉날쭉 산란케 한다고 생각할 터이옵니다.

과문(寡聞)한 탓에 잘은 알 수 없으나, 우리 고장에서는 남해안 무속(巫俗)의 기예인 이른바 '시나위'로부터 그늘진 바가 적잖이 있었으리라고 보입니다만, 가인과 무인과 악인은 제 각각 예(藝)로부터 흩뿌리며 절름거리는 자신들만의 예를 찾으려고 하고 있사옵니다. 우리 예인들에게 있어서 예악이야말로 또 다른 뜻의 예악이라고 이를 터이지요. 우리들 틈새에 시김새니 불림장단이니 붙임새니 하는 말이 있듯이, 우리는 목구성에 꺾음과 흔듦의 미묘함을 일쑤 가져다주기도 하고, 정박과 엇박은 물론 짝박과 홀박마저 마음 내키는 대로 춤 장단을 일삼기도 하고, 악기의 소리마다 잔가락을 살리면서 이리저리 엇붙여들기도 하는 거지요.

무릇 예악이란, 무엇인가요? 예가 사람됨을 도야하고 인륜을 안정하게 하는 것이지만, 예로서의 미진함을 악으로써 채울 수가 있다면, 이보다 더 절실한 게 없을 듯하옵니다. 예악은 지체 낮은 사람들의, 덜 배운 사람들의 속된 성정 속에서도 마음속의 실함을 드러낼 수 있을 것이옵니다.

돌이켜 보건대, 흩어진 가락 속에서도, 엇나가는 박절 속에서, 절름대는 두 발의 움직임 속에서 마음의 자재(自在 : 자유)와 화평을 누릴 수도 있을 것입니다. 먼 시골의 예자(예인)로서 배움이나 겪어온 바가 보잘것없는 미천한 이 몸이 두서없이 쓴 글월로 인해 혹여 선비님의 심기를 불편하게 하였다면 너그러이 용서해 주시기를 앙망하옵니다.

옥비랑의 예술관은 여기에서 살펴보듯이 상당히 진보적이라고 할 수 있다. 가무악이 예악의 형식주의로부터 벗어나지 않는다면 보수적일 터이요, 인간의 성정에 바탕을 둔다면 진보적이라고 할 수 있다. 한 구체적인 예를 들자면, 소리에 대한 우리의 생각은 중국의 고대로부터 계승한 생각에서 한 치도 벗어나려고 하지 않았다. 동양음악에 있어서 소위

'궁상각치우'는 우주의 5행과 같이 완벽한 5음이었다. 그런데 중국의 선진 시대에서부터 정음과 변음을 놓고 오랫동안 쟁점이 되어 오기도 했다. 특히 치(徵)에 대한 변음이 늘 문제였다. 변치음은 치보다 반음이 낮은 소리다. 서양 음계의 기준에서 말하자면, 올림 파에 해당한다고 한다. 이것의 존재를 두고, 동아시아권에서는 상고 이래로부터 그토록 오랫동안 논쟁을 일삼아 왔다니 놀라지 않을 수 없다. 옥비랑이 변치음을 인정하자는 논리라면, 정약용은 이에 대해 좀 보수적인 생각을 가지고 있었을 것이다.

2. 신해년 봄의 이야기

청명이라면 하늘도 청명해지는 때가 아닌가? 서쪽에서 몰려드는바 부윰하게 혼탁한 황사가 아니라면 말이다. 지금은 기후 변화와 환경 개발로 인해 황사뿐만 아니라, 미세먼지도 극성을 부리고 있다. 절기 청명에 대한 도전이 극심해지고 있다.

화제를 신해년으로 돌려본다. 꽃들이 서로 다투듯이 지천으로 피어나기 시작할 무렵이었다. 때는 신해년(1791) 봄이었다. 정약용의 나이로는 서른 살이 되던 해의 3월 초순이었다.

이제는 때가 되니, 촉석루 가로지른 언덕바지에 자리를 차지한 그 순백의 목련도 점차 이울어가고 있었다. 연꽃처럼 생긴 꽃이 나무에 매달렸다고 하여 이미 오래 전에 붙여진 이름인 목련. 하지만 선비들의 시문에는 목련이란 말이 잘 나오지 않는다. 그도 그럴 것이, 그들은 붓 모양으로 된 꽃눈에 남녘의 다사로운 햇볕이 먼저 닿으면서 꽃봉오리로 드러나고, 또한 이것의 끝이 북녘으로 향해 자란다고 해, 소위 '목필화'니 '북향화'니 하는 말을 사용하기를 좋아하기 때문이다. 어쨌든 목련이 피면 거의 봄비가 추적추적 내리곤 한다. 이와 같이, 목련꽃이 잠시 피었다가 후드득 지면 땅바닥에 들러붙어 아주 볼품이 없어진다.

아닌 게 아니라, 촉석루에는 제법 다사로워진 오정(午正)의 햇볕이 남녘으로부터 비스듬히 내리쪼이고 있었다. 새 계절의 전조와 비롯됨을 알리는 데는 매화보다 뒤지고, 두 눈을 황홀케 하기로는 산앵(山櫻 : 벚나무)이 피우는 벚꽃의 장엄에 못 미치는 목련이 바라보이는 곳에, 몇몇 갓 쓴 이들이 주안상 둘레에 앉아 있었다.

늙은 기생이 정약용의 두 번째 진주 방문을 환영하는 뜻에서 칼춤을 추었다. 늙은 기생이래야 아주 늙지 아니한, 그보다 대여섯 연상의 옥비랑이었다. 남도에서는 가무악에 있어서 둘도 없는 예기라는 풍평(風評)이 자자했다. 이제는 현역에서 물러나 어린 기생을 가르치는 일로 인해, 교방을 간혹 드나들기도 한다. 의례나 행사가 있을 때는 그녀의 연행을 보고 싶어 하는 사람들이 적지 않다. 이 자리에는 늙은 기생이기보다 교방 가무악의 사범으로서 초대된 것이다. 조선시대에는 기생이 서른 살만 되어도 늙은 기생, 즉 노기라고 치부했다.

벌써 해와 달이 그렇게 흘러갔다. 민간의 속언에 십년이면 강산도 변한다더니, 십 일 년 전의 춤 솜씨야 예전과 다름없지만, 그 고왔던 자색은 건너편의 목련 꽃봉오리처럼 시들기 직전의 모습이다. 그녀는 춤을 끝내자마자 칼을 거두고 젊은 선비 앞에 꿇어앉았다. 옥비랑은 흑갈색 오짓물을 담뿍 들인 탁배기 술잔에다, 막 걸러낸 술을 그득 따르면서 말했다.

"샌님(선비님), 오래만이올시다. 그간 심신이 강건하신지요? 사람마다 인생의 기쁘고 즐거운 때가 그 얼마나 되리까? 바라건대 공께서는 이 술을 드시고, 기꺼운 마음으로 쇤네(소인네) 기녀들을 위해, 바라건대 시를 지어 오늘의 잔치를 빛나게 해주옵소서."

선비가 기생들의 연행을 완상한 후에 답례로 시 두어 편 즉흥적으로

지어주지 못하면 선비 축에 들지 못한다. 선비가 기녀의 가무악을 듣거나 본 후에 답례시를 적어주는 건 이 나라 화류계의 오랜 관례였다. 선비가 풍류남아로 인정되지 못하면, 선비의 가치라는 게 한낱 책상물림으로서 낮게 매겨지는 법이다.

정약용은 이 무렵에 산관(散官)이었다. 일정한 업무가 없이 대기하고 있었다. 딱 들어맞는 말은 아니지만, 요즘 말로 치면 대기발령자라고 할까? 특별한 일이 없이 일을 기다리고 있던 미관의 벼슬아치다보니, 그는 슬쩍 말미를 내어 아버지 정재원이 재직하고 있는 진주를 다녀올 수 있었던 것이다. 물론 이게 문제가 되기도 했다. 한양 관계(官界)의 선배들은 젊은 것이 감히 겁도 없이 하면서 벌컥 화를 내기도 했다.

이때 그의 아버지는 진주 목사였다. 진주에는 목사뿐만 아니라, 병사도 있었다. 병사가 목사보다 품계가 높았다. 당시의 병사, 즉 경상우도 병마절도사는 오재휘라고 하는 이였다. 그는 정약용의 아버지와 거의 같은 나이인 데다, 진주에서 함께 일하기 이전부터 서로 벗삼아온 자별한 관계였다. 병사가 젊은 산관을 위해 굳이 자리를 베풀 일은 없다. 다만 같은 지역의 지방장관으로서 벗의 전도유망한 아들이 진주에 내려온다는 말을 듣고, 오늘 이처럼 성대하게 자리를 마련한 것이었다.

오재휘도 노기 옥비랑의 말대로 그렇게 하는 게 좋겠다고 권하기에, 정약용은 기녀들에게 시 몇 수를 기꺼이 지어 주고, 노래를 잘 부르는 자에게는 그 시를 노래하게 하였다. 그리고는 정약용이 자신보다 서른해 연상의 오재휘에게, 게다가 자기 아버지의 벗인 그에게 덕담 한 마디를 건넨다.

"병사 공께옵선 연치에 비해 안색이 맑고 밝사옵니다. 올해는 갑년을 맞이한 신해년이 아니옵니까? 공의 화갑(華甲)을 감축 드리면서 향후 무강하시기를 바라나이다."

"예키, 이 사람아. 나이 먹는 게 뭐 그리 좋은 일이라고. 옛 사람들이 말하기를, 비상 먹고 죽지 아니한 자 혹간 있었어도, 나이 먹고 죽지 아니한 자 아무도 없었다네!"

"네, 저도 알고 있사옵니다만."

"내가 도리어 젊은 자네를 위해 덕담해야 할 것 아닌가. 자네야말로 앞으로 나라를 위해 큰일을 해야 할 사람이 아닌가. 나나 자네 아버지는 이미 늙었어. 나라의 녹을 축내지 않을까, 두려울 뿐이네."

"어르신들도 할 일이 계실 것이옵니다."

바로 이때였다. 그럼, 덕담노래를 하세. 옥비랑의 입에서 이런 말이 떨어졌다. 동석해 있는 기녀들이 정약용의 말을 마치 화답이라도 하듯이 병사의 선정과 탈 없음을 위해 함께 권주가를 부르기 시작했다. 이런 유의 권주가를 두고, 기녀들은 평소에도 이른바 덕담노래라고 일렀다. 이 때 부른 덕담노래의 노랫말 졸가리는 대체로 다음과 같다.

밤하늘에 수놓인 모든 별들이
제자리 지키는 북극성을 돌고,

진주 병사 오 병사가 베푼 선정
우리네 나라님의 큰 은혜라네.

잔물결로 휘감치는 저 남강수는
나라님의 가없는 만수무강이요

운운

진주성의 북문은 북장대 아래에 있다. 이 북문을 두고 '공북문'이라고도 한다. 모든 별이 제자리를 지키는 북극성을 중심으로 도는 것처럼 신료와 백성이 나라의 중심인 국왕을 향해 두 손을 마주 잡고 예를 표한다는 것. '공북'의 공(拱)의 뜻은 한 사람이 두 손을 마주 잡는다는 것이다. 이 노래 속에 이런 뜻이 잘 담겨 있다.

오재휘의 노안에는 흐뭇한 빛이 감돌았다.

그는 경상우도 병마절도사이지만 그냥저냥 진주 병사라고 지칭하기도 했다. 경상우도 병영이 진주에 있어서다. 마치 평안도 감사(관찰사)를 가리켜 감영(도청)이 평양에 있다는 이유로 평양 감사라도 하는 이치와 같다. 진주의 백성들은 그를 가리켜, 진주 병사 오병사라고 일컬었던 것이다. 물론 이 호칭에는 임금의 뜻을 잘 받들어야 한다는 뜻도 담겨 있었다.

이 시점에서 십일 년 전에는 옥비랑이 스무 살 약관의 정약용 안전에서 검무 즉 칼춤을 추었던 일이 있었다. 그가 그녀의 춤에 감동이 되어 답례로 쓴 명시 「칼춤 추는 미인에게」는 훗날에 이 지역과 인근 지역의 사인(士人)들 입에 지금껏 회자되고 있다. 칼춤을 춘 미인이 다름 아니라 옥비랑인 사실도 다들 잘 알고 있다.

지금은 진주의 기녀들에게 시를 써준 정약용에 대한 답례로 옥비랑 이하 진주 기녀들은 교방굿거리춤을 추려고 한다. 옥비랑이 촉석루의 넓은 마루 위에 섰다. 그 뒤에 제자 네 명이 가로 한 줄로 이어 섰다. 진주 기생에게는 노랑저고리에 남치마를 입는 경우가 오랜 전통이었다.

덩-기덕, 쿵더러러러, 쿵-기덕, 쿵더러러러.

굿거리장단의 장구 소리가 들렸다. 멋과 맵시를 갖춘 기녀들의 미동이 천천히 시작되었다. 곱다란 손놀림과 단아한 발 디딤과 유연한 선율이 아우른 이 민속춤의 사위는 하루아침에 이루어지지 않는다. 옥비랑이 연습생인 제자들에게 늘 말하여 왔듯이, 멋이란 게 '나무에 물 오르드키(오르듯이)' 점차 공력을 기울이지 않으면 아니 된다. 굿거리장단춤이 비록 무겁게 가라앉아도, 굿거리장단만은 다양한 잔가락들을 이용해야 한다.

연행의 시간이 흐르면서 촉석루의 마룻바닥인 무대에서는 손놀림과 발 디딤과 장단이 점차 빨라져갔다. 치맛자락이 바람을 일으키고 있다. 옥비랑은 제자들에게 늘 속삭이듯이 말하곤 했다. 지금 춤을 추고 있는 제자들은 마치 스승의 속삭임이 들려오는 것 같았다. 치마 속에서 발을 떼고 디뎌도 제대로 해야 한다. 치마 속이 안 보인다고 얼렁뚱땅, 엄벙덤벙해선 안 된다.

덩—궁—, 더덕—덕, 궁 더러러러, 더닥닥 덩.

기녀들의 동작은 엇붙임, 잉어걸이, 완자걸이, 앉을사위 등으로 이어갔다. 손놀림과 발 디딤이 춤의 기본이라면, 앉을사위는 춤의 완성이 된다. 이 완성된 동작을 두고, 옥비랑은 춤의 온바탕이라고 했다. 이것은 시도하기가 어려우니, 물론 잘 하는 사람도 드물다고 할 것이다. 기녀들은 교방굿거리춤을 끝냈다. 한바탕 치맛바람을 일으키고는 무대로부터 조용히 물러났다.

이를 지켜보고 있던 오재휘와 정약용은 물론 병사 아래의 위치에서 군졸을 지휘하는 총책임자인 천총과, 또 향리의 우두머리 격인 호장과 수형리가 아름다운 춤사위에 매료되었다. 기예를 감상하고 감동하는 데는 벼슬아치와 아전바치의 경계가 결코 나누어질 수가 없다. 누구나 다 같은 인간이기 때문이다.

오 병사는 춤을 끝낸 옥비랑에게 물었다.

"그럼, 낭자는 향후 어떤 방식으로, 어린 후학들에게 가무악을 가르치고 싶은가?"

그녀는 공손히 손을 모우면서 대답했다.

"쇤네, 스승들에게 배우드끼(배우듯이) 가르치려고 하옵나이다."

예인들은 예로부터 스승들에게 배운 그대로 후학에게 가르친다는 관점을 널리 받아들이고 있었다. 그녀는 자신이 지난 시절과 다가올 시절을 이어주는 기예의 중개자라고 자임한 셈이다.

이 무렵에, 한양의 조정은 발칵 뒤집어졌다. 정약용이 규장각의 허락을 받지 아니하고 도성을 떠나 아버지의 임소인 진주로 내려간 것이 크게 문제가 되었던 것. 의금부가 임금(정조)에게 그를 잡아올까요, 하고 청하니, 그리 하라고 했다. 신해년 음력 3월 30일 경에 의금부 나장이 진주에 내려가기 전에 그가 서울로 돌아왔다. 그가 오자마자, 의금부에 붙잡혀 4월 6일까지 구금되어 있었다. 조정은 정약용의 근무 이탈을 더 이상 문제로 삼지 않고, 도리어 병조의 부사과(종6품 무관) 직책을 회복시켜 주었다. 물론 이 직책 역시 나라의 녹봉을 주기 위한 한직이었다.

정약용이 이처럼 정치적으로 복권한 곡절이 따로 있었다.

그가 진주로 내려가기 직전에 정조는 좌의정 채제공에게 이른바 문체개혁에 관한 문제를 처음으로 언급했다. 이것은 다름이 아니라 노론 측의 서학에 대한 대응이었다. 당시 노론은 박지원과 남공철 등의 문체를 문제 삼았다. 이에 대해 정조의 입장은 노론 너희도 문제가 있다면서 반격을 가했다. 정조의 문체반정은 이처럼 정치적인 의미의 복선이 깔려 있었다. 정약용은 정조의 문체반정을 지지했다. 그의 근무 이탈을 죄로 삼으면서 의금부를 이용한 것도 노론 측의 정치적인 행위라고 할 수 있다.

같은 해인 신해년 음력 10월 24일에, 정조는 서학을 금지하려면 먼저 패관잡기부터 금지해야 하고, 패관잡기를 금지하려면 명말청초의 여러 문집부터 금지해야 한다고 공언하기도 했다. 정조나 정약용에게 있어서 바른 문체란, 대체 무얼까? 두 차례에 걸친 외적과의 전란 이래 점차 기울어져가는 조선 왕조의 유교적 세계관을 지킬 수 있는 바르고 순정(醇正)한 문체를 말한다. 이들은 문체반정이란 개념을 통해 노론의 기득권을 정면으로 돌파하려고 했던 것이다.

정약용이 예악의 문제에 있어서도 반듯해야 한다는 관점을 견지한 것을 보면, 문체반정과 같은 맥락에서 이해해야 한다고 볼 수 있다.

3. 경자년 봄의 이야기

이제, 이야기를 또 다시 십일 년 전으로 돌려보려고 한다. 때는 경자년(1780) 봄이었다. 정약용은 나이가 열아홉이 되었다. 우리식 나이로는 약관의 스무 살 나이였다. 그해 정월까지만 해도 아버지 정재원은 전라도 화순의 현감이었다. 신혼 시절의 정약용은 아내인 풍산 홍씨와 더불어 화순 현청의 사택에 머물러 있었다. 음력 이월이 되어 온 누리에 봄이 오는 기미가 감돌자, 아버지는 갑자기 경상도 예천의 군수로서 부임하라는 명을 받는다. 승진이었다. 아버지는 예천으로 급히 가고, 그는 아내와 함께 화순에서 뒷정리를 한 후에 진주를 거쳐 예천으로 갈 요량이었다. 진주는 장인 홍화보가 경상우도 병마절도사로 재임하고 있는 임지이기 때문이다.

그의 부부가 화순에서 진주로 떠난 날은 이월 스무 이틀날이었다. 이틀에 걸쳐 전라도 서쪽 끝에서 동쪽 끝에 이르렀다. 스무 이렛날에 광양에서 숙박하고 다음날에 섬진강(두치강)변에 이르러 말과 마부, 가마와 가마꾼들을 서쪽으로 돌려보냈다. 사공의 손길이 매우 익숙해 보이는 나룻배를 타고 강 건너편의 두치나루에 이르렀다. 지금의 하동군 읍내의 중심지에서 그다지 멀지 않은 곳. 때마침 두치장이 섰다.

두치장은 유명한 장이었다. 지금은 장터의 흔적조차 남아있지 않은 범속한 장소성에 지나지 않는 곳이지만 조선 후기에만 해도 지리산의 산물 내지 명물이 강 따라 내려와서 이른 곳, 이를테면 섬진강 하류의 상권을 이룬 곳이었다. 북으로는 육십 리 떨어진 화개장이 있고, 동남쪽으로는 오십 리에 놓인 노량장이 있었다. 뿐만 아니라, 남해안의 딱 중간에 위치한 이곳은 영호남 물류의 중심지이다. 알음알이가 없는 사람들이라고 해도 서로가 이익이 맞으면 온갖 특산품들을 맞바꾸기도 하는 장터다.

정약용 일행은 잠시 두치장을 둘러보기로 했다.

소나무 숲 사이로 맑은 강이 흐르고 물낯바닥 위로 물고기가 간혹 솟구치고, 멀리 언덕바지에는 말의 암수가 서로 어울려 농탕치고 있다. 포구에 나들이하는 황포돛배들이 총총히 엮인 듯하다. 백사장에는 장이 서면 인파가 모인다 한다. 휘장을 두른 가가(假家 : 가게)가 널려있고, 연기가 피어오르는 곳은 먹을거리와 술과 고기안주 등이 준비되어 있다. 거간꾼이 장터를 오간다. 사고파는 상품의 물목도 다양하다. 어부들이면 울릉(도)과 탁라(乇羅 : 제주도)에서 가져온 어물하며, 개성상인이 머나면 중국에서 가져온 직물하며, 없는 것이 없을 정도였다.

정약용은 이렇게도 번화로운 장터를 처음으로 보았다. 선비된 자로서 자괴감을 가졌다. 글을 읽지 못하는 무지렁이라도 잇속과 장삿속을 챙기면 살림이 윤택해질 수가 있다. 하지만 어찌하랴, 글을 주야장천 읽는 선비가 잇속과 장삿속을 모르면 빈껍데기라는 것을. 빈궁의 늪에 허덕이면서 평생토록 살 수밖에 없다는 것을. 이제 조선도 변해야 하느니. 옛 가르침에도 격물치지라고 하지 않았던가? 관념의 세계보다는 사물을 꿰뚫어보거나 사물의 이치를 헤아려 파고들어야 비로소 진정한 앎의 경지에 이를 수가 있지 않을까? 어찌 실사(實事)의 일뿐이랴? 항간의 우수마발까지 저 물적(物的) 영역 속에 포함되지 않는 것이 어디 또 있으랴?

여기에서 진주로 가는 길은 대체로 두 갈래다. 육로와 해로다. 육로는 지름길이지만 고개를 넘어야 한다. 조랑말도 가마도 돌려보낸 형편 속에서 아내 풍산 홍씨와 몸종이 고개를 넘는다는 건 상당한 험로이다. 바닷길은 에둘러 가야 하는 에움길이다. 이것저것 생각할 필요도 없이, 그의 일행은 바다를 택했다. 진주로 가는 길은 두치나루에서 돛단배를 타고, 디귿 자 형태로 두 차례 돌아야 하는 길이었다. 노량해협을 지나 사천만 끝자락에 이르니 해가 서산에 뉘엿하였다.

정약용 일행이 진주에 도착한 날은 음력 이월 스무 아흐렛날이었다. 이 남녘에서는 꽃이 피는 시절이다. 여기저기 보이는 목련나무는 아직 봉오리의 꽃잎을 열지 못했다. 이 순백의 붓끝 때문에 사람들은 목련꽃을 가리켜 '붇곧(붓꽃)'이라고 말하기도 한다. 이 꽃이 이울면 머잖아 '봇곧(벚꽃)'이 피게 마련이다. 이 봇곧은 오늘날에 흔히 알고 있는 벚꽃이 아니라 산벚나무가 피우는 꽃을 가리킨다. 특히 하동과 진주 등의 지리산 일대는 산벚꽃이 지천으로 피는 곳이다. 이 꽃은 봄이면 남녘의 산에 새 옷을 화사하게 갈아입힌다.

정약용 부처(夫妻)는 병영의 동헌에서 경상우병사 홍화보를 뵙고 절을 올렸다. 타관에서 아버지를 뵙는 출가여식 풍산 홍씨의 감회는 남달랐다. 반가움에 눈물이 솟구칠 것 같았지만 꾸욱 참았다. 아비의 속내도 마찬가지였을 터. 더욱이 하나 밖에 없는 외딸임에랴. 이들은 어쩔 수 없이 사람의 자연스러운 성정인 부녀지정조차 극히 절제해야 하는 조선시대 반가의 사람들이지 않은가?

정약용 부처는 이 낯선 진주에서 한 달 남짓 머물기로 했다.

장인 홍화보가 사위 정약용에게 맡긴 처음의 일은 논개의 사당인 의기사를 보수하고 새로 단청을 입힌 사실을 기념하는 기문을 짓게 한 일이었다. 그의 산문 「진주 의기사 기문」은 '부인이 가진 성향은 죽음을 가볍게 여긴다는 데 있다(婦人之性輕死).'로부터 시작하는 글이다. 논개를 추모하는 역대의 산문 중에서도 명문에 해당한다. 그가 첫 번째로 진주를 방문하던 때, 한 달 남짓이 머문 기간 중에서 최소한 다섯 편의 시와 두 편의 산문을 썼다.

앞에서 한 말이라 중언부언하는 감이 있거니와, 역사를 좀 안다고 하는 오늘날 식자들 중에 이런 사람이 있다. 경상우도 병마절도사를 약칭해 진주병사라고 하는 말이 잘못이라고. 또 제 하기 싫으면 평양감사도 그만이라는 속담에서, 평안도 관찰사를 평양감사라고 하는 것도 잘못 쓰는 말이라고. 평양감사가 아니라, 평안감사라고 해야 한다나, 어쨌다나. 자세히 모르고 하는 소리다. 병영이 진주면 경상우도 병마절도사는 진주병사이며, 감영이 평양이면 평안도 관찰사도 평양감사다.

진주병사 홍화보는 의기사 보수를 마치고 또 하나 뿐인 사위로 하여금 기문을 짓게 한 후에 촉석루에서 잔치를 베풀었다. 술이 몇 순배 돌자 불콰해진 홍 병사는 계사년(1593) 진주성 전투에서 패배한 사실과 3장사(壯士)가 나라를 위해 후회 없이 목숨을 바친 사실을 회상하고는 울분과 격정에 사로잡혔다. 좌우에 있는 측근들이 함께 눈물을 흘리면서 또 슬퍼했다. 그의 장인 홍화보는 생김새가 여성적이었다고 하지만, 성향이나 기질에 있어서는 강직한 무골의 관인이었다고 한다. 당대의 세도가였던, 더욱이 같은 풍산 홍문인 홍국영에게 뇌물도 아부도 거절한 인물로 알려져 있었다. 무과에 급제하기 이전에는 소과 진사시에도 합격을 했다 하니, 문무를 겸한 인물이었다고 할 수 있다.

홍화보는 촉석루 잔치의 연예종목을 따로 미리 정해두었다. 아전은 교방에 알렸고, 특히 의랑 논개의 사당을 중수한 일이니만큼 진주의 명기 옥비랑에게 칼춤 독무를 연행할 것을 당부해 두었다. 문재가 유난히 출중한 사위에게는 이 춤을 시로 묘사할 것을 명했다.

"자네가 진주 검무에 대한 시의 묘사를 남겨두면, 앞으로 역사적으로 중요한 기록이 될 수 있을 게야."

"어르신 말씀을 새겨듣고, 좋은 시율을 남길까, 하옵니다."

"연행하는 기녀는 이 남도의 가무악에 있어선 최고의 명인이라고 할 수 있는 옥비랑이야. 옥비랑, 구슬 옥 자에 날 비 자……."

"옥비랑?"

정약용은 강한 호기심을 가졌다.

"구슬(玉)처럼 맑은 소리로 노래하고, 마치 제비처럼 허공을 날아오를(飛) 듯이 춤을 추는 여인(娘)이지. 그의 연행을 잘 지켜 봐두게."

이 나라의 검무는 애초에 민간의 가면무였다. 백성들의 생활과 밀착된 민속춤의 하나로 전승되어 왔다. 진주 교방청에서 이어져온 칼춤은 논개나 3장사를 추모하는 가무제의 무대에 반드시 연예종목으로 오르곤 했다.

마침내 옥비랑이 촉석루 다락방의 마루 위에 등장했다.

모든 사람들의 시선이 집중되었다. 깊은 고요함 속에 사람들은 눈만 껌뻑였다. 공간을 넓게 쓰면서 춤을 추기 시작했다. 여인이 군인처럼 전립을 쓰고, 안감을 홍색갑사로 만든 전복(쾌자)을 치마저고리 위에 걸치니, 마치 영락없이 여인처럼 예쁘게 생긴 군인인 양하였다. 악공들의 삼현육각이 연주되기 시작했다. 옥비랑은 발을 장단에 맞추어 살포시 밟아가고 있다. 정약용은 총명불여둔필이라, 아무리 총명해도 갈겨 쓴 글씨보다 못하다는 말이 있듯이, 세필로 부지런히 떠오르는 느낌과 생각을 종이 위에 남기고 있었다. 그가 이때 쓴 시편은 훗날 명시로 자자했다. 제목은 '칼춤 추는 미인에게(劍舞篇贈美人)'였다.

작은 북 소리 따라 풍악이 비롯하네.
좌중은 가을 물처럼 텅 빈 채 넓고,
촉석루 성안 소녀의 얼굴은 꽃다워라.
군복을 입으니 영락없이 사내로다.
보랏빛 쾌자에 푸른 털모자를 눌러쓰고,
청중에게 나아가 절하고 발꿈치 돌리네.
사뿐사뿐 종종걸음 잔가락에 맞추네.
머뭇거리며 가선 기쁜 듯이 돌아오네.

살포시 내리면 하늘의 선녀와 같아라.
발아래 번득번득 가을 연꽃을 피우네.
춤사위 앉을사위 오래토록 이어지면,
열 손가락 뒤집어서 뜬구름을 짓누나.
한 칼은 땅에 두고 한 칼로 휘두르니,
푸른 뱀 칭칭 휘감는 가슴 띠 보이네.
현란한 칼부림의 춤꾼은 온데간데없고,
구름 안개만 허공에 자욱이 맴돌아라.

운운

전국의 지방 교방에서 행해지는 칼춤 중에서 이른바 진주 검무는 춤추는 기녀의 한삼(汗衫 : 속젓삼) 뿌릴 사위가 특징적이다. 따로 떼어져 있는 한삼을 긴소매에 감추어두었다가 어느 국면에 이르면 팔목에 착용한다. 여인이 춤을 출 때 무구(舞具)로 사용하는 게 적지 않다. 전통 춤에서, 흔히 우리가 아는 무구로는 한삼과 쥘부채와 손수건이 대표적이다. 춤을 한자로 표현하면, 무(舞)와 용(踊)으로 크게 나누어진다. 무가 팔을 벌리고 흔드는 상체의 움직임이라면, 용은 발을 디디고 뛰는 하체의 움직임이다. 이 두 글자를 합치면 곧 무용이다. 무가 나비의 날갯짓이라면, 용은 새의 뜀박질이랄까? 그러니까 춤은 예제로 날아다니려고 하거나 하늘로 향해 솟구치거나 하는 인간의 꿈을 반영한 기예일 터. 한삼과 쥘부채와 손수건은 날개라는 모습의 징표다. 모습의 징표, 즉 상징이다. 이 중에서도 가장 큰 날개가 바로 춤추는 여인이 뿌리는 한삼이다.

옥비랑의 길게 늘어뜨리는 한삼 뿌림새는 남도에서 이미 정평이 나 있었다. 맑게도 텅 비어있는 허공으로 향해 날갯짓을 하는 요요(嫋嫋)함이란! 조선의 춤에서 특히 기녀의 춤은 요요함이 으뜸이다. 소리에 있어서의 요요함은 소리가 길고 간드러짐을 말하지만, 춤의 요요함이란 무희의 날씬한 태요, 춤 맵시요, 아름다운 움직임의 모양새를 가리킨다. 특히 옥비랑의 요요한 춤 맵시는 이를 바라보는 사내들의 넋을 빼앗는다. 나비의 날갯짓이나 새의 뙤박질 같은 신비한 움직임은 남도 사람들의 넋을 잃게 할 정도였다. 경상도는 물론 전라도까지, 그녀의 이름은 잘 알려져 있다. 전라도에 재임하는 목민관들은 진주의 병사나 진주목사의 생일잔치 때 은근히 오고 싶어 했다. 근기(近畿)에서 나고 자란 정약용은 이 눈부신 볼거리를 여태 경험하지 못했다.

한삼 뿌림의 춤사위는 곧바로 연풍대로 이어졌다. 연풍대란, 제비가 바람을 일으키며 날아오를 것 같은 대목이다. 곡선의 우아함이 어느덧 직선의 힘으로 바뀐다. 그녀는 팔랑개비가 바람에 가볍게 나부끼는 모양새를 내다가 무대를 빙빙 돌면서 빠르게 위로 솟구쳤다. 마치 폭풍우를 일으키는 것 같다. 춤은 인간을 가볍게 들어 올림으로써 스트레스나 번뇌를, 무겁게 가라앉은 삶의 무게 같은 것을 덜어내거나 또 이러한 것들로부터 벗어나려고 한다. 예술은 삶을 고양하는 수단이다. 춤 역시 예술이며, 춤의 연풍대는 뭐랄까, 요즘 말로 하자면, 클라이맥스 무대라고 할 수 있다.

정약용은 아내와 함께 진주에 잠시 머물고 있을 때 옥비랑의 연행을 두어 차례 더 감상할 수 있었다. 칼춤을 본 다음날에는 장인과 남강 뱃놀이를 할 때 옥비랑이 동선하여 구음을 불렀고, 진주 만석꾼 박씨의 지담(芝潭) 별저에서 초청을 받았을 때 옥비랑의 가야금 탄주를 듣고 기예에 관해 서로 토론하기도 했다. 박씨는 진주의 대표적인 부자로서 기예에 관심이 많았고, 예인들을 위해 후원을 적잖이 한 인물이다. 정약용의 아내 풍산 홍씨도 지담 별저에서 그녀의 기예를 몰래 보고는 요즈음 말로 팬이 되었다. 반가(班家)의 부인네가 가무악의 연행을 향수한다는 것은 하늘의 별따기다. 평민의 아낙네라면 무속의 춤인 무무(巫舞)라도 볼 수 있지만, 이런 점에서 반가의 부인네는 연희공간에서 온전히 소외된 존재였다.

남강 위에 배를 띄운 병마절도사 홍화보는 의기사 기문을 써준 젊은 사위의 노고를 치하하기 위해 옥비랑에게 풍류를 베풀 것을 주문했다. 소리와 춤은 실과 바늘이다. 떼려야 뗄 수 없다. 풍류가 어디 별 것이랴. 바람소리 같은 가락에, 물 흐르듯이 유연한 춤사위가 풍류인 것을. 하지만 조붓한 놀잇배 위에서는 몸을 움직이거나 악기를 놀리는 것을 삼가야 한다. 사람의 구성진 초성에 의존할 수밖에 없었다. 소리의 한 가락이 시작되었다.

> 꽃이 붉어도 열흘 못 간다 하지만,
> 꽃에 봄바람 아니 부는 날은 없네.

그녀의 소리는 들어보지 못한 가락과 노랫말로 점철되어 있다. 그녀의 춤이 평소에 감흥이 무르익으면 종당에 허튼춤으로 흘렀지만, 이번 소리는 처음부터 허튼소리로 시작했다. 그녀의 기예는 즉흥에 매우 뛰어났다. 이 같은 우점이 소리 소문 없이 다른 데로 전해졌다. 특히 전라도 땅에서 살림이 유여한 풍류객들은 옥비랑의 가무악을 눈이나 귀로 확인하고 싶어 안달이 날 지경이었다.

화무십일홍(花無十日紅)이라. 말을 짧게 하고 소리는 길게 뽑는다. 화무우우……십이일일, 이일……호옹……조선의 소리는 이처럼 '어단성장'을 기본으로 삼는다. 글자 그대로 풀이하자면, 말은 짧게 하고 소리를 길게 뽑아야 한다는 것. 소리와 소리 사이에 구음을 들였다. 두리둥 둥둥, 두리둥둥 둥둥……거문고 소리의 구음을 내다가, 나니나 니르딧 디르리, 딘 띠리디 디리딧……로 시작하는 젓대(대금) 소리의 흉내를 낸 구음이 점점 고조되어가다가, 보는 이, 듣는 이의 마음속 감흥은 시나위가

락에 실린 입소리와 함께 꼭짓점에 도달한다.

띠디디루디 띠~
띠디 이 이 이 이
띠루디 이 이 이
띠디 띠디루디 이이

예로부터, 아무리 악기 소리가 좋아도 사람 소리보다 못하다는 말이 있다. 한편 생각하기에 구음은 최상의 악기음이다. 풍류란 딴 게 아닐 것이다. 구성진 소리에 마음을 얹는 것. 장단에 맞춰 악기 소리의 흉내를 내는 것은 사람의 목소리에 감정을 얹어 가무악의 조화된 일체로 향해 나아가는 것이 아닐까? 이것이야말로 풍류의 경지를 드러내는 게 아닐까, 한다.

감흥은 대체로 낮에서부터 밤으로까지 이어진다. 진주에서는 달이 밝고 춥지 않으면, 촉석루에서 사람들은 풍류를 즐기곤 한다. 진주의 감흥은 낮과 밤을 가리지 않는다. 춤은 춤꾼이 내딛는 첫발의 디딤새가 중요하다. 어떻게 발 뒤의 축으로 첫발을 디디느냐가 긴요하다. 춤은 때로 엇박으로 풀다가, 다시 정박으로 거둔다. 아무리 엇박이 흥겹다고 해도, 정박의 품격은 따르지 못한다, 물의 흐름도 바람의 지나감도 매듭의 엮음새를 만들었다. 촉석루 다락방의 좁지 아니한 마룻바닥의 무대를 만들어버린 춤꾼의 존재감이었다. 달빛이 내리는 날에 춤꾼이 손끝으로 달을 가리키면, 소리꾼은 저 멀리 있는 은하수를 데리러 간다. 이때 춤과 소리는 우주의 조율이요, 화음과 같다.

다음 날에는 장인 홍 병사는 병영에서 자신을 돕고 있는 영장(營將)인 김후(金焞)와 비장(裨將)인 심 아무개와 함께 촉석루 기문을 새로 지은 젊은 사위 정약용의 노고를 더욱 치하하기 위해 남강에 띄운 유람선을 탔다. 주안상에는 전주와 공주까지 잘 알려진 진주 교방청의 먹을거리로 채워져 있다. 안주로 내놓은 돼지고기를 삶아 썰어놓은 접시 옆에는 유명한 젓갈류 음식인 진석화젓이 놓여 있었다. 굴 삭힌 물에 간장을 넣어 사흘간 가마솥에 달여 만든 것이다. 선상의 그들은 저물녘에 술과 안주를 나누어 마시고 먹으면서 진주의 풍류에 관해 얘기를 나누었다. 먼저 홍 병사가 마치 시구의 운(韻)을 떼듯이 말의 실마리를 끄집어냈다.

"정 서방, 자네는 어제 옥비랑의 춤을 어떻게 보았나?"

"어르신 말씀에 어찌 함부로 알은척 답을 하겠나이까? 하오나, 제가 느낀 바를 굳이 한마디 답해 올리면, 그 기녀의 춤은 나비의 날갯짓과 새의 뜀박질을 방불케 하더이다. 어떤 때는 무가 되고 어떤 대목에선 용이 되다가도 일순 한껍에 무용으로 뒤섞임이 넋을 놓게 하더이다. 어제의 결 고운 한삼 뿌림새의 손동작이 눈에 선하옵나이다. 가히 남도의 명무라고 해도 과언이 아닐 듯하옵니다."

"김 영장은 생각이 어떤가?"

"제 같은 무인이 예에 대해 무슨 식견이 있겠습니까? 병사님께서 평소 가지고 계신 춤에 대한 깊은 이치를 가지고 계신다면, 감히 가르침을 받고자 합니다."

영장 김후는 무인이지만 문인 못지않게 깊이 있는 식견을 가지고 있었다. 정약용과 만나 정통 공맹의 학문에서 벗어나 역(易)과 노장(老壯)과 선(禪)에 관해 서로 견해를 주고받기도 했다. 고사(古事 : 역사)에 관해서도 서로 통하는 바가 있었다. 밤이 깊어가는 줄도 모른 채, 두 사람은 나랏일을 논하기도 했다. 다시는 왜란이나 호란이 일어나선 안 된다고 했다. 나라의 화평을 유지하려면 양병에 힘을 쏟아야 한다고 했다. 이런 점에서 충무공을 존경하고 있는 금상(정조)이나 진주병사 홍화보의 가치관과 잇닿아 있었다.

잠시 생각의 여유를 가진 홍 병사가 대답한다.

"나라고 해서 춤의 숨은 이치에 관해 함부로 입에 올릴 수 있으리."

"춤이란, 삶을 비추는 것이옵니까?"

"삶은 물론 꿈마저 비추어주는 게지."

정약용은 춤을 삶으로, 또는 꿈으로 해석하는 것이 신기했다.

"춤이 삶이요, 또 꿈이라고 함은?"

"흔히들 인생을 가리켜 한바탕 꿈이라고 하지 않는가? 삶이 꿈에서 벗어나지 못하는데, 춤이라고 해서 어찌 꿈에서 벗어날 수 있으리. 춤꾼이란 저마다의 꿈을 해석하는 사람일 게야. 옥비랑도 마찬가지일 게야."

홍 병사의 말에 김 영장이 한 걸음 나아가 묻는다.

"삶과 꿈과 춤이 서로 돌고 도는 원환(圓環)의 큰 틀을 가진 거라면, 세상의 모든 기예는 꿈이라고 하겠나이까?"

"그렇다네."

남강의 서쪽 하늘이 발갛게 불타는 것 같다. 정약용이 궁금했다. 기예의 연행을 가리켜 꿈을 푸는 거라면, 모든 연행된 기예는 해몽이요, 또한 모든 예인은 해몽가다. 사물에 대한 의심을 가지는 가운데, 김 영장은 내친 김에 입을 열었다.

"소생은 예(숱)가 꿈을 푸는 거라기보다 꿈을 꾸는 것이라고 봅니다."

"그럴 수도 있다네. 세상에 제 생각이 다 옳은 것은 아니잖은가? 제 생각이 다 옳다고 생각하는 시대는 이미 지났지. 생각과 생각이 맞부딪치면서 이러한 것들을 넓게 아우르면서 더 좋은 생각으로 나아가게 되는 게 더 나은 세상을 만들어가는 것일 테지. 심 비장, 자네는 이곳 사람이 아닌가? 이곳 진주가 예로부터 예향이라고 불려오는 까닭이 무엇이라고 보나?"

병사의 물음에 비장이 답한다.

"진주의 소리와 춤이 저쪽 호남처럼 날캄한(날카로운) 맛이 부족해도 결코 무디지 않아서 제 나름의 특유한 예도가 있사옵니다. 예서 가까운 바닷가 사람들에게는 무속의 풍류가 있고, 농토가 성대해 농사의 업이 비교적 여유로운 곳에서는 민속의 풍류가 현저합니다. 진주 교방청의 가무악이 무속의 풍류와 민속의 풍류를 더불어서 받아들임으로써 더 풍성해 졌습니다. 무신년의 난 이후에 경상우도를 두고 대놓고 정해진 것은 아니로되, 이곳이 은근히 역향(逆鄕)으로 내몰려서, 또 이곳 선비들이 이러저러한 불이익을 받은 지도 이제 벌써 반(半)백년이 더 지났습니다. 궁한 선비는 궁한 선비대로, 놀고먹는 선비는 놀고먹는 선비대로 풍류에서 새로운 길을 찾았습지요. 과거의 길이나 벼슬길이 막혔으니까요."

"맞네그려. 풍류란 딴 게 아니라, 궁(窮)함 속에서도 변통(變通)의 낙(樂)을 찾는 그 무엇이 아닌가, 하네."

"낙이불음이라고, 아무리 아름다운 기녀가 예를 연행해도 음(淫)하지 아니한 것이 풍류가 아닌가 하옵니다."

홍 병사가 말을 이어받는다.

"자고로 진주를 색향이라고 하는데 기생들의 인물이 고와 색향이라고 하는 게 아니라 예를 표현하는 데 있어서 정감의 색깔을 잘 담기 때문에 색향이라고 하는지도 몰라. 난 그리 생각하네."

정약용은 심 비장 역시 보통 사람이 아니라고 본다. 그는 젊은 무인으로서 정약용과 거의 비슷한 나이였다. 이런 점에서 서로 쉽게 허교할 수 있었다. 그 역시 김 영장처럼 이것저것에 관해 식견이 있었다. 잠자코 듣고 있던 정약용이 마지막으로 한마디의 말을 했다.

"참으로 좋으신 말씀들이옵니다. 이 뱃머리 가까운 데 앉아 사물의 숨은 이치에 관해 공부를 적잖이 한 듯합니다. 어제와 오늘의 진주 일은 제게 영원히 잊어지지 않을 회상이 될 것이옵니다."

잠시의 박명(薄明)이 다해져, 이제는 박암(薄暗)의 어스름이 느껴진다. 이제 하선할 때가 되었던 것이다.

진주 권역에는 남녘의 햇빛이 따습고 땅이 비교적 비옥하여 큰 농사꾼이 더러 살고 있었다. 소위 천석꾼, 만석꾼이라고 하는 이들은 진주와 진주에서 좀 벗어난 곳 도처에 농사를 크게 지으면서 진주성 부근의 별저에서 겨울을 나고는 했다. 이들이 조선후기에 진주의 풍류를 주도했다. 삶의 여유가 있어야지 풍류가 아닌가? 부자인 박씨도 그 중의 한 사람이었다.

박씨의 본가는 의령이었다. 진주에 별저를 두고, 주로 여기에서 농한기를 보냈다. 별저는 그의 선대에 이미 마련되어 있었다. 별저가 있는 곳은 진주성 동장대가 있는 지금의 장대동에서 배로 남강을 건너면 기역자로 굽이쳐 흐르는 남강변의 양지 바른 곳이다. 진주 사람들은 이 마을을 두고 이르기를 배로 건너야 하는 마을이라고 해서 '배건너'라고 했다. 박씨의 배건너 지담 별저는 지초(芝草)와 연못으로 단장되었다.

정약용이 아내와 함께 박씨의 배건너 별저에 이르렀을 때는 해질녘이었다. 사랑채는 남강과 뒤벼리(뒷벼랑)가 보이는 곳이었다. 그가 박씨의 사랑에 들었을 때 진주의 젊은 선비 몇몇이 앉아 있었다. 상견례가 있었다. 이 중의 한 사람인 김휘운은 향후 늘그막에 이르기까지 주로 서신으로 친교를 맺은 정약용의 벗이었다. 박씨는 사람을 시켜 함양에서 급히 가져온 귀한 송순주를 좌중에 내놓았다. 솔잎의 여린 새순으로 만든 술이었다.

"이 술은 오래 전에 일두(정여창) 선생이 가양(家釀 : 집에서 양조함)한 것으로 알려진 명주외다."

주인 박씨의 말이었다. 정약용이 몇 잔 마시니 몽롱하다 못해 비몽사몽의 경계로 들어서는 느낌이었다. 대화는 주로 정약용과 김휘운 사이에 이루어졌다. 김휘운은 일찍이 과거를 포기했던 인물이었다. 선왕(영조)이 즉위한 지 얼마 되지 않은 때인 무신년에 이인좌의 반란 사건이 있었고, 이에 동조한 선비 중에 경상우도 선비들이 적지 않아 본도는 온전히 반역의 향촌으로 전락했다. 본도의 선비가 노론이 아니고서는 과거 시험조차 볼 수 없었다. 금상의 시대에 이르러 좀 누그러진 듯해도, 노론의 위세는 여전히 등등했다. 영남 선비들의 중앙 진출은 극히 제한적이었다. 영남, 특히 경상우도 선비들은 과거를 애최 포기한 상태였다. 정치권력으로부터 멀어질 때, 비로소 풍류는 고개를 든다. 최치원과 양녕대군과 윤선도가 그랬다. 진주 선비들의 풍류도 마찬가지다.

좌중에 송순주가 오가니 김휘운이 정약용에게 말했다.

"다산 아형(雅兄), 진주에 풍류가 성한 곡절을 아시겠습니까?"

"그건, 교방이 유명해서가 아닙니까?"

"교방이야 큰 고을마다 다 있습지요. 경상우도의 중심지인 진주에 영조 대왕 이래 풍류가 크게 발전한 곡절이 유별나게 따로 있소이다. 풍류란, 고운(최치원) · 고산(윤선도)의 전례나, 양녕 · 안평 두 대군 등의 경우에서 보듯이, 권세로부터의 몰락과 깊은 관계가 있지요."

"권세로부터의 몰락이라. 언즉시야(言則是也)외다."

정약용도 남인이기 때문에, 앞으로의 벼슬길이 불투명했다. 정치적인 모종의 음모에 따라, 쥐도 새도 모르게, 어느새, 장기간 유배에 처해지는 결정이 있을지도 모를 노릇이었다. 그는 늘 이를 경계하면서 살아가지 않을 수 없으리라. 아닌 게 아니라, 훗날 그는 강진에서 오랫동안 유배 생활을 겪지 않았나? 여기에서 그는 또 음악에 관한 저술물인 『악서고존』을 쓰기도 했다. 주인 박씨는 홍화보 병사로부터 허락을 받아 옥비랑을 이 자리에 초대했음을 밝힌다. 가야금을 든 그녀가 모습을 드러냈다. 좌중을 향해 절을 올린 그녀는 박씨의 너른 사랑에 다소곳이 앉아 공연을 준비했다.

기예의 종류는 가야금 병창이었다.

가야금이나 그 밖의 현악기, 또 이를 연주하는 일이나 음악을 가리켜 옛날에 줄풍류라고 했다. 한편으로 옛날의 관악기, 혹은 이로써 연주하는 것은 대풍류라고 했다. 줄풍류니 대풍류니 하는 낱말이 지금은 국악계에서조차 거의 쓰지 않는다. 옥비랑은 소리와 춤은 말할 것도 없고, 줄풍류를 다루는 데도 뛰어난 재능을 보여주었다.

시작된 병창은 이랬다. ……헤아리니, 찌징 찌지징, 백발이요, 못 면할 손 죽음이라, 지당징 살뜨지징. 줄을 튕기면, 소리가 징 당 다징 징……이요, 줄을 뜯으면, 그 소리는 뗫더 더리더 더……이었다. 튕기는 소리와 뜯는 소리가 잘 어울리니 마침내 화음(和音)을 이루었다. 줄풍류(현악기 연주) 소리에도 밝기와 그늘이 따로 나누어져 있다. 살 찌징 지징 징, 징 지루 징 지지루, 지루 지루지 지징징……은 가야금의 징줄, 땅줄, 동줄을 튕기는 소리요, 뗫더 더리더 더, 더러더 띠 디디, 띠루디 디루디 디루디……는 이것을 뜯는 소리다. 튕기는 소리가 양(陽)이라면, 뜯는 소리는 음(陰)이다. 줄의 소리에 얹힌 그녀의 목소리는 묵중한 중저음의 겉청보다, 마치 비단실을 뽑아내는 것 같은 가느다란 속청이 훨씬 고왔다.

잔잔한 물낯바닥(수면)에 조약돌을 툭 던지는 거 같아도, 옥비랑의 춤이나 가야금 병창은 마치 격랑이 일렁이는 것 같다. 특히 줄풍류 소리는 지나가는 회오리바람처럼 끝이 나곤 한다. 그녀는 가무악, 즉 소리면 소리, 춤이면 춤, 탄주면 탄주……만능의 기예를 가진 재주꾼이었다. 한 시대를 풍미한 귀명창이기도 한 주인 박씨 역시 감탄을 금치 못하면서 덕담 한마디를 건넨다.

"그대는 비단 치마에 꽃이 수놓인 여인이라. 항간의 속언에 의하면, 박색이면 학습기생이요, 미색이면 화초기생이라고 하였는데, 가인(佳人)으로서 가무악이 풍류의 높은 경지에 도달한 이가 옥비랑 말고는 당대에 또 뉘 있으리오."

박씨만이 아니라 좌중의 선비들도 같은 마음이었을 게다. 그의 덕담에 모두 고개를 주억거렸다. 조선조 사회가 신분제에 기반을 둔 사회이며, 기생이 팔천(八賤)의 하나에 지나지 않지만, 아무리 재물을 가진 부자라도, 또 경학이 높은 선비라고 해도, 그녀의 재능이 동시대의 보기 드문 재인이요, 예인인 사실에 대해 경의를 표하지 않을 수 없었다.

지담 별저의 뒷마당에는 한바탕의 춤을 준비하는 분위기가 일렁인다. 춤을 앞두고 무언가 일어나 움직일 결이 일렁인다. 물결과 바람결이 마치 주름지는 것 같다. 강변과 별저의 경계인 대나무 숲 위로 보름달이 휘영청 떴다. 그 뒤쪽으로 벼랑의 그림자가 어렴풋이 어렸다. 대나무 숲 너머의 남강에 물결이 흐르고, 이 물결 위에 더해진 것은 달빛에 비치어 뭔가가 부서지는 것 같이 반짝이는 잔물결이다. 윤슬이다. 이 생성하는 결이 박씨의 별저 마당으로 모아진다.

만월이 우주의 정기와 기운을 머금으면, 춤의 몸짓은 자연의 모든 결들을 모우는 것처럼 느껴진다. 그러면, 이 마당은 결들과 사람들이 만나면서 서로가 서로를 이어주는 장(場)이 된다. 예(술)는 이처럼 결을 만들어 놓고, 또 장을 마련하여 소통하거나 공감하는 데 있다.

밤의 풍경이 마치 수묵화를 그려놓은 것 같다.

옥비랑이 달빛 아래의 마당에서 춤을 연행하기로 미리 준비되어 있었다. 좌중의 주인과 빈객들은 대청마루로 자리를 옮겼고, 박씨의 작은댁 오씨에 의해 초청된 인근의 반가 여인들과, 이들을 모시고 온 몸종들은 마당에 서서 공연을 관람하기 위해 춤꾼을 에둘렀다. 정약용의 아내 풍산 홍씨도 쓰개치마(장옷)를 깊숙이 뒤집어쓰고 마당의 한 귀퉁이에 서 있었다. 구경꾼들이 연행할 마당에 신분의 높낮이를 가리지 않고 몰려드니, 춤꾼도 신이 날 것이다. 예술의 장도 크게 설 것이다.

고수가 부드러운 잔가락의 다양한 굿거리장단을 두드리면, 춤꾼이건 구경꾼이건 흥이 절로 나게 마련이다. 특히 염불 타령 도드리는 거침없는 즉흥의 감정으로 허튼춤을 불러일으킨다. 조선의 기예는 푸는 것이다. 맺힌 것, 혹은 울분을 풀거나, 바라는 것, 혹은 꿈을 푸는 것이다. 이를테면 한풀이요, 동시에 신명풀이다.

덩-기덕, 쿵더러러러,

쿵-기덕, 쿵더러러러.

덩—궁—, 더덕—덕,

궁 더러러러, 더닥닥 덩.

진주에서 유명한 교방굿거리춤이 시작되었다. 향촌 민가의 백성들에게도 잘 알려진 춤이다. 미색 저고리에 자주고름을 한 옥비랑의 손끝은 남색 치맛자락을 사뿐 걷어 올리고, 마치 오리가 물살을 일으키는 것처럼 부드럽고 한가롭게 놀려댄다. 한 발 한 발 내딛는 발 디딤이 부드럽고 은근하다 못해 자못 섬세하고 단아하기까지 하다.

초저녁을 조금 지낸 강바람에 서걱대는 댓잎 위로 달빛도 별빛도 함께 가라앉는 듯하다. 가볍고 부드러운 그녀의 춤사위는 날아가지 않게 마치 치마 속단을 붙잡는 것 같다. 도도히 흐르는 남강물이 뒤벼리(북쪽 벼랑)와 새벼리(동쪽 벼랑)에서 굽이쳐 물이랑을 일으키는 모양새와 같다. 춤의 사위는 엇붙임, 잉어걸이, 완자걸이, 앉을사위로 이어져 갔다.

시간이 흐르면 흐를수록, 운치가 자못 그윽해진다.

춤꾼의 몸이 춤 동작에 실리면 그다지 힘이 들지 않은가, 보다. 그녀의 춤을 물끄러미 바라보는 사람들의 생각은 한결같을 거다. 특히, 고개를 너무 깊이 숙여도, 너무 높이 들어도 안 된다는, 또 등과 허리가 비슷한 위치에 놓이게 해야 한다는 앉을사위는 무인(舞人)들이 가장 어려워한다는 춤 동작인데, 이 동작을, 옥비랑은 힘이 들지 않게 능숙하게 해내고 있었다.

저쪽 호남의 무인들이 양쪽에 빗방울이 곡선으로 떨어지는 것처럼 양팔 좌우가 비대칭 곡선의 움직임을 구사하고는 한다면, 그녀는 양팔 좌우의 수평을 유지하면서도 유(柔)와 강(剛)이 조화로운 일렁임의 선율을 이끌어낸다. 유가 강을 제압함이 춤의 경지에 다가서는 거라고 하지만, 그녀는 유로 하여금 강을 다독이게 하는 데까지 나아가고 있다.

춤이 끝나자, 남녀유별이라, 사랑에서 박씨 등의 남정네들이 마지막 주안상에 둘러앉아 담소를 나누었고, 또 다른 방에서는 박씨의 작은댁 오씨와 옥비랑, 풍산 홍씨, 반가 여인들이 다과상을 둘러싸고 앉았다.

기예를 수련할 때 단박에 이루어지는 방도가 없느냐고, 오씨가 옥비랑에게 물어보았다. 대답은 이랬다.

"기예를 수련하는 데는 마음가짐이 긴요하지요. 가무악은 욕심만 부린다고 되는 게 아니외다. 옥을 갈아 다듬는 것처럼, 오랜 시간을 두고 배우면서 익히기를 되풀이해야 하는 기라예. 멋이라는 것은 하루아침에 이루어지지 않고 '나무에 물 오르드키(오르듯이)' 점차 공력(功力)을 기울여야 하지요. 목소리로 '어' 한다고 창(唱)이 되는 게 아이라예. 또한 손가락 움직여 '두당땅' 한다고 해서 줄풍류가 되거나 하는 게 아이라예."

옥비랑의 예술관을 요즈음 식으로 말하자면, 예술이란, 다름이 아니라 점진적인 수행의 결과이다. 말하자면, 타고난 재능만으로 이루어질 수 없다는 게 예술의 길이라는 것이다. 가악에 있어선 장단귀가 뚫려야 하고, 춤이란 것도 안에서 배여 있는 알뜰한 멋이 들어서 드러나야 한다는 것. 이번에는 정약용의 아내인 풍산 홍씨가 옥비랑에게 묻는다.

"낭자. 소리와 춤이 지방에 따라 다르다고들 하는데, 낭자의 생각은 어떠세요?"

"네. 달라도 많이 다르다고 봅니다."

"어떻게 다르지요?"

"먼저 소리부터 말씀 드리자면, 소리에는 속청과 본청이 있습지요. 속청은 잘게 떠는 속의 소리를 말하지요. 한양과 경기도 지방의 여창(女唱)에서 즐겨 쓰는 창법이지요. 마치 비단실을 뽑아내는 것 같은 가느다란 목소리를 말하는 것이지요."

"이 지방에서는요?"

"속청과 반대되는 본청이 주가 됩니다. 이것은 민요나 무가를 부르는 것 같은 목소리를 말하지요. 감정의 진솔한 표현에 잘 어울리는 소리입지요."

딱 들어맞는 말이라고 할 수 없겠지만, 요즘식의 개념으로 보자면, 속청은 가성에 가깝고, 본청은 진성에 가깝다. 경기민요는 비단결 같이 곱디곱고 간드러진 속청을 주로 사용한다. 왁자지껄한 경상도 민요의 메나리토리에 속청이 틈입할 여지가 상대적으로 적다.

"춤도 그런 차이가 있나요?"

"네. 부인이 사시는 경(京)과 근기(近畿)의 가무가 '경중미인(鏡中美人)'으로 빗대기도 하거니와 꾸밈이 많습니다. 하온데 경상도는 사람들이 성정이 직정적이어서 꾸밈이 부족하고, 또 움직임이 큽니다. 춤에서도 새처럼 활갯짓을 한다거나 헌걸찬 몸짓을 펼친다거나 하는 등 움직임이 잦은 편입니다. 그렇다가는 언제 그랬냐는 듯이 미련도 뒤끝도 없이 소리나 춤을 갈무리하지요."

"경상도 사람의 성정과 비슷하군요. 들은 바가 있어 드린 말씀입니다. 근데, 춤에서의 발놀림은 어떤가요?"

"궁중의 정재나 각 지방 교방의 기생 춤이 발의 뒤축을 들거나 디디거나 하는 춤 맵시를 보이지만, 땅에서 솟구치는 모양보다 땅을 디디거나 밟는 모양이 대부분인 영남의 민속춤은 요컨대 발바디춤이라고 하겠습니다. 발바닥 전체를 밟는 춤이 발바디춤이지요. 비유하건대, 발디딤새에 따라 굳이 색깔이나 색감에 비유하자면, 춤이란 것은 가벼운 노란색인 자황의 춤과, 무거운 노란색인 웅황의 춤으로 나눌 수 있겠습니다."

"신라 때 만들어져 고려를 거쳐 지금에까지 이어온 처용아비의 춤은 웅황의 춤이겠네요?"

"네. 처용아비의 발바디춤은 벽사진경을 위해 곧잘 연행하는 춤이니까, 세상의 사악한 기운을 밟아버려야 하겠지요. 이 춤이 영남의 민속춤에 많은 영향을 미쳤으리라고 봅니다."

"사악하게 창궐하는 전염병도, 사내와 계집 사이에 있을 사악한 간음도, 미리 밟아서 눌러야 한다는 뜻이겠네요?"

"그러하옵니다."

"낭자께서는 목소리나 춤 외에도 줄풍류 탄주 역시 일가를 이루었다고들 하던데, 이에 대해 하실 말씀이라도……."

"가무에 비하면 재주가 무척 얕습니다. 다만, 땅 하는 소리를 내지 않고, 따앙 하는 소리를 낼 수 있도록 소리와 소리 사이를 훑어 오르내리는 연주 방식에 대해서는 지금도 열심히 공부하고 있습니다. 기(氣)의 운치가 생동하는 탄주의 경지에 이르면 줄풍류가 내는 소리결 역시 윤기가 묻어날 것입니다."

풍산 홍씨의 알고자 하는 마음도 끝이 없었다. 그의 지아비 정약용처럼 세상의 실사에 대한 앎의 갈증이 컸다. 가무악은 앞으로도 조선에서 지속적으로 이어져 나아가야 한다. 홍씨에게는 전승과 습득이 어떻게 이루어져야 하는가에 대해 생각의 초점이 모아지고 있다.

"그럼, 낭자는 앞으로 어떤 방식으로, 어린 후학들에게 가무악을 가르치고 싶어요?"

"저는 제가 스승들에게 배우드끼(배우듯이) 제자를 가르치려고 합니다."

"낭자에게 기예는 마침내 무엇인가요?"

"저는 조선의 노래와 춤이야말로 조선 사람의 숨결, 공력, 정한, 끼(氣)가 순환하고 윤회하는 것이라고 믿습니다. 노래하고 춤추는 게 사람이 살아있다는 거고요, 이렇게 살아있다는 게 홀황(惚恍)의 지경(요즘 말로는 황홀의 경지다)에 이르게 되면, 노래에서 노래꾼을, 춤에서 춤꾼을 결코 나눌 수 없는 기라예. 어리벙벙해도 온전한 하나치가 되는 기라예. 이 아슴푸레하게 미묘한 온바탕은 우리 예인이 추구하는 기예의 끝 간 데가 아닌가, 하옵니다."

이런저런 얘기로 밤이 깊어갔다. 보름달은 밤하늘 가운데 떠 있었다. 문창에는 댓잎의 그림자가 어렸다. 정약용 부처는 박씨의 작은댁이 마련해준 지담 별저의 객실에서 하룻밤을 보내고, 이른 아침에 조반을 든 후에 주인 박씨, 안주인 오씨와 인사를 나누고는, 나룻배로 남강을 건넜다.

얼마 후가 지나면 젊은 정약용 부처는 진주를 떠나게 된다. 그동안 진주에서 친교를 맺은 사람들이 더러 있었다. 진주의 알음알이는 짧지만 깊었다. 박씨와 김휘운 등의 재지 인물들은 말할 것도 없고 병영에서 자신의 장인을 돕고 있는 영장인 김후와 비장인 심 아무개도 빼놓을 수가 없다. 특히 무인인 김후는 정약용보다 9년 위의 나이이지만 마치 친구처럼 대해 주었다. 세상을 꿰뚫어볼 줄 아는 정약용의 견식과 문재를 무척이나 아꼈기 때문이다. 한편 예술을 이해하며 사랑하는 데는 기생 알음알이 옥비랑도 빼놓을 수가 없었다. 그에게 있어서 진주에서의 모든 알음알이는 평생 살아가는 데 좋은 추억으로 자리를 잡게 된다.

헤어짐을 아쉬워하는 마지막 모임을 가졌다.

진주의 풍광은 뭐니 뭐니 해도 저물녘이다. 촉석루의 서쪽에 해가 떨어질 때 세상을 붉게 물을 들인다. 간단한 주안상이 마련된 모임이었다. 물론 정약용의 장인인 병사의 허락이 있었다. 옥비랑은 이별가를 부르고, 함께 참석한 기생들은 줄풍류를 탄주했다. 이들은 모임을 파하고는 백화원에 다시 모였다. 모두 저포(樗蒲)를 치는 놀이를 하기 위해서였다. 저포는 소위 쌍륙(雙六) 놀이라고도 한다. 두 편을 갈라 교대로 주사위를 던져 말을 움직이고, 움직이는 말을 먼저 시작점인 궁으로 들어오게 한다. 그러면 놀이에서 이긴다. 그러니까 윷놀이의 원리와 비슷하다. 촛불을 밝혀놓은 방안에서 밤이 깊도록 다들 놀이에 빠졌다.

정약용이 그날 밤에 노름운수가 있었던지 적잖은 돈을 땄다. 지금에 어느 정도의 값어치인지 알 수 없지만 무려 삼천 전이나 되었다고 한다. 그는 이 돈을 자신의 쌈지에 담지 아니하고, 평소에 기예를 배우고 익히는 일에 수고로운 기생들에게 흔쾌히 나누어주었다. 기생들도 좋아라고 하면서, 한양 샌님, 근기 샌님 하면서, 그의 후덕한 인품을 공치사했다. 그는 잠시 머물었던 진주의 기생들에게 마지막으로 베풀 것은 다 베풀었다. 그가 기생들의 응원을 받으면서 남자들과 저포놀이를 해 딴 돈을 기생들에게 베푼 얘기는, 후술하겠거니와, 사후에 간행된 그의 유저에도 실려 있다.

이튿날, 정약용 부처는 장인이요, 친정아버지인 홍화보에게 절을 올린 후 하직을 고했다. 그에게는 살아생전이나 사후에 늘 존경해 마지않았던 장인어른이었다. 하나밖에 없는 고명딸인 풍산 홍씨는 아버지와의 이별에 한없는 비감에 젖어든다. 아버지와 헤어지려고 하니, 울걱대는 마음이 일어난다. 연세로 보아 아버지를 만날 날이 그리 많지 않을 것이라는 생각 때문이었다. 옛날에는 오늘날에 비하면 교통이 불편했고 수명도 짧았기 때문에, 자주 만날 날이 많지 않았다. 사람살이가 마치 풀에 맺힌 이슬과 같아서 '회합부다시(會合不多時)'라. 이와 같은 인생에의 비감은 진주 알음알이와 헤어져 추억으로 간직해야만 하는 정약용에게 있어서도 마찬가지였다. 만나고 헤어지고를 되풀이하는 게 인생이 아니랴. 이들 부처가 진주성으로부터 나와 합천과 선산을 지나 북녘으로 향해 나아갔다. 해질녘에 등롱을 바쳐 든 길라잡이의 마중을 받아 예천에 도착한 때는 사월 초나흗날 야반(夜半 : 한밤중)이었다.

4. 기미년 이후의 일들

세월이 흐르는 물처럼 빠르게 지나갔다. 시간을 손바닥으로 막는다고 해도 흐르는 물이 손가락 사이로 빠져나가듯이 그냥 흘러서 지나친다. 한번 흘러 지나간 물이 영원히 다시 돌아오지 않는 것은 정한 이치다. 이런 관점에서 볼 때, 세상이란 것은, 이래저래 덧없는 뜬세상이다. 모든 이들은 누구나가 뜬세상에서 살아갈 수밖에 없다. 인생 역시 뜬세상에 가두어진 인생일 수밖에 없다.

기미년(1799)이 되었다.

정약용의 나이도 어느덧 서른일곱 살이 되었다. 그동안 많은 일들이 일어나 펼쳐지고 인생의 희로애락이 찾아왔다. 이때 정약용은 황해도의 동북쪽 끝인 곡산에서 부사로 재임하고 있었다. 이 지역의 부사는 진영의 책임자로서의 영장을 겸하고 있었다. 이때 진주 영장이었던 김후가 황해도 병마절도사로 재임하고 있었다. 곡산과 해주는 관내여서 그렇게 거리가 멀지 않았다. 두 사람은 서로 반가운 마음이 우러나서 편지글을 주고받고는 했다. 한 편지글의 첫머리가 정약용의 『다산시문집』 제18권 '서(書)' 편(篇)에 실려 있다.

경자년(1780) 봄에 진주의 촉석루에서 떠들썩하게 악기를 연주하고 그 다음날에는 남강에서 뱃놀이를 하면서 인생과 예(술)를 논하다가 해가 저물어서야 파하고는, 심 비장과 더불어 저포(樗蒲 : 쌍륙놀이) 노름을 하면서 제가 3천 전을 따가지고 여러 기생들에게 나누어 주면서 즐겁게 놀았던 일을 아직 기억하시는지요? 이제는 벌써 19년이 지났는데도 마치 어제의 일인 듯합니다. 그러나 사람살이가 변하기가 아주 쉬워서, 저의 빙옹(聘翁 : 장인)과 심군(沈君)은 모두 황천(黃泉)에서 눈을 감고 있으며, 당시의 젊은 생관(甥館 : 사위)이었던 나는 영장(營將)이 되고, 그때의 영장은 절도사가 되어 함께 서로(西路 관서지방)를 지키고 있으니, 이 또한 우연한 일이 아닌 듯하옵니다.

이 글에서 알 수 있듯이, 19년의 세월 속에 정약용의 장인 홍화보는 이미 세상을 떠났고 진주의 비장이었던 심 아무개도 비교적 젊은 나이에 세상을 떠났음을 알 수 있다. 이런 점에서 볼 때 시간만큼 잔인한 것은 없다. 정약용의 생각에는 그때의 곱다시 젊었던 진주 기생들도 이제는 노기가 되어 있을 것이다. 하지만 가무악은 늙지 않고 다음 세대의 사람들에 의해 부단히 계승된다, 낱낱의 사람살이가 참 짧지만, 뜬세상에도 불구하고, 예(술)는 시간의 흐름과 함께 영속된다. 정약용은 김후와 서신을 교환하면서 인생무상을 깊이 있게 논했으리라고 본다.

그러나 인생은 한 치의 앞날을 알 수 없다. 경신년(1800) 정월에, 아직 늙지 않았고, 또 할 일이 많이 남아 있었던 군왕 정조가 갑자기 승하했다. 정조에 이어서 그의 어리고 어린 아들인 순조가 즉위했다. 금상을 종묘에 신위를 안치할 때 '정조'라는 묘호를 붙였다. 정조가 나라의 제도나 인재 등용, 또한 문체 등을 반듯하게 했다는 점에서, 조정에서 묘호를 바를 정(正) 자로 선택했을 것이다. 두루 아는 사실이거니와, 정조의 갑작스런 죽음은 조선 왕조의 제도적인 개혁에 심대한 타격을 가져다주었다. 정약용은 정조의 총애 속에서 벼슬길이 정3품인 좌부승지, 형조참의에까지 올랐었다. 그는 10년 동안에 주로 중앙 무대에서 많은 일을 했다. 왕명에 따라 화성(수원성)을 설계하고 이를 공사하던 중에 거중기를 사용한 것은 유명한 실적으로 평가되고 있다.

정조는 성색(聲色 : 음악과 여색)을 멀리한 편이지만, 주초(酒草 : 술과 담배)를 몹시 즐겼다. 시쳇말로 술고래에 골초였다. 술은 도수가 매우 높은, 이른바 세 번이나 증류했다는 이른바 '삼중소주'를 각별히 좋아했는데 술을 잘 마시지 않은 정약용에게 옥필통에 가득 담아 권한 적이 있었다. 하지만 정약용은 주량이 있어선지 조금 취했을 뿐이었다고 훗날 회상한 바 있다. 정조는 신하들과 더불어 학문적인 토론도 즐겼다. 송시열의 아들인 송덕상과 유학 이론에 관해 토론해 가볍게 제압했지만, 정약용에게는 한 번도 이긴 적이 없었다. 정약용은 신유학(성리학)보다는 근본유학(원시유학)에 정통했다. 이 점에 있어선 문체의 근본을 중시한 정조와 서로 통하는 면이 있었다. 정조의 총신이 된 이유였다.

하지만 정조의 급서는 세상을 급변하게 했다. 정조의 할아버지인 영조의 계비였던 여인이 이제는 왕실의 최고 어른이라는 명분에 따라 어린 국왕을 대신해 정국(政局)을 주도했다. 외아들 순조가 왕위를 계승했지만 너무 어려 정조의 일곱 살 많은 할머니인 정순왕후(영조 계비)가 대왕대비로서 수렴청정을 했다. 정조가 승하하고 여주(女主)의 세상이 되자 정국은 회오리바람을 몰고 왔다. 정순왕후는 정조가 내쳤던 노론 벽파를 대거 중용하고, 반면에 남인과 소론 시파를 축출했다. 이듬해 신유년(1801)에는 정조가 공인하지 않았지만 그냥 묵인해온 서학을 대대적으로 탄압하기 시작했다.

이때 정약용 주변 인물들이 처형되고, 그 자신은 남쪽 땅의 끝으로 향해 유배의 길에 올랐다. 그가 유배를 떠날 때는 그의 앞날도 어찌 될지 전혀 몰랐다. 그가 긴 세월 동안에 강진에서 머물러 있을 때 멀리서 말을 탄 심부름꾼이 먼지를 일으키면서 달려오면 사약을 가지고 오는 게 아닌가 하면서 가슴이 늘 철렁거렸다. 그에게는 언제든지 한양에서 사약이 내려올 수 있는 상황이었다.

그는 벼랑 없는 벼랑 끝에 섰다.

이렇게 정치적으로 몰락한 그가 더는 중앙에 진출할 기회를 얻을 수 없었다. 그의 형제들, 혈연이 있는 남인들도 죽거나 유배를 당했다. 그의 집안은 온전히 폐족이 된 것이다. 대신에, 만인이 주지하듯이, 그는 변방에서 학자로서 큰 업적을 역사 속에 남긴다. 저 사마천처럼 '발분저술'의 계기를 마련한 것이다. 이 대목에서 발분은 '분노를 발산하다'의 뜻이 아니라, 이를테면 '분발하다'의 뜻에 가깝다.

정조의 우산 속에서 관인의 길을 걷고 있던 정약용과 김후는 새로운 세상이 되면서 정치적인 싹쓸이의 대상이 되고 말았다. 국왕이 바뀔 때마다 항용 있는 일이었다. 두 사람 모두 유배형에서 자유로울 수 없었다. 정약용은 그런대로 길게 살아남아 변방에서 저술을 해 후세를 위해 큰일을 했으나, 김후는 을축년(1805)에 세상을 떠나고 말았다. 경자년(1780) 어느 봄날에 진주에서 뱃놀이를 하던 사람들은 25년 만에 모두 저세상의 사람이 되었고, 이제 정약용 혼자 남게 되었던 것이다. 이 을축년에는 권력에 눈이 뒤집혀 스스로 여주(여왕)라고 칭했던 정순왕후 대왕대비 경주 김씨 역시 세상을 떠났다. 나라나 백성보다는 친정인 경주 김씨의 당색인 노론 벽파만을 생각했던, 속 좁은 여인. 나라의 동량지재인 정약용을 헌신짝처럼 내다버린 여인. 이런 여인의 마음속에 응보와 공정의 반듯함이 있겠나, 싶다. 잔다란 사사로운 이익이 국정의 공명정대함을 농단한 것이다.

한편 진주 선비 김휘운은 전라도 해남에서 온 사람에게서 정약용이 강진에서 유배중이라는 말을 듣는다. 김휘운은 신산고초를 겪고 있는 유배객에게 편지와 함께 시 한 편을 보낸다. 이를 가지고 있다가 전해준 이는 하수복이다. 그는 진주 병사의 친병(식속 부대)에게 검술과 무술을 틈틈이 가르치거나 진주 병사를 호위하는 일을 수행하는 별무사(別武士)이다. 탁월한 검술을 가진 인물. 무기를 든 산적 열 명 정도는 맨손으로도 전광석화 같이 제압할 수 있는 무공의 소유자이다. 김휘운이 정약용에게 보낸 글발의 내용은 아래와 같다.

열수(洌水) 아형(雅兄). 잘 계시는지요. 누군가 무슨 일이 있어 전라도 해남길로부터 나를 찾아오더니, 나에게 아형께서 귀양살이를 한다는 말을 전해 주었소이다. 강진에서 초당을 빌려 외롭게 산다는 소식도 알려주더이다.

아형께서도 잘 알다시피, 그 옛날의 가의(賈誼)를 생각해 보십시오. 그는 문제에게 나라의 제도와 예악을 개정하기 위해 많은 의견을 올리지 않았습니까? 한고조 유방의 업을 계승한 성주(聖主)인 문제(文帝)는 어질고 현명한 젊은 선비들을 무척 총애했었지요. 하지만 성주가 23년의 치세(治世)를 남긴 채 늙기도 전에 홀연히 천명을 다함으로써 천추의 한을 남겼습니다. 시문이 뛰어나고 백가에 정통한 젊은 선비들은 모함을 받아 도성에서 내침을 당하고 말았었지요, 다산 아형. 가의가 암혈에서 궁핍하게 사는 것이 오히려 어둡지 아니하였던 것처럼, 아형께서도 부디 강건하시어 책을 읽고 붓을 드는 일에 게을리 하지 마시기를 바랄 따름입니다. 나의 소회를 담은 시편 하나 병서하오니, 아형께서 일독하시기를, 감히 바라나이다.

살다가 어려움에 처해도 원래 평탄한 길이 있으니,
하늘 끝의 유배지가 외롭다고 마냥 한탄만 하리까.
뒤집는 바람 거센 파도에 뜬구름 세상 탄식하지만,
늙어서 당당하고 궁할 때 굳건한 이 바로 장부라네.
파릇한 나뭇잎이 후락해지면 재앙에 절로 이르나니,
젊은 나이의 높은 관직 애초의 계획 어긋나게 했네.
정말 알 수 없어라, 오늘날 구중심처의 뜰아래에서
어진 신하에게 도성을 떠나보낼 걸 누가 꾀했는지.

열수 아형은 정약용에 대한 호칭이다. 그는 살아생전에 지금의 우리가 잘 알고 있듯이 다산(茶山)이라고 하는 호를 사용한 적이 없다. 다산은 그의 유배지 이름인데 굳이 사용하려고 했겠나? 후세인의 관념 속에 존재하는 별호가 다산일 뿐. 그는 자호를 열수라고 했다. 열수의 축자적인 의미는 맑은 물이다. 하지만 그가 나서 자란 고향이 한강변인데 그에게 있어서의 열수는 한강이다. 아형이라는 우아한 2인칭은 벗에 대한 경의가 담긴 호칭이다. 벗에게 막말을 해야 친근한 것으로 생각하는 요즘 세태에 대한 경종으로 삼을 만한 호칭이다.

그건 그렇고, 편지글에 나오는 문제와 가의는 누구인가? 그 당시의 식견 있는 선비라면, 그 누가 보더라도 문제는 정조요, 가의는 정약용이다. 정약용과 김휘운의 우정에 관한 사료는 거의 남아 있지 않다. 다만 김휘운의 후손 김황이 펴낸 자신의 문집인 『아호유고(鵝湖遺稿)』에 흐릿하게 전하고 있을 뿐이다. 위에 인용한 시편 「귀양살이하는 승지 정미용(약용)에게(寄呈丁承旨美庸若鏞謫居)」도 이 책에 실려 있다. 시편의 제목은 정약용의 또 다른 이름이 '미용'이었음을 증언해주기도 한다. 낯선 땅에서 외롭고 신산한 삶을 겪고 있는 정약용을 진심으로 위로하는 내용의 시다.

이 사신(私信)을 전한 이는 하수복이란 이름의 사람이었다. 그는 진주병사에 의해 특채된 별무사였다. 별무사란, 그 지역의 한량(무과를 급제해도 직을 얻지 못한 이들)이나 서민 중에서 무예가 출중한 이를 특채해 읍성의 치안과 경비를 맡긴 장교 급 무사를 가리킨다. 그는 진주성에서 진주병사의 친병에게 검술과 무술을 가르치기도 했고, 또한 진주만(지금 사람들은 사천만이라고 한다.)에서 출발해 남해안을 따라 움직여 서울로 향하는 조운선을 엄호하기도 했다. 만에 하나 출몰할지 모를 왜구나 중국 해적을 예방하기 위해서다.

그의 탁월한 무공은 진주 병사에 의해 도성에까지 알려졌다. 갑자년(1804)에 열다섯 살의 어린 왕(순조)이 친정을 선포했다. 법적으로 증조모인 대왕대비(정순왕후)의 4년간 청정 시대는 막을 내렸다. 선왕 정조의 특별경호부대(장용영)는 이미 폐지되어 있었다. 어린 국왕을 시위(侍衛 : 임금의 경호)할 경호 세력이 너무 약해 지방에서 무공이 출중한 자를 불러들였다. 이때 하수복도 어린 왕의 부름을 받아 왕의 곁으로 갔다. 왕이 행차할 때 가장 가까운 거리에서 칼을 차고 지존을 시위했다. 이를테면 임시직 운검(雲劍) 무사였던 것이다. 운검이란, 손잡이 바깥을 물고기 가죽으로 둘러싼 크고 긴 칼을 말한다. 그는 한 해 수개월 동안에 걸쳐 모든 충성심을 다해 어린 왕을 시위했다. 하지만 지방에서 늙어가는 어머니를 봉양하기 위해 낙향하기로 했다. 홀어미를 모시는 외아들로서 도덕적인 의무를 다하기 위해서였다. 왕은 무척 아쉬워했지만 그의 낙향을 윤허했다.

하수복의 어머니는 다름 아닌 가무악의 대가 옥비랑이었다.

이 무렵 옥비랑은 쉰 살의 나이로 향해 늙어가고 있었다. 3년 전, 정약용이 강진 적소에 유배될 무렵에 은퇴 공연을 가졌다. 공연 장소는 지금의 하동군 중심지에서 가까운 두치마루 장터 백사장이었다. 송림이 빼곡한 아름다운 강변이다. 그의 마지막 공연은 남도에 소문이 자자했다. 인근의 경상도 백성은 물론 전라도의 부자, 풍류객, 한량도 모여들었다. 두치마루에는 돛단배들로 가득 찼다. 관솔불을 환하게 밝힌 공연은 며칠 동안 벌어졌다.

이때 연행한 연예종목 중에서 백미는 서포(김만중) 대감이 만든 소설 '구운몽'을 소재로 한 이른바 '성진무'였다. 구운몽은 서포 대감이 평안도 성천 적소에서 초안을 만들었지만 남해 적소에서 완성된 것이었다. 이것을 소재로 한 춤이 지금은 전승되지 않아 아쉬움이 크지만, 20세기 초반까지만 해도 진주 등의 남도 기녀들에 의해 연행되었던 민속춤이었다. 옥비랑은 구운몽의 주인공인 성진 역을 맡았다. 남장을 한 그녀는 아름다운 기녀 제자 여덟 명과 함께 어울려 춤을 추었다. 진주 병사와 진주 목사는 기녀들을 동원하는 데 흔쾌히 협조해 주었다. 그만큼 그녀는 지방 예인으로서 명성이 있었고, 능력을 인정받은 터였다. 이 춤의 주제는, 주지하는 바와 같이 역시 삶의 환락이 마침내 허망하다는 것. 이를테면 덧없음에 관한 심원한 관념이었다.

옥비랑은 본디 강(姜)씨 집안의 서녀로 태어났다. 그녀의 고향은 단성

현이었다. 무신년 이래 경상우도가 과거에 제한을 많이 받았지만, 단성은 적잖은 선비들이 과거에 합격했다. 이 작은 지역에 급제자를 많이 배출한다고 해서 조선후기에 문향(文鄕)이라고 불려졌다. 그녀는 재물이 좀 남아도는 선비 하(河) 아무개의 소실이 되었지만, 지아비가 급서하는 바람에 열여덟 살에 낳은 강보의 어린 아들 수복을 자신의 어머니, 즉 아이의 외할머니에게 맡기고서 진주 교방청인 백화원에 들어갔다. 그녀는 자신의 옛일을 철저히 함구하면서 오로지 기예의 수련에만 자신의 삶의 모든 것을 걸었었다.

그녀는 잘 자라나고 있는 아들에게 춤을 가르치기도 했지만 사내가 직업 춤꾼인 경우가 박수(男巫)밖에 없었던 시대에 더 이상 큰 기대를 가지지 않았다. 모친으로부터 몸의 유연성을 어릴 때부터 체득한 수복은 지역의 한 별무사에게서 검술의 가르침을, 가야산의 어느 승려에게서는 권법의 가르침을 전해 받고 무공의 경지에 도달했던 거다. 그가 무공에 뜻을 얻은 것도 이런 내력이 있었던 것이다.

그런데 긴 세월을 가무악에만 매진해온 옥비랑에게는 재물이 그다지 모이지 않았다. 가무악을 삶의 방편으로 삼아 살아가려면 제자들과 함께, 살림깨나 있는 이들을 모이게 하는 술시중 장소를 열어야 하는데, 그렇게 할 생각이 전혀 없었다. 나이가 들어 관기(官妓)에서 벗어난 제자들이 늘 문제였다. 관에서 벗어난 기생들은 살림이 여유로울 수가 없었다, 물론 이들 중에는 부잣집의 후실로 들어가기도 하거나. 사기(私妓)로 살아가기도 했지만. 진주 근교의 고찰인 청곡사의 불보살 앞에 시주한 사람 이름이 적힌, 19세기 말에 작성된 목록에 의하면, 기생의 이름들이 적잖이 보인다. 이 사실을 보자면, 진주 향촌의 은퇴한 기생들이 사회경제적인 지위도 없지 않았음을 암시해준다.

불혹의 나이를 훌쩍 넘어갈 때 간혹 교방에 들러 어린 기녀들에게 조언을 하는 게 고작이었다. 해가 저무는 서쪽 방향으로 귀가할 때는 자신의 춤 인생도 저물어간다고 여겼을 터이다. 해는 서산마루를 나날이 넘어가고, 세월은 하루하루 무심하게 지나간다. 서장대 아래 마을에서 진주성과 살 기대고 몸 비비며 살아온 애잔한 생애였다. 진주성을 촉석산성이라고도 했다. 서북쪽의 자연적인 지형이 높드리로 이루어져 있다. 이 높드리에서 서쪽으로 내려가는 길은 조붓했다. 성가퀴를 지키는 군졸들이 창을 곧추 세우면서 두어 명씩 서 있었다. 곡식을 저장한 군창에는 지휘관인 초관(哨官)의 지휘 아래 더 많은 군졸들이 둘러싸고 있었다. 성 아래의 마을에는 백정들 중에서 가정을 이루고 사는 이도 적지 않았다. 도축하는 곳 언저리에는 물이 흘러야 한다. 석갑산에서 발원해 남강으로 흘러드는 나불천이 있기 때문에, 백정들이 모여서 살기에 좋은 조건이었다.

옥비랑의 경우를 보듯이, 진주의 예인들은 자고이래로 살림살이가 애옥살림에서 크게 벗어나지 못했다. 그러니까 오늘날에 전통예술을 일삼는 예인들의 수가 줄어들고, 한때 예향이라고 불렸던 중소도시가 지금은 쇠락해질 수밖에 없는 것이다.

화제를 되돌리면, 옥비랑의 아들인 하수복은 경상도 부농과 사상(私商)이 규합해 만든 사무역(私貿易) 선단에 합류했다. 어머니의 애옥살이와 다른 삶을 좇았던 것이다. 이 선단은 동래 부사에게 허락을 받고 중국의 영파(寧波)는 물론, 장기(長崎 : 나가사키), 유구국(오키나와), 안남(베트남) 등지를 돌아다녔다. 그가 하는 일은 주로 선단의 행수를 경호하고, 해적과 맞설 때 처치하는 일이었지만, 타국 사람들과의 거래를 통해 잇속이나 장삿속을 챙기기도 했다.

조선의 사무역은 조선후기에 주로 이루어졌다. 물론 가장 큰 시장은 부산포 왜관을 배경으로 한 개시(開市) 무역이었다. 조선의 수출품으로서 으뜸은 단연 인삼이었다. 조선의 인삼은 동아시아 여러 나라에 수요가 많았다. 다른 나라들이 조선의 인삼에 군침을 흘리니 국내의 인삼 시장이 황폐화될 수밖에 없었다. 조정에서는 한 동안 소위 '삼금(蔘禁)' 정책을 단행했다. 외국으로 인삼을 유출하지 못하게 한 것이다. 손실도 뒤따랐다. 나라의 살림에 도움이 되는 중국과의 무역이 잘 이루어지지 않았다.

중국은 무역에서 은이 필요했다. 조선의 광업 개발이 지지부진하니까, 중국이 요구하는 은의 양이 부족했다. 은을 확보하려면 일본과의 무역을 하지 않으면 안 되었다. 은과 동인 일본 광산물에 대한 조선의 수요 증대로 인해, 다시 일본에 인삼을 팔지 않을 수 없었다. 조선후기에 있어서 일본산 은을 가리켜 '왜은(倭銀)'이라고 했다. 생사 및 견직물과 왜은에 대한 일본, 중국의 수요에 대한 교량 역할을 하는 것이 조선의 인삼이었다. 이 무역을 두고 중개(仲介) 무역이라고 한다. 개시 무역과 중개 무역 덕분에, 조선에서도 사상(私商)이 탄생하고, 사무역이 형성되고, 또 지방 자본이 어느 정도 축적될 수 있었던 것이다.

부산포의 동래 상인은 특히 일본과의 사무역에 가장 앞장섰다. 물론 여러 나라 간의 사무역이 문제점도 적잖이 노출했다. 왜은의 은 함유량이 8할에서 6할로 떨어지자 동래 상인은 일본의 신용을 의심하면서 왜은 수뢰를 거부하기도 했다. 일본은 국시(國是)가 쇄국이어서 국제항인 장기(나가사키)에서는 본상인과 제국(諸國) 상인을 엄격하게 구분하면서 중국과 동남아 제국과 화란(네덜란드)의 무역선 출몰에 제한을 두기도 했다. 가장 큰 문제는 외국의 사무역 선단 중에 무장 상인들이 끼여 있다는 사실이었다. 하수복의 역할이 바로 여러 나라의 무장 상인단의 위협과 난동을 막는 일이었다. 그의 역할이 컸음은 조선의 사상들에게 잘 알려져 있었다. 그의 해상 무용담은 더 이상 말을 하지 않겠다. 독자들의 상상에 맡길 따름이다.

옥비랑은 아들이 하는 일이 위험하다는 것을 누구보다 잘 알고 있었다. 타국으로 떠난 아들이 무사히 귀국하기를 바라고 바랄 뿐이었다. 그녀는 난바다로 향해 멀리 떠나간 아들을 위해 장독간이 있는 뒤뜰에서 여름날의 저녁나절 해넘이께나 겨울날 냉기가 두 볼을 할퀴는 갓밝이 적이나, 시도 때도 없이 아들을 위해, 빌고, 또 빌었다.

비나이다 비나이다
천지신명께 비나이다
부정을랑 물리치고
정화수 같이 맑은 복
미욱한 우리 모자에게
내리시길 비나이다

민속적으로나 무속에 있어서 사람이 소원을 비는 말, 노래, 행위 등을 두고 이른바 '비나리'라고 한다. 주야장천으로 일삼은 그녀의 비나리가 주효했는지 어떤지 모르겠지만, 하수복은 그리하여 수 년 간에 걸쳐 돌아다닌 덕에, 제몫의 재물을 적잖이 모아 귀향했다. 요즘 말로 하면, 목숨 값으로 치부될 수 있는, 합법적인 위험수당을 적잖이 거두어들인 것 같다. 그가 먼저 한 일은 빈촌인 서장대 아래의 초당으로부터 나와 성 밖에 번듯한 기와집을 지어 어머니를 모셨던 것. 하지만 어머니 옥비랑은 쉰 고개를 넘긴 후 시나브로 몸이 쇠잔해가고 있었다. 무슨 병이 있는 것인지, 모자는 은근히 걱정을 하고 있다. 이들 모자는 시간이 지남에 따라 시부저기 나을 병이 아니라는 것을 직감했다. 아들이 정성을 다하는 간호에도 불구하고, 그녀의 병은 너누룩이 가라앉을 병세가 아니었다.

강진의 정약용과 진주의 옥비랑은 늘그막에도 사신을 주고받았다. 한동안 소식과 왕래가 뜨막했지만, 그녀는 죽기 전에 그와 한번이라도 더 소통하고 싶었다. 아들은 어미의 뜻과 바람을 알고 생애의 막바지에 지병으로부터 자유롭지 못한 어미와 행동의 반경이 엄격하게 제한된 유배객 사이의 서신을 서로 전하는 일을 하기도 했다. 하수복이 사천만에서 강진으로 떠나는 조운선을 따라, 정약용에게 처음으로 김휘운의 시를 전하였을 즈음이었다. 그때 어머니 옥비랑의 중얼거리는 소리를 들었었다.

"승지(정약용)께서 신유년 이래 이 난세에 목숨이나마 지킨 게 만분(무척이나) 다행이제. 아무렴, 천행이고말고. 정조가 승하하시고 나니, 나라의 인재들도 이제 흩어져 유배지에 머무는구나. 권세에 욕심이 많은 여주(정순대비)가 조정에 등장해 난세가 되었어, 난세가."

혈통으로 무관하지만 법통으로 어린 국왕(순조)의 증조모가 되는 대왕대비는 신유년에, 서양국에서 들어온 야소(예수)의 천주학이 유교의 가르침과 강상을 어지럽힌다는 이유로 정치적인 박해를 일삼기 시작했다. 처형된 사람들이 대부분 정약용의 가족이거나 친족이었다. 이런 변고 속에서도 그는 겨우 살아남았던 것. 옥비랑의 말마따나 천행인지도 모른다. 삶을 잃는 대신에, 그나마 다행스럽게도 변방 강진으로 쫓겨 가는 형벌에 처해진 셈이었다.

정약용이 한양에서 머나먼 강진에 유배되었을 때 애초 자리를 제대로 잡지 못했다. 강진 사람들은 그가 유배되었다는 소문을 듣고 거처를 빌려 주는 것을 꺼려했다. 공연히 엮이고 싶지 않아서다. 수령도 아전들도 그를 감시하는 것은 그렇다고 치자. 현지 주민들도 정치적인 관계를 고려하지 않을 수 없었다. 그가 무진년(1808)이 되어서야 비로소 초당에 자리를 잡을 수가 있었다.

그가 그런 대로 강진에서 살아갈 수 있게 도움을 준 이는 벗이요 사돈인 윤서유였다. 외가의 먼 일가붙이였다. 딸을 윤서유의 아들과 혼인할 수 있게 한 이도 그였다. 세인들은 정약용이 한강변의 딸을 땅 끝으로 시집을 보낸 것을 두고 자신만 귀양을 간 게 아니라 딸도 귀양을 보냈다고 비아냥대기도 했다. 자신이 폐족인지라 중앙 무대의 명문가에 딸을 시집

보낼 수 없었던 그의 마음도 무거웠을 것이다. 그는 초당에 살면서 윤서유를 만나기 위해서나 볼일이 있을 때 읍성으로 나들이하기도 했다. 그는 이속(吏屬)들의 감시를 누그러뜨릴 만큼 강진의 삶에 익숙해졌다. 읍성에서 석문(石門)을 지나면서 바닷가 바람을 쐬고, 용이 살았다는 동굴인 용혈에서 잠시 쉬고, 수려한 계곡의 청라곡에서 술을 마시고, 농산의 별장에서 하룻밤을 지낸 뒤에 말을 타고 다산으로 돌아오곤 했다.

정약용이 이 낯선 곳에서 오래 살다 보니, 그의 문명, 그의 학문을 흠모하는 젊은 선비들이 주변에 모여들어 배움을 청하기도 했다. 이들은 스승이 유배객이면, 또 어떠랴, 했다. 이들의 요청에 대해, 그는 자신의 처지가 이 모양 이 꼴로 추레하다 보니 조용히 생각을 가다듬거나 글을 쓰거나 하고 싶다, 라고 하면서 애최 극구 사양했다. 하지만 그를 스승으로 모시고 싶다는 열화에 못 이겨, 그와 그들은 띄엄띄엄 모이기로 했다. 재지(在地)의 선비들은 그를 스승으로 모시면서 공부를 열심히 하지 않을 수가 없었다. 그는 변방에서 이렇게 다들 학구열이 강한 적이 언제 있던가, 싶었다.

그래, 맞아. 배움의 기회가 부족한 변방 선비들이 도리어 배움에 목이 더 말랐을 것이리라.

제자들은 스승의 명성에 주눅이 들었다. 우리 속담에 한양이 낭떠러지 아래에 있다고 하니까 과천부터 긴다고, 지레 겁을 먹은 것 같았다. 그는 그들에게 처음부터 편하게 공부하라고 독려했다. 그는 주로 그들의 마음을 안정시키거나 고무하게 하는 데 치중했다.

유배지 강진에서 사제의 인연을 맺은 이들 중에서 유명한 이로는 신분이 비록 중인이지만 특히 시에서 훗날 이름을 널리 떨친 황상이 있었고, 선객과 차인으로 일세를 풍미한 승려 초의가 있었다. 추사 김정희도 여기에서 가르침과 배움의 인연이 있었던 것으로 짐작되는데 더 살펴보아야 한다.

정약용이 초의에게 보낸 글 중에서 다음과 같이 의미 있는 내용이 적혀 있다. 어쩌면 자신이 자신에게 쓴 글처럼 들린다. "물병 하나와 바릿대 하나로 호탕하게 떠다니다가 우주 안에서 소요하고 만물의 밖에서 노닐어, 문틈 사이로 지나가 버리는 세월을 보내야 한다." 제한된 공간 속에서 빠르게 지나가는 시간을 잘 쓸모 있게 이용해야 한다는 것이다. 그가 초당에서 문틈 사이로 빠르게 지나가고 있는 시간을 감지하면서 저술을 일삼은 것도 시간을 활용해야 한다는 그의 생각을 실천에 옮긴 것이라고 보인다.

어느 날, 한 제자는 지게꾼과 함께 초당을 찾아 왔다. 지게꾼은 새끼줄로 칭칭 동여맨 단지를 조심스레 내려놓았다. 그리 크지 않은 단지에는 식힌 어탕이 들어 있었다.

"자네. 이 단지는 무슨 단진가?"

"어탕이옵니다."

정약용은 손사래를 치면서 말한다.

"나는 자네들에게 추호도 폐를 끼치고 싶지 않네."

"이 어탕은 이 고을의 특산물이옵니다. 짱뚱어를 끓인 탕이옵니다."

"짱뚱어라?"

"네."

"가형인 약전 형님께서 지금 흑산도에서 귀양살이를 하고 있는데 오랫동안 그곳의 어산물을 궁구하시느라고 여념이 없었네. 지금도 현지의 젊은 어부의 조력을 받으면서 집필을 하고 있네. 여태 조금씩 초고를 써서 이 아우에게 보내주고 있네. 비린내가 적고 푸른색을 띤 남색 물고기가 겨울잠을 오래 잔다고 해서 장동어(長冬魚)라고 한다는 게 바로 이것이로구먼."

"네, 그렇습니다. 요즘 날씨가 쌀쌀한데 따뜻이 데워 드옵소서."

밖에는 댓잎 서걱거리는 소리가 들렸다. 양식이 모자랄 때 죽을 쑤어

굶주림을 속여 왔다는 정약용은 제자들이 가져다준 식물(먹을거리)로 인해 먹고 사는 근심은 다소간 덜었지만 그들에게 폐를 끼친다는 생각이 앞서 마음이 편할 리가 없었다.

바깥마당에 지어진 작은 누각 송풍루는 그에겐 쓸모가 긴하지 않다. 바람이 잦은 날에 솔바람을 일으킨다고 해서 송풍루다. 하지만 이곳은 자신의 삶과 일상의 일부로서 대견하게도 자신을 지켜주고 있었다. 그는 심심풀이로 언젠가 '송풍루 잡시'라는 긴 시를 쓰기도 했다. 이 시에는 '산거무사불우유(山居無事不優游), 매오가언득자유(寐寤歌言得自由)'라는 내용이 담겨 있다. 이 두 7언을 옮겨본다.

> 산에 살면 무사하고 편하고 한가롭네.
> 자나 깨나 노래하고 말하며 자유롭네.

여기에서, 지금의 우리에게 놀라운 사실은 정약용이 '자유'라는 말을 썼다는 사실이다. 독자들은 그의 자유에 대해 의아하게 생각할지도 모른다. 요즈음의 식자들이 자유가 근대 용어인 줄로 알고 있고, 이 사실이 독자들에게, 다소 잘못된 영향을 끼칠 수도 있을 것이다. 알고 보면, 이 자유는 신라 말의 고운 최치원의 시에까지 멀리 거슬러 올라간다. 정약용은 강진의 다산초당에서 오랫동안 귀양살이를 하면서도 점점 자유의 참맛을 느낄 수 있었던 것이다. 혼자 있을 때는 시를 읊조리거나, 노랫가락을 흥얼거렸고, 제자들이 찾아오면 강론을 했다. 그리고 틈틈이 책을 읽거나 글을 쓰거나 했다. 저절로 자유를 얻은 것이다. 유배지에서 쓴 그의 위대한 저서는 이 자유의 소산인 것. 그는 스스로를 일컬어 끝내 자유인이라고 칭할 수 있었던 것은 아닐까?

정약용의 기억 잔상 속에는 옥비랑이 언제나 젊은 모습의 환(幻)으로, 혹은 희미한 그림자로 남아있다. 이 잔상 속에는, 그녀의 모습과 그녀의 가무악이 결코 늙지도 낡지도 않는다. 그는 영남 특유의 덧배기장단 위에 서 있다. 네 박(拍) 열두 쪽의 장단이다. 쿵 쿵 따닥, 구궁 쿵 따닥, 구궁 쿵 따닥, 쿵 따딕 다. 빨라지면 자진모리장단이 되고, 느려지면 굿거리장단이 된다. 이런 유의 장단에서는 탄성(彈性)이 느껴진다. 숨을 조였다가 다시 풀어주면서 튀어 오르는 느낌. 환영 속의 옥비랑은 소매 안에서 한삼을 꺼내어 팔목에 끼워 흔든다. 이 흔듦, 이 뿌려짐, 이 약동은 큰 날개를 편 새의 자유로움을 보여준다. 그녀는 온전한 자유의 화신(化身)이었다. 그녀가 이 세상을 떠난다고 해도 그는 자신의 잔상 속에 그녀가 자유의 넋 몸으로 길게 남을 거라고 생각하고 있다.

이 무렵에 그는 옥비랑에게 보낸 『악서고존』의 초고를 탈고하였다. 악서란 음악에 관한 책이란 뜻이며, 고존(孤存)이란 것은 다름이 아니라, 쓸모없이 많아서 사라지기보다는 차라리 한 가지라도 의의가 있어 보존해야 한다는 것(孤存也者謂與其衆而亡寧孤而存耳)을 뜻한다. 정약용은 옥비랑이 참고하기를 바라는 마음에서 이 책—책이라야 목판본 완성이 아니라 필사본 초안(草案)에 지나지 않지만—의 내용 중에서 주요한 대목을 초록해 보냈다. 책의 내용은 자서(自序)로부터 시작하고 있었다. 모두의 내용은 이렇게 적혀 있다.

무릇 예(禮)로써 외면을 절제하고, 악(樂)으로써 내면을 조화시킨다. 절제는 사람의 행동을 규율하는 것이요, 조화는 사람의 마음에 덕을 기르는 것이니, 이 두 가지는 어느 하나도 버릴 수가 없다. 그런데 덕은 내면이고 근본이니, 중용과 조화로움, 공경과 떳떳함이 내면에 보존되어 있는 것이라야, 효도와 우애, 동성과 이성 간의 화목함이 밖에서 이루어질 수밖에 없다. 그렇다면 예악으로써 사람을 가르치는 것에 먼저 힘써야 할 일이 아니겠는가. 운운.

물론 옥비랑은 정악(正樂)을 가리켜 좁은 의미의 풍류라고, 나라의 풍류라고 하는 넓은 의미의 풍류에는 산조(散調)도 간과할 수 없다고 생각하고 있었다. 금상(순조)의 시대에는 각 지방의 민속춤도 궁중의 표준화된 정재(呈才)로 크게 발전하고 있었다. 하지만 정재무 못지않게 민속춤도 함께 선양되어야 한다고 보았다. 지나치게 아정(雅正)한 기예는 사람의 자유로운 감정을 통제한다는 것이었다. 언젠가 옥비랑이 정약용에게 보낸 사신 중에는 이런 내용이 포함되어 있기도 했다.

> 나라의 풍류라는 것은 하루아침에 이루어지는 게 아니라, 땅 두께처럼 깊이가 생기게 마련이지요. 정악에 비해 산조가, 정재무(궁중무용)에 비해 민속춤이 기예로서 격이 떨어진다는 생각들이 제 마음을 아프게 합니다.

옥비랑은 막히는 것 같은 목구멍에서 소리가 나오지 아니하고 쇠잔해져가는 몸에서 춤이 더 이상 나오지 않는 것을 아쉬워하면서 늘 가슴으로 울고 있었다. 진성과 가성의 경계를 넘나든 당대 최상의 가인(소리꾼)이요, 움직임과 멎음이 하나치를 이룬 강산(江山 : 여기에서는 세상을 뜻함) 최고의 무인(춤꾼)이요, 5음과 6률에 맞춰 자유자재로 성음을 만들어낸 보기 드문 악인(연주인)인 그녀는 병상에서 오래 누워 지냈다. 차라리 오늘밤 꿈속에서 미지의 저 세상으로 떠났으면. 아무도 모르는 저 세상에서 세상사 번뇌를 모두 떨치고 마음껏 소리하고, 춤추고, 또 음률을 고를 수가 있다면.

강진의 정약용은 옥비랑의 병기가 심상치 않았다고 짐작하고 있었다. 그녀가 건강을 회복하기 바라는 마음에서 몇 차례의 편지글을 진주로 보내기도 했다. 내용은 대체로 그랬다. 춤꾼은 몸의 힘과 부드러움, 마음의 반듯한 기운을 잘 보존해야만 좋은 춤을 출 수가 있습니다. 낭자는 당대의 명무입니다. 수많은 사람들이 낭자에게서 나비의 날갯짓과 새의 뜀박질 같은 아름다운 춤을 기대하고 있습니다. 아, 낭자여. 심신을 잘 추슬러서 내내 강건하옵소서. 댓잎 서걱대는 서쪽의 초당에서. 정약용이 옥비랑에게 낭자라고 했는데, 오늘날 우리가 알고 있는 낭자는 미혼의 여성을 가리키지만, 그 시대에는 지체 높은 양반이 다른 집안의 중년 부인을 높여서 쓰였던 호칭이나 지칭의 개념이었다. 그는 그녀의 기예를 존중한다는 뜻에서 낭자라는 존칭을 썼다.

아들 하수복이 천하의 내로라하는 명의를 모셔와 병기를 물어보았지만, 뾰족한 대답이나 대책이 따로 없었다. 의원마다 병명이 달랐다. 그녀의 몸은 점차 시름시름 앓기만 했다. 아들의 마음만큼 답답해하는 사람이 또 어디 있으리. 주변에서는 마음의 준비를 하는 게 어떠냐고 했다.

5. 에필로그

강진 읍성 속의 정약용은 누울 곳은커녕 앉을 곳조차 없었다. 현지인들은 그를 가리켜 부모나 조상의 제사도 지내지 않을 고약한 천주학쟁이라고 손가락질하면서 애써 피하려고 했다. 당시 사람들의 마음에는 서학이 곧 사학(邪學)이었다. 어느 마음씨 좋은 노파가 운영하는 동문 밖의 주막 한 귀퉁이에 겨우 주인붙인 유배객 정약용은 모든 게 낯설었고, 모든 게 신산했다. 조정에서는 그를 감시하기 위한 강진군수를 특별히 내려 보내기도 했다.

반면에, 그를 존경하는 이들 중에서 멀리서 몰래 음식을 가져다주기도 했다. 현지인 어부 한 사람은 그로 하여금 남도 바다의 특산물인 홍어를 잡숫게 했다. 어려울 때 몰래 도와주는 사람들이야말로 참으로 고마운 이들이 아닌가?

어부는 홍어를 잡으면 배를 갈라 애(간)를 꺼냈다. 홍어의 애는 넓적한 한 면을 거의 덮을 만큼 컸다. 가는 소금에 찍어서 먹는다지만, 처음에는 날것이 무척 비렸다. 정약용은 막걸리 가득 채운 큰 사발에 날것의 애를 먹을수록 비릿하면서도 고소한 각별한 풍미를 조금씩 느껴갈 수가 있었다. 외롭고 쓸쓸하고 고달프고 서글픈 유배객의 애간장을 녹이고 달래는 데는 이보다 더 좋은 음식이 없을 것 같았다.

물론 한때 진주에서는 교방에서 만든 고급 음식인 흑앵(黑櫻), 즉 검은색 버찌를 넣어서 증류한 소주에 도다리쑥국을 대접받기도 했거니와, 그에게는 (지금이야말로 실로 어려울 때인지라) 막걸리 가득 채운 큰 사발에 날것의 애를 먹는 각별한 맛이란, 그 무슨 먹을거리에 비할 수도, 견줄 수도 없었다. 홍어의 애를 제철 야채 된장국에 풀어놓은 홍어앳국도 마찬가지였다. 보릿고개 때는 홍어앳국에다 보리 순을 넣어 끓인 홍어보리앳국도 있다고, 그가 읍인들로부터 전해 듣기도 했다. 그가 이곳에서 귀양살이한 탓에, 이 문맥에서는 탓이 아니라 덕이겠지만, 자신의 고향에서는 전혀 맛볼 수 없는 남도 해산물의 참맛이었다.

옥비랑은 꽃 피기 직전에 세상을 떠났다.

그녀는 여자가 재능을 발휘할 수 있는 것이라고는 기예밖에 없었던 시대에 기녀로 태어나서 기예를 이어받고 또 이어주었다. 강진의 정약용에게 그녀의 부음이 전해진 때는 한창 꽃이 피었다가 이울기 시작할 무렵이었다. 옥비랑이 죽어갈 때 아들에게 남긴 말이 정약용에게로 전해졌다.

가무악을 귀히 여길지라도 가무악을 연행하는 이를 천시하는 모순의 시대에 살아왔어도, 이 어미는 아무런 회한을 남기지 않는다. 내 스스로 좋아서 한 일이니 운명으로 받아들일 수밖에 없구나. 아들아. 이 어미 옥비랑은 애오라지 이 나라 풍류의 이음새로 살다가 가는구나. 인생이 뜬세상에서 전광석화처럼 지나가도 사람들이 가무악을 통해 마음을 고무하거나 가라앉히거나 하는 것은 영속될 것이니라. 강진에서 유배객으로 고생하고 있는 승지 선비님은 이 어미의 가무악을 가장 높게 평가하신 분이었느니라. 아들아. 그 분이 늘 강건하시어 이 나라의 제도를 혁파할 수 있는 좋은 생각, 좋은 글을 후세에 많이 남겼으면 하는구나.

강진은 따사로운 남녘땅이라, 동백나무가 지천으로 널려 있다. 동백나무를 일컬어 한자로 '산다(山茶)'라고 한다. 이 낱말은 화인(중국인), 왜인(일본인), 동인(조선인) 등 모두에게 함께 쓰이지만, 특히 이 나라에서는 동백이라고 하는 이름으로 즐겨 쓰인다. 겨울에도 파릇한 잎을 지닌 것이 마치 잣나무와 같다고 해서, 겨울 동 자, 잣나무 백 자의 동백인 것이다. 엄격하게 따지면, 음력 정월에 피는 동백꽃이 동백이라면, 이월에 피는 그것은 춘백이라야 한다. 사람들은 이것저것 가리지 않고, 예나 지금이나 싸잡아 동백이라고 한다. 이제 동백꽃은 말할 것 없고 춘백 꽃도 땅바닥에 들러붙었다.

머잖아 복사꽃도 피고 지리라.

정약용은 천일각에 앉아 깊은 사념에 잠겨 있었다. 멀리 바다 쪽 구강포를 하염없이 바라보고 있었다.

그는 앞으로 옥비랑의 가무악이 남긴 숨결이나 그림자를 그리워할 것이다. 그녀가 부른 노랫소리의 결, 그녀의 몸이 움직여 연행한 물결 같은 춤사위, 그녀의 손길이 닿아 탄주한 줄풍류의 바람결 같은 풍악소리는 귓전이나 머릿속에서 쉽사리 사라지지 않을 듯싶다. 그녀의 몸은 이미 가버렸지만, 그 모습이 비추어진 그림자는 그의 마음속에 살아 있었다. 그는 생각했다. 하늘이 해와 달을 품고 있듯이, 춤은 원초적으로 사람들의 '비나리(소원의 빎)'를 담는 예의 한 가지라고.

그가 그녀의 춤사위를 생각 속의 잔영으로 떠올릴 때면, 그녀에의 그리움이 밀물처럼 밀려온다. 차라리 그녀가 정인으로서 그리움의 대상이라면 어떨까, 하는 부질없는 생각도 스쳐 지나갔다. 그녀가 죽었어도 잊어지지 아니한 것은 그와 그녀가 가무악을 매개로 소통되고 공명된 무언가가 있었기 때문이리라. 마음속에 이음새가 된 장이 형성되었기 때문이리라.

며칠 동안 그가 머무는 적소인 초당에 예년에 비해 꽃샘바람이 뼛속에 스미듯이 차갑도록 자지었다(잦았다). 스쳐 지나가는 것이 어찌 그 생각뿐이랴. 한 닷새 지나고 나면, 남쪽 바다에서 잎샘바람이 불어오지는 않을까? 잎샘바람이 불고 나면 푸릇한 잎들이 본격적으로 돋아난다.

그는 마룻바닥에 앉아 연신 고개를 주억거리고 있었다.

그는 옥비랑이 부르기도 했던 익숙한 시조 노랫말 하나를 떠올리면서, 또 입속에서 옹알대거나 웅얼거리거나 하면서, 적요하게, 나직이 불러보았다. 그의 환영 속에는 가곡으로 소리하는 젊은 모습의 그녀가 살아 있었다. 유장하고 청아하고 간드러진 소리. 이 모든 것을 한껍에 표현하자면 요요함이라고 할 것이다. 그녀의 요요한 소리가 마치 살아생전의 소리처럼 환청으로 들려왔다.

> 간 바아아암 어—이 이이이이 히이이 부 우우우더언 바아아아 라아아암 어—이 이이이이 히이이, 마아안(滿) 저어엉(庭) 됴오오(桃) 화아(花) 아아아 하아아 다아아아으 지거허어어 어 다아아아 하아아, 아해(兒孩)애애애—느으으은 부우이르으으을 드으으을고 쓰으루—려어 허어어 허어—어느—으은고오오오우나아아—, 나아아아악(落) 호아아(花)안드으으을, 꼬오오 웃치 아이이이히이이 니이이이 랴아하아아—아으아아 쓰으러어어어어 무후우우우—사아아아하아아암 허으어어어 리이이이이 요오오—.

노랫말이 이르기를, 간밤에 불던 바람에, 만정도화 다 지거다(지구나), 아이는 비를 들고, 쓸려고 하는구나, 낙환들(낙화인들) 꽃이 아니랴, 쓸어 무삼(무엇) 하리오……였다. 옥비랑의 소리가 환청으로 들려올 때, 이 소리는 속청과 본청을 넘어서는 것이었다. 눈을 감고 생각을 깊게 하면, 환청은 곧 색청이 된다. 그리움이 된다. 들리는 가운데 보이고, 보이는 가운데 들린다.

낭자여. 당신이 내 눈 앞에 현존하지 않는다고 해도, 당신의 가무는 진정한 색청이 아닌가, 하오. 가뭇없이 사라졌다가는 텅 빈 어둠 속에서 빛으로 돌아오고, 또는 무엇인가 침묵의 심연에서부터 곡두처럼 들려오는 것이 낭자의 모습이요, 소리가 아닌가, 하오. 당신의 가무악은 결을 만들고, 또 장을 마련했소이다. 당신의 소리결과, 손짓, 발짓 및 몸짓으로 표현된 춤사위의 결은 내 기억 속에 오래 남아있으리라.

시서화는 서책이나 서화집의 형태로 기록에 남지만, 가무악은 당대 사람의 기억에만 남는다. 기억은 사람처럼 유한하다. 이런 점에서 가무악이 시서화에 비해 전승의 한계에 직면하지 않을 수 없었다. 그럼에도 불구하고 모든 능력에 있어서 음양지차(성차별)가 천양지차였던 조선 사회에서의 지체 낮은 기생이 기예의 능력을 마음껏, 한껏 발휘할 수 있다는 것은 행복이라면 행복이었다.

정약용의 육안에 멀리서 보이는 게 있었다. 수백 년이 지났음직한, 짙고 진한 잿빛으로 어둑해지고 후락해진 저 고목이 엉거주춤 서 있지 않은가? 아무리 오래된 나무래도, 철이 들면 연둣빛 새잎을 내는 고목이 아닌가? 이것 너머로, 강진만의 바닷바람이 마치 담청(淡青)의 맑은 쪽빛을 실어 나르는 것 같다.

시황제의 블랙리스트

네. 그래요. 그러니까, 말예요. 찰스 1세가 의회와 늘 대립각을 세우다가, 결국 민심(民心)과 틀어지게 된 거죠. 동서양을 가릴 것 없이 역사적인 사실들을 이것저것 헤집어보자면, 모든 게 민심에 달린 일이란 말이에요. 그때 영국에서 민간의 대표적인 세력은 신분적인 면에서 볼 때, 신흥하는 젠트리(신사) 계급이요, 종교적으로는 청교도(퓨리턴)였지요. 1642년에 귀족을 대표하는 왕당파와, 민을 대표하는 의회파 사이에 정치적인 갈등의 수준을 넘어 내전이 일어났는데요, 역사는 이를 두고 잉글랜드 내전이라고 하지요. 처음에는 의회파가 밀렸지만 무장(武將) 올리버 크롬웰의 활약으로 전세를 역전시키게 되었던 거죠. 이 사건을 두고 영국사에서는 청교도 혁명이라고 부릅니다.

혁명의 주역인 크롬웰은 국왕인 찰스 1세를 처형함과 동시에 군주제를 폐지하고, 또 자신은 영국의 새로운 국가원수인 '로드 프로텍터(Lord Protector)'가 되어 군사독재 정권을 수립하지요. 우리식으로 말하자면 고려의 무신정권이랄까요? 혹은 일본 에도시대의 막부(幕府)라고 하는 거랄까? 우리나라와 일본의 무인 실권자는 허수아비 국왕이라도 옹립하였지만, 그에게는 어림도 없는 일이었지요. 그는 어정쩡한 것을 싫어한

근본주의자였어요. 모든 가치를 청교도적인 도덕률에 두었지요. 민을 이 가치체계 속에 엮어놓고 생각과 생활을 통제하려고 하였지요. 이 통제력이 그의 권력을 유지하는 힘이라고 보았지요. 사람들이 모여서 놀 수도 없었고요, 오로지 신을 찬송해야 했고, 찬송가만을 불러야만 했어요. 통속음악을 공유할 수 없었고, 이것을 개인적으로 향유해서도 안 되었고. 북한 주민이 만날 주체사상만을 학습한다고 생각해봐요. 얼마나 괴롭겠어요? 그 시대에 그런 통제 과정이 오래 지속될수록 영국의 민은 크롬웰에게서 싫증을 내기 시작했을 터입니다. 마침내, 민은 그나마 자유로웠던 왕정 시대를 그리워하게 됩니다.

세월이 흐른 후에, 크롬웰은 정치적으로 더 욕심을 내려고 했어요. 군주제를 없앤 그가 스스로 국왕이 되려고 했던 거지요. 군왕이나 제왕의 제도를 혁파한다고 혁명을 일으켜 놓고 제 스스로 군왕이나 제왕이 되겠다고 한 혁명가는 '또라이'예요. 이런 점에서 크롬웰도, 나폴레옹도, 위안스카이도 다 '또라이'예요. 물론 나폴레옹은 사기를 쳐놓고 재밀 좀 봤지만요. 크롬웰의 경우는 자신의 정치적인 지지 기반인 군부마저 반감을 표합니다. 그는 군부와 협상을 하는 과정에서 병사합니다. 자연스레 반전이 일어났어요. 민심이 원하는 대로 말예요. 이를 계기로, 프랑스에서 망명을 하고 있던 (찰스 1세의 아들인) 찰스 2세가 민의 열렬한 호응 속에서 귀국하기에 이릅니다. 민심에 따라 자연스레 왕정복고가 이루어진 셈이었죠. 그는 선왕을 처형한 이들의 이름이 적힌 명부에다 죽음을 의미하는 블랙 커버를 씌웁니다. 이게 소위 블랙리스트인 거예요. 그에 의해 피의 복수가 시작됩니다. 그가 크롬웰의 주검을 다시 관에서 끄집어내게 해 목을 자를 것을 엄명한 얘기는 유명하지요. 우리 역사에서도 그런 게 있잖아요? 부관참시라고. 부관참시라고 하는, 말도 안 되는 이 형벌이 우리나라나 동양권에만 있었던 게 아니었네요. 이미 죽어버린 사람을 어떻게 하자는 겁니까? 인권이라고는 요즘 말로 일(一)도 없는 거잖아요?

그런데 찰스 2세는 블랙리스트에 적힌 이름을 최소화하려고 했어요. 선왕의 처형에 적극적이었던 사람만을 선정해 교수형에 처하고, 대부분의 사람들에게는 관용을 베풉니다. 이들에게 다소 전략적인 관용을 베풂으로써 도리어 이들을 자기편으로 만들기까지 해요. 두말할 나위도 없이, 정치적인 이해관계가 있었기 때문이 아니겠어요? 그의 블랙리스트는 이것의 반대 개념인 화이트리스트를 포함한 개념이 됩니다. 이 모순된 양면성의 목록은 이 시대보다 훨씬 이전인 로마 시대에도 있었다고도 하잖아요? 라틴어로 '프로스크립트(Proscript)'라고 하는 단어가 이 목록이구요, 지금 우리나라에선 이른바 '살생부(殺生簿)'라고 칭하고 있잖아요? 살생부는 블랙리스트 플러스 화이트리스트의 개념이에요. 요컨대 블랙이 옛날에는 죽음을 상징하는 뜻이었지만, 지금은 '배제'라는 뜻으로 통용되고 있지요. 선거 때마다 공천자를 수용하거나 배제(컷오프)하거나 하는 명단의 살생부가 늘 풍문으로 나돌잖아요? 수양대군이 계유년(1453)에 정변을 일으킬 때 한명회가 작성한 살생부가 있었다는데, 이 얘기가 문헌에 이미 있었던 얘기인지, 아니면 20세기의 드라마작가들이 흥밋거리로 만든 얘기인지, 저로선 잘 알 수가 없어요. 제 개인적인 생각으론 후자가 진실에 더 가깝지 않을까, 해요…….

정 부장의 귓속에는 뭔가 쏙쏙 들어오는 게 있었다. 추 교수의 목소리가 마치 강의실에서 학생들에게 조곤조곤 설명하는 강의 내용처럼 휴대전화를 통해 또렷하고도 또 체계적으로 들려오고 있었다. 늘 그랬지만, 그가 설명하는 내용은 여러 가지 자료를 펼쳐놓고 하나하나 설명하는 것처럼 여겨진다. 물론, 서로 얼굴을 마주보고 대화할 때도 마찬가지였다. 그에게 얻는 정보는 신뢰할 만했다. 팩트를 체크하는 과정에서, 거의 오류가 발생하지 않아서다.

그해 가을이었다. 청와대 비서실에서 어떤 비밀스런 명단을 작성해, 이것을 이미 문화체육관광부로 내려 보냈다는 소문이 각계에 나돌고 있었다. 사람들은 이 부서를 약칭해 문체부라고 했다. 문화예술계, 관계, 언론계에서 나돌고 있는 이 소문의 실체는 물론 안개 속에 휩싸여 있었다. 무슨 증거가 있어야지. 진보적인 짙은 색깔로 유명한 A신문사의 문화부장으로 재직하고 있는 정 부장은 의자에 다리를 꼬고 앉아서 속으로 연신 투덜대고 있었다. 문화예술계 인물 중에서 검열이 필요하다는 인물들의 이름표를 은밀히 확보해야 한다는 취지에서 작성하였을 그 명단을 두고, 사람들은 이른바 '블랙리스트'라고 했다.

야당의 한 중진 의원은 며칠 전에 국정감사장에서 권부(權府)가 작성한 블랙리스트가 존재한다고 강하게 주장하고 나섰다. 이 강한 주장은 이때까지만 해도 거의 공소한 외침의 수준에 지나지 않았다. 여당 의원들은 구체적인 물증을 내놓으라고 맞고함을 치기도 했다. 당신이 말하는 권부가 도대체 어디란 말이요? 여기저기에서 고함소리가 들려 왔다. 까놓고 말해, 청와대인 거요, 아니면 국정원인 거요? 당신네들이 정치적인 이해관계에 따라 터무니없이 말하는 것, 이제 신물이 난다구요! 고함소리가 들리면, 맞고함도 들려온다.

그런데 이 일이 있고 나서 불과 며칠 만에 반전이 생겼다. 안개가 걷히면서, 물꼬마저 트였다. 정 부장이 재직하고 있는 A신문사보다 진보적인 색깔이 좀 옅은 B신문사에서 선수를 치고 나왔던 거다. 문체부 공무원인지, 문체부 산하기관의 직원인지 누군가가 검열이 필요한 문화예술계의 소위 검은 명단을 사진으로 찍어두었지만, 사건의 파장이 두려워 1년 동안 꽁꽁 감추어놓고 있었다. 관계자들이 자꾸 그런 명단은 없다고 발뺌을 하고 거짓말을 하니까, 이 진실한 자료를 양심적으로 덮어둘 수가 없어 익명으로 B신문사에 제공했던 것이다. 작년인 2016년 10

월 12일에 일어난 일이었다.

난리가 났다.

언론사들도 매우 분주해졌다. 문체부는 물론 여권 전체가 벌집을 쑤셔놓은 형국이었다. 각종 매체의 젊은 기자들이 메뚜기처럼 이리 뛰고 저리 뛰고 했다. 이제 대통령과 몇몇 사인(私人)이 엮인 채 국정 농단을 자행했다는 증거가 서서히 드러나기 시작할 것 같은 분위기였다. 여론의 주도권을 경쟁 신문사에 빼앗긴 정 부장은 연신 입맛을 다시면서 씁쓸해하고 있다.

"그 놈의 블랙리스트가 나타나긴 나타난 걸까?"

혼잣말로 중얼거리면서 아직 불을 붙이지 않은 담배를 입에 물고 신문사 건물 밖으로 나갔다. 이때부터 A신문사로선 자존심이 상하는 일이기는 하지만, 몇 달 동안 지속적으로 뒷북치는 기사를 쏟아내었다. 어쩔 수 없는 일이었다. 정 부장과 추 교수가 통화한 것도 이 무렵의 일이었다. 이 통화가 두 사람 사이에 있었던 작년의 마지막 통화였다. 이때부터 일이 심각하게 돌아갔다.

그해의 막바지 두 달 반은 온 사회가 온통 블랙리스트로 가득 찼다. 사람들의 뜨거운 분노는 차가운 하늘을 찌르고 있었다. 이 뜨거움은 해가 바뀌어도 식지 않았다. 올해 1월 13일에는 세칭 블랙리스트 버스 사건이 터졌다. 문화예술인들과 일반 시민들이 서울에서 버스를 타고 세종정부 청사의 문체부 앞에 내려서 이틀 동안 항의 농성을 했다. 이 즈음이라면 일 년 중에 가장 추울 때가 아닌가? 절기로 볼 때 소한과 대한 사이의 기간이었다. 모여든 사람들이 외친 구호는 주로 '문체부 장관은 물러가라', '블랙리스트의 모든 내용을 공개하라' 등이었지만, 헌법과 관련된 원론적인 내용들도 포함해 있었다. 차별 없는 문화생활을 보장하라, 균등한 창작 기회를 제공하라, 사상과 표현의 자유를 존중하라…….

정 부장은 문화부의 젊은 기자들에게 세종 시로 빨리 내려가라고 채근을 했다. 항의 농성을 하는 이들과 1박 2일은 머물러야 한다고 당부했다. 그래야만 신문사가 추구하는 바대로 독자들에게 발 빠르고 깊이 있는 보도가치를 제공할 수가 있어서다. 보도 전쟁은 예나 지금이나 기동성 싸움에 있다. 너무 기동성을 강조하다 보면, 때로 정확성이 떨어질 수 있다. 하지만 이 싸움에서 밀려버리면 소위 보도 전쟁에서 패자 꼬락서니가 되고 만다. 특히 국민이나 문화예술인들에게 초미의 관심사가 되고 있는 사건임에랴.

정 부장은 젊은 기자들을 내려 보내고서야 마음의 여유를 조금 찾았다. 국민들 사이에 뜬금없이 부상한 블랙리스트 사건에 관한 관심이 집중되자, 이 참에 조어(造語)의 유래는 물론, 개념적인 기원까지도 배경 지식이 될 수 있다고 여겼다. 종이든 인터넷이든 간에, 특히 신문을 읽거나 보거나 하는 독자들은 주요한 사건의 곁가지 정보까지도 관심과 흥미의 소재로 보게 마련이다. 언론인이라면 누구라도 두터운 소위 지인층(知人層)이란 게 있다. 사회적인 사귐의 폭이 꽤 넓은 그에게도 몇몇 유력한 조력자가 있다. 이 사건이라면, 동서양의 역사를 꿰뚫어보고 있는 국제정치학자 추 교수에게 조언을 받는 게 좋을 거라는 생각이 스쳐 지나갔다.

"웬일이세요. 부장님께서 모처럼 전화까지 다 주시고. 늦었지만 새해에 복되고 편안하시를."

"저도 인사가 늦었네요. 새해 건강하시고요. 추 교수님. 오늘내일 중에 저와 티타임을 가질 시간이 있으세요?"

정 부장은 다짜고짜 용건부터 꺼냈다. 항상 시간에 쫓기며 살아갈 수밖에 없는 신문장이란 게, 여유를 부릴 만한 위치의 직장인이 아니기 때문이다. 대답은 그가 바라는 대로 튀어나왔다.

"그래요. 오늘 오후 6시 반에 시내에서 무슨 모임이 있는데 잘 되었네요."

정 부장이 추 교수와 마주 앉은 시간은 오후 5시 정각이었다. 겸사겸사 시내 나들이하는 겨를에 잠시 만나는 게 좋다고 했다. 해가 기울어지면서 거리의 날씨는 한결 추워졌다. 드센 북서풍이 휘익 하면서 불어왔다가 길 건너편으로 불려가는 느낌이다. 사람들은 두터운 외투에도 목도리를 칭칭 감은 채 온몸을 움츠린 채 걸어가고 있었다. 여기저기의 가게에서는 저녁 손님들을 맞이하려는 불빛이 새어나고 있었다. 약속한 장소는 광화문 전철역에서 가까운 이면도로에 자리한 한적한 커피숍이었다.

"추운 날씨 탓인지, 정 부장님 얼굴이 좋지 않아요."

"직장인 생활이 어디 녹록한 게 있어야죠. 더욱이 정국이 정국이니 만큼. 국정농단에서, 촛불로, 촛불에서 블랙리스트로 이어지고 있잖아요?"

"하나씩 집중하세요."

추 교수는 정 부장에게 뭔가 낌새를 느낀 게 있는지 불쑥 한마디 건넨다. 평소 가깝지 않으면 쉽게 할 수 없는 말이다. 소설로 치면, 복선을 까는 말처럼 들리기 때문이다.

"제가 뭐 두 가지 집중하는 거라도 있나요?"

"사실, 정 부장님이 일거양득을 원하고 있잖아요?"

"일거양득이라뇨?"

"……."

추 교수는 대답 대신에 미소를 지어보였다.

"기자 노릇을 하는 일도 가뜩한 일인데……."

아닌 게 아니라, 정 부장은 기자이면서 작가이다. 기자로서 전국적으로 유명하지만, 작가로서도 만만찮은 존재다. 그가 작가로서 굳이 출중하다고는 뚜렷이 말할 수 없어도, 작단의 중견으로서 없어서는 안 될 작가로 정평이 나 있다. 특히 작가로서 사회 문제를 좇는 현장 감각이 탁월했다.

"원 라이프에 투 잡이란 게 결코 쉽지 않은 일이겠지요. 하지만 정 부장이 직장 생활에서 얻은 취재원을 작가로서의 소재로 창조적으로 변형시키는 데, 저는 놀라움을 금치 못합니다."

"세상의 모든 글쓰기는 하나라고 봅니다. 기사문이든 칼럼이든 소설이든 각종의 비평적인 글쓰기든 인간을 반영하는 데 지향점이 있지 않을까요. 하지만 세상의 모든 글이 인간을 반영하는 데만 멈추는 게 아니라, 궁극적으로는 인간을 반성하게 하는 거라고 봐요. 남들이 제가 두 가지 일을 한다고 간주해도, 저로서는 제가 하나의 일을 하고 있다고 보지요."

정 부장은 저간에 문제시되고 있는 블랙리스트 사건에 대한 얘깃거리가 두서없이 오갈 줄 알았는데, 뜻밖에도 괜한 화제가 끼어들었다. 이 시국에 그까짓 투 잡이 뭐라고.

"정 부장님."

"네."

"얼마 전에 아무 생명보험 회사에서 직장인의 평균 수명을 직업별로 조사를 했다는데요."

"가장 수명이 짧은 직장인이 누구래요?"

"스트레스 지수가 높은 직종일수록 수명이 짧대요. 유감스럽게도, 짧은 수명에 있어선 기자와 작가가 공동 1위라고 하네요."

정 부장의 입에서 웃음이 터졌다.

"그래요? 제겐 이중의 적신호네요. 그러면 교수는요?"

"교수는 종교인 다음으로 평균 수명이 높다고 했어요. 이것은 어디까지나 통계에 지나지 않구요, 수십 년 동안 음주를 즐기는 생활을 이어온 제게는 이 사실이 결코 청신호가 아니라고 봐요."

정 부장의 생각으로는 추 교수가 자신의 건강에 대해 그다지 자신감을 보이지 않는 것 같다. 정 부장이 추 교수에게 만나자고 청한 까닭이 서로가 서로에게 건강을 챙기라고 하는 데 있지 않았다. 잠시 시간을 두고, 블랙리스트의 실체를 역사적인 맥락에서 접근하기로 했다.

"작년 시월에 통화를 통해 좋은 말씀을 잘 들었습니다. 크롬웰의 청교도 혁명과 찰스 2세의 왕정복고 과정에서 블랙리스트의 유래를 확인할 수 있어서 여러 모로 유익했습니다. 그런데 여기에서 시대를 한참 거슬러 올라가 보겠습니다. 권력 유지에 모든 걸 걸었던 이로 진시황과 같은 이가 어디에 또 있겠습니까? 그에게도 블랙리스트가 있었습니까?"

정 부장이 이처럼 조심스레 문제를 제기한 데 비해, 추 교수는 단호한 어조로 얘기를 이어갔다.

"블랙리스트가 별 거랍니까? 정치적으로 누군가를, 또는 어떤 세력을 배제하려고 하는 모든 행위가 바로 블랙리스트지요. 나치의 만행으로부터 유대인들을 살리려고 노력한 쉰들러 리스트가 인류 역사에 있어서 최선의 화이트리스트라면, 진시황의 분서갱유는 최악의 블랙리스트인 셈이지요."

"……."

"우리는 그를 두고 진시황이라고 하지만, 그 시대의 명칭을 따르자면 처음으로 시작한 황제라는 점에서 시황제이지요. 황제는 3황 5제의 준말인 게 유력합니다. 단순한 지방 통치자인 진(秦)왕을 넘어 전국시대 일곱 나라를 통일해 최초의 통일 제국을 수립했으니, 통치자의 칭호도 격이 달라져야 했겠지요. 전설상의 이상적인 최고 통치자 3황 5제의 품격에 맞추어놓았던 겁니다. 그러나 그는 민을 폭압의 덫으로 밀어놓고 민심을 거슬렀기 때문에 제국은 자신의 통치 기간인 12년을 포함해 15년 정도에서 결딴이 나버렸지요. 그를 계승한 호해가 2세황제가 되긴 했지만, 승상 이사와 환관 조고가 시황제의 유지를 조작했다는 점에서, 기름에 불을 던진 경우가 되고 말았죠. 이에 민심은 새로운 통치 질서를 원했던 거지요. 모든 게 민심 따라 가게 마련이지요."

"시황제가 학자와 사상가를 탄압한 것 외에, 문화예술인을 탄압한 사례도 있습니까?"

"물론 사마천의 『사기(史記)』에는 없는 걸로 알고 있습니다."

"……."

"제가 미국에서 공부할 때 중국 전문가인 스티븐 모셔의 특강을 경청한 바 있었어요. 그는 문화혁명 이후에 중국연구자로 처음으로 중국 입국이 허용된 미국인 학자였지요. 하지만 그는 마침내 국제 스파이라는 의심을 받고 중국으로부터 추방된 인물이기도 했지요. 그의 저서 『헤게몬』에 의하면 이런 서술이 있어요. 보세요. 확인하기 좋은 한국어판 58쪽이에요."

추 교수는 미리 복사해온 자료를 정 부장에게 내놓으면서 말했다.

"……전국을 방랑하는 음유시인은 금지되었으며, 정부에서 승인한 가객(歌客)과 무용수 집단으로 대체되었다. 그들은 정부의 승인을 받은 노래만 부르거나 춤을 출 수 있었다."

"아, 그렇군요."

"시황제는 문화예술인을 엄혹하게 단속했을 것입니다. 특히 자신의 통치 이데올로기인 법가(法家)에 반대하는 모든 문화예술은 철저한 배제의 대상이 되었던 것입니다. 스티븐 모셔는 사료 분석에 탁월한 학자이니까, 어딘가의 사료에서 이 부분을 가져왔을 겁니다."

"헤게몬이란 건 무얼 의미하는 거죠?"

"헤게모니의 옛 그리스어예요. 헤게몬은 대내적으로는 주도권을 가리키며, 대외적으로는 패권을 가리키는 말이에요."

"진왕은 시황제가 되기 전에 여섯 나라와 내전을 벌였고, 시황제가 되고 나서는 자신의 권력에 도움이 되지 않은 이들을 탄압해 나아갔지요. 이 과정에서 주도권을 잡게 되었지요. 또 대외적으로는 만리장성을 쌓으면서 '천하(天下)'라고 하는 지정학적인 질서와 화평을 유지하려고 했던 거지요. 이걸 두고 패권이라고 해요. 인접 국가들이 하나의 중국적인 천하 관념으로 흡수되는 질서야말로 시황제 이래 지니고 온 중국의 꿈이라고 할 수 있지요."

"고대 중국의 정치사상이 한눈에 들어오는 것 같군요."

추 교수의 국제정치학적인 식견은 정연하게 전개되고 있었다.

"진나라 이전의 상고 시대의 정치체제는 원시종교적인 신정(神政) 체제였지요. 이해하기 쉽게 말하자면 제정일치의 사회였지요. 하·은·주로 이어지는 시대는 한마디로 말해 주(呪)의 정치학이 지배하던 시대였죠. 모든 것을 주술 및 제의에 의존했지요. 춘추전국시대는 다문화적인 카오스의 시대랄까요? 이를 코스모스의 시대로 바꾼 이가 진시황 즉 시황제였지요. 그는 이제 자기 시대가 왔다고 간주하고는 주의 정치학 시대에서 법(法)의 정치학 시대로 전환합니다. 하지만 그가 추구한 법치가 격렬한 민심의 이반을 불러일으킵니다. 법치는 양날의 칼입니다. 이 낱말은 가치와 몰가치를 동시에 품고 있는 말입니다. 어떤 때는 소나 돼지를 잡는 칼이지만, 어떤 때는 '사람 잡는' 칼이 되기도 하지요. 진 제국이 묻어버린 유(儒)는 패권보다 인의를 중시하는 왕도의 정치학을 표방한 경우라고 말할 수 있겠지요. 진 제국은 그러니까 십 수 년 만에 결딴난 단명의 제국이었구요, 대신에 진붕초망사(秦崩楚亡史) 직후의 중국에는 한(漢) 제국이 장수 제국으로 살아남습니다. 한 제국의 정치 이데올로기였던 어짊과 의로움의 정치학은 이후 2천 년 이상이나 사상적으로 중국을 지배합니다."

"유는 지금의 중국, 즉 신중국과 거리가 있네요."

"그렇습니다."

"어떻게 다른가요?"

"비주류였던 법의 정치학이 이천 수 백 년 만에 다시 주류가 되게 한

이가 바로 모택동, 즉 마오쩌둥 아니겠어요? 그는 제2의 진시황이에요. 그가 일으킨 문화혁명은 전국시대를 재현한 것이요, 그의 마오이즘은 현대판 법가이며, 그가 탄압한 사람들은 블랙리스트 감시 대상의 인물들이었지요. 그에 의해 죽은 수많은 지식인들은 20세기의 갱유(坑儒)라고 할 수 있겠지요."

"모택동의 공자 비판, 유교 비판은 사회주의 공동체에서 더 이상 유(인의)의 정치학이 쓸모없는 소위 반면(反面)교재이었음을 반증하는 것이라고 하겠네요."

"그럼요."

이른바 반면교재는 문화혁명기에 나온 말이다. 마르크스와 엥겔스와 마오이즘이야말로 반듯한 얼굴의 가르칠 거리 즉 정면교재라면, 모든 부르주아 반동사상은 인민에게 가르쳐서는 안 될 가르칠 거리인 반면교재다. 헤겔과 칸트와 니체 등의 서양 근대사상은 죄다 반면교재다. 특히 유교의 가르침이 가장 대표적인 반면교재로 낙인이 찍혔다.

"지금도 중국 당국이 외교적인 결례를 무릅쓰면서도 자신의 뜻을 강하게 관철하려는 경향이 있잖아요? 우리 보통 사람도 해외여행 중에 중국인들의 언행이 불편하게 여겨지는 경우를 간혹 경험하잖아요? 이 모두가 문화혁명 때 유교의 가르침을 폐기한 자업자득이 아닌가, 해요. 원래 중국인들은 예의염치를 매우 중시하는 사람들이었잖아요?"

"한동안 잠잠하던 중국이 최근에 다시 모택동의 시대로 돌아가려는 분위기를 보이고 있어요."

"그게 바로 중국몽 때문이지요."

"중국몽은 다름이 아니라 대내적으로 주도권을 가지려고 하는 거고, 또 대외적으로는 패권을 장악하려는 것. 말하자면 그건 진시황의 꿈이에요."

이 대목에서, 추 교수는 따뜻한 녹차를 깊이 들이마시고 있었다. 마른 입을 따뜻한 차로 축이고선 다시 얘기를 이어가려고 한다.

"정 부장님. '강한성당(强漢盛唐)'이란 말 들어보셨어요?"

"베이징 올림픽에서 중국이 표방한 메시지?"

"네. 그래요. 군사적으로 강력했던 한 제국과 문화적으로 융성했던 당 제국의 시대로 향해 지금의 사회주의 중국이 회귀해야 한다는……."

"물론 진시황이 강한과 성당의 원천인 셈이겠네요?"

"……."

추 교수는 대답 대신에, 고개를 끄덕였다. 그가 뭔가 말을 이어가려고 할 때 습관처럼 취하곤 하던 제스처다. 물론 강한성당이 아까 말한 진붕초망과 상대적인 개념 같지만 진이 붕괴했어도 후대에 영향을 주었다. 말하자면, 진이 중국사의 전성기인 한과 당의 초석을 마련한 것은 사실이다.

"강한과 성당의 패권이 우리 한반도에도 큰 영향을 끼쳤지요. 한 제국에 의해 고조선이 붕괴하고, 당 제국에 의한, 백제와 고구려의 잇따른 멸망을 보세요?"

두 사람의 대화는 계속 이어지고 있었다. 얘기가 길어질수록, 추 교수 모임의 약속 시간은 점점 다가오고 있었다.

정 부장은 추 교수와 헤어졌다. 다음에 만난다면, 오랜 만에 모처럼 술잔이라도 주거니 받거니 하자고 했다. 집으로 가는 택시 안에서는 여기저기에서 문자가 오고 있었다. 세종 시로 내려간 젊은 기자들은 문체부 앞에서 농성 중인 사람들이 이 뼛속까지 스며드는 추위에도 아랑곳없이 분노의 열기를 뿜어내고 있다고 전해주고 있었다. 촛불이 아니라 마치 횃불을 치켜든 것 같다고 하는 분위기를, 정 부장에게 전해주고 있었다. 누군가로부터, 부장님, 아무래도 이번 사태가 심상치 않습니다, 라는 문자가 오는 순간에, 미국에서 고등학교를 다니고 있는 딸아이에게서 또 다른 문자가 왔다.

"아빠, 미국 친구들이 그래, 한국은 아직도 정치적으로 미개한 나라냐구? 나라에 무슨 일이 있었기에, 블랙리스트, 블랙리스트 하는 거야?"

정 부장은 재빨리 답장을 보냈다.

"아직 사건의 전모가 드러나지 않아 예단하기 어려워. 좀 더 사태의 추이를 지켜봐야 해."

미국 유학은 고등학교나 대학교를 졸업하고 나서 시작해도 늦지 않다는 얘기를 그렇게나 해도, 아내는 도무지 말을 들으려고 하지 않았다. 아내는 지난 해 가을이 시작될 무렵에 무남독녀인 딸아이를 데리고 미국으로 가버렸다. 이 추위에 기러기 아빠로 기어이 만들어 놓고 만 아내가 때로 야속했다.

정 부장은 지나치다고 할 정도로 시의(時宜)에 맞추는 칼럼을 쓰는 일에 관해 이제는 서서히 회의가 들기도 했다. 맛으로 비유하자면 식상하달까? 그는 언론인으로서가 아니라, 대신에 작가로서 블랙리스트 얘깃거리를 찾아야겠다는 충동을 느끼기 시작했다. 일상의 수면 위에서 간혹 일렁이고는 하는, 뭐랄까 탈일상의 파문(波紋)이랄까? 그는 소설의 본격적인 창작에 앞서 화가에게 밑그림에 해당하는 초고(草稿)를 반드시 작성하고는 한다. 그에게 있어서 이런 유의 작업은 매우 요긴한 일이 되기도 한다. 아무렇게 갈겨써도, 이것이 그에게는 글쓰기의, 없어서는 안 될 토대가 된다.

고대 중국의 제사의식은 지금 우리의 상상을 초월한다. 고대 중국인들은 전투가 없으면, 만날 제사를 위해 움직이는 것 같다. 제사를 지내려면 제물이 필요한데, 이 제물을 두고 희생(犧牲)이라고 했다. 제물 중에서도 으뜸은 수소였다. 국가 차원의 큰 제사에서, 상제를 위해서 붉은 수소를, 후토(后土)를 위해서 검은 양을, 왕실의 조상을 위해선 흰 돼지를 바쳤다. 반면에 민간의 제사에서는 산천의 신을 위해 망아지를, 조상을 위해 양 한 마리를 바쳤다. 희생 중에서도 제사에 쓸 살아있는 소를 가리켜 희(犧)라고 하고, 점복에서 길함을 얻어 아직 죽이지 아니한 소를 두고 생(牲)이라고 한다. 이 말의 뜻은 점차 확대되어 갔다. 희생은 고대 이후에 대체로 '바치다'의 의미로 사용되어 왔다. 제의에서 인신을 희생의 제물로 쓴 일도 잦았다. 전쟁포로는 중노동이 아니면, 주로 제사의 희생의 제물로 썼다. 특히 진나라는 물의 신인 하백을 위해 해마다 소녀를 바쳤다. 제사 때 쓰는 물은 새벽이슬을 받아 모은 '정화수'여야 하고, 제주는 드맑게 걸러낸 '청작(淸酌)'이어야 했다. 길흉화복을 맹신한 고대 중국인들은 이처럼 제사에 목을 맸다.

중국 예술에 대한 기원은 고대의 제사의식으로부터 나왔다. 중국에 있어서의 예술 기원의 잔혹한 역사는 이루 말할 수가 없다. 세계의 모든 고대 사회가 수력 사회였다. 물의 힘이 바로 국력이었다. 비가 내리지 않으면, 농사를 지울 수가 없었다. 너무 내려 두 큰 강이 범람해도 문제다. 중국 춤의 기원은 기우제에서 찾을 수밖에 없다. 비가 내리지 않으면, 나라에서는 수많은 소년 소녀를 모아놓고, '비야 내려라'를 외치게 하고, 춤을 추게 했다. 그래도 비가 내리지 않으면, 무격(박수)으로 하여금 이글거리는 뙤약볕 아래 춤을 추게 한다. 비가 내릴 때까지 춤을 추게 해 더러는 말라 죽이기도 했다. 또 그래도 비가 내리지 않으면 곱사나 절름발이를 대기해놓고 고문해 죽이기도 했다. 이 끔찍한 습속은 훗날의 현자들에게 엄청난 비난을 받아야 했다. 중국에서 제사 때 쓴 최초의 악기는 '질나발(喇叭)'이었다. 도기로 만든, 6천 년 전의 이 관악기는 절강성에서 발견된 제사용 악기였다. 그 당시의 갑골문으로는 '훈(塤)'이라고 했다. 시간이 한참 흘러서 전국시대에 현악기 '금(琴)'이 출현했다. 진왕 영정(嬴政)이 지배하던 시대에는 금, 즉 거문고가 으뜸의 악기가 되어 있었다. 음악의 기원은 천지산천의 신명(神明)을 부르는 데 있었고, 춤의 기원은 비가 내리기를 기원하는 데 있었다.

한 지역의 우두머리인 진왕에 지나지 않았던 영정이 천하통일의 패업과 하늘 아래의 최고 지배자로서의 제업을 이루어서 중국의 역사에서 처음으로 만승의 지위에 올랐다. 이 '처음'이란 데 방점을 찍어, 그는 시황제라고 스스로 칭했다. 우리의 언어 관습으로는 진시황이라고 일컬어지는 이다. 그는 처음의 황제로서 천하에 널리 공언하였다. 이백 년 넘는 간과(干戈 : 전쟁)의 긴 시대를 접고, 이제 화평의 치세를 열려고 하는도다……하지만 그의 생각과 달리, 그의 생전에, 또한 그의 사후에 새로운 난세가 기다리고 있었다. 어쩌면 세상의 어지러움은 비단 그만의 탓이나 책임으로 돌릴 수 없다. 고대 중국의 정치, 경제, 사회, 문화 등에 있어서의 전체적인 레벨과 시스템이 문제라면 문제였다.

어쨌든 진시황은 각 지역의 왕조가 난립하던 전국시대의 모든 제도를 혁파하였지만, 왕조의 지배자가 신에게 제사를 올리던 선진(先秦 : 진나라 이전)의 오랜 전통을 계승하였다. 그는 천신과 지신께 정성껏 제사를 올렸다. 음력 12월, 즉 섣달 납월(臘月)에는 납월제가 있었고, 음력 2월인 중춘(仲春 : 무르익은 봄)에는 춘사제가 있었다. 납월에는 천신에게, 춘사 때에는 지신에게 제사를 올림으로써 나라와 인민의 풍요다산을 기원했다. 나라의 제사의식이 끝이 나면, 백성들도 축제에 동참해 서로 어울려 즐긴다. 진나라 수도인 함양성의 서문에는 큰 무대를 마련해 각종의 연예 및 연희가 펼쳐진다. 이때 전국에서 내로라하는 시인, 묵객, 가객, 무인(舞人), 악사, 곡예사 등이 몰려든다. 이때만은 거민(원주민)이 객호(客戶 : 떠돌이 백성)에게 텃세를 부리거나 층하(푸대접)를 일삼지 않는다. 축제 기간에는 요새 말로 하자면, 꽤 다문화적이었다. 누구나 신 앞에서는 평등하다고 생각을 했을 거다. 그래야만 하늘 아래, 땅위에 중국인들이 하나로 엮일 수 있으리라고 여겼을 터.

제사의식이 끝나면, 축제가 벌어진다. 고대 중국의 축제는 춘하추동에 걸쳐 늘 있었다. 추제(秋祭) 때였다. 함양궁의 누대에서는 시황제와 황실 가족, 그밖에도 만조백관이 동참한 가운데 야연이 펼쳐졌다. 뜨락에는 달빛이 제법 그득했다. 시황제가 무대를 내려다보는 권좌에는 구리를 녹여 기둥을 세우고 옥석으로 계단을 만들었다. 무대의 여기저기에 세워진 기둥에는 기둥마다 등잔이 매달려 있었고, 또 등잔에는 각각 서너 개의 향촉이 타고 있었다. 열두 소리로 조율된 편종이 울리면, 옥으로 만든 경쇠는 반주를 환하게 맞추기 시작한다. 고대 중국의 악기들인 슬축(瑟筑)과 생적(笙笛)이, 쟁쟁거리거나 웅웅 하는 소리를 내면, 분위기는 한껏 장엄해진다. 무희들이 무대에 등장하여 가락에 맞추어 춤을 춘다. 모든 의식과 연행의 중심에 놓이는 주인공은 오직 한 사람이다.

진짜 이름인 영정.

그는 중국을 37년 동안 통치하고, 또 지배했다. 이 37년 가운데 4반세기 정도는 진왕으로서, 10년 남짓한 나머지 기간은 시황제로서 각각 왕국과 제국의 최고지도자로 군림했다.

그는 독무대 위에서 추는 어느 무희의 춤을 유심히 바라다보고 있었다. 부드러운 몸동작에다 하늘거리는 춤사위가 자신의 죽은 어머니의 젊은 모습을 떠올리게 했다. 그의 모친은 조희(趙姬)다. 이름이 정확히 알려져 있지 않기에, 그저 후세 사람들은 조나라의 계집이라고 해서 조희라고 칭했다.

소위 진시황 이야기에는 그가 태어나기 전의 부모의 잘못된 만남과, 왕의 어머니가 된 여인으로서 조신하지 못한, 천하에 둘도 없는 섹스 스캔들을 빼놓을 수가 없다. 그가 어릴 때부터 조울증을 앓았던 이유도, 중국사의 첫 황제가 된 이래 인덕으로써 민심을 어루만지지 못하고 위아래 할 것 없이 포악하게 굴었던 까닭도 자신의 어머니에 대한 애증의 늪에서 헤어나지 못했다는 데 있었다.

진왕의 아버지 자초는 왕족의 한 사람으로서 조나라에 질자(質子 : 볼모)로 잡혀갔다. 그때 천하의 거상인 여불위에게 몸을 의탁하고 있었다.

여불위는 세상 물정이 밝았고, 광대한 인맥의 그물망을 형성하고 있었다. 천하의 고관, 협객, 유세객, 식자, 예인, 장인 등과 연계되어 있었고, 정치적인 야심도 컸다. 말할 것도 없이, 숱한 여인과도 인적 관계망을 형성하고 있었다. 조나라의 최고 무용수였던 조희도 돈으로 주물렀다. 조희는 그의 애인이었다. 자초는 질자로 잡혀온 주제에 조희의 빼어난 용모와 춤 솜씨에 홀딱 빠져 그에게 그녀를 양도해 줄 것을 끊임없이 요구했다. 처음에는 화를 크게 냈지만, 손익 계산에 빠른 그는 자초에게 투자했다. 조희는 이때부터 자초의 여자가 되었다. 우여곡절 끝에 진나라로 돌아간 그는 얼떨결에 왕위에 오른다. 진의 장양왕이었다. 조나라에 잡혀 있을 때 조희와의 관계에서 낳은 아들이 있었다. 영정이다. 영정은 여불위의 아들일 수도 있다. 영정이 여불위의 아들인가, 아니면 자초의 아들인가. 후세의 수많은 사람들이 입방아를 찧었다. 가능성은 반반이라고 본다.

장양왕도 그리 오래 살지 못했다. 어린 아들 영정이 열세 살의 나이로 진나라 왕위에 올랐다. 왕태후 조희가 한동안 섭정을 했다. 이때 여불위는 진나라의 객인으로서 상국의 지위에까지 올랐다. 장양왕 자초가 죽은 후, 조희와 여불위는 국정의 장악은 물론 육체적인 사통(私通)의 불을 다시금 밝혔다.

왕태후 조희는 사내의 맛을 알기 전에 그토록 젊고 청순하고 아름다운 풍류가인(風流佳人)이었으나 점차 남자를 알게 되고 세상을 알게 되면서 음욕이 강한 계집으로 서서히 몸이 달구어졌다. 그녀는 지아비가 죽은 다음에도 사내가 없이는 하룻밤을 잠 못 이루는 음욕의 색광녀가 되었다. 그녀가 원하는 모든 것은 건강한 사내의 튼실한 몸과, 비단결 같이 부드러운 금침과, 어둠 속에서 느낄 수 있는 밤의 환락이었다.

진나라의 이면 중에서 가장 깊고도 은밀한 내실에서 여불위와 왕태후가 함께 붙어서 일을 치루고 난 후였다. 침실 언저리에는 불빛이 몽롱하게 흐르고 있었다. 열아홉 살의 무희가 처음으로 여불위에게 몸을 바쳤지만, 한때 오랫동안 남의 여자로서 멀찍이 바라보는 사이였다가 이제는 무르익을 대로 무르익은 30대 중반의 몸으로 다시 몸의 인연을 맺고 있다. 돈이나 권세라면 남부러울 게 없는 여불위이지만, 어쨌든 나라에서 지존인 여인과 당치 않은 불륜을 맺고 있다. 왕태후가 누운 채 입을 열었다.

"상국(相國). 그때와 비교해서 어때요?"

"예, 태후님. 당당하지 못하고 몰래 맺는 인연 때문에, 옛날처럼 감미롭지 못해서 여쭙는 말씀이오니까?"

"아니에요. 달다거나 쓰다거나 하는 문제가 아니에요. 도리어 여염집 여인네가 지아비와의 방사(房事)보다 뽕나무 숲에서 외간 남정네와 하는 상중(桑中)의 일이 더 달큼하다고들 하지 않아요? 저도 아들 왕 몰래 하는 이 짓이야말로 한층 더 즐거워요. 하지만……."

"하지만?"

"상국도 이제 연륜이 오십 줄에 가까이 가고 있지 않아요?"

"네에. 그렇군요."

여불위는 왕태후가 무슨 말을 하려고 하는지를 알고 있었다. 자신이 실로 왕태후의 옛 정인이기는 하지만, 자신의 사내로서의 힘이 옛날 같지 않다는 것을 잘 알고 있다. 그는 사내에게 좋다는 천하의 명약에 관해 훤히 꿰뚫어보고 있었다. 하지만 자연적인 몸의 쇠락은 어찌 할 수가 없었다.

"근데 영정(진왕)은 누구의 아들일까요?"

"글쎄요."

"시점이 아리아리해서 내가 낳은 아이의 씨 임자가 누군지도 모르다니, 원."

"영정이 저를 닮지도, 선왕을 닮지도 않았으니까, 잘 알 수가 없네요."

"제가 영정을 낳고 참 경악했어요. 세상에 그렇게 못난 아이는 처음 보았어요! 입이 너무 커서 온 세상을 다 잡아먹을 것 같은 흉측한 몰골이었지요."

"엄마를 닮았으면 천하의 미남자일 텐데."

"그러게요."

저 『사기』의 (궁형을 받았음에도 분발했다는 뜻의) 발분저술가인 사마천은 어떤 사료를 열람했는지 알 수 없지만 시황제의 인물을 가리켜 '콧등이 높고 눈이 길며 매의 가슴에다 목소리는 승냥이처럼 날카롭다.'라고 묘사했다. 영정의 못생긴 용모를 두고 여불위와 왕태후는 이불 속에서 설왕설래했다. 이제는 왕이 누구의 아들이냐가 중요한 것이 아니다. 왕은 왕, 현존의 권력이다.

"태후님께서 아드님의 탄생을 앞두고 악몽을 꾸었다지요?"

"그래요. 저는 한적하고 호젓한 오솔길을 걸어가고 있는데 날개가 돋친 뱀에게 쫓겼어요. 험상궂은 적국의 장군 같이 큰 뱀이었어요. 이 괴물에게 붙잡혀 숲에 끌려가 당했어요. 살려달라고 큰소리를 질렀지만, 도와 줄 사람이 아무도 없었지요. 그리고는 괴물 같은 아이를 낳았지요."

"태후님. 그 아이는 사람의 씨에서 잉태했지만 영적으로는 신령에 감응된 얼굴이라고 봐요. 날개 돋친 뱀은 신이거나 영매(靈媒)이지요. 당신의 아드님이신 우리 진왕은 신이(神異)의 과정을 겪으면서 이 난세에 나온 것이지요. 아마도 향후 이 난세를 평정할 것이외다."

"네. 상국의 지혜를 믿을 것이오."

여불위는 왕태후와의 불륜이 지속되어 진왕이 자라면서 제 어머니의 모든 비밀을 알게 되면 자신의 목숨도 온전치 못하리라고 생각했다. 천하의 부호요, 진나라의 승상이며, 문신후(文信候)로서 10만 호 조세의 식읍을 받고 있는 자신이 그까짓 불륜으로 인해 인생을 그르칠 수 없다고 보았다. 자신을 바라보고 사는 가족, 친지, 여자들, 식객들만 해도 이루 말할 수 없이 많지 않은가? 그는 30대 후반의 성숙한 육신의 욕망을 채워줄 젊고 강한 사내를 찾지 않을 수 없다. 그의 정보 능력은 동물적인 감각의 수준이었다. 어렵잖게 찾은 이가 바로 문제의 사내 노애(嫪毐)였다. 그는 야인이었다. 세상에 나서기 전에 아무도 없는 빈 숲속에서, 출입이 금지된 영역의 큰 바위 위에서 벌거벗은 채 봉술을 짚고 뛰며 날아오르면서 신체를 단련하고 있었다. 온몸이 근육질이었고, 생식기는 장대했다. 사료의 기록에 의하면, 그를 가리켜 '대음인(大陰人)'이라고 했다. 풍문에 긴가민가 하는 여자들 앞에서 발기된 생식기로 오동나무 바퀴를 들어 올려 돌리는 시범을 보인 적이 있었다. 이를 본 여자들은 모두 놀란 표정으로 눈을 크게 뜨면서 손으로 입을 가렸다고 한다. 여불위는 보는 것처럼 실제로 센지 알아보기 위해 노애를 계집종들과 하룻밤을 보내게 했다. 그는 여러 명의 계집을 한꺼번에 상대할 수 있는 특출한 능력의 소유자였다. 그와 하룻밤을 보낸 계집종들은 현실과 초현실을 구분하지 못하고 모두들 얼빠진 표정을 짓고 있었다.

그래, 됐다, 됐어.

여불위는 왕태후와 노애를 맺어주고는 그녀와의 특수한 관계에서 발을 뺐다. 왕태후는 물 만난 고기처럼 노애를 받아들였다. 아직 젊고도 미혼인 노애는 마음만 먹으면 태후의 몸을 밤새도록 유린했다. 그는 밤의 지배자였다. 그가 태후의 침실 시중을 듦으로써, 그녀는 밤마다 환락의 늪에 빠져 허우적댔다. 노애의 육체적 탐심(貪心)도 갈수록 부풀어 올라갔다. 이부자리는 늘 눅진했고, 남녀 정액의 냄새들이 배어있었다. 젊었을 때 춤을 추는 무희였던 왕태후의 몸은 늘 유연했고, 밤마다 춤꾼의 들숨과 날숨처럼 조이고 푸는 현란한 기교를 발휘하였다. 젊었을 때 그녀는 무희일 뿐만 아니라 가무희였다. 가희로서 노래도 곧잘 불렀다. 근본이나 신분조차 알 수 없는 미지의 사내 노애와 한 몸이 된 지존의 그녀는 밑에서 깔린 채 신음을 토해냈다. 이 신음은 감창(甘唱), 곧 달콤한 노랫소리와 진배없었다. 내실 바깥에서 꿇어앉아 늘 대기하고 있던 젊은 나인들은 태후의 감미로운 신음소리에 아래를 적시면서 순간적인 혼신의 떨림을 체험하고는 했다.

그녀는 함양궁 밀실이 위험한 곳이라고 여겼다. 일이 잘못 되면 들통나기가 십상이어서였다. 아들 왕으로부터 함양 바깥으로 나아가서 당분간 요양하겠다는 허락을 받아냈다. 노애는 가짜 환관으로 꾸몄다. 수염이 나면 즉각 뽑아버렸다. 그는 권력에의 탐욕도 드러냈다. 권력에의 의지를 고양이 발톱처럼 드러낸 그와, 육체적인 만족을 얻기 위해 모든 것을 던진 그녀. 별궁에서 아들도 두 명이나 낳았다. 두 사람의 아이들은 진왕 영정의 이부(異父) 아우이다. 노애는 왕궁의 말과 수레, 궁녀와 환관, 황실 사람들의 출입 등을 관리해 왔다. 함양궁 밖으로 나와선 황하 서쪽 태원(太原)의 비옥한 토지를 장악한 장신후(長信候)로 봉해졌다. 그를 따르는 식객만 해도 천 명이 넘었다.

꼬리가 길면 밟힌다고 했다. 진왕 주변의 사람들은 진왕에게 태후의 사생활이 수상하다고 은밀히 전해 주었다. 진왕 역시 조심스레 접근했다. 모친의 일에 관해서였기 때문이다. 확신이 선 다음에 선제공격을 했다. 스무 한 살의 젊은 왕이 정예기병대를 이끌고 노애의 본영을 급습했다. 놀란 노애는 그 동안 관계를 맺어놓은 세력을 규합해 반란을 일으켰다. 시황제의 37년 통치 기간 중에 거의 유일한 내전이라고 할 수 있는 반란 사건이었다. 인맥은 공권력을 대적하지 못한다. 마침내 반란은 진압이 되었다. 노애 일당 20명 정도는 중형에 처해졌다. 노애는 산채로 사지가 찢겨지는 거열형을 당했고, 태후와의 불륜으로 낳은 어린 아이들도 끔찍하게 죽임을 당했다. 크건 작건 간에 노애와 엮인 사람들인 4천 여 일가는 미개척의 삭막한 촉(蜀) 땅으로 강제 이주되었다.

노애의 반란 사건 이후부터 진왕 영정은 더욱 포악해졌다. 그는 모친

탓이라고 생각했다. 어릴 때는 못생겼다고 그렇게도 박대를 하더니, 장성해서는 왕의 모친으로서 시정잡배 같은 놈과 붙어버려 아들을 배신한 것이었다. 반란 사건을 진압한 이후에, 왕은 태후를 별도의 궁에 유폐시켰다. 그는 태후를 더 이상 만나지 않겠다고 신하들에게 선언했다. 말이 좋아 궁이지 사실은 온기도 없이 차디차고 어두운 옥이었다. 노애를 환관으로 추천한 상국 여불위도 언제 죽을지 모르는 상황에서 자결을 했다. 자연인 영정은 생부일지도 모를 여불위를 죽인 것이나 다름이 없었다. 이때부터 그의 난폭한 성정은 거칠 것이 없었다.

하지만 어머니에 대한 증오의 감정은 한결같지는 않았다. 얼마 후에 진왕은 신하들의 간언을 받아들여 태후를 유폐에서 해제했다. 노애의 반란 사건 이후에도 조희는 태후로서 10년을 더 살았다. 52세의 나이로 세상을 떠났다. 그녀가 세상을 떠나던 해에는 진왕이 조나라를 침범해 난도질을 했는데, 특히 어머니의 친정이요 자신의 외가와 원수를 진 사람들을 잡아다가 모조리 생매장해버리고 말았다. 또 그는 중국을 통일한 다음에 자신은 황제라고 자칭했듯이, 왕태후인 어머니를 제(帝)태후로 추존하기도 했다. 어머니에 대한 그의 애증 및 양가감정은 이와 같이 극단적이었다.

우리가 아는 이름인 진시황이 천하를 통일하기까지, 그러니까 진왕이 시황제가 되기까지 두 차례의 고비가 있었다. 하나는 재위 9년째에 발생한 노애의 반란 사건이며, 다른 하나는 재위 20년째에 발생한 형가(荊軻)의 암살 미수 사건이다. 연나라 태자 단(丹)은 망국을 앞두고 마지막 수단으로 진왕에 대한 암살을 시도했다. 자객 형가를 함양궁에 파견한 것은 역사적으로 아주 유명한 사건이다. 이 사건의 공간적 배경으로 유명한 곳은 역수(易水)다.

역수는 중국 하북성 역현을 흐르는 강이다. 전국시대 말에는 팽창해가는 진나라와 끝까지 살아남으려는 연나라의 국경선이 잠시 되기도 했다. 연나라 태자 단의 명령을 받고 진왕을 암살하러 떠나는 형가가 마지막으로 머물면서 벗들과 헤어짐의 모임을 가졌다. 이때 축(筑)의 명인인 고점리(高漸離)는 이 날, 이별의 곡을 슬프고 굳세게 연주한 것으로 유명하다. 축이 시정의 주점에서 사용된 것으로 보아 금보다는 대중적인 현악기가 아닌가, 한다. 악기의 목이 가는 대신에 머리통이 컸다. 여기에 두 개의 공명상자가 들어가 있다. 훗날에 고점리가 시황제를 암살하기 위해 납을 넣어둔 그 공명상자다. 형가는 마지막 만남이 될 모임을 위해, 축의 연주에 맞춰 자신의 시를 노래로 불렀다.

바람이 쓸쓸하고 역수의 물이 차가워라.
장사 한번 가면 다시 돌아오지 못하네.

이때 형가가 부른 이 노래는 비분강개의 노래였다. 그는 두 갈래의 성조로 노래를 불렀다. 하나는 변치(變徵)의 소리요, 또 하나는 우(羽)의 소리였다. 소위 변치의 소리가 비분의 노래라면, 이를테면 우의 소리는 강개의 노래다. 형가가 비분의 소리로 이것을 노래하니 모인 사람들이 모두 눈물을 흘리면서 울었고, 그가 강개의 소리로 노래하니 모두가 눈을 부릅뜨면서 분한 마음으로 불우한 시대를 원망했다. 변치성은 5음계 궁상각치우 중에서 치보다 반음 낮은 소리다. 서양 음악의 올림 파에 해당한다고 한다. 반면에 우성은 현대음악의 장음계에서 제2도 음을 끝 음으로 쓰는 스타일이라고 하는데 누구에게나 과문한 탓이면 정확한 의미와 맥락은 알 수 없다. 결국 형가는 진왕을 자신의 면전에 두고서도 거사를 성공하지 못해 천고, 만고의 한을 남겼다.

진왕은 재위 26년째가 되던 해에 제나라의 상국인 후승이 저항하는 가운데 왕을 사로잡음으로써 중국의 역사에서 처음으로 천하를 통일했다. 이 해는 서기로 기원전 221년이었으며, 그의 나이 39세였다. 전국시대의 일곱 나라 중에서 마지막으로 남은 나라는 제나라인 것이다. 제나라는 우리나라와 가까운 산동 반도를 품으면서 동쪽을 차지하고 있었다. 서쪽 나라인 진나라와는 정반대의 위치에 놓여 있었다. 지리적으로 그러다 보니, 모든 게 가장 대조적인 나라였다. 특히 문화적인 면에서, 일곱 나라 중에서 가장 대조적이었다.

진나라는 서부의 유목민족에서 왔으리라고 본다. 이들의 거친 습성이 있는 그대로 몸에 배였다. 사람들은 능수능란하게 말을 타고, 창검을 휘둘러댔다. 성정이 애최 호전적이고, 또 탐욕적이었다. 권력이나 무력을 가치로 여기고, 의리보다는 이익에 집착하는 면이 뚜렷하다. 진나라의 군사와 병마는 지금까지 병마용으로 여실하게 남아있다. 얼굴 생김새도 그때 그 모습이라고 보면 된다. 진나라 지식인 중에서 시인이나 사상가를 많이 배출하지는 못했다.

이에 반해 제나라는 부유하고 호화롭고 낭만적인 분위기의 문화를 지녔다. 사람들의 성정이 다정다감해 예술을 숭상하고는 했다. 비단장수와 소금장수들이 물류를 이끌었고, 늘씬하고 아름다운 여인들이 중국 고대의 패션을 주도했다. 여기는 미녀의 산지로 유명했다. 진왕의 숱한 여자 중의 한 사람도 여기 출신이 있었다. 신비를 추구하는 방사들도 많았다. 불로초를 찾아 떠난 서불(서복)도 제나라 사람이었다. 고대 학문의 전당이라고 일컫는 직하학궁은 천하의 준재들이 모여 학문을 연마한 곳으로 유명했다. 여기에서 도덕경이 지어졌다는 얘기도 있다. 공부하는 사람들을 후원한 것은 제나라의 경제력이라고 할 수 있다. 제나라에는 좀 배운 사람들이 괘를 보면서 점을 치고, 책을 읽거나 붓을 들고, 거문고를 타거나, 그림을 그리고 하는 사람들이 적지 않았다.

무엇보다도 제나라는 그 당시에 음악이 가장 발달한 곳이었다. 칠현금의 산지, 고대 중국의 최고 명품 악기라는 뱀가죽 거문고, 기예를 파는 가희(여가수), 매혹적인 소악(韶樂) 연주 등이 제나라 음악의 선진된 성격을 말해주고 있다. 제나라를 평정함으로써 천하를 통일하고 개선한 진왕을 맞이한 사람들은 함양의 백성들. 통일의 대업을 성취하고 돌아온 일행은 낙수에서 경수에 이르기까지 습지와 불모의 황무지로 이어지는 3백리의 벌판을 지나니 진의 수도인 함양에 이르렀다. 백성들이 모여 크게 환영했다.

하지만 이들의 가무는 망국인 제나라에 비하면 도리어 데데한 수준이었다. 답가와 답가무가 바로 그것이었다. 전자는 발로 땅을 구르며 가락에 맞춰 노래하는 소리이고, 후자는 많은 사람들이 손을 잡고 발로 구르면서 노래하고 춤을 추는 군중가무이다. 줄풍류(현악기)만 해도 그렇다. 크기가 작고 줄의 수도 적은, 게다가 죽척으로 소리를 내게 하지 않고 일일이 손으로 뜯는 쟁(箏)이 있었을 뿐이다. 이런 수준의 예술을 가진 나라에 의해 예술의 꽃을 활짝 피운 나라가 망하다니, 알 수 없는 일.

진왕은 천하를 통일 후에 황제로 자칭하면서 통일된 진 제국을 건설했다. 제 스스로 시황제라고 했다. 첫 번째 황제가 통일 제국을 처음으로 세운 만큼이나, 제도나 예악에 있어서 천하의 표준형을 마련해야 했다. 문자, 수레바퀴, 도량형 등도 좋지만 예술에 눈을 돌려야 한다고 생각했다.

통일 제국 초창기의 진나라 악무는 다문화적이었다. 아닌 게 아니라, 통일 이전에도 전국(戰國)의 이것은 국경이 따로 없었다. 전국시대에 악무가 발전한 것은 상공업의 발전과 궤를 같이했다. 역설적이지만, 상공업이 발전하니 농업이 몰락했고, 신흥한 도시에 몰락한 농민 중에서 기예를 익힌 이들이 출현했다. 이들을 일컬어 이른바 창우(倡優)라고 하는데, 창우는 악공과 가무희 등을 가리킨다. 가무희 중에서도 기예만 파는 게 아니라 몸마저 파는 여인도 있었다. 여광대 창우가 자연스럽게 창우(娼優)가 되는 과정이다. 이 시대에 남녀 소리꾼, 춤꾼들은 국경을 넘어 천릿길을 마다하지 않고 여기저기를 돌아다녔다. 위정자들도 악무의 쓰임새를 잘 알고 있었다. 이것은 위로 산천과 귀신을 섬기고, 아래로 민(民)의 마음을 어루만지고 다스리는 일로 쓰였다. 섬김과 다스림을 위한 악무. 제의적 수행과 통치 수단으로서의 악무. 이런 악무여야 했다. 고대 중국의 악무관이었다.

이사(李斯)는 시황제가 진왕 때 축객령을 내린 것을 두고 재고하라는 글월을 써 올려 마음을 움직였던 인물이었다. 시황제는 이때부터 그를 무척 신뢰하면서, 중용해 왔다. 시황제는 통일 제국의 사상적 설계자, 즉 이데올로그인 그를 불러 악무에 관해 대화를 나누고자 했다.

"옛날의 오자서는 시장의 거리에서 대풍류 지(篪 : 피리 종류)를 불면서 살림을 이어갔고, 얼마 전의 장자는 아내가 죽은 후에 질그릇을 두드리면서 노래를 부른 것으로 보아, 우리 중국 사람들은 먼 옛날로부터 악을 숭상해온 것 같구나. 짐이 천하를 통일을 한 지금에 이르러, 그대는 진나라의 악에다 새 옷을 어떻게 갈아입혀야 할 것이라고, 보는가?"

"신이 삼가 생각하옵건대, 대저 질그릇을 두드리고 흙으로 만든 장구를 치거나, 줄풍류 쟁(箏)을 타고 넓적다리로써 박(拍)을 맞추면서 '어야디야' 노래하고, 또 노래와 함께 사람들이 어울러 겅중겅중 춤을 추어서 귀와 눈을 즐겁게 하는 것이 참다운 진나라의 악무이었사옵니다. 지금의 진나라가 통일의 대업을 완수한 만큼, 그동안 우리가 정위지음(鄭衛之音)마저 받아들인 것처럼 각 나라의 악무를 수용해 더욱 큰 틀의 악무를 완성해야 한다고 봅니다."

시황제는 통일 전쟁을 겪는 과정에서 특히 진나라의 수도 함양에 여러 나라의 악기를 빼앗아 오거나, 나라마다 가무에 능한 예인들을 데리고 오거나 했다. 진나라는 통일 이전에 정위지음을 받아들였다. 정나라와 위나라의 소리를 소위 '정성위성'이라고도 한다. 세인들이 난세의 소리, 망국의 소리라고 손가락질을 할 만큼 퇴폐적이고 음란한 음악이었다. 그럼에도 불구하고, 진왕은 악무의 불모지인 진나라에 이것을 받아들었던 것이다.

조나라의 수도인 한단에서 지리적으로 가까운 중산(中山) 일대에 예인의 마을이 있었다. 조나라에서는 노래하거나 춤추는 계집을 일러 창녀(倡女 : 기생)라고 하였는데, 전국적으로 이름이 있는 가무희를 적잖이 배출했다. 젊었을 때 자태가 요염하고 춤을 곧잘 추었던 조희 역시 진왕, 시황제의 생모였다. 또 조나라 너머의 제나라는 미인의 나라였다. 조나라 여자들이 재주가 많고, 제나라 여자들이 아름답게 꾸미기를 잘 한다는 세평이 당대에 이미 전해지고 있었다. 심지어는 중국에서는 상고 적부터 실크로드 권역의 서역 악기들이 들어와 있었다. 이를테면 호가(胡笳)니 강적(羌笛)이니 하는 오랑캐 악기 이름이 이미 기원전에 등장하고 있었다.

지금의 시황제 앞에서 연행되는 가무 역시 진나라 고유의 것이라기보다 외래의 것이었다. 진나라는 연예보다 연희였다. 연예종목(레퍼토리)은 별로 없고, 각종의 연희가 많았는데, 이 중에서도 각저희(角抵戲)가 성행했다. 우악스런 맨손 무술과 조잡한 악무가 결합된 일종의 잡기나 잡희에 지나지 않았다.

시황제 눈앞에서 무희들이 여럿이 춤을 추고 나니, 한 여인이 나와 독무대를 이루었다. 여인은 얇은 비단옷을 입었다. 옷자락이 가을바람에 치렁치렁 나부끼고, 긴 옷소매는 종횡으로 엇갈려 너울댔다. 얇은 비단옷 속에 감추어졌다가 살짝 드러나곤 하는 잔걸음의 버선발은 끊어질 것 같으면서 이어진다. 유연한 몸의 굴신(屈伸)이 앉았다, 일어섰다, 내려갔다, 솟구쳤다를 되풀이하니, 시황제의 눈에는 마치 누에가 실을 뽑고, 학이 나는 것 같이 보였을 것이다.

내 어머니도 젊었을 때 저런 모습이었을까?

누군가 고라니 가죽과 도자기로 만들어진 장고를 두드리면, 한 늙은 맹인 악사가 현악기를 뜯고, 젊은 악공들이 관악기를 불어댄다. 이를테면 사죽(絲竹)의 화음이 어우러진 것이다.

독무대의 무희는 운정(雲晶)이었다.

그녀는 젊지만, 당대 최고였다. 시황제도 익히 알고 있는 춤꾼 중의 춤꾼. 허리를 활처럼 굽혔다가 펴면서 긴소매를 휘날리는 그녀의 춤사위는 자신의 이름자처럼 구름 같은 곡선의 만듦새를 보여주고는 한다. 춤꾼은 춤의 씨앗을 틔우고, 춤의 줄기를 일으켜 세우고, 끝내는 춤의 꽃을 화사하게 피워낸다. 이 대목에 이르면 평소에 늘 우울한 표정을 짓고 있는 시황제의 용안에서도 만족감의 엷은 미소가 한 순간에 스쳐 지나간다.

독무대의 춤곡이 끝나자 운정은 시황제의 옥좌로 오르는 계단 앞까지 와서 너부죽이 엎드려 큰 절을 올린다. 그리곤 한동안 일어나지를 않는다. 그녀의 어깨는 흔들리고 있었다. 울고 있는 게 분명하다. 모두 놀란 시선으로 바라보았다. 떨리는 목소리로 입을 열었다.

"미신(微身 : 자신을 낮춘 1인칭 대명사) 운정은 폐하께 긴히 아뢸 말씀이 있사옵니다. 너그러이 수락해 주시옵소서."

시황제의 단하에 앉아 있는 승상 이사가 벌떡 일어나 그녀에게 손가락질을 하면서 큰소리로 외친다.

"네 이 년! 춤꾼 따위가 감히 어느 안전이라고 무엄하게 혀를 놀리느냐? 진율(秦律 : 진나라의 법)의 지엄함을 정녕 모른다는 말이냐? 더욱이 일통한 이 제국에서는 천자의 음성도 누구나 함부로 들을 수 없고, 이 분의 형체도 누구나 함부로 볼 수 없으며, 또한 천지간에 이 분께서 존재하고 계심을 누구라도 오로지 조짐(兆朕)으로써 느껴야 하거늘!"

시황제는 전국(戰國) 7웅 중에서 한 나라의 왕으로부터 항복을 받고, 다섯 나라 왕을 포로로 사로잡아 천하를 한껏 장악했다. 이때부터 바꾸어진 게 한두 가지가 아니었다. 기본적으로는 존호를 왕에서 황제로, 행정 명령 중에서는 명(命)을 제(制)로, 령(令)을 조(詔)로, 과인이라고 자칭하던 것을 짐(朕)으로 바꾸었다. 짐은 조짐을 뜻하는 말이었다. 신군(神君)의 목소리가 들릴 뿐, 그 모습은 쉽사리 드러나지 않는 것처럼. 황제를 하늘의 아들로 신격화하기 위한 일이다. 특히 시황제는 두 차례의 암살 미수 사건을 겪고 나서부터는 누구와도 공간적인 거리를 두려고 했다. 시황제는 이사에게 만류하는 손짓을 보였다. 한낱 무희가 무슨 딱한 사정이 있기에 천자의 조짐을 무시하고 감히 간언하고자 하는지가 궁금했다.

"그대가 하고 싶은 말은 무엇인가? 말하라."

"미신의 집안은 대대로 창호(倡戶 : 예인을 배출하는 가정)이옵니다. 제 아비를 살려주옵소서. 제 아비는 나라의 중요한 대업을 일삼아오다가 지금은 옥에 갇혀 있습니다. 지금으로부터 두어 달이 지나면, 아비의 목숨은 붙어 있질 못하옵니다. 죽었는지도 모를 오라비가 나타나지 않기 때문이옵니다."

"……."

"부디 바라건대 아비가 출옥을 해서 나라의 대업에 종사할 수 있도록 수락해 주시옵소서."

"아비와 오라비의 이름은?"

운정은 옷 안의 품속에서 작은 수건인지, 베 조각인지를 끄집어낸다. 그 시대의 글자체인 소전(小篆)으로 된 몇몇 글자가 적혀 있다. 환관 조고가 그것을 집어 들었다. 조고는 환관 중에서도, 아니 모든 신하 가운데 최고의 실세였다. 승상 이사에 뒤지지 아니하는 파생 권력자였다. 그는 옥좌로 올라가 운정의 묵적을 시황제에게 바친다. 시황제는 글자를 유심히 바라본다.

"짐이 그대의 딱한 사정을 알았으니, 향후 경위를 살펴보겠노라."

그 다음 날에, 승상 이사는 시황제의 명에 따라 깊은 밀실로 들어갔다. 밀실의 문을 열면 햇볕이 길게 들어서고, 동시에 빛 속에서 먼지 같은 미세한 부유물이 떠오른다. 당시의 책은 종이책이 아니라 죽간이나 목간이었다. 이것들을 보관하는 함에서 뭔가를 꺼냈다. 두루마리로 된 목간을 펼치고 나니, 숱한 글자들이 빼곡히 채워져 있다.

운정이 쓴 묵적과 대조해 보니, 그녀의 아비는 이패(李佩)였고, 오라비의 이름은 율보(汩輔)였다. 이패는 시황제의 사후 공간이 될 여산 능에서 병마용을 만드는 일을 지휘하고, 감독하는 이른바 용장(俑匠)이었다. 어두운 지하에서 병마용, 다시 말해 진나라 병사와 군마의 형용을 본뜬 진흙 허깨비를 만드는 일은 국가의 일급비밀이었다. 이것을 각양으로 빚는 일은 십 수 명의 용장들과 수십 명의 용수(俑手)들의 몫이었다. 이들은 시황제의 주검과 함께 순사될지도 모른다는 운명을 가지고 있었다. 스티븐 모셔의 저서 『헤게몬』에 '전국을 방랑하는 음유시인은 금지되었으며……'라고 적혀 있듯이, 시인인 율보는 처음으로 세워진 제국에 의해 수배된 몸이었다. 그는 종적을 감추었다. 그가 살았는지 죽었는지에 관해선, 아무도 알지 못한다. 정해진 기한에까지 자수를 하지 않으면, 대신에 그의 아비가 처형을 당하기로 되어 있었다. 아비와 오라비에 관한 이 억울한 일을 운정은 시황제에게 고한 것이다.

승상 이사는 목간을 읽으면서 고개를 끄덕이었다.

그가 읽는 목간은 검정색 옻칠로 된 두루마리 목간이었다. 정치적으로 잠재적인 위협 세력이 되는 이들의 명단인 이 검정색 표목(標目)의 명부는, 요즘 식으로 말하자면, 영락없는 블랙리스트인 셈이다.

정 부장은 이 대목에서 음유시인이 유럽 중세의 개념이기 때문에 정작 이 소설의 배경이 될 고대 중국과 관련해 쓰이기가 불편한 용어라고 생각했다. 여러 가지의 문헌을 뒤졌다. 중국에서는 시인이라는 말보다 시객(詩客)이라는 용어가 전통적으로 유력하게 쓰였음을 알 수가 있다. 그런데 객이 과객을 연상시킨다는 점에서 시객이라고 하면 시를 쓰는 나그네로 생각하기 쉽다. 물론 노래하는 가객이나 붓을 든 묵객이 여기저기에 떠돌아다니는 인상이 비교적 선명하다. 하지만 시객, 가객, 묵객이 반드시 떠돎의 인간상이라고 단언할 순 없다. 더욱이 시나 예술을 하는 사람들이 정주해 세습적으로 업을 계승한 경우도 적지 않았다. 중국에서도 우리나라의 김삿갓이나 일본의 바쇼(芭蕉)의 경우처럼 떠돌이 시인들이 없었을 리가 없을 것이다. 더욱이 예로부터 땅덩이가 매우 큰 나라가 아닌가? 중국의 문헌에 의하면, 음유시인으로 여겨지는 유사한 용어 중에서도, 음창(吟唱), 유창(游唱), 행음(行吟) 등의 용어가 있었다. 하지만 음창과 유창은 시인이라기보다는 요즘의 의미로 싱어송라이터 가수의 개념에 가깝다. 물론 작사를 하니까 시인이 아닌 것은 아니지만. 행음이란 말이 음유시인과 매우 유사해 보이는데, 물론 쓸 수 없는 말은 아니지만 낱말 자체에 좀 이질감이 느껴진다. 물론 문자의 됨됨이는 세련되어 보이지만, 익숙하게 길들여진 용어가 아니기 때문이다. 정 부장은 이보다 운객(韻客)이란 말이 어떨까 하는 생각이 들었다. 운 자 때문에 운치가 있게 여겨지는 사실이 편견에 지나지 않는 걸까? 그가 본격적으로 이 소설을 쓸 때가 되면 온 천하를 돌아다니는 시인 율보에게 운객이라는 명칭을 적극적으로 부여할 생각이다. 늘 그랬듯이, 지금의 생각으로 그렇다는 얘기다. 작가에게 있어서 이런저런 생각들은 언제든지 수정될 여지와 가능성이 많으니까.

이사가 보고 있는 검정색 표목의 명부에는 수백 명의 이름이 올라 있었다. 음(音)의 달인으로 이미 저세상 사람이 된 고점리의 이름도 있었고, 병마용 제작을 지휘하는 이패와, 방랑시인인 율보 부자의 이름도 끼여 있었다. 그는 이미 오래 전에 초나라에서 소년 시절의 율보를 만난 일이 있었다. 그가 고국인 초나라에서 미관말직의 창고지기를 하고 있을 때, 소년 운객 율보가 풀매듭을 단정하게 한 초립을 쓰고 거칠지만 깨끗이 정리된 짧은 갈삼(葛衫)을 입고……후생(後生)은 율보라고 하오며……라고 말하면서 수인사를 나누러 온 적이 있었다. 서로 간에 말을 섞고 보니, 이사와 율보가 사상적으로 일치하는 면이 없지 않았다.

율보가 이사에게 물었다.

"선생은 법가를 세운 순자 선생님의 제자로서 천명을 어떻게 보고 계신지요?"

"그대가 내게 묻기 이전에 내가 그대에게 먼저 물을 게 있다네. 유가를 세운 공자님의 인의가 천명보다 윗자리에 놓인다고 보는가?"

율보의 물음에, 이사의 물음이 잇달았다. 상대의 의도를 알고 있기라도 하듯이, 오히려 되물음으로 돌아왔던 터였다.

"유가와 법가를 비교할 역량에는 후생이 아직 현저히 미치지 못한지라……."

"길흉화복도 부귀빈천도 천명에 의해 이미 정해지는 것이라네."

"사람이 천인합일의 경지에 이르려면, 후생도 시율(詩律)을 통해 천명을 드러내야 한다고 감히 생각하고 있습니다. 하지만 천명이란 것이 상대가 끊긴바 곧 절대의 경지라면, 사람살이에서 사람들의 할 일이 과연 무엇인가, 하옵니다. 그저 천명에 따라 살아간다면, 누가 세상의 일에 대해 노력이라도 할 것이며……."

"내 비록 초나라의 미관말직으로 살아가고 있으나 법치(法治)의 공도(公道)를 세울 나라가 향후 이 전국(戰局)을 안정시킬 것이라고 보네. 법치의 공도가 천명과 나란히 서게 되는 것은 아닐까? 순자 선생님의 무릎 아래에서 나와 더불어 동문수학을 해온 절친한 벗 한비자는 천명설을 무너뜨리지 않으면 법치의 공도를 세울 수조차 없다고 주창(主唱)하고 있지만, 내 생각은 그의 주창만큼이나 과격하지는 않네."

이사는 자신의 조국인 동남쪽의 초나라가 법치의 공도를 세울 수 있는 나라가 아니라고 보고, 비록 변방이요 척박하지만, 질박하고도 엄정한 서쪽 나라 진으로 들어가 공무를 맡고 있었다. 이로부터 얼마 되지 않은 시점에서, 시황제로 등극하기 한참 이전의 진왕 영정이 축객령을 내렸다. 이것은 중국이 통일되기 전에 그가 시행한 타국인(객)에 대한 추방령이었다. 그 당시에는 일곱 나라의 사람들이 국경을 자유롭게 넘어서 여기저기로 왕래할 수 있었다. 왕래하는 사람 중에는 유민이나 상인은 물론 반간(反間 : 첩자)들도 없지 않았다. 눈에 띄지 않는 이들을 추방하기 위해 젊은 진왕은 추방의 결단을 내렸던 것이다. 이때 이사 역시 타국인 출신이었으므로 진의 국경에서 추방될 대상에 포함되어 있었다. 그는 쫓겨 가면서도 진왕에게 상소문을 올렸다. 그의 상소문인 「간축객서(諫逐客書)」는 후대에 이르기까지 명문으로 남아있다.

이르되, 태산은 작은 흙덩이라도 사양하지 않았기에 그 거대함을 이룰 수가 있었고, 하해(河海)는 작은 물줄기라도 결코 가리지 않았기에 그처럼 깊어질 수가 있었고, (사려 깊은) 군왕은 백성들을 함부로 내치지 않았기에 그 덕을 밝힐 수가 있었던 것입니다…….

이 글월을 읽은 진왕은 감동을 받은 나머지, 진으로부터 떠나가는 이사를 다시 붙잡았고, 또 축객령도 철회하기에 이른다. 이때부터 진나라에서 이사의 존재감은 마치 하늘을 찌르는 듯했다. 오늘날의 관점에서 볼 때, 그의 상소문 「간축객서」는 다문화주의적인 톨레랑스(관용)의 선언문이라고 비유될 수 있었다. 그는 타국인 출신의 고관, 즉 이른바 객경(客卿)으로서 승상(총리)의 지위에까지 올랐다. 그는 황제 다음의 파생권력의 맛을 보았으며, 그럴수록 사람됨에 있어서 성정이 점점 모질어진 악인으로 되어 갔다. 잠재적인 경쟁자인 자신의 벗 한비자를 죽게 한 것은 말할 것도 없고, 시황제가 천하를 통일한 이후에는 천명이고 무엇이고 간에 철저한 법가로 무장한 사상가로 변신했고, 법가에 반하는 모든 식자, 모든 사상가들이야말로 그에게 있어서는 한마디로 말해 반진(反秦)의 이데올로그일 따름이었다.

무엇보다 반(反)축객론자였던 그가 시황제의 신임을 받게 되자, 종당에 과격한 축객론자로 몸을 바꾸었다. 진 제국을 상징하는 아방궁을 새로 지을 때 강남의 황금을 써서도 안 되고 촉의 단청을 칠해서도 안 된다고 주창했다. 시황제에게 외래의 여인을 후궁으로 두어선 안 된다고 간언했다. 귀족의 아이들이 무소와 코끼리의 뿔로 만든 완구를 가지고 노는 것을 엄금했다. 이러저러한 것보다 그가 역사에 길이 남은 극악한 짓은 분서갱유를 주도한 일이었다. 분서갱유는 정치적인 배제이자, 동시에 사상적인 배제라는 점에서, 인류 역사상에 있어서 최악의 블랙리스트 사건이라고 할 수 있었다.

시황제는 이사의 보고를 받고 있었다.

황제의 집무실 주변에는 천하의 검객들이 황제의 말씀과, 움직임과, 그림자를 둘러싸고 있었다. 남녘으로 난 큰 창의 덧문을 열어젖히면 모처럼의 강렬한 햇빛이 곧고도 굳센 선으로 들어와 어둑한 벽면에 깊이 박히곤 한다.

이사의 말에 의하면, 용장 이패가 아들의 일로 지금 감옥에 있으며, 이 때문에 여산 능의 병마용 제작에 차질을 빚고 있다고 했다. 그의 아들이며 무희 운정의 오라비인 방랑 운객 율보는 종적을 감추어 생사의 여부조차 알 길 없고, 그 동안 제국을 비판하는 시율을 써서 혹세한 것은 아니라고 했다. 하나, 그는 잠재적으로는 늘 위험한 존재인 것이 사실이다. 기예를 일삼는 나부랭이 가운데 가장 문제를 일으킬 소지가 있는 부류는 시를 쓰는 자들이었다. 이에 관해서는 시황제나 이사 두 사람 모두가 더불어서 인정하는 바였다.

"그래, 경은 이 일을 어떻게 처리하는 게 좋겠다고 보는가?"

이사는 시황제에게 머리를 조아리며 말했다.

"폐하. 외래의 것들은 한껏 배척해야 옳겠지만, 앞으로도 한동안 지속해야 할 제국의 문화적인 통일 사업에 이용할 바 있으면 때로는 이용하는 것도 좋을 듯하옵니다."

"이패는 감옥으로부터 방면해 하루 바삐 여산 능으로 복귀하게 하라. 또한 그의 아들인 율보의 경우는 이 자의 그림자라고 발견되면 끝까지 좇아야 하느니. 이 자를 붙잡으면, 제국의 뜻에 순치시켜 어용(御用) 시인으로 거듭 나게 하라. 재능은 어떻게 쓰이느냐에 따라 사뭇 달라질 따름인지라."

시황제는 오랜 기간에 걸쳐 간헐적으로 수은을 복용해 왔다. 이 시대의 사람들에게는 끓는 물에도 녹지 않은 수은이야말로 신비의 물질이었다. 저 영롱한 송진과 같은 물질인 수은! 땅에 떨어지면 구슬처럼, 물방울처럼 반짝이며 튀어 오르는 것들! 그러나 이 때문에, 즉 몸 안에 축적된 수은으로 인해 아주 심각한 단계는 아니지만, 시황제는 병적 징후로부터 자유로울 수가 없었다. 그가 평소에 사로잡힌 울증을 치유하는 데도 장애가 되고 있었다. 아니, 이것을 한층 악화시키고 있었다. 방사들이 수은을 신비의 명약으로 부추기자, 황제는 잘못된 믿음에 빠져들었다. 이로 인해 황제의 몸과 마음은 조금씩, 조금씩 죽어갈 수밖에 없었다.

황제에게 기음(嗜音 : 음악을 즐기는 것)의 취향이 생긴 것도 수은 중독 때문인지도 모른다. 중독은 중독을 부른다. 술 마시는 사람은 술 마심의 끝장을 일쑤 보려고 하듯이, 우울한 마음은 우울한 마음을 부추기는 음곡이 필요하게 마련이다. 말이야 사실이지, 황제는 기예에 생래적으로 심취할 만한 그릇이 애최 되지 못했다. 그가 울증에 도지면 궁중 악인(樂人)들을 선도하고 있는 사광(師曠)을 불렀다. 시황제보다 나이가 지긋한 그는 황제의 심경을 청동거울을 바라보듯이 늘 꿰뚫어 보고 있었다. 이것이 그의 무거운 직분이었다.

사광은 탄금(彈琴)의 달인이었다. 각양의 음곡을 연주할 수가 있었고, 각색의 정조를 표현할 수도 있었다. 황제가 부르면, 마음이 가라앉아 있다는 사실이 대략 전제되어 있다. 진나라에서 기예를 하는 자들은 대부분 객인들이지만, 그는 내국 출신의 명인이다. 하루는 황제가 그의 울적하고도 무겁게 가라앉은 음곡을 들은 후에 궁인더러 주안상을 들이라고 했다. 황제와 궁중 악인이 한 자리에 앉아 술과 안주를 놓고 말을 주고받는 것은 상상조차 할 수 없는 일이었다.

"악인들 중에서 쓸 만한 이가 있었는가?"

"장량은 퉁소를 불고, 송의는 축을 켜고, 고점리는 서복의 감독 아래 동남동녀 오백 인에게 음률을 가르친 바 있사옵니다."

"그들도 객인인가?"

"폐하, 그러하옵니다."

"그들의 성명이 흑표목(블랙리스트)에도 올랐겠구먼."

흑표목의 존재에 대해서는 매우 민감한 터라 함부로 발설하지 못하는 엄중한 사안이었다. 황제는 거침없이 얘기해도, 사광으로서는 들어도 듣지 못했다는 태도를 삼가 보이지 않으면 안 된다. 그는 입을 무겁게 열었다.

"폐하, 그러하옵니다."

"고점리는 누구인가? 연나라 출신으로서 음률의 이론이나 슬축(瑟筑: 현악기)의 탄주에 있어서 해내(海內 : 중국)의 으뜸이 아니었나?"

"폐하. 그러하옵니다."

"귀를 즐겁게 하는 음악도 진나라 음률이 아니면 연주할 수가 없노라. 옹(甕)을 치고, 쟁(箏)을 켜고, 어깨를 두드리면서 노래를 부르는 것만이 진나라의 진정한 음악이로다!"

진나라의 음악이란 개념을 두고 그 당시에 진성(秦聲)이라고 불렀다. 옹(단지)을 치는 것이 진성이라고 하는 얘기는 흙으로 만든 단지인 부(缶瓦)에

물을 채워서 소리를 내었다는 데 있다. 물을 채운 정도에 따라 음가를 조절하고 음량을 맞추었던 것이다. 쟁은 아쟁이지만 오늘날의 아쟁과 어느 정도의 차이가 있었는지는 잘 알 수 없다. 노래를 부를 때 노래하는 이가 박자를 맞추기 위해 자신의 어깨를 두드렸다는 것도 흥미롭다. 이러저러한 사실로 보아 진성이 다소 원시적인 음악인 것은 틀림없다. 시황제는 이 사실을 자인한 것 같다. 그래서 한 단계의 질이 높은 통일 진제국의 음악이 절실하게 필요하다고 본 것이다. 그는 이어서 말한다.

"오음(5음계를 뜻하지만 음악 자체를 대유한 개념)이 해내의 민심을 엮을 수 있다고 보는가?"

"사람들의 귀를 현혹시키기도 하지만, 천만 갈래의 마음을 사로잡기도……."

"이제는 제국의 새로운 소리인 진성을 만들어야 하노라."

"새로운 진성이라고 하심은?"

"진정한 천하통일이란 민심의 하나 됨이 아니던가? 민심을 하나로 엮을 수 있는 진나라 음악은 과거의 진성이 아닌 진송(秦頌)이어야 하노라."

"……."

"그대는 제국 진의 참다운 음곡이 될, 또 되어야 할 진송을 위해 이미 있는 진성이 어떻게 개찬(改撰)되어야 한다고 보는가? 거리낌 없이 말해 보거라."

"폐하. 악이란, 대저 옛날에는 성인이 즐긴 까닭이라 하옵고, 앞으로는 민심을 선도할 다스림의 수단이 되어야 하옵니다. 진송은 천자(天子)국의 위대한 노래로서 천지와 신인이 함께 두루 공명하는 소리여야 하옵니다. 민심을 하나로 엮게 하는 거룩한 소리여야 하옵니다."

시황제가 말한 진송이란, 통일 진 제국의 국가인 셈이다. 그 이전의 진나라 음악이 원시적인 수준의 진성이라면, 진송은 천하의 민심마저 통일하게 하는 제국의 장엄한 음악이란 것이다.

"진송을 만들 이, 대체 누구인가?"

"폐하, 함양궁의 악장(樂匠)인 사광이 지금 진성의 한계를 넘어서지 못하지만, 진송의 일을 해낼 자 고점리 외에는 해내(중국)에 아무도 없사옵니다. 하오나, 그는 형가 사건에 이미 연루된 자이옵니다."

시황제는 이사의 말을 듣고 6년 전에 있었던 자객 형가의 사건을 다시 조사하라고 명한다. 고점리는 형가가 역수를 건너가기 전에 마지막 헤어짐의 모임에 참석한 벗들 중의 한 사람이었다. 형가가 노래할 때, 그는 축을 연주했다. 다시 조사하는 관리를 파견해 그 당시 형가의 벗들을 추궁하려고 하자, 이들은 모두 달아났다. 고점리도 멀리 달아나 이름을 바꾸고 남의 집에서 머슴살이를 했다. 아무리 신분을 감추어도 그의 재능은 감추어지지 않았다. 이것은 입소문을 타고 돌아다녔다. 소문은 시황제의 귀에도 들어갔다. 시황제는 고점리를 불러 6년 전의 죽을죄를 용서하는 대신에, 눈을 멀게 해 축을 타게 했다. 시력을 잃은 그의 연주는 오히려 깊이를 더해갔다. 하나의 감각이 사라지면, 다른 감각은 오묘한 경지에 들어서는 것인가? 시황제는 그를 늘 곁에 두고 싶을 정도였다.

시황제는 악사 고점리와 용장 이패와 떠돌이 시인 율보를, 블랙리스트로부터 해제할 것을 다시 한 번 명했다. 이들의 이름은 주칠(朱漆)로 그어졌다. 고점리와 이패는 어릴 적의 고향 친구였다.

이패가 여산 능으로 복귀하기 이틀 전이었다. 그는 오랜 벗인 고점리와 깊은 밤에 은밀히 만났다. 함양성은 번화한 곳이었다. 여섯 군데의 시장과, 열두 갈래의 큰 길과, 구불구불한 회랑 같은 108개의 골목길이 있었다. 하지만 마음 놓고 대화를 나눌 수 있는 곳이라고는 없었다. 성 밖의 한 초막에서 이들은 지금의 고량주에 가까운 증류의 술인 주(酎)를 권하거니 작하거니 했다. 이 술을 진한 술이라고들 하는데 술의 도수가 아주 높다는 뜻이다. 안주로는 야생 닭을 튀긴 것. 그 당시에 닭을 가금(家禽)으로 기르지 않았던 것 같다. 닭을 노계(露鷄)라고 했다. 이슬을 머금은 풀을 먹고 자란 닭이란 뜻일 게다. 일반적으로는 절인 돼지고기가 술안주로 놓이지만, 이 날은 지금 말로는 후라이드 치킨이었다. 중국 음식에는 예나 지금이나 날것이 거의 없다. 고대 이후에 뜻이 사라졌지만, 놈 자(者) 자는 동사로 '요리하다'의 뜻으로 사용되었었다. 여기에 불 화(火) 자를 밑에 깔아서 삶을 자(煮) 자로 사용한다. 삶는 것만이 아니다. 불을 가해 요리하는 모든 방식을 총칭한다. 이를테면 굽고, 끓이고, 튀기고, 지지고, 찌는 것까지 포함한 게 다름 아닌 자(煮)다.

두 사람은 기회와 자리를 마련해 모처럼 회포를 달랬다. 평소에 입이 무거운 이패가 무겁게 입을 열었다. 분위기로 볼 때, 왠지 모를 중요한 말들이 오갈 것 같은 기회요, 자리라고 하겠다.

"딸년 덕에 우리가 이렇게 흑표목에서 벗어났네그려."

"내야 음악을 다시 할 수 있게 되어 천만다행이지만, 지네야말로 경각에 달린 목숨을 보존할 수 있게 되었으니, 구사일생의 천행이 아니겠나?"

"그래, 목숨보다 중한 게 천하에 어데 있을 거라고."

"아무튼 하례하는 바로세."

시간이 지나갈수록, 술이 거나해질수록, 고점리의 표정에는 감추기도 가누기도 어려운 슬픔이 스쳐가고 있었다. 그 역시 무겁게 입을 열었다.

"나는 이미 궁중으로 불려 들어갔네. 제국에 한 명밖에 없는 대악사로 채용한다나, 어쨌다나. 남의 소중한 눈을 어둡게 만들어놓고는 제국의 지엄한 음악인 진송을 만들라고 하네. 백성들의 마음을 한껍에 엮을 수 있는 음악을. 수많은 악사와 악공을 감독하면서 말일세. 진송은 신에게 바쳐지는 음악이라고 하네. 신에게 눈을 바쳐야 신으로부터 영감을 얻을 수 있다고 하네. 칠흑 같은 어둠 속에서야 비로소 신과의 교감이 빛을 발한다고 하더구먼."

"미친놈들! 이 멀쩡한 사람을. 도대체 예(藝)란 무엇인가?"

"신인이 합일하는 경지?"

"사람 나고 예가 났지, 예가 있어 사람 났남?"

"자네도 백성이 아닌 권력자를 위해, 뭇사람이 아닌 한 사람을 위해 진흙을 빚지 않았나?"

"어쩔 수 없는 일일세. 아들도 살리고, 딸도 살리기 위해서는. 그건 그렇다고 하세. 자네, 혹여 이상한 마음을 품고 있는 것은 아니겠지?"

고점리는 더 이상 아무 말도 하지 않았다. 그 후, 그는 눈이 먼 상태에서 궁중의 대악을 관리했다. 그는 시대의 악인으로서 진송을 만드는 일에 실패했다. 동기부여가 되지 않아서일까? 고점리는 될 대로 되라고 하는 마음에서, 자신의 벗인 형가의 유지를 받들고 싶었다. 하루는 시황제의 목소리가 들리는 쪽으로, 그의 귀가 민감하게 반응했다. 현악기인 슬과 축 안에 감추어둔 납덩이를 던져 시황제를 시해하려고 했으나, 눈앞에 두고서도 실패해 천추의 한을 남긴 형가처럼 그의 거사는 실패로 끝이 났다. 시황제는 고점리를 더 이상 용서하지 않고 단칼에 죽여 버렸고, 더 이상은 객인들을 지근의 위치에 두지 말라고 주변에 일렀다. 궁중에서 음악을 연주하는 일 자체를 극히 자제했다.

시황제는 수많은 신하들 앞에서 큰 소리로 외쳤다. 음악이 천한 것이니, 악사도 천한 자이다. 앞으로 악사를 중용하라고 간언하는 이가 있다면, 짐은 그를 용서치 않고 참수하리라. 고점리가 처형되었다는 소문을 들은 이패는 마침내 자신도 무사하지 못할 것이라고 생각했다.

음악을 좋아했던 시황제는 음악을 멀리하면서부터 방사(方士 : 신선의 술법을 닦는 사람)의 무리에게 점차 현혹되어 갔다. 불로장생과 우화등선을 늘 꿈꾸었다. 시황제의 이런 마음을 가장 잘 꿰뚫어보면서 지지해주는 이는 노생(盧生)이었다. 그는 연나라 출신이었지만, 동향의 고점리와는 전혀 달랐다. 고점리가 형가의 유지를 위해 황제의 허점을 호시탐탐 노렸지만, 노생은 이사와 더불어 맹목적인 충성파에 속하는 인물이었다. 노생이 신선을 찾아 불로장생 선약을 구하려고 나섰지만 큰 성과를 내지 못한 채 귀신을 섬기는 일을 보고하고, 또 어디에서 구했는지 모르지만 목간으로 된 도참(圖讖 : 길흉예언서)을 헌정했다. 여기에 놀랍게도 이런 문장이 씌어있었다.

망진자호야(亡秦者胡也).

진 제국을 망하게 하는 자(놈, 것)는 '호'이다. 시황제와 노생에 의해, 이 호는 북쪽의 오랑캐인 유목인들로 특정되었다. 이 예언으로 인해 시황제는 대군을 일으켜 이들에게 손을 좀 봐주었다. 너희는 까불면, 안돼, 하면서. 사실은 진 제국이 망한 직접적인 원인은 환관 조고와 더불어 유서를 조작해 2세황제의 자리에 오른 호해(胡亥)였다. 실제로 역사는 그렇게 흘러갔다. 만약에 그 예언이 맞는다면, 호는 북방의 호인(胡人)들이 아니라, 시황제의 막내아들인 호해인 것이다. 요컨대 시황제는 헛다리짚었다. 이 헛다리짚음이 진 제국의 종국적인 비극인 셈이었다.

통일된 진 제국의 식자층은 대체로 둘로 나누어져 있었다. 이를테면, 박사와 유생이다. 박사는 대부분이 어용학자이며 시황제의 정책을 지지하는 집단이다. 유생은 고인의 전례를 모범으로 삼으면서 현실의 개혁을 비판하는 보수적인 집단이다. 박사가 새로운 군현제를 지지했다면, 반면에 유생은 기존의 봉건제를 지지하고 있었다. 군현제는 중앙에서 군수와 현령을 파견하는 제도라면, 봉건제는 지방의 영주인 제후가 독립적으로 통치하는 기존의 제도를 말한다. 박사들의 정점에 승상 이사가 있었다. 이사는 봉건제를 지속적으로 유지하면, 지방은 전국시대처럼 만날 서로가 으르렁대면서 영토전쟁을 일삼을 것이라고 봤다.

시황제는 자신을 지지해준 박사 70명을 초청해 그동안의 노고를 치하하면서 함양궁에서 주연을 베풀었다. 그로서는 이례적인 일이었다.

주연에 앞서 일부 박사들이 황제의 축수(祝壽)와 황실의 안녕을 기원하는 시를 낭독하였다. 황제는 천하제일의 무희인 운정을 불러 답례의 춤을 추게 했다. 운정의 미모와 춤사위에 박사들은 넋을 놓았다. 시황제는 운정의 춤추는 모습이 죽은 어머니의 젊은 모습과 같다고 생각했다. 우아하고도 아름다운. 운정의 몸은 들숨과 날숨, 움직임과 멎음을 되풀이해 가면서 우아하고도 아름다운 모습과 춤사위를 만들어가고 있다. 구름같이 풍만한 의상의 허리춤에 차고 있는 향낭에서는 강렬한 꽃향기가 뿜어져 나왔다. 언저리에 앉아있는 궁중 악인 몇 사람은 운정의 동선에 맞추어서 남방의 대풍류(관악기)인 적(笛)을 불고 있다. 연예종목은 굴원의 제자 송옥이 지은 「적부(笛賦)」에 붙여진 음곡이다. 누가 들어도 이국적인 정감이 물씬 풍기는 그런 음곡이었다.

주연이 파하자 박사들은 돌아가고 시황제는 침실에 홀로 앉아 있었다. 환관에게 운정을 들이라고 했다. 운정은 벌거벗은 채 몸에 아무런 쇠붙이가 없다는 것을 자명토록 드러낸 상태에서 좌우에 두 환관을 끼고, 황제가 잠을 자고 잠에서 깨는 정(井) 자 형의 침전에 입시했다. 은밀한 방구석에는 불로장생의 단약을 만들기 위한 화로가 설치되어 있었다. 시황제와 운정은 금빛 비단이불 속으로 함께 들어가 잠을 청했다. 운정은 새벽에 먼저 깨어나 소리 없이 눈물을 흘리고 있었다.

"그대는 어찌하여 우느뇨?"

"폐하와 함께한 광영에 감읍해 우옵나이다."

"그대가 짐에게 바라는 바가 있는가?"

"첩의 아비와 오라비가 그저 무사하기를 바라옵니다."

"그래, 잘 알겠노라."

운정은 시황제의 품속으로 다시 들어갔다.

얼굴이 못생긴 늙은 황제라도 제 가족의 안위를 위해서라면, 그녀는 거짓으로도 사랑하지 않으면 안 되었다. 시황제는 많은 여자들이 있었어도, 황후의 자리는 공석으로 남겨두었다. 공식적으로는 시황후가 없었다. 대신에 자신의 어머니 조희는 태황후로 추존했다. 그가 자신의 어머니에게 얼마나 애증을 가진가를 알 수 있다. 사랑하면서도 미워한, 또는 미워하면서 사랑한, 저 불가해하게 감지되는 각별한 오이디푸스 콤플렉스랄까?

시황제는 무희 운정을 통해 죽은 어미의 모습을 훔쳐보았는지도 모른다.

그는 이 무렵에 불로장생에서 한 술 더 떠 장생불사에 관심을 두고 있었다. 사실은 고등 사기꾼에 지나지 않던 방사들의 현담(玄談)에 맹신해 가는 경향이 농후해졌다. 이 무렵에 시황제는 나이도 47세나 되었다. 죽음을 3년 앞둔 시점에서, 그는 죽음에 대한 불안을 떨쳐내지 못하고 있었다. 이때부터 죽음은 그의 곁에 한 걸음씩, 한 걸음씩 다가오고 있었다. 그가 직면한 것은 죽음. 그는 마침내 미지의 죽음을 저주하기 시작했다. 성숙한 인간이라면, 보통사람이라고 해도 인간의 유한성을 자연스럽게 받아들일 줄을 안다. 그는 여섯 나라를 정복했지만 제 자신만은 정복하지 못한, 또한 생사불이(生死不二)의 경지에는 이르지 못한, 한참 미숙한 인간에 지나지 않았다.

화소와 모티프의 원목을 다듬어가면서 한참 소설이란 이름의 목조 건물을 짓고 있는 정 부장은 시황제가 살아온 생애의 마지막 3, 4년이 가장 의미가 있게 생각되었다. 그에 관한 핵심 키워드로서 네 자로 이루어진 말, 이를테면 분서갱유, 불로장생, 만리장성의 얘기가 이 시간대에 집중된다.

정 부장은 추 교수에게 전화를 했다.

"바쁘신데 죄송합니다. 몇 가지만 여쭈어도 될까요?"

"아, 괜찮습니다. 말씀을 편하게 하시지요."

"시황제에 관해선 마지막 3, 4년이 가장 중요하더군요."

"그렇지요. 본인이 신의 영역에 들어서고 싶었지만, 본인은 유한한 인간일 뿐이라고 자각하기 시작했고, 또 제 맘대로 안 되는 인간으로서 그가 말기적인 증세를 명백하게 보인 시점이라고 할 수 있었으니깐요."

"천고의 만행이니, 만고의 악행이니 하는 소위 분서갱유의 직접적인 이유가 어디에 있을까요."

"사마천의 『사기』 진시황본기에 다 나와 있습니다. 부장님의 질문은 일반인들이 놓치기 쉬운 대목이지요."

"……."

"한마디로 말해, 책(죽간)을 불태운 이유는 불로초로 알려진 선약을 찾기 위해서였고, 선비(유생)를 땅에 생매장한 이유는 그 선약을 찾지 못한 데 대한 격노를 참을 수가 없었기 때문이었지요."

"선약을 제안하고 탐색하는 이들은 소위 방사들인데, 어찌하여 애꿎은 유생들을 산 채로 묻었을까요? 그것도 460여 명이나 말이에요. 이에 관해 간과할 수 없는 배경 같은 게 있나요."

"뭐, 특별한 배경 같은 것은 없고요. 방사들이란 대부분이 본래부터 사기꾼들이니까 미리 도망칠 시기나 경로를 알아놓았고, 물목도 모른 채 순진하게 남아있던 유생들이 화풀이를 당한 셈이었지요. 시황제는 기본적으로, 방사에게도 속았고, 유생에게도 속았다는 생각을 가지고 있었어요. 뭐랄까요? 심리학적으로 볼 때, 전치(轉置)라고 하는 방어기제의 용어가 있듯이 엉뚱한 곳에다 남 탓을 하는 고약한 심보랄까요?"

"아, 좋은 말씀, 감사합니다."

"편안한 밤, 되세요."

시황제 34년, 기원전 213년이었다.

승상 이사는 제국의 이데올로기를 위해 유생들과 이념 투쟁을 벌이고 있었다. 박사들이라고 해서 다 어용학자가 아니었다. 제나라 출신의 박사 순우월은 유생의 편에 섰다. 이사와 순우월은 시황제 앞에서도 논쟁을 일삼았다. 논쟁의 내용은 대체로 이런 거였다.

옛 가르침의 전례를 모범으로 삼지 않으면 나라를 바로 세울 수가 없다. 지금의 유생들은 새로운 것에 적응하지 아니하고 옛것만을 익히려고 한다. 군현제를 온전히 수용하면 종실의 자제들도 한낱 필부에 지나지 않는다. 예전의 제후들이 경쟁이라도 하듯이 유사(遊士)를 초치한 것처럼, 유생들은 과거의 기득권을 그리워하고 있다. 혁파(革罷)의 미명 아래 과거를 버려선 안 된다. 현실을 허튼소리로 싸잡아 비난한다.

이런 사상적인 공방전을 매듭짓는 이가 시황제다. 그는 모든 결정의 정점에 서 있었다.

승상 이사가 은밀히 시황제의 침전에 들어왔다. 서로 주안상을 마주하면서 심야의 대담이 있었다. 폐하. 신 이사는 죽음을 무릅쓰고 감히 아뢥니다. 그는 시황제에게 긴 역사에서 천고의 만행, 만고의 악행이 될 분서갱유의 필요성을 강하게 주장하였다. 이때부터 시황제는 오래 마음에 두면서 검토하기 시작했다. 이것을 마음속에 결정하고도 이게 청사의 오명이 될 것이라고는 전혀 생각하지 못했다. 후세의 권선징악을 과소평가했던 거다.

이사는 시황제의 결정에 따라 흑표목(블랙리스트)에 적힐 살생의 명단을 비밀리에 작성하기에 여념이 없었다. 누구의 도움을 받는다면 비밀이 새어나갈 수가 있다. 그의 초안은 몇 번이고 수정되었다.

사람뿐만 아니었다. 책도 블랙리스트와 화이트리스트로 분류되었다. 불태워지지 아니할 책은, 즉 화이트리스트 책은 의약과 점복(占卜)과 농업에 관한 죽간이었다. 그 나머지 모든 책들의 제목은 블랙리스트 속에 포함되어 있었다. 이 명령이 내린 지 한 달이 지나도 성과를 내지 못한 관리는 묵형(墨刑 : 이마나 팔뚝에 글자를 새기는 형벌)에 처해지거나 만리장성을 축조하는 노역에 종사하게 하거나 했다.

시황제 35년, 기원전 212년이었다.

새로운 궁전을 짓게 했다. 호화롭고 거대하게 설계된 이 궁전은 시황제가 죽고 나서도 항우가 쳐들어와 파괴할 때까지도 완공을 하지 못했다. 궁전의 이름도 없었다. 이것이 위치한 지명이 아방(阿房)이었기에, 후세 사람들은 막연히 아방궁이라고 불렀고, 지금까지 이렇게 부르고 있다. 시황제의 측근 중에, 앞에 등장한 노생이라는 방사가 있었다. 그의 방술에 늘 귀를 세우는 시황제였다. 두 사람의 대화 내용이다.

"어찌하여 신선을 찾으러 나선 이들의 소식이 아직까지 없는가?"

"폐하께 진인(眞人)이 나타나야 하옵니다."

"진인이라고?"

"네. 진인은 물속에 들어가도 젖지 않고, 불 속에 들어가도 타지 아니하는 존재입니다. 장구한 생을 누리는 존재입니다."

"진인이 한없이 부럽구나. 나는 이제 짐이라고 칭하지 아니하고, 진인이라고 자칭하겠으니, 다들 그리 알라."

"말씀을 받들겠습니다."

시황제는 이때부터 자신을 진인이라고 자칭했다. 진인이니 뭐니 하면서 온갖 감언이설로 황제에게 진언한 노생은, 아무래도 신선을 만날 수 없고, 선약을 찾을 길이 없을 것 같았다. 언젠가 자신의 거짓말이 들통나 죽을 것 같으니, 아예 도망을 가버렸다. 이 사실을 안 시황제는 격노했다. 더구나 막대한 비용을 들여 부정을 타지 않게 동남동녀, 즉 아직 성적 경험이 없는 수많은 처녀총각을 모집해 함께 먼 바다의 너머로 불로초를 찾게 한 서불 일행을 보낸 지도 7년이 되었지만 아무런 소식이 없었다.

자신이 속았다는 화를 갱유로써 풀었다. 460여 명의 유생을 생매장한 전대미문의 사건이다. 정 부장은 이 갱유의 이미지가 잔존 형태로 현대

사회에서도 남아있다고 보았다. 시공간적으로, 멀리 갈 것도 없다. 박정희 유신시대의 언론인 축출, 전두환의 언론 통폐합이 비유컨대 갱유의 잔존 형태다.

최근에는 박근혜 정부의 국정 농단 사건에도 나타났다. 지금 세상을 떠들썩하게 하는 블랙리스트 사건은 두말할 나위도 없지만, 문화계의 숨은 인맥에도 마찬가지였다. 문화계의 검은 손들. 최 아무개와, 차 아무개와, 송 아무개로 이어지는 라인이 있다. 최 아무개는 시황제의 이사보다 더 높은 존재다. 이사는 시황제의 조서를 대신 쓴 적이 없었다. 근데 최 아무개는 대통령 연설문의 초안을 잡았다나, 어쨌다나. 대통령도 비서관에게 최 아무개의 '컨펌(확인)'을 맡았냐고 묻기도 했다. 국정농단이 아니라, 국정의뢰 같다. 참으로 기가 막힌 얘기다. 차 아무개는 문화계의 황태자로 불리고, 송 아무개는 차관급 공직자에 해당하는 무슨 진흥원장의 자리를 꿰찬 채 해결사 노릇을 했다.

공공기관장인지 건달인지 알 수 없는 송 아무개는 어떤 계열의 광고회사를 인수한 중소 광고업체에 이런 말로 노골적으로 협박했다. 힘이 있는 어세, 건들거리는 태도로 그랬을 것이다.

묻어버리겠다.

이때의 말들은 고스란히 녹음이 되었다. 이 사실이 모든 언론에 공개되었다. 검은 손의 라인이 광고업체를 강탈하려고 한 시도라고 보는 시각이 우세하다. 분서갱유 중에서 저간의 블랙리스트 사건이 분서라면, 묻어버리겠다는 협박은 갱유에 해당한다. 보통의 권력이 아니고서는 이런 끔찍한 표현을 쓸 수가 없다. 고관은 고관들대로, 사인(舍人)은 사인들대로, 떨거지는 떨거지대로, 마음대로 국정을 농단했던 것이다. 전국시대 말기에 가짜 환관 노애가 진왕의 옥새와 태후의 인장을 마음대로 사용한 것과 무엇이 다르냐는 것이다.

시황제 35년, 기원전 212년이었다.

어용 시인들에게 '선진인시(仙眞人詩)'를 짓게 하고, 또 이를 악사에게 작곡을 명한 후 연주하게 했다. 선진인시란, 진리를 깨우친 분이 마침내 신선이 되었음을 찬양하는 시라는 것. 요즘 식으로 말하자면 대통령 찬가인 셈이다. 우리에게도 박정희 시대와 전두환 시대에 대통령 찬가가 있었다. 시황제는 자신을 이처럼 신격화시키려 했다.

현대 의학의 관점에서 살펴볼 때, 그가 수은 중독으로 인해 뇌 구조에 이상이 생긴 것은 틀림없는 사실이다. 수천 정의 병마용이 세워져 있는 지하 궁전에도 제국을 건설하면서 강을 만들고 수은을 채웠다고 한다. 하지만 현재 수준의 고고학으로는 검증하기 힘들다. 지하 궁전에는 조형물(용) 대부분이 제국의 병사들이지만 군데군데 군마와 악사(樂士)와 곡예사도 세워져 있다. 사람이 수은에 중독되면, 손이 떨리고, 강박증에 시달리고, 심신이 피폐해진다. 갈수록 더 커져가는 그의 영생에의 욕망도 수은 중독의 독성 강화와 결코 무관치 않으리라고 보인다.

시황제 37년은 서기로 기원전 211년이다. 진시황이 살았던 마지막의 해다. 그의 나이는 이때 50세였다.

시황제는 순행 길에 올랐다. 그는 짐승이 곧잘 자기 영역을 확인하듯이 순행을 일삼았다. 그의 이번 순행 길은 먼 여정이었고, 가는 곳마다 천신에게 제사를 올리기도 했다. 그는 태산도 올랐다. 중국인들은 태산을 자고이래로 최고의 명산으로 숭배해 왔다. 산 중의 산이요, 산 이상의 산인 태산은 날개를 달고 하늘로 승천하는 신조(神鳥) 토템의 발원지요, 불로장생을 추구하는 동이 문화의 중심지이다. 그는 중국인들의 동해에서 멀리 있을 한반도 쪽을 바라보면서, 아침하늘로 떠오르는 해를 한참 우러러 보았을 것이다. 태산은 그랬다. 태산의 높이는 그다지 높지 않다. 이를테면 산불재고(山不在高)요 유선즉명(有仙則名)이라고, 산의 가치는 높이에 있지 아니하고, 신선이 살아야 명산이라고 할 수 있다. 시황제는 자신이 신선이 되어 태산에 살고 싶었는지 모른다. 지금도, 중국인들의 마음 깊이에는 시황제가 그랬던 것처럼 태산에 신선이 살고 있다고 믿고 있다.

하지만 계절이 계절인 만큼 숨이 막히는 무더위 속에서 나아가던 황제의 일행은 점점 지쳐갔고, 마침내 시황제 역시 길 위에서 병을 얻고 만다. 참으로 힘이 들고, 치명적이며, 수고로운 강행군이었다. 황제의 어가가 산동성 어느 곳에 이르렀을 때, 멀리서 이상한 노랫소리가 들려 왔다. 황제의 일행은 모두 조짐이 좋지 않은 이 노랫소리에 긴장했다.

세상에 징조가 나타나서,
재앙의 문이 활짝 열리네.
암흑의 대지를 모두 덮고,
수많은 현인들이 피를 토하네.
세상에 징조가 나타나니,
푸르른 강물에 핏빛이 서리네.

노랫말을 들어보면 누가 보더라도 시황제의 죽음을 예감한 노래이다. 병석의 시황제는 매우 언짢아했다. 이사가 병사들을 풀어서 이 불경한 노래꾼을 붙잡아 들이게 했다. 초립을 쓰고 갈삼을 입은 그는 자기 신분을 감추기 위해 무진 애를 쓰고 있었다. 이사가 그를 바라보면서 외쳤다.

"바로 네 놈이었구나."

잡혀온 노래꾼은 종적을 감추었다는 떠돌이 시인 율보였다. 아무리 세월이 흘렀어도 이사의 눈은 매섭게도 정확했다. 이사는 시황제에게 이상한 노래를 부른 율보를 잡아왔다고 보고했다. 시황제는 고개를 끄덕이면서 한 건축물 안의 병석에서 겨우 일어나 앉았다. 그는 주위를 물리치고 다소곳이 꿇어앉은 율보를 내려다보았다.

"유랑 운객 율보인가?"

"폐하, 그러하옵니다."

"그대는 어찌하여 나의 죽음을 예언하는가?"

"시객(시인)은 자고로 예언가라고 했나이다. 삶과 죽음이야말로 모두가 천명이온데, 어찌 천명을 피할 수가 있겠나이까? 물론 폐하께옵선 천명을 무너뜨리는 데서 법치의 공도가 비롯된다고 늘 주창하셨습니다만."

"그럼, 법치가 아니라면?"

"폐하께서 백성들에게 어짊과 의로움의 베풂을 애최 실행했더라면, 전쟁의 시기보다 더욱 사납고 들끓는 오늘날의 민심이 마른 들녘의 불처럼 번져가는 이런 일이 어찌 있으리까?"

"짐에게 가장 회한으로 남는 것은 분서갱유를 자행한 일일세. 그대도 잘 알다시피, 짐은 백가(百家)의 죽백(竹帛 : 책)을 태워버리고 한 번에 460여 명의 목숨을 생매장했더랬지. 짐이 사상을 통일하면, 모든 사람들이 짐을 심복할 것이라고 믿었던 게야. 이게 어디 말이 될 법한 일인가? 그래 사상을 폭력으로 통일한다는 발상이 어디 말이 될 법한 일이더란 말인가?"

죽음을 앞둔 시황제의 말에는 회한의 감정이 짙게 묻어나 있었다.

"짐이 죽는다고 해도 진 제국을 영세토록 계승할 수 있겠는가?"

"폐하께서 후계자를 올바르게 정해놓는 일이 무엇보다 종요롭습니다."

"……."

시황제는 율보가 무사히 달아날 수 있도록 배려해주었다. 형가의 암살 미수 사건이 있은 이후부터 17년간에 걸쳐 그를 따라다닌 네 명의 호위 무사가 있었다. 이들은 절륜한 무공의 소유자들이었다. 그에게 있어서 가장 충직한 인물들이었다. 순사라도 함께 할 수 있는 이들이었다. 10여 년 전의 일이었다. 시황제가 되기 바로 직전인 진왕 시절의 그가 왕좌의 신분을 감추고 함양성 밤나들이를 했다. 대여섯 명의 자객들이 진왕을 알아보고 습격을 했을 때 멀찍이 있었던 네 명의 무사가 바람처럼 나타나 전광석화처럼 그들을 단숨에 해치워버렸다. 네 명의 무사는 율보가 멀리 달아날 수 있을 때까지 안전을 보장해 주었다.

시황제의 죽음을 예언한 율보의 노랫말은 '오로지 사료에 근거해 충실하게 서술했다'는 유홍택(劉鴻澤)의 방대한 저술물 「진시황 연의」에서 따온 것이다. 이 책에서는 시황제의 선대에서부터 복무해온 늙은 악사의 입에서 불려졌다고 한다. 이 노랫말이 실제로 있었던 것인지, 아니면 극화된 것인지는 잘 알 수 없다. 시황제가 분서갱유를 후회하는 대화 역시 한때 시인과 사학자로 저명했던 곽말약(郭沫若)의 『역사소품』에 있는 그의 독백에서 착안한 것이다. 이 역시 마찬가지다. 시황제가 실제로 후회한 말을 남겼는지에 관해서는 잘 알 수 없다.

정 부장이 언제인가 추 교수에게 들은 적이 있었다. 중국사 최대의 교훈은 이를테면 '진붕초망사'다. 세칭 진시황이 세운 제국이 어떻게 순식간에 붕괴되었으며, 강성한 초패왕(항우)이 창졸간에 망했는가를 보여준 역사 말이다. 모든 게 민심의 힘이다. 이 힘은 보이지 않지만 역사의 흐름을 바꾸어놓고야 만다. 시황제는 역사의 죄인이지만, 그나마 이사의 제안을 받아들인 군현제는 지금까지도 광활한 중국의 중앙집권제로 이어오고 있다. 역사의 아이러니다. 무리한 만리장성 축조는 민의 원성이 하늘을 찌르게 했다. 시황제가 역사의 죄인이라면, 더 이상 말을 하지 않겠거니와 2세황제 호해와 환관 조고는 역사의 중죄인이었다. 초패왕 항우는 대군을 이끌고 함양궁을 입성한 후에 황실 남자들의 씨를 말렸고, 점령의 대가로 황실 여자들을 강간하게 했고, 여산 능과 아방궁을 철저하게 파괴함으로써 아무런 덕이 없이 포악하다는 인상만 남긴 채 천하의 민심을 얻지 못했다.

정 부장과 추 교수는 모처럼 광화문 거리가 내려다보이는 와인바에서 술을 마시고 있었다. 어둠이 짙게 깔린 거리거리는 온통 촛불의 물결로 뒤덮였다. 박근혜 퇴진, 최순실 단죄를 외치는 함성이 들려오는 것 같다. 추 교수가 정 부장에게 말을 건넨다.

"정 부장님. 역사는 묘해요. 사마천이 아무리 위대한 발분저술가라고 해도 『사기』 진시황본기를 보세요. 백성의 삶에 관해서는 거의 언급이 없잖아요? 히스토리는 히스(his) 스토리. 단수인 그의 이야기잖아요? 진시황본기는 진시황의 이야기입니다. 진시황 시대의 복수인 민중의 이야기가 아니라는 말입니다. 근데 여기에 단 한 문장으로 된 백성들의 삶이 묘사되어 있어요. 시황 8년에, 황하가 범람하여 물고기들이 뭍으로 밀려나오는 큰 수해를 입으니, 나라의 사람들은 가벼운 수레와 튼튼한 말을 타고 먹을 것을 찾아 동쪽 지방으로 몰려갔다. 나는 이 대목을 읽고 눈물을 쏟았어요. 백성들이 얼마나 먹을 것이 없으면 굶어죽지 않으려고 황하의 흐름을 따라 뭍으로 범람한 물고기를 잡으러 갔겠어요."

"사마천도 민심의 힘을 몰랐을까요?"

"왜 몰랐겠어요, 사료가 워낙 왕후장상의 사료뿐이니까."

시황제는 언젠가 선도(仙道)를 수행하던 방사들을 불렀으나, 이들은 다섯 자 글자를 남겨둔 채, 홀연히 어디론가 사라진 적이 있었다. 망진자호야(亡秦者胡也)라. 이것은 전설이고, 역사서인 『사기』에는 노생이 바친 도참에 적혀 있는 예언이다. 후자가 더 진실에 가까운 것 같다. 이르되, 진나라를 망칠 자(혹은 것)는 오랑캐라. 오랑캐 호 자이니, 누구나 그렇게 생각했다. 그래서 시황제는 오랑캐 흉노족을 쳐부수고 만리장성을 쌓았다. 그러나 결과적으로 볼 때, 진나라를 망친 자는 그의 막내아들 호해(胡亥)였다. 시황제가 죽어갈 때 자신의 제국이 망하게 되리라는 것을 예감했다는 설도 제기되기도 했다. 그렇다면 자신도 민심의 흐름을 거슬렀다고 자인했던 것일까?

“정 부장님. 정말 시황제에 관한 소설을 쓰고 싶습니까?”

“가능하다면.”

“이미 나온 진시황 소설도 적지 않을 텐데요.”

“다른 색을 칠해야겠지요.”

“무엇이 이색적일까요?”

“글쎄요. 더 생각해야겠지요.”

“전 민심이라고 봅니다.”

“많은 조언이 있기를 부탁합니다.”

“진시황 시대의 민심을 노래한 가상의 시 한 편을 준비해 왔어요. 활용해도 좋을 것 같네요. 제목은 ‘검수(黔首)의 노래’이라고 해두지요,”

“검수가 뭐예요,”

“진시황 시대에 백성을 검수라고 했지요. 백성들이 검은 두건을 썼다고 해서 검수라고 했다고 말하기도 하고, 백성이 아무것도 쓰지 않았다는 뜻에서 맨머리를 가리킨다고 말하기도 하고.”

“상반된 어원이로군요.”

“그래요. 들어보실래요.”

“…….”

“쓰러지면 쓰러질수록 땅을 짚고 일어서는 검수여. 이 땅의 검수여. 우리가 가진 거라곤 긴 자루의 꺾창뿐이라네. 저 썩은 권부를 피고름이 나도록 찌르세. 무찌르세. 하늘 아래의 검수여, 검수여.”

“아, 좋네요.”

“제가 아무 말 하지 않을 테니, 그냥 사용하세요. 저작권도 없어요. 하하하. 그 시대의 백성들의 말 같지 않나요?”

“지금 저 사람들에게는 꺾창 대신에, 촛불이겠네요.”

“아, 그렇군요.”

시황제는 병이 들었다. 깊고도 무거웠다. 그는 황제 전용 도로인, 너비가 오십 보가 되는 치도(馳道)를 빠르게 달려 함양궁에 가서 죽고 싶었지만 자신의 바람대로 이루어지지 않았다. 아무리 그가 천하를 통일해도 죽음 앞에서는 인간이라면 너나 나나 무력한 존재다. 그가 죽을 곳과는 거리가 너무 떨어져서였다. 귀로 중에, 그는 어가 안에서 죽었다. 지금의 하북성에 위치한 사구(沙丘)에서였다. 사마천의 『사기』는 그의 죽음에 관해 고작 열두 글자만을 적었다.

칠월 병인, 시황 붕우, 사구 평대.

시황제는 언제, 어디에서 죽었다. 이뿐이다. 사구가 모래언덕일까, 아니면 고유 지명일까. 또 평대는? 어쨌든 귀로에서 죽은 것은 사실이다. 사인에 관해선 전혀 언급이 없다. 이 사실을 두고, 후대로 내려오면서 숱한 억측이 낳아졌다. 암살설도 끊임없이 나돌았다.

"추 교수님은 시황제의 사인이 무엇이라고 봅니까?"

"의학적으로는 싱가포르 국립대학 의과대 교수인 허나이창(何乃强)이 지적한 것처럼, 열사병이 직접적인 사인인 듯합니다. 진시황 일행의 일정은 강행군이었지요. 머나먼 길을 돌아다니면서 많은 일들을 했어요. 비문을 세우고, 성대한 제사의식을 수행하고, 한반도를 바라면서 떠오르는 해도 맞이하고. 섭씨 41도가 예상되는 무더운 날씨, 두터운 곤룡포, 통풍과 환기가 제대로 되지 않는 청동마차의 드높은 열전도율, 극심한 에너지 소모 등으로 인한 열사병을 짐작해본다면, 충분히 개연성이 있지요."

"이보다 더 합리적인 진짜 사인은 인간이 필멸의 존재라는 사실을 거부한 시황제 자신의 몽매함에 있지 않을까요."

"네, 탁견이네요."

시황제는 죽기 전에야 자신의 죽음을 받아들인다. 자신의 장남 부소에게 유언을 남긴다. 네가 새로운 황제가 되어 진 제국을 잘 계승하라고. 그는 평소에 입바른 소리를 하던 장남을 싫어했다. 그의 유서는 목간에 쓰였다. 이것을 단단히 봉하고, 그 위에 도장을 찍었다. 그런데 그의 유지가 담긴 조서는 승상 이사와 환관 조고에 의해 조작되었다.

이때부터 천하는 혼란이 극심해지고, 엄청난 동요를 일으킨다. 죽음의 연속극이 이어진다. 장남 부소는 스스로 목숨을 끊고, 실권자 환관 조고는 승상 이사와 2세 황제 호해를 죽이고, 자칭 황제가 되려고 했으나, 나라 안에 아무도 그를 인정하는 이들이 없었다. 이런 곡절 속에서 진의 황제는 폐지되고, 다시 진왕으로 격하된다. 마지막 진왕은 자영이다. 자영은 조고를 주살하지만, 그 자신도 항우에게 잡혀 비참하게 피살되고 만다.

"추 교수님. 진 제국의 시황제이기 이전에 인간 영정에 대해서 어떻게 생각하시나요. 제가 알기로는 교수님이 역사심리학에서도 식견이 대단하시다는 얘기를 누군가에게 전해 들었습니다만."

"그는 못생긴 아이의 콤플렉스로 인해 어릴 때부터 엄마로부터 소외되고, 그의 모친은 못생긴 아이를 돌보는 대신에, 자신의 성적 쾌락을 탐닉하는 데 몰두하고. 이것으로 인해, 그가 정상적인 성장 과정을 밟았을까요? 그의 외모 콤플렉스는 조울증의 원인이 되었어요."

"조울증이라고 함은 조증과 울증이 아니어요?"

"네. 그렇습니다."

"이 두 가지 증세는 대조적이지요. 어떤 때는 기분이 지나치게 치솟고, 또 어떤 때는 기분이 한없이 가라앉는 경우를 말하겠지요?"

"네. 조증을 통제하지 못하면 과대망상이, 울증을 제어하지 못하면 피해망상이 생겨나지요. 만리장성, 병마용, 장생불사 등은 그의 과대망상에서 비롯된 것이고, 분노 조절 장애의 결과인 분서갱유는 그의 피해망상에서 비롯된 게 아닐까요? 그가 군현제를 채택한 것도 배신을 예방하기 위한 목적이었으니, 후자에 해당된다고 하겠지요."

"그러니까, 시황제는 태어날 때부터 입이 지나치게 커서 '먹을 상'을 갖추었다고 하는데, 그가 죽을 때도 더위를 먹고 죽은 형국이 되었네요."

"정 부장도 이제 전문가 수준 이상이네요."

"하하하, 고맙습니다."

정 부장은 시황제에 관한 많은 자료를 열람하였다. 역사소설을 제대로 쓰려면, 역사 공부부터 많이 해야 한다. 어떤 자료에 의하면, 시황제의 외모를 이렇게 묘파한 데도 있었다. 말의 눈을 연상시키는 가늘고 긴 두 눈, 툭 튀어나온 두 눈알, 매부리코, 게다가 목소리는 마치 광야에서 들려오는 늑대의 음울한 울음이었다. 아우, 아우우.

정 부장은 소설의 초안을 작성하고 보니 2천 2백여 년 전의 진시황 시대나 지금의 시대나 별로 달라진 게 없지 않느냐 하는 생각을 가지게 되었다. 우리는 분서갱유와 만리장성을 진시황 폭정의 상징으로 알고 있지 않나? 특히 인류 역사상 최대의 블랙리스트 사건이라고 해도 좋을 분서갱유는 그 참혹함이 이루 말할 수 없었을 것이다. 누가 그랬다. 목죽(책)을 태운 구덩이에는 천년이 지나도, 그 재가 식지 않았다고. 그럼, 사람을 묻은 구덩이에는 아직도 선비들의 아우성이 남아 있지는 않을까? 정 부장이 곰곰이 생각하니, 정치와 관련된 모든 게 민심과 관련된 문제가 아닐까, 생각했다.

블랙리스트를 항의하기 위해 세종 시로 내려간 버스를 두고, 세인들은 블랙리스트 버스라고 했다. 이 버스가 내려간 지 일주일 만에 조윤선 문체부 장관이 현직 장관으로선 처음으로 구속 영장이 발부되어 수감되었다. 정국은 추운 날에도 아랑곳없이 요동치고 있었다. 법조계에서는 이번 블랙리스트 사건을 가리켜 청와대 비서실장과 문체부 장관이 헌법과 민주주의의 가치를 심대하게 훼손한 직권 남용의 사건이라고 보고 있었다. 청와대 비서실과 문체부는 국정농단의 현장이 되어버렸다. 이 사건과 관련된 수석비서관들과 국장들 중에서 일부는 구치소에 잡혀 들어갔고, 일부는 지금 상당한 위험에 처해 있다.

정 부장은 늦게 퇴근해 귀가했다. 뉴스를 보다가 가슴이 답답해 여기저기에 채널을 돌리고 있었다. 마침 추 교수는 시의적인 주제와 관련해 대중 강의를 하고 있었다. 강의의 제목은 '시황제와 블랙리스트'였다. 정 부장의 자그마한 찻상에는 와인 한 병과, 기품이 있어 뵈는 와인 잔과, 치즈와 과자류를 담은 쟁반이 놓여 있었다. 그는 추 교수의 TV 강의에 귀를 기울였다.

흔히 진시황이라고 지칭하는 시황제는 끊임없이 우민화를 밀어붙였습니다. 그에게는 기본적으로 백성을 바라보는 관점부터 문제가 있었던 겁니다. 그는 백성을 가리켜 '검수(黔首)'라고 표현했지요. 검을 검 자에 머리 수 자……이를테면 통속적으로 말해 '검정 대가리'라는 것. 머리 위에 그 어떤 것도 쓰지 않은 맨머리 모습을 말한 것 같습니다. '검정 대가리'가 있다면, 물론 식자와 예인과 문사와 같은 '하양 머리'도 있었을 터. 백성들이 검은 색으로 인해 의식화되지 않은 집단 두뇌라면, 하양 머리의 그들은 의식화될 여지가 있는 두뇌 집단이라고 보입니다. 시황제의 분서갱유는 병적 인간이 갈 데까지 간 말기적 증세의 결과라고 할 수 있겠습니다. 그때 식자들은 분서갱유라고 하는 초유의 천하대란을 피해 뿔뿔이 흩어졌어요. 이들은 시황제가 죽을 때까지 몸을 감추고 있다가, 그가 죽은 후에 다시 나타납니다. 그리고 이들은 진나라를 뒤엎으려는 거대한 세력으로 발돋움해요. 역사의 신은 아이러니로 가득 찬 괴이쩍은 웃음을 늘 짓고 있습니다. 그 시대 블랙리스트의 최대 가해자였던 시황제. 그의 유지가 담긴 마지막 조서로 인해 진 제국이 피해를 입음으로써 망했던 아이러니를 아십니까? 결국 공개되지 못한 그 조서는 제국을 무너뜨린 결정적인 블랙리스트였던 셈이지요. 장남 부소에게 제위를 물려준다는 그의 유서는 이사와 조고에 의해 조작됩니다. 그의 문서는 그의 심복들에 의해 정치적으로 배제되었던 셈이지요. 이 때문에 진은 시황제가 죽은 지 수 년 만에 허무하게 몰락하게 되었던 거지요. 진은 결국 중국 역사에서 최초의 제국이면서도 최단명의 제국이 되고 말았지요. 강행군하는 시황제의 어가 위를 맴돌던 까마귀들이 그의 죽음을 가장 먼저 감지했다고 하지요. 까마귀가 사람에게서 가장 민감하게 죽음의 냄새를 맡는다고 하지 않아요? 하지만 시황제는 죽었어도, 어쩌면 그가 원하였던 영생을 이루었는지 모릅니다. 그가 종래의 봉건제도를 뒤바꿔 확립한 중앙집권제는 지금까지 유지해오고 있고, 그가 쌓은 만리장성도 구조물로 지금까지 건재하고 있으며, 그의 국호도 표기상 에이(a)만이 추가되어 친(秦 : chin)에서 차이나(china)로 계승되고 있습니다.

정 부장은 추 교수의 유려하면서도 거침없는 강의를 들어보니, 답답함이 좀 가라앉는 것 같았다. 이번에 파장을 몰고 온 블랙리스트 사건은 박근혜 정부의 출범과 함께 국정 기조로 내건 키워드인 소위 문화 융성과도 무관치 않았던 것으로 보인다. 대통령이 사인(私人)의 사적 이익을 위해 그토록 헌신한 것을 보면, 문화 융성이란 것도 문화체육계 농단이라는 맥락과 궤를 함께 하는 것이라고 보지 않을 수가 없었다. 따라서 박근혜 정부의 블랙리스트와, 최순실 · 차은택으로 대표되는 사인들에 의해 자행된 큰 틀의 국정농단은 서로 떼려야 뗄 수 없는 관계를 맺고 있었던 게 아니냐 하는 의구심을 남겼다. 이런 분위기 속에서 지난 해 12월 3일에 국회에서는 대통령탄핵소추안이 제안되었다. 정 부장이 야당에서 보낸 보도 자료와 함께 온 이 제안서를 읽어보니, 이런 문장을 담고 있었다.

"……최순실 등의 국정농단과 비리 그리고 공권력을 이용하거나 공권력을 배경으로 한 사익의 추구는 그 끝을 알 수 없을 정도로 광범위하고 심각하다."

그 제안서는 같은 해 12월 9일이 가결되었고, 이제는 헌법재판소의 탄핵심판을 선고하는 데까지 나아가고 있는 중이다. 올해 3월 10일이면, 나라에 한 차례의 격랑이 몰고 올 게 분명하다. 황폐화된 문화 융성이 이제 헌법과 민주주의의 가치로 어떻게 회귀해야 하느냐 하는 문제가 우리에게 남아있을 따름이다. 문화예술인 활동을 정치적으로 배제하는 명단이 있네, 없네 하는 것이 옛날 같으면 한낱 정치 공세라고 하면서 유야무야 넘어갈 수도 있었다. 이번 블랙리스트 사건은 국정농단 사건과 한 세트가 되었기에 국민적인 여론의 그물망을 쉽게 빠져나갈 수 없었던 것이다.

정 부장은 이번 블랙리스트 사건이 야당에게 호재가 되고 말았지만, 야당이 정권을 잡으면 또 다른 형태의 블랙리스트 사건이 나타나리라고 보고 있다. 정치적인 대립은 선과 악으로 진행되지만, 정치의 세계만큼 선악관이 미묘하게 교차하는 세계는 없다. 오랫동안 정치부 기자로 살아온 그의 경험적인 지론이기도 했다. 보수와 진보, 여와 야가 서로 다투다 보면, 선악의 경계가 모호해지게 마련이다. 악이 상대주의적인 경계를 넘어서 절대 선으로 격상하기도 한다. 정치는 아이러니로 귀결된 부조리극이다. 시황제의 유서가 조작되었듯이, 그 시대 블랙리스트의 최대 피해자가 시황제 자신이 되고 말았듯이, 이번 블랙리스트 사건의 정점에 놓인 대통령이, 꽃샘바람이 부는 날에, 이 사건에 관한 한 최대의, 또한 초유의 피해자로 귀결될 것 같다.

이런 점에서 볼 때, 모든 세상사가 그러하듯이 선이란 없다. 선이란 게 있다면, 그 선은 가치의 상대주의, 그 무정부 상태에 의해, 끝내 급격히 허무의 세계로 추락하지 않을 수 없다. 정 부장은 이런저런 상념 속에서, 정치야말로 생물이요, 또 요물이니까, 촛불의 다음 단계야말로 미지의 영역에 속하는 거라고 본다. 정 부장은 광화문 거리가 내려다보이는 와인 바에서 술을 마실 때 추 교수가 자신에게 툭 던진 말이 귓가에 여운처럼 남아있다.

"두고 보세요. 저 촛불의 거대한 물결이 지금은 맑고 순수해 보이지만, 향후 어떻게 진행되느냐에 따라, 또 정치의 어떠한 저의가 개입되느냐에 따라 혼탁하고 불순한 흐름이 될 수도 있을 거예요. 민심이 정치의 이해관계 속으로 빠져들면, 드맑은 순수함도 잃게 되는 거지요."

몇 개월에 걸쳐 일상화된 촛불집회는 추운 그날에도 열렸다. 이것이 언제까지 이어질지는 알 수 없다. 잇따른 시위에도 불구하고 군중심리 때문인지, 피로감이 거의 없어 보였다. 일단 구호를 보면, 끝이 보이는 것 같기도 하다. 누구 한 사람이 마이크 소리로, 매긴다. 이게 나라냐? 군중의 함성이 받는다. 이게 나라냐? 시위대의 구호는 지속적으로 광장에서 아스라이 밀려와 빌딩의 외벽을 울린다.

퇴진하라! 퇴진하라!
구속하라! 구속하라!

정 부장의 눈에는 촛불집회를 위해 모인 군중이 촛불을 치켜들면서 거대한 군무(群舞)를 일사분란하게 만들어가는 것이 보였다. 집회라기보다 군무랄까? 고대 중국의 젊은 남녀들이 기우제에 동참해 비야 내려라, 비야 내려라, 외치면서 추는 집체적인 춤이 이런 게 아니었을까 하고, 생각했다. 아니면, 일본의 어느 시골에서 마쓰리 행사를 우연찮게 참관할 때 에도시대의 전통 왜춤, 즉 엉거주춤해도 호쾌한 젊은 사내들과 요염하면서도 오종종한 큰 애기들이 어울려 썩 잘 뒤섞인 '무리의 춤'이 연상되기도 했다.

정 부장은 생각했다. 이런저런 춤에는 무엔가 갈구하는 것들이 스며들어 있었을 거라고. 이런저런 춤에 스며들었음직한 저 목말라 하는 것들의 정체가 도대체 무엇일까, 라고. 이 목마름이 소환하는 것이란, 비의 내림이라고 해도 좋을 것이고, 사악한 기운의 물리침이래도 관계가 없다고. 그렇다면 이 집회 역시 고대로부터 있어온 또 다른 주술의 정치학은 아닐까, 하고.

한편으로, 정 부장은 또 이런 생각도 해 보았다. 춤이니 노래니 하는 것이 낱낱의 사람들 제각각 마음에 그늘지고 옹이진 것을 푸는 행위일 수도 있는 것인데, 한 치라도 어긋나지 않는 모든 사람의 집단 욕망이라는 게 과연 있는가, 모든 사람들이 일률적으로 원하는 것이나 정치적 이해관계가 있는가, 하는 사실이 의문으로 남고 있었다. 만약에 이런 것들이 존재한다면, 우려되는 점도 없지 않으리라. 이를테면, 또 다른 형태의 전체주의가 기존의 자유주의를 억누르려는 건 아닐까, 하는.

어쨌든, 시황제의 시대에서 살펴볼 수 있듯이, 모든 생각이나 가치를 하나로 엮으려고 하는 것은 위험하다고 보인다. 하물며 다양한 게 공존하고 있는 오늘날의 시대에 있어서임에랴. 블랙리스트의 흑막도, 이게 나라냐는 큰 외침도 마찬가지일 것이다.

자작나무숲으로 가다

1

꿈이 무의식으로 가는 왕도(王道)라나, 어쨌다나. 뭔 말이 잘 모르겠지만, 좀 먹물이 든 사람들이 잘 쓰는 비유다. 잠이 들자마자 마치 기다렸다는 듯이 떠오르는 의외의 광경. 꿈인지 생시인지 알 수 없는 모호한 이미지. 천지가 분간되지 않고 소용돌이를 일으키는 너울과도 같이 마음속에 오르내리는 저 격동의 파고. 이런 유의 꿈을 자주 꾸면 병적 증상이라고 의심하는 사람들도 적지 않을 것이다. 꿈은 믿을 만한 게 못된다. 어떤 때는 논리도 없이 제마음대로다. 의식적으로 늘 그리운 사람이 아니 나타나고, 무의식 속에 잊어진 존재가 돌연히 등장하고는 한다. 꿈이 현실에서 이루지 못하는 것을 에둘러 이루려고 하는 것인데, 만나고 싶지도 않은 사람을 꿈에서 만나게 되는 것은 또 뭐라고 설명되어야 하나? 꿈이 우리에게 흔해빠진 마음의 그림이거나 욕망의 그림자이기 때문이다. 이 그림자가 어슬렁대면서 항상 내 언저리를 맴돌고 있다고 생각해보라. 꿈은 마음을 편하게 하는 것은 결코 아니다. 옛날 사람일수록 사람들이 꾸는 꿈을 가치가 있는 것으로 보았다. 이것을 사거나 하고,

팔기도 했다. 꿈을 마치 선물이나 뇌물로 생각한 거다. 하지만 내가 보기에 꿈은 선물이나 뇌물이 아니라 요물(妖物)이다. 전문가들의 견해를 살펴봐도 뭐가 뭔지 잘 알 수 없다. 하도 견해들이 많으니까. 중립적인 개념의 틀에서 볼 때, 프로이트 이래의 꿈 이론을 집대성한 어느 학자의 말마따나, 꿈은 폭발적인 정신 활동에 의해 만들어진다. 고개를 주억거릴 만한 적절한 지적인 것 같다. 꿈을 꾼다는 것이 어쩌면 숨을 쉰다는 것에 다르지 않다고 생각된다. 그래, 인간들이 다반사로 경험하는 생명 활동일지 모른다.

꿈을 두고 무의식의 왕도니 하는 말버릇은 저 프로이트의 유명한 견해다. 최상의 방법론을 가리켜, 제왕의 도리, 혹은 영도자의 바른 길로 비유했으니, 독일어 원문에 대해 얼마만큼 충실한 번역인지의 여부는 나도 잘 모르겠다. 그의 저서 『꿈의 해석』 독일어 책을 읽어보지 않았으니까. 굳이 프로이트를 들먹이지 않는다고 하더라도, 내가 생각해도 꿈속의 이야기는 메시지의 핵심도 없는, 종잡을 수 없이 불가해한 표현의 바다다. 바닷물이 썰물처럼 빠져나가 황량한 갯벌만이 남는 것처럼, 깨고 나면 꿈은 볼품조차 없이 우리의 의식으로부터 내버려지기도 한다. 별로 기억되지도 않고, 기억할 필요도 없는 꿈이라는 것을 두고, 우리가 굳이 해석과 분석의 대상으로 여긴다는 것이 어쩌면 억지 같은 일이 아닐까, 한다.

하지만 여기에는 여지가 남아있다. 꿈의 스토리라인이 어지럽게, 천방지축 요동치거나, 뒤죽박죽 흘러가는 것 같아도, 흐름의 방향이 없다고 꼭 단정적으로 말할 수는 없다. 또한 꿈의 신비감이랄까, 이런 것이, 말하자면 현실을 넘어서는 것이 우리가 일상적으로 살아가면서, 경험적으로 전혀 받아들일 여지가 없는 건 아니지 않는가? 우리가 꿈을 거부한다고 해서 꾸어지지 않는 것이 아니기 때문에, 꿈의 영험을 쉽사리 떨쳐낼 수 없다고 본다.

도대체 꿈이란 무엇인가?

꿈은 일단 말이 아니다. 꿈에서 누군가가 나에게 말을 걸어와도 사실은 말은 아니다. 말을 이랬다저랬다 변형시킨 것에 지나지 않는다. 우리가 알고 있는, 직유니 은유니 하는 것은 말이라기보다 말을 변형한 것이다. 꿈은 그러니까 은유로 말을 압축하고, 환유로 말을 뒤집어놓는다. 그런데 문제는 얘기가 여기에서 끝나지 않는다. 꿈이 말의 변형이기도 하지만, 결코 말을 하지 않는다는 사실. 비유를 넘어 상징으로까지 나아간다. 글자 그대로, 모습의 징후를 보여주는 게, 상징이 아닌가? 말의 경계를 넘어서는 꿈은, 때로 꿈꾸는 주체에게 침묵의 언어나 상징 언어로 명령을 내린다. 말하자면 육체의 상징 언어로 의인화한 꿈이란 녀석이, 때때로 욕망을 탐하기도 한다는 거다. 꿈을 꾸는 '나'와 상관없이 제 하고 싶은 대로 하는, 요지경 같고, 요물 같은 꿈이다.

나는 한때 문학청년이었다. 문청 시절에 향후 소설가가 되어 마침내 성공해 문명을 떨치는 열망에 사로잡혀 있었다. 하지만 내가 국어교사로서 가르치는 일을, 더욱이 학생들의 진학지도를 생업의 중심부에 두게 됨으로써 그 열망은 조금씩 식어갔다. 이제는 애들도 성인이 되었고, 나는 늘그막의 나이에 진입하면서 명예퇴직을 신청해놓고 있다. 우리 부부는 앞으로 연금으로 생활하면서 살 것이다. 그래서 요즘, 내가 젊었을 때 이루지 못한 욕망의 불씨를 지피고 있다. 특히 정신분석에 매료되어 정신분석적인 소설을 쓰려고 노력을 했으나, 능력의 부족으로 인해 실패를 거듭해온 경험을 되살려 보려고 한다.

지금 내가 쓰려고 하는 소설은, 이미 오래 전에 실종된 화가(의 커플)에 관한 이야기다. 무엇보다 꿈을 소재로 한 이야기다. 꿈 이야기의 문학적 양식은 그동안 적지 않았다. 우리나라에서도 조선시대에 '몽유록(꿈속의 유희를 기록함)'이라는 적잖은 한문소설이나, 「구운몽」으로 시작해 이것의 아류작들이 한글소설로 두루 쓰였다. 그런데 아주 특이하게도 내 소설은 꿈 중에서도 성몽(性夢)을 소재로 하고 있다. 무엇이, 또 왜 성몽인가? 이 낱말은 엄청나게 방대한 국어사전을 편찬하지 않고서는 표제어로 채택될 수 없는 어휘다. 이것은 쉽게 말해, 꿈을 꾸는 사람이 꿈속에서 섹스를 하는 꿈을 뜻한다. 개념의 범위를 넓히자면, 굳이 섹스를 하는 꿈이 아니라도, 섹스와 관련해 꾸는 꿈을 가리킨다. 섹스를 소재로 한 꿈은 더러 있을 수가 있겠지만, 대부분의 사람들은 꿈속에서 섹스를 해대는 꿈을 꾸지 않고 평생을 보낸다. 꿈속에서의 섹스는 남들에게 입 밖에도 내기도 어렵다. 사실은 말이지만, 꿈속의 섹스란 것, 뭐, 별 게 아니다. 욕망을 욕망하는 것이고, 섹스와 섹스를 하는 것이다. 하지만 이것이야말로 소설의 소재로서 무한한 가치를 가진다. 이것은 욕동과 억압과 무의식을 담은 그릇이라는 점에서, 이것이 만약 깨진 그릇이 아니라면, 삶의 진실을 담는 낯선 용기(容器) 중의 하나인 게 분명하다. 소설이 현실과 일상의 과장된 면을 부조(浮彫)하는 성질의 것이라고 말할 수 있다면, 꿈속의 섹스라고 하는 소재의 낯섦 역시 존중되어야 한다고 본다. 감출 것은 감추면서 살아야 한다는 사람에게는 꼭 까발려야 할 까닭이 없겠지만, 만약에 삶의 진실이나, 무의식의 진실을 위해 꼭 그래야만 한다면, 그것은 소설이나 영화나 뮤지컬이나 정신분석학에서는 일쑤 필요한 것이 되기도 할 것이다.

내가 지금부터 쓰려고 하는 소설 속의 이야기는, 내가 젊었을 때 경험한 일에서부터 뭐랄까, 창작의 영감을 얻은 것이다. 나의 젊었을 때의 지인, 즉 동료교사였던 두 남녀에 관한 얘기다. 두 사람은 4반세기, 즉 25년 동안에 걸쳐 실종이 된 상태다. 총각인 남자와 유부녀인 여자의 이야기. 남자는 이름난 젊은 화가였다. 나는 남자의 비망록을 지금도 가지고 있다. 이것에 따르면, 그는 특이하게도 성몽이 잦았다. 프로이트가 예술가를 가리켜서 본질적으로 신경증 환자라고 했으니, 그럴 만도 하다고 본다. 그런데 여자 역시 성몽 '끼(氣)'가 없지 않았다. 소위 끼가 비슷한 데가 있었기 때문에, 기질적으로나 취향이 무언가 상통했기 때문에, 두 사람 사이에 인간적으로 공유하는 면이, 성적으로 서로가 서로를 따르는 게 있었던 듯싶다. 물론 이들에게 속사정은 잘 몰라도, 세칭 속궁합이 잘 맞았을 거다.

몽유하는 밀애의 어떤 로망스.

이 소설의 이야기는 두 사람의 관계를 관찰한 나의, 오롯이 내 식대로의 기록이라고 할 수 있다. 하지만 내가 보고 겪은 견문 외에도 대화나 서신 등을 통해 또 다른 의미의 허구와 상상을 재구성할 수 있었다. 이 소설은 두 가지의 시점이 혼재되어 있다는 점에서, 독자들이 좀 불편할 수도 있을 터이다. 두 사람의 관계를 객관적으로 내가 관찰한 것은 1인칭 관찰자 시점의 결과요, 이와 달리 주인공의 꿈 이야기가 많지만 내가 남의 꿈을 대신 꿀 수 있는 것도 아니어서 어쩔 수 없이 기댈 수밖에 없는 독특한 의장, 소설적 허구의 장치로서의 전지적 몽유 시점도 참고할 수 있었다. 물론 이 시점의 용어는 이제까지 사용된 적이 없었던 용어다. 1인칭 관찰자 시점과 전지적 몽유 시점의 혼재. 이 듣지도 보지도 못한, 뭐가 뭔지 모르게 뒤섞인 것 같은, 모순의, 초점이 일관적이지 못한 이 시점은, 내게 뜻밖에 얻어진 소설 형식이다.

좀 어쭙잖은 자화자찬인지 모르겠거니와, 만약 그렇다면 독자들에게 양해를 구하지만, 어쨌든 그것으로 인해 내 소설이 소설로서 최소한의 입지가 마련된 것으로 보인다. 이제까지 사람들이 잠 속에서 꿈을 꾸어 왔지만, 앞으로는 이 꿈을 찍어서 동영상으로 담을 시대가 올 것이다. 고전소설이 꿈의 소재를 즐겨 사용했던 것처럼, 꿈속의 이야기나 꿈같은 이야기 역시 미래 소설의 가능성으로 점쳐진다. 꿈의 콘텐츠는 앞으로 더 개방되고, 확장될 것이다.

2

남자의 이름은 이수민이고, 여자의 이름은 김재휘다. 여자 이름 같아 보이는 이수민은 남자요, 남자 이름처럼 느껴지는 김재휘는 여자다. 이들이 이 소설의 주인공이 된다. 둘 중의 히로인인 김재휘는 권두현 대표의 세 번째 아내였다. 내가 권두현이라고 하는 이름의 이 사람에 대해 먼저 이야기하려고 한다. 그는 부동산 자산가로서, 알 만한 사람들은 잘 아는 그 바닥의 유명 인사였다. 그가 김재휘와 만나 세 번째 혼례를 올렸을 때는 40대 중반의 나이였다. 선대로부터 물려받은 재력을 바탕으로 강남의 대로변 빌딩을 여러 채 소유하고 있었다. 재벌급은 아니어도, 부동산 알부자랄까? 젊었을 때부터 조폭과 연계되어 있다는 소문이 파다했다. 강남에서 지금의 연예인 소속사 같은 일을 하는 사무실을 운영하고 있었고, 강북에서는 화랑 겸 미술품 경매회사의 일을 누군가에게 맡겼다.

그의 주변에는 여자들이 적지 않았다.

그럼에도 불구하고, 그가 어느 날 아침에 잠에서 깨어났을 때 상당히 놀랍고도 불쾌했다. 그는 꿈속에서 연예인 지망생인 한 처녀아이와 섹스를 하고 있었다. 머리칼이 기름하고 몸은 무척이나 늘씬한 전라였지만 짙붉은 하이힐을 신고 있었다. 전라의 하이힐 하면 플레이보이 같이 야하디야한 통속 잡지에서나 볼 수 있는 게 아닌가? 꿈속의 그는 잡지의 페이지를 넘긴다. 사진이 동영상으로 전환된다. 허리의 흔듦이 부드러웠다. 꿈속의 섹스는 만족스러웠다. 그런데 두 몸이 전위(轉位)하는 순간에, 섹스파트너도 순식간에 뒤바뀌어 버렸다. 그는 기이하게 생각했다. 분명히 일대일 섹스인데, 왜 사람이 바뀌지? 이번의 상대는 그가 사업차 일본 도쿄에 잠시 머물 때 원조교제를 하던 여고생이었다. 누군가에게 일본어를 익숙하게 말하고 듣기 위해 소개를 받았던 대화 상대의 여고생이었다. 만날 때마다 용돈을 많이도 주었다. 그는 애최 걔를 섹스 파트너로 전혀 생각하지 않았다. 일본어 대화상대자 그 이상도 그 이하도 아니었다. 도리어 걔가 한국 아저씨랑 하룻밤 자고 싶다고 당돌하게 속내를 내비치기도 했다. 평소에 돈을 푸짐하게 주니까, 섹스를 해주면 화대로 거금을 챙길 수 있다고 생각했나, 보다. 도쿄에서 멀지 않은 해변의 온천 호텔 같은 데서 말이다. 권두현은 걔와 끝내 자지 않았지만, 이번엔 꿈속에서 그 짓을 하게 된 것이다. 얼굴빛과 몸빛이 하얗다. 창백하게 하얀 게 아니라, 건강하게 하얗다. 왜 걔와 이 짓을 해야 되지, 하는 겨를에, 또 상대가 바뀌었다. 종잡을 수 없이 몽유하는 섹스는 천방지축 제멋대로였다. 누군가가 새벽에 한껏 단단해진 존재의 뿌리를 조여 왔다. 정말로 돌발 사태가 발생했다. 이번 상대는 자신의 여고생 딸이 아닌가? 그는 지금 자기 딸과 섹스를 하고 있는 게 아닌가? 경악할만한 일에 화들짝 놀라면서 딸의 질 속에 삽입된 것을 빼냈다. 딸은 아빠, 하면서 자신을 한번 부르더니, 바짝 더 밀착해 왔다. 그래, 이건 현실이 아냐. 개꿈일 뿐이야. 그는 자신을 합리화했다. 부녀는 더 이상 망설이지 않고, 계속 섹스를 해댔다. 사정하려고 하는 순간에, 그는 잠에서 깨어났다. 정말 섹스라도 한 현장처럼 침대 시트가 땀에 흥건히 젖어 있었다. 그는 이 기이하고 불쾌한 꿈에 몸을 떨었다. 심각한 죄의식일까, 양심의 가책이 자신에게 채찍질을 가하는 듯했다. 그는 욕탕으로 갔다. 샤워를 하면서 자기 딸의 가장 친한, 자기 딸보다 더 예쁜, 딸의 친구 모습을 떠올리면서 시원하게 사정을 해댔다.

권두현은 며칠 후에 정신과 의사인 석일영과 만나기로 했다. 두 사람은 같은 골프 회원으로 평소에 자별한 사이였다. 나이도 또래였다. 석일영은 정신과 치료의 과정에서 정신분석을 주된 치료법으로 도입한, 흔치 않은 정신과 의사였다. 외국으로 가서 공부를 하고 이에 관한 무슨 자격증도 받아왔다고 하는데, 어느 정도의 수준인지는 알 수 없다. 권두현은 자신이 모처럼 술 한 잔을 사겠다면서 석일영에게 만남을 청했다. 이들이 만난 장소는 소위 '끕'이 다른, 강남의 하이클래스인 모처였다. 한참 동안 두 사람 사이에는 고급 와인을 마시면서 가벼운 대화가 오가고 있었다. 대화는 마치 링 위의 두 권투 선수가 가벼운 잽을 던지면서 탐색전을 벌이는 것 같았다. 석일영이 먼저 말 펀치의 스트레이트를 쭈욱 뻗었다.

"권 대표. 아무래도 내게 긴한 얘기가 있어 만나자고 한 거 아뇨?"

"긴한 얘기는 무슨?"

"그럼 갑자기 술 생각이 나서?"

"석 박사의 얼굴도 보고, 면전에서 안부도 묻고."

"뭐든지 말해 봐요."

"내가 아무래도 석 박사께 정신분석이라도 받아보아야겠단 말이에요."

"정신분석은 술집에서가 아니라, 병원에서 받는 거 아뇨?"

"이거야, 원 쪽팔려서."

"같은 남자끼리 못할 말이 뭐가 있다고."

"그럼, 툭 까놓고 얘길 할게요."

권두현은 석일영에게 자신이 일주일 전에 꾸었던, 그 문제의 꿈에 대해 처음에서부터 끝에 이르기까지 자세하게 얘기해 주었다. 사람들의 꿈 얘기는 배우자나 가장 친한 벗이 아니면 말하기 어려운 얘기다. 자신의 영혼마저 발가벗겨놓는 것과 다름이 없으니까. 그는 꿈에서 딸과 섹스를 하고, 꿈에서 깨어나자마자 딸의 친구를 생각하면서 수음을 한 자신이 아무래도 정상적인 인간처럼 여겨지지 않았다. 그의 얘기를 귀담아 듣고 있던 석일영은 무겁게 입을 열었다.

"서양 학문을 공부한 내가 이런 말을 해서 뭣하지만……."

"네."

"인간과 세상은 기(氣)로 가득 차 있어요."

"에너지인가요?"

"반드시 그런 건 아니지만, 동양 철학에서 중시하는 개념이지요."

"……."

"개인의 기를 흔히 '끼'라고 하잖아요?"

"난 끼가 나쁜 사람이겠네."

"그런 것만은 아니지요. 바깥에서 오는 기가 중요해요."

"바깥에서?"

"자신에게 엄습하는 사악한 기운은 누구에게나 있어요. 가장 흔한 것은 물리적으로 감기나 전염병과 같은 것들, 심리적으로는 나쁜 기억들, 축적된 화나 분노감과 같은 것들이겠지요. 이것으로부터 위협을 받는 자신을 보호하기 위해 방어를 하려고 애를 씁니다. 방어는 마음속에 연막을 치거나 가림 막으로 자신을 가리거나 하는 건데, 특히 심리적인 방어는 일정한 패턴이 있지요."

"어떤 패턴?"

"크게 볼 때 억압과 억제로 나누어지지요. 방어 중에서도 가장 기본적인 거죠. 나쁜 기억이 있어도, 어릴 때 일이라서 기억이 나지 않아요. 이건 억압. 그 짓은 나쁜 행동이니까, 하지 말아야지. 이건 억제. 사람은 밖에서 침투하는 사악한 기운을 무의식 속에 가두어놓기도 하고, 의식적으로 억누르기도 하지요. 억압은 삭이는 거고, 억제는 참는 거라 생각하면 돼요."

"방어 수단은 이 두 가지 말고는 없어요?"

"그 외에도 많지. 자기기만, 부인(否認), 투사, 합리화, 승화 등등의 수단이."

"……."

"내가 보기에는 권 대표가 꿈에서 딸과 섹스를 한 것은 이혼한 부인들에 대한 죄책감 때문이 아닌가, 해요. 너무 괘념치 말아요. 그 꿈이 딸과 섹스를 하고 싶다는 소망을 반영한 꿈은 아니니까."

"꿈은 억압된 무의식의 발현이겠네."

"그래요. 그 꿈은 당신의 초자아가 근친상간의 이미지를 직면하게 한 것. 오히려 금지된 것을 강력하게 상기시켜준 것에 지나지 않아요."

"초자아?"

"자, 자, 그 정도 해둬요. 얘기가 점점 어려워지니까. 너무 걱정하지 말아요. 우리는 술친구니까, 와인이나 마시자구.

"그럼, 마지막으로 하나만 더 묻겠는데, 내가 딸의 예쁜 친구를 생각하면서 수음을 한 것은 또 뭐요?"

"이것 역시 방어예요. 전치(轉置)라고 해요."

"전치라."

"문제를 회피하기 위해 이것을 딴 데로 옮겨다 놓은 것. 딸에 대한 죄의식을 떨쳐내기 위해 딸의 친구를 희생양으로 삼은 거지. 우리 속담에 그런 것 있잖아? 종로에서 뺨 맞고 한강에서 눈을 흘긴다구. 안 그래요?"

"홧김에 서방질한다는 속담은?"

"이것도 전치예요. 화풀이를 남편에게 해야 하는데, 외간남자를 희생양으로 삼는 것. 외간남자에겐 얼씨구 좋은 희생이겠지만."

"너무 양심의 가책을 가지지 말란 거 아뇨?"

"그래요."

권두현은 석일영의 조언을 듣고, 다소 마음이 누그러졌다. 그의 상담자는 다른 사람도 아닌, 정신분석학을 공부한 정신과 의사가 아닌가? 그는 마음의 안정을 찾는 것 같았다. 마음을 놓고 술을 마셨다. 두 사람은 심야에 이르기까지 꽤 술을 마셨다. 이때 나온 얘기 중에, 석일영은 권두현에게 재혼을 권했다. 엄격히 말하면, 재혼이 아니라, 제3혼이라고 표현해야 하나? 또 이때 한 여자의 이름이 두 사람의 입에 오르내린다.

김재휘.

석일영 자신의 친구인 내과 의사의 여동생으로, 모친이 작은댁이란 말이 있지만 Y대 영문과 출신의 재원이며, 지금은 인근의 아무 여자고등학교에서 영어교사로 재직하고 있다는, 또 미모에다 미혼이라는, 더욱이 참하기가 이를 데 없다는 등등의 정보가 오가고 있었다. 권두현은 자신의 바람기는 바람기고, 이와 별도로 공식적인 아내가 필요한 사실을 잘 알고 있었다. 인간관계나 인간 관리에 있어서 독신이면 사업상의 이미지에 흠결이 될 수 있다. 부부동반의 만남도 비즈니스의 하나다. 더욱이 꿈속의 딸도, 다름이 아니라 배우자 부재에 대한 억압된 표상일 수 있는 거라니까, 생각의 여지를 남긴 셈이다. 김재휘는 권두현에게 훗날에 세 번째 아내가 될 여자의 이름이었다.

3

나는 1990년대에 김재휘, 이수민와 함께, 그다지 긴 시간은 아니었지만, 같은 학교에서 동료 교사로 근무하고 있었다. 서울 강남에 소재한 여자고등학교였다. 한동안 사회적으로 시끌벅적했던 전교조에 관한 첨예한 쟁점도 시기적으로 한 풀 꺾여 있었다. 1990년대 초반에 있었던 사회주의권의 몰락이 적잖은 영향을 미쳤다고 본다. 시인 박노해를 중심으로 결성된 소위 '사노맹'의 극단주의도 그다지 여론의 지지를 받지 못했다. 학생들의 운동권도 많이 약화되어 있었다. 1992년 릴레이 분신을 고비로, 세칭 386세대가 몰락하는 감이 있었다. 그때 교사로서 재직하기에는 비교적 안정된 시기였다.

김재휘는 나와는 동갑인 데다 같은 날에, 각각 국어교사와 영어교사로 부임을 했다. 내가 그녀를 처음 보았을 때였다. 일찍 결혼한 기혼자인 내 입장에서 볼 때, 아 세상에 이런 여자도 있구나, 하고 감탄할 정도였다. 그녀는 서울 출신으로 집안이 좋았다. 오빠들은 그 당시에 법원의 부장판사와 병원의 내과 의사로 근무하고 있었다. 두 사람이 직장 동료에서 남녀관계로 발전한 것은 아무도 예상하지 못한 일이었다. 처음에는 이수민이 나를 형으로, 김재휘를 누나 정도로 여겼었다. 두 사람은 일단 나이도 맞지 않았다. 김재휘는 서른여섯의 나이였지만, 163센티의 알맞게 큰 키에, 소녀 같이 깜찍하고 해맑은 용모, 전체적인 인상이 환하게 수려한 외모의 소유자였다. 왠지 모를 느낌부터가 뭐랄까 품위가 있고 교양이 있는 여인의 이미지였다.

그녀는 남들이 단박에 알 수 있는 수려한 인상에도 불구하고, 늘 옅은 화장에, 비교적 수수한, 그래도 옷값을 따지면 아무나 입을 수 없는 차림새를 했다. 그녀의 의상을 두고 지금 내가 생각하면, 그다지 시대의 유행을 탔던 종류의 것이라고 볼 수 없었다. 도리어 그녀는 10년 전으로 되돌려진 유행의 옷을 즐겨 입었다. 10년 전이라면, 1980년대의 의상을 말하는 것인데, 이 시대의 의상에는 고학력 여성들의 사회 진출의 폭을 상징하는 감이 없지 않았다. 1980년대의 여성복에는 여권과 여성 지위를 은근히 말해주는 높고도 넓은 어깨선이 주로 강조되었었다. 반면에 허리선은 최소한 축소해 잘록하게 만들었다. 이런 기본적인 콘셉트를 전제로 한 의상이 1990년대에는 여성들에게 크게 먹히지 않았다. 그래도 그녀는 봄과 가을에는 하이웨이스트, 그러니까 높은 위치의 허리선에 놓인 폭넓은 비단 꽃무늬가 허리띠에 구성된 짙은 브라운색의 원피스를 즐겨 입고 다녔고, 하복으로는 둥근 물방울무늬의 여름옷가지를 착용했던 사실이, 아니면 잔다랗게 주름이 잡힌 푸른 긴치마 등이 기억에 어렴풋이 남아있다. 그녀가 평소에 집에서 시내로 나들이할 때 어떤지 잘 모르겠지만, 적어도 학교로 출근할 때는 목걸이, 가락지, 귀고리 등의 여줄가리(액세서리)를 몸에 달고 다니지 않았던 사실도 새삼스럽다.

이수민은 나의 대학 동문이다. 나보다 6년 후배다. 대학에서 한국화를 전공하면서 교사 자격증을 취득해 내가 근무하던 학교에 미술 교사로 부임했다. 그의 고향은 강원도 H군의 읍내이다. 형제라고는 홀어머니를 모시면서 시골에서 농사를 짓고 사는 아우밖에 없었다. 그는 이런 점에서 고적한 단출내기였다. 여자가 필요한 사람이었다. 이수민은 서른 살의 늦은 총각. 잘 생기지도 섹시하지도 않은 그. 말하자면 그는 남자로서 이성적인 매력, 성적 매력이 부족했다. 늘 그냥 그대로의 차림새였다. 정돈되지 아니한 덥수룩한 머리카락과 며칠째 깍지 않은 수염, 다른 남자 교사처럼 넥타이에 정장차림의 말쑥한 모습은 볼 수 없었다. 그렇다고 그 당시의 그는 화가로서 미래의 유망주도 아니었다. 세속적인 학벌의 수준도 여자는 명문 출신, 남자는 비(非)명문 출신이었다. 반대라면 모르겠지만. 무엇보다 1990년대에만 해도 6년 정도의 나이 차인 연상 연하라면, 현실적으로 잘 이루어지지가 어려운 커플이었다. 여자가 6년 아래라면 또 몰라도.

이수민은 아무나 가까이 하지 않았다. 약간은 자폐증이 있는 사람처럼 보였다. 연애 경험도 제대로 없었다. 그는 자신의 예술 세계에만 몰두하고 있었다. 교무실보다는 늘 미술실에 있었다. 거기에는 자신 만의 공간인, 마치 대학교수의 연구실 같은 자료실이 있었다. 조회나 종례 때 교무실로 어슬렁거리듯이 제자리에 와서 앉고서는 일이 끝나면 황급히 돌아가고는 했다. 나와 이수민은 마치 형제처럼 지냈다. 반드시 학교 동문이라서가 아니었다. 내가 다른 교사에 비해 비사교적인 그를 그냥 내버려주지 않고 친절하게 배려하는 것이 그를 위해서라도 좋다고 생각했다. 나와 그는 교외에서도 자주 만났다. 함께 전시회에 들리고, 술집에서 한국화에 대한 얘기도 자주 나누었다. 나 자신도 그 당시에 정신분석적인 소설을 쓰기 위해 노력하고 있을 무렵이었다. 정신분석은 문학뿐만 아니라, 미술과도 많은 관련을 맺고 있어서, 우리 둘은 뭔가 통하는 게 있었다. 교사일 뿐만이 아니라 한국화 작가이기도 한 그는 그 당시에 한국화 실기 전공자로서 매우 드물게도 구상과 비구상의 경계를 넘나들었다. 그와 자주 만나는 과정에서, 나는 그가 김재휘를 짝사랑하고 있다고 감지할 수 있었다. 그때는 대수롭지 않게 생각했다. 뭐, 짝사랑은 누구나 하는 게 아냐? 소설가 지망생인 내가 물론 이 문제에 대해나 나름대로 상상을 불러일으키거나 또는 탐색하거나 하는 예민한 촉수를 가지고 있었던 것은 사실이다.

내가 언젠가 그에게 물었다.

"이 선생은 무슨 고행승도 아니고, 그동안 연애도 안 해보고 살아왔던 말이요?"

"연애는 안 해도 연정을 품어본 상대는 있었죠."

마치 내가 유도 신문을 하는 사람 같았다.

"그녀가 누구요?"

"중학교 때의 음악선생님이었지요."

"음악선생님?"

"제가 우리식 나이로 열다섯 살이었던 1979년은 박정희 정권의 막바지가 아닙니까? 사회적으로 모든 것이 통제되던 시기였는데, 이에 반발이라도 하는 것처럼 그때 남자 중학생들에게는 타이트한 바지가 유행했어요. 학생들도 혁대를 하지 않은 경우를 멋으로 여겼지요. 그때 선생님들이 그랬죠. 혁대 살 돈이 없으면, 새끼줄이라도 매라고. 제 고향인 강원도 H군의 읍내는 분위기가 아주 보수적이었어요. 서울의 젊은 여자들이 너나 할 것 없이 미니스커트를 입고 다니는 것을 두고 세상이 말세라고 했지요. 우리 학교의 곰방대(꼰대)들 역시 박정희의 새마을 운동을 민족중흥의 기틀을 세운 것이라고 추켜세우곤 했지요. 이때 대학을 갓 졸업한 음악선생님이 서울에서 오신 거예요. 미니스커트를 입고요, 기악 전공의 이 음악선생님은 말씨도 나직하면서 부드러웠고, 마음씨는 비단결처럼 고왔고, 인물은 평균 이상이거나 수준급에 가까운 미모였지요. 아이들 모두가 좋아했지요. 정말 자애로운 큰누나이거나 막내이모 같았어요. 박 대통령 시해 사건이 있은 지 한 달이 지났지요. 1979년 늦가을 그날은 해가 아주 짧아졌지요. 저는 그날이 당번이어서 새벽에 학교로 일찍 갔어요. 집에서 너무 빨리 나왔나? 학교 주변에는 사람들이 아무도 없었지요. 계단 위에 교문이 있었죠. 희끄무레한 미명(未明) 속에서 음악선생님의 뒷모습이 보였습니다. 아마 당직 교사여서 일찍 출근한 모양이에요. 내 앞의 계단 위에서 휴지를 줍기 위해 허리를 숙이는 순간에 미니스커트 속의 연분홍빛 속곳이 보였지요. 아직은 어둑해도 그것은 내게 환각의 빛이었죠. 또 그것은 보지 말아야 할 것을 보았다는 두려움과 함께, 소년이 최초로 경험한 내밀한 빛남의 금지된 아름다움이었다고나 할까요? 지금까지도 이것이 남긴 설렘의 기억이 또렷합니다. 음악선생님이 내게 남겨준 그 순간의 이미지는 마음속에 첫눈처럼 내려준 연모의 잔설(殘雪)이거나, 아니면 가공된 성애적 대상관계에서 온 불가해한 그림자인지도 모르겠어요. 어쨌든 음악선생님은 제 마음속의 첫사랑의 이미지로 각인되어 있습니다."

"성장기에 누구나 겪는 과정이겠지요."

"문제는 그 연분홍빛 속곳이 제 눈에서 늘 사라지지 않는다는 겁니다."

"이 선생이 말이에요. 남들이 다해보는 연애조차 왜 여태껏 해보지 못했는가? 이유가 있네요. 제대로 연애라도 하려면, 연애의 현실을 성취하려면, 그 환각에서 빨리 벗어나야 되는 거 아뇨? 엄연한 현실을 자꾸 외면하려고 하니, 현실로부터의 공허해진 빈자리에 자주자주 환각의 빛이 채워지는 게 아뇨?"

"……."

이수민과 대화를 나누다가 보면, 그는 김재휘를 분명히 짝사랑하고 있었으며, 그녀에 대한 사랑이 솟구칠 때마다 무의식 속에 잠재되어 있던 그 음악선생님과, 그 분홍빛 속곳을 소환하고 있었던 것이 틀림없었다. 내가 한때 얼치기로 정신분석학에 관심을 가져보았지만, 선무당이 사람 잡는다고, 만날 헛짚는 생각만을 떠올리고는 했지만, 분홍빛 속곳은 하나의 주물(呪物)이었다. 예컨대 스카프와 베일과 팬티와 손수건 등과 같은 여자의 직물이 주물이 되는 것은 프로이트와 라캉 등의 대가들도 이미 인정한 바 있었다. 특히 팬티는 여성의 가장 내밀한 부위를 감추고, 감싸고 있다는 점에서, 자극적인 흥분을 환기시킨다. 물론 나는 이수민의 그 주물에 대한 한없는 애착을 두고 굳이 도착적이라고 생각하지는 않았다.

훗날에 미혼의 이수민과 유부녀인 김재휘가 실종되었다. 신고는 양가의 가족들이 했다. 남편은 빠졌다. 사건은 아무런 단서도 없이 미궁으로, 아니면 수렁으로 빠져들었다. 이들이 실종되기 직전에 이수민이 내게 우편물 하나를 보냈다. 좀 두꺼운 노트였는데, 그가 평소에 쓴 일기 같은 것, 잡문 같은 것, 중요한 약속의 시간과 장소를 적어놓은 메모 같은 것 등이 적혀있는 일종의 비망록이었다. 그의 은밀한 사생활이나, 비구상 한국화에 대한 자신의 예술관, 포부, 기획된 아이디어 등이 중요한 내용이라고 할 수 있었다. 이 비망록에 의하면, 그가 김재휘를 짝사랑하는 과정에서 경험한 소위 성몽이 기록되어 있었다. 꿈에서 행한 섹스의 대상자는 20대 중반의 처녀였다. 미성년의 그는 침대 앞에서 성년 여자의 무릎을 꿇게 했다. 미니스커트를 들췄다. 그가 생시의 미명 속에서 보았던 연분홍빛 속곳이 드러났다. 꿈이란 건, 허무맹랑하거나 허랑방

탕하기 짝이 없지만, 때로는 언어처럼 구조화된 욕망, 기호나 상징처럼 잘 짜인 무의식으로 변형되기도 한다. 꿈은 그에게 즉각 연분홍빛 속곳을 이른바 '핑크색 팬티'라고 수정해 주었다. 꿈은 권력의지의 삿된 요물이기도 하다. 이처럼 수정을 감히 엄명하기도 하기 때문이다.

그는 꿈속의 여자를 더듬고 어루만지다가, 짧은 치마를 올리고, 반대로 핑크색 팬티를 내린다. 이때 여자의 허리와 무릎은 마치 치마와 팬티를 각각 걸치는 몸의 마디와 같다. 그는 주저하지 않고 뒤에서, 수컷의 교미와 유사한 행위를 완성했다. 상대가 이웃집 처녀인지, 그 설렘의 음악선생님인지, 영화 속의 낯섦의 상대자인 서양 여배우인지, TV에서 본 낯익은 여자 탤런트인지 잘 구분이 되지 않았다. 몽유하는 쾌락의 늪에 빠진 그의 상대가 중학교 시절의 음악선생님이든 누구든 간에, 사실은 그녀들로 변장한 김재휘였을 것이라고, 나는 본다. 어린 시절의 기억을 소환해 현실의 소망을 충족하려면, 현재의 대상관계는 자신도 모르게 감추어놓아야 한다. 꿈이라고 하는 녀석이 의식의 검열을 피하기 위해 직접적인 제시보다 상징을 더 선호하는 것도 이런 이유에서다.

상징은 글자 그대로 모습의 징후다. 애초에는 코끼리 상(象) 자. 코끼리의 모습이었다. 고대 중국에 본디 코끼리가 많았지만 기후 변화와 농경문명의 확산으로 인해 개체수가 급감했다. 중국 사람들은 코끼리의 실상이 아닌 형상(모습)을 보고 코끼리를 떠올렸다. 모습이나 이미지는 그렇게 중요하지 않게 본다, 어떤 마음속의, 어떤 심리적인, 어떤 정신분석적인 징후냐가 중요할 따름이다. 일본 속담에 꽃보다 떡꼬치라고 했지만, 상징에서는 거꾸로 모습보다는 낌새다. 요컨대 꿈의 징후는 상징 언어로 묘사된다. 시청각적인 이미지나 촉감, 이밖에도 초감각적인 육감(六感)이나 영감도 상징 언어가 될 수 있었다. 그런데 짚고 넘어가야 할 사실은 상징 언어가 일반 언어와 달리 설명이나 논리의 그물망에서 곧잘 쉽게 빠져 나간다는 점이다. 꿈에서 깨어나면 사람의 꿈이 기억에서 대부분 사라지는 사실도 이것과 무관하지 않다.

4

김재휘와 이수민은 서로 가까워졌다. 텅 빈 미술실에서 미술에 관한 얘기를 서로 나누었다. 그는 그녀에게 자신의 작품을 자랑스럽게 보여주기도 했다. 앞으로는 비구상 한국화에 관심을 쏟을 거라고 했다. 한국화로 그려진 추상화, 혹은 추상화로 그려진 한국화는 그 당시에 매우 희귀했다. 평소에 심미적인 안목과 소양을 가지고 있던 그녀는 이 새로운 예술 세계를 경이의 눈길로 바라보았다. 토요일이면 학생들이 특별 활동을 하는 날이니까, 좀 여유가 있었다. 토요일에 영어 수업이 아예 없었고, 미술 수업은 격주마다 있었다. 두 사람은 토요일에 전시회에 가거나 영화를 보거나 했다. 저녁은 주로 간단한 양식에다 커피를 마셨다. 아무도 눈치를 채지 못했다. 두 사람과 비교적 가까운 나마저 전혀 눈치를 채지 못했으니까. 학생들은 두 사람 사이의 호감을 땅띔조차 못했을 것이다. 내가 언젠가 이수민에게 그랬다. 여자고등학교에 재직하는 남자 교사라면, 특히 이 교사가 미혼의 교사이라면, 외모나 패션에도 좀 신경을 써야 되는 게 아니냐고. 그가 우리 학교의 유일한 총각 선생님이었다. 미혼의 여선생님들은 예닐곱 명 정도였으니, 적지 않았다. 일반적으로 여고의 총각 선생님은 학생들의 관심과 호기심의 집중적인 대상이 되게 마련이다. 극소수의 몇몇 여학생들은 광적으로 짝사랑하기도 한다. 하지만 이수민에겐 이런 게 전혀 없었다. 학생들이 그를 두고 '밥맛 선생님'이라고 지칭했다. 내가 이에 관해 얘기했더니, 그는 '선배. 얘들한테 제가 밥맛이 있단 얘기예요, 없다는 얘기예요?' 하면서 껄껄 웃기도 했다. 이런 그가 수려한 미모의 여교사를 짝사랑하고, 또 그녀에게서 남다른 관심과 '남몰래'의 호감을 얻고 있다니, 누가 봐도 도무지 믿어질 것 같지 않은 스토리라인, 말하자면 이야기의 밑그림이다. 남녀관계는 알 수 없다. 열길 물속은 알아도, 사람의 한 치 마음속 깊이는 전혀 알 수 없다. 하물며 정신분석에서 말하는 무의식임에랴. 마음속이건 무의식이건 욕망이건 또 다른 그 무엇이건, 당사자 두 사람의 일이기 때문에, 당사자가 아닌 그 누구도 그 속을 가늠할 수가 없을 것이다.

언젠가 나는 이수민으로부터, 김재휘가 자신의 그림에 대해 호감과 교감을 가졌다고 하는 얘기를 들었다. 비록 오래 전의 기억이지만, 이 두 사람 사이에 이런저런 얘기가 오갔던 것으로 안다.

"선생님은 좋은 구상 능력을 가지고서, 굳이 작가로서의 전망이 불투명한 비구상 분야에, 왜 관심을 가지는 거예요?"

"우리에게 눈에 보이는 구체적인 것만 시공간의 세계가 아니잖아요? 눈에 보이지 않는 것들도 시공간을 넘어서 세계를 구성하고 있다고들 하지 않습니까? 이것들이 도리어 더 미묘하고 오묘할 수 있어요. 무엇이 보이느냐가 중요한 게 아니라, 무엇을 보느냐가 더 중요하지 않겠어요?"

"그럼, 선생님은 작가로서 눈에 보이지 않는 세계를 그린다는 말인가요? 뭔가 잘못되면 실상이 왜곡될지도 모를 텐데……."

"대상을 있는 그대로 잘 베낀다고 해서 실상이 복원된다고 할 수 없잖아요? 예술적인 가공의 과정을 거치지 않으면 예술이라고 할 수 없지 않겠어요? 인간의 기억이라고 하는 것도 실상을 왜곡한 편집된 과거일 뿐이겠지요."

"나 역시 영어 공부를 주로 해온 사람이지만 서양화와 동양화를 가리지 않고 보는 것을 좋아했어요. 젊은 작가인 선생님을 동료 교사로 알고 나서부터, 그림에 대한 심미안을 드높일 수 있다는 데 감사함을 느껴요. 다양한 운필의 맛과 멋이 깃든, 오랜 전통의 동양미학이 서양화로서 실현되기가 거의 불가능한 영역이듯이, 유화의 안료가 지닌 강렬한 원색이랄지, 추상표현주의의 온전한 비구상적 조형언어랄지 하는 미의 세계는 극채(極彩)의 일본화는 그렇다고 치고, 동양화, 특히 닥나무 재질의 자연에서 온 한지 위의 먹물로 지각되는 표현력을 중시하는 한국화에서 이루기 힘든 영역이 아니겠어요?"

"우리 한국화는 조선시대 이후에 지나치게 정체되어 왔어요. 오백 년 이상의 세월을, 옅고 짙은 빛이 서로 교호하는 먹물(수묵)의 그림에만 안주해 왔지요. 오직 이응노 선생이 프랑스에 진출해 한국화의 국제적 공감을 얻는 데 기여했지요. 이 분의 예술적 절정기는 구상에서 비구상(추상)으로 드라마틱하게 변신한 중장년기라고 하겠지요. 그와 나이가 같은 박생광 선생은 일본화풍인 왜색의 늪에서 헤어나지 못한 채 지방 작가로 저평가를 받다가 노년기에 한국화단의 판을 온전히 뒤집어 놓았었지요. 기나긴 세월 동안에 매너리즘에 빠진 한국화단에 채색 혁명을 이루었던 분이지요. 그에 의해 우리 한국화가 고구려벽화나 고려불화의 세계로 다시 돌아갈 수 있게 된 거지요. 이제 이 두 분도 돌아가신 지가 5년이나 그 이상이 되었습니다. 한국화가 물의 성질이나 물감의 색깔을 중시하는 것에서 벗어나 이제는 더 나아가야 한다고 봅니다."

"물의 성질이나 물감의 색깔, 그 다음 단계는요?"

"나는 붓이나 붓질이라고 봅니다."

"좀 의외라고 생각되네요."

"농담의 상교(相交)가 없는 거친 묵선, 점획과 가필의 자유분방한 붓터치, 자연스레 주름이 잡히는 준법(皴法) 등이 한국화의 새로운 붓질에 따라 이루어지는 게 아니겠어요?"

"이게 왜 추상하고 관계가 있지요?"

"서양화의 추상도 새로운 붓질이라고 봐요. 추상의 '추(抽)'는 너덜너덜해진 가죽을 새로 바꾼다는 점에서 혁신이지요. 나는 잭슨 폴록의 붓

터치나 드리핑 역시 새로운 붓질이라고 봅니다."

"……."

예술적인 교감이란 참 미묘한 것이다. 이것은 많은 것들을 바꾸어 놓는다. 도덕적이며, 정치적이며, 종교적인 것들은 물론이요, 예술품을 통해 남녀 간의 미묘한 교감마저 느끼게 한다. 나신의 젊은 다비드 조각상을 보고 팬티를 적셨다는 여자도 있었던 것으로 안다. 기다랗게 이어져 온 과정을 되살펴본다면, 이수민의 그림은 두말할 나위가 없거니와, 미에 대한 생각의 채색 묵흔(墨痕)들마저 왠지 모르게 김재휘의 내면의 깊이에 스며들어, 새로운 물을 이런저런 마음마다 속속들이 들게 했을 터이다.

두 사람 사이에 감돌던 호감이나 교감에서 실제적인 성적 교섭으로 이행되기까지 그다지 오래 걸리지 않았던 것으로 보인다. 어느 해인지 정확하지 않지만, 어쨌든 1990년대 중반이었다. 12월 22일인 동짓날 오후에, 교내 방송으로 간단한 종업식을 올리면서 겨울방학 기간에 들어갔다. 두 사람은 용산역에서 만나 서해안으로 가는 열차를 함께 탑승했다. 다양한 해물이 차려진 만찬 중에 그는 소주 한 병 반을 비웠고, 그녀 역시 소주 반 병의 몫을 해냈다. 밤바다가 보이는 여관에 들어갔다. 고급이지도 저급하지도 않은 숙소였다. 하룻밤 정도는 보낼 수 있는 곳. 밝지 않은 어둑한 바다가 내려다보이는 것이 좋았다. 아직 초저녁 무렵인지라 하늘의 낮은 곳에는 미인의 눈썹 같은 초승달이 떴다. 그 날은 절기로 동짓날이면서, 동시에 음력 11월, 즉 동짓달의 시작인 초하룻날이었다.

두 사람은 매우 서툴렀다. 서툰 탓에 서두를 까닭이 없었다. 한 동안 서로 몸을 만지고 비비고 하다 보니 겨우 발기가 되었다. 마음의 안정이 생기면서 시간이 흐를수록 그의 것이 강직해졌다. 그녀가 깜짝 놀란 소리를 냈다. 어머! 강제로 빨게 하자, 그녀는 도리질을 했다. 그의 몸짓은 거의 강제적이었다. 안심하라는 뜻으로 긴 머리칼을 쓰다듬으니, 그녀도 어쩔 수 없다는 듯이, 그의 강직한 성기를 빨았다. 처음해 보는 사람답지 않게, 비교적 시간을 오래 끌었다. 그가 절정의 고비에 다다랐다고 직감을 했는지 그녀의 몸을 빙 돌려 뒤에서 하는 자세를 취했다. 그가 요동하니까 사정에 이른다. 언젠가 그가 육체적으로 성장을 해서, 꿈속에서, 그 시절의 음악선생님과 하던 대로 했다. 그는 꿈이 아닌 생시에, 처음해보면서도 감미로운 뒷맛을 알았던 것이다.

그는 마치 헐떡이는 수캐의 숨결 같은 거친 호흡을 이어갔다. 잘 들어맞는 신발처럼 요철이 꼭 들어맞는 느낌의 온전함은 결코 아니래도 그런대로 만족해했다. 여자가 깨끔한 반면에 남자는 끌밋하지 못한 소위 언밸런스인데 어찌 완벽하게 만족할 수 있었겠어? 그가 이렇게 생각을 하니 속웃음이 절로 나왔다. 그녀는 어떤 마음일까? 그녀는 마음의 한 언저리에 첫눈이 소복이 내린 것처럼 무엇인가 하얗게 스며들었음이 느껴졌다. 불을 켜니, 요가 선홍빛 피에 젖어 물들어 있었다. 사람들의 모든 삶은 이처럼 스며듦이요, 물듦이 아닐까, 생각했다. 두 사람은 이것저것 정리를 한 후에 나란히 누워 있었다.

이수민은 둘이 누워있는 실내 공간을 화면으로 연상했다. 천장과 벽들은 싸구려 색감의, 짙은 3원색 무늬로 새겨진 채 이어져 있었다. 약간은 추상 벽화와 같다. 큰 창을 가린 커튼과 이불에는 날과 씨가 엇갈리는 물성이 느껴졌다. 핏빛이 스미어 물들거나 땀이 배거나 한 요는 한지나 화선지처럼 알록달록한 번짐의 효과가 뚜렷했다.

사실은 두 사람 다 상대방에게 놀랐다. 그는 그녀가 서른여섯의 나이에까지 처녀의 순결을 지키고 있었던 사실에 놀랐고, 그녀는 평소에 뻣뻣하고 말투마저 직선적인 그가 섹스의 몸짓이 유연할뿐더러 연애 경험도 없다는 사람이 굵다랗게 강직한 지속력을 가진 사실이 믿기지 않을 정도였다.

그녀가 그에게 물었다. 평소의 굼뜬 이미지와 달리 왜 이렇게 몸이 유연하느냐고. 그의 대답이 이랬다.

"H군 읍내 공원마다 농구대가 여기저기 있었지요. 청소년 시절에 길거리 농구를 좀 했었지요. 저체중에다 민첩해 농구공이 경기 중에 손에 늘 붙어 다녔지요. 길거리 농구 대회에서 우승도 하고."

두 사람의 첫 경험은 그의 비망록 속에 고스란히 기록되어 있었다. 그날이 동짓날이자, 또 동짓달이었다. 일반론에 의하면, 동짓날이 든 달이 동짓달이다. 그런데 아주 드문 예가 되겠지만, 동짓날과 동짓달이 겹쳐지지 않은 경우도 있다. 동짓날은 양력이고, 동짓달은 음력이기 때문이다. 스물두 번째 절기가 되는 동짓날은 한 해 중에서 가장 해가 짧은 날이다. 옛 사람들은 이 날을 가리켜 가장 어두운 날이라고 했다. 신화적 상상력이나 원형심리학의 관점에서 볼 때, 이 날은 태양의 생식력이 지상의 자궁으로 가장 깊숙이 침투해 들어갔음을 상징한다. 좀 미신 같은 얘기가 되겠지만, 동짓날은 섹스하기 가장 좋은 날이다. 비망록에 의하면, 까까머리 중학생이던 이수민도 동짓날 새벽에 꿈속에서 헤매다가 음악선생님을 상대로 몽설(夢泄)을 했다. 오전에 종업식이 있을 1979년 12월 22일 토요일 새벽이었다. 몽설은 매우 드문 일이다. 무의식에 반영된 성적 욕망이 꿈으로 발현된 것. 평생토록 몽설을 경험하지 않는 남자들도 많다.

이때부터 이수민과 김재휘는 남남이라고 할 수 없었다. 독신으로 혼자 살아온 남녀가 그렇고 그런 것을 일삼았으니, 축하할 만한 일이 아닌가? 하지만 두 사람은 철저히 비밀에 붙였다. 둘이 아무도 모르게 인연을 맺었다는 점에서, 언필칭 내연관계다. 섹스는 두 차례 더 이어졌다. 동해안과 남해안에서. 그러니까, 세 면의 바닷가를 돌아다니면서 일삼은 내연관계였다.

그런데 일이 이상하게 꼬였다. 어느 날 갑자기 김재휘가 사직을 했다.

그리고 몇 달 후에 결혼식을 올렸다. 이 과정에서, 그녀는 이수민과 아무런 상의조차 하지 않았다. 그녀는 그를 섹스파트너라고 여겼지, 애인이라고 생각조차 하지 않았던 것 같다. 그녀의 결혼 상대자는 권두현이었다. 앞에서 말했듯이, 그는 강남의 빌딩만 해도 여러 채 소유하고 있다는 자산가다. 그녀는 권두현의 세 번째 아내가 되었던 터. 김재휘의 나이가 서른여덟 살 때의, 또 이수민이 서른두 살 때의 일이었다. 이수민은 이런 일을 당해 엄청난 좌절감에 빠져 있었다. 김재휘야말로 내 여자가 아니었나? 비록 늦은 나이지만, 우리는 숫총각과 숫처녀로 만나 한 몸을 만들었던 인연이 아니었나?

이수민도 김재휘가 결혼한 직후에 사직을 했다.

그는 대학로 후미진 곳에 작업실을 마련했다. 비구상 한국화가로서 살아갈 요량이었고, 또 전업 작가로서 인생의 승부를 걸 심산이었다. 그는 작업실에서 숙식을 하며 밤낮으로 그림에 매달렸다. 그런데 놀라운 일은 그가 김재휘와 세 차례의 관계를 맺고 난 이후에, 또 그녀가 그를 헌신짝처럼 버리고 난 이후에 애증의 착잡한 심리 상태에서 그의 예술적 기량이 눈부시게 성장했다는 사실이다. 칸딘스키가 조국인 러시아로부터, 러시아의 볼셰비키로부터 버림을 받고, 그가 화가로서 공부를 해온 독일에서는 나치즘에 의해 모든 작품마저 압수를 당한 후에 프랑스에 망명해 생애의 대표작을 생산해낼 수 있었다. 작가에게는 역시 '궁즉통(窮則通)'이다. 세계의 수많은 사례에서 보듯이, 예술가가 현실의 어려움에 길을 잃으면, 예술의 새로운 길을 찾을 수 있다.

일본에 멀티아티스트의 원조라고 할 수 있는 이가 있었다. 이름은 나카무라 신이치로(1918~1997)다. 제국주의 시대에 동경제국대학 불문과를 졸업한 최상의 엘리트인 그는 여든 남짓한 세월을 사는 동안에, 시인과 소설가와 화가와 판화가와 도예가와 영화제작자와 고전문학 평론가 등으로서, 실로 다면적인 활동을 해왔다. 그의 자전적인 소설 『아름다운 여신과의 유희』는 자신의 여성 편력을 회고한 소설 형식의 글이다. 이 책의 한국어판이 2004년에 번역, 출판되었는데, 나는 이때 이것을 구입해 읽었다. 그는 아시아태평양 전쟁 막바지에 산속의 오두막집에 피난해 있었다. 하루는 한 소녀가 재워달라고 부탁했다. 공장에 동원된 여학생으로, 감독관인 젊은 장교에게 정조를 빼앗겨 탈출했다고 한다. 소녀는 전투기가 굉음을 울리며 지나가면 미친 듯이 웃었다. 이럴 때 이 소녀는 27세의 자신을 숲속으로 끌고 가 벌건 대낮인데도 격렬한 몸놀림의 성적 교섭에 들어갔다. 소녀와 함께 보낸 시간은 열흘 남짓했다. 그를 온갖 쾌락의 심연에 빠지게 한, 반쯤은 미친 소녀는 어느 날 갑자기 종적을 감추었다. 이때 그는 확실히 깨달은 게 있었다. 성적 체험이 바로 미적 체험이란 사실을. 이 두 가지 체험은 우주의 거대한 흐름에 융합되는 유희 내지 쾌락이기 때문이다. 심리학에서 말하는 방어 메커니즘 가운데 승화(昇華)라는 게 있다. 피카소의 예를 차치하고서라도, 예술가의 성욕이 예술로 승화된 사례는 무수히 많다. 이수민이 김재휘와의 관계에서 비롯된 성적 체험이 자신의 예술 세계를 형성하는 데 주요한 미적 체험으로 작용하거나 작동한 건 사실이었다. 예술가에게 예술정신을 고취하고자 한 예술가의 연인은 어느 시대에도 적지 않았다. 나카무라 신이치로 역시 이런 경우였다. 미술학교 교사 시절에 스승의 누드모델이 되어주겠다고 자청한 여제자의 벗은 몸에서, 그에게는 아름다움에 대한 도취감이 증폭된 바가 있었다. 이 제자 덕분에 그는 미묘한 곡선의 아름다움에 깃든 구상적 나체화를 다수 그리게 되었는데 곡선의 재미에 몰두하다가 선(線) 자체의 유희에 의한 추상화의 길을 개척하게 된다. 제자는 자신의 존재가 희미해지자 말없이 그의 곁을 떠났다. 그 제자가 얼마 후에 엘리트 사원의 아내가 되어 그림을 취미로 그리며 아이를 자동차로 유치원에 데려다주는 등의 평화로운 가정생활에 충실하고 있다는 소문을, 그는 듣게 된다. 이수민이 비구상에 눈을 떠가면서, 김재휘도 나카무라의 제자인

여자처럼 이수민의 곁을 말없이 떠나갔던 것이다. 똑같지는 않지만, 비슷한 추이 과정을 감지할 수 있는 예다.

이수민은 한동안 김재휘에 대한 애증에 빠져 있었다. 심리적으로 볼 때 심각한 상태임을 본인도 자각했다. 애증이 짜증을 유발한다. 이런저런 착잡한 그의 감정은 그림이 뜻대로 잘 되지 않을 때 더욱 짜증이 나 스스로에게 화를 내곤 했다. 이런저런 심리상태에서 벗어나지 않으면, 그는 마침내 젊은 시절에 경험한 일들을 기억 속에서 곧잘 소환하기도 했다.

7월의 장마철이었다. 비가 자주 내렸다. 한번 내리면 대부분 폭우였다. 비 오는 날과 비 오는 날 사이에, 이따금씩 햇볕이 불볕처럼 반짝 내리쬐었다. 그가 종각역에서 하차해 광화문 쪽으로 걸어갔다. 무시무시할 정도의 찜통더위였다. 그의 눈앞에는 치마 끝이 무릎에 닿는 하얀색 원피스를 입은 두 처녀가 걸어가고 있었다. 대충 보아서 그보다 대여섯 살 많은 여자들이었다. 옷도 같은데다 그 무더위 속에서 손도 다정하게 잡고 걸어가고 있었다. 그는 이 여자들이 레즈비언이 아닐까, 했다. 가능성 여부는 반반이겠지만, 호기심을 끌어당기는, 좀 보기 드문 광경이었다. 한 2백 미터를 따라가는 동안에, 그는 온갖 상상을 다해 보았다. 그러는 동안에 그의 성기는 부풀을 대로 부풀어갔다. 그 역시 경직도가 매우 높아졌음을 직감했다. 더 이상 참을 수 없다는 몸의 신호가 그에게 전해졌다. 빌딩 안으로 뛰어 들어가 화장실을 찾았다. 문을 걸어 잠그고는 좌변기 뚜껑을 열고 그 안에다 사정없이 사정을 했다.

이때의 경험이 그에게 꿈으로 변형이 되어 나타나곤 했다. 한동안 그는 꿈속에서 트리플 섹스를 즐겼다. 몽유하는 정도가 심해진 것이다. 꿈속의 여자들은 쉽사리 얼굴을 보여주지 않는다. 그가 여자들의 얼굴을 보려 하면 그녀들은 얼굴을 돌리거나 손으로 가리거나 했다. 여자들은 자기들끼리 빨거나 핥기도 했다. 이른바 메타모르포즈, 즉 마술적인 변신에 능했다. 그가 어렵사리 얼굴을 보니, 한 사람은 20대 중후반 모습의 김재휘였고, 또 한 사람은 중학교 시절의 음악선생님이었다. 꿈꾸는 자가 지닌 미움의 감정이 트리플로의 변환(變幻)을 연출했을 터. 이를테면 너 말고도 여자는 또 있어, 하는 저의랄까? 꿈이란, 졸가리도 없이 제 마음대로 진행하는 의식의 흐름이다. 이것은 또 무의식의 혼돈으로 향하는 왕도(王道)이기도 하다. 그러다가도 꿈은 변신을 연출한다. 이들은 또한 1980년대 동서양 미인의 상징인 왕조현과 소피 마르소로 몸을 바꾸기도 한다. 이 트리플은 팀워크가 좋았다. 세 남녀는 키 크기도 같았다. 모두 173센티다. 강, 약, 약. 남, 여, 여. 그들은 마치 3박자 리듬처럼 몸을 움직였다. 대만 여자와 프랑스 여자의 통합적인 육감은 만다라의 꽃으로 피어났다. 이 꿈의 뒤섞인 이야기들은 이수민의 비망록에 자상히 적혀있는 내용이다. 나는 여기에서 요지만을 따왔다.

그와 두 여자 간의 몽중(夢中) 정사에서, 상대 여자들이 왜 이렇게 몇 번이고 바뀌고 있는가? 나는 꿈을 꾸는 이가 의식의 검열을 피하기 위해 표상을 전치하려는 데 있다고, 본다. 전치란, 얼굴이나 몸을 바꾸어서 슬쩍 옮겨놓은 것. 전치의 주체도 꿈꾸는 사람인 이수민이다. 내가 생각하기에, 그는 무의식적으로 뭔가 켕기는 게 있었나, 보다. 두 여자와 같은 시간에, 같은 장소에서 섹스를 한다는 것이 도덕성이 결여된 쾌락이라고 자인했을 터다. 죄의식은 보통 의식의 수면 위로 오르지만, 때로 무의식으로 가라앉기도 한다. 그는 자신의 죄의식을 무의식 속에 가두어놓았다. 무의식을 부정하는 사람은 자의식이 강한 사람이다. 그는 화가로서 자의식이 강한 사람이었는지 모르지만, 남녀관계에 있어서는 자의식이 그리 강한 사람이 아니었을 거다. 그와 같이 무의식에 친밀한 사람일수록 삶의 진실에 더 가까워질 수 있다. 이런 점에서, 나는 그가 미술 애호가들에게 있어서 천품의 화가요, 여자들에게는 좋은 남자였던 것으로 보고 싶다.

5

김재휘가 결혼한 이후에, 그녀는 남편인 권두현의 손아귀에 놓여 있었다. 그가 하라는 대로 하면서 살 수밖에 없었다. 신사처럼 얼핏 보이고 매너가 몸에 배인 듯해도, 그는 이해관계 앞에서 한 치의 양보도 없었다. 때로 사람들 앞에서 폭군처럼 굴기도 했다. 그는 여덟 살 아래의 아내에게 인사동의 화랑을 맡겼다. 집은 따로 평창동에 마련해 주었다. 평창동 별저에는 넓은 텃밭이 있었다. 같은 서울에 살면서도 그들은 주말부부처럼 살았다. 김재휘는 오전이면 북한산에서 발원한 맑은 시냇물이 흐르는, 양지 바른, 꽤 넓은 화원에 갖가지 꽃을 심고 가꾸는 일에 열중했고, 오후에는 간혹 시간을 내어서 화랑에 나아가 2시부터 7시까지 근무를 하곤 했다. 화랑의 잔일은 따로 여직원을 두어 맡겼다. 이 여직원은 남편이 보낸 감시자이기도 했다. 나는 두 사람의 1년 남짓한 결혼생활에 관해서는 아무것도 아는 바가 없다. 두 사람이 정신적으로 틀어진 게 아닌가 하는 생각이 들었다. 특히 김재휘는 권두현의 속물근성에 크게 실망을 했을 거라고 본다. 그녀는 낭만주의 클래식 음악을 좋아한다. 유럽의 낭만주의는 부르주아의 속물근성에서 벗어나려는 감수성에서부터 자리를 잡기 시작했다. 이런저런 세세한 감수성이 거대한 정신으로 세력을 키워 큰 물줄기를 만든 것이 낭만주의다. 그녀는 시인 노발리스의 어록에서 비롯된 명령문을 좋아한다.

세계를 낭만화하라.

그녀는 남편의 속물근성에 실망하면 할수록 낭만주의의 명령을 따르는 신도와 같았다. 그녀가 마침내 또 다시 이수민을 이 명령 속에 끌어들여 동지로 연대한 것 같았다. 한때 소설가를 소망했던 나에게는, 일상적으로 뭔가를 떠올리면서 추측하거나 상상하곤 하는 버릇이 있었다. 아마 이 기간에 대학로 작업실에 칩거해 비구상 한국화의 새로운 길을 열기 위해 몰두하던 이수민은, 김재휘의 이미지를 무시로 떠올리면서, 하루에 적어도 한 차례 정도는, 너 지금 어디에서 뭘 하고 있어, 넌 내꺼야, 라고 중얼대면서, 오토-에로틱한, 즉 자기색정적인 수음의 쾌락에 익숙해졌으리라고, 본다. 그에겐 울분을 삭이는 일이야말로 예술의 욕구를 고취하는 길이었으리라.

김재희가 신혼인 그 시기에, 이수민은 암울했다. 그는 암울한 현실을 예술로 승화하기 위해 몸부림을 쳤다. 때로 그녀를 저주했다. 아니, 자기 운명을 저주했다. 그녀를 알고부터 사라진 성몽이 웬일인지 다시 도졌다. 참 희한한 일이지만, 꿈에는 나이도, 시간의 개념도, 시차의 경계선도 없었다.

젊었을 때 꾸었던 성몽도 재개봉관에서 상영한 영화처럼 필름이 다시 돌아가기도 한다. 그의 소년 시절에 읍내의 후락한 3류 극장에서 보았던 일본 영화 「쇼군」이 꿈의 화면에 뜨기도 했다. 여배우 시마다 요코가 욕탕의 수증기 사이로 보여준 전라의 성숙한 뒷모습은 안개나 연기의 미세한 입자들이 공기 중에 흩어지는 것처럼 어느새 사라지고, 그는 자신의 꿈을 기획하고 또 연출한다. 왜돗자리 방의 푹신한 요 위에 누워있는 색정적인 소녀의, 비파나무 꽃망울 같은 젖가슴이 돌올하게 솟아있었다. 그는 예리한 칼과 극강한 손발의 힘으로, 기모노 여자들을 약탈하기 위해 몰래 깊은 곳으로 스며든 복면의 악인들을 제압해버린다. 자신들을 구해준 여자들은 감사하는 마음으로, 한 명씩 번갈아 가면서 기모노의 띠인 오비를 슬며시 풀고 있었다.

개봉관의 신작 영화 같은 꿈도 있었다. 그는 홍콩에서 몇 가지 정보를 공유하기 위해 색면(色面) 추상의 동양화 연구소에 방문한 적이 있었다. 전철역 입구에서 그를 안내하기 위해 미리 나온 직원은 마흔 안팎의 여인이었다. 그가 영어를 더듬거리듯이 말하자, 그녀는 본디 홍콩의 언어인, 옛날 무협영화에서 간혹 들을 수 있었던 광둥어와 같은 어감의 영어를 유려하게, 아니 유창하게 나불대기 시작했다. 그녀는 아주 이례적으로, 뒤쪽 상단의 벨트라인 끝이 허리선에 걸리게 하지 않고 엉덩이에 걸치게 한 코발트블루의 청바지를 입고 있었다. 보란 듯이 갈라진 살 틈의 맨 끝이 보였다. 그녀는 의도적으로 그의 앞을 걸어갔다. 그는 자신의 시선이 앞서 가는 여인의 엉덩이 골에 꽂히자, 도수 높은 백주에 취한 사람처럼 정신이 몽롱해졌다. 그는 생각했다. 외국 여성과의 성애의 빛깔을 만들어가려면, 도대체 몇 개의 물감을 풀어야 할까를.

그의 비망록에는 자신이 경험한 성몽의 사례들을 기록해 놓고 있는데, 다음의 경우가 가장 대표적인 사례가 아닌가, 한다. 나는 이 얘기가 처음엔 소설에 나오는 삽화를 옮겨놓은 줄로 알았었다. 얘깃거리가 지나치게 몽환적이고 기이해서다. 내가 그에게 들은 얘기지만, 그는 대학교 2학년 과정을 마치고 입대했다. 부산의 미군 부대에서 우연찮게 카투사로 일하게 되었다. 이로 인해 그는 3년 가까이 영어 공부를 하게 되었다. 그가 복학한 후인 88올림픽 기간 중에 개인 가이드로 일한 적이 있었다고 내게 말한 적이 있는데, 짐작컨대 이 성몽의 얘기는 이때의 일과 관련된 것임에 틀림없어 보였다. 그가 남긴 글을 그대로 옮겨본다.

나는 그때 나와 동년배 정도로 보이는 두 커플을 5박 6일 동안 안내했다. 한창 올림픽이 진행되고 있었다. 모두 네 사람. 백인 남녀 두 명과 흑인 남녀 두 명이었다. 이들은 대체로 20대 후반으로서, 미국 중산층 가정의 아들딸인 것 같았다. 이때만 해도 우리나라에 영어를 하는 사람이 많지 않았다. 내 영어 실력도 솔직히 고만고만했다. 관광 영어 수준이었다. 세미나 통역은 어림도 없었다. 커플은 백인 남녀와 흑인 남녀로 갈릴 줄 알았는데, 놀랍게도 백인남자와 흑인여자, 흑인남자와 백인여자로 나누어져 있었다. 내가 이렇게 소개를 받았을 때, 깜짝 놀란 표정을 극도로 자제했다. 공연한 편견의 틈새를 보이고 싶지 않아서였다.

흑인남자의 애인인 백인여자는 긴 금발이었고, 보기 드믄 미인 형이었다. 다이안 레인이나 소피 마르소처럼 1980년대를 주름잡는 여배우들을 연상케 했다. 보기 싫지 않을 정도의 군살이 없는 건 아니지만, 지적인 매력이나 교양의 정도는 있어 보였다. 백인남자의 애인인 흑인여자의 살색은 느낌이 좀 깊은 편이었다. 빛에 따라 회갈색을 띠기도 하고, 황갈색을 띠기도 했다. 그러니까 앤틱브라운색과 아몬드색의 중간이었다. 흑인 중에서도 피부색이 짙고 어두웠다. 미모는 백인여자보다 조금 떨어져도, 몸매는 완벽함을 넘어 환상적이기까지 했다.

마지막 날의 저녁은 강남의 한 고급호텔의 레스토랑에서 함께 하기로 했다. 나는 위스키의 도수가 좀 높았는지 취기가 올랐다. 그들이 영어로 떠들면, 다들 웃으면서 난리를 쳤다. 주고받는 말들이 빨라, 나는 뭔 말을 하는지 알 수가 없었다. 아마 여덟시 즈음이 되었을 게다. 백인남자가 내게 제안했다. 남자 두 사람은 지하의 카지노에서 좀 놀 테니, 나더러 두 여자를 데리고 놀라고. 마주 보고 있던 백인여자는 그랬다.

"아무런 문제가 없어요. 우리는 다들 자유연애를 추구하는 사람들이니까."

이 말과 함께 모두 웃음을 터트렸고, 흑인여자는 위스키 잔을 높이 쳐들고 환호성을 질러댔다. 나는 헷갈렸다, 이것들이 진담을 하는 건지, 농담을 하는 건지……긴가민가했다. 어쨌든 두 남자는 마음이 카지노 쪽으로 향하고 있었다. 흑인남자는 나더러 자정까지의 시한을 꼭 지켜 달라고 했다.

애초 몸의 언저리를 보일 듯 말 듯 감싼 곡선은 기하학적인 윤곽의 형태를 남긴 채 희끄무레한 잔광 속에서, 여체는 어둑서니 물체의 그림자를 드러냈다. 나는 조명을 조금 높였다. 박암에서 박명으로 바뀌니, 분위기도 전환되었다. 백인여자는 팽팽한 젖가슴과 풍만한 엉덩이를 감춘 채 등진 모습으로 앉아 있었고, 흑인여자는 찻물 같은 물감을 풀어놓은 빛깔의 몸으로, 나와 나란히 누워 있었다. 나는 꽃양배추의 샛노란 빛깔로 늘어뜨린 긴 머리카락을 헤치면서 흐벅진 맨살로 핀 무르익은 목련꽃을 연상시키는 백인여자의 넓은 등을 더듬었다. 거의 동시에, 나는 고무재질로 만든 와상(臥像)의 갈색 공예품이랄까, 호리병의 곡선미를 연상시키는 흑인여자의 잘록한 허리선을 어루만졌다. 우리 셋은 더듬고 어루만지기를 오래 되풀이했다.

나는 외국 영화의 스크린 속으로 들어갔다.

스크린이 처음에는 흑백의 화면인 것 같았으나, 시간이 차츰 지나가면서 화사한 색면으로 구성되어갔다. 두 여체가 물결처럼 움직이기 시작했다. 나와 두 여자는 강렬한 체취 속에서 몸들이 엉겨 있었다. 하나로 된 두 여자인지, 둘로 나누어진 한 여자인지 알 수 없었다. 나는 두 여자의 아치형 엉덩이의 뒤에 바짝 붙어서 관능의 전율을 느꼈다. 우리는 번갈아가면서 짐승처럼 교접했다. 여자의 신음소리도 사람의 목소리로 들리지 않았다. 어제 밤까지만 해도, 흑인남자는 관능의 깊이를 더한 백인여자의 물기 머금은 스펀지 육감을 좋아했을 것이고, 백인남자는 고무줄 같이 유연하고 팽팽한 흑인여자의 이글거리는 탄력의 질감에 빠졌을 터이다. 나는 마지막으로 비구상적이며 전위적인 취향의 항문을 탐했다. 흑백 여성의 신축성 있는 항문은 상상 이상의 느낌이었다. 그녀들의 몸동작도 춤사위처럼 리듬이 있었다. 이 촌스러운 동양 사내에게 미동을 통해 미세한 감정을 가르쳐주었고, 격동을 통해 한낮의 밝은 하늘을 향해 꽃이 만개하는 것 같고, 아니면 어두운 밤하늘에 폭죽을 쏘아

올리는 것 같은 격정을 부여했다. 흑과 백이 어둠과 밝음을 쥐락펴락하면서 미동과 격동으로 갈마드는 황홀한 아수라장이었다. 시간은 자정이 되어가고 있었다. 나는 영화의 스크린 속에서 빠져나오기 위해서 옷을 주섬주섬 황급히 입고 있었다. 옷을 입고 불을 켜고 보니, 놀랍게도 호텔 룸이 아니었다. 다세대주택의 옥탑방인 내 숙소였던 것이다.

한때 이수민은 마음의 갈피를 잡지 못하는 사람처럼 보였다. 김재휘가 사직을 하고 결혼한 직후였다. 나는 그때 전혀 그의 내면 상황을 알지 못했다. 방학 때는 일주일 정도에 걸쳐 산중의 암자로 찾아가 누군가에게 가르침을 받는 것 같았다. 휴일에도 누군가를 만나기 위해 토요일에 시외버스를 타고 시골로 갔다. 알고 보니까, 그는 충청북도의 깊은 산중에서 혼자서 참선을 하고 선화(禪畵)를 그리는 한 초로의 선사를 찾아뵙고 있었다. 이름을 스스로 '불여(不如)'라고 칭한 선사였다. 세속의 학력이 어느 정도인지 알 수 없으나, 영어 독해력이 탁월해 이것저것 원서도 많이 읽었고, 선화에 관한 한 일가의 이룸을 넘어 경지에 이르렀다고 알려져 있으며, 대중적으로는 다인(茶人)으로 유명했고, 발상은 섬광같이 종잡을 수가 없었고, 생각과 논리의 흐름은 거침이 없었다. 비망록에는 두 사람이 첫 대면에서 오간 대화록이 적혀 있었다.

"젊은이는 어찌하여 나를 만나고자 하는고?"

"선사님의 고명을 익히 알고 있었습니다. 미욱한 제가 좋은 말씀을 듣고자 이와 같이 구름을 헤치고 예까지 왔습니다."

"무슨 일을 하는고?"

"한국화가, 또 미술교사입니다."

"내 그림에 관해 알고 싶어서 온 게로군. 내 그림은 젊은이도 알다시피 시장으로부터 인정을 받지 못하고 있어. 게다가 난 시장에서 자유로운 은둔 형의 그림쟁이에 불과하고."

“선사님께서는 선화만 그리는 분이 아니라, 삶의 요체가 되는 지혜로운 말씀도 적잖이 남기시지 않았습니까?”

“자꾸 선사, 선사 하지 말게. 내 법호가 뭔지 알고 있지?”

“불여.”

“맞아. 나는 글자 그대로 ‘같잖은’ 존재일 뿐이야. 혹은 여여(如如)함에 한참 멀었다고 해 ‘미여(未如)’라고도 하지.”

“천만의 말씀입니다.”

“나는 선사가 정말 못 되는 떨거지 중이라. 참선이나 붓질을 ‘객쩍게’ 흉내만 내니까, 아닌 게 아니라, 선객이나 묵객이라고 해야겠지.”

“…….”

두 사람의 첫 대면 어록은 마치 선어록과 같다. 이수민이 불여 선사를 여러 차례 만나고 방학에는 시간을 내어 선화를 공부하기도 했다. 선화는 동양화로서는 가장 앞서가는 추상 회화라고 할 수 있었다. 나도 불여 선사가 어떤 분인가 궁금해 함께 간 일이 몇 차례 있었다. 물론 내가 그를 태우고 내 차로 갔다. 이수민은 차도, 운전면허도 없었다. 늘 자유로운 사람이니까. 선사의 말씀 중에서, 내 기억에 남아있는 것이 더러 있다.

“세인들은 먹이 건조하면 기(氣)의 운치가 없다고들 하나, 내 생각은 반드시 그렇다고 볼 수 없다네. 평담하고 천진한 기운을 얻으려면 세필보다 큰 붓에 먹물을 슬쩍 스치듯이 묻혀 붓질을 해야 하느니. 세필이란 것이, 잔재주를 부리려는 욕심일 수도 있지.”

선사는 자신이 즐겨 그리는 선화에 대해 엄격한 뜻을 세웠으리라고 본다. 그는 선화를 가리켜 선화라고 하지 않고, 그저, 그냥 ‘젠 드로잉’이라고 했다. 묵객이 빈 화면에 형태를 채우면서 구성하고, 또 채움을 비움의 여백으로 만들어가는 재구성 과정을 통해, 젠 드로잉이 앞으로는 국제적 이해와 공감을 얻어야 한다고 했다. 자신이 죽은 다음에 가능한 일이라고 덧붙였다. 이수민이 그 이후에 선사가 제안한 저 갈필(渴筆)의 미학을 어느 정도 수용한 것인지는 잘 알 수 없으나, 내가 보기에 그가 선사의 영향을 적잖이 받았음이 분명했다.

나는 이수민과 함께 선사를 몇 차례 만나 좋은 말씀을 들었다. 특히 내가 관심이 있는 정신분석과 선적 취향의 사유가 말과 수레처럼 움직여 나아가는, 논리 전개의 방식이 내게도 큰 도움을 주었다. 그때는 잘 몰랐지만 지금 생각해보면 이수민이 선사에게 도움을 청한 것은 예술적인 면이라기보다 자신이 시달리고 있는 성몽을 어떻게 치유해 나아갈 수 있는가에 관심이 더 많았던 것 같다. 내가 암자의 죽로실에서 (죽로실은 다실을 가리키는데 차를 담는 죽통과 화로가 있대서, 선사는 이 말을 사용한 듯했다) 귀중해 보이는 차를 말없이 우려내고 있을 때, 이수민에게 불교의 유식론에 관해 얘기하고 있었다.

"불교의 유식론에는 여덟 가지의 식(識)이 있지. 식이란, 지각이나 감각으로 인식할 수 있는 마음의 작용이랄까? 여섯 번째의 식이 의식인 게야. 일본 번역가들이 불교에서 용어를 가져와 심리학의 한 개념을 의식이라고 한 거야. 유무형의 대상을 인식하는 마음의 작용이 의식이야. 여덟 번째의 식은 본능적 충동의 에너지인 아뢰야식. 이것은 마음의 심층에 가라앉아 있는 잠재된 무의식이지. 인간의 모든 정보가 들앉아 있는 저 깊고도 넓은 바다와 같아. 심리학에서 말하는 무의식, 잠재의식과 상당히 유사해. 의식과 아뢰야식의 틈새에 일곱 번째의 식인 '말나식'이 있어. 심리학에서 말하는 전(前)의식과 비교됨 직하지. 비슷하기도 하고, 물론 다르기도 해. 이것이 의식에 접근하는 무의식이란 점에서, 필요에 따라 의식의 수면에 떠올린다는 점에서, 의식하지 못하지만 감정과 욕구와 행동에 영향을 준다는 점에서, 전의식과 유사한 것은 사실이야. 아뢰야식이 심층에 있다면, 말나식은 표층에 있어. 이것은 주관적 인식 작용과 왜곡된 이미지의 표상으로 인해 집착과 번뇌와 갈애와 착각을 불러일으키지. 어쨌든 한마디로 말해, 말나식의 본질은 망상이야. 남녀가 서로 사랑하다가 '넌 내꺼야.' 하는 마음의 인식 작용에 이르게 되면, 그 말나식에 해당된다고 봐야 해. 남자와 여자는 사랑을 사랑하는 게 아냐. 사람들이 곧잘 사랑의 이미지를 사랑하는 거거든. 욕망을 욕망하는 것도. 섹스와 섹스를 하는 것도."

내가 이런 말을 들었지만 그때는 속말의 뜻은 미처 간파하지 못했었다. 지금 생각하면, 선사의 이 말이 김재휘를 잃고 방황하는 이수민을 두고, 집착과 갈애와 망상에서 벗어나라는 취지로 조언하고 있는 게 분명해 보였다. 선사는 그에게 이러한 유의 말도 했을 거다. 젊은이의 성몽은 애증과 망상의 그림자야. 마음속의 삿된 그림을 지워버리게. 또, 지금 생각하면, 이수민이 선사를 만나지 않았다면, 그가 정신적으로 무너졌을지 모른다고 본다. 화가 고흐는 날카롭고 예민한 색인 노랑을 편집광적으로 사용한 점에서 볼 때, 노이로제가 심했다는 얘기가 된다. 이를 극복하기 위해 코발트블루를 실험해 채색 혁명을 일으켰다. 그는 채색뿐 아니라, 각별한 붓질에도 자신의 세계를 확장했다. 나는 그의 진가가 붓질에 있다고 본다. 그는 마지막으로 파리 근교인 오베르 쉬르 우와즈에 머물렀다. 자살 직전에 그린 풍경화를 보면, 기차의 순행 방향과, 그 아래쪽의 마차의 역행 방향을 볼 수 있다. 나는 기차의 순행이 의식의 흐름이라고, 또 마차의 역행이 무의식의 흐름이라고 본다. 이 두 흐름의 충돌을 극복하지 못해, 나는 그가 자살한 게 아닐까, 생각하곤 했다. 의식과 무의식을 조화하지 못하면 마음에 문제가 생긴다. 고흐가 이 마음을 잘 다스리지 못해 자살을 했을 것이다. 이수민도 선사를 만나지 못했다면, 그의 의식과 그의 무의식이 가만히 있지 않았을 것이다. 이를테면 폭행이나 성폭행, 혹은 자살 등의 무슨 그악한 일을 저질렀을지도 모른다.

이수민이 불여 선사를 알게 된 이후부터 자신의 번뇌를 자각하면서 얼마큼은 마음의 안정을 되찾았다. 화가로서의 변화도 컸다. 점차 구상을 거추장스럽게 여겼다. 유식론의 첫 번째는 안식(眼識)이다. 두말할 나위가 없이 관객이 그림을 자주 보거나, 화가가 그림을 많이 그리다 보면, 그림에 대한 안목이나 안식(심미안)이 생긴다. 하지만 안식은 안식에 머물고 만다. 내 생각은 안식보다 의식이다. 이수민은 김재휘를 잃고 난 후에 복잡한 심경의 변화를 거치는 과정에서, 구상의 안식으로부터 비구상의 의식에로 나아갔던 것일 터이다. 반야심경에 보면, 무안계 내지 무의식계란 표현이 있다. 그는 안식의 경계도 없고, 의식의 경계도 없을 때 드높은 추상의 경지에 도달할 텐데, 마침내 그가 김재휘와 함께 실종됨으로써 이 경지에는 끝내 이르지 못했다. 불여 선사의 젠 드로잉이나 장욱진의 '평담천진(平淡天眞)'의 미의식은 이 경지에 이르렀을까?

6

김재휘가 결혼한 지 1년 남짓 지나서 나에게 전화가 왔다. 이수민의 작업실 전화번호를 가르쳐 달라고 했다. 무슨 일이냐고 했더니, 비구상 한국화를 찾는 사람들이 크게 늘었다고 했다. 그때는 우리나라도 아트 딜러의 시장이 새롭게 형성되던 시기였다. 나는 그때만 해도 두 사람의 관계가 심상치 않았다고 여겼어도, 심각한 관계인 줄은 전혀 땅띔조차 하지 못했다. 나는 그녀에게 그의 전화번호를 망설이지 않고 가르쳐주었다. 이 일이 그들의 삶에 있어서 새로운 국면전환이 될 줄이야. 지금 생각하면, 참 드라마틱한 일이었다.

나는 두 사람이 그 이후에 주로 화랑에서 사무적으로 만났던 것으로 안다. 김재휘가 그에게 개인전을 제안해 함께 작업한 일도 있었다. 수준이 높은 애호가들은 그의 그림에 깊이 매료되었다. 그의 그림 값도 가파르게 올랐다. 김재휘는 그의 후원자로 자처했다. 혼전의 섹스파트너 두 남녀가 이제 화랑주인과 작가, 유부녀와 미혼 남자의 관계로 다시 펼쳐지게 된 것이다. 그의 개인전은 적잖은 사람들을 화랑으로 끌어들였다. 비평적인 평판은 그림 값보다 더 좋았다. 그의 대표작의 하나인 「마드무아젤 J의 뒷모습」은 전시가 끝나기 전에 예상 밖의 비싼 가격으로 이미 예약이 되었다. 나 역시 그의 개인전에 초대되어 그의 그림들을 보았었다. 그는 여자들의 뒷모습의 이미지들을 새겼다. 무늬와 결이 아주 섬세하고 복잡한, 그러면서도 다채로운 색감이 풍요로운 한지채색화였다. 앞모습을 좋아하던 사람들의 의식을 송두리째 뒤집어놓은 것이다. 지금 생각하면, 여자의 엉덩이를 좋아하던 그의 무의식이 발현된 그림이다. 특히 「마드무아젤 J의 뒷모습」은 가로의 길이가 일(1)이라면 세로의 길이는 일점육(1.6)인 황금분할의 비율로 된 대형 그림이었다. 제목을 염두에 두고 자세히 살펴 보아야만이, 여인의 뒷모습 입상이 겨우겨우 발견된다. 긴 머리카락과 늘씬한 곡선미의 몸매와 둥긋한 둔부의 이미지가 화가의 감정선 따라 사뭇 모호하게 그려져 있다. 아무리 무질서하고 비구상적인 내용이지만 그림은 화사하고, 또 감각적이다. 그림의 아랫부분에 화가의 이름과 관련된 기호 대신에 로마자로 '넥 스페, 넥 메투(nec spe, nec metu)'란 알 수 없는 문장이 쓰여 있다. 아마 라틴어 명구인 것 같다. 제목이나 서명을 볼 때, 더욱이 화풍에 있어서 이수민은 서양화와의 경계를 없애려고 애를 쓴 것 같다. 나는 이때 미술의 문외한이고 해서 그림의 의미를 부여할 생각조차 없었다. 직관이나 인상으로 흘깃흘깃 바라다보면서, 그저 참 좋다, 하는 반응 정도였다. 한참 이후에야 알았지만 마드무아젤 J는 다름 아닌 미혼의 김재휘였다. 프랑스어로 마드무아젤은 신분이 높은 미혼 여성에 대한 존칭이다, 과거의 우리식 호칭이라면, 그것은 '아씨'에 해당되는 말이다. 기혼 여성에 대한 존칭으로 잘 알려진 마담이 우리식의 '마님'에 해당되듯이. 이 그림은 그녀에 대한 그의 그리움이 반영된 것임에 틀림이 없었다. 긴 머리를 땋아 틀어 꽂은 비녀와 옥색치마로 치장한 고운 얼굴의 마님 같은 그녀. 그 누구라도 이 창작의 비밀을 알아채지 못했을 것이다.

옛날 조선시대 같으면, 김재휘는 소박데기나 진배없었다. 남편으로부터 소외와 박대를 당하는 여인을 소박데기라고 했다. 남편 권두현은 재력을 앞세워 강남의 젊은 여자들과 곧잘 황음의 늪에 빠지기도 했다. 그의 여성 편력은 거의 광적이었다. 지인들이나 친구들을 초대한 연회에서 한 쌍의 레즈비언 무용수에게 성행위를 표현하는 춤을 추게 했다. 이때 초대된 사람 중에 예술을 좀 아는 사람의 전언을 들은 바가 있었다. 예술이 때로 사기라는 생각이 든다고. 권두현은 돈으로 여자를 살 수 없으면, 그의 영혼은 우울하게 가라앉았다. 이런 심리 상태를 가진 사람이라면, 김재휘의 소박, 즉 소외와 박대는 불 보듯이 뻔하다. 그녀는 자신이 재물이라고 하는 악의 낚시에 낚인 물고기와 같은 신세에 지나지 않는다는 회한에 사로잡히기 시작했다.

정상적이지 못한 부부관계, 행복하지 않은 결혼 생활은 누구나 그랬듯이 무엔가 변화를 예고한다. 이수민은 상대가 그립거나 미우면 수음을 해대고, 김재휘는 경미한 성몽에 빠지고는 했다. 그의 자기색정과, 그녀의 자기강박은 그 이후에 다시 남남이 아닌 관계로 맺어졌다고, 나는 본다. 우리 속담에 낭군이 떨어져 있으면, 마당 쓰는 머슴보다 못하다고 했는데, 그녀가 그런 지경에 이르지 않았나, 짐작된다. 이수민은 야음을 이용해 그녀의 평창동 별저에, 몇 차례 스며들었다. 이 과정에서 서로가 서로를 연인으로 인정할 만큼 몸과 마음이 한결 친밀해졌다. 친밀할수록, 두 사람의 관계는 환해졌다. 여느 연인들처럼, 그들도 반말을 하게 이르렀다. 자연스러운 과정이었다.

권두현의 해외출장은 잦았다. 사업차 해외출장인지, 외국 여자들을 탐하기 위해선지 알 수 없었다. 남편이 국내에 부재하는 중에, 그들은 강원도의 깊은 산중에 마치 자작나무의 숲속에 숨어있는 것 같은 아늑한 목조 산장으로 향했다. 그들은 부르기 쉬운 별명 하나씩을 고안해냈다.

그녀가 먼저 제안했다.

"난 자기 별명이 로맨틱이었으면 좋겠어."

"왜?"

"자긴 외모가 좀 그래도, 본래부터 로맨틱한 사람이잖아? 게다가 멋있는 그림을 그리는 유능한 작가님이시고."

"자기 별명은 뭐였으면, 좋겠어?"

"글쎄?"

"에로틱이야."

"아니, 내가 왜 에로틱해?"

"내가 에로틱하다면, 에로틱한 거야."

두 사람은 마주 보면서 큰 소리로 웃었다.

말을 잘 끼워 맞추는 국어 선생의 입장에서 볼 때, 나는 두 사람의 별명이 로맨틱이니 에로틱이니 하는 것보다, 리비도(욕망)와 아우라(기품)라고 하는 게 좋겠다. 이수민이 리비도의 그늘이라면, 김재휘는 아우라의 빛이다. 전자가 화면이면, 후자는 색감이다. 리비도와 아우라는 둘 다 '에너제틱(energetic)'한 개념의 표현이지만, 어감에 있어서는 사뭇 대조적으로 받아들여진다.

그의 비망록에는 두 사람의 내밀한 일들이 잇달아 기록되어 있다.

로맨틱이 에로틱에게 손짓해보였다. 자작나무숲으로 함께 가자고. 이 말은 두 사람에게 있어서 몸과 마음이 하나가 되자는, 둘만의 방언(은어)이었다. 거기는 음양의 이음새가 되는 공간이었다. 거기에는 나무로 만든 집이 있었고, 제법 큼직한 거실에는 벽난로가 구석에 놓여 있었다.

옛날 사람들은 자작나무 껍질을 벗겨 촛불이나 횃불로 사용했다고 한다. 특히 자작나무 껍질로 된 촛불을 밝히는 것을 두고 화촉(樺燭)을 밝힌다고 했다. 과문한 탓에 잘은 모르지만, 이 낱말이 화촉(華燭)으로 변해 오늘날 혼례의 상징이 되었다고 하는데, 이 얘깃거리가 어디에서 근거하는지 나 자신도 잘 알 길이 없다. 동방(洞房)의 화촉에 불을 밝힌다는 말은 결혼을 하고 첫날밤을 보내는 걸 말한다. 하지만 글자 그대로의 뜻은, 동굴 같이 아늑한 방에서 자작나무 껍질로 불을 밝힌다는 것.

어쨌든 로맨틱과 에로틱은 본격적인 혼외의 늪에 빠져 있었다. 불륜으로서의 첫 경험의 관계를 맺을 때 그들의 동방은 아주 어두웠다. 침대 위의 김재휘의 몸의 형태는 보이지 않았고, 다만 마치 형광 물체 같은 브래지어와 팬티만이 노랗게 보였다. 정신적으로 문제가 있었던 고흐가 한때 즐겨 사용했던, 또 칸딘스키가 사람을 찌르고 자극한다고 한 그 노란색이었다. 그녀는 예민함과 불안감을 떨쳐내지 못한 이수민을 마치 엄마가 아이를 달래듯이 어루만져 주었다.

"너무 긴장하지 마."

"불륜인데 긴장이 안 돼?"

내가 이 무렵에 있었던 두 사람의 일들을 훗날에 비망록을 통해 퍼즐처럼 맞추어볼 수 있었기 때문에, 나는 일들의 전후 사정이나 심리적인 기류 및 동향에 관해 잘 알고 있는 유일한 사람이었다. 두 사람에게 자작나무숲으로 에워싸인 자신들만의 침실 공간은 동방이었다. 그윽하면서도 아늑한 방, 깊고 고요하고 내밀한 그런 방이었다. 이들의 관계는 자작나무숲의 동방에서 늘 화촉을 밝혀온 셈이다. 즉, 누구에게도 눈에 띄지 않게, 은밀한 섹스를 탐하곤 했다. 이들에게 있어서의 화촉의 불꽃은 은밀한 섹스와 아름다운 불륜의 상징이었다. 몇 번인지 알 수 없을 정도였다.

한번은 이런 일이 있었다.

두 사람은 고급 와인을 꽤 많이 마셔 좀 몽롱한 상태였다. 사람들은 이성의 힘이 빠질수록 모험을 추구하게 마련이다. 에로틱한 그녀가 로맨틱한 그에게 갑자기 이런 말을 했다. 무척이나 뜻밖의 말이었다. 안 해본 걸 하고 싶어. 내 뒷구멍이 네게 박히고 싶어. 무척이나 뜻밖의, 그리고 놀라운 말이었지만, 그도 동의했다. 나도 그래. 우리 안 해본 걸 해보는 거야. 그녀는 자기 엉덩이가 급격히도 요동치고 있음을 느꼈다. 한동안 경험해온 느낌보다, 그동안 경험해보지 못한 느꺼움이랄까? 느꺼움이라! 참 좋은 우리말이다. 느끼함이 아니라, 강한 느낌이다. 해보지 못한 쾌감과 함께, 뒷구멍이 찢어질 것 같은 아릿함도 엄습해오고 있었다. 시간은 그다지 오래 지나지 않았다. 아슴푸레해진 촛불의 박명(薄命)에도 하얗게 드러낸 그녀의 등 위에다, 그는 밤꽃 향기 같은 정액을 소나기처럼 쏟아냈다. 둘은 사랑을 참 느껍게 주고받았다.

둘은 둘만의 혼곤한 잠에 빠졌다. 이런 잠을 두고, 꽃잠이래도 좋고, 귀잠이래도 관계가 없다. 깊은 잠이 무의식 속의 억압이나 강박도 집어삼켰는지 어쩐지, 꿈도 기억의 밑바닥에 남아있지 않아 텅 빈 채로 하얬다.

그녀가 새벽에 깨어났을 때는 몸과 마음이 개운했다. 그가 깨어나기 전에 아직도 뭔가 미진한지 그의 성기가 먼저 깨어나 한껏 부풀어 있었다. 간밤에 그가 행한 가학적인 것이 미안한지 볼에다 가볍게 입을 맞췄다.

"간밤에 미안했어."

"아냐, 너나들이로 새로운 경험을 해봤잖아?"

"그래."

"둘이 그걸루 만족하는 거야."

"……."

"너, 더 필요한 게 있어."

"이건 어때? 내가 어제 네게 가학적이었으니, 내가 피학적인 입장이 되고 싶어."

"대체 그게 무슨 소리야?"

"내게 자극적인 질투심을 유발할 수 없겠어?"

"왜?"

"내가 피학적인 걸 감수하면 널 더 사랑할 것 같아서."

"……."

"네게도 성적 비밀 같은 게 있잖아?"

그녀는 한참 생각하다가 입을 열었다.

"그래 얘기해줄 게 있어. 내가 결혼 직후에 강남의 유한부인들 다섯 명과 잘 알고 지냈어. 남편 친구의 부인도 끼여 있었지. 그들이 아방궁 같은 술집에 날 불러냈어. 비밀이 완벽하게 보장되는 밀실이었지. 20대 후반의 한 선수가 우리에게 시중을 들었는데 얼굴은 영화배우, 탤런트 뺨치는 수준이고, 큰 키에다 몸매는 몸짱 그 자체였어."

"선수라니, 운동선수야?"

"호스트를 선수라고 해. 선발된 애들이니까."

"그런데?"

"이 녀석에게 명함을 주었더니, 선수에게 명함을 주는 게 아닌데, 아니 글쎄 다음날에 나를 은근히 유혹하잖아?"

"유혹당하지 그랬어?"

"걔들이 돈 있는 여자에게 유혹을 당해야지, 호감이 있는 여자를 유혹해야 하는 건 아니잖아? 사람들은 누구나 행복한 삶을 욕망하고, 사랑하는 사람과 섹스를 하고 싶어 하잖아? 하지만 걔들은 언제나 욕망을 욕망하고, 또 섹스와 섹스를 해야 하는 애들이잖아?"

"……."

"걔는 강남에서 유명한 애야. 현대무용을 전공하고 이종격투기로 몸을 단련시킨 앤데, 본래 연극배우였어. 근데 연극 시장이 너무 궁하잖아? 그래서 선수로 나선 거야. 내가 아는 강남의 유한부인 다섯 명과도 돌아가면서, 아마 두어 차례씩 그 짓을 했을 거라고 봐. 척 하면, 삼척이지, 뭐. 유혹을 당해야 할 운명의 선수가 감히 나를 유혹하다니? 비극의 씨앗을 잉태할 수 없잖아? 결혼하자마자 남편에게 소외된 나라고 해도 그렇지."

"그래서? 근데, 내 질투감은 어데 있지?"

"좀 있어봐. 걔의 현실적인 유혹을 거절하는 대신에, 이런 일이 생겼어. 휴일이었는데 집에서 야한 영어 책을 읽다가, 내가 약간 흥분했어. 백일몽인지 진짜 꿈인지 구분이 잘 안 돼. 성적 환상인 게 맞아. 현실은 아니지만, 걔가 감히 나를 범했던 거야. 현대무용과 이종격투기를 단련한 걔 몸이, 아 너무 유연하고 탄탄했어. 그에게 내 몸과 내 마음이 온전히 사로잡힌 거야. 걔는 거의 말이 없었어. 침묵으로 일관하면서도, 딱 한번 내게 속삭였지. 자신이 수행한 '커닐링구스(남자의 혀가 여자의 질을 핥는 행위)'에 자지러지지 않은 여자가 아무도 없었다고. 걔는 몸을, 드센 바람결처럼, 거센 물결처럼 율동하면서, 마침내 한 번의 삽입으로 내 몸속에 10분 간격으로 두 번이나 사정을 했어. 꿈은 나에게 10분 간격이라고 가르쳐 주었어. 실제의 말은 아니고, 이를테면 상징 언어인데, 이게 구체적으로 뭔지 기억이 잘 안 나. 그가 내 질 속에 두 번째 사정을 했을 때 내 애액도 넘쳐났어. 일이 끝난 다음에 나란히 누워 숨을 가다듬으면서 쉬고 있을 때, 난 걔에게 말했었지. 이제 우리 연극은 끝났어. 우리가 한 행위는 연극일 뿐이야. 너는 앞으로 진짜 연극의 건전한 예술 세계로 다시 돌아가는 거야, 어때? 걔도 내 말을 듣고, 고개를 끄덕였어."

그녀의 꿈 이야기는 백일몽일까? 진짜 꿈일까? 본인도 이것들의 구분이 모호하다고 했다. 백일몽은 깨어있는 동안에 경험하는 일이다. 시각적인 공상이나 비몽사몽의 쾌감을 환기한다. 심리학자와 정신분석가는 백일몽이 반드시 퇴폐적인 것은 아니라고 한다. 생산적인 삶의 여파에도 긍정적으로 기여하는 면이 있단다. 백일몽과 진짜 꿈의 경계가 모호하다면, 일반적 의미의 연상과 자유연상의 차이를 적용해보면 대충 알 수 있을 것 같다. 백일몽은 연상을 통해 욕망한다. 이때 연상은 의식에서 무의식으로 가는 표지판이 된다. 반면에 진짜 꿈은 시각 피질의 세포가 1초당 수백 번씩 요동을 치는 가운데 자유로운 연상이 발생하고 또 이를 통해 꿈꾸는 자의 욕망을 충족하려고 한다. 이때 자유연상은 의식과 무의식의 연결고리 역할을 하는 것이다. 김재휘는 야한 영어 책을 통해 그 선수를 연상하면서 성적으로 욕망했다. 그리고는 소파에서 잠시 졸았던 것 같다. 자유연상을 통해 의식과 무의식의 경계를 넘나들면서 성몽에 빠진 것 같다.

그녀의 꿈 이야기에, 그는 엄청난 질투심을 느꼈다. 마치 뭔가 폭발할 것 같은 엄청난 질투감이었다. 하지만 이때 그가 경험한 피학적인 감정은 또 다른 황홀경이기도 했다. 그와 선수는 결코 상대가 될 수 없었다. 외모는 그렇다고 해도, 수많은 여자들을 상대로 후린 경험들, 현란한 기교, 지칠 줄 모르는 정력은 마치 포르노그래피의 주력(呪力)과 같아서, 도무지 잽이 되지 않는다. 더욱이 그 녀석의 몸은 무용과 운동으로 다진 몸이 아닌가? 아름다움으로, 또는 싸움으로 단련된 몸이 아닌가? 이수민은 이 사실을 알기 때문에, 차라리 그 녀석과 동일시함으로써, 자신의 질투를 해소하려고 했다. 가상 경쟁자와의 일시적인 휴전인 셈이다. 심리학에서인지 정신분석학에서인지, 이를 가리켜 '타협 형성'이라고도 한다. 이수민과 김재휘는 아침 햇살이 커튼의 틈서리로 새어나오는 침대 위에서 다시 시작했다. 두 몸은 간밤에 벽난로 속에서 타오르던 불꽃처럼 타올랐다. 사정은 자제했다. 동일시와 타협 형성을 거친 쾌미한 결과만을 위해서였다.

김재휘와 이수민의 불륜은 어느덧 익숙해졌고, 또 스스로를 길들여갔다. 권두현의 잦은 외유가 이들에게는 호기였다. 이들의 밀애가 행해지는 장소는 울창한 자작나무숲으로 난 길 끝의 별저. 동굴처럼 으슥하고, 호젓하고, 또 아늑한 동방이다. 두 사람이 이곳에 머물면, 영락없이도,

이상화의 시 「나의 침실로」에 등장하는 남녀의 주인공이 되고 말았다. 모든 게 꿈만 같다. 가장 아름답고 오랜 것은 오직 꿈속에만 있어라. 시의 내용처럼 꿈같은 현실이 펼쳐졌다.

앞산의 '그리메(그림자)'가 가까이 다가오면, 남자는 뛰는 가슴을 달래면서 여자를 부른다. 이 여자는 시에서 '마돈나'라는 이름의 호칭과 '나의 아씨'라는 이름의 지칭을 가진 여자다. 김재휘는 이수민에게 둘 다 해당한다. 마돈나와 마드무아젤, 마님과 아씨 중에서, 어느 쪽에도 해당한다. 과거의 미혼여성 김재휘가 아씨였다면, 지금의 유부녀인 그녀는 마돈나이다. 사실은 그게 그거다.

한 세트의 선홍빛 실크 드레스를 입은 여자가 이 동방에 등장한다. 짙붉은 입술연지와 앞자리에 놓인 와인 사이에, 7부 길이의 넓은 소매통을 입은 이 짧은 재킷은 무척이나 투명한 색감을 준다. 침실은 벽난로 속의 자작나무 장작을 모두 태우고 나면, 희붐한 돋을볕이 뜨기 직전의 새벽녘에 이르게 될 것이고, 또 시의 내용처럼 침실은 끝내 온전한 '부활의 동굴'이 될 것이다.

벽난로 속의 자작나무 장작은 불에 잘 붙고 열을 잘 뿜어내는 것으로 알려져 있다. 자작자작 하는 소리를 내면서 불에 탄다고 해서 자작나무라는 말도 있다. 촛불이 귀한 시대에 북쪽 지방에서는 기름기 머금은 껍질을 벗겨내 발광체로 사용했다고 한다. 특히 과거의 시베리아 샤먼들은 이 나무를 신목(神木)으로 소중하게 여겨왔다고 한다. 이런저런 점에서 볼 때, 자작나무는 인내와 생명력의 상징일 뿐 아니라, 생의 이면에 타오르는 불꽃같은 열정의 상상적 주제를 위한 소재가 되기도 한다. 김재휘와 이수민의 비밀스러운 일에, 썩 잘 맞아떨어지는 얘깃거리라고 생각된다. 그는 이상화의 「나의 침실로」에 나타난 이미지와 분위기를 자신의 그림으로 옮기고 싶은 마음이 간절했지만, 실제로 그렸는지에 관해서는, 내가 더 이상 알고 있는 게 없다.

어쨌든 그의 비망록을 잘 읽어보면, 딱히 알 수는 없지만, 그들의 성적 취향이 드문드문 나타나 있었다. 글의 행간이나 문맥을 잘 살펴보면, 그들은 서로 마주하는 정상의 체위보다 주로 후배(後背)의 체위로 즐긴 것으로 보인다. 아직도 보수적인 사람들은 섹스를 짐승처럼 뒤에서 하다니, 할 것이다. 서양사의 중세는 모든 면에서 인간을 억압했다. 내밀한 사생활인 남녀의 정사에도 적극적으로 관여했다. 내가 보기에는 혼외정사 정도가 간섭할 일이라고 보인다. 근데 섹스를 하는 방식은 또 무엇인가? 어떻게 하는지 일일이 체크라도 하겠다는 건가?

중세 이념의 기준에 따르면, 서로 마주 보면서 하면 인간적인 섹스요, 여자의 뒤에 달라붙어 하면 짐승의 섹스라고 했다. 또 신은 기독교인들을 위해 음문을 만들었고, 이교도를 위해 항문을 만들었단다. 도저히 용납할 수 없는 게 항문성교였다. 이것을 두고, 우리말 명사로 '비역질'이라고 한다. 또 이 낱말의 동사는 '비역하다'이다. 우리 국어사전에는 사내들끼리 하는 성교를 두고 비역질이라고 하는데, 이것은 선택적 (혹은 잘못된) 설명에 지나지 않는다. 남자의 성기가 여자의 항문에 삽입하는 것 역시 비역질이다. 어두운 곳에서 섹스를 하다보면, 남자가 의도하지 않은 채 잘못으로 여자의 항문에 삽입을 할 수도 있다. 이럴 때는 여자가 화들짝 놀라 뭣 하는 짓이야, 하고 소리를 치면서 남자의 뺨을 때리기도 한다. 항문성교의 기원은 이럴 수도 있다. 항문을 음문으로 착각해 일어난 일이란 것. 어쨌든 좋다. 문제는 중세의 도덕률이 남성의 성기에 의한 여성 항문의 꽂힘을 가리켜 이를테면 '악마의 낙인'이라고 비유하기도 했다는 거다. 항문성교에 대한 문학적인 묘사가 중세에는 없었다가, 1527년에 발표한 피에트로 아레티노의 소위 '음탕한 소네트'에 이르러 비로소 시작되었다는 것은, 중세에 후배의 체위나 항문성교를 얼마나 악마의 행위로 여겼나를 추론할 수 있다.

그건 그렇고, 중세 때의 악마는 일말의 양심이라도 있어서 소녀나 처녀의 순결을 지켜주기 위해 항문에다 삽입을 했다는 말이 있다. 중세의 유럽인들은 남자들의 꿈속에 찾아오는 음몽(淫夢)의 마녀가 있다고 믿었다. 이 마녀는 남자의 꿈속에 나타나 그를 유혹해 항문에다 삽입하게 했다. 마녀는 자신의 엉덩이가 남자의 시선에 꽂히기를 원하다가, 이를 까보이면서 남자의 팽창된 성기에 꽂히기를 거듭 원한다. 그 시대에는 항문성교를 향유하는 남자 모두가 악마가 된다. 시대적으로 항문이 교회로부터 박해의 대상이 되었기 때문에, 그것은 마녀와 악마가 꾸민 역모(逆謀)의 소산이자, 아무나 할 수 없었던 역설의 황홀경이었다. 신을 무시할 만큼 강한 정신의 소유자가 아니고서는 도저히 할 수 없는 섹스니까, 말이다.

이수민은 김재휘의 뒷모습을 더 좋아했다. 앞이 아니라, 왜 뒤인가? 그와 그는 앞과 뒤를 놓고 마치 밀고 당기듯이 옥신각신하기도 했다. 일하는 농부와 노동자들의 굽은 등을 보면, 현실 그 자체인 앞모습에 비할 때, 뒷모습은 누구에게나 존재의 축적된 힘이 느껴지기도 한다. 더욱이 뒷모습은 이 힘에다 아름다움이 더해진다. 특히 아름다운 여인의 경우가 더 그러할 것이다. 교사 시절에서부터 지금까지, 그녀의 긴 머리채는 등 뒤로 자란자란 흔들리고 있었으며, 긴 치마의 끝자락은 종아리의 끝에 치렁치렁 닿아있었다.

그녀는 지금도 머리카락이 다소 기다랗고, 또 곱다랗다. 그가 그녀의 뒤에서 결 고운 머리칼을 쓰다듬으면, 자신의 엉덩이에 붙어있는 그에게 어쩌다가 항문을 주기도 했다. 이럴 때면 그는 미친 듯이 흥분한다. 난잡하고 추잡한 것 같아도, 그의 팽창된 상징이 존재의 뿌리라면, 이 아름답고도 우아한 유부녀의 항문은 아무도 손길이 닿지 아니한 무(無)의 심연이었다. 그녀가 그에게 마성의 은밀함을 부여하면 부여할수록, 그는 마치 길길이 날뛰어서 더욱 맹렬해진 수컷과 같았다. 그의 비망록에는 다음과 같은 글이 쓰여 있었다.

"변태적인 행위라기보다는 관능적인 카니발이었어. 우리의 이 모습을 추상으로 옮기면, 도대체 어떤 그림이 될까?"

7

권두현은 수하(手下)를 시켜 아내의 뒤를 밟게 했다. 이때 화랑의 여직원도 모종을 역할을 했다. 아내가 불륜을 저지르고 있다는 사실을 비로소 알았다. 그의 입장에서 볼 때 이 '연놈들'을 간통죄로 고소하면, 언론을 타게 될 것이고, 법정에서도 시끄러워질 게 뻔하다. 이것들이 옥중에 갇히게 되면, 도리어 불륜이 로맨스로 변질되거나 미화될 수도 있다. 그는 이것들을 쥐도 새도 모르게 죽여야 한다고 생각했다. 강남에서 활동하고 있는 중소 패밀리의 행동대장들을 은밀히 불러 모았다. 그는 이들과 복수를 모의했다. 이러한 낌새와 모의를 미리 알게 된 김재휘와 이수민은 전국을 돌아다니면서 도피하고 있었다. 이수민이 그려 모 은행에서 소장하고 있는 비구상 한국화 「자작나무숲으로 가다」는 그의 마지막 작품이 되고 말았다. 나도 그 당시에 이것을 본 일이 있는데, 자작나무의 구체적이고 직선적인 이미지는 거의 증발된, 그만의 상징 및 추상의 세계였다. 이 그림에도 라틴어 문장 '넥 스페, 넥 메투' 의 로마자가 이름 대신 적혀 있었다. 조폭들은 전국을 샅샅이 뒤지면서 다녔지만, 주로 강원도 산중 깊은 곳을 표적으로 삼았다. 이 그림 때문인지 모르겠다.

김재휘는 도피 중에 늘 악몽에 시달리고 있었다. 악몽은 TV연속극처럼 반복되었다. 이 연속극은 조선시대를 배경으로 한 사극이었다. 악몽은 일반적인 의미의 꿈이 아니라, 논리도 있었고, 줄가리도 분명해 보였다. 악역인 권두현은 용마(龍馬)를 탄 장군을 모습을 했다. 전립(戰笠)은 쓰지 않은 장군의 모습. 칼날의 서슬이 시퍼런 큰 칼을 가지고 있었다. 용의 머리와 말의 몸을 한 용마는 마치 나는 것처럼 산의 중턱을 재빨리 오르내렸다. 그녀의 꿈속에 그녀는 사대부 귀인의 치마저고리를 입고, 또 머리에는 쓰개치마를 썼다. 이수민은 그녀를 모시는, 평민 복장의 하인이었다. 두 사람이 막다른 곳에 몰리면 말에서 내린 장군은 큰 칼을 내리칠 기세로 접근해온다. 놀란 두 사람은 극한의 공포 속에서 도망을 다닌다. 피할 수 없는 한계상황 속에서, 그들은 갑자기 꽃으로 변해 버렸다.

김재휘는 석일영에게 전화했다. 소녀 시절부터 알고 있는 오빠 친구에게 지푸라기를 잡는 심경으로 매달렸다. 도피 중에 악몽에 시달리고 있는 자신의 처지를 털어놓았다. 면전에서 상담하지 않고 전화로 대화하는 것은 상담자와 피상담자, 의사와 환자 간에 형성해야 할 '치료 동맹'에도 한계가 있었다. 석일영은 김재휘에게 꿈은 꿈일 뿐이니까, 꿈을 현실로 받아들이지 말고, 이것을 자의적으로 해석하라는 조언을 줄 수밖에 없었다. 꿈의 자의적인 해석은 과거 분석가들이 '왜곡'이라고 명명했지만, 꿈의 해석에서 왜곡이란 있을 수 없단다. 적극적으로 말해, 꿈을 꾸는 사람이 자신의 꿈에 관해 작업하는 주체가 된다. 꿈 작업의 방식도 몇 가지 있다. 이 중에서 제2차적 가공(수정)도 중요하다. 그래, 꿈은 꿈일 뿐이야. 석일영의 조언에 따라, 꿈의 자의적 해석, 자기 수정을 시도해 스스로를 위안할 것을 다짐해본다.

"내가 남편 권 대표에게 합의할 것을 중재해보겠지만, 그가 쳐놓은 격노의 그물망을 빠져나가기가 쉽지 않을 것 같아요. 이수민 화가와 당분간 해외로 도피하는 게 어때요?"

석일영은 그녀가 심리적으로 안정할 수 있도록 노력은 했지만, 한계가 있었다. 치료 개선의 문제가 아니라, 생사기로의 문제였기 때문이었다. 석일영는 권두현에게 전화를 걸었다가, 그로부터 의절한다는 대답을 들어야 했다. 나 역시 이수민에게 더 이상 국내에 숨어있지 말고 해외에 도피할 것을 종용했다. 그는 자신의 비망록을 전해주고는 소식을 끊었다. 이로부터 얼마 후에 두 사람의 가족들이 실종 신고를 했다. 이들이 실종된 지도 25년이 지났다. 이들은 조폭들에게 붙잡혀 쥐도 새도 모르게 죽임을 당한 후 암매장되었거나, 캘리포니아 주나 캐나다의 산중에 들어가 은둔생활을 하고 있거나, 둘 중의 하나일 것이다. 나는 이 가능성이 각각 반반이라고 본다. 이제 권두현도 치명적인 병에 걸려 죽음을 앞두고 있다는 풍문이 들려왔다. 그가 죽으면, 두 사람도 세상에 다시 등장할 것만 같다. 그러면, 그들은 또 다른 꿈을 꾸면서 여생을 보낼지 모른다. 만약 내 생각대로 세상 일이 돌아간다면, 그들에게 있어서의 꿈은 새로운 삶의 무대가 되리라고 본다. 꿈속이란, 현실 아닌 삶의 또 다른 무대니까. 모든 사람에게는 꿈을 꾼다는 것이야말로 숨을 쉰다는 것에 다름이 아니다. 꿈을 생명현상의 연장으로 봐야 한다. 사람들마다 자신의 마음속 깊이 숨어있는 꿈은 그 사람만이 가진 정신의 지문과도 같다.

이수민의 비망록은 별것이 다 기록되어 있었다. 두 사람이 침대에서 한 비밀스런 대화록도 있었다. 그들의 불륜이 법정 문제로 비화될 때 결정적인 증거가 될 수밖에 없는, 아주 비밀스러운 사적인 문서이다. 이것이 나의 수중으로 들어온 게 도리어 어색하고 이상할 정도이다. 자작나무숲의 집에서 격정의 관계를 맺고 난 직후의 대화인 듯하다.

"자기, 기분이 어땠어?"

"좋았어."

"영어에 '섹스'를 가리키는 속어들이 무수히 많잖아?"

"그래서?"

"우리말에도 '섹스'를 가리키는 속어 중에 '씹'이란 말이 있잖아? 이 말의 어원이 뭔지 알아?"

"여자 성기가 아냐?"

"그래, 맞아. 씹이 여자 성기라서 여자의 관점에서 본 섹스의 의미거든."

"무슨 얘긴데?"

"여자가 남자 성기를 '씹'는다는 데서 온 '씹'이야. 여자에게 섹스는 씹는 맛이지. 반면에 남자의 경우는 씹히는 맛이라서 씹이고."

"피. 엉터리."

"어디까지나 내 견해일 뿐이야."

이런저런 야한 얘기가 오가니, 나의 성기가 다시 부풀어 올랐다.

"뭐야? 사정한 지 언제라고. 자기, 또 세웠어?"

"내가 세운 게 아니라, 제 스스로 또 선 거야."

"아무리 자기가 나보다 젊어도 그렇지. 이렇게 무시로."

"단물 빠진 '껌'이 풍선처럼 다시 부풀었어."

쿠욱, 웃음을 참는 가운데 새어나오는 그녀의 웃음소리가 들렸다.

"껌은 단물이 빠져도 씹히잖아?"

"대화의 수준을 높이는 게 어때?"

"남자와 여자가 벌거벗어 서로 마주하고 있는데, 대화 수준이 왜 필요해? 성적 수준이 필요하지, 뭐."

"만날 허리 이하의 소리야."

한때 허리 이상과 허리 이하라는 통속적인 은어가 나돌았다. 철학에서 말하는 형이상(形而上)과 형이하(形而下)의 용어를 패러디한 것. 전자가 초감각의 실체라면, 후자는 감각의 형체를 말한다. 이 문맥에서 앞엣것이 미적 이상과 같은 것이라면, 뒤엣것은 성적 본능과 같은 것이라고 하겠다. 허리 이상과 허리 이하는 요컨대 뇌와 성기이다.

"그럼, 허리 이상의 소리를 해봐."

"자기 그림은 왜 비구상으로 바뀌어가는 거지?"

"질적 변화를 모색하고 있는 중이라서."

"네 변화의 배경을 말할 수 있겠어?"

"변화의 철학을 한 글자로 표현하면 역(易)이야. 아주 오래된 주나라 시대의 『주역』 계사전에 보면, 이런 말이 있어. 글은 말을 다할 수 없고, 말은 뜻을 다할 수 없다는 말."

"그래서?"

"그 말에 의하면, 그림은 자연의 실물을 다할 수 없고, 실경산수는 화가의 마음에 품은 내면풍경을 다할 수 없지."

"중요한 건, 보이는 것보다 안 보이는 거네."

"맞아."

"우리 한국화는 너무 긴 세월 동안에 사의(寫意)의 강박에서 벗어나질 못했어."

"사의라니?"

"눈에 보이는 세계, 즉 안계야. 이젠 안계가 아닌 무의식계야."

"구상이 사의라면, 비구상은 뭐래?"

"심의(心意)야."

"심의?"

"내면풍경의 비구상이야. 내면풍경에는 비구상일 수밖에 없어. 여기에는 속마음의 결과 주름이 담겨있어. 그러니까, 아뢰야식의 세계야."

"뭐랄 게 없어. 추상표현의 회화나 색면파 회화를 말하네, 그래."

"나는 한국화가로서 앞으로 이런 세계를 추구하고 싶어."

이수민은 마지막까지도 자신이 기획한바 한국화의 비구상 세계를 추구하려고 했다. 그의 프로젝트는 자신의 실종으로 인해 단절되고 만 것이다. 그의 비망록을 보면, 마지막 페이지에 그의 작화(作畵) 노트가 정성스레 적혀 있었다. 그가 쓴 글씨는 언제나 그러하듯이 반듯했다. 짐작하건대 그의 대표작의 하나이자 마지막 작품이라고 할 수 있는 「자작나무숲으로 가다」에 대한 노트가 아닌가, 한다.

나무를 그릴 때 붓이 돌아가고 꺾이는 것이 있어야 그림의 맛이 감돈다. 나무는 땅 밑에서 원초적인 생명력을 발동시켜 땅을 딛고 줄기로 일어선다. 또 줄기는 잔가지들을 무수히 키우면서 잎들을 무성하게 낸다. 나무의 외관은 좀 뻣뻣하게 보이지만, 곡선의 이미지로 재현해야 한다. 하늘을 향해 타오르는 불꽃처럼. 화가가 나무의 외관을 죽이면 죽일수록, 추상에 대한 관객의 직관은 살아난다.

그가 말한 나무는 일반적인 의미의 나무를 가리키고 있을까? 아니면 구체적인 자작나무를 가리키고 있을까? 어쨌든 그 자신의 사랑과 섹스에 대한 이른바 '욕동 표상'인 것은 틀림없어 보인다. 너무 전문적인 용어다. 즉, 무의식에 억압되어 있는 흥분하는 에너지에 대한 시각적인 재현이랄까. 이 설명 역시 난이도 조절이 잘 안 되는 부분이다. 어쩔 수 없다. 하지만 이 노트 아래에 그가 서명 대신으로 늘 쓰는바 로마자 경구가 적혀 있는 것도, 그 틀림없음의 증좌라고 하겠다.

한글로 발음을 옮기면 이렇다.

넥 스투, 넥 메투.

나는 이 라틴어 경구(驚句)에 무슨 뜻이 담기고 있는지가 늘 궁금했다. 이에 대해 여러 가지 자료를 탐색해 보았다. 이 문장은 르네상스의 퍼스트레디라고 불리는 이사벨라 데스테의 서재 문 위의 동판에 새겨져 있다. 우리나라에선 이것이 '꿈도 없이, 두려움도 없이'로 번역되곤 한다. 꿈이 소망충족을 위한 대뇌 활동이니까, 소망을 꿈으로 비유하는 것은 부자연스럽지가 않다. 하지만 직역의 정확성을 드높이려면, 대체로 다음의 세 가지 정도의 해석이 가능할 것 같다. 첫째, 소망도 두려움도 아무것도 없다. 서재 입구에 쓰인 글이니까, 책은 책으로서만 존재한다는 것. 문자를 통해서 바람직한 것을 얻을 수 없고, 문서를 통해서 금기의 욕망을 실현할 수 없다고 조언한 것 같다. 둘째, 소망이 없으면, 두려움도 없다. 사람에게 욕망이 있으니까, 두려움이 뒤따른다는 뜻일 게다. 뭔가 경계하라는 말인 듯하다. 셋째, 죽음의 두려움을 무릅쓰더라도, 사랑의 소망을 이루겠다는 것. 이때 소망은 '앞으로(in spe)'의 라틴어 쓰임새를 염두에 둔다면 미래의 희망을 가리키는 것이라고 본다. 요컨대 이수민의 '넥 스투, 넥 메투'는 다름이 아니라, 자신의 사랑이 죽음을 두려워하지 않는 사랑임을 자명하게 드러내고 있다.

나는 두 사람의 관계를 알고 나서 사랑과 섹스가 각각 무엇인가를, 양자는 또 어떤 관계를 가지는가를 생각해 보았다. 세상에 흔해빠진 게 사랑이다. 하지만 자신이 선택한 사랑만이 자신에게 가장 가치가 있다. 봉투에 담긴 과자나 사탕처럼 갖가지 종류의 사랑들이 상점의 진열대에 놓여 있어도, 어떤 종류의 사랑, 무슨 형태의 사랑을 선택할 것인가는 자기 자신의 몫이요 운명이기 때문이다. 나는 한 세트를 이루는 두 개념에 대해 이렇게 정리해본다. 사랑이 비밀을 누설하는 제 마음의 상태라면, 섹스는 욕망을 배설하는 두 몸의 상황이라고. 심리적인 것과 몸짓은 별개의 것인 것 같아 보이지만, 삶의 실존에 있어서는 동전의 양면 관계라고, 나는 생각한다.

이수민은 김재휘와 깊은 육체관계를 맺어갈수록 그림에 대한 욕망을 버리지 못했다. 그는 넝쿨, 불로초, 단청, 길상문, 떡살무늬 등의 전통 문양들을 기하학적으로 내면화, 추상화된 색면(色面) 구성을 기획하고 있었다. 여기에다 그림을 보는 이가 여체의 변형된 아름다움, 곡선의 물결에 매료될 수 있게 필치의 운동감을 더하려는 발상도 가지고 있었다.

"네가 굳이 추상에 몰두하면서 집념을 가져야 하겠어?"

"나는 너의 모습, 너와 나의 성적 관계를 추상으로 표현해야겠어."

"왜 꼭 그래야 하겠어?"

"인간이 볼 수 없는, 또 인간에게 보이지 않는 세계의 진실이거든."

"한국화로 추상이 가능할 것 같아? 나는 우리가 교사 시절부터 네가 구상과 비구상의 탈경계니, 상징의 비밀이니 하는 미학 개념에 도전한다고 했을 때 늘 긴가민가했어? 한국화를 포함한 모든 동양화는 상형과 실사(實寫)의 강박에서 벗어나지 못했잖아?"

"나는 서양의 현대 회화사에서 이룩한 최대의 성취가 추상 회화의 발견에 있지 않았나, 해. 동양화가 이것에 자극을 받은 측면도 뚜렷하지. 특히 한국화의 경우는 몬드리안의 차가운 모남의 이미지보다는 칸딘스키의 따뜻한 둥긂의 이미지에서, 앵포르멜의 비정형, 무정형보다는 변주하는 선(線)의 서정적 추상 미학에서, 액션 페인팅의 뿌림 기법보다는 컬러 필드 페인팅의 번짐 기법에서, 한국 추상의 창조 가능성을 충분히 잉태할 수 있다고 봐."

"당신, 말이야. 엄연한 유부녀를 가지고 논 껄렁한 사내의 속물 추상을 그리려고 하는 건 아니겠지?"

"소인네가 어떻게 모셔온 마돈나이신데, 감히 그러하오리까?"

한때 이들이 작가와 후원자, 아티스트와 아트 딜러의 관계를 넘어서, 도피생활을 하면서 세칭 내연관계, 비합법적인 뜨게부부의 관계가 되고 말았다. 만약 이들이 살아있다면, 이 관계가 길어도 너무 기다랗게 이어져 온 셈이다.

이수민에게는 모든 게 꿈이었다. 젊은 날의 성몽도, 작가로서의 꿈도, 성취하고자 했던 에로틱한 추상화도. 이룰 수 없음에 대한 아득한 환각의 빛이란 점에서, 그의 추상 에로티시즘은 젊은 날의 그를 관능의 늪에 빠뜨린 성몽의 변형에 다름이 아니었다. 좋은 꿈이든 악몽이든 간에, 예술 그 자체가 꿈이다. 누군가를 설레게 하고, 또 누구를 덧없게 한다는 점에서 말이다.

"재휘. 먼 훗날이 되면 잠 속의 꿈도 뇌 MRI로 스캔을 한 다음에, 3차원으로 재구성한 영상을 비디오테이프나 컴퓨터 화면 속에 담을 수 있는 시대가 온대."

"그래? SF 같은 얘기네."

"나는 지금 이 순간이 너무 행복해. 이 순간을 꿈으로 스캔해서 영원히 가지고 싶어. 현실을 인영(印影)으로 나타낸 또 다른 가상현실이랄까? 이제 현실과 가상현실, 진짜와 가짜를 서로 구별할 수 없는가 봐. 꿈속에서라도 널 다시 볼 수 있다면, 지금 이 현실이 생시가 아니래도 좋아."

"작가님께서 자꾸 꿈같은 소리만 하네. 어떡해? 어쩜 좋아!"

"재휘. 자작나무의 상징성이 뭔지 알아?"

"……."

"생의 이면으로부터, 자작자작 소리를 내면서, 안으로 타오르는 정염의 불꽃?"

"호호호, 어쨌든 재미있어."

"날 사랑해?"

"그래. 수민. 사랑해."

이수민은 화가로서 평소에 렘브란트의 어록을 좋아했다. '나는 그림을 그리며 살고, 또 숨을 쉬면서 그린다.' 그는 이 어록에서 예술의 영감을 얻었다고 술회한 바 있었다. 숨이 하나의 조형으로 이미지화된 것이 숨결이다. 숨결은 오늘날의 인간에게 희망의 에너지가 된다. 그림과 삶과 숨을 하나의 선으로 연결할 수 있을까? 그에게는 늘 숙제였다. 또한 그는 동양화의 역사에서 자리를 잡은 '기운생동'이란 어구도 좋아한다. 기운(氣韻)은 글자 그대로 기의 운치이다. 기는 눈에 보이지도 않고, 쉽게 그릴 수도 없다. 동양화의 미적 이상은 난을 치거나 대나무를 그릴 때 형태를 그리는 것이 아니라 이를 넘어선 기를 그리는 데 있지 않을까? 묵선이 단순해도 느낌은 살아있어야 하지 않을까? 이 역시도 그의 숙제였다.

요컨대 예술은 꿈꾸는 자의 몫이 되어 왔다. 고전 고대의, 저 눈부신 황금시대에서부터, 불온한 전위부대원의 그림자를 지나, 혁명도 쾌락도 가뭇없이 스러져간 빈껍데기 같은 세기말에 이르기까지.

나는 화가에게 있어서 꿈은 예술의 모든 것이라고 본다. 꿈은 이미지요, 기억 흔적이요, 소통의 통로다. 꿈은 잠 속에서 시각의 영상으로 나타난다. 시각 피질의 세포가 1초당 수백 번씩 공명을 일으키기 때문에, 장면과 장면이 충돌을 일으킬 수밖에 없다. 방대한 정보를 가공하는 꿈이 뒤죽박죽의 메시지를 가공할 수밖에 없는 것은 바로 이 때문이다.

그림에는 기운의 결이 있어야 하고, 아울러 소통의 장(場)을 세워야 한다. 그 당시의 이수민이 생각한 한국화는 색깔 먹의 다채로운 빛에 의해 생명력이 결을 만들고, 이 결이 연결하는 장을 마련해야 한다는 것이었다. 이 생각의 과정에서, 그는 구상과 추상의 경계를 해체하는 데 관심을 집중하고 있었다.

그림에서 비구상이니 추상이니 하는 개념은 꿈으로 가는 무의식의 왕도요, 무작위의 신경망이다. 이수민이 자신의 꿈을 그림으로 연결시키지 못한 것은 스스로의 한계를 드러낸 것이 아닌가 생각된다. 게다가 그의 예술가적 생애가 더 나아가지 않고, 죽었는지, 살았는지 간에, 단절된 것도, 그의 예술마저 명백하게도 한계에 이르게 했다고, 본다.

8

비록 30대 중반의 나이임에도 소녀처럼 깜찍하고 해맑기가 이를 데 없었던 용모의, 품격 있는 여인 김재휘. 촌티가 나서 여고생 제자 애들에게조차 이성적인 매력이라곤 전혀 없었던, 그러나 한없이 선량했던 이수민. 그들의 사랑은 내가 보기에 세상에 의표를 찌른 사랑이었다. 로맨틱하면서, 동시에 에로틱한 사랑이었다. 이로 인해, 그들은 위험을 무릅쓰면서 몽유하는 밀애의 로망스를 향유할 수가 있었던 것이다. 내 두 손에 두 눈에 흙이 들어가기 전에 연놈에게 기필코 오쟁이를 지울 것이라고 단죄의 결기를 보인 권두현도 결국 증오의 세월을 이기지 못하고 세상을 떠났다는 풍문이 들려 왔다. 25여 년 전의 김재휘와 이수민을 생각하면, 가슴이 왠지 모르게 먹먹해진다. 그들이 지금 어디에선가, 늘그막에 행복해하면서 생존하고 있다는 풍문이 들려오면, 정말 좋겠다. 그들이 만약 생존해 있다면 이제는 후일담으로 남아있을 난폭한 몽상 같은 삶을, 그들이 과연 선방했을까가 자못 궁금해진다. 그의 비망록에 이런 메모가 남아있다. 글씨체가 빼뚤빼뚤한 것으로 보아 즉흥적으로 쓴 메모가 아닌가 한다. 여기에. 그의 그림에 대한 관점이 잘 반영되어 있다. 또 그가 얼마나 자신의 그림에 대한, 앞으로의 집념을 가지고 있었는지를 알 수가 있다.

무용수가 몸을 움직이는 게 아니라. 몸을 움직이는 사람이 무용수다. 운동선수가 몸을 움직이는 게 아니라, 몸을 움직이는 사람이 바로 운동선수다. 습관적인 움직임이 아니라 몸의 창조적인 움직임을 보여주어야 진정한 무용수요, 성공하는 운동선수라고 할 수 있다. 마찬가지로, 화가가 그림을 그리는 게 아니라, 그림을 그려야 화가다. 습관적인 형태와 채색과 붓질을 벗어나야, 화가는 제 스스로의 습기(習氣)로부터 해방될 수 있다. 화가가 습기와의 자기 격투를 일삼지 아니하면, 늘 제자리에 머물고 말 것이다. 인사동의 화상들은 뭘 모르는 사람들에게 한국화의 시대가 갔다고 말하곤 한다. 이윤을 남기는 게 서양화니까, 그런 말들을 해대겠지. 우리나라 사람들이라고 해서 다들 한식을 좋아하는 게 아니다. 한식보다 양식을 좋아하는 사람들도 많다. 유화의 느끼한 맛에 식상해지면, 날것을 무친 나물의 맛을 음미하는 것과 같은 먹물의 질감이나 색깔 먹의 색감에도 이끌리겠지. 요컨대 앞으로의 한국화는 한지의 제한된 지면 위에 갖가지 삶의 흔적을 먹물로 스며들게 하고, 각양각색으로 물들게 하는 것이 중요하다. 한국화가가 한국화를 그리는 게 아니라, 새로운 한국화를 그려내야 미래의 한국화가다. 순수한 추상 형태에서도, 숨결이 흐르고, 기의 운치가 생동하는 그런 한국화 말이다.

2. 단편

김 강사와 명예교수

1. 프롤로그

누구나 할 것이 없이 여자라면, 학창 시절에 꿈이 많았을 것이다. 마치, 먼 데서 백마를 타고 오는 잘 생긴 왕자를 기다리는 공주처럼. 때로 감수성이 예민한 여자애들은 잠 없는 꿈, 즉 백일몽도 적잖이 꾸었을 것이다. 그런데 여자가 로맨스 문화에서 벗어나 현실의 직장을 가지게 되고 또 결혼을 해 애를 키우다보면 만날 피곤해 나가떨어진다. 잠 없는 꿈이 아닌, 꿈 없는 잠을 자게 됨은 일상적이다. 내가 나이가 좀 드니까, 이제는 잠 없는 꿈과 꿈 없는 잠의 시기가 지났다는 생각을 하게 된다. 기분이 좋은 꿈을 꾸면, 내 심신도 기분이 좋을 텐데, 요즈음은 꿈자리가 늘 뒤숭숭하다. 악몽이나 흉몽이랄 것까진 없지만, 어젯밤에 꾸었던 꿈의 포스트이미지, 즉 잔상도 별로 개운치가 않았다. 꿈은 무의식의 심연이요, 마음속의 빅 데이터라고들 하는데, 간밤의 꿈은 꿈을 꾼 나 자신도 뭐가 뭔지 모르겠다. 신기가 있는 무녀도 아닌 내가 어떻게 해몽을 잘 하겠나, 싶다.

꿈의 잔상을 애써 기억해본다.

내가 서쪽으로 해가 조금 기울어져가는 광장을 가로질러 골목 안으로 들어서려고 할 때다. 골목에서 대여섯 명의 멋쟁이 청년들이 걸어 나오고 있었다. 양복을 쫙 빼 입었고, 각각 다채로운 색깔의 넥타이를 매었다. 마치 무슨 소년단 같은 젊은이들이었다. 나는 한참 골목 안으로 들어갔다. 골목은 그늘진 곳이었다. 골목길 가운데 교복을 입은 한 소녀가 주저앉아 울고 있었다. 길바닥에, 책가방은 뒤집어져 있었고, 몇 권의 책과 노트가 널브러져 있었다. 내가 가까이 가서 왜 우느냐고 물었더니, 소녀는 먼 청년들의 모습을 가리키면서, 겨우 입을 열었다.

"저 사람들이 지갑 속의 돈과 교통카드는 말할 것도 없고, 휴대폰과 가방 속의 물건들을 빼앗아갔어요."

청년들은 광장을 가로지르며 멀리 가고 있었다. 이들은 등에 강한 햇살을 받으면서 동쪽으로 걸어가고 있었다. 반면에 소녀는 안쓰럽게도 그늘의 늪에서 허우적거리면서 도저히 헤어나지 못하고 있었다. 저 멋쟁이 청년들이 소녀가 가진 것을 빼앗은 약탈자라니? 양복을 입고 넥타이를 맨 그악한 약탈자. 이미지는 비슷하다고 해도, 그들은 사회의 선한 영향력을 끼치고 있는 무슨 소년단은 아무래도 아닌 것 같다. 도대체 저 청년들의 정체는 무엇일까?

꿈을 꾸고 나면 현실로 돌아가게 마련이다.

어려움이 극복되면 끝내 한줄기 빛이 보이고, 또한 감당할 수 없는 어려움이 극복되면 태양과 마주할 수 있다고들 하는데, 내가 지금 처해 있는 어려움을 극복할 수 있을지가, 더욱이 감당하기 힘든 어려움을 극복할 수 있을지가 내게는 늘 걱정거리였다. 아무리 생각해도, 지금 내가 처한 어려운 문제는 앞으로도 힘에 부칠 것만 같다. 내가 지금의 상황 속에서 이 문제를 대신할 수 있는 것은, 오로지 자기고백적인 성격의 글쓰기뿐이라고 생각된다. 글쓰기만이 나를 성찰하게 하고, 또 내 마음속의 긴장을 완화시켜 준다. 그래서 남들이 잠자리에 들 늦은 시간에, 아니면 남들이 잠에서 깨어나지 않은 이른 시간에, 나는 자판을 두드리곤 한다. 자판을 두드리는 소리야말로 내 안의 자아와 소통하고 공감하는 시간임을 확인시켜준다.

내가 대학교의 여교수로 살아가고 있어도 양성평등이니 페미니즘이니 하는 옷감으로 된 말들이 아무리 만듦새 있게 짓거나 치장을 해도 내게는 애최, 혹은 당최 어울리지 않는 거추장스러운 드레스일 뿐이다. 나 말고도 적잖은, 똑똑한, 젊은 여성들이 이 문제에 관한 한 깊이 성찰하는 바가 없지 않을 것이다. 이 대목에서 내가 간과할 수 없는 사실은, 두말할 나위도 없이, 여교수가 한때 상아탑이라고 비유되던 대학교에서 학생들 앞에서, 특히 여학생들 앞에서 양성평등이나 페미니즘을 떠든다고 해서, 나에 의해 사회적인 문제의 해결이 쉽사리 실현되는 것이 결코 아니라는 엄연한 사실이다.

하지만 세상이 남자의 편이라는 이상하고도 암묵적인 고정관념만은, 세상이 남자의 편이 되어야 한다는, 왜곡되거나 조작된, 또 무비판적인 관행만은 철저히 검증되어야 한다고, 나는 본다. 내가 생각하기로는 대학에서의 남자 교수들은 양성 문제에 관한 한 매우 보수적이다. 아니, 이중적이다. 그들은 적어도 젠더에 관해 '따로'의 경계선을 긋고, 또 자기네 '끼리'의 울타리를 은근히 치면서도, 교원을 양성하는, 내가 재직하고 있는 학교에서, 여학생들 앞에선 우리나라 교육의 장밋빛 미래야말로 앞으로 여교사들에게 달려 있다고 희망차게 말하고는 한다. 내가 이런 유의 일들을 그 동안 한두 번 경험한 것이 아니다.

진부한 얘깃거리에 지나지 않겠지만, 이 나라의 남성들은 학교뿐만 아니라 사람이 모여서 사는 곳곳마다 여자들을 배제하려는 문화에 쉽게 길들어져 있다. 근데 이 문화가 지하에 매설되었기 때문에, 남자든 여자든 할 것 없이 다들, 잘 의식하지 않고, 잘 살아가고 있다. 지금부터 내가 하려는 이야기는 이 길들어짐의 문화에 대해 뺀 것도 더한 것도 없는, 또한 내가 경험한 그대로의 이야기다. 내 이야기가 양성평등이니 페미니즘이니 하는 관점에서 쓰였다고, 독자들이 생각을 한다면, 이는 명백한 오해다. 지금부터 시작되는 내 이야기는 특히 오늘날 이전의 여성이라면, 누구나 경험할 수 있던, 그랬었지 하는 범속한 이야기일 뿐이다.

내가 자판을 두드릴 때, 오밤중의 고요함을 깨뜨리거나 꼭두새벽의 가라앉음을 일깨우는 리듬감이 내 축 늘어진 청감을 자극한다. 또 이것이 거실의 공간 위쪽을 떠돌아다니고 있는 것처럼 예사롭지 않게 느껴지기도 한다. 나는 이 리듬감과, 이 부유감이 그냥 좋다. 이유가 없다. 이 좋음을 두고, 더없이 좋다고 해야 하나? 아니면, 한없이 좋다고 해야 하나?

다만, 내가 여기에서 의미를 굳이 덧붙이자면, 사람들이 모여서 사는 데라면 비인간적인 가학의 본성이 있게 마련일 터이지만, 삶터의 곳곳마다 구석구석에 숨어있는 성차별적인 역할 모델이랄까, 상징의 폭력성이 개입된, 저 밑도 끝도 없이 음습한 마성의 이른바 '왕따' 현상에 대해, 그것도 젠더적인 감수성에서 한참 멀어진 한계적인 상황 속에서, 이 이야기는 인간됨으로 향해 가까운 길을 찾아가려는 종류의, 혹은 성격의 것이기도 하다는 사실이다.

2. 김 강사에 대하여

내가 재직하고 있는 학교에서 오랫동안 문학을 가르쳐온 정이박 교수가 정년퇴임을 한 이후에 '문학의 이해' 과목은 강사 한 사람에 의해 그런 대로 명맥을 유지해오고 있었다. 그 강사는 여성인 김 아무개였다. 그녀는 자신의 이름이 드러나는 것을 그다지 좋아하지 않았다. 학생들에게조차 자신을 가리켜 김 아무개 선생님이라고 하지 말고 그저 김 강사(님)라고 지칭해 달라고 할 정도였다.

김 강사는 나보다도 나이가 서너 살 위다. 그녀는 내가 재직하는 학교의 동문이기도 하다. 이 학교의 대학원 석사과정까지 마쳤다. 학부를 졸업한 이후로부터는 한 10년간에 걸쳐 충북 지역에서 국어교사로 일을 했다. 처음부터 독신으로 살아오고 있다는 얘기도 있고, 젊었을 때 일찍 이혼했다는 얘기도 있다. 50대 초중반의 나이지만, 아직까지 여성으로서 젊었을 때의 미모의 흔적이 남아있었다. 김 강사는 학생들에게 문학을 치밀하고도 자애롭게 가르치기 때문에, 강사로서 인기가 썩 좋았고, 강의 평점도 매우 높았다. 시간강사에게 주어지는 혜택을 여러 가지 받았다. 그녀는 30대 중반부터 40대 초반에 이르기까지 영국에 유학하여 한영(韓英) 비교문학 분야에 박사학위를 받기도 했다. 비교문학 연구 분야에 학문적으로 출중한 것으로 평판이 나 있다.

나는 그런 그녀를 두고 늘 생각한다. 왜 김 강사와 같은 이런 인재들이 교수가 되지 못하냐고, 말이다. 지금 21세기에 이르러, 인맥으로 교수가 되는 시대는 이미 지났을 텐데. 대학 사회의 시스템에 무슨 문제가 있으면, 개선해야 할 것이지만, 기득권을 굳게 지키려는 교수들이 있는 한, 그녀와 같은 사람이 혼자의 힘으로 교수가 되는 것은 요원한 문제라고, 나는 생각한다. 특히 여성의 경우라면 더 그럴 수밖에 없다.

문학은 내 전공이 아니다. 나는 '중등학교 국어과 교육과정'에 관해서 이미 오래 전에 박사학위를 받았었다. 이를테면 국어교육이 내 전공이다. 나는 울산의 한 대학에서 10년 간 재직했다. 몇 년 전에 충북 지역에 소재한 국립통합사범대학교 교수로 자리를 옮겼다. 남편도 서울에서 회사원으로 근무하고 있고, 애들도 울산으로 내려오기를 원하지 않았다. 친정과 시댁도 서울에 있다. 서울에서 가까운 충북으로 자리를 옮긴 거야말로 내게는 하늘이 내려준 기회나 다름없었다.

나는 얼마 전에 학회지 『비교문학 연구』에 발표된 김 강사의 논문을 흥미롭게 읽었다. 논문 제목이 우선 에세이나 소설과 같았다. 국어교육

학계에서는 도저히 용납이 되지 아니하는 제목이었다. 비교문학을 연구하는 분들이 일쑤 국제적인 감각을 갖추고 있기에, 이와 같이 에세이나 소설 같은 논문쓰기가 가능한 일인지도 모른다. 그 제목은 '과자 상자와, 스카치위스키'였다. 제목의 아랫부분에 딸린 부제는 '시간강사를 소재로 한 소설의 캐릭터 비교연구'였다.

이 논문은 내게 마치 에세이나 소설처럼 쉽고 흥미롭게 읽혔다. 논문이 쉽게 읽히거나 흥미롭게 읽히는 것이 논문 수준의 낮음을 방증하는 것이라고 주장하는 사람일수록 대학사회나 학계에서 울타리치기를 좋아하는 기득권자들이라고, 나는 생각한다. 클래식 음악이 오페라하우스에서 향유되는 음악이고, 트로트 가요는 재래식 시장의 길거리에서나 틀어대는 음악이라고 자신 있게 말하는 사람들과 같다. 내 젊었을 때다. 외국에서 서양음악을 전공하고 귀국한 말쑥한 청년을 맞선의 상대로 만난 적이 있었는데, 국악을 가리켜 아프리카 토인들도 제 나라 음악을 좋아한다는 말을 듣고는, 그 편견이 찜찜해 두 번째 만남의 요청을 정중히 거절했다. 김 강사의 그 논문은, 누구에게나 고등학생 시절부터 독특한 소설 제목으로 잘 알려져 온 유진오의 「김 강사와 T교수」를 연구 대상으로 삼고 있고, 이것을 영국의 소설가 킹슬리 에이미스가 지은 「럭키 짐(Lucky Jim)」과 비교, 연구한 것이다. 이 논문의 앞부분부터 나에게는 매력적으로 다가왔다.

유진오의 「김 강사와 T교수」(1935), 그리고 킹슬리 에이미스의 「럭키 짐」(1953)은 대학의 시간강사를 소재로 한 소설의 캐릭터라는 점에서, 충분히 비교 연구의 대상이 될 수 있다. 이 두 편의 작품에는 18년이라는 시대적인 격차가 놓여 있다. 이를테면 격세지감이 없는 것은 아니지만, 전자가 일제강점기의 식민지 조선의 현실을 다룬 것이라면, 후자는 전후(前後) 영국 사회의 현실을 다루었다. 이런 점에서, 두 작가는 자신의 소설을 통해 작가가 살던 시대상황과 사회현실을 각각 분석한 것으로 보인다. 우선 소설에서는 주인공들의 외양을 묘사하고 있다. 김 강사인 만필 씨는 구입한 후 처음으로 입은 정장 상의의 차림으로 출근했다. 향후 뒤통수를 칠, 하지만 면전에서는 친절하게 맞이하는 뚱뚱하고도 능글맞은 일본인 교수의 안내를 받는다. 또한 김 강사에 해당하는 짐 딕슨이 키가 작아도 어깨가 범상치 않게 넓은 반면에, T교수에 해당하는 웰치 교수는 머리카락이 허옇게 세어가는 호리호리한 꺽다리로 묘사된다. 소설 속의 김 강사와 짐 딕슨의 공통점은 둘 다 얼굴이 희다는 점이다. 김 강사가 창백한 얼굴을 하고 있다면, 짐 딕슨은 동글동글한 하얀 얼굴을 하고 있다. 두 사람의 안색이 이처럼 같다는 것은 시간강사의 지위에서 오는 불안감, 지식인의 일상적인 고뇌를 암시하는 것이기도 하다. 시간강사가 임기를 보장받지 못하는 불안한 자리이기는 하지만, 김 강사가 신임 교원 취임식이 열리는 강당에서 학생들과 상견례를 한다든가, 짐 딕슨이 학생들과 교직원과 지역 주민들을 발코니 좌석까지 채운 상태에서 대중 특강을 한 것을 보면, 두 소설 속에 나타난 시간강사의 사회경제적인 지위는 지금 우리나라의 소위 강사법 강사보다 훨씬 높다는 것을 알 수 있다.

우리 학교에서 강의를 하고 있는 김 강사의 논문은, 여기에서 보는 바와 같이 평이하고 간명하다. 인용문을 보다시피, 에세이를 읽거나 소설을 읽거나 하는 느낌이 분명하다. 이 각별한 느낌을 못 견뎌하는 연구자들이나 교수들이 대부분인 게 저간의 사정이다. 나는 논문이 에세이나 소설처럼 읽히는 것도 하나의 미덕이요, 장처라고 본다. 괜히 어렵게 쓴다고 좋은 논문이 되는 건 아니다. 그녀의 논문적인 글쓰기는 한마디로 말해 독자를 유인하는 무언가의 힘을 지니고 있었다.

마준석 교수는 학과회의에서 '문학의 이해'를 폐강할 것을 긴급히 제안했다. 어떻게 구워삶았는지 이미 본부 측과도 교감이 있었다. 젊은 A,

B교수는 이에 적극적으로 동의를 했고, 나머지 두 교수도 침묵한 채 고개만 주억거리고 있었다. 억지가 좀 통한다면, 학과의 모든 일들은 다수결로 밀어붙일 수가 있다. 한 과목을 폐강하고 한 과목을 설강하는 이 자잘한 문제는 마준석 교수의 촉수나 그물망으로 충분히 가능할 수가 있다. 이럴 때, 또 내가 여기에서 배제돼야 하나? 내가 학과 구성원으로서 소외감을 버티고 살아갈 수 있지만, 앞으로 매사에 소외된 존재라는 낙인이 찍혀야 하느냐? 이에 대해선 마음이 썩 편치가 않았다. 암담했다. 아니, 참담하기까지 했다. 밀려오는 무력감에 몸과 마음을 가누지 못할 것 같았다.

내가 무겁게 입을 열었다.

"우리 학과도 이제 죽은 시인의 사회가 되는군요."

"죽은 시인이라뇨?"

누가 신음처럼 한마디를 내뱉자, 모두 어이가 없다는 표정을 짓는다. 내 말이 정말로 어이가 없는 걸까? 자신의 기준이나 이해에 맞지 않으면, 모든 게 어이가 없을 테니까, 말이다. 이런 어이가 있고 없음에 관해서는 무척 익숙해하고 선택적으로 여겨온 사람들이다.

"기왕 일이 이렇게 되었으니, 그렇다고 칩시다. 김 강사의 마지막 학기인 다음 학기는 종래처럼 주간 시수 여섯 시간은 그대로 유효한 것이겠지요?"

"아뇨."

"왜죠?"

나의 간결한 물음에, 대답은 B교수의 강한 어세로 돌아왔다.

"김 강사의 주간 시수는 두 시간입니다."

"누가 정한 두 시간이지요?"

그들은 마지막 강의인 '문학의 이해'의 강의자까지 나 몰래 배정해놓고 시치미를 떼고 있는 것이다.

"나머지 네 시간은 그럼 누가 맡아요?"

이 물음에는 A교수가 대답한다.

"C대학교의 남혜정 교수에게 네 시간을 맡기는 게 어떨까요?"

"강사 대신에 유능한 교수를 초빙한다는 거예요?"

"네. 그렇습니다."

"이것 보세요. A교수님. 누구를 위한 강사법이에요?"

"강사의 마지막 학기는 시간 수에 따라 퇴직금이 결정돼요. 아무리 우리 대학사회가 속화되었다고 해도, 인간적인 정상(情狀)을 참작해야 되는 거 아니에요? 부려먹을 때는 언제고."

"부려먹다니요? 다들 득을 보면서 살았잖아요?"

마준석 교수는 목소리를 갑작스레 벌컥 높인다. 그의 목소리는 자신을 동시에 바라보는 뭇 시선을 건너뛰면서 계속 이어진다.

"아니, 우리가 언제부터 강사의 퇴직금을 걱정하면서 살았어요!"

일이 이 지경에 이르게 되면, 더 이상 대화조차 나누는 것도 힘들어진다. 무력감과 우울감이 동시에 밀려오는 것 같다. 나는 서류를 챙기고 그냥 회의실에서 빠져나와 버렸다. 연구실을 향해 걸어가는 동안에, 내 입 속에는 이 몹쓸 인간들……하는 삐(B)급 언어만이 감돌고 있었다.

C대학교의 여교수인 남혜정 교수는 누군가? 지역의 대학사회에서 꽤 유명한 인물이다. C대학교는 이 지역의 거점 국립대학이다. 그녀는 학문이 출중해서 유명한 것이 아니며, 인품에 대한 평판이 좋아서 유명한 것도 아니었다. 그녀는 짙은 화장의 얼굴에다 마스카라를 칠한 속눈썹으로 강의실을 드나드는 데 있어서 아무런 거리낌이 없는 사람이었다. 간밤에 붉은 꽃무늬의 이브닝드레스를 입고 모임에 참석한 그녀가 강의가 없는 다음날에 자신의 외제 차에서 레깅스를 입고 내린다고 하는 얘기도 떠돌고 있다. 40대 중반의 유부녀임에도 불구하고, 이 지역의,

잘 생기고, 돈깨나 있고, 테니스나 골프를 즐기고 있는 젊은 남성들과 스스럼없이 잘 지내고 있다고 한다.

그녀가 테니스에 탁월한 기량을 발휘하는 것도 유명하다. 아마추어로선 정상급의 실력을 보유하고 있다. 이 지역의 국립대학교는 일 년에 세 차례 장소를 바꾸어가면서 교직원 테니스 대회를 열고 있다. 이럴 때면 남혜정 교수는 단연 화제의 중심인물이 된다. 한번은 본격적인 경기에 앞서 열 살 연하의 잘 생긴 교수와 연습 게임을 했다. 서로 끄응 끙, 끄응 끙 하면서 공을 주고받는 품새를 두고, 이를 지켜본 각 학교의 교직원들 사이에 요망스럽다느니, 사특하다느니 하는 반응이 지배적이었다. 지역의 원로 여교수 두 사람이 테니스장에서 그녀를 두고 자유부인이니 자유연애니 하는 표현을 써 가면서 수군거리고 있었다. 물론 여학생 중에는 그런 남 교수를 가리켜 소위 '워너비(wannabe : 닮고 싶은 사람)'로 생각하는 여학생도 없지 않다고 한다.

이런저런 화제의 중심인물을 하필이면 우리 학과에 초빙해 강의를 맡겨도 되나, 하는 생각을, 난 떨칠 수가 없었다. 이 여교수를 중심으로 해 우리 학교나 우리 학과의 교수들과 모종의 인간관계의 그물망을 형성하고 있다는 의구심을 결코 지울 수 없었다. 이럴 때면 하다못해 연구원이나 조교의 인사 문제와도 묘하게 얽히고는 하기 때문이다.

이에 비하면, 김 강사는 본래부터 자분자분한 성정의 소유자인 것으로 보였다. 조용한 성질에, 태도는 늘 부드러웠다. 비록 신분이 불안한 강사라지만, 학생들도 이런저런 면에서 미더워했다. 그녀는 여기저기에 눈길조차 주지 아니하고 한 길을 곧바로 걸어가는 유형의 인간상이었다. 곧은 사람됨이랄까? 그런 그녀의 논문에, 내 눈길이 가지 않을 수 없었다.

작가 유진오의 자전적 소설인가 하는 의견에는 다소 논란의 여지가 있겠지만, 그의 유명한 소설 「김 강사와 T교수」는 작가 자신의 전기적인 사실이 얼마간 반영된 소설이다. 그는 경성제국대학 본과를 졸업한 후에 같은 학교 예과의 독일어 시간강사로 부임한 바 있었다. 이 학교의 예과는 영어를 제1외국어로 삼는 반과 독일어를 제1외국어로 삼는 반으로 분리되어 있었다. 물론 소설 속의 그는 김 강사다. 그는 실제로 학생 시절의 좌파 활동 경력이 문제가 되어 해임되기도 했다. 그를 뒷조사한 일본인 교수가 바로 소설 속의 T교수이다. 처음에는 T교수가 그를 찻집으로, 술집으로 데리고 다니면서 호의를 베푼다. 찻집 여자나 술집 여자는 T교수 일행을 보고 반갑게 맞이한다. 인사말도 똑 같다. "아라, 센세(이). 이랏샤이마세. 스이붕 오히사시부리네." 우리말로는 이렇다. "어머, 선생님. 어서 오세요. 꽤 오랜만이네요." 김 강사는 찻집 여자가 '센세'라고, 술집 여자가 '센세이'라고 발음했다고 한다.

일본어 '센세'와 '센세이'의 발음은 어떻게 다른가? 나는 일본어를 그리 잘 하지 못하기 때문에, 말맛(뉘앙스)의 차이를 잘 감지하지 못한다. 다만 짐작이 되는 바가 있다면, 찻집 여자의 '센세'가 도쿄 중심의 표준어가 지닌 교양 있는 어투라면, 술집 여자의 '센세이'는 특정할 수 없는 지역 방언으로서의 요염한 말투인 것 같다. 작가 자신도 이 술집 여자를 퇴물 게이샤라고 했거니와, 이와 관련해 굳이 우리말로 표현하자면 '선생니임' 정도가 아닐까, 한다.

나는 남혜정 교수가 '선생니임'이라고 발음할 수 있을 만큼 사교술에 매우 능한 사람이라면, 김 강사는 누군가에게 오로지 '선생님'이라고 발음할 수밖에 없는 곧은 유형의 인간상이 아닌가, 한다.

그렇다면, 유진오 소설 속의 김 강사도 곧은 사람인가? 자신의 사상적인 전력(前歷)을 감추려고 한 것으로 보아선 그리 정직한 사람으로 볼 수 없다고 하겠다. 소설 속의 김 강사 약점을 훤히 들여다보고 있는 T교수는 H과장에게 과자 상자라도 들고 가서 인사를 하라고 한다. 유진오가 창작한 소설 속의 김 강사는 이 말이 친절인지 조롱인지 가늠하지 못한다. 그는 과자 상자를 샀지만, 실행에 옮기지 못한다. 이 귀한 선물은 홀로 사는 친척 아주머니에게로 간다. 이 점에서 볼 때, 나는 그가 온전한 속물근성의 소유자가 아니라고 본다. 자신을 성찰할 가능성이 있는 인물이다. 그런데 우리 측의 김 강사의 논문에는 짐 딕슨이 시골 대학에서 쫓겨나는 과정도 잘 그려내고 있다.

옥스퍼드 대학을 졸업한 소설가 킹슬리 에이미스는 1949년에서부터 1961년에 이르기까지 12년 동안에 걸쳐 영문학을 가르치는 강사 노릇을 해 왔다. 그가 빚어낸 시간강사 캐릭터인 짐 딕슨 역시 유진오의 경우처럼 작가의 분신이라고 할 수 있다. 짐 딕슨은 2년 계약직 강사로 한 시골 대학에 부임했다. 그가 가르치는 과목은 자신의 전공인 역사학. 짐 딕슨은 웰치 교수에게 자신이 설마 1년 만에 해고되지는 않겠지요, 하고 묻는다. 그럼, 그럴 걸세. 웰치 교수의 쌀쌀맞은 말투가 되돌아온다. 이때 그는 참되고 압도적이고 걷잡을 수 없는 권태와, 진정한 증오를 동시에 느낀다. 그는 강당에서 대중 강연을 하기로 되어 있었다. 교직원들과 지역 주민들이 발코니 석까지 채울 만큼 빼곡히 참여할 예정이다. 그의 무대 공포증은 호흡조차 가다듬기 어렵다. 누가 건네준 스카치위스키를 마시고 연단에 올랐다. 이번에는 술에 취해 대중 강연을 망쳤다. 그는 이로 인해 해고를 당한다. 하지만 반전이 일어났다. 그는 이 와중에서 사사건건 불편했던 화가 버트런드(웰치의 아들)의 약혼녀와 눈이 맞았다. 시골 대학의 강사직보다 런던의 더 좋은 직장도 얻는다. 뭐랄까. 님도 보고 뽕도 따고. 그래서 그는 해피엔딩의 '럭키(행운아) 짐'이 되었던 거다.

나는 그녀의 논문을 읽으면서 시간강사의 고용 안정과 처우 개선에 대한 입법 취지를 충분히 이해할 수 있었다. 강사법의 공식 명칭은 고등교육법 개정안이다. 이것의 핵심은 강사에게 대학 교원의 지위를 부여하는 데 있다. 하지만 실제로는 말뿐인 지위 부여다. 강사료가 조금 인상되었고, 한 학기의 개념을 15주간에서 17주간으로 늘여준 것은 일단 강사에게 유리하게 작용되었다. 두 주간을 늘인 것은 중간고사와 기말고사를 평가하는 데 대한 보상이었다. 하지만 강사의 고용 안정이 실제로는 종전보다 못하다는 얘기도 나온다. 일각에서 흘러나온 말, 즉 '말짱 도루묵 강사법'이란 말이 실상인지 모르겠다.

결국 이번의 일은 교수 세 명이 강사 한 명을 몰아내는 데 온갖 잔꾀와 재주를 부린 꼴이 되고 말았다. 내가 보기에는 이번 김 강사의 축출 작전이야말로 불순한 삼각 연대의 올가미를 만들어놓은 어릿광대들이 저질러놓은 비극에 다름없었다. 진짜 비극은 자신들이 어릿광대에 불과하다는 사실을 인식하지 못하다는 데 있었다. 그들은 자신들의 뜻을 성취하려는 생의 정열을 갖추었기는 하지만, 모든 게 자기모순으로 비추어졌다. 원칙이나 정도는 애최 그들에게 없었다. 오로지 그들의 눈앞에는 현실적인 셈법이 있었을 뿐이다. 자신에게 유리한 논리를 분식하면 분식할수록, 그들은 논리의 미궁에 빠져들었다.

김 강사의 마지막 학기는 주당 2시간이 배정되는 것으로 결론이 났다. 퇴직 수당을 염두에 두면, 차라리 다섯 학기 만에 그만 두는 게 더 유리했다. 하지만 3년 동안 보장된 재임용 절차를 마쳐야 퇴직 수당을 받을 수 있다. 울며 겨자 먹기라고 하는 속언이 이 경우에 해당된다고 하겠다. 몇 년 전부터 시행된 강사법은 강사에게 이래저래 불리한 구조라고 하겠다.

내 입 속에서는 나도 모르게 이런 말이 흘러나왔다. 그냥 코미디가 아니야. 블랙 코미디야, 블랙 코미디…….

김 강사가 더 이상 재임용되지 않고, 또 마지막 학기에 두 시간밖에 배정을 받지 못한 데는, 신규 교수 채용 문제를 놓고 학과 구성원 간의 이해관계가 얽혀 있던 6개월 전의 일에까지 거슬러 올라간다.

인간에게 있어서 문학과 예술과 철학은 늘 압도적인 것으로 다가서고 있다. 특히 문학은 고전 그리스 시대의 호메로스로부터 시작해 저 셰익스피어를 거쳐 오늘날까지에 이른바 인간의 문제에 '아랑곳한' 버릇의 도도한 흐름이었다. 인간은 수천 년의 인류 역사 가운데서 단 한 차례도 문학과 동떨어진 삶을 영위하지 않았다. 나는 문학이 무엇인지 정확히 알지 못해도, 비록 문학의 존재감이 지금 사라지고 있다고 하더라도, 지금과 같이 인간성이 저물어가는 위기의 시대에, 글로벌한 복합 위기 속에, 오로지 아랑곳한 빛이 되어주고 있는 게 문학이 아닐까, 한다. 이 교수, 저 교수가 '트렌드! 트렌드!' 하면서 이 아랑곳한 버릇을 아랑곳하지 않는 것으로 보는 데 문제가 있다면 보통 문제가 아니다.

세상의 '트렌드'가 아무리 어쩌고저쩌고해도 문학의 본류는 새로운 흐름에 따라 지류나 세류로 빠질 수 없는 인류의 보편적인 가치가 아닌가, 한다. 이때 말하는 트렌드란, 다름 아니라 '이해관계'의 동의어가 될 수밖에 없다. 두루 알다시피, 아랑곳한 버릇의 한자 표현은 '관용(慣用)'이다. 문학은 인간의 삶에 늘 관여를 하거나 참견을 해 왔다. 삶의 빛 앞에서는 문학이 인간에게 그렇게 살아라, 라고 가리켜 왔고, 삶의 그늘에서는 문학이 여기에 가려진 진실을 파헤치기를 주저하지 않았다. 법과 윤리와 정치와 사상과 종교가 인간을 역사적으로 무수히 단죄해 왔어도, 문학이 인간의 옳고 그름과 잘잘못을 품는다는 점에서, 한편으로는 '관용(寬容)'이기도 했다. 어쨌거나, 문학과 인간은 동반자처럼, 거대한 관례처럼 수천 년을 함께 해오지 않았나?

학과 교수들은 얼마 전에 퇴임한 정이박 교수의 빈자리를 채우기 위해, 맞춤법이나 매체교육을 전공한 교수를 뽑으려고 난리를 쳤다. 이럴 경우에, 전국적으로 전공자가 아무도 없을 가능성도 있다. 그도 그럴 것이, 이 후미진 세류를 본류로 갖다 붙일 용기 있는 연구자가 없는 건 명약관화한 일이기 때문. 교수 채용의 과정에서 왜 간혹 이런 수법이 이용되고 있는가? 교수직을 갈망하는 지원자들은 구직의 목마름 때문에 큰 틀의 전공이면, 세부 전공과 관계없이, 내남없이 지원들을 하고는 한다. 딱 들어맞는 전공자가 없을 지경에 이르면, 교수들은 어쩔 수 없다는 논리를 내세우면서 구렁이 담 넘어가듯이, 이를테면 화법이나 쓰기교육 등을 뽑으려 들 것이다.

내가 지금 돌아가는 분위기를 지켜볼 때, 학과 구성원들은 뭔가에 사로잡혀 있거나, 뭔가를 두려워하고 있거나, 하는 듯이 보인다. 이들에게 있어선 날고 기는 문학교수만 피하면, 누가 오더라도, 무엇을 전공하든 간에 만사 오케이다. 나는 문학 전공자가 아니지만, 왜 다들 문학을 두려워하는지를 잘 모르겠다. 문학에는 무슨 힘이나 어떤 아름다움이라도 있다는 말인가? 만약 그렇다면 문학은 무엇보다 사회적인 영향력이 있고, 또 이 영향력은 교육 부문에도 영향을 끼치지 않을 수 없다는 걸까?

이제까지 성실하게 일을 해온 김 강사의 역할은 이제 끝을 내는가 보다. 그녀는 그 동안 학생들을 위해 수고가 참으로 많았었다. 다들 자신들과의 이해관계 속에서 문학을 폐기하려는 마당에, 그녀의 존재감은 시들어가거나 사라져가고 있다.

3. 명예교수에 대하여

나는 교수 채용이 가장 중요한 의제가 된 이번 학과회의에서 반드시 교양교육을 맡을 문학 전공자를 뽑아야 한다고 주장하는 바람에 학과 교수들과 크게 부딪치고 말았다. 내 의견과 가장 마찰을 일으킨 교수들은 여섯 명의 학과 교수 중에서 문학교육을 담당하고 있는 마준석 교수와, 국어학을 전공하고 있는 젊은 교수 A와 B였다. 그 나머지 두 사람은 입을 굳게 다문 채 눈치를 슬슬 보고 있었다. 마 교수와 A와 B, 이 세 사람의 논리는 사범대학교의 특성에 맞는 맞춤형 인사가 되어야 한다는 거다. 딴 게 아니라, 교과교육의 과목을 전공한 교수를 한 명이라도 더 확보해야 한다는 거다. 사실은 그들에겐 문학을 폐기하는 대신에, 자신의 과목을 문어발식으로 확장하려는 저의가 있었다. 바보가 아닌 다음에야 누구나 다 알고 있는 일이었다.

학과회의에서, 교수들은 문학이 아니면, 어떤 분야의 교수를 뽑아도 괜찮다는 데 의견을 모으고 있었다. 문학을 채워야 할 빈 자리에 문학을 논외로 하고 논의하자는 얘기들에, 내 정신 상태는 미치고 팔짝 뛸 정도로 '업'되고 말았다. 그들은 서로 이미 입을 맞춘 거나 다름없었다. 속칭 짜고 치는 고스톱을 하는 셈이었다. 늘 그랬다. 짜고 치는 고스톱은 그들의 상용 수법이었다. 침묵하는 두 교수도 말없이 고개를 주억거리고 있었으니, 모두가 한통속임에 다름이 없었다.

"아니, 퇴임한 교수님이 문학을 맡았으면, 문학의 빈자리를 채우는 게 순리가 아니에요? 후임은 당연히 문학교수를 초빙해야 하는 게 아니에요? 다들 왜 이리 상식이 없는지 모르겠어요?"

나의 문제제기에도 다들 능글맞았다. 다음 학기에 퇴임할 원로 마준석 교수가 점잖은 어투로 입을 열었다.

"후임은 퇴임한 전임(前任) 교수에게 맞추어져 있는 게 아니라, 남아있는 우리들이 선택할 몫입니다."

"그럼, 우리도 기득권자인가요?"

"기득권자라뇨?"

"전 이렇게 생각해요."

"어떻게요?"

"인사를 진행해야 할 우리에게는 우리 입맛대로 해야 할 아무런 권리가 없고, 오로지 공정하게 진행해야 할 의무만이 있다고 생각해요. 그러니까 문학교수를 채용하지 말아야 할 특별한 이유가 없는 한, 저는 문학교양교육을 맡을 교수를 뽑아야 한다는 거예요. 특별한 이유가 있으면, 말해 보세요."

평소에 조교나 학생들에게도 버럭 소리를 지르는 등 다혈질로 유명한 마준석 교수는 벌써 얼굴이 상기되어 있었다. 표정으로 보아선 씨익, 씩하는 품새다. 그가 한 박자 쉬고 있는 겨를에, 젊은 A 교수가 끼어들었다. 마준석 교수와 달리, 그는 평소에도 어투가 공손했고, 태도는 예발랐다. 물론 사람을 대하는 이 사람만의 전략이었다.

"손명희 교수님. 문학도 이제 새로운 트렌드의 관점에서 봐야 합니다."

"그래요. 전 문학 전공자가 아니에요. 문학을 어떤 트렌드의 관점에서 봐야 하나요?"

"지금은 매우 심각한 저출산의 시대가 아닙니까? 초등교육은 이미 무너져가고 있습니다. 우리 중등교육도 이제 강 건너편의 불구경을 할 때가 아니라고 봐요."

"그래서 교과교육을 강화하잔 얘긴가요?"

"네 그렇습니다."

올해 쉰 나이가 된 내가 울산에서 재직하다가 이 학교에 부임했으므로, 젊은 교수인 A와 B는 나보다 선임자였다. 40대 초중반인 이들은 이 학교에 초임으로 발령을 받았다. 나이는 나보다 어리지만 선임자라는 이유로 인해, 선배 교수인 양 은근히 행세해오기도 했다. 뭔가 모르게 가르쳐 들려고 하는 이들의 말투는, 평상시에도 나로 하여금 기분이 좋지 않게 했다. 이들의 말투가 어떤 때는 반말투로 해석되기도 했다.

"이것 보세요. A 교수님. 대학 교육은 전공과 교양으로 나누어지잖아요? 우리 학교의 경우는 교과과목과 교양과목이지요. 여러분의 말마따나 저출산 시대의 위기가 눈앞에 찾아왔다면, 학생들이 앞으로는 교사의 길만이 아닌 다양한 진로를 선택하게 해야 한다고 봐요. 그러긴 위해선 교양과목을 더 확산해야 한다고 봐요. 누구나 아는 얘기지만요, 문학이야말로 인간을 가장 인간답게 성장시키면서 또 인간으로 하여금 인간성을 실현하게 하는 이른바 코어 커리큘럼이 아닌가요? 저는 화법과 맞춤법과 실용적 글쓰기가 중요하지 않은 교양과목이라고 생각은 안 해요. 다만, 이런저런 면에서, 이런저런 과목들이 문학을 대체할 수 없다고 봐요."

내 말이 끝나자마자 마준석 교수가 얼른 다시 등장한다.

"손 교수. 맞춤법이 얼마나 중요한 과목인지 알아요?"

"교수님. 그것이 중요하지 않다고, 제가 말한 적이 없습니다."

"손 교수가 인공지능이니 메타버스니 하는 이 시대에, 굳이 고려 적의 고리짝 같은 문학에 대한 향수와 애착을 가지고 있는 저의를 이해를 할 수 없단 말이오. 더욱이 본인이 문학 전공자도 아니면서 말이오. 혹시 문학을 전공하는 대학 후배 중에서 마음속에 점이라도 찍어둔 사람이 있는지는 모르겠지만."

"그런 작당(作黨)은 누가 한다고 야단이에요?"

"그럼, 우리가 지금 그런 작당을 하고 있단 말이오?"

"그 질문은 제게 하지 마시고, 본인들 스스로에게 물어보세요. 저는 남의 마음속까지 들여다볼 수 없으니깐요."

"이번 인사는 손 교수 뜻대로는 잘 안 될 거요. 한 사람이라도 손 교수 의견에 동조하는 사람이 있어야지, 원."

"학과 합의를 도출하려면, 우선 소수 의견을 존중해야 합니다."

"트렌드를 따르시오. 더 이상 고집을 피우지 말고."

"트렌드는 무슨……."

잠자코 듣고 있던 젊은 B교수가 한마디 끼어든다.

"손 교수님. 원로교수님께 드리는 말씀이 좀 지나치지 않습니까?"

"아니, B 교수. 지금 무슨 말씀을 하시는 거예요? 트렌드라는 게, 딴 게 아니라, 세 분 교수님들이 이해관계가 맞아떨어진 트렌드가 아니에요?"

B 교수의 지원을 받은 마준석 교수는 더 큰 소리로 화를 낸다.

"말끝마다 토를 다니, 원."

"말끝마다 토를 달다니요? 저는 지금 공식적인 학과회의에 참가하고 있습니다. 저와 교수님이 사적인 언쟁을 벌이고 있다고 생각합니까?"

"없던 여교수를 뽑아놓고 보니, 도대체가 돼 먹지를 않아서……."

"아니, 뭐라고요?"

"……."

마준석 교수는 이번에는 확실하게 씨익, 씩, 하는 소리를 내고 있었다.

"교수님. 제게 갑질하는 겁니까?"

사태가 이 지경에까지 이르게 되니, 학과장인 젊은 A 교수는 가면 갈수록 격해지는 나와 마준석 교수의 발언을 황급히 가로막으면서 정회를 선언한다. 이 상황 속에서 회의를 계속 진행하면, 서로 간에 감정만 상할 게 뻔해서다.

"오늘 학과회의는 여기에서 마칩니다. 제가 따로 회의 일정을 마련해서 여러분께 전해드리도록 하겠습니다."

이 날의 학과회의는 엉망이 되고 말았다. 나는 나대로 기분이 망가질 대로 망가졌고, 마준석 교수도 분노를 삭이지 못한 채 자기 연구실로 확 돌아가고 말았다. 학과장인 젊은 A 교수는 중재안을 마련해 예제 전화를 했다. 하지만 의견은 좁혀지지 않았고, 나 역시 양보할 의향이 전혀 없었다. 결국 A 교수는 교무처의 인사담당자에게 이번 학기에 국어교육과 인사를 하지 않기로 결정했다고 통보하였다. 그는 국어교육과 교수들에게 과내의 인화를 해치면서까지 굳이 인사를 할 수 없는 고충을 전하면서, 다음 학기에는 한 걸음 더 나아간 좋은 의견을 제안해 구성원 모두가 대승적으로 수용해주기를 바란다고 덧붙였다.

교수들에겐, 말이야 늘 비단결 같다.

젊은 A 교수는 실타래처럼 엉킨 난제를 깔끔하게 정리하려고 무진 애를 썼다. 어투가 공손하고 태도가 예바른 그는 학생들에게도 반말을 전혀 쓰지 않는 등 늘 정중한 모습을 유지하려고 했다. 이런 매너가 몸에 배는 것이 결코 쉽지 않다는 것은 마준석 교수의 마초적인 사례를 통해서도 확인된다. 어쨌든 A 교수는 겉으로 보기에 말쑥한 모습에다 신사처럼 보였다.

하지만 속은 전혀 알 수 없는 사람이다. 따지고 보면 지금 일어나고 있는, 학과의 모든 분란은 그에게서 비롯되었다. 몇 년 전에 학과 교수 중에서, 성제룡 교수가 퇴임했다. 정년퇴임한 교수를 두고 할 얘기는 아니지만, 마준석 교수보다 더 심각한 문제적인 교수 상을, 그야말로 보여줄 대로 보여준 인물이었다. 성제룡이란 이름만 들어도 살갗에 거부 반응이 일어날 것만 같다.

성 교수는 총장을 지내는 등 이 학교에서 누릴 걸 다 누리고 퇴직했다. 보직도 대여섯 차례나 지냈다. 보직을 맡을 때마다 예산을 전용하였다. 일부의 학교 직원들과 대학원생들은 그를 두고 '카드깡의 달인' 이라고 했다. 그가 수업을 하는 중에 간헐적으로 성희롱적인 발언을 해댔는지는 잘 알 수가 없지만, 학부 여학생들 사이에 그는 성제룡 교수가 아닌 '성희롱 교수'로 통하기도 했다. 학생들에게 대한 갑질도 예사였다. 그가 번역한 서적이 자신의 저서로, 또 국내학술 논문을 국제학술 논문으로 둔갑시키는 것도, 남이 도저히 흉내를 낼 수 없는, 그만의 재주였다. 이렇게 함으로써 그의 성과연봉이 높아지고 교내의 연구 장려금도 이것저것 받아낼 수 있었던 것이다. 그런 성 교수는 감사와 징계의 덫을 능하게 비켜가더니 마침내 퇴임할 때는 정부로부터 휘황찬란한 국가 훈장을 수여받기도 했다.

그런 그가 마침내 욕심을 버리지 못했다. 퇴임 후에도 명예교수로서 일주일에 여섯 시간 수업을 하고 싶었다. A 교수가 임용되는 과정에서 아무런 도움을 주지 않고 도리어 등 뒤에서 방해를 일삼았던 그가, 어떻게 사탕발림의 교언(巧言)을 통해 구워삶았는지 A 교수의 과목 '중등 국어과 교육·2' 중에서 일주일에 여섯 시간을 받아냈다. 아닌 게 아니라, 교수들은 전공이 같으면, 함께 본능적인 울타리를 치곤 한다. A 교수는 열두 시간 중에서 절반이 날아가 버리자 교양과목의 영역에 손을 뻗치게 된 거다. 이때부터 우리 국어교육과의 관행적 시스템이 서서히 무너지게 된 것이다. 그때에도 나는 A 교수와 부딪친 적이 있었다.

"보세요. A 교수님. 대학 교육은 전공과 교양으로 나누어지잖아요? 교과과목을 맡아온 분이 자기 맘대로 교양과목을 맡겠다고 해도 되는 거예요?"

"전공과 교양을 맡는 분이 따로 정해져 있나요? 사정에 따라 일이 돌아가는 건 어쩔 수 없잖아요?"

"최근에 생긴 강사법은 도대체 누굴 위한 법이에요?"

"이 법의 취지에 관해선 저도 모르진 않습니다."

"소위 말해 강사법은 궁핍하기 이를 데 없는 강사를 위한 법이지, 강사의 사회경제적인 지위에서 볼 때 막대한 연금을 받는 명예교수를 위한 법도, 짭짤한 월급을 받는 교사들을 위한 법이 아니지 않아요?"

우리 학교는 교원 양성을 목적으로 하는 학교이기 때문에, 일반 종합대학교과 달리 강사 중에서 현직 교사들이 더러 있다. 이 대목에서 마준석 교수는 A 교수를 지원하고 응원하는 발언을 했다.

"교양과목은 아무나 할 수 있는 거요. 교과과목을 담당하는 교수가 교양과목을 맡지 말라는 법은 어디에 있어요? 강사법에 그런 금지조항이 있어요? 교양을 맡겠다고 나서는 전공 교수에게 오히려 고맙다고 해도 시원찮을 일, 아뇨? 공연히 시시비비를 가리는 일이 과연 옳은 게요?"

"아니, 뭐라고요?"

나는 속으로 말이 통하지 않는 인간들이라고 생각했다.

이때 마준석 교수는 퇴임한 문학교수의 퇴임을 기다리기도 했다는 듯이, 교과과목을 아무나 가르칠 순 없지만, 교양과목이라면 아무나 가르칠 수 있다는 해괴한 논리를 폈다. 마준석 교수는 교과과목이 충분히 확보되어 있던 젊은 A, B 두 교수에게 교양과목으로 향해 문어발식으로 뻗어갈 것을 종용하고, 독려했다. A교수, 교양과목 더 맡고 싶으면 더 맡아요, B 교수, 교양과목 더 맡고 싶으면 더 맡아요, 하면서 말이다. 공식적인 학과회의에서, 너도 더해라, 너도 더해라 하는 것은, 누가 보면 마치 자기가 선심을 쓰는 것처럼 보일 거다. 거, 참.

마준석 교수의 이런 태도는 전형적인 내로남불이거나, 지록위마다. 사회생활을 하다 보면, 사람을 휘어잡으려는 사람이 없지 않다. 리더십이 있는 사람은 다른 사람을 편하게 해주면서 휘어잡는다. 휘어잡는 기술이랄까? 그러나 마준석 교수와 같은 얼치기는, 사람을 불편하게 만들면서 휘어잡으려고 한다. 이런 유의 사람에게 자칫 잘못 걸리거나 말려들면, 곧잘 꼼짝없이 휘어 잡히게 마련이다. 내가 생각하기로는 마 교수가 젊은 교수들에게 잘 대해주고 있지만, 강의 한 시간 얻지 못한 채 마침내 헌신짝처럼 버려질 것이다. 그때야 그는 배신감에 몸서리칠 것이다. 물론 성 전 총장도 마찬가지일 것이다. 명예교수가 명예로워지려면 퇴임 후의, 강의에 대한 욕심을 버려야 한다고 본다. 정이박 교수처럼.

학과는 당분간 평화로운 보합세를 유지하고 있었다. 교수 채용에서 어느 분야의 교수를 채용할 것인지에 관해 지난번 학과회의에서 합의를 도출하지 못한 지 석 달이 지났다. 다시 무언가 꿈틀거리는 낌새가 느낌으로 전해져오고 있었다. 이해관계가 일치한 세 사람은, 강사에게 주어진 '문학의 이해'를 아예 없애려는 방안을 마련하고 있었다. 마준석 교수와 젊은 A와 B 두 교수는, 자신들 이해관계의 일치에 따라 문학교수도 더 이상 뽑으려고 하지 않고, 또한 문학 강좌도 아예 없애려고 하고 있었다. 이들만 마음이 맞으면, 문학을 폐강시키는 것은 어려운 일이 아니다. 다만, 내가 교내의 여론이나 감성에 호소하는 면을 보인다면, 그들에게는 여간 신경이 쓰일 일이 아니리라. 우리 학교에 수십 년 전부터 있어온 '문학의 이해'은 국어교육과 학생뿐만 아니라 전체 학생을 대상으로 하는 교양과목이다. 사실은 다른 과에서도 나 몰라라 할 수 없는 일이기도 하다.

나는 이 무렵에 국어교육과 학생들이 주로 사용하는 건물의 복도에서 김 강사와 우연히 만났다. 서로의 안부를 묻고는 내가 제안했다.

"선생님. 바로 아래층에 있는 제 연구실에서 차나 한 잔 드실까요? 드릴 말씀도 있고요."

나와 김 강사는 내 연구실에서 마주 앉았다. 내가 저간에 있었던 학과 사정을 설명하고, 분위기로는 곧 '문학의 이해'가 폐강될지 모른다고 얘기했다.

물론 본인도 강사 재임용이 어렵다는 것을 알고 있었다. 남의 딱한 사정을 말하기가 뭣해서 잠시 침묵을 지키고 있으니, 최근에 강사를 위해 논문 한 편당 천사백만 원을 지원하는 연구비 사업에 선정되었다고 했다. 나는 대단하시다, 하면서 맞장구를 쳤다. 차를 마신 그녀를 보내고 나니, 내 마음도 영 편치가 않았다.

또 석 달이 지났다.

6개월 전에 결론을 내지 못한 신임 교수 채용 분야에 대한 논의가 이루어질 전망이다. 그런데 이상스러울 만큼, 모두가 침묵하고 있었다. 학과회의 소집에 관해서도 아무런 말이 없었다. 교과목으로서의 문학을 없애려고 하면, 학과회의를 소집해야 한다. 마준석 교수와 B교수는 술을 아주 좋아한다. 이들의 나이차가 스무 살에 가깝지만 망년지교(忘年

之交)라고 술집에서는 거의 술친구나 다름이 없었다. B 교수는 마준석 교수를 깍듯이 대한다. 물론 마준석 교수는 이런 태도를 만족해하며 즐기고 있다. 두 사람이 학교 인근에 있는, 아늑한 밀실 같은 술집을 간혹 드나든다는 얘기가 내게 들려 왔다. 나는 이들이 또 무엇을 기획하려는 걸까, 하고 생각했다. B 교수는 힘만 쓰는 운동선수 같은 인상을 주어도 감언이설의 능변에 사교적인 장처를 가지고 있었다. 누구든지 세 치 혀로 들었다 놨다할 뿐 아니라, 무슨 일의 중심부를 파고들어 앞과 뒤를 쥐락펴락한다. 아주 조심해야 할 인물이다. 섣불리 보았다간 뒤통수 맞기 십상이다. 어느 날, 내가 연구실에서 책을 보고 있는데 B 교수에게서 전화가 왔다.

"손명희 교수님, 저 B입니다."

"안녕하세요?"

"찾아뵙고 말씀을 드려야 하는데, 이렇게 전화로 말씀을 드려도 결례가 아니겠는지요?"

"네. 그냥 편하게 말씀하세요."

"신임교수를 채용할 분야를 정하는 것에 앞서 먼저 선행되어야 할 일이 있습니다."

"그게 뭔데요?"

나는 짐짓 쌀쌀맞은 말투로 대답했다. 괜히 공손하게 반응하다가 이리저리 당한 일이 한두 번이 아니었기 때문이다.

"곧 명예교수가 되실 마준석 교수님의 시간을 보장해 드리자는 안(案)입니다."

"세부안은요?"

"퇴임 후 5년간에 걸쳐 1학기 수업 '문장론 특강'과 2학기 수업 '청소년문학론'을 각각 6시간을 드리자는 겁니다."

나는 이 제안을 듣고, 냉소적으로 반응했다.

"매달 연금 4백만 원 이상에다, 연소득 2천만 원이 더 추가되겠네요."

"개인의 연금이나 연소득은, 우리가 상관할 바가 아니고요……."

얼마 전에 문학교수로 퇴임한 정이박 교수도 한때 명예교수가 5년간에 강의할 수 있다는 내부 규정이 부당하며, 강사법이 강사에게로 혜택이 돌아가도록 효율적으로 운영되어야 한다고 건의한 바가 있었다.

그러나 이 건의는 학교로부터 묵살되었다. 학교의 입장에서는 강사법 자체에 대해 머리를 흔들었다. 강사법에 적힌 내용만 두고 볼 때, 골머리를 앓게 하는 게 많았다. 이를테면, 방학 기간 중의 임금 지급, 강사의 소청 심사권 부여, 퇴직금 지급, 4대 보험 가입의 의무화 등이 그것이었다. 사립학교는 이 문제를 매우 심각하게 받아들이고 있다. 국공립학교나 사립학교나 법인화 학교를 가리지 않고, 강사법에 적용을 받지 않는 겸임교수 · 초빙교수 · 명예교수를 활용하려고 하는 것도 이 때문이다.

"한 학기 보류된 채용 분야는 어떻게 되는 거죠?"

"두 건은 별개의 사안입니다."

"물론 두 건은 가볍거나 무거운 사안입니다. 저는 가볍고 무거움을 떠나 한 사안을 위해 다른 사안을 양보하는 등의 거래는 하지 않겠어요."

B 교수는 난감해 하는 어투로 내게 물었다.

"손 교수님. 도대체 교수님에게 문학은 무엇입니까?"

"죄송합니다. 전, 지금 학문의 원리를, 법리 논쟁하듯이 옥신각신할 기분이 정말 아닙니다. 그럼, 이만 실례하겠습니다."

전화를 이내 끊어버렸다. 내가 누구에게라도 평소에 하고 싶은 말을 했다는 점에서, 마음이 좀 개운했다. 사실은 마준석 교수나 B 교수는 엄밀히 말해 동종(同種)의 인간상이다. 여교수와 여학생과 조교를 대하는 태도를 보면, 이들은 한마디로 마초였다. 마준석 교수가 다변의 마초라면, B 교수는 과묵한 마초랄까? 하지만 이 두 사람이 결정적인 시점에 이르면, 이들의 차이는 어느덧 소멸된다.

이로부터 얼마 후에 학과장 A 교수로부터 학과회의를 개최한다는 내용의 이메일이 왔다. 안건은 마준석 교수의 강의 배정안과, 신임교수 채용 분야의 안이었다. 학과회의는 일주일 후에 예정하고 있으며, 시간이 되지 않는 분이 있다면, 다시 공고하겠다고 했다. 그날 그 시간이면, 참석이 가능하다는 답장 메일을, 나는 학과장에게로 보냈다.

일주일 후에는 또 무슨 일이 벌어질지도 모른다. 회의장에서는 매사 닭싸움처럼 걸어오는 것 같은 말싸움, 저음의 쩌렁쩌렁한 울림, 과연 교수인가가 의심이 되는, 그럴싸한 논리를 포장한 억지논리가 난무할 것이다. 지레 이런 생각을 하게 되면, 으레 내 정신이 아뜩해진다. 서울에서 남편은 적당하게 양보할 건 양보하고, 합리적인 타협안이 있으면, 흔쾌히 동의하라고 채근했다. 내 남편도 그렇지. 그게 어디 소소한 문젠가? 자긴 사회생활을 안 해 봤남. 근데 말이지, 타협안이 합리적이어야 양보를 하지, 안 그래? 나는 좀 쉬고 싶었다.

마준석 교수는 화를 벌컥 내고, 소리를 치는 유형의 인간상이지만 기본적으로 옳고 그름에 대한 기본적인 양식이 있다. 성제룡과, A와 B는 화를 벌컥 내거나 소리를 절대 지르지 않는 사람들이다. 이들이야말로 음흉하고 교활한 동종의 인간상이다. 이들이 마 교수와 일치하는 점이 있다면, 마초라는 사실이다. 이들의 마음속 깊이 있는 젠더 관점은 비슷하다.

감히 여교수가 어딜 함부로……다.

내가 말을 안 해서 그렇지 그 동안 이들이 담합하고 잔꾀를 부리는 과정을 살펴보면, 마치 나를 말라죽일 것만 같았다. 모두가 권력의지에 아랑곳한 캐릭터다. 이 중에서도, 나는 B가 가장 심하게 아랑곳한 캐릭터라고 본다. 그렇기에, 그는 정치적으로 가장 민감한 악종이다. 성제룡은 눈먼 돈만이 자기에게 충족되면 권력도 포기할 사람이고, A는 본질적으로 기생적인, 누구에게나 붙어야 살 수밖에 없는 의존형 캐릭터다.

늘 침묵하고 있는 두 젊은 교수는 나보다 늦게 부임한 젊은 교수였다. A와 B보다 나이가 젊은 C와 D는 30대 중후반의 나이다. 나는 이제까지 학벌을 따지는 사람을 두고 속물로 여겨 왔다. 미안하지만 이 대목에서 내가 속물이어도 좋으니, 이 말은 꼭 해야겠다. 나도 명문 학교를 졸업했지만, C는 최고 명문이라고 하는 S대 출신이다. 그는 단과대학 수석으로 입학하고 또 졸업한 엘리트 중의 엘리트다. 그런 그가 무엇이 아쉬워, 그렇고 그런 지방대학교 출신인 A와 B에게 굽실거리거나 눈치를 보는지 도무지 알 수가 없다. 물론 나는 알량한 학벌로 사람을 판단하는 것을 싫어한다. 내가 언젠가 그와 대화를 나눈 적이 있었다.

"아무에게나 눈치를 보지 말고, 독자적으로 판단하세요. 모든 인간이 다 그렇지만, 성인의 교육을 담당하는 교수는 특히 독립적인 인격체입니다."

"잘 알고 있습니다."

"근데 교수님은 저와 뜻을 함께 한 적이 한 번도 없고, A와 B의, 성차별적인 편견은 그렇다 치고, 합리를 가장한 비이성적인 이들의 주장마저 늘 따르고 있지 않습니까? 죄송하지만, 제가 너무 직설적인가요?"

"저도 번민이 없는 건 아닙니다. 일단 그들은 저를 극진히 대해주고 있고요, 평생을 함께 할 그들과 굳이 척을 질 이유가 없지 않아요?"

"그렇지 않아요. 교수님의 소신과 양심을 먼저 생각하셔야 돼요."

성제룡과 정이박과 마준석은 수십 년을 두고 서로 대립하면서 살아왔다. 두 사람은 이미 정년을 했고, 나머지 한 사람도 곧 은퇴를 한다. 이들에 비하면, A와 B와 C는 영리한 젊은 사람들이다. 이들은 짜고 치는 고스톱처럼 이해를 늘 맞춰가곤 했다. 이제는 A, B, C, D 젊은 네 사람도 새로운 권력관계를 형성할 것이다. 한 사람이 속칭 '오야붕'이 될 거고, 나머지는 '똘마니'가 될 게 뻔하다. 똘마니도 자발적인 똘마니와, 비자발적인 똘마니로 나누어질 것이다. 내 눈앞에는 명약관화한 모습으로 이미 비쳐지고 있다. 정이박 교수는 작은 키와 깡마른 모습에, 한줌도 되지 않은 이해와 권력에 흔들리지 않고, 오로지 학문에만 전념해온 분이었다. 나는 언젠가 그에게 물은 적이 있다.

"A와 B는 어떻게 교수가 되었어요?"

이 물음에 대해 그는 알 수 없는 묘한 표정을 지으면서 대답하기를 강하게 거부했다. 자신이 이 일에 대해 이미 가슴 속에 묻어버렸다면서, 다만 한 줄의 문장으로 갈음하겠다고 했다.

"사람들이 하는 일은 하늘이 다 알지요."

무엔가 복선이 복잡하게 깔린 말이지만, 나로선 가늠하기가 어렵다.

정이박 교수는 일간지 신문에 칼럼을 자주 발표한다. 내가 보기에 꼿꼿한 선비 같은 분이다. 제 스스로 선비입네, 하면서 살아가는 가짜 선비가 아닌 참 선비인 것 같다. 학생들을 들들볶는다고 해서 선비가 결코 아니다. 그는 강의 평가를 잘 받지 못하지만, 학생들로부터의 학문적인 신뢰도는 높다. 그런데 교수들은 그를 대체로 싫어한다.

언젠가 그는 신문에 『논어』의 말씀을 인용했다. 공자가 말하기를, 군자라고 해서 다 어진 사람이라고 말할 수 없지만, 소인 중에서 어진 사람은 아무도 없다. 이 공자 어록을 전제로 삼으면서, 일부의 교수들에 대해 비판하기도 했다. 신문의 본문 중에서 한 부분을 따오면 다음과 같다.

> 대학교수는 어떠한 일에 마주칠 때, 꼭 해야 하는 것도 없고, 반드시 말아야 할 것도 없다. 오로지 의로움과 값어치의 기준에 따라서, 행함이나 행하지 않음을 분명히 선택해야 한다. 중요한 것은 옛 선비들처럼 수시(隨時)와 처중(處中)에 관해 생각을 바르게 하고, 또 곧게 해야 할 것이다. 교수는 지나치게 보수적이어선 안 되기에 때로 시속의 형편을 따라야 하고, 또 극단에 치우쳐선 안 되기에 때때로 중도적으로 처신해야 한다. 하지만 지금의 교수사회에서 선비정신은 거의 기대하기 어렵다. 교수 중에서 많은 이들이 해괴한 논리를 내세우면서

자신의 사익을 추구하려고 한다. 교수라고 해서 다 인품이 있는 교수라고 볼 수 없지만, 교수가 되어선 안 될 교수 중에서 인품이 있는 교수는 아무도 없다.

이 글이 교수사회에서 일파만파의 파장을 불러일으켰다. 그의 논조는 이 정도에서 그치지 않았다. 자신이 경험한 것 같은 일부 교수를 겨냥이라도 한 것처럼, '악은 내면 안에 들앉아 있기 때문에, 감추기가 쉽다. 하지만 악의 본성은 이해관계에 직면할 때 이성을 잃거나 자신의 이익을 위해 물불을 가리지 않는다는 데서 곧잘 드러난다.'고 거침없이 질타했다.

우리 학교는 물론 전국의 교수들이 그를 성토하는 험악한 분위기였다. 내가 그즈음에 경험한 교수들의 표정 중에는 '정이박, 이놈!' 하는 분위기였다. 특히 성제룡 교수는 분노를 삭이지 못하는 것 같았다. 정이박 교수는 이런 분위기에 난감해 하지 않았다. 걱정을 하는 나에게, 도리어 이런 말을 하기도 했다.

"손 교수. 프로페서라는 말의 어원이 뭐예요? 할 말 하는 사람이란 뜻이 아뇨? 내가 할 말을 다 했으니, 교수의 본분을 지킨 게 아뇨?"

"정 교수님께서 퇴임하실 때가 얼마 남지 않았는데 동료교수들로부터 불편한 소리를 듣는 게 안타깝습니다."

"전 괘념치 않아요. 교수님도 너무 신경 쓰지 마세요."

"제가 울산에서 재직할 때 교수들 사이에 분위기가 무척 우호적이었는데, 우리 학교는 왜 그럴까요?"

"공정과 상식이 눈 밖에 있고, 다들 사리사욕에만 눈이 멀어서죠."

"……."

"마준석이 소리를 꽥 꽥 질러대도 선을 넘는 일이 없었지만, 성제룡의 꿍꿍이속은 정말 알 수 없어요. 그의 인생을 솟구치게 한 두 날개는 한마디로 말해, 돈 욕심과 시기심이었죠. A와 B도 그처럼 공익이라곤 전혀 없는, 표리부동한 인간들이지요. 악마가 디테일 속에 있다는 말이 있듯이, 그런 유형의 인간상은 본색을 감춘 채 선량한 사람의 의표를 찌릅니다. 교언영색이라고 하듯이 겉으로 보긴 멀쩡해도, 가만히 내버려 두면, 언제든지, 어디서라도 뒤통수를 칩니다. 공정과 상식을 가진 사람이라면, 누구나 당하기 십상이지요."

"악이 나쁘다기보다 악과 악이 연대해서 더 나쁘다는 거네요."

"바로 그거예요."

교수인 내가 보기에도, 교수사회는 실제로 문제가 많다. 일반인들은 이에 대해 아무것도 모른다. 국내에 최고의 야구 타자 두 명이 있다고 하자. 모든 성적이나 지표가 거의 비슷해도 나이가 서너 살이 어리다는 이유 때문에, 메이저리그의 부름을 받으면, 연봉이 13배 차이가 나기도 한다. 바둑기사에 빗대면, 교수는 프로 9단에서 아마추어 3급까지 모여 있는데 경력이 비슷하면 학문적 역량과 상관없이 소득이 거의 비슷하다. 학문에 매진하는 교수는 헤게모니를 장악하는 일에는 관심이 없다. 논문 쓰기에도 시간이 모자랄 지경이다. 학과 구성원 중에서 두어 명만 한 몸이 되어도, 공정한 학과 운영에 대책이 없어진다.

나는 학과 일에 그동안 소외를 당하곤 했다. 이때마다 분한 마음이 생겨 뜬눈으로 밤을 지새운 적도 있었다. 내가 고통을 당할 때마다, 음흉한 A와 교활한 B는 나의 고통을 즐겼다. 나는 이 때문에 기질적으로 경미한 우울증이 몇 차례 지나쳐 가기도 했다.

이번에 중요한 일을 결정하는 학과회의를 앞두고, 또 다시 좀 우울해지지나 않을까, 하는 걱정이 앞선다. 마치 큰일을 앞둔 사람의 두려움 같은 것일까? A와 B는 학과 일에 있어서 늘 한 몸이 되었다. 완벽한 '세트플레이어'다. 마치 영국 프로축구단인 토트넘의 손흥민과 해리 케인과 같다. A와 B, 손흥민과 해리 케인은 서로의 눈빛만 보아도 서로의 마음을 안다. 모든 일에 있어서 뜻이 온전히 맞은 A와 B가 궁핍한 강사의 몫을 빼앗으면서까지 명예교수의 시간 확보를 위해 뒤를 봐주고, 스스로 교육행정의 달인이라고 자랑하는 유력한 현직 총장은 또 자신에게 늘 아첨하는 A와 B의 뒤를 봐주어야 하는, 좋지 못한 이 순환 구조가 과연 대학 사회에서 언제까지 필요한가, 어디까지 온당한가, 하는 생각이 들지 않을 수 없다.

인간사 모든 게 소유와 집착에 바탕을 둔 이해관계 때문에, 사람들이 만나고 헤어지고, 또 흩어졌다 모이곤 한다. 대학교수들이 무슨 학 같은 존재라고 속기를 벗어나 훨훨 창공으로 향해 날갯짓을 할 수 있겠나?

나의 무력감은 지금까지 한두 번 경험한 것이 아니었다. 그래, 다들 잘 먹고 잘 살아라, 라고 하는 생각이 들기도 한다. 그들이 마뜩잖은 나를 두고 피해망상의 환자 정도로 간주한다면, 그들 역시 내가 꿈에서 본 흐릿한 기억 흔적, 기억 상징에서처럼, 양복을 잘 차려 입고 색깔넥타이를 맨 멋쟁이 청년으로 가장해 등에 환한 햇살을 받으면서 걸어가는 약탈자나 다름이 없을 것이다. 이때 그늘 늪에서 허우적거리면서 헤어나지 못하는 소녀는 김 강사일까, 아니면 나일까? 어쩌면, 둘 다인지도 모른다.

꿈이 아무리 현실이나 실재와 무관한 미지의 가상 이미지라고 해도, 뭔가가 있는지 모르겠다. 때로, 때때로 꿈과 현실 사이에 인영(印影) 관련성이랄까, 소통의 미로가 따로 있는지도 알 수 없다.

4. 에필로그

나는 학과 내에서 늘 소외되다 보니 두려움의 감정에서, 쉬 벗어날 수가 없었다. 내가 소외되고 있다는 자체가 불쾌했다. 심리학에서 정서의 반응에는 높은 각성과 낮은 각성으로 나누어진다고 하는데, 유쾌함의 높은 각성이 '고양된'이나 '열정적인' 같은 개념과 동반한다면, 불쾌함의 낮은 각성에는 '두려운'이랄지 '분노의' 등의 개념이 담긴다. 학과의 동료 여교수가 없는 상황 속에서 여자를 우스운 존재로 보는 눈빛들이 결국 내 두려움의 조건을 형성시키고야 만다. 그런데 어제는 이런 유의 감정에서 벗어나, 새로운 감정 상태 속에 휘말렸다. 참 이상한 경험이었다. 아니 그럴 리가, 하는 놀라움의 정서였다.

바로 어제의 일이었다.

나는 평소에 과학교육과의 E 교수와 친하게 지낸다. 우리 학과의 김 강사와는 여고동창생이다. 그들은 이 학교를 같은 해에 입학하고 졸업했다. 서로 학과는 다르지만. 서로 간에 어려운 사정을 툭 터놓고 얘기하는 사이란다. E 교수가 나에게 전해준 말은 단순한 놀라움을 넘어서 충격적이었다.

E 교수의 말에 의하면, 김 강사는 마준석 교수로부터 언젠가 호숫가에 있는 조용한 찻집에서 티타임을 갖자는 제안을 받는다. 그녀는 바쁘다는 핑계를 대면서, 그냥 거절했다. 그 이후에는 청주시의 가장 큰 백화점에 함께 가자는 전화가 왔다고 한다. 우리 학생들을 지도하느라고 얼마나 수고가 많으냐면서. 고급의 선물을 사주겠다나, 어쨌다나. 부담을 크게 느낀 김 강사는 또 정중하게 거절했다고 한다. 그리고 얼마 전에는 대구에 학회가 있는데 자신의 외제 차를 은근히 자랑하면서 함께 동행하지 않겠느냐고 했단다. 두 사람이 다 이 나이에, 하면서 깜짝 놀란 김 강사는 이번엔 단호하게 거절했다고 한다. 다시 무슨 제안이 있다면, 자신도 가만히 있지만 않겠다고 했다.

김 강사는 십여 년 전에도 비슷한 일을 경험했다고 한다.

십여 년 전의 어느 날이었다. 그녀가 정문으로 걸어가고 있는데 누가 자동차 경적을 울리더라는 것이다. 훗날 총장으로 선출된 성제룡 교수였다. 할 말이 있으니, 다짜고짜 조수석에 동승하라고 했단다. 실랑이가 벌어지면 혹시 학생들이 볼까 해서 얼른 동승했더니, 자신을 태우고 이 길 저 길을 돌아다니더라는 것이었다. 김 강사는 특별히 할 얘기도 없는 사람에게 붙잡혀 무거운 분위기 속에서 한 시간 동안 드라이브를 했다. 이 강요된 드라이브가 내내 불편했다. 그녀가 아주 불편해하자 학교 인근의 인적 드문 곳에 내려주더라는 것. 이때부터 그녀는 불쾌함이 엄습해 왔다고 했다. E 교수의 전언에 의하면, 그녀는 이번에도 마준석 교수가 자신을 가지고 노는 것 같아서 불쾌했다나? 그녀는 그들이 신분이 불안한 여자 강사를 두고, 술집에서 일하고 있는 직업여성 정도로 보지는 않는지 하는 의심을 떨칠 수 없었다고 했다.

E 교수가 내게 전해준 얘기들을 들어보면, 그 동안에, 마준석 교수가 왜 김 강사를 강사직에서 내쫓으려고 했는지, 왜 '문학의 이해'를 폐강시키려고 했는지를 알 수 있을 것만 같았다. 모든 일이 비로소 아귀가 들어맞는 것 같다. 나는 그가 소갈머리가 좁은 앙심 같은 것을 품지 않고서야 어찌 이런저런 일련의 일들이 일어났을까를 생각해 보았다. 내 이야기는 마침내 역설의 상황을 만들어간다. 강사든 명예교수든 간에, 더 이상 강의를 맡지 않을 때, 진정한 순수 자유를 경험할 수 있다는 역설 말이다.

나는 연구실의 큰 유리창 바깥을 문득 내려다보았다. 모든 걸 서서히 황량하게 만들고 말겠다는 초겨울이다. 학생들은 밀린 과제를 정리하거나 기말고사를 준비하느라고 도서관에 발길을 돌리고 있다. 교정의 찬바람이, 오래된 나무의, 몇 남지 아니한 잎들을 떨어뜨리고 있었다.

이로부터 수개월이 지났다.

나는 이 기간에 학과 일이라면, 좀 거리를 두며 살았다. 심지어는 조교와 통화하는 일까지도 일부러 줄였다. 나는 동료교수들로부터 소외된다고 하더라도 내 정신의 건강을 위해 그냥 소외된 존재로 살고 싶었다. 그들과 말싸움을 해야 한다고 생각하면 더 이상 갈등을 일으키지 않는 게 현명하다고 생각했다. 그들은 소외나 갈등에 못 견뎌 하는 내 모습을 보고 싶어 하니까. 다만 내가 이해하지 못하는 것은 언어를 전공하는 사람들이 어떻게 저리도 언어의 논리와 예절이 없나, 하는 사실이었다. 나는 이 사실이 늘 의아했다. 비언어 전공의 교수들도 다들 논리적이고 예바른데 말이다. 언론이나 여론에 의하면, 정치인들이 다른 분야에 종사하는 사람들보다 막말을 많이 한다는 얘기들이 간혹 비추어진다. 이럴 때마다 나는 언어를 전공하는 교수들도 언어 능력을 '말싸움의 힘과 승리'라고 생각하는데, 언어를 전공하지 않은 정치인들이 오죽 하겠느냐고 생각한다. 무지렁이도 아닌 배운 사람들이, 더욱이 언어를 전공한다는 사람들이 막말을 해대면, 열등감이 있거나 가정교육이 없거나, 둘 중 하나일 것이다.

나는 그동안에 있었던 일의 과정을 겪어오면서 내 자신을 성찰해 보기도 했다. 우리 학과의 남자 교수들이 차별적 사고의 패러다임에 무척 익숙해 있다는 사실을, 나는 비로소 감지할 수 있었다. 이들의 사고방식 틀에 의하면, 세상에는 교수인 사람들과 교수 아닌 사람들로 나누어져 있고, 또 교수인 사람들 중에서도 주류인 남자 교수와 '길들지 않은 여교수'로 구분될 수밖에 없다. 이 두 겹의 차별관, 또 이중적인 태도를 가진 사람들과, 학과의 공식적인 일이랍시고, 아옹다옹 말싸움을 하거나, 티격태격 입씨름을 한다는 자체가 부끄러운 일이라고 생각되었다. 이제부터는 내가 그악한 속기를 벗어나기 위해서라도, 짐짓 학처럼 날갯짓을 해야겠다는 생각도 해보았다.

봄이 와 날씨가 온화해지면서 지역의 대학사회에서 테니스 대회가 또 열렸다. 그런데 테니스에 관심이 없는 나에게도 놀라운 풍문이 들려왔다. A와 B가 이 대회를 전후로 해서 급격히 사이가 틀어졌다는 뜻밖의 소식이었다. 지역의 대학교 남자 교수들이나 남자 직원들 중에서, 앞에서 말한 미모의 남혜정 교수와 혼성 복식의 파트너가 되기를 원하는 사람이 적지 않았다. 그녀는 미모도 미모지만 운동 역량이 탁월했다. 이번에는 A와 B가 경쟁을 하다가 한 사람이 선택을 받지 못했단다. 이래서 견고하고도 빈틈이 없었던 그 '플레이 세트'는 끝내 와해되고 만 것이다.

어이가 없었다. 오랫동안 멍했다.

이게 무슨 일이야, 거 참. 몹쓸 짝패가 고작 그런 일로 서로가 등을 돌리다니. 더욱이 교수들이 말이야, 한창 제 짝을 찾으려고 하는 대학생 애들도 아니고. 하는 일이 영락없이 토막극이나, 코미디 같잖아? 상대가 없으면 마치 분리 불안이라도 일으킬 것 같던 그들이.

다들 왜 그런지 모르겠어.

일간지의 칼럼에서, 교수라고 해서 다 인품이 있는 교수라고 볼 수 없지만, 교수가 되어선 안 될 교수 중에서 인품이 있는 교수는 아무도 없다, 악의 본모습이 늘 감추어져 있지만, 이해관계에 직면할 때, 악은 곧잘 이빨을 드러낸다, 라는 식으로 비판을 한 정이박 교수의 글이 오늘따라 문득 생각났다. 글쎄, 사람의 일이란, 알 수 없다니까. 오직 하늘이 알 뿐이야.

앞으로의 인사 문제도 충분히 예견된다. 그들은 요상한 이끗이라도 마련되면 언제든지 다시 연대할 거고, 여자는 안 돼 하는 묵시적인 전제를 깔 거고, 경우에 따라선 막판 뒤집기의 현란한 기술을 선보일 거다.

꿈꾸는 저편의 유칼리

우리 회사 대표님은 출판사와 잡지사를 동시에 운영하고 있는 40대 후반의 신흥 사업가다. 페이퍼 문화가 몰락하고 있는 이 시대에 역발상으로 사업에 성공을 거두고 있는 대단한 출판인이다. 지적 교양의 깊이와 대중적인 수요를 함께 염두에 두고 있는 그만의 균형 감각이 그로 하여금 사업가로 큰 성공을 이루게 했는지도 모른다. 또 그의 장점은 대인(對人), 대사회적인 친화력이라고 하겠다. 그와 한번이라도 대화를 나누어본 사람이라면, 누구나 그의 식견과 겸양, 상대에 대한 고려와 배려는 말할 것도 없고, 넓고도 깊은 견문을 끝까지 드러내지 않으면서도, 대화나 협상의 결정적인 요처에 이르기까지, 기다렸다가 짧고 요긴하게 활용하는 타이밍의 절묘함에 매료되지 않을 수 없을 것이다. 그가 몇 가지 운영하는 저널 중에서, 돈이 안 되는 저널이 하나 있다. 내가 담당 기자로서 일을 하고 있는 얇은 계간지 『통로, 안팎너머』다. 그는 우리 시대를 이른바 '탈(脫)경계'의 시대로 보고 있다. 그는 탈경계니, 무경계니 하는, 다소 흔한 말을 대놓고 쓰지 않고, 이것을 개념의 냄새가 전혀 나지 않게 '안팎너머'라는 말로 갈음해 즐겨 사용하곤 한다.

대표님이 다음 호의 특집 초대석에 두 분을 초대했다. 한 분은 K리그 축구 감독으로 잘 알려져 있는 강용한 감독이다. 축구 이론에 매우 정통한 감독으로 잘 알려져 있다. 다른 한 분은 바둑의 현역 프로기사로 활동하다가 지금은 바둑평론가로 대중매체에 이름이 오르내리고 있는 오주익 박사다. 프로기사와 바둑평론가로 활동을 하면서도 서울 근교의 한 대학교에서 철학박사 학위를 받았다. 바둑계의 후배들도 그를 가리켜 사범님이라고 하지 않고 박사님이라고 부른다. 이번 봄 호의 주제는 '축구와 바둑의 안팎너머'이다. 대표님이 이번에는 대담이 아니라, 정담이라고 하면서 나에게 준비를 잘 하라고 했다. 이 두 분을 우리 잡지에 초대했다는 사실은 대표만의 고유한 섭외 능력이라고 할 수 있다.

정담이라고요? 다정한 이야기의 정담(情談)인가요?

대표님은 나에게 핀잔을 주는 말투로 대답한다.

젊은 사람들이 그렇다니까. 이 기자. 궁금하면 호주머니 속의 스마트폰을 열어 검색을 해봐. 왜 국어사전을 활용하지 않는 거야. 두 사람이 얘기하면 대담이고, 세 사람이 이야기하면 솥발 정 자 정담(鼎談)이야. 옛날 솥의 다리는 셋으로 구성되어 있었거든.

네, 잘 알겠습니다.

특집 초대석에 참여하는 이번 대화에는 대표님과 정 감독과 오 박사가 참여하게 된다. 보통이면, 대담이나 정담이나 좌담이 있을 때, 대표님이 출판계의 우먼파워로 이름을 떨치고 있는 총괄 편집장님에게 사회를 자주 맡기곤 하였는데 이번에는 축구와 바둑에 관해 두루 잘 알고 있는 본인이 자청해서 사회자로 스스로 나서게 된 것이다.

날씨는 몹시 추웠다. 온도가 급격히 떨어진 데다 시베리아 발 북서풍이 드세게 불어 왔다. 대한 추위를 저리 가라고 하는 소한이 지난 며칠 후였다. 나를 포함해 네 사람이 두터운 목도리와 방한이 잘 되는 외투 차림으로 인사동의 한적한, 고색의 한옥 다헌(多軒)에서 만났다. 중요한 외국인 손님을 모시고 점심과 차를 주로 대접한다는 곳이다.

대표님이 게스트 두 분에게로 고개를 돌려가면서 입을 열었다.

도서출판 누리나루의 대표이자 편집인인 나영호입니다. 바쁘신 두 분께서 오늘의 주제인 '축구와 바둑의 안팎너머'에 호응하면서 이 자리에 나와 주신 것을 환영합니다. 또 개인적으로 볼 때, 저는 오늘 만남의 인연을 무척이나 영광스럽게 생각합니다. 저와 마주 앉아 있는 이상빈 기자는 2년 전에 A대학교 국문과를 수석으로 졸업한 후에 우리 회사에 입사해 올해로 3년 째 근무하고 있습니다. 앞으로 출판계의 재목이 될 유능한 젊은 기잡니다. 오늘 녹취한 대화를 기록하고 편집할 일을 맡을 것입니다.

늘 핀잔을 주는 대표님이 손님들에게는 내 칭찬을 아끼지 않는다. 낄 때 끼고 빠질 때 빠지거나, 핀잔을 줄 때 핀잔을 주고 칭찬할 때 칭찬을 하거나 하는 등 상황 적응에 매우 능한 분이다. 우리 네 사람은 간단한 점심식사를 마친 후에 양지바른 창가로 자리를 옮겼다. 실내는 평소에 내가 좋아하는 말레나 에른만의, 높지만 조용한, 또 애절함이 부유하는 것 같은 목소리가 리듬을 타고 있었다. 귓속에서 들려오는, 저 감미롭고 가녀린 선율이란! 샤갈의 그림이 시각적으로 몽환적이지만, 사람의 목소리가 청각적인 감성을 환기하는 데 이렇게 몽환적일 수가 있다니.

실내 분위기는 뭔가 품격이 있어 보였다.

대표님을 포함해 세 분 모두가 나에게는 삼촌뻘이 되는 분들이라서 연령적으로 볼 때 편한 분들이 아니다. 20대 후반인 나는 대화를 기록에 잘 남기는 등의 중요한 작업을 말없이 진행하거나, 아니면 세 분이 편하게 대화할 수 있도록 잔일을 하기로 준비되어 있다.

독자 여러분. 안녕하십니까?

저는 사회자 나영호입니다. 축구와 바둑 분야에 있어서 각각 우리나라 최고의 이론가 두 분을 이 자리에 모셨습니다. 축구와 바둑이란 게 구체적인 물상으로 떠오르기도 하지만, 모두 시공간에 놓이는 추상 개념이 아닐까, 합니다. 한정된 시간표를 들고서 직사각형의 공간 속에서 행하는 경쟁적인 놀음이라는 점에서 공통점이 있습니다. 축구와 바둑은 모두 공간에서 시작해 시간으로 치닫는 감이 있습니다. 차이가 있다면, 축구가 시간을, 바둑은 공간을 중시하는 감이 있지요. 크게 전반과 후반을 나누어 쓰고 잘게는 공격과 방어의 시간을 적절히 쪼개어 쓰는 축구에 비해, 바둑은 한 치의 공간이라도 더 넓게 확보해야 승리를 가져옵니다. 제가 두 분을 소개하는 것보다 두 분께서 자신을 소개해주시는 게 독자들이 더 좋아할 것 같네요. 젊었을 때 현역 시절의 일들을 중심으로 본인이 걸어온 길을 말씀해 주시면 감사하겠습니다.

대표님은 대화의 물꼬를 이와 같이 트는 데 독특한 장점을 가지고 있었다. 대화가 진행되면서 또 대화의 분위기가 한층 고조되면, 그는 상대를 배려하고 고려하면서도 분위기를 들었다 놨다 반복하기도, 화려한 수사나 유려한 언변을 자유자재로 구사하기도 한다. 내가 봐도 그만의 고유 능력이다. 이 정도의 오프닝 멘트라면 독자들도 궁금해지지 않을 수가 없을 것 같다.

안녕하세요. 저는 강영한이라고 합니다. 1990년대 후반에 군인 신분과 프로구단 소속의 축구선수로 뛰었습니다만 크게 빛은 보지 못했습니다. 국가대표의 1군과 2군을 오갔습니다만, 2002년 한일 월드컵 때 선발되지 못해 선수로서 한계를 결정적으로 자각하면서 서른 살이던 2005년에 은퇴를 했습니다. 좀 아쉬웠지만, 때 이른 은퇴였지요. 저는 경제적으로 여유가 있는 아버지 덕에 어릴 때부터 축구와 영어에 관해 조기교육을 받았고, 선수 생활을 할 때는 틈틈이 스페인어를 독학했고, 선수를 마감한 직후에는 이탈리아로 건너가 지도자 수업을 받았습니다. 유럽에서 체류할 때 이 경기장, 저 경기장을 옮겨 다니면서 유럽의 프로 축구를 엄청나게 관전했었지요. 그때 세세하게 기록한 관전 노트만 해도 세 박스 정도가 됩니다. 지금도 이를 옮겨 쓰면서 분석하고 체계화하고 있지요. 손흥민 선수의 아버지인 손웅정 선배께서 지도자로서 기록을 재구성하는 일을 가리켜 '나만의 기억의 궁전을 세운다.'라고 하셨는데 저 역시 이 말에 크게 공감하고 있습니다. 제가 우리나라 축구를 위해 공헌할 일은 축구 이론의 불모지에 선진 이론을 이식하고 우리의 이론을 만들어내는 일이라고 생각하고 있습니다. 그 후에 저는 K리그에서 코치로 일하다가 감독으로까지 승진했지요. 제가 감독으로 승진했을 때 난리가 났었지요. 언론도 선수도 팬들도 저를 미더워하지 않았었죠. 병원에서 환자들이 의학 이론에 정통한 의사보다 임상 경험이 풍부한 의사를 선호하듯이……. 하지만 저는 다행히도 2부 리그로 강등될지 모르는 약(弱) 팀을 3년 동안 상위권으로 한 단계, 한 단계 끌어올려 놓았습니다. 솔직히 말씀드리면, 내년에는 K리그 우승을 노리고 있습니다.

네, 말씀 잘 들었습니다. 오주익 박사님께 한 말씀 부탁드립니다.

네, 안녕하십니까? 저는 오주익입니다. 강 감독님께서 살아온 과정처럼, 저 역시 현역 시절에 별 볼일 없는 기사였습니다. 저는 1980년대 말의 대학 시절에 아마추어 최강자의 국가대표로서 일본 원정을 경험하기도 했습니다. 제가 입단한 1990년은 포스트 조훈현 시대의 원년이라고 할 수 있었지요. 우리나라 바둑사의 전성기라고 할 수 있는 1990년대는 유창혁 · 이창호 · 이세돌 등이 천하를 호령하고 있던 시대였습니다. 이들의 기세에 눌려 힘 한 번 제대로 쓰지 못하고, 허송세월 10년을 보냈습니다. 그다지 잘 알려져 있지 않은 작은 타이틀을 놓고 그들과 결승전에서 맞붙은 적이 있었지만 영패의 늪을 헤어나지 못하고 번번이 좌절의 쓴맛을 보았지요. 저 역시 한계를 자각하면서 인생의 새로운 길을 찾으려고 했습니다. 제가 관악산 기슭의 S대학교에서 컴퓨터공학을 공부해 졸업했지만, 서울 근교의 대학교에 있는 대학원에서 동양철학을 전공했습니다. 2000년대에 한문과 일본어는 물론 심지어 초급 라틴어, 기본 범자(梵字)까지 공부할 만큼 열심히 살아왔습니다. 공부를 하는 과정에서 정신적으로나 물질적으로 도움을 준 제 아내에게, 지금도 남편 구실을 제대로 하지 못하는 것 같아 늘 낯이 서지 않습니다. 박사 학위의 주제는 거창하게도 '컴퓨터공학의 관점에서 본 주역(周易)과 바둑의 미시적 세계관'이었습니다. 박사 학위를 받은 후에 전 다시 바둑계로 돌아갔었지요. 바둑에 관한 저서들도 적잖이 간행했구요, 요즘도 방송에 나가 바둑 해설을 하고, 신문에는 바둑평론가로서 바둑계의 동향을 분석하거나 전망하기도 하지요. 다들 저에게 당대 최고의 바둑이론가라고 하지만, 사실은 과분한 평판인 거죠. 제가 현역 기사였을 때는 저보고 오 사범이라고 하더니, 지금은 바둑계에서 저더러 오 박사라고 한답니다.

내가 보기에는 이 두 분이 인생에 있어서의 실패의 경험들을 바탕으로 또 다른 인생의 꽃을 피운 경우가 아닌가, 싶다. 강 감독은 선수 생활을 하면서 자신이 배우지 못한 삶의 경험과 지식을 독서를 통해 끊임없이 충전, 재충전하면서 저술도 간행했고, 오 박사는 한국 바둑의 화려한 전성기에 그림자로 묻혔어도, 실전이 아닌 바둑의 또 다른 영역을 개척했다.

대표님이 두 분의 말을 이었다.

제가 모두에 축구와 바둑이 시공간에 놓이는 추상 개념이라고 하는 전제를 깔았습니다. 또 제가 주제넘게도, 축구가 시간을, 바둑은 공간을 중시하는 감이 있는 게임이라는 문제 제기도 서슴없이 쏟아놓았습니다. 이에 대한 반론도 없지 않을 것 같은데요, 자 어떻습니까? 강 감독님부터 한 말씀 부탁을 드리겠습니다.

제게는 나 대표님의 문제 제기가 적절하다고 보는 입장입니다. 축구 경기의 공식적인 시간이 예나 제나 90분입니다만, 최근에는 비디오 판독 시간이나 교묘한 시간 끌기에 대한 보상으로 시간이 더 길어지고 있습니다. 그렇기 때문에, 선수들의 체력이 바닥난 마지막 추가 시간에 승부가 결정되는 골이 부쩍 많아지고 있습니다. 사람들은 드라마틱하다는 관점에서 이런 골을 가리켜 소위 '극장골'이라고 하지요. 축구에서 흐름을 탄다는 말을 자주 쓰는데, 이 표현은 시간의 추세라는 개념에 다름이 없습니다. 이번 카타르 월드컵 결승에서 끌려가던 프랑스가 두 차례 시간의 흐름을 탈 수 있었지만, 결과적으로 실패했지요. 후반전에 2대 0으로 지고 있다가 전광석화처럼 두 골을 넣었거든요. 나머지 짧은 시간에도 3대2로 역전할 수 있는 흐름이었지요. 연장전에서도 막바지에 만회골을 넣고 노마크 찬스까지 얻었잖아요? 4대 3으로 끝나나 싶었는데, 어쨌든 흐름을 타지 못하고 승부차기까지 가서 분통을 터뜨리게 된 거지요. 요컨대 축구에서 시간 개념이 공간 개념을 압도하는 건 사실이에요.

하지만 최근에 이르러 이에 못지않게 공간 개념에 대한 미시적인 시각도 무척 중시되고 있습니다. 비근한 예들이 최근에 있었던 카타르 월드컵에서도 자주 나타나지 않았던가요? 결국에 우승을 했습니다만, 아르헨티나는 첫 번째 경기에서 만만하다고 생각됐던 사우디아라비아에 참사(역전패)를 당했습니다. 세 골이나 오프사이드로 취소되었죠. 모두 미세한 차이였지요. 일본은 스페인을 격파해 열도의 새벽을 뒤흔듭니다. 마치 지진이 난 것처럼요. 결승골의 전제는 인-아웃의 유례없는 쟁점이 된 어시스트(골도움)였는데, 누가 보더라도, 라인 아웃의 도움처럼 보였지요. 공의 밑 부분이 선에 물리지 않았지만, 공의 끝이 선의 허공과 겹쳐 골로 인정된 것이지요. 일본 언론에서는 이를 '1mm의 기적'이라고 했습니다. 한편 호날두는 자신의 머리에 공이 스치지 않았는데 마치 자신이 넣은 것처럼 세리머니를 해 망신을 당했습니다. 우리나라 팬들은 그에게 한 번 당한 적이 있었기에, 호날두가 아니라 '날강두(날강도)'의 골 도둑질이라고 혹평하기도 했지요.

이처럼 공인구에 장착된 관성측정센서(IMU)가 초당 5백 회 빈도로 공의 움직임을 VAR실로 전송해 70초 이내에 쟁점을 가려냅니다. 이와 같이 극미한 공간의 틈새가 최근 축구의 승부에 적잖은 영향을 미칩니다.

강 감독에 이어 이제는 오 박사도 한마디 거든다.

바둑에서도 마찬가지입니다. 종국(終局)에 이르러 반집이라도 많은 쪽이 이깁니다. 바둑은 일종의 영토 전쟁이라고 하겠지요. 바둑에서 공간을 중시한다는 것은 틀림이 없는 사실입니다. 그런데 저도 타이틀 결승전이란 중요한 대목에서 지나치게 긴장을 하다가 당황한 나머지, 제대로 시간을 운용하지 못해 패한 경험이 있습니다. 저뿐만 아닙니다. 천하의 유창혁 기사도 2001년 8월 31일에 제18기 KBS바둑왕전 본선에서 시간패를 당했습니다. 평소의 그답지 않게 62수만에 돌을 거두고 말았지요.

제가 전문가 두 분을 모시고 이런 말을 함부로 해도 될는지 모르겠습니다만, 축구의 포메이션이란 것과 바둑의 포석이란 것이 사각형 속의 편성표로 비유될 수 있지 않을까, 해요. 축구에서는 4-3-3이니 투톱(짝패) 시스템이니 하는 말들을 자주 쓰며, 바둑에서는 3연성이니 대각선양 화점(花點)이니 하는 말들을 자주 쓰지 않아요? 축구와 바둑은 이런저런 밑그림에서부터 시작합니다. 시작과 마무리의 사이에 긴 다툼의 과정이 펼쳐지는데요, 다툼의 여지가 있는 곳, 즉 요처(要處)를 잘 선점해야만 승리가 기약되지 않을까요? 그래서 축구는 빠른 발의 움직임이, 바둑은 발 빠른 행마(行馬)가 무엇보다 중요하겠지요. 마무리 단계에 이르러서는, 때로는 축구의 승부차기랄까, 바둑의 초읽기로 인해 국면이 긴박해지고요, 승리에 대한 욕구는 최고조에 도달합니다. 이런 점에서 축구와 바둑은 마치 끝내기 드라마와 같아요. 이번에는 오 박사님께서 먼저 말씀해 주시지요.

바둑의 신에 가장 가까운 인간이 존재하였다면, 바둑기사로서 한 시대를 풍미했던 사람, 바둑에 관해 20세기의 상징이라고 할 수 있는 이가 있었습니다. 이름은 우칭위엔입니다. 한때 우리나라 사람들은 그를 한자어로 오청원(吳淸源 : 1914~2014)이라고 했지요. 세인들은 그의 살아생전에도 그를 가리켜 소위 살아있는 기성(棋聖)이라고 기리기도 했었죠. 그는 이런 평가에 우쭐하지 않고 바둑을 가리켜 한마디로 말해 '조화'라고 했습니다. 비대칭의 현실 속에서 대칭의 미를 찾았던 걸까요? 그는 바둑에서 승부의 세계를 넘어선 동양 사상의 오묘한 이치를 발견할 수 있다고 본 것 같아요. 이런 초탈의 마음가짐 때문인지, 그는 백년의 삶을 누리기도 했죠. 물론 우칭위엔 선생 이전과 이후에도 바둑을 우주론적인 조화의 관점에서 본 사람들이 적지 않습니다. 대표적인 경우가 17세기 일본 에도 시대의 기사 야스이(安井)를 꼽을 수 있겠지요. 그는 바둑기사 이전에 천문학자였습니다. 바둑판의 가운데 중앙 점을 천원(天元)이라고 하는데 이것은 하늘의 변치 않은 항성 북극성을 상징한다고 합니다. 그는 첫 번째 착수를 천원에서 출발점으로 삼은 적이 있었습니다. 윷놀이 말판 역시 북극성을 상징하는 중심점 하나와 그 주위에 머묾의 자리를 가리키는 27수(宿) 별자리 점으로 구성되어 있지 않습니까? 1980년대에 '우주류' 바둑의 다케미야(武宮)라고 하는 기사가 있었지요. 그 당시는 실리 바둑의 조치훈과 고바야시(小林)가 전성기를 구가하고 있었는데 이들에 비해 승률이 낮았음에도 불구하고 승패와 관계없이 반상의 큰 울타리를 치면서 실리 중심의 냉혹한 리얼리즘에 대응했습니다. 일본은 물론 한국의 팬들도 이 낭만적 영혼의 감성, 이 반상(盤上)의 낭만주의에 열광하기도 했었지요.

아닌 게 아니라, 바둑은 흑과 백의 다툼이라는 일련의 과정 속에서 음과 양, 시간과 공간, 네 변과 중앙, 실리와 세력, 장고와 초읽기 등의 양면성에 대한 조화를 추구합니다. 끝내 승패마저도 초월한 하모니의 세계랄까? 사람들이 세상의 모든 일에서 승부에만 집착하게 되면, 상생의 참뜻을 깨닫지 못합니다.

이 대목에서 강 감독은 추운 바깥 온도를 온전히 차단하고 있는 실내의 이 다실에서 아직도 식지 않았을 홍차를 한 모금 들이키면서 무언가 반론을 준비하는 것 같다. 그는 유럽에서 생활할 때부터 홍차를 즐겨 마셨다고 했다. 특히 그는 영국에서 살아갈 때 홍차를, 생활의 중심에 두었다거나, 일상의 소소한 재미로 삼았다거나 했다. 나 자신도 그가 무슨 말을 할지 궁금해진다.

글쎄요, 우칭위엔과 같이 도의 경지에 들어선 분이 바둑을 아무리 조화라고 하더라도 대부분인 일반인의 안목에서 볼 때, 축구장과 바둑판은 싸움터의 상징으로 여겨집니다. 축구와 바둑은 그 살벌한 무기를 안 들었다고 할 뿐이지 실상은 전투에 다름이 없잖아요? 그러니까 전 이렇게 봐요. 둘 다 승부의 세계를 궁극적으로 집약한다고 봐요. 승부가 나지 않으면 승부차기라도 해야 하거나 막판에 반집을 두고 다투기도 해야 하거나 하는 게 축구와 바둑이 아닌가, 해요.

바둑이 돌의 연결이요, 조화와 부조화의 쟁투라면, 또한 바둑기사의 마음세계에는 상대에 대한 적개심으로 가득 타오르지 않을 수가 있겠습니까? 바둑의 세계를 비추어볼 때, 축구 역시 공의 연결이지요. 공이 잘 연결되지 않으면, 목표 지점의 사각 공간 안으로 공을 집어넣을 수가 없습니다. 이 과정에서 그 건장한 선수들 간에 각종의 힘겨루기만이 난무하는 것이지요. 저는 축구 선수의 움직임이나 동선을 가리켜 난무, 이를테면 어지러운 춤이라고 곧잘 비유하고는 해요. 이 어지러운 춤의 터전이 바로 축구장이고요.

나는 커피를 마셨다. 원형 탁자 위의 중간에는 열선의 약한 불로 주전자 물이 경미하게 끓고 있다. 대표님은 평소에도 녹차 마니아인지라 녹차를 조금씩 마시고 있지만, 오 박사는 아무것도 넣지 않은 따뜻한 물만

연신 마시고 있다. 평소에 홍차를 즐긴다는 강 감독이 왜 차나 커피를 마시지 않느냐고 묻는다. 그는 아무것도 넣지 않고 끓인 이 따뜻한 물을 가리켜 백비탕(白沸湯)이라고 했다. 정조로 등극할 세손이 할아버지 영조가 임종할 때 울면서 숟가락으로 떠서 입속에 넣어준 것을, 그는 다름 아닌 백비탕이라고 했다. 궁중에서 백비탕이라고 하지만, 주지하듯이 민간에서는 이를 맹탕이라 한다. 동양철학이 존재론적으로 무(無)의 철학이기 때문에, 그는 동양철학을 공부한 자신도 맹탕을 선호한다고 했다. 그는 맹탕 한 잔을 들이키면서 강 감독의 말을 받아서 자신의 의견을 펼친다.

오 박사의 어조는 축구가 단순한 힘의 겨루기임에 비해 바둑이 부조화 속의 조화, 돌의 생사 속의 상생을 지향한다는 논조로 전해지고 있었다.

축구장이나 바둑판에 짝들과 적들이 구성되어 있다는 점에서, 그것들이 사람 사는 세상의 축소판인 게 맞습니다. 짝들끼리는 관계를 맺고, 적들 사이는 관계를 끊는 것이 축구와 바둑이지요. 바둑판의 돌들과 축구장의 선수들이, 있어야 할 자리에 있지 않고 중복되게 놓여 있으면, 돌들이 가지는 관계의 한계랄까, 선수들이 손발이 맞지 않아 생기는 체력의 한계에 직면하겠지요. 축구에서 상대에게 선택권을 주지 않고 자기결정권만을 가지지만, 바둑에서는 '맞보기'라는 개념에서 보듯이 상대에게 선택권을 양보하는 경우가 적지 않습니다. 네가 이쪽을 선택하면 나는 저쪽을, 네가 저쪽을 선택한다면, 나는 이쪽을 선택한다는 것. 축구와 바둑은 이 점에 있어서 서로 결이 다르다고 하겠지요.

강 감독과 오 박사 틈새에 쟁점이 생기자 대표님은 사회자로서 두 분의 충돌을 중재하는 의미에서 그 틈새에 끼어들었다.

바둑판이 인생의 축소판이냐? 아니면, 조화의 추구냐? 강 감독님은 바둑의 본질을 하나의 승부로 보았습니다. 이에 비해 바둑의 성자와도 같았던 우칭위엔 선생은 바둑조화론을 제기했었지요. 그는 바둑의 모든 착점을 가리켜 조화의 바다로 향해 나아가는 항해의 과정, 또 바둑을 가리켜서는 전체 국면의 균형을 위한 착점의 최대치를 찾아가는 행위라고 했지요. 축구도 어느 한쪽만으로 모든 문제를 해결할 수 없다고 봐요. 체력은 막강한데 기본기가 없으면, 아니면 공격은 잘 하지만 수비를 못하면 어찌 될까요? 닥치는 대로 공격하는 걸 두고 흔히 '닥공'이라고 하는데 이것만으로 경기를 지배할 수 없잖아요? 닥공과 역습, 압박과 빌드업, 롱패스와 쇼트패스, 스피드와 슬라이딩 등은 조화를 이루어야 한다고 봅니다. 축구 얘기가 나왔으니까 하는 얘긴데, 중간에 해가 바뀌었습니다만 얼마 전에 카타르월드컵이 막을 내리지 않았습니까? 결승전에서 아르헨티나와 프랑스가 유례없는 환상의 명승부를 펼쳤는데요, 강 감독님은 이번 월드컵이 우리에게 남긴 문제의식이랄까, 쟁점 같은 게 있다면, 그것이 과연 뭐라고 하겠습니까?

네, 이번 카타르월드컵에서 우리나라가 16강에 오른 데는 파울루 벤투 감독의 그동안의 노고가 있었습니다. 그에게 고개가 숙여집니다. 그런데 그는 소위 '빌드업(build-up)' 축구의 신도였다고 해도 과언이 아닙니다. 그가 4년 이상으로 우리 팀을 맡으면서 우리 축구의 국제 감각을 선도한 게 사실이에요. 그의 소신에는 늘 변함이 없었지요. 빌드업이란, 볼 점유율을 최대한 높이면서 공격의 기회를 얻는 과정 중심의 축구라는 것. 건축 개념으로는 공정(工程)의 개념이에요. 이 개념이 선수들의 동선과 패스를 가리키는 총체의 개념이라는 점에서, 모든 축구는 한마디로 빌드업이에요. 어떤 성격의 빌드업인가가 중요하지요. 세상의 모든 일이 그렇듯이 개념에는, 쟁점이 생기기도 해요. 볼 점유율인가, 골 결정력인가? 과정 중심인가 결과 중심인가? 축구에서의 골인은 결과요 완공(完工)입니다. 결과론적으로 볼 때, 볼 점유율보다 골 결정력이 더 지배적인 실효성을 지닌다고 봐야 하지 않겠어요?

그런데 이번 카타르월드컵에 빌드업 축구가 원하는 대로 되지 않는 흐름으로 갔단 말예요. 우리는 가나보다 두 배 가량의 점유율을 높였음에도 불구하고, 3대 2로 패했거든요. 점유율 축구의 허점이 드러난 경기였죠. 독일과 스페인이 일본에게 진 것도 마찬가지였지요. 일본은 독일과 스페인에 대해 역습을 노리는 전략을 들고 나와서 주효했지요. 특히 스페인은 내가 보기에 일본의 촘촘한 수비 그물망 속에서 허우적거리기만 했지요. 이에 비해 일본은 스페인을 상대로 점유율이 17.7%에 그치고도 2대1의 승리를 거두었습니다. 일본과 코스타리카의 경기도 비슷한 양상이었지요. 두 팀이 전반에 서로 탐색하다가 후반을 기약합니다. 일본은 스페인에게 7대0으로 진 코스타리카를 우습게 알고, 후반이 되자마자 폭풍처럼 몰아쳤지요. 후반에 14개의 슈팅을 때리고도 무위에 그치고 말았죠. 다시 말해, 일본의 점유율 축구도 실속을 챙기지 못했다는 얘기가 됩니다. 코스타리카는 단 하나의 슈팅을 골로 연결시켜 1대 0으로 이겼는데, 이런 사례는 축구에서 자주 볼 수 있는 경우입니다.

모든 분야에 걸쳐 박학다식하기로 유명한 우리 대표님이 강 감독의 축구 이론에 맞장구라도 치듯이 녹차 한 모금을 음미하고는 얘기를 덧붙여 자신의 논지를 이어갔다.

나는 커피 한 잔을 더 채웠다.

네, 그렇습니다. 일본은 이번 대회에서 전차부대 독일을 녹슬게 만들었고, 무적함대 스페인을 2선으로 후퇴시켰습니다. 두 팀 모두 2010년대 월드컵 우승팀이잖아요. 일본이 서로 다른 전술을 구사했던 이 두 강팀들을 이겼다는 건, 아시아 축구가 이제 국제무대에서 호락호락하지 않다는 사실을 예고하면서, 또 앞으로 축구 전술의 변화가 감지되는 대목이기도 합니다.

잠자코 듣기만 하고 있던 오 박사도 축구 얘기를 꺼낸다.

저는 축구와 무관한 일을 하는 사람이지만, 일본과 사우디아라비아뿐만 아니라 아시아권의 호주와 우리나라도 16강에 진출하는 등 대단하다고 생각합니다. 우리나라는 유럽 무대에 진출한 선수들이 많은 남미의 강호 우루과이에 지지 않았고, 호날두가 전방 공격수로 버티고 있는 포르투갈을 이겼잖아요? 저는 우리가 포르투갈에 경기 초반에 골을 빼앗길 때, 이 경기가 3대 0은 가겠구나, 했었지요. 그러나 이때 주장 손흥민이 후배들을 독려하는 모습이 인상적이었습니다. 후반 추가시간에 보여준 손흥민의 70미터 질주는 한 편의 드라마였습니다. 수비수 세 명을 그의 주변으로 유인하면서 수비수의 가랑이 틈새로 절묘하게 찔러준 패스는, 황희찬의 골보다도 사실 더 가치 있는 '골 도움'이었지요. 목마른 자가 우물을 파는 법입니다. 비유하자면 손흥민이 기다랗게 우물을 팠고, 황희찬이 두레박을 걷어 올린 이 경기를 생각하면, 저는 지금도 가슴이 벅차오릅니다.

그는 축구에서 운을 떼고 바둑 얘기로 전환한다.

축구의 빌드업은 바둑에서 정석이라고 하겠습니다.

먼 훗날에 국수(國手)로서 이름을 떨칠 소년 조훈현이 아주 어릴 적에 일본으로 갔습니다. 비행기를 탄다는 마음에 들떠 먼 이역으로 향한 것이지요. 그는 일본에 도착한 후에 현대 바둑의 대부(代父)요, 우칭위엔의 스승이기도 한 세고에 겐사쿠(瀨越憲作 : 1889~1972)의 마지막 제자가 되었습니다. 세고에와 조훈현은 할아버지와 손자 같은 나이 차이였지요. 소년 조훈현은 싸움바둑의 천재성을 가지고 있었지만, 그 당시에 한국에서는 체계적인 바둑 교육이 없었지요. 소년은 스승의 서가에서 뽑은 바둑 정석 사전을 밤새도록 보면서, 새벽이 되자 또 다른 바둑 세계가 있음에 눈을 떱니다. 밤새 반 점의 실력을 늘린 것이죠. 이때 반 점이란 개념은 정선의 치수에서 호선의 치수로 '빌드업'한 것이지요.

저는 바둑에서 한 수 차이는 두 점 접바둑이요, 두 수 차이는 석 점 접바둑이라고 봅니다. 바둑의 신이 존재하는가? 바둑을 좋아하는 사람은 이 물음에 많은 궁금증과 호기심을 가지기도 해요. 만약 바둑의 신이 존재한다고 상정해볼 때, 세계의 최고수와 어떤 차이가 날까요? 우칭위엔의 제자로서 한때 일본 바둑의 최고수였던 대만 출신의 기사 린하이펑(임해봉)은 석 점 바둑이라고 봤습니다. 이에 반해 우리나라 자생의 고수로서 세계적인 기전(棋戰)을 처음으로 석권한 서봉수는 두 점이라고 봤습니다. 단서도 재밌네요. 만약 목숨을 걸고 둔다면, 그는 석 점이라고 봤습니다. 바둑의 신에 가장 근접한 케이스는 알파고……. 바둑의 신과 알파고의 차이는 어느 정도일까요? 바둑전문가인 제 직관으로는, 정선 치수가 아닌가, 라고 생각해요. 다시 말해, 바둑의 신이 흰색 돌을 잡고, 알파고가 검정색 돌을 잡는 경우가 아닐까요? 그러니까 바둑의 신이 알파고에게 다섯 집 반이나 여섯 집 반의 덤을 줘야 서로 대등할 것 같습니다.

얘기가 나로서는 무척 흥미진진하다. 사무실에서 대표님과 내가 대국을 한 적이 있었다. 아마추어 유단자인 대표님과 겨우 3급인 나. 석 점을 붙인 접바둑이다. 대표님은 인사동의 기원에서 바둑을 배운 세대고, 나는 사이버공간에 들어가 조금씩 실력을 성장시킨 세대다. 오 박사의 얘기는 계속 이어진다.

바둑기사들은 정석으로 공부를 해 왔지만, 정작 실전에선 정석대로 잘 두지 않습니다. 하나의 경지에 오르면, 정석을 버리게 되게 마련이죠.

대표님이 말을 다시 잇는다.

축구에서도 축구 선수들은 '빌드업'을 배우지만 상황에 따라선 이것을 버려야 하는 것 아닌가요? 다시 말해 빌드업이 있으면, 때로는 '빌드다운(build-down)'도 필요하다는 말입니다. 그런데 축구에는 이 용어조차 없습니다. 누구도 축구와 관련해서 이 용어를 사용한 적이 없습니다. 그러면 축구에서의 빌드다운이란 무엇을 의미하는 것일까요? 빌드다운의 사전적인 의미는 폐기, 혹은 유보……. 굳이 말하자면, 축구에 있어서의 빌드다운은 다름이 아니라 조급한 공격을 잠정적으로 유보하는 전략이

거든요. 상대방의 견고한 조직을 무너뜨리려면, 내 기존의 고정관념이나 시스템으로부터 먼저 나와야 하지 않을까요?

히딩크 이전의 한국 축구는 그야말로 한국형의 투혼 축구였습니다. 기술과 체력도, 전술과 전략도 턱없이 부족했지요. 북한이 월드컵 8강에 올랐으니, 우리도 하면 된다는 마음을 가졌지요. 박정희 시대의 최고 권력 기관인 중앙정보부가 축구를 지원합니다. 군대식 정신의 무장, 재무장이 한국 축구의 현주소였다고나 할까요? 축구장에서 가장 악에 받친 선수가 그 경기를 지배하는 선수였죠. 이런 유형에서 최초로 벗어난 선수가 차범근. 유럽 무대에서 통할 수 있었던 최초의 선수였죠. 그는 독일에서 이름을 크게 떨치다가 귀국해 지도자가 되었는데 1998년 월드컵 때는 국가대표 감독을 맡았지요. 그러나 그가 이끈 대표 팀마저도 히딩크의 네덜란드에 5대 0으로 깨지는 참사를 당했지요. 이때, 저는 한 해설위원이 중계방송 중에 이렇게 말한 게 기억이 나네요.

한국 축구의 깨진 쪽박에 물이 줄줄 새는군요!

이로부터 4년 후에는 우리가 히딩크를 불러 우리의 무지막지한 투혼 축구를 빌드다운하기 시작했습니다. 히딩크는 체력훈련에 힘을 쏟았지요. 이어서 기술을 접목합니다. 그리곤 월드컵 4강 신화를 이루었습니다. 또 히딩크가 우리 곁을 떠난 이후에도 그의 잔영은 계속 남아있었지요. 이로부터 10년 후에는 올림픽 동메달마저 땄습니다. 그가 감독할 때 선수였던 홍명보가 연출한 소중한 올림픽 동메달이었죠. 특히 독도 문제로 시끄럽던 그 시절에 일본을 상대로 말입니다. 2002년과 2012년은요, 신화는 역사가 되고, 또 역사는 스토리텔링이 된 순간들이었다고나, 할까요.

한국 축구의 역사는 또 이렇게 볼 수 있겠습니다. 물론 실상과 좀 차이가 있을 수 있는 상징적인 얘기가 될 수도 있겠네요. 1980년대까지도 우리 선수 중에는 악바리 선수들이 적지 않았지요. 복서 김득구의 사망

사건도 1980년대의 일이 아니에요? 스포츠에서의 악바리는 헝그리 정신의 캐릭터입니다. 손흥민 선수의 아버지인 손웅정 선배 역시 악바리였지요. 스스로 악에 받쳐 후반 조커로 경기장에 뛰어들었다고 술회했거든요. 그런데 이번 월드컵에서 포르투갈 선수의 가랑이 사이로 도움의 공을 찔러준 것을 보면, 손흥민은 악바리 유형이라기보다 꾀돌이 유형의 선수입니다. 악바리에서 꾀돌이로의 질적인 전환이 이루어지기까지, 한국 축구는 한 세대, 즉 30년의 시간이 걸린 셈입니다.

강 감독이 화제를 다시 카타르월드컵으로 돌린다.

이번 카타르월드컵은요, 상황에 따라 빌드다운이 긴요하다는 사실을 입증한 대회라고 할 수 있겠습니다. 한국과 일본은 이번 조별 예선에서 상대의 허를 찌르는 역습의 묘수(妙手)로써 선진 축구의 벽을 넘어설 수가 있었습니다. 외국 언론에 의해 16강 진출의 확률이 10% 안팎에 지나지 않는다고 예상된 우리 축구가 막판 뒤집기로 성공을 거둔 것은 역습의 한 방이었죠. 이처럼 상황에 따라서, 빌드다운이 빌드업보다 중요하다는 사실을 보여준 사례인 거지요.

앞으로 세계 축구의 흐름은 빌드업보다 빌드다운 쪽으로 흘러갈 가능성이 더 점쳐집니다. 최고 스타플레이어의 이미지도 변화가 있을 것으로 보입니다. 현재의 축구는 메시나 호날두처럼 조역들 위에 군림하는 제왕적 주역을 선호합니다. 이들이 포함되어 있는 팀에서는 아무도 이들의 수비 능력을 기대하지 않습니다. 호날두가 우리와의 경기 중에 수비에서 실수함으로써 우리는 역전할 수 있는 계기를 마련하지 않았습니까? 앞으로의 축구는 섬세하고도 파괴적인 역습으로 국면을 전환하는 일이 더 많아질 겁니다. 또 팀플레이나 수비 가담 능력이 중시되는 유형의 공격수, 혹은 공격형 미드필더가 한층 요구될 겁니다. 이런 점에서 메시나 호날두보다는 손흥민이나 음바페 같은 선수가 미래형 선수라고 예견이 됩니다. 요컨대 앞으로의 축구는 다양성이 능력을 넘어서

며, 부분의 합이 전체를 능가할 것입니다. 11명의 메시로는 월드컵 우승을 전혀 기약할 수가 없습니다. 부분의 합은 부분과 부분의 관계에 의해 힘을 발휘하게 될 것입니다.

물론 지금도 그렇지만, 앞으로의 축구는 메시와 같은 소영웅주의 축구가 크게 빛을 발하는 일은 더욱 없을 겁니다. 14억 이상의 인구를 가진 중국을 보세요. 중국 축구는 아시아 축구에서도 2류나 3류가 아니에요? 중국은 한 자녀 정책 속에서 형제 없이 자라난 아이들이 대부분 아니에요? 이 아이들은 자기밖에 모르는 '소황제'로 길러집니다. 알게 모르게 중국화되어 있는 이 소황제 문화로는 축구의 이상적인 팀워크를 완성하기가 어렵지 않겠어요? 중국 축구가 약한 이유가 여기에 있다고 봐요.

지금은 일단 압박 축구를 흩뜨리는 강한 조직력의 빌드업 시대라고도 말할 수 있겠습니다. 벤투 감독이 한국에 와서 4년 동안에 걸쳐 공을 들인 것이 바로 이 빌드업 축구 아닙니까? 물론 이번 카타르 월드컵에서 우리 축구가 성공한 까닭도 여기에 있는 겁니다.

그런데 빌드업, 빌드업이라고 하니까, 개발 시대의 느낌이 없지 않네요. 빌드업을 지나치게 강조하면, 손흥민은 10분의 1 지분의 필드 요원에 지나지 않고요, 이강인도 후반에 투입되는 반쪽짜리 선수에 다름이 없습니다. 축구에는 이 용어가 아예 없습니다만, 굳이 말하자면, 앞에서 말한 것처럼 한국과 일본이 이번 월드컵 조별 예선에서 상대의 허를 찌르는 역습 및 반격으로써 선진 축구의 높은 벽을 넘어설 수가 있었듯이, 무모하거나 조급한 공격을 잠정적으로 유보(혹은 폐기)하는 전략이 바로 빌드다운이지요. 이것이 본래는 군사 용어였었죠. 신무기를 개발하면 오래된 무기를 단계적으로 폐기하는 걸 말하지요. 스포츠가 스포츠 그 이상도, 그 이하도 아니지만, 우리 사회도 새로운 가치를 위해 기존의 가치를 점차 폐기해 나아가는 건 어떨까요? 예컨대, 인간관계나 조직력보다는, 개성과 창의력처럼 말예요. 반도체 등 IT 산업, 첨단의 방위산업 등의 분야에서 낡은 것들을 아낌없이 폐기하고, 새로운 것에 대한 독창성을 쉬지 않고 계발하고 발휘할 때만이 우리가 우리의 활로를 찾을 수 있지 않을까요?

오 박사는 몇 년 전에 『바둑의 우주론』이라는 저서를 간행한 바 있었듯이, 평소에 바둑을 우주 질서의 상징적인 투사라고 보는 데 한 치의 양보도 없는 분이다. 그의 책에서도 지적하고 있거니와, 가로세로 열아홉 줄의 바둑판에서 귀가 네 곳인 것이 춘하추동 4절기를, 또한 선들이 만나는 점이 삼백예순한 곳인 것은 1년을 상징한다. 바둑 이론은 이처럼 시작부터가 우주를 닮는 데 있다. 그는 이 자리에서도 바둑에 관한 자신의 신념을 밝히기 위해 입을 열고 있다.

다들 잘 알다시피, 저는 우칭위엔 선생이 제안한 '바둑조화론'의 신봉자이기도 합니다. 선생은 바둑의 모든 착점을 가리켜, 조화를 향해 나아가는 항해의 과정이라고 비유했어요. 저에게 바둑계의 선배인 문용직 사범님도 우리나라 바둑 이론의 초석을 마련하셨는데요, 이 분도 자신의 저서 『바둑의 발견(2)』에서 이렇게 말한 바 있었지요. 바둑은 주역처럼 끝없이 윤회하는 움직임이라고요. 또 바둑판이 아름다운 까닭은 돌이 선상에서 생명의 꽃을 피우기 때문이라고요. 그런데 한국인들은 앞만 보고 달려온 감이 있어서 지나치게 경쟁적이고, 또 쉽게 승패에 노출되어 있었던 게 사실이에요. 축구나 바둑에도 마찬가지였어요. 이창호 9단이라고 하면, 불세출의 천재 기사가 아닙니까? 그의 천재성은 이루 말할 수 없지요. 하지만 그는 스승 조훈현과 일본의 최고수 조치훈을 집중적으로 공부했어요. 이 두 분의 기보를 철저하게 분석했었지요. 일본 바둑계의 신사적인 매너와 미학주의자로 유명한 오다케(大竹) 역시 말하기를, 이창호가 강한 것은 사실이지만 지나치게 스승 조훈현에 대한 승리에 특화되었다고 했어요. 그냥 간과할 수 없는 코멘트입니다. 이창호가 일본 대3관을 두 차례 지낸 조치훈에게 8승 2패의 성적을 냈음에도 불구하고, 중국의 여성 기사로서 우리나라에서 활동한 루이나이웨이(예내위)에게는 유독 2승 6패로 약세를 면치 못했지요. 그녀는 반상의 마녀로 불렸습니다. 또 그녀는 끝내기로 가면 한국의 젊은 기사에게 이길 방법이 없다고 보고, 난전을 유도하면서 이를 자신의 강점으로 삼았지요. 한국 계량바둑의 전성기에 스승 우칭위엔의 전투바둑을 계승한 셈이었지요.

바둑에서 반집은 운이요, 한집 반은 실력이란 말이 있습니다. 이창호에게는 반집승이 많습니다. 그에겐 반집이 운이 아니라, 실력이란 말이 되겠습니다. 야구 경기는 8대 7이 가장 재미있습니다. 케네디 대통령이 이 말을 했다고 해서 케네디 스코어라고 불리지요. 그럼 축구는요? 3대 2가 가장 재미있다죠. 이건 펠레가 한 발언이란 점에서 펠레 스코어라고 해요. 이에 비해 바둑의 반집 승부는, 끝까지 바둑 두는 이의 피를 말립니다. 관전하는 사람들도 손에 땀을 쥐게 합니다. 조치훈은 제주도에서 이창호에게 잇달아 반집패를 당하면서 몰락하기 시작했었죠. 이창호에게 반집승이 많다는 사실은 그가 바둑을 지나치게 영토 전쟁으로 보았다고 하는 반증이 되기도 해요. 이 얘기는 그의 바둑에 치열함이 부족한 게 아니었나, 해요. 조훈현과 조치훈이 유리한 바둑을 끝까지 지키려고 하지 않고, 국면마다 물러서거나 타협하지 않고, 최선의 상황에 임하였는데 이런 치열함이 그에게는 없었지요. 이 때문인지 그는 뜻밖에도 전성기가 짧았어요. 지키려는 바둑은 더 이상 큰 발전이 없습니다. 그는 23세인 1998년 메이저 세계대회에서 4관왕을 거두었지요. 그의 기량이 절정에 달한 한 해였죠. 그는 열일곱 차례나 세계 정상에 올랐지만, 31세인 2006년에서부터 37세인 2012년에 이르기까지 6년 동안에 세계대회의 결승에 아홉 차례 올랐지만 한 번도 이기지 못했어요. 이 9연속 준우승은 누가 보아도 이해하기 어려운 대목이지요. 이 대목에서 볼 때 바둑의 전성기도 운동선수처럼 20대라고 힐 수 있겠습니다. 이세돌 역시 20대에 세계대회에 출전해 10연속 우승을 거두었지만, 30대에는 우승을 추가하지 못합니다.

반면에, 이창호의 스승인 조훈현은 40대의 나이에도 불구하고, 세계대회 우승 일곱 번을 거머쥡니다. 20대의 기량을 40대에까지 유지한다는 게 어디 쉬운 일이겠어요? 참, 대단한 일이었지요.

조치훈의 바둑 역시 부침이 많았지만 기량을 오래 유지할 수 있었지요. 그의 바둑 인생에서 가장 유명한 일은 1986년의 휠체어 대국이었지요, 일본 최고의 타이틀인 기성을 놓고 숙적 고바야시(小林)와 일전을 겨루게 되어 있었는데 대결 직전에 엄청난 교통사고를 당했어요. 사실은 해선 안 되는 바둑을 무리하게 했어요. 초인적인 체력이 요구되는 이틀걸이 바둑이었잖아요? 그때 그가 남긴 명언이 지금도 회자되고 있습니다.

목숨 걸고 둔다!

거 참, 목숨을 걸고 바둑을 두다니요? 바둑을 즐겨야죠. 안 그래요? 죽어도 반상의 대마(大馬)가 죽지 어디 사람이 죽나요? 고바야시는 오른손 외에 전신이 부상을 당한 환자를 상대로 4승 2패로 이김으로써 타이틀을 거머쥡니다. 이때 그는 염원을 이루었다면서 눈물을 흘렸지요. 반면에, 조치훈은 타이틀을 잃었어도 바둑 역사의 유례없는 투혼을 보여주었지요. 모순처럼 들리겠지만, 투혼은 그의 미덕이었고, 또한 승부욕은 그의 흠이기도 했죠. 그가 나이가 든 이후에는 '목숨 걸고 둔다.'에서 '그래봤자, 바둑.'으로 생각을 바꾸어갑니다. 5, 6년 전이었던가요? 그는 바둑 때문에 평생 자책을 하면서 고독하게 살았지만 돌이켜 보면 바둑 덕분에 재미있는 인생이었다고 담담하게 술회했어요.

오 박사님의 말씀을 잘 들었습니다. 축구도 바둑과 공유하는 면이 적지 않은 것 같습니다. 프랑스어로 쓰인 축구의 역사에 관한 책이 있는

데, 거기에는 축구의 기원을 신라 때 성행한 축국(蹴鞠)에서 찾고 있어요. 바둑의 역사는 더 오래된 역사잖아요? 저 「삼국지」를 보면 관우가 어깨 수술을 받으면서도 태연하게 바둑을 두잖아요? 정사에는 왼쪽 어깨라고 했고, 연의(소설)에는 오른쪽 어깨라고 했어요. 벌써 2천 년 전의 얘기입니다. 어쨌든 혁명적인 이론은 축구보다 바둑에서 먼저 등장합니다. 1930년대의 신포석 이론이 그것이지요. 이 이론의 주역은 살아있는 기성 우칭위엔과, 조치훈의 스승인 기타니(木谷)이었지요. 바둑이론가 문용직 사범님도 그랬듯이, 신포석은 궁극적으로 말해 '중앙의 발견'인 거지요. 신포석 이전에는 실리 위주의 소목(小目)과 3삼(三)을 중시했다면, 신포석 이론이 등장하면서 화점(花點)을 아주 중시하기에 이르렀습니다. 화점은 옛 바둑판에 꽃무늬 아홉 점을 찍었다는 데서 유래한 말입니다. 포석 이론에서 화점이라고 하면, 일반적으로 네 귀의 화점을 말합니다. 이것을 통해 앞으로 세력을 탄탄히 함으로써 이를 바탕으로 전투를 유도합니다. 전투바둑은 기타니의 충실한 계승자인 가토 9단의 전성기인 1970년대에까지 이어집니다. 그는 온화한 인품의 소유자로서 존경을 받았습니다만, 바둑판에서는 전혀 다른 이미지를 보여주었어요. 그의 별명이 뭔지 아세요. 대마 킬러요예요. 또 살인청부업자였지요. 물론 세대는 다릅니다만, 그는 이창호와도 여섯 차례의 공식 대국을 가졌습니다. 통산 성적은 4승2패로 이창호가 앞섭니다. 이창호에게는 진귀한 비공식 기록 중에 국제대회 흑번 25연승이 있습니다. 그는 이기는 바둑에 매우 익숙한 천재 형 기사죠. 흑번이면 자기 마음대로 전체 국면을 조절할 수 있단 얘깁니다. 그의 바둑은 집의 수량을 헤아려 보는 전형적인 계량바둑입니다. 그를 두고 '신산(神算)'이라고 하는 것도 여기에서 비롯해요. 그의 전성기에는 전투바둑이 수면 아래로 가라앉을 수밖에 없었지요. 좀 부정적으로 보자면, 예도(禮道)와 철학으로서의 바둑 패러다임을 유보한 빌드다운 형 바둑이랄까요?

얘기의 성격이 다소 건조해졌다. 이럴수록 나는 음악소리에 귀가 민감해진다. 아까 점심 식사할 때는 국악의 정가가 속삭이듯이 들려 왔는데, 알지 못하는 고급 서양 음악이 들려오다가, 지금은 내가 좋아하는 소위 '캬바레 송'이 그윽이 들려온다. 이것이 흔히 퇴폐적인 음악이라고 생각하기 쉬운데, 실은 세미클래식으로 된 고급 음악이다. 말레나 에른만은 고혹적인 보이스의 메조소프라노이다. 지금 들려오는 「유칼리(Youkali)」는 젊었을 때의 목소리인 그녀의 대표곡이다. 프랑스어 노랫말에 꿈 같이 몽롱한 선율이다. 이 선율은 현실 저편의 소리로 울림하고 있다. 이 꿈의 소리와 함께 세 분의 정담도 이제는 정점에 도달할 것 같다.

오 박사에 이어 강 감독이 보충설명을 하듯이 얘기를 덧붙인다.

바둑에서의 두터움이나 축구에서의 미드필드 운용을 인지한다면, 초급을 벗어난 수준이라고 할 수 있겠지요. 바둑의 고수일수록 중앙바둑에 능하듯이, 강한 축구팀일수록 축구장의 한가운데, 즉 중원을 지배합니다. 우리 축구에서도 바둑의 우칭위엔 선생 같은 혁신적인 이론가가 있었지요. 네덜란드 축구감독인 리누스 미헬스. 그는 토털 사커의 창시자입니다. 1971년이던가요, 단일팀이 출전하는 유러피언대회에서, 이 전술로 우승을 했지요. 그는 상대 팀의 공간을 최소화하고, 자기 팀의 공간을 최대화하기 위해 전원 공격, 전원 수비의 전술을 계발했습니다. 중원 지배의 전술이랄까요? 평소에 체력 훈련을 강도 높게 하지 않으면 불가능한 전술이에요. 그는 이 전술로 네덜란드 국가대표팀을 이끌고 1974년의 월드컵에서 준우승을 차지했습니다. 요한 크루이프와 요한 네스켄스 등은 그의 이론을 축구장 안에서 성실하게 수행한 세계적인 선수들이지요. 그가 토털 사커의 꽃을 활짝 피웠지만, 월드컵에서 준우승에 머문 만큼, 결실을 맺지는 못했습니다. 하지만 그는 1988년에 유럽챔피언스컵에서 우승함으로써 토털 사커를 완성하기에 이릅니다. 비로소 열매를 거둔 셈이지요. 이것은 오늘날 압박 축구의 원형이라고 하겠습니다. 리누스 미헬스의 제자이기도 한 히딩크도 우리 축구에 토털사커를 접목해 큰 성과를 이루었지요. 저는 유럽에서 체류할 때 비디오테이프 수백 개를 녹화했습니다. 이 중에서 3대 2 경기를 따로 모아 집중적으로 분석해, 좀 외람되고 민망한 얘기입니다만, 제 나름대로 승리의 방정식을 만들어 보았습니다.

바둑판에서 바둑의 신이 응시하는 눈에는 정수와 악수만이 있을 뿐입니다. 바둑판에는 0과 1이라는 디지털 2진법만이 존재할 따름이죠. 바둑에서는 석 점의 접바둑의 실력으로 상대방에게 호선으로 맞서면 절대 이길 수가 없습니다. 작년 여름에 우리 축구는 브라질과의 평가전에서 5대 1로 크게 패한 바 있었지요. 겨울의 월드컵 16강전에서는 4대 1로 졌구요. 바둑으로 치면, 석 점 접바둑의 실력 차이에요. 이런 실력 차이라도 어쩌다가 이길 수 있는 게 축구입니다. 바둑에선 바둑판 바깥의 요인이 변수가 되지 못합니다. 아까 말했듯이 반상에는 오로지 정수와 악수만이 있을 뿐이기 때문이죠. 이런 점에서 볼 때, 바둑이 천문학이라면, 축구는 인문학이 아닐까요? 축구에선 정수와 악수 외에도 축구장 안팎에 감도는 공기라는 변수도 작용하기 때문이지요. 또 축구에는 인간적인 변수가 작용합니다. 손흥민 선수의 아버지인 손웅정 감독은 국가대표 B팀에 선발되어 남미 원정을 다녀온 게 축구선수로서 최고의 이력입니다. 그는 자신의 저서인 『모든 것은 기본기에서 시작한다』(2022)에서 축구장에서도 인문학이 필요하다고 했습니다. 제가 이 필요성에 대해 주석을 단다면, 인류애, 인간적인 불굴의 정신, 국제 친선의 열린 마음, 반전(反戰), 반인종주의, 선수의 인성 등이 축구가 지향하는 인문학의 정신이라고 봐요. 저는 최근에 그의 저서를 한달음에 읽고 단 한 문장에 마음이 꽂혔습니다. 큰 울림을 주는 한 문장. 들어보세요. "우리 흥민이가 독서하는 축구선수가 되었으면 좋겠다." 손 선배는 엄청난 독서가로 잘 알려져 있습니다.

대표님이 한 마디 거든다.

손웅정 감독이 현역 시절의 자신을 두고 스스로 '마발이' 3류 선수라고 했단 말예요. 마발이는 주식 장시의 은어로서 왕초보 투기꾼을 가리킨대요. 마발(馬勃)은 아마 말똥에서 온 말 같아요. 말똥처럼 쓸모없는 축구선수라는 뜻이 아닐까요? 자신을 지나치게 비하한 게 아닌가 하는 생각이 듭니다. 사실은 말똥 같이 쓸모없는 선수는 없어요. 추운 지역에선 과거에 말똥도 땔감으로 사용했잖아요? 물론 손흥민 선수의 형인 손흥윤도 독일 분데스리가의 5부 리그에서 뛴 정도에 머물렀고요. 가계를 볼 때, 손흥민 선수는 아무래도 천재 형 선수는 아닌 것 같아요.

천재 형의 상대 개념은 뭘까요?

전 이 대목에서 지재(地才) 형이라고 보고 싶습니다. 손흥민은 어릴 때부터 엄청나게 노력한 이른바 노력 형 선수입니다. 아버지와 형과 함께 세 부자가 늘 지옥 훈련을 했어요. 지재의 지는 땅 지(地). 그에겐 축구하는 땅인 축구장이 바로 자기 인생의 플랫폼이에요.

바둑에서 조훈현과 이창호의 사제는 전형적인 천재 형 기사입니다. 이에 반해 조치훈은 지재 형이구요. 이 지재 유형의 인간상이 스토리를 남기고, 인간적인 감동을 남깁니다. 조치훈은 어릴 때부터 평생을 일본에 살면서 고적(孤寂)과 역경을 극복했지요. 그리고 자신에 관한 무수한 스토리들을 남겼지요. 3연패 당하고도 4연승으로 역전한 경우도 무려 세 차례나 있습니다. 그것도 상대가 일본 바둑사의 전설이라고 할 수 있는 후지사와, 오다케, 고바야시입니다. 천재는 기록을 남기고, 지재는 스토리를 남깁니다. 또 기록은 연감에 남지만, 인간적인 감동은 팬들의 마음속에 오래토록 남지요.

이제 손흥민 선수도 앞으로, 자신의 축구 인생이 하나의 스토리텔링이 되면 좋겠습니다. 이를테면, 인문학적인 선수가 되면 좋겠어요. 이런 유형의 선수는 중요한 경기에서 패배했을 때, 슬럼프 기간이 길어질 때 크게 흔들리지도 않습니다. 선수가 로봇처럼 늘 일관된 모습과 경기력을 보일 수는 없지 않습니까? 그는 경기장 안팎에서 늘 겸손하고 공손해요. 저돌적이어도 늘 해맑은 미소를 잃지 않지요. 자작나무숲과 같이 희고 큰 백인 선수들 사이를 요리조리 헤집고 다니는 동양인 주역의 얘깃거리는 유럽에서 확실히 새로운 스토리가 됩니다. 이 스토리 하나하나가 켜켜이 쌓이고 또 쌓이면, 언젠가 히스토리가 되지 않겠어요?

토털 사커의 요한 크루이프는 자신의 자서전『마이 턴』에서 월드클래스 선수 치고 인성이 나쁜 사람을 단 한 번도 본 일이 없다고 했는데, 호날두는 아닌 것 같아요. 우리나라 팬들을 구름떼처럼 모아놓고 경기장에 나서지도 않아 이른바 '날강두'가 되고, 최근에는 사인을 부탁하는 소년의 손등을 내려쳐 손목시계나 박살내고……. 이래선 안 되지요. 손흥민 선수가 좋은 인성의 축구선수로 기억되면 좋겠습니다. 지금까지는 잘 하고 있어요.

저는 오늘 사회자로서 두 분을 모시고, 축구와 바둑에 관해 좋은 말씀을 들은 것이 오래 잊히지 않을 것 같습니다. 두 분을 기왕 모셨으니, 애최 생각하지도 않았던 말씀을 더 듣고 싶다는 생각이 불현듯 들더라고요. 물론 매우 주관적이고 개인의 취향에 관한 질문이 되겠습니다만, 축구의 역사에서 가장 명승부라고 꼽는 경기, 바둑의 역사에서 최고의 명국으로 기억되는 대국이 있다면 무엇인지, 또 왜인지를 말씀해 주시겠습니까? 먼저 강 감독님께서.

네, 다들 잘 아시겠지만, 축구의 가장 권위 있는 대회는 월드컵과 유럽챔피언스컵이에요. 전자가 으뜸이라면, 후자는 버금이지요. 이 두 대회는 2년에 한 번씩 교대로 열립니다. 1976년 6월 20일이었지요. 이 날에 유럽챔피언스컵 대회의 결승전이 열렸습니다. 제가 유럽에 있을 때 축구 전문의 방송 채널에서 기획한 '다시 보는 명승부전'을 보여줄 때 이 경기를 녹화용 공테이프 속에 잘 녹화해두었었지요. 결승전 팀은 서독과 체코슬로바키아였어요. 서독은 2년 전에 당대 세계 최강의 네덜란드를 결승에서 물리치고 월드컵 우승을 했던 팀이고, 체코는 정치적으로 옛 소련의 사회주의 위성국가여서 프로 축구란 게 없던 팀이었지요. 두 팀은 연장전을 포함해 2대 2였지요. 이 경기는 국제대회 결승전에서 승부차기를 처음으로 시작한 경기였어요. 이 이전에는 결승전만큼은 반드시 재경기를 했어요. 이 경기의 승부차기는 서독이 유리하다고 보았어요. 당시 최고의 골키퍼인 제프 마이어가 서독의 골문을 굳건히 지키고 있었으니까요. 승부차기의 마지막 장면은 골키퍼와 키커가 모두 속임수를 썼습니다. 제프 마이어의 속임수는 먹히지 않았고, 체코의 키커였던 안토닌 파넨카의 속임수는 먹혔습니다. 강하게 차려다가 살짝 찍어 찬 공이 그대로 골 안으로 들어간 것입니다. 존재감이 없었던 체코 팀은 유럽챔피언스컵을 치켜드는 감격적인 순간을 맞이했지요. 안토닌 파넨카는 체코의 역사적인 인물이 되었고, 이때의 체코 팀은 먼 훗날까지 다소 과장된 전설이 되었지만, 어쨌든 그 감격은 이루 말할 수가 없었지요. 축구의 명승부는 이와 같이 예상 밖에 존재하는 것이 아닐까요.

오 박사가 말을 이어받았다.

축구의 명승부가 예상 밖의 승리에 있다면, 제 관점은 일종의 역발상입니다. 바둑의 명승부는 끝까지 투혼을 발휘하고도 아쉬움의 여운을 남긴 아름다운 패배에 있을 거라고, 전 봅니다. 제가 꼽는 최고의 명승부는 1988년 11월 22일에 있었던 대국입니다. 이 대국은 제1회 응창기배 준결승 3번 승부 중의 제2국입니다. 일본의 노익장 후지사와 슈코와, 당시 중국의 최강자였던 네웨이핑(섭위평)의 대국이었습니다. 후지사와 선생은 우리나라 조훈현의 실질적인 스승이지요. 그는 한 시대의 기인이자 기재였죠. 그의 일화가 무척 많습니다. 그의 이름인 수행(秀行)은 일본어 훈독으로 '히데유키'인데 제 마음대로 바꾸어버렸어요. 음독인 '슈코'라고 불러주길 원했지요. 제 이름도 거침없이 바꾼 사람이었지요. 이때 나이가 60대 고령이었고요, 게다가 암 투병을 해 몸이 고목처럼 말라버렸지요. 그럼에도 불구하고, 이 대회의 준결승까지 올라간 거죠. 그가 초인적인 체력전을 벌이면서도 간발의 차이로 분패합니다. 제1국도 제2국도 한 점 차이로 역전패를 당했습니다. 이때 한 점이란, 한국과 일본의 룰로는 반집입니다. 특히 제2국은 끝내기에서 역전을 당했지요. 당시의 모든 전문가들은 후지사와 선생의 진정한 승리라고 평가했지요. 승부의 결과와 관계없이, 그는 벚꽃처럼 화려한 감각을 유감없이 발휘한 거예요.

제2국의 초반 포석 때, 흑11이 화려함의 정점이었지요. 일반적인 정상급의 기사라도, 평범한 걸침을 통해 귀살이했을 타이밍이었는데, 흑이 실리를 취하면 백이 두터워지게 마련이었지요. 이게 싫다는 거예요. 그 흑11은 귀(구석)보다 중앙이나 변의 가치를 동시에 엿본 독창적인 착점. 세부의 계량적인 면보다 전체적인 면에서의 질감을 추구하는 포석 패턴입니다. 이 대회 우승자인 조훈현은 관전평에서 이 흑11을 극찬했습니다. 후지사와 선생은 대인관계에 있어서 별나게 까다로운 괴팍한 사람은 아니었습니다. 바둑만은 괴팍했죠. 일본 바둑계에서는 그를 두고 곧잘 '화려(華麗)의 후지사와'라고 했는데, 제가 보기에는 '괴팍(←괴퍅 : 乖愎)의 후지사와'라고 하는 게 더 적절해 보입니다.

좀 전에 강 감독님께서 속임수 운운하셨는데, 축구에는 속임수가 먹힙니다. 역사적으로 가장 유명한 속임수는 마라도나의 '신의 손'이라고 했지요. 근데 프로 바둑에선 속임수가 별로 없지요. 대신에 기사는 착각 때문에 자멸합니다. 끝내기에서의 착각은 승패가 그대로 연결되지요. 후지사와 선생도 잘 싸우고도 착각으로 잇달아 패했지요. 과정만 두고 볼 때 벚꽃처럼 화려했던 최상의 명국이었지요. 체력이 떨어지면 착각도 잦아집니다. 암 투병까지 한 노인의 체력이 간발의 차로 패배하게 한 원인이었지요.

이어서 대표님이 명승부, 명국에 관해 정리하는 발언을 한다.

축구는 축구의 역사가 있고, 바둑은 바둑의 역사가 있습니다. 축구와 바둑의 원형은 고중세까지 소급됩니다만 근세에 이르러서야 뿌리가 내려지고 입지가 마련되었습니다. 현대에 와서는 전자가 육체성이 강인한 스포츠의 형태로, 후자는 정신적인 놀이의 유형으로 발전되었습니다. 이 두 가지의 것이 근대적 성격의 빛을 발한 시점은 1930년대라고 봐야 하겠지요. 그러니까 축구의 역사와 바둑의 역사는 현대에 이르기까지 거의 백년에 가까운 연륜을 쌓아왔네요. 물론 각자의 취향이나 개인적인 주견에 의한 것이지만, 두 분을 모시고 가장 명승부라고 생각하는 것, 가장 명국이라고 생각하는 것을 들어보았습니다. 마지막까지 흥미롭습니다.

자, 그럼 오늘 '통로, 안팎 너머'의 정담을 슬슬 갈무리해 볼까요. 날씨가 더 추워졌다. 대표님은 다시 물을 끓인다.

말레나 에른만의 애절하고도 감미로운 목소리가 리듬을 타고 있다. 목소리는 고음을 자제한 소리, 결이 고운 소리였다. 귓속으로 울려오는 몽환적인 아름다움……. 누군가가 예술의 경지에 들면, 현실을 모사하는 차원을 훌쩍 넘어서 꿈을 빚어내는 게 아닐까 하고, 나는 평소에 생각을 하곤 했다. 그녀의 노랫소리가 빚어낸 아름다움은 때로 섹슈얼하게, 짙은 호소력을 이끌어내고 있기도 하지만, 현실이 아닌 차원의 세계에 접어든 것 같은 몽상의 느낌이 물씬 전해온다. 그녀의 노랫말인 프랑스어는 나의 청감 속에 녹아들면서 우리말로 전환되는 것 같다. 음계는 소리의 계단이다. 이 계단을 오르내리는 높낮이의 폭이 넓었다. 피아니스트의 피아노 반주도 인상적이다.

아름답다고 다 예술인 것은 아니다. 아름다운 여자, 아름다운 경치, 아름다운 순간들이 어찌 예술이라고 하겠나? 하지만 성악가와 연주가가 함께 빚어낸 아름다운 화음은 광휘, 고귀함, 경이로움의 예술이다.

유칼리는
꿈의 땅이다.
유칼리는
행복이다.
즐거움이다.
하지만 몽상, 광기다.
현존하지 않는다.

나에게 있어서의 이 유칼리는 동양 예술처럼 여백의 미, 생성의 결로 감지된다. 노래는 클래식의 고급 취향과 재즈풍의 발랄한 리듬이 잘 어울린 명곡이다. 쿠르트 바일이 1934년에 작곡한 가곡이다. 나치를 피해 프랑스로 망명한 직후에, 프랑스 노랫말을 가지고 작곡한 것. 물론 음악 마니아인 나의 편견이요, 인상비평인지 모르겠지만, 스웨덴 출신의, 젊은 날 말레나 에른만이 녹음한 저 노래는 역대의 프랑스 여성 성악가의 노래보다 한결 더 프랑스적인 감각으로 불러졌으리라.

그녀가 애타게 찾고 있는 유칼리는 도대체 뭐란 말인가?

처음에는 사랑에 실패한 애인의 이름인가 했는데, 자꾸 되풀이해 들어보니 그게 아니었다. 그것은 유토피아의 섬이다. 노랫말의 전문에 의하면, 유칼리는 누구나 마음속에 있을, 땅의 끝인 환상의 섬이다. 밤하늘의 빛나는 별이다. 우리의 꿈이 숨겨진 초현실의 장소이다. 그러니까 유칼리는 현실적으로는 존재하지 않는 장소성의 기호다.

바둑기사나 축구선수에게도, 바둑판이나 축구장을 환상의 섬, 꿈의 낙원으로 생각하려 들 것이다. 이들 중에 누군가는 바둑 대국장이나 축구 전용 구장에서 대국이나 경기를 하다가 죽어도 좋겠다는 사람도 없지 않을 것이다.

대표님이 사회자로서 토론을 마무리한다.

네, 세상의 매사가 다 그렇겠습니다만, 축구와 바둑은 더욱이 인생을 반영하는 거울이 아닌가, 합니다. 저는 이 두 가지가 넓은 의미에서 기예라고 봅니다. 승부의 현실주의 안에서는 기술이지만, 이 범주를 넘어서 꿈을 꿀 수 있게 한다는 점에선 예술을 지향합니다. 이 두 가지가 인간이나 인생을 비추는 거울로 비유될 수 있다면, 여기에는 최근에 지식인들이 곧잘 얘기하는 이른바 '거울 효과'도 없지 않을 것입니다. 사람마다 자신이 평소에 좋아하는 분야에서 발상이나 가치의 실마리를 찾거나, 세계의 모습을 꿈꾸듯이 그리려고 한다는 점에서 말입니다. 그러니까 우리는 축구와 바둑을 통해서 인생이나 세상을 비추어볼 수 있습니다.

아마도, 인생에서 가장 중요한 문제는 짐작건대 삶과 죽음의 문제일 것입니다. 축구나 바둑에서도 이 문제의 잔영으로부터 자유로울 수 없을 겁니다. 득실점, 인-아웃, 사활 문제, 형세 판단의 유불리 등 모든 것이 인생을 반영할 것입니다. 축구와 바둑에서도 삶의 근거라는 게 있습니다. 우리는 근거를 터무니가 있네, 없네, 할 때의 터무니라고 하는데, 이 터무니는 '터의 무늬'라는 어원에서 온 말입니다. 축구를 하는 과정과 바둑을 두는 과정을 가리켜, 이를테면 터의 무늬를 새겨가는 과정이라고 비유될 수 있습니다. 특히 바둑의 기보는 19줄 격자형 터전인 반상 위에 마치 흑백의 무채색 실로 짠 뜨개질과 같습니다. 세상의 모든 사람들에게 같은 인생이 있을 수 없듯이, 세상의 모든 기보 역시 똑 같은 무늬로 새겨질 수는 없겠지요. 이번 카타르월드컵에서 골 장면을 드론 기법으로 조감하는 등의 이미지를 재현하고는 하는데 이것 역시 축구장이라고 하는 터에다 무늬를 새기는 것이라고 볼 수도 있겠습니다.

끝내는 마지막 인사말에 이른다.

오늘 두 분을 모시고 축구와 바둑에 관하여 안팎너머의 통로, 내지 소통의 길을 마련하기 위해 좋은 말씀들을 많이 나누었습니다. 두 분의 말씀을 듣고 있는 저로서는 축구장과 바둑판이 인생의 축소판이 아닌가, 하고 생각해 보았습니다. 축구장은 사람들이 마치 시위에 참여하는 것처럼 공동체에 대한 소속감이나 연대감을 온몸으로 느끼게 할 기회를 제공해줍니다. 이에 비해 바둑판은 중중첩첩의 그물망을 뚫고 살아가야 하는 공간 속의 고독한 존재의 상징을 사람들에게 끊임없이 성찰하게 합니다. 오늘의 진지한 내용이 독자들의 마음속 깊이에 자리를 잡으면 좋겠습니다. 이 자리에 오신 두 분께 심심한 감사의 말씀을 드리면서, 오늘 대화는 이 정도에서 끝을 맺겠습니다. 감사합니다.

나도 마지막으로 생각의 여지를 마련해 봤다. 바둑도 축구도 예술이 될 수 있을까? 예술가들은 어림 반 푼 어치도 없는 말이라고 할 거다. 하지만 먼 옛날에 기능과 예능, 기술과 예술은 한 뿌리에서 나왔다. 고대그리스어 '테크네'와 라틴어 '아르스'는 이 두 개념을 혼용해 사용했다. 중국에서도 이 두 가지를 통틀어 '기예'라고 하지 않았나? 대표님이 내게 평소에 늘 그랬다. 중국 상고 때는 6예, 즉 여섯 가지 대표적인 예술을 두고, 음악과 서예는 말할 것도 없고, 예용(禮容), 궁술, 마술, 산술을 포함시켰다. 그러니까 요즘 식으로 말하면, 에티켓은 물론 양궁과 승마와 같은 스포츠도 예술이었다. 산술은 셈하는 기술이니까, 바둑판의 집을 잘 계산하는 기술인 바둑도 산술이란 범주에 포함될 수 있다. 지금도 기능과 예능의 중간에 놓인 것들이 적지 않다고 본다. 바둑과 축구와 피겨스케이팅 등이 심미적 기능이라면, 건축, 실내장식, 실용음악, 각종 디자인, 꽃꽂이 등은 실용적인 예능이라고 할 수 있겠다.

바둑과 축구도 예술에 가깝다고 본다. 예술이라고 생각하는 사람에게는 예술이 아닌 것이 없다. 그러면 바둑과 축구에도 저 유칼리가 깃들여 있었을까? 바둑과 축구의 유칼리는 어떤 형태로 드러나고 있었을까? 비대칭의 현실 속에서 대칭적 조화의 미를 찾으려고 한 우칭위엔의 꿈같은 바둑이 유칼리였을까? 아니면 명감독 리누스 미헬스와 명선수 요한 크루이프로 상징되는 토털 사커의 꿈같은 축구가 유칼리였을까? 오히려 최선을 다한 노기사 후지사와 슈코의 벚꽃 같은 심미적 패국(敗局)이, 월드컵 결승전에서 승부차기 골까지 네 골을 넣고도 진 젊은 킬리안 음바페의 눈물이 각각 바둑과 축구의 유칼리가 아닐까? 노래 속의 유칼리는 길게 이어지면서 막바지에 이르러 이렇게 말해진다. 영어로 번역된 것을 참고하지 않으면, 뭔 말인지 모를 것 같다.

> 유칼리는 꿈이요, 망집이다.
> 이것은 아무데도 없고,
> 인생은 우리를 이끈다,
> 권태로운 일상으로.
>
> This is a dream, a folly
> There is no Youkali!
> And life leads us
> Tedius routine.

소리의 결은 아름답게 흐른다. 흐르는 꿈결이 생성의 결이라면, 유칼리는 연결의 장이다. 예술의 결에는 다른 것을 대신할 수 없는 독특한 분위기, 결코 복제될 수 없는 은근한 기품이 있다. 결이 지닌 아우라! 하지만 유칼리의 꿈은 마침내 헛꿈이 된다. 꿈이 헛꿈이라면, 바다 너머에 있을지도 모를 저편 아름다운 섬인 유칼리마저 현실 속에서 망집(妄執)

의 안개비나 눈비로 녹아내릴 것이다. 리누스 미헬스의 어록처럼, 우승은 어제 내려서 녹은 눈에 지나지 않는다. 인용한 노랫말에는 이처럼 낭만적 비애의 아이러니가 스며들어 있다. 이 스며듦이야말로 바로 예술의 본질이 아닐까? 대저 2% 부족한 현실 속에서의, 아이러니로 가득 채워짐이 저 예술의 본색이 아닐까?

나는 오늘 세 분의 말씀을 들으면서 녹음을 하느라고 정신없이 시간을 보냈다. 전혀 다른 별개의 추상개념인 축구와 바둑 사이에서도 이처럼 서로 유사한 공통분모를 찾을 수가 있다는 데 내 생각의 플랫폼이 부쩍 넓어진 것 같다.

축구도 바둑도 인생의 일부가 아닌가? 사람마다 살아가는 데는 다름이 아니라 제 나름대로 꿈을 꾸는 느낌이나 느꺼움 같은 게 있으리라. 이것이 비록 거짓감각이래도 좋다. 만약 사람에게 꿈이 없다면 살아갈 방도마저 없으리라. 삶의 궁극에는 사람들마다 제살이하려는 삶의 표상이나 심상 같은 게 따로 있을 거다.

이것이 다름이 아니라, 말레나 에른만이 노래하는, 또 노래하면서 애타게 찾고 있는 유칼리가 아닐 것인가?

오늘 녹음한 내용을 어떻게 편집할까? 이제부턴 이게 문제다.

세 분은 다헌의 마당에서 서로 작별 인사를 하느라고 바쁘다. 날씨는 한결 더 추워졌다. 딴은, 일 년 중에서 가장 추운 때다. 이 무렵이면, 북서풍과 미세먼지가 왔다 갔다 한다. 과거의 삼한사온은 요즈음 '3한 4미'로 불린다. 그제께 미세먼지가 좀 잦아드나 싶더니, 어제부터는 다시 북서풍이 몰려온 듯하다.

나에게는 편집 및 출판의 일을 나날이 하다 보니, 늘 비슷이 반복되는 루틴이 있게 마련이었다. 이 가운데서도 오늘 하루는 일상의 수준을 넘어선 좋은 말들을 적잖이 들었다. 뜻밖의 경험이랄까? 내 귓전에는 여전히 말레나 에른만의 애절한 목소리와 감미로운 멜로디가 빚어낸 환청이 잇따르니, 세상을 보는 눈도 환해지는 것 같다.

꿈꾸는 저편의 유칼리가 산광(散光)으로 다가오는 것 같다. 오늘의 중요한 일을 마치고 나니, 하루해도 인왕산 서촌 마을 쪽으로 조금씩, 조금씩 뉘엿대고 있었다. 집에 가서 간단한 식사를 한 이후에, 좋은 음악을 듣고 싶다.

삶이 곧 눈멂이라는

1. 프롤로그

문학? 좋지!

대학원 은사인 시인 K는, 비교적 큰 키의 깡마른 모습에다 검은 테 안경을 쓴 채로, 일본 비평가의 상징 같은 존재인 고바야시 히데오가 하던 말버릇대로 술자리에서 자주 이 말을 되뇌고는 했다. 이 평범한 말 속에는 깊은 뜻이 담겨 있을 것 같지만, 그 당시에는 감이 잘 잡히지 않았다. 지금 생각하면, 이런 말뜻이 함축되어 있는 것 같다.

세계 질서에 순응하면, 자유는 없다.

문학과 예술이란 이를테면 불행해질 수 있는 권리라고 하는데, 저 고독한 원로 시인은 말이지, 술에 늘 취하거나, 또는 문학의 담론에 자주 취하거나 하면서, 좌중의 사람들 앞에서, 특히 술자리의 제자들 앞에서, 마치 전설의 축구선수처럼 종횡무진으로 론 그라운드를 누비고 다니거나, 혹은 자수의 장인처럼 다채롭게 색실을 바꾸어가면서 수를 놓거나 하고는 했다. 말씀의 어투나 어세도 표준어와 사투리의 경계를 넘나든다.

어쨌든 시인 K는 한마디로 말하자면 문학지상주의자였다. 그는 시인 중에서 누군가가 집을 샀네, 소설가 중에서 누군가가 무슨 비까번쩍한 문학상을 받았네, 젊은 평론가 중에서 누가 교수가 되었네 하는 것에는 관심이 전혀 없었다. 관심 밖의 일에는 아예 염두에 두지 않았다. 어디까지나 문학하는 근본정신이 요긴했고, 문학의 아름다운 근거를 밝히려는 게 늘 초미의 관심인 듯싶었다. 게다가 문학이 좋다는 말에 동의해도 '분가쿠, 요시'라는 왜말 따위는 입 밖에 내지도 않았다.

시인 K는 근엄한 교훈주의자가 아니었다. 생각이 꽉 막힌 사람을 경멸했다. 도덕적인 판단기준에 있어서도 유연한 태도를 보였다.

그럼에도 불구하고, 조강지처를 버리는 사내를 속물로 단정했다. 그가 속물로 여기는 유형들이 더러 있었지만 유독 조강지처를 버리는 속물을 가리켜 질이 가장 낮은, 그악한 속물로 치부했다. 왜 그런지는 잘 알 수 없으나, 조강지처를 버려서 나쁘다는 게 아니라, 남자가 이 여자, 저 여자를 바꾸어가는 그 욕망의 증식이 가증스럽다는 것이었다. 한번은 내게 이런 말을 했다.

"자네도 잘 아는 촌놈인 어느 소설가가 조강지처 몰래, 엄청난 자산가 집안의 모던걸과 연애를 한다고 하더군. 낫살도 쉰 이상이나 먹은 이가 말이야."

세상일의 속내는 잘 알 수 없다는 표정을 지었다. 문인의 사생활에 대해선 철저히 함구하던 그가 내뱉은 이례적인 말 한마디였다. 문학 속으로 빨려들기를 바라던 그가 작은 창을 통해 문학 바깥의 세상을 흘깃 훔쳐보았던 것은 아닐까? 나는 그때 그가 좀 이중적이라는 생각이 들었다. 물론 그가 표리부동하다는 뜻이 결코 아니다. 때로 그에게서 인생을 달관한 다(多)경험주의자의 이미지가 느껴졌고, 때로는 그에게서 호기심 많은 소년의 시선이 느껴지기도 했기 때문이다.

내 인생에서, 시인 K과의 만남을 통해 나는 문학에 관해 실눈처럼 뜨여지는 게 있었다. 고전문학이 지나치게 텍스트의 표면에만 집착하는 경향이 있지만, 현대문학은 텍스트의 표면과 이면을 넘나드는 힘과 부드러움이 넘쳐나는 듯했다. 문학에 관한 한, 적어도 내 생각으로는 이랬다. 단순한 사람은 문학을 할 수 없다는 것. 그래서 문학하는 사람은 종잡을 수가 없다는 것.

문학? 좋지!

문학은 역사나 철학처럼 남을 계몽시키는 것 따위가 아니라, 자기 스스로 심미적인 인상으로 받아들이면 그 자체로서 그냥 그만이다. 거기에는 선악도, 미추도, 시비도, 곡직도 없다. 최근에는 곡직의 문제가 화두로 떠오른다. 정치인들의 진술이나 유튜버의 보도에서 가짜뉴스가 사회의 파장을 불러일으키곤 한다. 진실이 왜곡된 것이냐, 실상이 정직한 것이냐 하는 이 곡직의 문제는 앞으로도 초미의 현안이 될 것이다. 문학의 입장에서 볼 때, 남들이 가짜뉴스라고 보는 것도 개인에게는 누구랄 것도 없이 진짜뉴스가 될 수도 있다. 삶의 진실이란 게, 누구에게나 천편일률로 적용되는 것이 아니기 때문이다.

2. 예외자의 시선

1992년 5월의 어느 토요일에, 대학원 학술대회가 있었다. 외부에서도 관심이 많아 대학에서도 비교적 큰 규모의 공간인 학술회관 자리를 가득 채웠다. 주제는 '선(禪)으로 약동하는 시심 및 화려한 무심(無心)'이었다. 그때는 동구권의 사회주의 몰락 이후에 거대담론보다 명상이니 선, 건강이니 몸매 등의 미시적인 개인사에 관해 일반인들의 관심이 높아지던 시기였다. 시인 K도 발표자의 한 사람으로서 시와 선의 논리적 정합성 및 논리의 초월성에 관해 발표를 했다. 그는 시인답게 학술적인 색깔을 지우려고 노력을 했다. 이 점이 청중에게 도리어 적지 않은 공명을 불러일으켰던 것 같다. 그는 평소에도 젊은이들과 만나 문학에 관해 야심토록 얘기하는 것을 무척이나 좋아했다. 그날에 학술대회를 마치고서, 그는 자신의 대학원 수업을 받고 있는 박사과정의 제자들과 학교 앞의 주점에서 술을 마셨다. 박사과정의 동료들이 자주 가던 전철역 부근의 주점이었다.

시인 K를 모셔간 이들은 나와, 시인으로서 이미 전국적으로 이름이 잘 알려진 소년 같은 모습의 H, 선시 이론에 정통한, 수행자 이미지의 D, 한중일 문학을 동시에 천착하려는 국제 학술의 야심가 후지모토였다. 시인 K와 인간적으로 가까운 대학원생들은 대체로 본교 M대학교 국문과 출신이 아닌 이들이었다. 그날 행사에 무슨 바쁜 일이 있는지 모습을 나타내지 않은 석사과정의 J양은 본교 출신이기는 하지만 국어교육과를 나왔다. 평소에 선배들과 함께 자리를 하길 좋아하고, 학문적인 정보에 대한 지적인 호기심이 많았다. 주머니 사정의 여유가 있는지 식대 계산도 자주 했다.

남의 말을 귀로 잘 경청하다가도, 시인 K의 입은 말문이 한번 터지면 폭포수와 같이 거침없고, 걷잡을 수 없는 장광설로 변한다. 아니, 지식과 정보의 바닷물이 밀려들어 범람한다. 평소와 달리 얘기 중에 신이 나면 때로는 육두문자도 쓰곤 했다. 취중이면, 이것은 그의 상투적인 언어 습관으로 반복된다. 그래도 그의 말은 길을 잃지 않는다. 취중의 대화 속에 간혹 끼어드는 그의 상투어는 광채 있는 수사이자, 강음부의 리듬과 같은 것이었다.

"어느 시인이 나한테 속삭이듯이 고백하데. 말라르메를 좇아가려고, 시인이 됐다고 말이야. 말라르메는 말이야 물론 대단한 시인이지. 그를 넘어서야 시인이지, 그를 좇아가면 어디 시인인가? 좇아가려고 하는 시는 말이야 X빨라고 쓰나? 그것도 무슨 은밀한 고백이라도 내게 하듯이 말이야. 태도가 글러먹었어. 진지한 태도가 아냐. 우스꽝스러운 태도지, 뭐."

나와 동료들은 고개를 주억거렸다. 다들 무언가 꽂히는 말이었다. 하지만 육두문자와 관련해서는 마침 그 예쁘고도 순진무구한 J양이 부재중이란 사실이 다행스럽게 여겨졌다.

떡본 김에 제사지낸다고 (시인 K는 평소에도 이 속담을 즐겨 사용했다) 육두문자 나온 김에 분위기를 띄우려고, 내가 그랬다.

"선생님, 세상에서 정력이 가장 약한 사람이 누군지 아십니까?"

"누군데? 말해라, 박 군."

"네, 말라르메는 아니고, 조지 시드니라고……."

"뭐라고, 조지 시드니?"

좌중에는 순식간에 박장대소의 큰 파도가 지나갔다. 조지 시드니는 1960년대에 뮤지컬 영화를 연출한 미국의 영화감독이었다. 그가 세상에서 정력이 가장 약한 사람이라는 사실은 아무런 관련이 없다. 뭐가 시들었다니, 이건 기의가 아니라, 기표다. 사실은 술자리의 말장난에 지나지 않는다.

"그러면 내가 박 군한테 묻겠는데, 세상에서 가장 불효막심한 놈은 누구인고?"

"누군가요?"

"누구긴? 에밀졸라 아이가?"

"에밀졸라보다 더 불효막심한 놈이 있는데요."

"누군데?"

"지미 카터……."

좌중에 또 한 차례의 큰 웃음의 물결이 지나갔다.

"어미의 목을 조른 사람보다 어미의 목을 자른 사람이 더 나쁘지 않습니까?"

한국어의 뉘앙스조차 감지할 수 있는 후지모토마저 나와 시인 K 사이에 오간 대화의 내용에 대해 매우 재미있어했다. 목을 자른 사람, 목이 잘린 사람, 목을 자르게 요구한 여자의 이야기가 나오면, 으레 이야기가 길어지게 마련이다. 시인 K가 언젠가 동서고금의 명작 중에서도 최고의 명작으로 꼽은 적이 있었던 오스카 와일드의 「살로메」다.

시인 K가 유미주의자가 된 데는 6년제 C농림학교에 재학할 때의 한 은사의 조언이 큰 영향을 미쳤다. C농림학교는 중학교였다. 일제강점기의 중학교는 본디 5년제였는데, 미군정이 6년제로 바꾸었다. 그가 중학교에 입학한 시기는 해방 이듬해인 것으로 짐작된다. 자신의 개인사에 관해선 거의 입도 방긋하지 않았던 그는 언젠가 내게 말했다.

"자네도 알다시피 내 고향은 진주인 기라. 내가 비록 진주에서 태어나지 않았어도 젖먹이 때부터 6년제 중학교 졸업할 때까지 성장했으니, 진주가 내 고향에 다름없는 기라. 내 아버지는 트럭운전수였지. 나는 사범학교를 가고 싶었지만, 내 아버지가 농림학교를 가라고 해서 거기에 입학하고 말았지. 내가 농림학교에 다닐 때는 해방정국이라 카는 난세인지라 학생들은 공부는 뒷전이었고 모두 정치에만 관심이 있었지."

일제강점기의 트럭운전수라면, 지금의 비행기 파일럿 수준의 사회경제적인 지위를 가지고 있었으리라. 시인의 아버지가 아들이 고리타분한 선생이 되는 것보다 새 시대에 적응하는 농경기술자가 되기를 바랐던 모양이다. 그 시대에 농림학교를 나오면 일찌감치 면장이 되는 사례도 많았다. 이 이야기가 내가 시인 K에게 들었던 유일한 전기적인 삶의 흔적이었다.

시인 K는 언젠가 내게 학생 시절에 세칭 '국대안' 파동에 개입했노라고 짤막하게 말한 적이 있었다. 1947년에 미군정은 국립서울대학교설립안을 전격적으로 발표했다. 경성대학, 경성고상, 경성공전, 경성사범 등의 학교를 통합해 서울대학교를 개교해버렸다. 경성대학 3학년 학생들은 4학년으로 진급시켜 서둘러 졸업하게 했다. 국대안을 반대한다면서, 전국의 중학생(지금의 고등학생)들이 들고 일어났다. 동맹휴학에 돌입했다. 시간이 흐른 후에, 좌우파 학생들은 지속과 중단을 놓고 갈등을 빚었다. 국대안이 좌우파 대립으로 변질되었다. 중학생 시절의 시인 K가 이때 좌파이거나 좌파에 대한 동반자적 태도를 보인 것으로 보인다. 그가 내게 더 이상 말을 하지 않았으니, 당시의 상황을 잘 알 수가 없었지만. 해방기의 학생들이 대체로 정치 문제에 민감하게 반응한 것은 틀림없는 사실이다. 공부에는 관심이 없어도 개교기념일 행사는 있었다고 한다. 연극반 지도교사는 개교기념 연극 공연을 오스카 와일드의 「살로메」로 정해놓고 학생들을 지도했다. 이때 중학생인 시인 K는 연극반 지도교사를 찾아가 좀 거칠게 항의했다.

"선생님, 지금과 같은 이런 시국에 「살로메」와 같은 퇴폐적인 시극을 굳이 무대에 올려야 합니까?"

"군은 오스카 와일드가 왜 좁은 문으로 가지 않고 '넓은 문'으로 가게 되었는지를 생각해 보게. 이 작품을 다시 한 번 읽어보게나. 그러면 내가 이 어수선한 시절에도 불구하고 굳이 「살로메」를 선택한 까닭을, 군은 알 수 있을 걸세."

그 당시의 연극반 지도교사는 훗날 소설가로 문명을 떨칠 L씨였다. 그는 메이지대학 전문부(예과)를 수학한 후에, 불문학도의 꿈을 키우고 있었는데, 마음의 준비도 없던 어느 날, 갑작스레 학병으로 끌려갔다. 그는 중국 소주에 가서 군사용 말을 관리하는 등 갖은 고생을 다했다. 전쟁이 끝난 후에 상해에서 몇 달을 머물다가 귀국한 그는 해방 직후에 자신의 모교이기도 한 C농림학교의 교사로 부임해 있었던 것이다.

중학교 학생인 시인 K는 얼마 후에 조숙한 천재처럼 시단에 혜성과 같이 등단했다. 중학생이 시인으로서 공식적으로 등단한 사례는 전무후무했다. 그의 등단 작품의 제목이 '황량한 도심을 몽상(夢想)하다'인데, 이것은 해방 직후의 혼돈적인 시대상을 모더니즘 기법으로 묘파한 매우 감각적인 시였다. 그의 탁월한 언어 감각은 소년 시인의 이례적인 탄생이라는 결과를 가져 왔다. 그의 작품을 뽑은 심사위원도 그의 장래성을 흘깃 엿보았던 것 같다. 그는 등단과 함께 불그스름한 시국관도 스스로 걷어낸 것 같다. 이때부터 연극반 지도교사인 L의 조언대로 오스카 와일드와 같은 유미주의의 세계를 탐구하기 시작하였다고 말한 바 있었다.

처음엔 고생이 되더라도 행복이 보장된 좁은 문이 아니라, 끝내 어떻게 된다고 하더라도 처음부터 행복을 추구하겠다고 한 오스카 와일드는 문학과 예술의 아름다움을 부르짖다가 끝내 사회적, 도덕적으로 매장되었고, 그의 인생도 결딴이 났다. 시인 K는 먼 훗날에, 오스카 와일드가 그때 사서 고생을 하는 좁은 문보다, 자유에 대한 자기 검증을 실천하기 위해, 넓은 문을 택했다고 봤다.

그에 관한 얘기는 이 정도로 하고, 내 얘기를 해보려고 한다. 나는 1963년에 김해에서 태어나 자랐다. 중고등학교와 대학교는 김해와 인접한 지역인 부산에서 다녔다. 학번이 82학번이기 때문에 나는 세칭 86세대이다. 중국의 문화혁명 세대처럼 가장 공부를 하지 않은 세대다. 홍위병에 가담한 대부분의 문화혁명 세대가 공부를 하지 못한 소위 '라오산제'이었듯이 말이다. 라오산제라고 하는 말은 1960년대 말인 지나간 3년의 시기를 경험한 세대란 뜻을 지닌다. 이 세대는 대부분 중국 정부에 의해 신장-위구르나 내몽골로 쫓겨나 고통 속에서 인생을 보냈다. 격동의 시기에 공부보다 민주화의 열기에 달떠 있었던 우리 세대 중에서도 반전, 반핵을 외치던 일부의 운동권 출신이 정치권에 입신하였거나, 아니면 라오산제처럼 쓰디쓴 인생고에 시달렸거나, 했다. 중국이 3년 세대라면, 우리 86세대는 1980년대에 걸쳐있는 무려 10년간의 세대다.

나 역시 애최 운동권에 가담했지만 행동보다 토론을 일삼았다. 그리곤 여기에서 재빨리 빠져나와 졸업할 때는 국어교사 자격증을 얻었다. 졸업한 후에, 고향 마을의 면사무소에서 방위를 하면서 군역을 마쳤으며, 1980년대 말에는 부산의 한 실업계 고등학교에서 임시교사로서 1년 6개월을 근무했다. 임시교사는 지금의 기간제교사와 비슷한 제도였다. 쥐꼬리 같은 임금의 초라한 시간강사와는 처우가 현저히 달라서 초임 교사의 임금을 받았다. 하지만 정규 교사로서는 법적으로 인정을 받지 못했다.

1990년 3월 초였다.

대학원은 부산의 모교에 입학하지 않고, 서울의 명문 사학인 M대학교 대학원 국문과에 입학했다. 1990년대가 되자마자, 언론에서는 우리 세대를 두고 세칭 386의 출현이라고 했다. 나는 나이 만30세가 되기도 전에 386이 되었다. 오래 살다보니, 나의 생각으로는 우리 세대가 민주화 열기로 인해 공부를 제대로 하지 못한 세대인줄만 알았는데, 더 문제인 것은 무슨 일이건 간에 목적을 위해선 수단이나 절차쯤은 좀 무시해도 된다는 사고를 가진 세대인 것을 깨닫게 되었다는 사실. 나는 2년 후에 같은 대학원 박사과정에 내처 입학했다. 1992년은 우리식 나이로 비로소 서른이 되었던 해였다. 내가 박사과정에 입학하니, 나를 바라보는 주변의 시선이 석사과정 때보다 사뭇 달라졌다. 경계한다고나 할까, 경쟁적이라고나 할까.

그해 4월에 M대학교 국문과에서는 학부와 대학원을 가리지 않고 함께 하는 행사가 하나 있었다. 다름이 아니라, 시인 K의 회갑을 기념하는 행사였다. 그 당시에 작년(1991)부터 학부와 대학원에선 그의 회갑을 기념하는 문집을 간행하는 데 앞서 원고를 모집하기에, 나도 석사과정 마지막 학기에 수필 한 편을 써주기도 했다. 물론 당사자인 본인도 「시주(詩酒) 일생을 돌아다보며」를 써서 책의 첫머리를 장식하기도 했다. 행사는 '○○○ 교수 회갑기념문집 출판기념회'의 형식으로 이루어졌다. 많은 이들의 축사와 덕담이 길게 이어졌다. 시인 K는 자신의 시주 일생을 돌아다보는 감회어린 회고담을 말하는 것으로 답례를 대신했다.

그때 전통적인 환갑잔치의 이미지를 연출하기 위해 백 명 이상 수용할 수 있는 교직원 전용식당에서는 술과 안주, 다과와 과일과 떡 종류 등이 푸짐하게 차려졌다. 평소에는 대학원생과 학부생이 공식적으로 만나기 어려웠다. 대학원 국문과 학생회장이 학부생들에게 박사과정에 재학하고 있는 원생들을 한 명씩 소개했다. 원생 한 사람씩 소개할 때마다 학부생들은 환호성을 지르면서 열광했다. 이들은 학부 때부터 알아온 알음알이 선배들이었다. 일본에서 학교를 다니다가 처음으로 한국의 박사과정에 입학한 후지모토는, 소개를 받는 이들 중에서 가장 이색적인 존재였다. 마치 멀리서 온 손님을 대접이라도 하는 듯이 환호성은 없어도 박수소리는 다들 크게 냈다. 한편으로 반일(反日)의 표시처럼 여기저기에서 운동권 학생들의 야유가 있었지만, 야유소리는 박수소리를 넘어서지 못했다. 우—하는 야유에도 눈썹 하나 까닥하지 않고 도리어 미소를 짓는 후지모토였다. 그는 모든 것을 각오하고 현해탄을 넘었던 것 같다. 타교 출신의 유명한 시인 H와, 타과 출신으로서 수행자 같은 이미지의 D 역시 박수를 받았다.

그런데 놀라운 일이 벌어졌다. 대학원 학생회장이 마지막으로 나를 자세하게 소개했지만, 아무도 박수를 치는 학부생들이 없었다. 그 뜻밖의 냉랭한 분위기는 내가 평생을 두고 잊지 못할, 극히 낯설고도 기막힌 분위기였다. 이유도 알 수 없었다. 지방대학교 출신을 박사과정 원생으로 결코 인정할 수 없다는 항의의 표시였을까? 그래도 그렇지, 학부생들이 무얼 안다고? 누군가가 미리 조정하거나 장난을 치지 않았다면, 어찌 이런 조직적인 대응이 있었을까? 교수 중의 누군가가 미리 기획한 소행이었을까? 아니면 대학원 학생회장의 교활한 짓이었을까? 나는 한동안 실망과 실의에 잠겨 있었다.

내 전공이 고전문학인데도 불구하고 현대문학 전공의 시인 K에게 석사과정 수업을 이미 들었었고, 앞으로 박사과정에서도 강의를 들을 계획을 하고 있는 데는, 그의 인품과 학식이 내게 큰 도움이 될 것 같다는 기대감 때문이었다. 게다가 그는 나와 같은 지연의 경남 출신이고, 또 부산이라고 하는 학연도 공유하고 있었다. 그의 회갑 문집에 발표한 에세이 제목도 '객지반생(客地半生)'이었다. 나는 고향 김해에서 떨어져 나와서 중학생 시절부터 지금까지 객지 생활을 하고 있으니, 객지에서 절반을 살아온 셈이다. 시인 K는 내가 박수조차 받지 못한 마음의 상처를 달래주려고 한 요량이 있어선지 어떤지 잘 모르겠지만, 내게 저녁식사를 함께 하자는 제의를 했다.

"박 군. 자네의 글 「객지반생」을 잘 읽어보았네. 학문하는 사람답지 않은 감성적인 필치에는 아취(雅趣)가 묻어나 있느니."

"재주가 워낙 비천해 드릴 말씀이……."

"그런데 내가 진즉 하고 싶은 말이 따로 있다네."

"……."

"자네의 글쓰기 솜씨보담 내용일세."

"……."

"향수는 만인의 의무가 아인 기라."

"선생님처럼 저 역시 고향을 떠나 지금까지 객지생활을 했다는 객관적인 사실을 말했을 뿐이지, 제 고향에 대한 애착이니, 입신해 귀향하겠다는 따위의 생각을 염두에 두고 쓴 것은 전혀 아닙니다."

"굳이 자네를 두고 하는 말이 아니라, 지금 우리나라가 지역감정이란 정치적인 문제로 인해 몸살을 앓고 있지 않나? 어디엘 가더라도 무슨 향우회니, 무슨 학우회니, 무슨 전우회니 하지 않나? 사상가 셰스토프가 말했듯이, 집단이나 이웃의 힘을 빌지 않고 이 세상을 혼자 바라볼 수 있는 자기 자신의 눈이 필요한 게지. 난 이를 두고 '예외자의 시선'이라고 표현하고 싶네."

"예외자의 시선요?"

"그래. 세상으로부터 소외된, 예외적인 존재의 시선은 정말 외로운 거지. 내가 고향이란 것이야말로 허상이요 가짜라고 하면, 내 말이 세상 사람들에게 씨도 먹히지 않겠지. 하지만 한번 생각해 봐. 역사 속의 유목인들에게 고향이란 게 있었겠느냐고? 또 지금은 거의 소수민족으로 전락한 이들의 마음속에 고향이란 관념이 있겠느냐고? 고향은 정주민에게 해당될 뿐이지. 만약 시간이 나면 졸고(拙稿 : 내 수필이라는 뜻)인 「그 인생은 그 인생」을 한번 읽어보게나."

나는 그 이후에 시인 K가 권유한 대로 「그 인생은 그 인생」이란 글을 찾아서 읽어보았다. 그가 1970년대에 발표한 일련의 수필은 경묘(輕妙)의 신변잡기라기보다 묵직한 느낌으로 다가오는 에세이였다. 「그 인생은 그 인생」은 '오랜만에 진주에 가서 하룻밤을 자고 왔다.'라는 첫 문장으로부터 시작하는 글이었다. 또 논개 사당을 참배했다고 한다. 논개에게 뭔가 켕기는 마음이 있었을 터. 1970년대 중반이었을 것이다. 시인은 언론인으로서 일본 구마모토에 다녀온 일이 있었다. 구마모토성은 일본 3대 명성 중의 하나다. 역사를 좀 아는 한국인이라면, 임진왜란과 정유재란 때 왜장으로 참전한 가토 기요마사를 거의 알고 있다. 이 사람이 세운 성이 바로 구마모토성이다. 시인이 아침 일찍 잠이 깨 산책을 했다는데, 성문이 열리지 않아 성 주변의 해자를 따라 돌았던 모양이다. 왜장 가토 기요마사를 모신 신사가 있었다고 한다. 그의 옆에는 여인도 모셔져 있었는데, 여인의 정체와 이름이 '한인(韓人) 금관(金官)'이라고 씌어 있었단다. 역사를 좀 아는 한국인이라도 아무도 모르는 조선 여인인 금관. 그녀는 전승 기념 파티 같은 데 동원된 기생인 게 거의 확실했다. 이 여인의 정체와 관련된 전승 기표가 금관인 것은, 이것이 김해의 고호(古號)라는 점을 전제로 할 때, 김해 김 씨 집안의 여인이거나, 김해가 고향인 여인이거나 했을 것이다. 조선시대의 여염집 여자라면, 도저히 왜장의 품에 안길 수가 없었다. 술자리에서 남자와 대면하는 학습 효과가 없기 때문이다. 금관은 왜장의 전장 현지처가 되었다가 일본으로 건너가 살았다. 죽어서는 본처를 제치고 부부처럼 봉안되었다. 그녀는 왜장의 총애를 받았겠지만 일본에서 살아생전에 본처 및 일본인들로부터 얼마나 미움을 받았을까?

시인 K는 그날 저녁에 구마모토 향토사에 일가견이 있는 언론인과 만나 저녁을 함께 하기로 되어 있었단다. 이 자리에서 금관에 관한 자세한 얘기를 전해 듣는다. 금관은 왜장을 끌어안고 죽은 논개와 대척점에 놓이는, 그 시대의 역사인물이다. 내가 생각하기로는 금관이 조국을 배신한 여자라는 점에서, 자신의 사랑을 거절했다고 해서 사모하는 사람의 목을 요구한 살로메와 마찬가지로 치명적인 여인, 팜 파탈이었다. 시인은 금관을 두고 이렇게 말한다. 인생의 무게를 다는 저울은 민족주의라는 눈금 하나만을 가지는 것이 아니다. 사람이 달라지면, 그 눈금이, 아니 저울 자체가 달라져야 한다. 향수는 가질 수도, 안 가질 수도 있다. 이것이 만인의 의무인 것은 결코 아니다.

시인 K가 왜 나에게 자신의 글을 읽어보라고 했는지를 알 것 같다. 그는 그 당시에 귀국한 후에 모처럼 고향나들이를 했다고 한다. (이 표현 대신에 그는 '진주걸음'이라고 했다.) 논개의 사당을 참배하기 위해서였다. 논개에게 공연히 미안한 마음이 들었을지도 모른다. 그가 그 당시에 나에게 살아온 모든 인연을 버리라고 한 것이다. 학연도 지연도 버릴 때 인생을 새로 시작할 수 있다는 함의를 내게 은근히 던져 준지도 모른다. 그는 열심히 공부만 하면 모든 일이 저절로 잘 풀릴 거라고 생각한 나에게 죽비소리 같이 들리는 각성을 불러일으켰던 것이다.

3. 현악기 줄의 운명

무더위가 한풀 꺾이는 1992년 8월 말에 2학기가 시작되었다. 나는 시인 K의 강의인 '문예사조의 이론'을 신청하였다. 그는 9월 중순에 강남의 신사동에 있는 어느 영화관 앞에서 원생들과 만나기로 했다. 함께 영화를 보기 위해서였다. 영화는 그 당시에 국내에서도 초미의 관심이 된 중국 5세대 영화였다. 제목은 '현 위의 인생'이었다. 중국 천안문 사태 때 미국으로 망명한 영화감독 첸 카이거가 연출한 영화였다. 중국 5세대 영화임에도 불구하고 그 영화의 주제가 무거운지 서울 개봉관 서너 군데에서 상영하다가 일찍이 종영해 버렸다.

하지만 영화 「현 위의 인생」은 내 인생에 있어서 적지 않은 영향을 미쳤다. 그때까지 경험할 수 없었던 강렬한 시각적 이미지, 부조리한 인간 조건, 원색적인 욕망의 텅 빔, 사운드의 색다른 청감 등에 있어서 말이다. 다음 주 강의 시간에 석사과정의 J양은 너무 감동적이었다고 환한 표정을 지었다.

"J양은 아요, 이 영화가 어째서 감동적이라고 생각하네?"

시인 K는 진주 지역어인 감탄형 '아요'와 의문형 '……네?'를 호응하면서 곧잘 사용하곤 했다. 지금도 연만한 진주 사람들 중에서 '아요…… 네?'의 구문을 사용한다는 얘기가 있다.

"세상 사람들에게 성자로 추앙을 받아온 영화 속의 늙은 맹인도 천 개의 줄이 끊어지면 눈을 뜰 수 있다는 믿음이 붕괴되는 순간에, 원색적인 인간으로 돌아오잖아요? 그도 결국은 인간에게 속은 속물이잖아요. 이 대목에서 저는 깊은 낭만적인 아이러니를 느꼈습니다. 대부분의 인간이 두 눈을 뜨고 살아가도, 돈이나 권력이나 명예나 사랑 등에 눈이 멀지 않아요? 누구나 생의 맹목성에서 자유로울 수 없다는 견고한 생각에, 영화적인 메시지에 대해, 새삼스레 전율하게 되었어요."

평소에 지나치게 감성적이어서 평명한 상식이나 논리의 틀을 벗어나곤 하던 J양이, 교수의 이 물음에는 매우 논리정연하게 대답을 했다. J양의 또 다른 민낯을 볼 수 있었다. 나 역시 그녀의 생각에 충분히 공명할 수 있었다.

"박 군은 이 영화를 어떻게 생각하네?"

"저도 J선생님처럼 의미의 모순을 감지했습니다. (나는 J양의 공식적인 호칭을 J선생님이라고 했다.) 저는 아이러니보다 역설로 보이는데요, 이에 관해 심도 있는 토론이 예상됩니다만, 이 수사학적인 쟁점은 차치해 두더라도, 삶이 곧 눈멂이란 눈부신 모순의 의미를 우리에게 마음속의 여운처럼, 여백처럼 남겨놓는 것 같은 영화라고 보입니다."

시인 H는 감동에 빠진 듯이 내 말을 이어받았다.

"영화의 대사 한마디, 한마디가 시 같이 들립니다. 우리가 쉽게 경험하지 못한 시각적인 이미지도 상당히 시적입니다. 참 대단해요. 특히 늙은 맹인이 자신의 눈뜸에 대한 믿음과 기대 속에서 이런 말을 남깁니다. 가슴 설렘을 넘어 벅차오름을 가졌을 거예요. 꽃을 보면서 재채기라도 하고 싶다, 라구요. 이 독백 한 문장은 이 영화 전체를 울림하고 있습니다."

시인 H의 말에 대해, 내가 한마디 거들었다.

"지금 이 자리에 미혼의 J선생님도 계셔서 좀 민망스럽습니다만, 저명한 여의사가 최근에 TV 방송에 출연해 남녀의 성적 교섭에 관한 강의를 한 적이 있었지요. 성적으로 민감한 문제는 TV에선 피하는 게 일반적이지만 이례적인 심야 교양 프로그램으로서 방영되었지요. 남녀가 섹스를 할 때 생리적인 면에서의 오르가즘을 가리켜 순간적인 근육 긴장이라고 설명하면서, 또 이를 '혼신의 재채기'라고 비유했어요. 영화 속의 늙은 맹인에게 있어서의 눈뜸은 에로스적인 생명의 충동이라고 보입니다. 반면에 눈멂의 상태가 타나토스적인 죽음의 충동이듯이 말이지요. 눈멂과 눈뜸은 상당히 모순적인 관계인 것 같지만, 실상은 서로 동전의 양면 관계라고 봐요. 늙은 맹인의 제자가 어느 마을의 멀쩡한 소녀와 사랑에 빠져서로 어루만지다가 성에 눈을 뜨면서 관계를 맺는 것이 눈멂에서 눈뜸으로 이행한 결과라고 할 수 있겠지요. 맹인이 눈을 뜬다는 것은 육체의 활성화, 즉 에로스적인 충동으로서의 생명력이 아닐까요?"

내 말이 끝나자마자, 시인 K는 후지모토더러 '등 선생은 어떻게 생각하네?'라고 하면서 묻는다. 우리 동료는 그를 두고 '후지모토 상'이라고 호칭하고, 또 지칭한다. 하지만 시인 K는 그를 등 선생이라고 한다. 후지모토의 우리식 한자어가 '등본(藤本)'이기 때문이다. 후지모토 역시 자신의 호칭이 등 선생이란 사실을 재미있어하고 있다. 그는 미리 준비한 유인물을 나누어주고 있다. 그는 조선족 지인으로부터 영화 「현 위의 인생」의 원작이 되는 단편소설을 제공받았다. 원작자는 중국 소설가 스 티에성(사철생 : 史鐵生)이다. 그는 문화혁명 시절에 중노동을 이겨내지 못하고 하반신 마비 장애자가 된 불우한 사람이다. 역사의 희생물이랄까? 하지만 온갖 역경을 이겨내고 소설가로서 우뚝 입신했다. 그가 나누어준 유인물에는 작자 소개, 원작 소설의 줄거리 등의 배경 지식이 빼곡하게 적혀 있다. 이처럼 후지모토의 철저한 준비성은 타의 추종을 불허했다.

"영화 「현 위의 인생」의 원작은 사철생의 단편소설 「명약금현(命若琴絃)」입니다. 제목의 뜻은 글자 그대로, '인생은 거문고 줄과 같다'입니다. 영화의 내용과 달리, 늙은 맹인은 죽지 않고 인생을 성찰합니다. 영화보다 더한 성자의 모습으로 그려집니다. 영화처럼 끝내 속물로 타락하지도 않구요. 그는 인생에서 목적이란, 허구라고 봅니다. 오로지 과정밖에 없다는 것이지요. 박 선생님이 눈뜸을 에로스적인 생명의 충동이라고 보았는데요, 저는 다른 차원에서 보고 싶습니다. 이 눈뜸을 가리켜 '깨달음(覺)'이라고 하면 어떨까요? 굳이 불교적인 이해의 영역이 아니라고 해도 좋을 것 같구요. 불우한 작가 사철생은 인생에서 목적보다 과정, 깨달음보다 깨달아 감이 중요하다고 간파한 것 같습니다. 이 인생관이야말로 그의 작품 세계의 핵심인 듯합니다."

인생에 목적이 없다는 것은 눈뜸이 없다는 뜻일 게다. 인생 자체가 처음부터 눈멂이요, 맹목(盲目)의 상태인 것이다. 인생은 다름 아니라 장기 지속적인 맹목의 상태랄까? 마침내 시인 K가 입을 연다. 좌중은 마치 가을 물빛을 가득 채운 듯이 조용하기 이를 데 없다.

시인 K가 진지해질 때는 사투리가 다소 빠져 나간다.

"제군의 토론을 진지하게 듣다보니, 나 역시 많은 공부가 되네요. 모두들 기분이 약간 고양된 상태에서 영화 「현 위의 인생」을 긍정적으로 바라본다는 점이 공통적이네요. 나 역시 제군과 마찬가지입니다만, 좀 이론(異論)의 여지가 없는 것도 아니에요. 눈뜸의 상태를 두고 어떻게 문학적으로, 사상적으로 해석하느냐 하는 것은 사람마다 생각이 다 다르겠지요. 원작자 사철생은 눈뜸을 생의 허구로 보았고, 영화에서는 이를 인간 맹목성의 결과로 보았잖아요? 박 군은 에로스적인 생명의 충동이라고 했고, 등 선생은 깨달음이라고 했어요. 내게도 하나의 가설이나 이론이 허용된다면, 나는 이 눈뜸을 '계몽(enlightenment)'이라고 보고 싶네요. 물론 좋은 영화이지만 영화에는 성자도 원색적인 인간이나 속물에 지나지 않는다는, 감독 첸 카이거의 다소 부정적인 인간관이 투영되어 있기도 해요. 나는 이 영화가 지나치게 알레고리적이라는 게 마음에 썩 들지 않아요. 그러니까 교훈적이요, 계몽적인 영화이기도 하지요. 안 그래요?"

시인 K의 시와 산문에는 고향 진주에 관한 얘기가 거의 없다. 고향은 운명이 아니라 우연히 선택된 것에 지나지 않다고, 그가 여겨왔기 때문이다. 존재의 뿌리를 거부하는 데서, 그의 문학과 사상이 출발했던 것이다. 사실 고향이니 존재의 뿌리니 리얼리즘이니 하는 건 너른 문이 아니라, 좁은 문이다. 그는 리얼리즘을 가리켜 굳이 '레알리슴'이라고 했다. 좀 비아냥거리는 것 같은 어투였다. 그가 평소에 자주 사용하던 어휘의 목록은 이렇다. 이를테면, 전복과 허무와 천재와 리얼리즘과 아나키즘 등이었다. 이 중에서 부정적으로 사용되는 어휘는 리얼리즘이었다. 20세기의 문예사조는 크게 리얼리즘과 모더니즘으로 나누어진다. 물론 여기에서 파생된 문예사조는 수십 가지에 이른다. 리얼리즘은 19세기에서 20세기로 이어지는 문예사조다. 19세기의 리얼리즘에는 우리가 사실주의라고 생각하고 있는 고전적 리얼리즘과, 사실주의의 후기적 양상인 자연주의가 있다. 20세기에 이르면 리얼리즘은 비판적 리얼리즘, 사회주의적 리얼리즘이 등장하면서, 문학의 영역을 넘어서 정치적으로나 이념적으로 막강한 세력을 형성한다. 리얼리즘의 미학적 기반에는 필연성과 절대주의, 또 결정론적인 세계관을 배경으로 한다. 이에 비하면, 모더니즘은 우연성과 상대주의, 또 불연속적인 세계관을 배경으로 삼는다. 시인이 리얼리스트가 아니라 모더니스트로 자처한 것에도 다 이유가 있었다. 또 그가 왜 자신의 성장 과정에 관해, 또 고향에의 기억에 관해 침묵했는지를 알 수 있다. 그가 가장 좋아한 문예사조는 예술을 위한 예술, 즉 유미주의였다.

20세기가 되기 직전의 연대인 1890년대에 유미주의가 극성을 부렸다. 유미주의를 두고, 심미주의니, 탐미주의니, 예술지상주의니 말하기도 한다. 특히 세기말적인 유미주의자로 오스카 와일드를 꼽는다. 이 시기에 톨스토이는 이 시기의 유미주의를 비판하면서 인도주의 예술론을 표명한다. 우리나라 신문학사에는 톨스토이의 인도주의 문학관과 오스카 와일드의 유미주의 문학관이 거의 동시에 유입되었다. 각각 이광수와 김동인으로 대표되는 경우다. 우리나라 문인 중에서 김동인의 유미주의 이후에 등장한 이가 바로 시인 K였다. 아방가르드라는 말 자체가 (진군하는 부대의) 전위요원이듯이, 이것이 공세형 미학이라면, 유미주의는 부르주아의 기득권을 수호하려는 수세형 미학이라고 하겠다.

사철생은 소설 「명약금현」에서 자신이 역사(문화혁명)의 희생자였음에도 불구하고, 주인공 늙은 맹인을 희생자로 여기지 않았다. 이 맹인은 작품 속에서 끝까지 살아남아 소위 견자(見者 : 구도자)이며, 탐색적 리얼리스트로서 죽음의 리얼리티를 응시하게 했다. 리얼리즘이라면 그토록 의심을 품던 시인 K가 이 소설을 그리 달가워할 리가 없었다. 영화에서도 소위 탈(脫)환상을 통해 인생의 궁극적인 리얼리티를 추구하는 것에, 그가 그다지 좋은 반응을 가지지 않았을 거라고 본다.

사철생에 비해 첸 카이거는 영화에서, 원작자가 역사의 희생자이듯이 자신도 동시대(천안문사태)의 희생자란 점에서 맹인들의 삶을 희생제의의 관점에서 이해하려고 했다. 첸 카이거는 영화에서 늙은 맹인을 자연사로 죽게 했다. 반면에, 그의 제자인 어린 맹인은 마침내 애인 소녀의 집안사람들에 의한 폭력의 희생자로 만들어버렸다. 영화의 내용은 원작에 없는 죽음, 폭력, 희생제의 등을 부가한 셈이다. 첸 카이거는 조지 버나드 쇼처럼 극적인 탈환상을 통해서만 궁극적인 리얼리즘을 성취할 수 있다고 생각했을지도 모른다.

나는 그날 집으로 돌아가서 후지모토가 제공해준 자료를 읽고, 되읽었다. 그가 소설 제목 '명약금현'의 '명(命)'을 두고 인생이라고 옮겼지만, 나에게는 이 한 글자가 '생명'이나 '운명'에 가까운 개념이라고 보인다. 물론 관점의 차이다. 즉, 운명은 현악기의 줄과 같다. 줄이 끊어지면, 다시 줄을 팽팽하게 조여야 한다. 이것이 천 번이나 반복되어야 한다. 마치 카뮈가 해석한, 저 시지프(Sisyphe) 신화의 부조리한 현실과 같았다.

소설 속의 주인공 짝패인 늙은 맹인과 어린 맹인은 이 산, 저 산을 넘어서, 이 마을, 저 마을로 유랑했다. 그는 사람들을 모아놓고 창세신화나 삼국지연의 같은 역사문학을 구연하면서 살아간다. 때는 한여름이다. 한여름 초저녁에 사람들이 공연을 가장 좋아한다. 공연을 가장 열렬히 호응하는 마을 예양아오에서는 아무도 없는 황폐화된 고찰에서 묵고 있었다. 바위 틈새로 지나가는 뱀의 소리는 마치 수수 잎이 바람에 흔들리는 소리 같았다. 건물 안팎과 담장 위는 모두 거친 넝쿨과 들풀이 넘쳐났다. 진흙으로 만든 삼존불상은 붓다인지 노자인지 알 수 없었다. 이런 걸 보아 이 고찰은 불교와 도교가 습합된 일종의 민간신앙의 사원이 아닌지 모르겠다. 늙은 맹인의 세 줄로 된 현악기는 바로 그의 인생이요, 운명이다. 줄은 곧 천 번째로 끊어질 것이다. 이때 처방전을 가져가면 눈을 뜰 수 있는 약을 구할 수 있다. 그에게 눈뜸은 인생의 유일한 목적이었다. 그는 중얼거리면서 자문한다.

잠시라도 세상을 보고 싶다. 그런데 70평생을 참고 견뎌왔던 이 모든 일이 고작 세상을 마지막으로 한번 보는 거란 말인가? 과연 가치가 있는 일인가?

하지만 천 번째의 현이 끊어진 이후에 열어본 처방전은 아무 글자도 적혀 있지 않은 텅 빈 백지에 불과했다. 모든 것이 결딴났다. 그는 이 순간을 위해 살아왔는데, 이 순간에 이르러 삶의 목적이 본디부터 허구에 지나지 않았음을 깨닫는다.

맹목! 생은 맹목(적)이었다.

눈이 먼 사람이 눈뜸을 바라 마지않겠지만 아무 소용이 없고, 눈을 뜬 사람도 눈멂에서 결코 헤어날 수 없다. 어떤 절대적 존재가 눈을 마음대로 뜨게 하거나, 마치 식은 죽 먹듯이, 쉽사리 눈을 감게 한다는 말인가? 그래도 늙은 맹인은 제자인 어린 맹인에게 당부한다. "기억하여라. 우리 인생도 이 현악기의 줄과 같아서 팽팽하게 조여 있어야만 제대로 연주할 수 있는 거란다." 인생의 의의 및 가치는 외곬으로 바라보고 온 외길에만 놓여있지 않고, 또 다른 길에 놓여있을지도 모른다. 길이 막히면 또 다른 길도 생각해 봐야 한다.

4. 희생양 메커니즘

그해(1992) 시월상달이었다. 날씨는 서늘해졌지만, 날씨가 서늘해질수록 뜨거워지는 게 있었다. 그해 10월 29일에 Y대학교 국문과 교수인 마광수가 수업을 하는 중에 갑자기 들이닥친 경찰들에 의해 수갑에 채워져 연행되었다. 이때부터 문단에서는 마광수의 소설 「즐거운 사라」가 뜨거운 쟁점이 되었고, 이 뜨거움은 사회 전체로 확산되는 분위기로 이어져 갔다. 그해 그날의 공안적인 분위기를 일컬어 어떤 이는 10. 29사태라고 표현하기도 했다.

나는 11월 초에 시인 K와 만나 사사롭게 술잔을 기울이고 있었다.

"선생님. 마 교수도 유미주의자입니까?"

"그렇지. 그가 한때 야한 여자를 좋아한다고 스스로 말했고, 또 이번에 문제가 된 즐거운 사라를 통해서도 독자와 더불어 즐거움을 족히 나눌 수 있으리라고 보았고."

"일각에서는 마 교수가 좋아하는 여인상을 두고 래디컬 페미니즘의 화신으로 보던데요? 이를테면 짙은 립스틱이랄까, 긴 손톱이랄까, 하이힐이랄까 하는 등의 이미지로 치장된, 뭐랄까요, 그악한 아름다움이랄까요, 수동적이고 순응적인 젊은 여인이 아닌, 견고한 세계 질서에 저항하는 그런……."

"그런가?"

"마 교수의 야한 여자, 즐거운 사라가 20세기의 살로메라고 볼 수도 있지 않을까요?"

"글쎄. 마 교수 문제가 법적으로 어떤 결말에 이르게 될지 모르겠지만, 그의 삶이 오스카 와일드처럼 불행하게 된다면, 그렇다고 볼 수도 있겠지."

"……."

"자네. 내 예술관이 무엇인지 아나?"

"인생보다 예술에 초점을 둔다는."

"더 화끈하게 말하자면, 이런 건기라. 인간 못된 게 예술 한다, 라는 것."

"아, 네. 선생님께 몇 번 들어보았던 말씀입니다. 근데, 예술인 중에서 십중팔구가 양식이 있는 선인(善人)들인데, 왜 예술가들이 도덕적으로 문제가 있다고 보시는 겁니까?"

"에끼, 이 사람아. 말의 숨은 뜻을 살펴봐야지."

"숨은 뜻이라뇨?"

"곧이곧대로 한 말이 아닌 기라. 도덕적 세평과 예술적 성취는 별개라는 얘긴 기라. 세계 질서에 순응하면, 자유는 없다, 아이가? 문학과 예술은 불행해질 수 있는 권리야. 인간 못된 게 예술 한다, 라는 말은 요새 말로 역발상이지. 오스카 와일드는 불행했고, 그의 불행은 자발적인 불행인지 모를 일이지. 그를 비난한 사람들은 그를 못된 인간으로 봤잖아? 마 교수도 마찬가지야. 그 역시 좋은, 또 즐거운 아름다움을 위해 스스로 불행을 선택한 게야. 오스카 와일드가 재창조한 살로메는 마태복음에 여섯 줄짜리 삽화에 불과해. 그녀는 이름조차 없었어. 이름을 부여한 이가 바로 오스카 와일드 아인가 베. 유대왕 헤롯이 제수인 헤로디아와 결혼하자 요카난(요한)이 근친상간이라면서 난리를 쳤고. 헤로디아의 딸이 헤롯과 요카난의 이상한 삼각관계 속에서 사모하는 이(요카난)의 목을 요구한 거지. 오스카 와일드는 이 딸에게 살로메라는 이름을 부여해. 거의 2천 년 만에 부활한 살로메는 팜 파탈의 전형이요, 세기말 병적 감수성의 꽃이었지. 집요한 애착의 잔혹 미학이란!"

"마 교수의 유미주의가 아방가르드처럼 공세적인 미학이 아니라, 수세적인 미학에 근거하고 있는 것이라면, 보수적인 인물로부터 지지를 받거나 최소한의 묵인을 확보할 수 있을 터인데, 왜 작금의 보수주의자들이 마 교수를 공격하고 있을까요? 도리어 진보 진영의 사람들은 침묵하고 있고."

"지금 난리를 치고 있는 보수주의자들이 누군데, 그래?"

"현 아무개 국무총리로부터 비롯해, 손 아무개 교수는 말할 것도 없고, 동업자라고 할 수 있는 소설가 이 아무개 등……."

"본디 동종(同種)의 인간들이 이빨을 드러내면서 서로 헐뜯기도 하고, 또 손톱으로 서로 할퀴기도 하게 마련이야!"

"네에. 그렇군요."

"대체로 보아서, 보수주의자들은 예외적 존재가 되는 일에 대해 못 견딜 만큼의 큰 공포심을 가지고 있는 기라. 그들은 자기 자신의 눈으로 이 세상을 바라볼 수가 없는 기라. 또 감히 그러지도 못하는 기라."

동종의 인간들이 사람을 괴롭히는 사례는 마광수의 사례에서도 드러난다. 그가 잘 나가던 시절에 월간 잡지사와의 한 인터뷰에서, 이런 말을 했다고 한다. 주변의 사람들이 그에게 이런 말을 했단다. 저 놈, 세상 무서운 줄 모르고 까불고 있는데, 얼마까지 가는지 두고 보자. 그의 인생은 이로부터 주변 사람들이 저주하는 인생처럼 되어갔다. 이 인터뷰를 한 지 몇 년 후에 그는 검찰에 잡혀갔다. 법원의 실형 선고도 받았다. 학교에서도 교수직에서 쫓겨났다. 그는 문제적 소설 「즐거운 사라」 이후에 이처럼 신산과 형극의 길을 걸어갔다.

내가 박사과정 제3학기로 접어들었던 1993년 5월에 대학원 정례 학술발표회가 있었다. 이때 발표되는 주제는 향후 학위 논문의 제재와 관련되는 경우가 적지 않았다. 나는 가락국 신화의 한 조각인 집단가요 「구지가」가 희생제의나 희생양 메커니즘과 어떠한 문화적 상호관련성을 맺고 있는가에 대해 발표하기로 되어 있었다. 나는 「구지가」에서 보이는 위협적인 언사 '거북이를 구워서 먹겠다.'라는 것이야말로 오래된 고대 사회의 희생제의에서 흔히 볼 수 있는 신화적 요소이거나 문화 현상이라고 보았다. 희생양 메커니즘이란 조어에서 생소한 단어 메커니즘을 굳이 사용해야 한 이유에는, 희생제의에서 희생양이 누군가가 의식하지 못하는 자동화된 과정 속에 잠재되어 있음을 의미하고 있어서다. 나의 발표 과정에서, 모든 종교적이고 문화적인 노력들이 평화와 비폭력을 지향하지만 역설적으로 폭력이란 수단을 통해 그것을 성취하기도 한다고 한 지엽적인 견해에 대해, 박사과정 5학기에 재학하고 있는 한 원생이 의문을 제기했다.

"그 견해는 박 선생님의 고유한 견해입니까? 아니면 문헌적인 근거를 따로 가지고 있는 견해입니까? 종교의 원초적인 폭력성은 불살생계에서 보듯이 일반적으로 자비의 종교라고 알려져 있는 불교에도 해당이 되는지요? 또한 원시 시가인 「구지가」도 종교와 관련된다면, 구체적으로 무슨 종교를 말하는 것인지요? 여기에 모인 많은 사람들이 이해하기 쉬운 답변을 부탁드립니다."

"종교와 문화의 원초적인 폭력성에 관한 견해는 제가 르네 지라르의 이론에서 원용했음을 먼저 말씀드립니다. 시간에 쫓겨 문헌적인 근거에 관해선 제가 미처 말씀을 드리지 못했습니다. 불교의 원초적인 폭력성에 관한 논의는 지금 현재로선 지극히 예외적인 소수 이론에 지나지 않습니다. 하지만 르네 지라르의 희생양 이론에 의하면, 불교도 예외일 수는 없다고 봅니다. 삼국시대 신라의 '왕즉불' 사상과 화랑도, 일본 전국시대의 무사도와 선(禪)불교, 당나라 시대의 최고 학승 법장이 측천무후에게 화엄경을 강의한 사례, 제국주의 일본 시대에 세계적인 불교 석학인 스즈키 다이세츠가 일본 천황에게 화엄경을 강의한 사례 등을 보면, 불교의 원초적인 폭력성에 관한 해명이 필요하다고 보입니다. 물론 저는 개인적인 입장에서 불교가 모든 민족종교, 세계종교를 통틀어 가장 평화적이고, 가장 비폭력인 신앙 형태라고 봅니다. 그리고 덧붙여 「구지가」에 대해서도 한 말씀을 하셨는데요, 이 가요를 두고 제가 원시가요라고 한 데는 학계의 관습적인 용어로 자리를 잡았기 때문입니다. 이 노래가 원시인이 살던 원시시대의 가요라는 뜻이 아니라, 국문학사에서 원(原)초적으로 시(始)작된 가요라는 뜻의 원시가요라고 보는 게 온당합니다. 만약 이 노래가 원시시대의 가요라면, 원시종교와 무슨 관련이 있었겠지요. 요컨대 「구지가」는 발생학적 모델이나 인류문화학적 기원에 따라, 하늘과 땅을 이어주는 제정(祭政) 지도자가 필요한 과정에서 파생된 축제적인 성격의 희생제의 전(前)단계의 집단가요라고 봅니다. 이 대목에서 희생제의와 관련된 가락국의 토착종교로 미루어 짐작됩니다. 앞으로 「구지가」의 전체상을 구명(究明)하는 작업에 있어서 더욱 분발하고, 또 노력하겠습니다.”

원생들의 발표 때마다 누가 발표하느냐에 따라 호불호, 편 가름이 심하다고 평가를 받고 있는, 악명 높은 A교수가 마침내 등장했다.

“박 선생.”

“네.”

“박 선생은 말예요. 학문하는 기본자세가 되어 있지 않은 사람 같아요. 박 선생이 말하고 있는 견해 하나하나가 정치해 보이긴 하지만 개별적으로 따로 존재하는 부분들로 이루어진 거란 말예요. 견해들이 상호 관련성을 맺고 있지 않아요. 근대 이후의 학문이 전일주의 학문관에 의거하고 있는데, 박 선생은 전근대의 학문관인 환원주의에 매몰되어 있단 말예요. 세칭 원시가요라고 칩시다. 원시가요 「구지가」의 전체상은 부분으로 결코 환원되지 않음에도 불구하고, 박 선생은 부분들을 모두

합하면 전체가 되고, 전체는 다시 부분으로 환원될 수 있다고 믿고 있어요. 학문에 대한 경건함도 없이, 어찌하여 이렇게 가위질을 엿장수 마음대로 할 수 있나 말입니다."

"상고의 문학이 역사와 철학은 물론이고, 심지어 문화인류학, 민속학, 기호학, 정신분석학, 수사학 등의 도움을 받지 않고서는……."

A교수는 이때 갑자기 소리를 버럭 질렀다.

"요즘 원생들은 선생의 말을 새겨들을 생각은 하지 않고, 이런저런 말대꾸만 늘어놓으니, 원."

학문을 토론하는 자리에서 말대꾸라는 단어가 나오니, 분위기가 전체적으로 가라앉을 수밖에 없다. A교수의 속마음에, 감히 선생 앞에서 태깔을 부리다니, 하는 저의가 비추어지는 것 같았다. 이 맥락에서의 태깔은 '교만한 태도'를 뜻한다. 나는 더 이상 말을 이을 수 없었다. M대학교 대학원 국문과의 이런 분위기는 어제 오늘의 일이 아니었다. 이것의 원인은 대학원 국문과의 모든 일들이 이른바 6년 근(根) 원생을 중심으로 이루어져 가고 있다는 데 있다.

소위 6년 근이란, 학부를 정상적으로 입학하고, 석사과정을 거쳐 박사과정에 입학한 원생을 두고 말한다. 학부 2학년 때 편입을 했거나 전과를 했거나 한 이들이 석사를 거쳐 박사과정에 입학한다면, 5년 근에 머물고 만다. 나 같은 경우는 타교 출신이니까, 2년 근이다. 6년 근과 5년 근은 1년 차이인 것 같지만, 사실은 하늘과 땅 차이다. 한번 6년 근이면 영원한 6년 근이요, 한번 5년 근이면 영원한 5년 근이다. 나는 돌이킬 수 없는 2년 근이다. 내가 박사과정에 입학해서야 6년 근이 '브라만'이어야 한다는 카스트 인습의 사고가 엄존해 있다는 사실을 비로소 알게 되었다.

이 보이지 않는 신분제 같이 해괴한 것이 M대학교 대학원 국문과를 이끌어왔고 또 이끌어가는 엄연한 기틀이다. 이 기틀에 대해 경미한 반감이라도 품으면, 희생양으로 낙인이 찍히고 만다. B교수와 C교수는 이 시스템 위에 군림하고, 또 신분제를 은밀하게 향유하고 있다는 점에서, A교수 못지않았다. 교수들 중에서 시인 K는, 물론 뒤에 알게 된 일이지만 국문과 교수 사회에서 철저히 소외되어 있었다. 그는 50대 중반에 부산의 한 대학교에서 수평으로 이동해왔다. 교수들은 그를 막차를 탄 승객 정도로 보았을 것이다. 애최 서열이나 권력에 전혀 관심이 없는 그의 기질도 자기 소외를 심화시킨 요인이 되었던 것 같다.

나는 시인 K와 사제지간으로서 모처럼 대작을 했다. 나와 그가 술을 마실 때, 십중팔구는 그가 먼저 취했지만, 아주 드물게 내가 먼저 취한 적도 있었다. 그때 난 술김에 내 답답하고도 불행한 신세를 넋두리하기도 했다. 그럴라치면 이런 대화가 오가게 마련이었다.

"선생님. 제 삶이 앞으로는 지금보다 더 암울할 듯싶습니다. 결국에 교수도 되지 못하고 야인으로 힘들게 살아갈 것 같아요."

"박 군. 내가 내 교육관을 표명한 적이 있다, 아이가?"

"네. 무슨 말씀인지 알겠습니다만, 아무리 노력해도 견고한 현실은 화답하지 않습니다."

"될 놈은 되고, 안 될 놈은 안 되는 기라."

혼잣말이지만 어세는 분명했다.

"……."

나는 제가 될 놈입니까, 안 될 놈입니까, 하는 물음을 던지고 싶었지만, 술김에 내뱉고 싶어도 차마 입이 떨어지지 않았다.

"확신을 가져라!"

내가 시인 K에게서 될 놈, 안 될 놈 이야기는 서너 차례 들었던 것 같고, 확신을 가져라, 라고 하는 말은 두어 차례 들었던 듯싶다. 내게 그 '될 놈, 안 될 놈'을 언급하신 것으로 보아, 지금 짐작하건대, 넌 안 돼,

하는 생각까지는 하지 않았던 것으로 보인다.

경상도에서는 과거에 '늘품수'라는 말을 자주 사용했다. 늘어날 품새의 가능성을 뜻한다. 더 쉬운 말로 하자면, 성장가능성이다. 될 놈 안 될 놈 하는 말은 늘품수가 있네, 없네 하는 걸 대신하는 말이다.

물론 그에게는 내 어려운 사정에 대한 애틋함이랄까, 안타까움 같은 감정은 전혀 없었을 거다. 내가 박사학위를 받는다고 해도, 어깨가 축 늘어진 이 젊은 사람을 교수가 되게 서울이나 부산 등의 여기저기에 알아보면서 도와주어야 하겠다는 마음이야 가을터럭이라도 가지고 있지 않았을 게다. 하지만 그가 나를 될성부른 나무의 떡잎 정도는 인정했으리라고 본다. 이것만으로도 내게는 매우 감사할 일, 좀 과장스럽게 이를테면 '감읍(感泣)할' 일이 아닐 수 없었다. 내가 될성부른 나무의 떡잎이라고 생각조차 한 사람이 서울에서는 아무도 없었다. 나로서는, 이들이 내 학문적 역량을 애최 인정하지 않았는지, 아니면 인정하고 싶지 않았는지의 여부에 관해서도 잘 알 수가 없다. 이런 점에서 볼 때, 시인 K가 지니고 있던, 나에 대한, 그 예외자의 시각은, 칠흑과 같은 바다의 어두운 상황에서도 등대의 불빛과 같았다.

내가 「구지가」에 관한 일을 겪고 나서 내 삶에 엄청난 변화가 있었다. 신청서를 낸 일본 문부성 장학생에 선발되어 일본으로 가게 되었다. M대학교 박사과정은 휴학으로 처리해 놓았지만, 복학할 거란 보장은 거의 없었다. 그해 7월에 나는 서울에서 도쿄로 향했다. 김포공항에 시인 H와 후지모토가 나와 나를 배웅한 것은 그러려니 했지만, J양이 나와 준 것은 정말 예상치 못한 일이었다. 그녀는 내가 복학하지 않을 수도 있다는 사실을 짐작이라도 했는지 눈시울을 적시고 있었다. 그때부터 나는 일본에서 8년간을 살았다. 처음에는 J양의 순진무구한 마음씨와 백옥 같은 얼굴빛을 그리워했다. 그녀의 아버지는 『한국 아나키즘 정치사상사 연구』를 저술해 정치학자로서 우뚝 선 분이지만, 학계에선 훤칠한 신사 풍의 미남자로 더 잘 알려졌다. 처음엔 일본에서 J양의 편지도 받고, 몇 차례 답장도 했지만, 그녀에 대한 미련을 더 이상 가지지 않기로 했다. 생김새나 출신 학교나 집안의 배경을 고려할 때, 그녀야말로 매력적이지 못한 외모와 지방대 출신이며 시골뜨기 내력의 내게 있어서 차마 오르지 못할 나무였다.

조지 버나드 쇼는 천 명 중에서 7백 명이 속물이고, 나머지 3백 명 중에서 299명이 낭만적 이상주의자라고 했다. 단 한 사람만이 리얼리스트라고 했다. 내가 엄청난 노력을 기울인 끝에 J양과의 사랑을 성취한다는 것은 천 명 중의 한 명의 가능성을 실현하는 일이었다. 이 바늘구멍 같은 가능성을 어떻게 실현할 수 있느냐가 문제였다. 누군가가 그랬다. 낭만적 이상주의자가 죽음의 얼굴에 불멸의 가면을 쓰고 있지만, 리얼리스트는 그 가면을 벗고 낭만적 이상주의에 직면한다고. 나는 J양과의 관계에 있어서 이루지 못한 사랑의 아쉬움을 품은 낭만적 이상주의자로 남기로 했다. 나는 8년 동안에 걸쳐 일본에서 생활하면서 박사과정을 마치고, 또 박사 학위를 무난하게 받았다. 이 과정에서 일본 여자와 만나 연애하다가 결혼까지 했다.

2000년에는 일본인 아내를 데리고 부산으로 귀국했다. 내가 일본 여자와 결혼했다는 사실이 그 당시로선 알게 모르게 교수로 임용되는 데 장애가 될 수 있었으나, 한일 월드컵이란 우호적인 시대 분위기에 편승되어 2002년 9월에 부산 모교의 일어일문과 교수로 임용될 수 있었다. 좀 늦은 나이인 마흔이었다. 안정된 교직 사회나 매혹적인 사교육 시장에 안주할 넓은 문을 선택하지 않고, 가난한 연구자로서, 신산한 유학생으로서 좁은 문을 선택한 응분의 결과였다.

5. 에필로그

시인 K는 내가 일본에 간 지 2년이 되었던 1994년 7월에 세상을 떠났다. 아마 북한 김일성의 사망일과 비슷한 시점이었을 것이다. 여가수 마돈나가 '귀 똥 찬 남자'라고 추켜세웠던 이탈리아의 꽁지머리 바지오가 승부차기에서 실축한 것도 이 무렵의 일이었다. 시인 K는 문단의 친구분들과 약주를 드시다가 쓰러진 채 회복하지를 못했다고 한다. 나는 그때 한국의 장례식장에 가보지 못했지만, 매우 애통해 하던 기억이 남아 있다. 그가 세상을 떠나기 한 달 전에 내게 보낸 편지글 내용 중에 이런 게 있었다. 돌아가신 지 한 세대가 지난 지금도 간혹 시인 K의 예외적인 목소리처럼, 환청의 밀물처럼 내 귓전에 밀려들곤 한다.

……될 놈은 되고 안 될 놈은 안 되는 기라. 될 놈이 안 되고, 안 될 놈이 되는 일이란, 세상에 극히 드문 기라. 비록 절망은 해도, 결코 희망을 잃지 마라, 박 군아. 고향에 대한 알량한 그리움 따위는, 애최 마음속에 품지를 말아라. 저 유목인들의 마음에는 고향이란 게 없다. 어디 고향뿐이랴. 자신의 부족함을 대체해줄 모교나, 또한 속속들이 다 믿을 수 있다고 볼 수 없는 모든 인간관계를 잊어버려라. 지인이니, 연인이니 하는 개념마저 잊어버려라. 일본에서 살고 있는 동안이라도, 한국을 잊어버려라. 자네의 고향인 김해가 낳은 「구지가」도 당분간 잊어버려라. 영원한 희생양은 없는 기라. 자네가 일본 여자와 만나 사랑에 빠진다고 해도 그 인생이 그 인생인 기라! 왜장을 안고 투신한 논개의 선택도 그녀의 인생이었고, 가토 기요마사의 애첩인 된 금관도 그녀의 인생이었듯이 말인 기라. 좀 외롭다고 하더라도, 단독자가 되라, 예외자가 되라. 그리곤 확신을 가져라!

시인 K는 시대를 앞선 사람 같았다. 사람들이 지금의 시대상을 두고 이른바 '포스트—트루소'의 상황이라고 하는데, 그 역시 탈(脫)진실 및 진리의 상대주의를 미리 예감하고 있었는지도 모른다. 그는 진리라고 믿는 데서 허구를, 가짜뉴스 같은 데서도 숨은 진실을 예측하기도 했으리라.

시인 K가 돌아가시고 내가 교수가 된 이후에, 나는 동남아시아, 중앙아시아, 인도 등을 여러 차례 돌아다닌 일이 있었다. 공원마다 길마다 주인 없는 개들이, 길고양이들이, 원숭이들이 가득했다. 한자 성어에 '견원지간'이 있다. 개와 원숭이는 원수지간이라고. 근데 내가 경험하기로는 이들은 서로 눈길조차 주지 않았다. 소 닭 보듯이 했다. 누가 견원지간이라고 했나, 하는 생각이 들었다. 동종의 동물이 서로 반목하며 갈등한다. 개는 개끼리, 고양이는 고양이끼리, 원숭이는 원숭이끼리, 사람은 사람끼리 서로 부딪히는 거다.

정치라고 하는 것도 매양 여당과 야당이 서로 힘겨루기를 하는 것 같아도, 정말 죽자 살자 싸우는 것은 당내(黨內)의 집안싸움이다. 자고로 당파싸움에는 예외자적 시선이 인정되지 않는다. 말 한마디 잘못했다가는 사문난적이 되기 십상이다. 실제로 그런 일들이 역사 속에 있다. 당의 경계를 넘으면 정상적인 당파싸움이 되겠지만, 당내에서는 주류와 비주류, 사문(정통)과 난적(이단)으로 나누어져 난조에 빠지곤 한다.

경쟁적인 사회일수록, 사람들은 희생양 메커니즘을 즐기려고 한다. 마광수가 문단에 아군이 전혀 없고, 특히 Y대학교 학내에 적군이 많았던 것도, 시인 K가 M대학교 국문과에서 자의 반 타의 반에 의해 소외된 것도, 희생양을 공격의 대상으로 삼아 약자의 고통을 즐기려는 다수 사람들의 마음에서 이유를 찾을 수가 있다.

내가 일본에 있을 때 유학생들 사이에 이런 삽화가 떠돌았다. 일제강점기 때 목수 사회에 일본인 선생이 들어왔다. 그는 장인으로 성공할 수 있는, 될성부른 조선인 제자에게 그랬단다. 나는 너에게 내 머리를 빌려 줄 테니, 너는 손을 완성하라고. 이때 머리란 지식과 정보와 경험의 총체적인 개념이었다. 그런데 조선인 선생은, 감히 네가 나를 넘어서려고 해, 하면서 그 제자의 머리를 망치로 내리쳤다고 한다. 물론 누군가 지어낸 알레고리적인 삽화이겠지만, 우리 사회에는 한때 사제지간끼리도 서로 경쟁자가 되어야 하는 음습한 현실이 있었다.

나와 같은 세대인 소위 86세대는 정치권에서 자리를 잡고, 여전히 반일과 토착왜구를 부르짖는다. 대신에, 나는 내 할 일을 묵묵히 해 왔다. 교수로 임용이 된 이후에, 한일 고전문학을 비교하는 연구 분야에서 최고의 권위자로 공인되어 수없이 많은 저술 활동을 지속해 왔다. 강물 같은 세월이 길게 흐르는 동안, 나는 어느덧 올해(2023)에 이르러 회갑을 맞이하였고, 정년이 되기까지 앞으로 5년을 남겨두고 있다. 그동안 같은 학과 교수들과의 인간관계가 늘 신경이 쓰였다. 아무리 교수들이 전문가니 지식인이니 뭐니 해도 사람 사는 데는 똑같다. 교수사회에도 문제가 있는 사람이 많다. 내가 재직해온 직장 동료인 교수들도 인색한 사람, 탐욕스러운 사람, 교만한 사람, 무례한 사람이 있었다. 이들과 싸우지 않고 그래도 참으면서 짐짓 웃는 낯으로 대하면서 슬기롭게 긴 세월을 보내왔다.

이 과정에서 지금의 직장 동료보다 먼저 인연을 맺은 내 선생님들, 성이 각각 안(安) 씨, 박(朴) 씨, 최(崔) 씨인 M대학교의 A, B, C 교수는 그 후 나의 학문적 역량을 단 한 차례도 인정하지 않은 채, 알파벳 순서대로, 한 분씩 말없이 세상을 떠나갔다. 인정을 하지 않은 게 아니라, 인정을 하고 싶지 않다는 게 더 정확한 표현이라고 하겠다.

다람쥐와 유리그릇

1

사무실 여직원이 내게 말했다. 김한영 씨, 계신가요, 하는 사람에게서, 어제부터 몇 차례에 전화가 걸려 왔어요. 바로 전해 드리려고 했지만, 대표님께서 어제는 워낙 바쁘셔서…….

요즘 같은 세상에 사무실 전화로 나를 찾는 경우는 드물다. 나는 그가 누군지가 궁금해 이름이나 휴대폰 번호를 남겨놓았냐고 물어봤다. 나를 찾는 그 사람은 다름 아닌 지우성이었다. 나는 뜻밖의 전화에 순간적으로 놀라지 않을 수가 없었다. 그는 고등학생 시절과 대학생 때 둘도 없는 친구였다. 그동안 20년 훌쩍 넘게 서로 연락을 끊었다. 나는 속으로 웬일인가 했지만, 별로 하고 싶지 않은 통화를 하기에 이르렀다.

우성이 정말 오랜 만이야.

그도 약간 긴장된 목소리로, 반갑지도 않지만, 반가움을 약간 가장한, 뭐랄까, 좀 어색한 목소리로 내게 안부를 물었다.

그동안 잘 있었어. 한영이.

모처럼 우리 두 사람은 그동안 서로가 살아온 얘기를 나누다가, 자신에게 지금 내가 왜 필요한지에 관해서 차츰 가닥이 잡혀가고 있다. 그는 우리가 운동권에서 활동을 할 때, 운동권의 선배였던 황달수를 지금까지 잘 모시면서 충직한 '똘마니' 노릇을 해오고 있다.

그래, 달수 형은 지금도 잘 있어? 정치계의 유력한 인사가 되어 언론의 각광을 받고 있더군. 차관, 군수, 장관을 잘 지내고, 국회의원도 두 차례나 하고 있으니, 얼마나 신이 났겠어? 그 형 욕심은 알아주었잖아? 우리가 운동을 할 때 순수한 마음으로 시작했는데, 달수 형처럼 정치인으로서 입신, 출세한 경우도 다 있네, 그래, 너는 달수 형과 지금도 인간관계를 잘 유지하고 있던데, 네게도 앞으로 좋은 일이 있으면 좋겠어.

오랜 만에 통화하는 친구에게 덕담을 건넸다. 나의 덕담에, 진심이 묻어나 있는 것도 사실이다. 그도 이 점을 느꼈는지 짧게 반응했다.

고마워.

나는 친구들인 지우성과 목혜수가 결혼한 이후에, 운동권에서 온전히 빠져나와, 새로운 진로를 모색했다. 내 전공과 관련이 없는 일을 잠시 한 적이 있었다. 건축회사에서 일을 하면서 자본의 흐름이나, 부동산의 메가트랜드에 관해 내 나름대로 공부를 했다. 이것이 바탕이 되고, 또 종자가 되어, 나는 나대로 부동산개발업자로 입신하여, 성공을 할 수 있었다. 나는 부동산 시장에서 천 억 훌쩍 넘는 규모의 자산가로 우뚝 설 수가 있었다. 낯선 바닥이었던 이 바닥에서, 20여 년간에 걸쳐 공을 들여, 이제는 잔뼈가 굵어졌다.

나는 한때 결혼한 적이 있었지만 몇 년 만에 이혼을 하고 쉰 넘은 나이에도 혼자서 잘 살고 있다. 사무실 직원들에게 일을 맡기고 외국에 나가 한두 달 여행 삼아 나들이하기도 한다. 특히 유럽으로 한번 나가면, 연극이나 오페라도 즐기고, 미술 전시회를 순례하거나, 호텔에서 비싼 와인도 마시거나 한다. 여기저기의 전용 축구장에 가선 유명한 팀의 축구 경기도 곧잘 보기도 한다. 나의 이런 생활을 두고, 옛날에 함께 고생

했던 운동권 동료들은 한편 부러워하면서도, 또 한편 곱지 않은 시선으로 바라보기도 한다. 심지어는 나를 허랑방탕한 부르주아의 한 사람이라고 매도하는 이들도 틀림없이 있을 거라고 생각한다. 나에게도 무언가 전해서 들은 얘기가 있어서다.

지우성의 하고 싶은 얘기는 대체로 두 가지였다.

유력한 정치인 황달수가 진보 진영에서 신망을 받고 있지만 운동권 출신이기 때문에 경제적인 기반이 약하다는 것. 그러니까 자산가인 날더러 후원회장이라도 맡아서 일을 해보는 게 어떠냐는 것.

나는 속으로 생각했다. 나 원, 참. 운동에 대한 환멸 때문에 사업에 뛰어들었고, 정치가 실속이 없어 경제로 눈을 돌린 나에게 다시 운동과 정치의 마당으로 돌아가라구?

다만 나는 그에게 한마디로 말해 난감하다고 했다. 근데 정작 더 난감한 건 목혜수에 관한 문제였다. 지우성은 황달수를 보좌하면서 측근으로 살아오다가 내년 총선에서 공천을 받을 개연성이 높아졌다. 일이 잘 돌아가나, 싶었는데, 돌발 사태가 생겼다. 정치하는 세계에서는 늘 돌발 사태가 생기게 마련. 여자 문제가 터진 것.

국회의원이 되려고 한 그는 심각한 정치적인 위기에 몰리게 된다. 이와 관련해 힘겨운 재판까지 해오고 있다. 단순한 남녀관계를 넘어 성적 피해자가 된 여성을 위해서, 목혜수가 법정에서 증언할 것이란 얘기가 나돌았다. 이에 놀란 지우성은 이걸 막아달라고 나에게 도움을 요청한 것이다.

우성아. 혜수는 네 전처(前妻)가 아니냐?

한영아. 걔가 한때 내 집사람이었지만, 지금은 서로 남보다 더 못한 관계가 아니냐? 혜수가 너에게는 운동권에서 나보다 먼저 알게 된 친구였잖아? 우리가 함께 운동했던 89학번 사이에는, 지금도 너희가 가장 신뢰하고 있는 친구 사이라고 잘 알려져 있잖아? 무엇보다 지금은 때가 아니야. 나나 달수 형이 총선을 앞두고 있는데, 왜 하필이면, 지금이야, 안 그래?

그래, 내가 혜수에게 얘기를 해볼 게.

결코 듣고 싶지 않은 이야기를 대충 갈무리를 해놓고서야, 나는 비로소 그와의 통화를 끝낼 수 있었다. 통화가 끝난 다음에도 입 속에는 씁쓸한 뒷맛이 감돌았다. 지우성과 목혜수가 결혼한다는 충격적인 말을 듣고, 나는 그때 이 두 사람과의 인간관계를 끊었다. 운동권과의 인연마저 끊었다. 내가 소개한 두 사람이 잘도 살아가겠거니, 하면서.

2

나는 Y대 정치외교학과를, 목혜수는 S대 불어교육과를 다녔다. 내가 대학에 입학한 지 얼마 되지 않아 동급생인 목혜수를 처음 만났다. 우리는 최상위 엘리트 학생들이 모여 남몰래 조직한 운동권 비밀결사에서 만났다. 그 당시의 엘리트의식이란, 나와 혜수에게는 양가감정을 지닌 두 얼굴의 괴물이었다. 우리는 개인의 능력이 사회 개혁의 동력이 된다는 점에서, 사실은 남과 생각이 달랐다. 혹은 이런 유의 생각은 그 당시 운동권의 가치기준에서 볼 때, 삶의 불평등을 심화시키는, 타파해야 할 비인간적인 속성이기도 했다. 그 당시에, 우리는 늘 이처럼 가치 충돌의 그늘 속에서 살고 있었는지도 모른다.

> 동트는 새벽이 밝아오면 붉은 태양이 솟아온다.
> 피맺힌 가슴, 분노가 되고, 거대한 파도가 된다.

내가 1989년에 목혜수와 함께 처음으로 운동권에 들어섰을 때, 선배로부터 배운 운동권 가요다. 당시에 유명했던 한 시인의 시에다 누군가가 곡을 붙였다. 노래의 제목은 '단결투쟁가'였다. 이 노래를 부르며 처음으로 나아간 교외 가투가 아직 기억에서 사라지지 않는다. 선배들이 모이라고 하면 어리벙벙한 신출내기들은 겨우 조를 짜서 생소한 구호와 함께 신촌 오거리나 신림동 사거리로 진출했다. 나는 간혹 그때의 기억 속으로 들어가 본다.

전경들이 방어진을 친다. 최루탄 쏘는 소리가 폭죽 소리처럼 들린다. 우리는 매캐함과 흐릿함 속에서 갈피를 잡지 못한다. 연도의 구경꾼들마저 사복형사로 보이게 마련이다. 데모는 지 학교 안에서나 할 것이지, 길거리에 나서서 무슨 놈의 지랄들이여. 데모하는 연놈들, 모조리 싹 죽여야 돼. 노점상 아저씨들의 욕설이 예제 들려온다. 복잡한 감정들의 뒤얽힘이 스쳐지나가는 그날의 일이 지금도 회상된다. 그때 학생들의 움직임을 따라가는 나의 눈은, 지금 생각하면 마치 나뭇가지 끝에서 높다란 옥상 위로 오르내리던 새의 눈이 되어 지켜보는 것 같다. 나의 두 눈은 이리저리 허둥대던 내 몸을 보기도 한다.

언제인가, 세종문화회관 앞에서 수백 명의 학생들이 노래를 불렀다. 좌우에는 딱정벌레 같은 생김새의 전경들이 바리게이트를 치고 있었다. 어디선가 밀려든 사복들이 에워쌌다. 학생들은 크게 당황한다. 학생들은 반전, 반핵의 구호를 외치면서, 새문안교회 쪽으로 달아났다. 길목마다 숨어있던, 흰옷에 흰 빵모자를 쓴 악종(惡種)들이 드디어 나타나서, 몽둥이로 학생들을 때리거나 짓밟는다. 일사분란의 조직력과 이합집산은 아마추어인 학생들보다 프로인 경찰이 훨씬 능가하였다.

이 무렵에, 새내기의 목혜수도 일반인들에게 유인물을 돌리다가 순찰 중이던 경찰들에게 잡혀 인근 파출소로 끌려갔다. 여학생들이 잡혀가면 성적 욕설이 난무하는 폭언을 들어야 했던 시대에, 다행히도, 마음씨 좋게 생긴 늙은 파출소장을 만나, 여학생이 공부는 안 하고, 데모에 관심을 가져선 안 돼, 하는 설교를 듣고서야 풀려날 수 있었다.

격동의 연대였던 1980년대가 막바지에 이르면서 이른바 '반전, 반핵'이라고 하는 설익은 표현이 운동권의 최대 이슈가 되었다. 이것은 북한이 핵을 개발하기 시작하던 1990년대 초반에까지 무비판적인 관행으로 이어졌다. 그 당시에 북한의 핵 개발을 가리켜 약칭으로 '북핵'이라고 했다. 이 북핵이 가시화되면서부터 운동권의 반전, 반핵이란 지상과제는 거짓말처럼 폐기되었다. 한미 동맹의 전술 핵을 극렬하게 비판하면서 북핵에 관해선 일언반구의 말도 끄집어내지 못한 86세대였다. 이때 나는 내가 속은 것이 아닌가, 하고 처음으로 의심을 품기 시작했다. 1989년에 86세대의 막내로서 대학에 입학해 운동권에 들어선 나와 목혜수에게는 애최 이런 모순과 이중성을 전혀 알 수가 없었다. 운동권 선배의 말이라면 모든 게 금과옥조였기 때문이다.

그때 그 시절에, 목청껏 소리 높여 부를수록 피가 뜨거워지는 느낌으로 전해오던 저 '반전, 반핵의 힘찬 노래'를 불렀다. 우리는 적어도 대학 3학년 때까지, 이 노래를 들끓는 열정과 미묘한 감동 속에서 불렀고, 반전, 반핵이란 구호를 외친 후에, 전율 속에서 되풀이해 거듭 불렀다. 내가 기억하는 노래의 가사는 대체로 다음과 같다.

누구를 위한 전쟁터가 될 것인가
이 나라의 곱고 순결한 강토여
누가 일으킬 핵 폭풍이란 말인가
금수강산으로 아름다운 산하여
하나가 될 조국의 저 길을 따라서
우리는 가시밭 밟듯 나아가리라
불멸의 그대여, 젊은 영혼이여
(후렴)

아아, 제국의 발톱에 맞선
반전, 반핵의 힘찬 노래여

목혜수는 대구에서 성장한 후에 상경했다. 걔는 고등학교 시절부터 사회비판적이고 제도개혁적인 내용의 독서를 많이 했다. 나와는 비밀결사에서 만난 이후에 서로 공감하는 바가 많아, 믿음직한 너나들이 친구가 되었다. 우리는 사적인 대화나, 권내(圈內)에서의 토론을 자주 가졌다. 걔가 운동권에 몸을 담았다는 얘기가 대구의 가족에게, 집안에 전해지자 평지에 풍파를 몰고 왔다. 이모든 고모든 가릴 것 없이, 이게 우짠 일이고, 인물 값, 학벌 값이나 할 것이지, 그 험악한 가막소(감옥)나 드나들 게 번한 운동권은 또 무슨 일고, 하면서 대놓고 나무랐다.

그 당시 기성세대의 눈으로 보기에, 장밋빛 미래가 보장된 재색겸비의 여대생이 잿빛 같이 암울한 현실을 감당하기란 결코 쉬운 일이 아닌 것으로 비추어졌을 터이다. 목혜수는 이런 유의 편견들에 젊은이들이 도전해야만, 한국 사회의 구조적 모순을 해결할 수 있는 단초가 될 수 있다고 여겼다. 더욱이 5 · 18의, 지울 수 없는 원죄를 안고 있는 신군부 정권의 속박에서 국민이 벗어나려면.

고등학교 시절로부터 지우성은 나와 절친한 사이였다. 나와 그는 서로 격절된 앞자리와 뒷자리에 앉았다. 키 차이 때문이었다. 키 작고, 왜소하고, 생김새도 좀 꾀죄죄한, 그러면서도 공부는 전교에서도 최상위권에 속한 나와, 학업 성적은 좀 그래도 준수할 정도는 아니지만 호남의 모습과 큰 덩치에 장래가 촉망되던 유도선수였던 그는, 마치 서로의 장단점을 보완하는 것 같은 관계로 지내왔다. 그는 운동선수를 양성하는 수도권의 학교를 다녔지만, 국가대표 선발전을 앞두고 심한 부상을 입어서 그가 늘 꿈꾸던 국가대표가 좌절되었다.

그의 좌절감 속에, 내가 파고들었다.

한동안 우리 사회에 실속의 중요성을 강조하는바 '꽃보다 남자'라는 말이 유행되었듯이, 나는 그 당시에 그에게 '운동(유도)보다 운동권'을 삶의 지표로 제시했다. 운동권이 운동보다 실속 있는 삶이라고 보장할 수 없지만, 자기중심의 생활보다는, 어렵기는 부상에서 회복하기 위해 재활 운동을 하는 운동선수 못지않게 어려운 생활이지만, 젊은이로서 좋은 사회를 이루어가는 일에 헌신하는 게 어떠냐고, 나는 그에게 권유했다. 받아들이기 쉽지 않을 내 말이 어떻게 잘 먹혔는지, 그는 나에게 점차 의식화되기 시작했다. 그 역시 힘이 장사지만 식견이 부족한 단순한 사람이라는 세상의 편견이 싫어선지, 독서 토론에 아주 적극적으로 참여했다.

물론 비공식적인 얘기지만, 당시의 운동권 조직은 마치 군대 조직처럼 비유되기도 했다. 그러니까 우리는 운동권 학생의, 소위 말해 89중대의 수도권 소대에 소속되었다.

우리 중대의 중대장 역할을 한 이가 85학번의 운동권 선배인 황달수였다. 얼굴빛이 좀 가무잡잡하고 스포츠맨처럼 체격이 좋은 그는 한 차례도 밝은 표정을 지은 적이 없었다. 후배들은 그가 뭔가의 음흉함 내지 흑심 때문에 얼굴의 밝음이 드러나지 않는다고 농담하기도 했다. 그는 서울 바깥의 한 대학교에서 전교학생회장을 맡으면서 운동을 주도했다. 그는 박종철과 이한열과 권인숙을 호명하던 1987년에 서울 외곽의 학생회장으로서 수많은 권내 똘마니들을 이끌고 상경투쟁을 했다. 그해에 4·13호헌, 6·10대회, 6·29선언, 대선정국 등의 가파른 시국의 파고에 맞서, 그의 활동 역량은 유감없이 발휘되었다. 서울의 운동권 지도부도, 다 그를 인정했다. 그는 그해에 소영웅주의의 맛을 처음으로 경험했다.

그는 대학을 졸업한 이후에도 진보 진영의 강성 활동가로 살아갔다. 하지만 황달수든 지우성이든 수도권이긴 하지만 서울 바깥의 학교를 나왔다는 점에서, 누가 뭐라고 한 것도 아닌데, 제 스스로 빠져 허우적대는 콤플렉스의 늪에서 자유롭지 못했다. 사람들은 이것을 두고 이른바 학력(學力) 콤플렉스라고 한다. 표준적인 국어사전에 따르면, 이 학력은 교육을 통하여 얻은 지식이나 기술 따위의 능력, 즉 교과 내용을 이해하고 그것을 응용하여 새로운 것을 창조하는 능력을 가리키는 낱말이다. 이렇게 이해하는 사람들은 교육계에 종사하거나 교육학을 연구하거나 하는 사람밖에 없다. 일반인들은 좋은 학교를 나왔거나 덜 좋은 학교를 나왔거나 하는 차이의 정도로 이해하고 있을 뿐이다.

운동권에 들어선 사람들 중에는 나와 목혜수처럼 엘리트의식에서 비롯된 경우도 있고, 황달수와 지우성처럼 학력 콤플렉스로 인해 이를 해소할 방편으로 들어선 경우도 있다. 발상이 다르니, 사실은 운동을 바라보는 가치관도 서로 달랐다. 그 당시에는 힘을 합쳐 신군부정권에 함께 맞선다는 동지의식이나 일념밖에 없었다. 주지하듯이, 1980년대의 운동권 출신을 두고, 세상 사람들은 86세대라고 칭한다. 이들 중에서 지금에 이르러 정치권으로 흘러들어간 사람들이 적지 않다. 나는 운동권 출신들이 구직에 어려움을 겪으니, 직업 정치인으로 현실정치의 장으로 나아가는 것은 충분히 이해할 수 있다. 아닌 게 아니라, 지금 정치인들 중에서의 86세대는 수적으로나 말발로 봐서 여간 아닌 세력을 형성하고 있다.

운동권 출신의 정치인들이 최대의 자랑거리로 삼는 게 있다. 엘리트의식이건 학력 콤플렉스이건 간에, 5공6공의 엄혹한 시대에 모든 것을 희생했다는 사실에서 비롯한 저들만의 도덕적 우월주의를 공통의 기반으로 삼는다. 이들의 문제점은 여기에서 시작한다. 86세대가 그동안 일삼아온 표리부동한 행태를 보면, 돈 문제와 여자 문제가 잇달아 불거진 데서 잘 알 수 있겠지만, 그들은 내가 하면 로맨스, 남이 하면 불륜 식의 자기중심적인 생각 틀로부터 벗어나지 못하고 있다.

그들은 자기에게 유리하면 자기재량권이요, 자기에게 불리하면 상대방의 월권이었다. 또한 자신들에게 유리하면 세상 뒤집힐 큰일이요, 자신들에게 불리하면 별것 아닌 일이었다. 늘 그랬다. 이들의 자기중심적인 가치관 및 이기적 속성은 알 만한 사람들이 이미 다 알고 있는 사실이다.

3

나는 1989년 당시에 열아홉 살의 목혜수에게 끊임없이 구애를 했지만, 그녀는 나를 친구나 동지 이상으로 전혀 생각하지 않았다. 나는 그때 내 외모에 문제가 있나, 하는 것에 관해 자주 되돌아보기도 했다. 하기야 대학 1학년 시절의 내 모습이 또래 여학생들에게 어떤 이성적 매력도, 이른바 성적 매력도 없었을 것이다. 공부는 잘하고 데모나 열심인 개, 하는 정도였을 것이다.

나와 목혜수가 3학년이었던 1991년은 학생운동이 최고조에 이른 해였다.

그해는 서울 어느 곳에서나 반전, 반핵을 외치면서 가장 격렬한 시위가 일어난 해였다. 그해에 강경대 사건이 계기가 되어 분신 릴레이가 이어졌다. 저항시인이요 생명사상가인 김지하가 '당장에 죽음의 굿판을 거두어라'를 천명했다가 호되게 비판을 당하기도 했다. 그때 우리는 한 치 앞을 내다볼 수 없는 어지러운 시국의 그해가 세상이 바뀌어가는 열기로 가득 찬 결정적 시기로 보았으나, 지금 돌이켜 생각해보면 광기에 들씌워진 혼돈과 몽매의 계절이었다. 정국은 소용돌이치면서 혼미한 상태에 빠졌다. 분신 릴레이는 일종의 군중심리였다. 분신의 제단 위에 올린 민주의 영령들. 이에 휩쓸린 신도는 집단 광태의 들씌움에서 결코 빠져 나오지 못했다. 이럴 경우에, 개개인의 생각은 일쑤 획일화되게 마련이다. 책임감이 상실되고, 균형감각은 얼마간 마비되기도 한다. 군중심리학에서 말하는 일종의 몰아(沒我) 현상이라고 하겠다.

나 역시 목혜수와 함께 거리의 대규모 시위대에 합류했다. 시위대는 학생뿐만 아니라, 농민들과 노동자들도 합세했다. 어느 무명의 민중시인이 지었다고 하는 가두(街頭) 선동시가 적힌 유인물이 거리에 뿌려졌다. 한 전문 낭독가가 마이크를 잡고, 이 시를 낭독하면, 시위대원은 마치 사교집단의 광신도처럼 열광했다. 나는 산문시 형식으로 그때 사용된 가두 선동시가 적힌 유인물을 지금도 내 개인 폴드 속에 소장하고 있다. 제목은 '어쩌란 말인가'였다. 연 갈이와 행갈이가 없는 산문시의 형식으로 된 선전선동의 시였다. 앞부분만 인용한다.

아, 어쩌란 말인가. 식민지와 계엄령의 조국에서 태어나 자란 아들딸들이 진정한 자유를 그리워하는데, 목말라 하는데. 아, 어쩌란 말인가. 민주주의가 피를 토하는 이 시대의 동지들이, 떨어지는 꽃잎처럼 소리 없이 죽어가고 있는데. 아, 어쩌란 말인가. 농민과 노동자를 위한 혁명의 불씨가 저녁녘의 촛불이 되고 깊은 밤의 횃불이 되어 번질 이 거리를, 군바리들과 짜바리들이 온통 채우게 될 텐데. 아, 어쩌란 말인가. 외세와 파쇼의 쇠붙이가 이 땅의 산천초목과 흐르는 강물을 뒤덮어 녹이 슬어서 더럽히고 있을 듯한데.

숨 막히게 이어지는 그해에, 시위와 죽음의 혼미한 과정 속에서, 내 인생도 소용돌이치고 있었다. 우리는 사복경찰인 저 악명 높은 '백골단' 놈들에게 짓밟힌 끝에 사로잡혀 감옥살이를 하지 않을 수 없었다. 젊은 남학생들이야 그렇다고 치자, 연약한 여학생들에게는 어떤 상황이 발생할지 몰랐다. 어느새 백골단이나 전경에게 성희롱의 표적이 될지 몰랐다. 이 무렵에, 대구에서 교감 선생님으로 재직하고 있던 목혜수의 아버지는 충격을 받고 쓰러져 투병을 하다가 돌아가셨다. 마음고생이 많았을 것이다. 살아가는 일이 쉬운 게 아무것도 없다. 살아가는 데 옹이에 마디요, 기침에 재채기라고, 어려운 일들이 공교롭게 계속해 이어지는 법이다. 이 일로 인해, 그녀는 지금까지도 아버지에 대한 죄의식을 떨쳐내지 못하고 있다.

그해, 그녀는 풀려났지만, 나는 계속 교도소에 있었다. 나는 지우성과 목혜수가 어떻게 정분이 났는지 모른다. 다만 분명한 것은 내가 교도소에 있는 동안에, 목혜수 아버지의 장례가 있었고, 지우성이 대구로 내려가서 정성껏 그녀의 일을 도왔다는 사실이다. 시대 상황이 안정되면서, 나 역시 풀려났고, 내가 풀려나자마자 지우성과 목혜수가 결혼한다는 얘기가 들려 왔다. 나뿐만이 아니라 주위에서 이 결혼을 의아하게 생각했다. 아무리 서로 뜻을 함께한 운동권 동지라고 해도 세칭 '최고 학부'를 나온 여성이 말이야, 격투의 힘만을 앞세운 운동선수였던 남성과 대화가 제대로 이루어질 수 있을까? 주변에서는 주로 이런 시각이었다. 물론 부부가 지적인 대화를 만날 해가면서 살 수는 없을 것이다. 물론 삶의 주요한 대목에 있어서는 답답함을 좀 느끼겠지. 내 생각으로는 이것이 사랑과 신뢰만큼 중요하다고 생각되지 않는다. 나는 이들이 서로 좋아서 하는 결혼인데 어떠랴, 하는 생각뿐이었다. 그래도 목혜수에 대한 나의 상실감은 치명적이었다.

그런데 두 사람의 결혼은 시작부터가 순탄치 못했다. 어긋난 마음이 한두 가지 아니었을 터. 신혼 때부터 마음이 어긋났다면, 짐작건대 지우성이 목혜수에게 가장으로 대접받기를 원했을 거다. 그 시대엔 수평적 부부관계에 대한 인식이 좀 부족했다. 그녀의 입장에서 볼 때, 순탄치 못할 결혼은 왜 했을까? 나는 그녀가 만약에 마지못해 결혼했다면 결혼의 속사정이 혹시 따로 있었나를 생각해 보았다. 그녀는 아버지가 뜻밖의 죽음을 당하면서 거의 자포자기를 한 상태였을 것이다. 결혼도 자포자기의 마음으로 했을까? 결혼과 아버지의 죽음이 무슨 상관이 있었는지에 관해서는 알다가도 모를 일이었다. 이것저것 생각해보면 무엇인가 개연성은 있지만, 인과관계의 아귀가 잘 맞지 않는다.

그녀는 대학을 졸업하고 결혼을 전후로 출판사에서 근무했다. 출판사는 정치적인 의미의 금서(禁書)가 될 책들을 자주 기획했다. 불온하다는 판단에 의한 금서의 딱지가 붙기 전의 단기간에 금지된 지식을 갈구하는 이른바 열혈 청년층에서 구매되기를 바라는 전략을 구사했다. 목혜수는 기획에도 참여했지만, 편집은 물론 표지 디자인까지 도맡았다. 일의 양은 산더미 같고, 일의 대가는 박봉이었다. 이런 형편 속의 그녀는 출산한 딸을 대구의 홀어머니에게 맡기고, 홀연히 프랑스로 공부하러 떠났다. 출판사에 근무할 때, 그녀가 가장 아쉬워한 점은 북 디자인에 대한 체계적인 이해였다. 이 당시만 해도 이에 대한 선진 역량이 턱없이 부족했다.

이때 그녀는 공부에 대한 열망이 있었지만, 뒤에 안 일이지만, 공감이나 소통이 잘 이루어지지 않던 남편으로부터 벗어나려는 욕망도 컸다. 그녀가 프랑스에서 유학한 시간은 남편과의 자연스러운 별거 기간이 될 수밖에 없었다. 그녀가 프랑스로 갈 수 있었던 데는 대구의 친지로부터 약간의 경제적인 후원이 있었다고 한다.

그녀는 프랑스에서 모처럼 자유를 만끽했다. 물론 자신의 막연한 느낌에 지나지 않겠지만, 프랑스에서는 공기부터 다른 것 같았다. 질식할 것 같은 한국의 공기와는 확연히 달랐다. 지중해로부터 바람이 불어와서 며칠 동안 공기 중에 켜켜이 쌓여 있던 먼지들을 떨쳐버리면, 마치 자신이 맑은 공기 속에 살아있는 것 같은, 또 자유롭게 살아갈 것 같은 의욕이 솟구쳤다.

그녀는 비로소 사회적인 이슈와 정치적인 문제로부터 벗어나 실용 예술에 대한 새로운 눈을 뜨기 시작했다. 자그마한 공간 속의 표지에 온갖 이미지를 구성하는 북 디자인은 새로운 세계였다. 그녀는 대구에 두고 온 어린 딸이 눈에 밟혀 자주 보고 싶었으나, 자신이 프랑스에서 사는 것이, 또 하고 싶은 공부를 하는 과정이 무척이나 만족스러웠다.

그녀는 프랑스에서 체재하던 기간에 평생을 두고 그런대로 만족할 만큼의 연애도 경험했다. 자유로운 나라 프랑스에서 경험한 그녀 생애의 유일한 자유연애였다. 한 프랑스 청년을 사랑했다. 애인이 있는 프랑스 청년과 한국에서 온 유부녀는 열정에 빠졌다. 이 청년은 자신의 내국인 애인과 외국인 유부녀와 더불어 셋이 함께 있기를 좋아했다. 목혜수는 이런 유의 만남이 처음에는 매우 어색하고 불편했지만, 한두 번 겪어보니까, 도리어 개인의 참다운 자유가 바로 이런 것일 수 있다는 사실을, 막연하나마 감지할 수 있었다.

그들 셋은 함께 공부하고, 또는 커피를 마시고, 때로는 와인을 곁들인 식사도 했다. 심지어는 여행도 함께 했다. 지중해의 푸른 영감이 펼쳐진 것 같은 풍경이 바라다보이는 호텔의 한 넓은 침대에서, 셋은 약간 취한 상태에서 벌거벗은 채 뒹굴다가 혼음(混淫)을 즐긴 후에 깊은 잠에 빠졌다.

한국의 남편인 지우성이 이런 낌새를 알아챈 것인지 어쩐지 모르지만, 제 아내가 프랑스에서 불륜을 저지르고 있을지 모른다면서 길길이 날뛰기 시작했다. 목혜수가 몇 년 간에 걸친 학업을 마치고 귀국을 준비할 무렵에, 프랑스 청년은 긴 금발에다 살갗이 새하얘 늘 매혹적인 애인과 곧 결혼을 하게 될 거라고 밝혔다. 그녀는 두 사람의 결혼을 진심으로 축하해 주었다. 두 사람 역시 그녀의 앞날에 복된 삶이 깃들기를 기원했다. 프랑스에서의 삶은 섬광 같은 '외유'였다. 과거에 생각조차 하지 않았고, 앞으로도 겪어보지 못할 바깥세상의 일들이 소설이나 영화 속의 얘기처럼 섬광처럼 스치고 지나간 것이다.

그녀가 프랑스에서 귀국함으로써, 그토록 기이한 삼각연애도 끝이 났다. 다들 아쉬움이 없지 않았으리라. 누구랄 것도 없이, 이제는 벗어나야 할 때라고 생각했으리라. 잡으려면 붙잡히는 욕망의 실타래에서, 끌면서 이끌리는 유혹의 밀실에서, 닿으면 맞닿을 감촉의 미궁에서.

4

목혜수는 귀국 직후엔 잘 알려진 출판사의 전속 북 디자이너로 출발했다. 국내 출판계에서는, 그녀가 귀국한 1990년대의 중후반만 해도 아직 편집진이 디자이너에게 감 놔라, 배 놔라고 하던 시대였다. 이 바닥에서 다들 인정하는 얘기지만, 대표나 편집자가 북 디자이너의 등 뒤에서 글자를 키워봐라, 색깔을 바꿔봐라, 라고 하면, 좋은 북 디자인이 될 수 없다. 그녀의 지론은 북 디자인이 편집으로부터 온전히 독립해야 한다는 데 있다.

그녀는 마침내 출판사가 붙잡는 손을 뿌리치고 프리랜서로 독립했다. 자기만의 북 디자인의 개성을 펼치기 위해서는 자신의 역량을 독립시키는 게 옳다고 보았다. 책 표지뿐만 아니라 표제도 그녀에겐 중요한 디자인의 영역이었다. 그녀는 평소에, 자형과 자체를 적재적소에 어떻게 활용할 것인가를 끊임없이 고민해 왔다. 지금도 마찬가지다. 타이포그래피(활자)와 켈리그래피(손글씨)에 대한 그녀만의 활용 방안이나 심미 감각은, 이 시대의 북 디자이너로서 고유한 역량이었다.

그녀만의 북 디자인 특장이라면, 소위 역발상이랄까?

그녀는 북 디자인의 전략에 있어서, 책의 내용 가치와 무관한 시장 논리, 마케팅의 기획에 기여하지 않는 한에서, 작업을 하려는 태도를 기본으로 삼았다. 다시 말하면, 그녀는 시장 논리에 부합하는 표지 안을 얻기보다, 심미적 완성도가 드높은 표지 안을 마련하려고 애를 쓴다. 예를 들면 띠지와 덧싸개와 변형 덧싸개 등과 같은 거추장스러운 요소가 제

거된 입지 속에서, 최소한의 조형적 요소를 추구하는 것. 그녀의 디자인 철학은 덧셈의 미학이 아니라, 뺄셈의 미학이다. 시장 논리가 아닌, 독립 변수의 심미안. 세속적인 욕망의 과잉 상태에 빠져 있는 오늘날의 시대 가치관에 대처할 수 있는 디자인 철학이랄까?

목혜수는 결혼을 한 후 지우성과 1년을 동거하고 9년 동안 별거했다. 그녀가 이혼이라는 어려운 합의 과정을 겪고 난 2000년대 초반에 이르러서야, 북 디자인 분야의 최고 전문가로 성장할 수 있었다. 북 디자인에 관해 문외한인 일반인들도 그녀의 이름 정도는 안다. 나나 그녀는 팍팍하고 쪼들린 삶에서 벗어나지 못하고 근근이 살아가고 있는 수많은 운동권 출신에 비하면, 꽤 성공적인 드문 경우라고 하겠다. 나와 그녀는 부동산개발업과 북 디자인 분야에서 각각 성공적인 삶을 살기 시작하면서, 다시 가까워졌다. 뭐랄까? 10년 만에 재결합된 우정이랄까? 남들이 들으면 좀 우스운 얘기가 될지 모르겠지만, 그녀와 내가 여전히 연인 관계로는 발전시키지 않는다는 조건에서, 그녀는 내게 새로운 우정을 허락한 것이다. 난 어떤 관계든 좋았다. 내가 한때 사랑을 원했던 그녀와 친구의 관계로 다시 만난다는 사실이야말로.

디자인 분야에도 관심이 있는 나에게, 그녀는 자신의 대외비인 북 디자인 시안(試案)을 메일로 내게 보내주고는 한다. 그녀의 디자인은 메시지나 기호를 단순화시키는 데 있다. 장식적인 면을 최대한 배제하면서, 기하학적인 추상 형태를 기능적으로 되살리는 데 주안을 둔다.

언젠가 나와 통화하면서 논쟁을 벌인 적도 있었다.

혜수. 네 북 디자인이 단순 미학의 획일성을 너무 추구하는 게 아냐?

단순한 게 집중적이거든. 장욱진이나 이우환 등의 그림도 마찬가지야.

획일화된 패턴이 왜 아름답다고 여겨지지?

사람들은 될 수 있으면, 에너지를 적게 소모하려고 노력하려 들잖아?

아이들에게 공부할래, 놀래, 하고 물어보면, 다들 놀려고 하잖아? 우리가 노력 형보다 천재 형을 선호하는 것도 이 때문이지. 사람이 생각을 많이 하면 할수록, 그 사람에게 에너지양을 증가시키거든. 디자인에서도, 남에게 덜 생각하게 할수록, 그 디자인이 아름다운 거지. 좋은 글이 반드시 좋은 책이 된다고 확신할 수 없어. 책에서는 말이야, 텍스트와 내용이 으뜸이라면, 편집이나 형식은 버금이야. 이에 비해 표지를 디자인하는 일은 버금 딸림에 지나지 않아. 그런데 독자들은 거꾸로 이 버금 딸림에서 비롯해, 버금을 통해, 으뜸으로 향하는 거지. 독자에게 시작부터 지나치게 생각을 깊게 요구하면, 그들은 그냥 질리고 말 거야.

물론 넌 책 만드는 일을 처음부터 꼼꼼히 배웠어. 그건 나도 인정해. 지금도 너의 디자인 시안을 보면, 분판과 검판의 과정에서 글자가 깨지지 않을까 노심초사하던 초보자의 마음이 느껴져. 책의 콘텐츠에 맞게, 색감과 질감을 중시하는 네 손끝의 감촉이 묻어나는 것 같아. 그런데 내가 보기에는 네 추상 형태가 쌀쌀맞은 시선이나 비웃음으로 세상을 대하는 것처럼 보여. 마치 뭐랄까, 인위적인 관습이나, 기성의 윤리나, 견고한 제도 등을 부정하는 것 같은 느낌이랄까? 거기에는 프랑스 특유의 고급스런 분위기와 감각적인 냉소주의가 깃들어져 있어. 한때 우리나라에 영향을 준 알록달록한 일본적인 조형 콘셉트와는 확실히 달라.

일본이 축소지향의 문화라고 하여, 경우에 따라선 미니멀리즘을 추구하는 일본적인 경향도 있어.

나는 네 디자인이 전통적인 우리의 것을 되살려 보여주었으면 해. 예컨대 오방색의 색감이랄지, 지금 세계적으로 관심을 끌고 있는 동래학춤의 역동적인 이미지랄지. 또는 애수와 한의 정조랄지. 어떤 공간이든 고유한 장소성이란 게 있잖아? 우리말로 '터무니'라고 하는 것 말이야. 이 터의 무늬에는 사람이 살아가는 삶의 숨결이 배여 있잖아? 그러니까 한국적인 고유한 '땅의 영혼(genius loci)'이라고 불리는 개념을 살리는 것이……. 아니면, 아주 멀리 나아가 탈(脫)영토화된 유목인의 시간 개념을 제시한다든가.

한영이, 고마워. 네 조언은 늘 나를 고무해.

나는 20대에 운동권에 있느라고 공부를 하지 않았다. 서른 나이 넘어서야 비로소 책을 읽기 시작했다. 그로부터 20년 동안에, 나는 독서광으로 살았다. 다양한 취미 생활의 중심엔 책읽기가 놓였다. 이 때문에, 저명한 북 디자이너인 목혜수와도 북 디자인에 관한 대화를 나눌 수 있다. 최근에는 이런저런 얘기 끝에, 내가 그녀에게 민감한 질문을 하기도 했다. 물론 반응이 예민하게 돌아왔다.

지우성의 성 스캔들 사건에 네가 개입한다는 보도를 접했어. 황달수 씨와도 간접적으로 연결되어 있어서, 이 사건이 정치적인 문제로 부각되고 있어. 너도 알고 있지만, 언론이 너를 주목하고 있잖아? 네가 재판에 나가 증언을 하는 게, 네 신상이나 명예에 괜히 손해가 되지는 않을까, 하고 걱정이 돼.

한영이. 네가 누구한테 무슨 말을 들었는지 잘 모르겠지만, 이 문제를 걱정해주는 심정은 잘 알겠어. 어쨌든 내게 내버려둬. 이건, '넌 오브 유어 비즈니스(none of your business.)'야! 신경 쓰지 마. 정말 부탁해.

그래, 알았어.

목혜수는 지우성과 결혼함으로써, 사실상 그녀 인생이 망가졌다. 이게 다 나로 인해 생긴 일이다.

내가 그녀에게 구애가 잘 되지 않으니까, 나도 화가 났었다. 지우성을 운동권으로 끌어들였다. 그는 유도선수 출신으로 운동권의 돌격대장으로선 안성맞춤이었다. 운동권에서의 그의 출현은 천군만마였다. 권내에서 그의 인기가 치솟을 때, 나는 그에게 그랬다. 재와 한번, 사귀어봐! 내가 해도 안 되는 일을, 지우성에게 해선 안 되는 일을 맡긴 꼴이었다. 그 농담 같은 한마디가 그녀의 삶을 그르친 건 아니었을까? 나는 그녀에게 많은 마음의 빚을 안고, 살아갈 수밖에 없다.

물론 목혜수의 삶을 망친 일차적인 책임은 지우성에게 있지만, 그 이전에는 황달수에게 있었다. 목혜수의 모진 운명은 황달수라고 하는 악의 근원을 전제하지 않고는 얘기가 되지 않는다. 운동권에 몸을 담지 않은 사람들은 전혀 알 수 없겠지만, 이 바닥의 문화는 한마디로 말해 상명하복의 문화다. 위에서 시키면, 시키는 대로, 아랫것들은 속된 말로 대가리 박고 복종을 해야 한다. 내가 생각키로는, 운동권의 상명하복은 군부대나 검찰 조직에 못지않다.

정국이 한창 혼미했던 1990년대 초반이었다. 운동권에서 재야의 유명한 민중운동 지도자를 모셔 회합을 가진 일이 있다. 그 지도자는 젊은이들을 격려하기 위해 초청에 응했다. 황달수의 아부는 도가 넘었다. 내가 언젠가 국어사전을 보았더니, 여기에 '알이알이'라고 하는 표제어가 있었다. 약삭빠른 수단을 뜻하는 토박이 낱말이었다. 눈앞의 이익을 실현하기 위한 그의 알이알이는 정도를 넘겼다. 이 정도가 정도(正道)라고 해도 좋고, 정도(程度)래도 전혀 상관없다. 나는 그의 이 같은 부정적인 재능이 사회적인 학습의 과정이라기보다 오히려 천부적인 데 있을 거라고 본다.

재능은 그렇다고 치자. 도덕적 기준이 문제라면 문제였다. 그는 늙수그레한 지도자 옆에 얼굴이 예쁜 목혜수를 앉혀서는 술시중을 들게 하려고 했다. 그녀는 이 예민한 상황을 단호히 거절했다. 때와 장소를 가리지 않고, 분노 조절의 장애를 보여주곤 하던 황달수는, 자존심에 큰 상처를 입은 듯하다. 그날의 행사를 마친 후에, 많은 후배들 앞에서, 선배가 시키면 시키는 대로 해야지, 술시중이 아니라 수청이라도 들어야지, 하면서 화를 낸 것은 예상한 대로였다. 그날 밤에 대취한 그는 자기 방에 똘마니인 지우성을 불렀다. 목혜수를 지칭하면서 명령했다.

너, 한 달 이내에 그년을 가져!

그 시대의 운동권 남자들은 세상과 싸워 이겨야 하는데 쉽게 이길 수 없으니까, 동지 여자라도 성적으로 지배하려고 하는 욕구가 있었을까? 동지 여성에 대한 성적 지배도 운동권의 전략이었을까? 말하자면 배신하지 말라는 뜻에서, 영원한 내 여자, 혹은 불멸의 여성 투사로 만들어 버리기 위함이었을까? 그때의 황달수를 두고, 인간적인 자질이 부족한, 운동권의 저질 지도자라고 비판을 가한다고 해도, 그는 눈도 깜빡하지도 않을 사람이었다. 오직 강철 같은 대외적인 투쟁 의지, 소집단 속에서의 권력 의지만이 있었을 뿐이었다.

여성을 성적으로 올가미를 씌워야 배신하지 않게 만든다고 하는 믿음은 이미 오래 전부터 있어 왔다. 인류사에서 가장 반인권적인 여성 박해의 상징인 중국의 전족(纏足)과 같은 개념이었다. 이에 비하면, 지금 아랍권의 히잡은 아무것도 아니다. 히잡을 쓰고 도망갈 순 있지만, 전족으로는 도망마저 가지 못한다. 족쇄나 다름없다. 이처럼 가져야 달아나지 않는단다. 소위 '미투'는 대부분이 운동권 내지 진보진영에서 최근 몇 년간에 걸쳐 일어났다. 이에 연루된 광역시장, 도지사, 국회의원, 민중미술가 등을 보면, 잘 알 수 있다.

지우성에게 순결을 빼앗긴 목혜수는 그의 힘세고 억센 손아귀에서 꼼짝도 할 수 없었다. 악몽과 같았다. 마치 꿈속에서 가위눌리는 것 같았다. 가위눌림이란 무엇인가? 잠 속에서, 아무리 두 손과 두 발을 허우적거려도 뜻대로 움직여주지 않는 상태, 사악한 기운인 헛것이나 귓것(귀신들림)에 심신이 압도된 상태가 바로 가위눌림이 아닌가? 즉, 일종의 수면마비(sleep-paralysis) 같은 심적 상태라고 할 수 있었다. 국가대표 수준의 그 유도선수를, 그녀가 어떻게 육체적으로 감당해 낼 수 있다는 말인가? 한 번도 아니고 두어 번 당하고 난 그녀가 거의 자포자기의 상태에 빠졌던 것은 두말할 나위가 없었을 터. 내게도 이 일에 관해 들려온 얘기나 정보가 없지 않았다.

근데, 그때만 해도 남자가 여자를 강간할 때, 여자가 '저항했나?'가 남자의 유무죄를 가름하는 중요한 기준이 되었다. 참으로 남자답고 사내답다고 말해지는바 저 가해자 중심의 관점이요, 판단기준이었다. 반면에 여성인 피해자를 중심으로 사건의 진실을 파악하려는 관점도 있다. 소위 남자답고 사내답다고 말해지는바에 대한 '피해자다움'의 판단기준이다. 이제까지는 법조계에서도 여성의 정조관념을 도덕적인 의무 및 잣대로만 여기던 시대였다. 최근에 이르러서야 비로소 판례가 변경되었지만, 지금은 굳이 여자가 저항을 하지 않아도, 공포심이나 협박만으로도 강간죄가 충분히 성립된다.

그때 황달수는, 그 일을 보고하는 지우성의 어깨를 툭, 툭 치면서, 잘했어, 라고 했다. 그리곤 자신의 뜻이 이루어졌다는 의미의 미소를 지었다. 이 미소야말로 남의 불행이 바로 나의 행복이라는 함의를 머금고 있었다.

교활하고 사악한 뱀이 돌계단을 타고 오르듯이, 황달수는 승승장구했다. 처세술의 달인이기도 했다. 지우성이 황달수에게 머리를 조아리면서 굴종적인 모습을 보이는 것과 마찬가지로, 그 역시 정치권이나 재야의 진보 권력에 머리를 조아리면서 늘 굴종적인 태도를 보여주었다. 사회생활을 좀 하다보면, 다른 사람들 위에 군림하려는 사람이 아부마저 잘한다는 건 사회생활을 해본 사람이면 누구나 다 아는 사실이다. 처음부터, 반미, 반핵을 외치던 사람. 그를 잘 아는 후배들은 그의 마음에 세 개의 철심이 있다고 했다.

돈 욕심과, 자리 욕심과, 시기심.

첫 번째인 돈 욕심은 그에게 공익의 개념이 전혀 없다는 것. 오로지 사익만이 있고, 세상의 모든 가치는 돈으로 향한다. 자리 욕심이야말로 그가 걸어온 정치인의 길을 보면 다들 안다. 이 과정에서, 제1차 진보정권 때는 그의 강경한 운동권 경력이 인정되어 차관에까지 올랐다. 그 후에는 강원도의 고향에서 군수가 되었고, 또 국회에 의원으로 입성했다.

제2차 진보정권 때는 물고기가 물을 만나듯이 활개를 쳤다. 2선 국회의원에다 1년 남짓 장관을 겸직했다. 내년의 총선에 3선에 도전해 뜻을 이루면, 또 야당 대표의 경선에도 참여할 계획이란다. 불가사의한 건, 그가 살아온 과정 중에 그렇게 돈 욕심과 자리 욕심으로 점철해 왔어도 신변에 아무런 문제가 없었다는 사실이다. 대단한 용의주도함이랄까? 세상일은 알 수 없다. 타고난 나쁜 짓이 날개를 타고 날아오른다.

그건 그렇고, 그의 시기심은 거의 병적 수준이라고 하겠다. 그가 정계에 진출하면서 명문대 출신의 운동가와 내부 경쟁을 벌이려면, 무엇보다 강해야 했다. 그가 강경파일 수밖에 없었던 이유다. 그의 열등감과 시기심이 그를 강하게 만들었던 거다. 그가 짜놓은 열등감과 시기심의 프레임에 한번 걸려든 사람이라면, 그의 '샤덴프로이데' 전략으로부터 결코 자유롭지가 못하다.

내가 바로 위의 한 선배에게서 들은 얘기다.

황달수가 학생회장을 하던 시절이었다. 그가 이해관계에 따라 얼마나 이중적인가를 잘 보여준 일화가 있었다. 그는 운동권 소속이 아닌 일반 여학생에게 사랑을 고백한 후에 수개월 동안 연애를 한 적이 있다. 그는 몇 가지 일을 잘 이용하고는 그 여학생을 헌신짝처럼 버렸다. 그 여학생은 마지막으로 항변했다. 너, 날더러 사랑한다고 했잖아? 주저하지 않고 바로 튀어나온 그의 말이 있었다. 내가 널 사랑한다고 해서, 정말 사랑한 줄을 알았나? 기가 막혀버린 그 여학생은 한마디를 내뱉곤 홱 돌아섰다. 양아치 같은 놈.

물론 황달수에겐 현란한 말솜씨가 있다. 후배들이나 아랫사람들을 적절하게 지배하고 조정할 줄도 안다. 현실을 왜곡하거나 상황을 조작할 때, 그는 기민하고도 맹렬한 재능을 발휘한다. 이해관계에 따라, 자기에게 유리하면, 그건 대표님의 재량권이지요, 나직이 말하고, 자신에게 불리하면, 이 문제는 위원장의 월권이라고 단언합니다, 라고 소리친다. 공익은 없고, 오로지 사익뿐이다. 자신이 정치적으로 몰리게 되면, 피해자로 위장하거나, 변장하기도 한다. 많은 사람들이 모인 자리에서 누군가를 특정해 면박을 주기를 좋아한다. 이때 상처를 받은 사람을 보면, 자신은 행복해 한다. 나에게 심리적으로 복종하라는 신호다. 이를 거부하면, 목혜수가 당한 것처럼 참을 수 없는 분노에 직면한다. 자신의 진정한 똘마니라면, 자신의 간을 빼주듯이 도움을 준다. 그는 이런 자신이 결코 악인이라고 생각하지 않는다.

국회의원 황달수의 비서관 중에 박예빈이란 여성이 있었다. 그녀는 1990년대의 운동권 출신이며, 2002년 대선 때는 열렬한 '노빠'로 활동한 미모의 명문대 출신이다. 황달수에게는 비서관을 쓰는 원칙이 있었다. 외모가 좋은 여성이나, 명문대 출신은 꺼린다. 너무 예쁜 여성이거나, 자존심이 센 엘리트 출신이면, 부려먹기 쉽지 않다는 것. 그는 내가 운동을 하던 젊었을 때부터 여자가 인물값을 하거나 능력이 있어 보이면 부려먹지 못한다는 얘기를, 특히 남자 후배들이 있는 데서 종종 해왔다. 그럼에도 불구하고, 그가 훗날에 국회의원이 되어서 그녀를 쓴 데는 지우성의 입김이 강하게 작용했던 것으로 보인다.

하지만 그녀도 지우성에게 당했다. 마치 목혜수가 당한 것처럼. 다만 차이가 있다면, 이번 경우는 황달수가 사주하지 않았다는 것이다. 지금 두 사람 간의 성범죄 재판이 한창 진행되고 있다. 재판과 총선을 앞두고, 공천을 받아야 할 지우성은 물론 3선에 도전할 황달수도 위기에 몰렸다. 그렇게 돈을 빼돌리는 데 용의주도했던 황달수에게는 엉뚱한 데서 문제가 터진 것이다. 성격은 변하지 않아도 자신의 이해에 따라 성취동기가 늘 변해 왔던 이 두 사람은 뜻밖의 격랑을 어떻게 넘어야 할까를 고민하고 있다.

법정에서, 지우성이 서로의 합의 하에 화간을 했다고, 박예빈은 강간을 당했다고, 서로 다르게 주장하고 있다. 이 엇갈리는 주장은 개개인의 사사로운 스캔들을 넘어서 남자와 여자, 가해자와 피해자라는 성차별적 공적 담론으로까지 확장되었다. 몇 년 전에 세상을 떠들썩하게 한 도지사 안 아무개 재판 이후에, 또 다시 정치인과 직, 간접적으로 연결된 재판이다. 초미의 사태였던 그때의 재판에 비하면, 아무래도 비중이 떨어지지만, 재판이 총선에 영향을 줄 수 있는 민감한 시점인지라, 언론에서도 비상한 관심을 보이고 있다.

5

이때 피고인의 전처인 목혜수가 법정에 등장한 것이다. 북 디자이너로 명성이 있는 그녀는 이 일로 인해 언론의 관심을 받기에 충분했다. 방청석에는 수많은 언론인들과 일반인, 그리고 내가 앉아 있었다. 사람들은 전 남편을 옹호할 것인가, 자별하게 알지 못하는 박예빈을 옹호할 것인가에 관심을 집중하고 있는 것 같았다. 하지만 나는 그녀의 증언이 지우성에게 결코 유리하지 않을 거라고 짐작했다. 지우성이 나에게 느닷없이 전화를 해온 것만 봐서도.

존경하는 재판장님.

저는 북 디자이너 목혜수라고 합니다. 인간의 악은 극한의 폭력성과 함께 원색으로 드러난 경우가 있습니다. 요즘 빈번하게 발생하고 있는 소위 '묻지 마' 흉기난동을 보십시오. 하지만 한편으로는 원색을 드러내지 않고, 말하자면 폭력성과 악의 본색을 감추는 경우가 있습니다. 이런 경우를 두고, 외국에서는 '양복 입은 뱀'이라고 비유하고 있습니다. 좋은 정장에 꽃무늬 넥타이를 맨 채 꿈틀거리는 욕망의 사악한 뱀의 모습이지요. 아동학대를 가장한 이의 교사 협박, 언론의 자유를 가장한 이의 가짜뉴스, 인권과 정의를 가장한 이의 정치적인 이해 등. 그 선을 가장한 악들은 우리 곁에서 결코 사라지지 않을 겁니다. 어딘가에 늘 숨어있을 뿐입니다.

핵전쟁이니 팬데믹이니 증오범죄니 자살폭탄이니 하는 세계사적인 거악(巨惡)과 달리, 이러한 유의 조무래기 악들은 표가 잘 나지 않고, 특별한 경각심도 경계심도 없기 때문에, 우리 주변에 그림자처럼 늘 배회하고 있습니다. 만약 문제가 생기면 법정에서 다툼의 여지를 만듭니다. 이 조무래기 악들은 터무니없는 악플을 재생산해도, 사회적 약자에게 갑질을 해도, 공직 사회의 부정 채용으로 직장 내의 끼리 문화를 형성해도, 남자의 손길이 여자의 몸을 스쳐도 증거를 남기지 않으려고 애를 씁니다. 그 조무래기 악들은 법정의 바깥에서 '인권과 정의를 구현하는 법조인 모임'에 소속된 변호사나 판사의 도움을 받으려고 하고, 정작 법의 심판대에 서게 되면 선과 악의 상대적 가치를 농단하려 들 것입니다.

존경하는 재판장님.

오늘의 이 재판은 사회적인 관심도가 매우 높은 재판입니다. 제 뒤쪽의 방청석에는 수많은 언론인들과 일반인들이 모여 있습니다. 몇 년 전에 대학교수와 여학생 간의 성희롱 사건을 다룬 재판에서, 이른바 '젠더 감수성'의 개념을 처음으로 도입함으로써 성범죄의 새로운 판단 기준을 삼기도 했습니다. 이듬해에 도지사와 수행비서의 비동의 간음죄에 이 개념을 적용함으로써 또 다시 성 범죄 재판에서 피해자 중심의 판결을 이끌어내기도 했습니다. 이 비동의 간음죄는 지금 당장에 갑자기 입법화되기는 어려워도, 언젠가 도입이 될 것이라고, 전 확신하고 있습니다. 뜻이 있는 수많은 분들의 바람이기도 하고요.

저는 10대 말의 어린 나이에 운동권에 가담함으로써, 바람직하지 못한 삶의 구렁텅이에, 제가 저를 스스로 밀어 넣고 말았습니다. 그때만 해도, 죽을 수 있어도 물러서지 않는다면, 우리 사회를 변혁시킬 수 있다고 확신했습니다. 이런 유의 다짐과 각오는 뜻이 있는 학생들로 하여금 교정과 거리를 누비며 다니게 했습니다. 하지만 이상과 현실의 간극은 컸고, 저는 한 남자의 몸에 갇혀 빠져나오지도 못한 신세가 되고 말았습니다. 오늘 재판의 피고인인 지우성 씨는 저의 전 남편입니다. 하나밖에 없는 제 소중한 딸의 생부이기도 하구요. 그가 나를 어떻게 몸의 포로로 사로잡았는지는 본인의 양심만이 응답해 줄 것입니다. 이를 시킨 이는 정치인으로 유명한 황달수 씨입니다. 오늘 제가 한 증언이 문제가 되어 황달수가 내게 명예훼손을 걸어오면, 제가 가지고 있는 증거를 낱낱이 공개할 겁니다. 그의 알려지지 않은 악행도 공개할 것입니다. 그냥 가만히 있기를 바랍니다.

이 자리에 계신 법조인 여러분들. 저는 제가 이 재판의 증인으로 출두하기에 앞서 박예빈 씨와 만나 많은 얘기를 나누었습니다. 같은 여자끼리 연대는 하지 못해도, 같은 남자에게 당한 비동의 간음에 대한 동정심을 가지게 되었습니다. 세칭 이를 두고 '미투'라고 하지요. 그래, 나도 당했어. 저는 오늘 미투의 피해자로서 한 여자의 억울한 일에 힘을 실어주기 위해 이 자리에 나왔습니다. 황달수와 지우성은 동종의 인간입니다. 권력에는 한없이 약하고, 약자에겐 한없이 강한 사람들입니다. 이들은 자신의 이해관계에만 관심이 있고, 남의 고통에는 전혀 무관심합니다. 자신이 남에게 상처를 줄 때는 한 술을 더 떠서 스스로 즐기기도 합니다. 남의 고통은 나의 환희. 이 무슨 천벌 받을 심보란 말입니까? 특히 이 남근주의적인 마음속 바탕은 여성을 성적으로 이용하거나 악용할 때 더욱 힘을 발휘하고, 또 빛을 발합니다. 정말이지, 여자가 남자의 성적 만족을 위해 태어난 존재란 말입니까?

저는 운동권이 우리나라 민주화에 기여한 면도 적지 않다고 봅니다. 요즘 기득권을 향유해온 86세대의 청산을 부르짖는 사람들도 적지 않습니다만, 1980년대 젊은 세대의 역사적인 동참이 없이는 우리나라의 민주주의가 이만큼 성숙하지 못했을 거라고 봅니다. 하지만 신군부가 낳은 거악의 통치 권력이 문제지, 아니면 이에 기생하며 무소불위의 이권과 실속을 챙긴 기생적인 지배 엘리트가 문제지, 우리 같은 조무래기가 여자 한 명을 잘못 건드린 게 뭐가 문제며 죄냐고 하면서, 마치 제 논에 물을 대듯이 자신을 합리화하는 것이, 저는 더 문제라고 봅니다.

존경하는 재판장님.

우리나라의 86세대가 아직까지도 사회적인 영향력을 행사하고 있습니다. 물론 저도 86세대이지만, 우리나라 민주화를 위해 기여한 것은 인정해야 합니다. 이 86세대는 5·18이 촉발한 세대입니다. 5·18정신은 오랫동안 민주화의 상징이 되어 왔습니다. 그런데 세월이 적잖이 흘러가면서 그것이 민주화 정신에서 비폭력성의 정신으로, 또 국민통합의 정신으로 진화해가고 있는데, 저로서는 과연 86세대가 이에 따라가고 있는지가, 무척이나 의심스럽습니다. 끊임없이 자행되고 있거나 드러나고 있는 86세대의 성범죄에 대해 법의 가치와 준엄함을 세워주시고, 또한 사회적인 경종을 울려주시길 바랍니다. 감사합니다.

방청석의 여성 단체의 회원들은 우레 같은 박수를 보냈다. 나도 그들 옆 자리에서 박수를 쳤다. 나는 목혜수의 강단 있는 용기에 마음의 존경심을 표하지 않을 수 없었다. 그녀는 우리 시대에 반짝 빛이 나는 보석 같은 존재다. 자신이 살아온 치욕스런 과거의 일을, 자기 스스로 법정에서 공개한 것이나 진배없다. 내가 그녀의 용기 있는 결단에 대해 박수를 보낸 것이다. 이런 점에서 볼 때, 내가 그 옛날에 그녀에게 지우성을 소개한 것은 평생토록 후회할 일이다. 그녀에 대한 나의 회한이 크면 클수록, 그녀에 대한 죄책감도 커진다.

내가 겪은 황달수의, 가장 그악한 문제점은 목혜수가 생각하는 것과 결이 전혀 다르다. 사람들은 누구나 잘못을 저지를 수 있다. 사람이 신이 아니고서야, 누구랄 것도 없이 잘못을 저지른다. 그는 자기의 잘못을 절대로 인정하지 않는 사람이다. 자신이 남에게 사과한다는 걸, 그가 치명적인 굴욕이라고 생각하는 모양이다. 운동권 학생들이 모여 저녁 식사를 할 때였다. 다들 술도 마시지 않았을 때였다. 나보다 한 해 아래의 후배 한 명이 과장된 말을 한 것도 아니고, 좀 아는 것 같은 지적인 말을 했을 뿐인데, 평소에 지적인 면에서 콤플렉스가 있던 황달수가 그 후배에게 핀잔을 주었다. 그는 평소에도 여러 사람들이 모인 자리에서 누군가 한 사람을 지목해 핀잔을 주는 사례가 자주 있었다. 그 후배를 가리켜, 이런 말을 했다.

네가 하는 말 80퍼센트는 거짓말이야! 늘 그랬어!

쇠붙이 끌로 나무판을 긁는 소리처럼 들리는, 또 안 해도 될 이 발언이 상대에게 얼마나 마음의 상처가 된다는 것을, 그가 잘 모르고 있는 것 같았다. 아마 그 후배에게 이런저런 핀잔이 한두 번이 아니었던 것 같았다. 황달수는 그러니까 그 후배를 조용히 불러서 속삭이듯이 주의를 주는 것도 아니고, 많은 사람들 앞에서 핀잔을 주거나 망신을 주어야 자신의 존재감이 드러나는 줄을 아는 듯했다. 그런 유의 발언을 해야 자신의 권위가 입증되거나 세워진다고 안 모양이다. 그 후배가 그의 이 같은 유의 발언으로 인해, 상처를 적잖이 받은 모양이었다. 또 시간이 지나가면서 뭔가 쌓인 게 있었나 보나. 그 후에 두 사람만이 있는 자리에서, 그 후배가 황달수에게, 치밀어 오르는 미움의 감정이나 느꺼운 심사를 자제하면서 짐짓 공손하게 말을 했다.

그때 선배님이 여러 사람 앞에서 제게 공개적으로 망신을 줄 때, 저는 무척이나 당황했습니다. 선배님도 권력을 가진 사람에게, 제가 선배님에게 당한 것처럼 당했다고 생각해 보십시오. 역지사지, 아닌가요?

이 정도의 말이 나오면, 대개의 사람들이 내가 좀 과했나, 다소 실언했네, 그럼 사과할게, 하는 정도로 남을 달래지만, 그는 사람됨이 확실히 달랐다. 내가 그런 말을 했다고 해도, 누가 자네의 말 80퍼센트가 거짓말이라고 믿겠나? 자넨 진솔한 사람이잖아? 사과의 말 한마디를 하면 될 일을 이렇게 둘러대는 게 그의 장기요, 모면책이었다. 자신이 잘못을 하고도, 나아가 자신의 잘못을 인정하고서도, 좀처럼 사과를 하지 않는 사람이야말로 본색의 악인이다. 더 두고 볼 것도 없다. 이런 유의 사람이라면, 대체로 그렇듯이 그는 자신이 남을 좀 도와주었을 때 자신이 바라는 대로 남이 자신에게 감사를 표하지 않으면 길길이 날뛰는 그런 유형의 사람이다. 거악이든 조무래기 악이든, 악의 본색이란, 이처럼 원색이다. 악에는 간색(間色)이 없다. 그 후배는 황달수에게 크게 실망해 운동권에서 스스로 이탈해 버렸다. 뒤에 들은 얘기지만, 그는 미국으로 유학을 떠났다.

황달수는 가벼운 잘못을 하고서도 지금까지 그 누구에게 자신의 잘못을 사과한 적이 전혀 없었고, 지금도, 앞으로도 그럴 것이다. 그의 사전에 '사과'라고 하는 단어가 없다. 그는 그에 의해 인생이 망가진 목혜수에게 무겁게 사과를 했어야 했다. 이런 점에서 지우성이 재판 과정에서 박예빈에게 사과를 할지, 말지 지켜볼 일이다. 그마저 황달수처럼 사과를 하지 않는다면, 또 국회의원이 될 꿈을 이어간다면, 둘은 동종의 인간상이다. 도긴개긴이다.

나는 한때 아주 가까운 친구였던 지우성이 제 잘못을 솔직히 인정을 했으면 좋겠다고 생각한다. 그가 남을 끊임없이 갈구어야(괴롭혀야) 제 '가오(체면)'가 선다고 생각하며 살아가는, 혹은 이와 비슷한 그릇된 인생관을 가진 황달수 유형의 인간상과는 구분되었으면 하고 바란다. 우성아. 나는 정말이지, 진정한 사과만이, 너 자신을 악으로부터 구원할 수 있다고 생각해.

6

나는 작년 초까지만 해도, 목혜수에게, 젊었을 때처럼 구애와 구혼을 끊임없이 타진해 보았다. 그녀가 삶의 첫 단추를 잘못 끼운 결혼에 대한 내 미안함만이 아니었다. 나는 지금도 그녀를 사랑한다. 그녀에 대한 나의 감정은 그 옛날인 열아홉 살의 시절에 머물러 있다. 하지만 그녀는 여전히 친구로서만 남고 싶다고 한다. 이럴 때마다 나는 머리가 어지럽고, 정신이 혼미해진다. 언젠가 술에 취한 채 전화를 걸어 물었다.

혜수. 나는 왜 너의 연인이나 남편이 될 수가 없어?

한참 지나서야 내게 대답이 돌아왔다.

한영이. 나는 너의 좋은 친구로서 충분히 만족하고 있어. 난 잘못된 만남도 겪어보았고, 너도 알지만 프랑스에서 자유연애도 경험해 봤잖아? 지금에 와서, 이 나이가 되어서 또 무슨 연애이며, 또 난데없는 결혼이겠어. 그저, 너 하고는 이렇게 지내는 게 정말 행복해. 옛날의 한 세계적인 여배우가 이런 말을 했더라. 산문적인 금언(金言)이지만, 마치 짧은 2행시 같아.

행복은 다람쥐처럼 달아나기,
유리그릇처럼 깨어지기 쉽다.

나와 네가 연인이 되고, 부부가 되면, 지금보다 더 행복할 거라고 보장할 수 없잖아? 행복이 달아나거나 깨지지 않을 지금이, 난 정말 더 좋아. 그녀의 말을 듣고 보니, 나도 고개를 주억거려진다. 그래, 네 말이 맞아. 나는 그녀로부터 이 얘기를 듣고 죽을 때까지 좋은 친구로만 남기로 했다.

나에게는 우리 관계가 마치 아일랜드 시인 예이츠와 그의 여친 모드 곤의 경우처럼 연상이 되었다. 지금도 그 나라 국민시인으로 유명한 예이츠는 젊어서부터 늘그막에 이르기까지 수십 년 동안에 걸쳐 모드 곤에게 모든 마음을 다 바쳤다. 구애와 구혼은 잇따랐다. 하지만 모드 곤은 친구 이상의 관계를 전혀 허용하지 않았다. 예이츠는 마지막으로 이런 제안마저 했다. 당신이 끝내 나와 결혼을 정녕 허락할 수 없다면, 당신의 수양딸 이졸트 곤을 내 아내로 삼게 해주오. 자존심을 건 마지막 제안이었을 게다. 모드 곤은 이마저도 거부했다. 이 일이 있고 나서 예이츠는 쉰두 살의 나이에, 스물여섯의 나이인 다른 처녀와 결혼을 했다. 물론 두 사람 모두 초혼이었다. 이때부터 그의 인생은 놀랍게도 잘 풀려갔다. 비록 늦었지만 자녀도 얻었고, 신생 독립국 아일랜드의 국회의원도 되었고, 마침내 노벨문학상을 수상하기에 이르렀다.

목혜수가 말한 그 여배우가 누군지 궁금했다. 누군지를 물어보니, 자신이 낸 수수께끼니까, 스스로 찾아보라고 했다. 끝내 모르면, 가르쳐 주겠단다. 나는 그 다음 날에, 지인이 재직하고 있는 국립중앙도서관을 방문했다. 때마침 점심시간이었다. 지인과 더불어 간단한 빵과 커피를 주문해 1시간 가까이 담소를 나누었다. 그리곤 몇 가지 짚이는 데가 있어서 열람실로 옮겨가 검색하고 조사를 해 보니, 그 여배우는 바로 엘리자베스 테일러였다. 한국어판 책 이름은 『사랑의 자서전』이었다. 1966년에 간행된 오래된 책이었다.

나는 올해 큰 결단을 했다.

한 여자를 알았다. 국립중앙도서관 연구팀장으로 있는 지인인 바로 그 여자. 알맞은 키에 긴 머리카락에 긴 치마를 즐겨 입고 다니는 이 여자와 나는 결혼하기로 했다. 나보다 20년 아래인 여자. 미국에 가서 대학원에 다니면서 도서관학 박사학위를 받고 귀국했다. 교수직 제의가 들어오면 어떻게 하겠느냐는 질문에, 그때 가서 이 일을 계속 할지, 저 일을 새로 할지, 행복한 마음으로 선택을 하겠다고 한다.

함께 운동을 했던 어느 친구가 물었다.

소개한 사람이 누구냐?

놀라지 마. 목혜수의 딸이 소개했어. 걔는 아빠가 누군지도 잘 알지 못하면서 자란 애잖아? 엄마의 친구인 나를 아빠처럼 무척 따랐어. 우리 그녀는 걔가 미국에서 공부할 때 알게 된 선배야. 서로 뜻이 잘 맞았는지, 두 사람이 지금도 언니, 동생 하면서 아주 친해.

내가 결혼하겠다니, 가장 기뻐한 사람은 목혜수와 그녀의 딸이었다. 나이 차가 크고 내가 재혼임에도 불구하고, 우리 둘은 우선 대화가 되고, 서로 신뢰하고, 또 공경한다. 나는 날 믿고 사랑한다는 이 여인에 대한 고마움을 절대 잊지 않고 살아갈 것이다. 그녀는 나에게 시인 예이츠의, 딸 같은 아내인 조지 하이드 리즈 같은 존재다.

내 인생의 새로운 여명이 시작되고 있다. 모처럼 내 삶이 밝아져 간다. 내일도 그녀와 함께 지방으로 주말여행을 떠나기로 했다. 그녀는 주중에 즐겨 입는 이런저런 긴 치마 대신에, 스판덱스 재질로 된, 젊은 감각의 블루진을 입고서, 길을 나설 것이다. 이럴 때는 내 눈도, 내 마음도 즐거울 게다. 나는 행복이야말로 운명의 신에 의해 거창하고 비범하게 주어지는 게 아니라, 우리가 일상 속에서 하나하나, 소소하게, 잔다랗게 만들어가는 거라고 생각한다.

꽃새암 부는 율포

1

나는 십 년 만에 또 율포를 찾았다. 율포를 떠날 때, 나는 율포로부터 아주 벗어날 줄만 알았다. 두 번 다시 오겠느냐고 생각했는데, 이제 두 번째로 방문하게 된 것이다. 대략 십 년 간격으로 두 번째로 다시 찾아온 율포는 그저 여전히 율포일 뿐이다. 율포는 한낱 갯마을에 지나지 않는 평범한 이름일 뿐이다. 그렇다고 해도, 동해라서 썰물이 그다지 뚜렷하지 않지만 마치 썰물이 빠져나간 서해안의 개펄에 남은 부유물의 잔해처럼 이리저리 흩어져 있는 추억의 무수한 흔적으로서의 이곳 율포가 지금 내 마음의 언저리에 맴돌고 있다.

동해변을 따라서 가면 남들이 평범한 갯마을이라고 하는 이미지의 잔상으로밖에 남아있지 않는 율포. 밤 율(栗) 자를 보아서는 신라 때 밤나무가 많았던 갯마을인가 짐작되기도 하지만, 내가 과거에 이곳에서 밤나무를 보았던 기억은 전혀 없다.

한때 나의 근무지였던 율포는, 역사적으로 볼 때 애잔한 옛이야기가 전해오고 있다. 신라 때 사람으로 충절과 정절로써 후세에 이름을 빛낸

박제상과 그의 부인 김 씨의 사연이 깃든 곳. 임금과 더불어 술잔을 나누고 작별의 예를 갖춘 박제상은 곧장 이 율포만 나루터에 도착했다. 물론 가족들에겐 임금이 내린 특별한 임무를 받들고 도일한다는 사실을 알리지 않았다. 이러한 소식을 전해들은 그의 아내 김 씨는 몸소 말을 타고 뒤따랐으나, 지아비를 태운 목선은 저 아득한 물마루 너머로 향해 이미 멀리 떠나고 있었다. 그 후, 그가 일본에서 화형을 당한 사실도 모르고 김 씨는 기나긴 세월을 멀리 떨어져 있는 수릿재(치술령) 영마루에서 율포만의 앞바다를 굽어보았다고 한다. 마침내 그녀는 참을 수 없는 비모(悲慕)에 겨워 왜국의 하늘을 바라보면서 통곡하다가 끝내 죽었다는데, 몸은 두 딸과 함께 망부석이 되었고, 그 영혼은 수리새가 되었다고 문헌에 전한다. 후세의 사람들은 그녀를 무속의 인격신으로, 혹은 신모(神母)로 추앙하면서 정성껏 받들어 왔다고도 한다.

또한 율포는 천년 풍류가 감도는 곳이기도 하다. 비가 후두둑 내리면 멀리서 처용무의 발자국 소리가 들려오는 것 같고, 바람이 우우웅 불면 신라 명인의 입김과 손가락질이 만든 신비의 소리가 울리는 것 같다. 해안선을 따라 남쪽으로 내려가면 처용무의 주인공인 처용이 출현한 곳에 이른다. 반대로 북쪽으로 올라가면 나라의 신령한 피리인 만파식적의 전설이 깃든 곳에 다다른다.

율포는 동해변의 여느 해안촌보다도 춘한(春寒)이 심한 곳이었다. 바다에 맞닿은 벼랑 위로 방어진 쪽의 벼룻길이 아슬아슬 놓여 있었고, 울산에로 향한 방향으로는 무룡산이 마치 병풍으로 둘러싸인 양 고개턱의 좌우에 높지거니 솟아 있었다. 마을을 가로지르며 바다로 향해 가늘게 흐르는 옥류천은 그제와 다를 바 없었으나 널다리는 어느 샌가 '공굴'친 다리로 갈음되어 있다. 주택의 모양새가 다소 개량된 것을 제외한다면 마을의, 눈에 뜨일만한 변화는 그다지 엿볼 수 없는 듯하다.

새벽마다 물안개가 자우룩이 피어오르고, 꽃눈 뜨면 꽃샘이 불어오고, 잎눈 뜨면 잎샘이 불어오던 율포만이었다. 철마다 꽃들은 무에서 유를 창조했다. 그때 나는 생각했다. 꽃들이 땅 밑에서 솟구쳐 오른 게 아니라, 하늘에서 내려온 건지 모른다고. 제철 꽃들은 하늘의 푸르디푸른 침묵의 빛을 따라서 미끄덩하듯이 내려오는 것 같았다. 이런 환상이 감돌았던 율포. 나는 이곳을 실로 오랜만에 다시 찾은 것이다.

전체적인 인상과 구도 속에 놓여있는 율포만의 풍광은 그동안 내 기억 속에 이미지로서만 남아있었다. 특히 바다 앞쪽의 풍광이 아름다워 간혹 눈에 밟히기도 했다. 내가 이곳을 십 년 간격으로 다시 찾아보니, 세월의 흐른 만큼이나 그다지 변한 게 없다고 느껴진다.

몇 척의 배는 삼밧줄에 묶여져 바다 위로 공떠 있다. 해변의 후미진 곳 구중중한 모래밭에, 대로 엮인 가리들이 쓰임새를 다한 채 내팽겨져 있거나, 빛이 바래져 퇴락한 구조개 껍질이 어수선히 널브러져 있다. 어선이 드나들어 사람의 발길이 잦아진 곳에는 더욱 그랬다. 이십 년 전과 다를 바 전혀 없는 긴 방파제, 또 그 물가는 두말할 나위조차 없다. 그때에도 짙푸른 느낌으로 전해져 오는 바닷물이 한 바탕의 격랑이 지나간 뒤에도 아무 일도 없었다는 듯이 고요해질 때면 바다는 한없이 투명해지고 한껏 가벼워지면서 낮게 떠 있고는 했다. 이럴 때 기역 자로 기다랗게 늘어진 물가는 먼지 한 점 없는 태곳적의 깨끗함을 간직하고 있는 듯했다. 기역 자로 늘어진 방파제를 사이에 두고 안과 밖을 또렷이 갈라놓은 오탁과 청정의 세계. 특히, 지금도 이 청정의 세계 속에는, 예제로 잠겨있는 해초 사이로, 물고기들이 바삐 움직이고 있다.

때마침 율포장이 서 있었다. 난장의 여기저기엔 늘비한 좌판이 무더기를 이루고 있다. 때깔 좋은 선어물 전에서는, 맛물이요, 하면서 크게 소리치는 상인도 있다. 새봄이 왔음의 기미와 시의를 알리는 푸성귀와 푯나물도 더러 보이고는 했다. 바닷가와 바로 인접한 마을이어서 그런지 건석어(乾石魚)를 비롯한 각종 건어물도 어렵사리 눈에 뜨이곤 했다.

저켠 선착장에선 거무칙칙하고 묵중하게 물든 빛깔 위로 오후의 햇살을 받은 물새들이 어지러이 선회하고 있다. 한기에 깃든 샛바람이 갑작스레, 훅—하는 느낌으로 서느렇게 다가온다. 갈고리를 거머쥔 상인들은 이즈막이면 부는 '꽃새암(꽃샘바람)'에 좀은 구겨진 표정들을 짓고 있었지만 그런 대로 신선한 생기가 있어 보였다.

나의 율포 생활이 비롯한 시기는 정확히 말해 1980년 2월 말부터였다. 졸업 직후의 내가, 율포면을 통틀어 당시에 하나밖에 없었던 중학교에 사회 과목 교사로서 부임했을 땐, 통치자의 느닷없는 죽음으로 인해 온 나라가 혼돈의 소용돌이에 휩쓸려 있었다. 교사들이나 마을 주민들은 국가권력의 갑작스런 공백을 적잖이 걱정하는 듯했고, 모두 앞으로의 추이에 관해 관심들이 쏠려 있는 눈치였다. 그때 교사들 사이에, 한 여중생이 40대 남자와 잠적했다는 매우 놀랍고도 엽기적인 추문(醜聞)이 쉬쉬 하며 입에서 입으로 은밀히 전해지고 있었고, 마을 주민들 사이엔 때 이른 꽃새암이 불어온다든지 정치망에 걸려든 거북이 한 마리가 화석처럼 굳어진 상태로 해변에 내팽겨져 있다든지 하는 것을 두고 마치 불길한 예감이라도 짚인다는 양 술렁거렸다.

이십 년 전에 나의 율포 생활은 그렇게 시작되었다. 그 무렵, 나의 숙소는 농사짓는 노부부만이 남은 넓은 고택(古宅)의 사랑채로 정해졌다. 학교와 마을과는 으슥하게 떨어진 곳이어서 인적이 뜨막했다. 해가 짧아질수록, 산 그림자는 그늘진 응달을 서둘러 길게 드리웠다. 자녀들은 성가해 모두 대처로 나가버렸다고 했다. 농한기엔 어업에도 종사할 만큼 두 내외는 건강하고 또 부지런해 보였으나 어딘지 모르게 쓸쓸함이 깃들어 있었다.

주위의 한적함으로 인해 밤에는 책읽기가 좋았다. 밀린 잡무도 보충하기도 했고, 때로 라디오에 귀를 기울이기도 했다. 한때 도회지의 밤에 익숙하였던 내게는 율포의 밤이 고즈넉이 보내기 좋은 시간이었다. 잦은 일은 아니었지만 뒷산 부엉이 울음이 간혹 을씨년스레 들려왔고, 일기가 순조롭지 못할 땐 쏴—하면서 높아졌다, 가라앉는 해조음이 간헐적으로 들려오곤 했었다.

시골 밤은 길게 느껴졌다. 동이 틀 녘에 율포의 하루는 새벽의 여명과 잿빛 안개를 거두며 창망하기 그지없는 바다를 열었다. 율포에 온 이후로 일찍 잠을 깨는 새로운 버릇을 얻었다. 나는 운동화 들메끈을 동여매고 방파제로 향해 산책을 하거나 평소 남의 눈에 잘 뜨이지 않는 파행(跛行)으로 뜀박질을 하곤 했었다.

바닷가를 배회하다가 다소 어둑해질 무렵에 이르러, 나는 지금도 남아있을까, 하고 생각하면서, 일미식당을 찾았다. 그런데 원래 건물은 온데간데없어지고 새로 지은 지 오래되지 않는 듯한, 상점이 딸린 3층집이 헌거롭게 서 있을 뿐이다. 여기에서 나는 음료수를 사 마시면서 박 풍수 부부를 은근히 수소문했다. 이 마을의 지관(풍수장이)이었던 아버지가 죽은 후에 아버지의 별호를 이어받은 특별한 이름이었다. 율포는 각별하게도 선대의 별호를 세습하는 습속이 있는 마을이었다. 그는 스스로 지관의 일에 관해서는 전혀 모른다고 했다.

그들은 그렇게 멀지 않게 떨어진 곳에서 새 건물을 지어 여관과 횟집을 운영하고 있었다. 때마침 하룻밤 숙박하기 좋을 장소를 찾은 셈이다. 마을의 유지(有志)로서 인심이 도타웠던 박 풍수는 탈모의 좋은 풍신에 어울리게 마을 주민들로부터 신망이 있었고, 시세의 낌새를 가늠하는 눈치도 재빨라 이런저런 이재에도 능했다. 나의 학부모이기도 했던 이들 부부와는 짧았던 기간에도 각별한 교분이 있었다. 그래선지 박 풍수네 부인은 첫눈에 나를 알아보면서 무척 반가이 맞이했다. 이제 늘그막해진 얼굴에는 초로의 할머니 모습이 또렷했다.

"안녕하셨습니까?"

"아니, 이분이 누구신교. 아이고우 선상님, 이게 우짠 일입니껴?"

"그간 안녕하셨습니까?"

"우째 이런 일이……. 무신 일로 예까지……."

"그저 지나는 길에 옛날 생각이 나서 들렀습니다. 풍수 어른께서는 여전히 안녕하신가요?"

"야아, 그라문요. 오늘 마아 부산으로 출타했시더."

부인은, 어서 들어 가입시더……라는 말과 들어오라고 재촉하는 시늉을 되풀이했다. 부인은 내가 그 동안 어떻게 지내왔는지, 지금은 무얼 하고 있는지에 관해 퍽 궁금해 했다. 나는 지금 서울에서 재야 민속학자로서, 시를 쓰는 출판인으로서 활동하고 있으며, 아직 슬하에 자녀는 없지만, 성가하여 그저 아무 탈 없이 잘 지내고 있다고 했다. 부인은 횟집을 경영하게 된 내력과 얼마 전에 맏아들 장가들인 일 등 여러 가지 사사로운 근황으로부터, 율포면이 울산 권역에 편입되어 머잖아 개발될 것이라는 화제에 이르기까지, 내게는 별로 관심이 없는 일들을 두서없이 늘어놓았다. 그 무렵에 부인이 각별하게도 '두서없다'라는 낱말을 자주 사용했었다. 이 마을 사람들은 대체로 무뚝뚝한 편이었으나, 그 시절에도, 부인에게는 사교성이 있어선지 요설기가 없지 않았다.

응접실에서 부인과 대화를 나눈 지도 한 시간이 흘렀다. 그 사이에 한 처녀애가 여관과 횟집을 바지런히 오가며 바쁘게 움직였다.

내가 율포를 떠난 후 첫 번째로 율포에 잠깐 들렀던 십 년 전에도 꼭 이런 일이 있었다.

나에게 하룻밤 숙박할 방을 안내한 후 부인은 총총히 아래층으로 내려갔다. 나는 여행용 가방을 열고 엊그제 감포 갯마을 서낭제에서 별신굿 소리를 녹음한 상태를 막 확인하려던 참이었다. 손기척과 거의 동시에, 그 처녀애가 이른바 '횟상'을 들고 들어왔다. 이 마을에서는 생선회가 얹힌 상을 두고 관용적으로 횟상이라고 했다.

"아니, 웬 횟상이예요."

내 말에 아랑곳없이, 처녀애는 나붓이 앉는 품새로 횟상을 내려놓았다.

"쥔 아지매가 시키데예. 주인 보탤 나그네 읎다 카며서 부담읎이 잘 모시라 카데예."

나는 마치 오랜만에 만난 듯이 반갑고 또 친숙해 보이는 이 처녀애와 잠시 함께 시간을 가지기로 했다. 이곳 생선회의 선도(鮮度)는 두루 잘 알려져 있는 터였다. 그때에도, 생선회 맛이 제 철을 만나면 주말이나 휴일이면 승용차를 타고 오는 도회지 사람들로 붐볐다. 버들집, 사랑방, 동해횟집, 다모토리 등의 상호가 부착된 주점이나 횟집의 이름을 얼핏 떠올렸고, 특히 횟감으로는 넙치나 방어 등의 날것이 더없이 좋았던 것으로 기억되었다. 겨울철에는 이 마을에 자그마한 종류의 상어가 유명했다. 그 당시에 나는 주민들로부터 '갯상어'라고 들었는데, 수산업을 공부한 사람에게서 훗날에 들은 얘기로는 갯상어라고 하는 것은 없고 내가 그 시절에 먹던 어물은 '개상어'일 것이라고 했다. 난바다에서 잡지 않고 갯마을 앞바다에서 잡은 상어인지, 참상어가 아닌 개상어라고 하는 개념인지 잘 알 수가 없다.

어쨌든 간에, 어쩌다 객쩍은 혈기가 가시지 않았던 젊은 교사 시절이 씨알 여문 그리움으로 문득 다가왔다. 나는 그때 한국 사회와 동시대 문학의 상호관계에 대해 관심을 보이던 계간지 '창작과 비평'을 정기적으로 구독하는 충실한 독자였다. 동료 교사들에게 만날 '한국 사회의 구조적 모순'을 말하곤 했다. 꼭 사회과 선생이라고 해서, 그런 건 아니었다. 독서 경험을 통해, 나는 사회적으로 좀 의식화된 측면이 없지 않았다. 그 무렵의 시골이 보수적이라서 그들은 나의 말이나 생각에 대해 흔쾌히 공감하지 않았다. 공감하는 상대방, 즉 객(客)이 적으니 객쩍(적)을 수밖에.

술을 따르는 처녀애와 거의 말없이 술잔을 나누었다. 시골의 밤은 빠르게 깊이를 더해갔다. 객실도 텅 비어 있었을 것이다. 특별한 객이 아니면 이렇게 봉사하는 일이 없었을 거라는 처녀애는 평소에도 몹시 수줍음을 타는 것 같았다. 그녀의 얼굴에도 재빠르게 취기가 감돌았다. 취기가 오르면서 그녀의 말수는 급격히 줄어들었다. 마치 결혼을 앞둔 적령기의 여느 처녀처럼 사려 깊고 안존한 태도를 보이었다. 하나, 미목(眉目)의 선연(鮮姸)함이 뚜렷이 느껴질수록, 무엔가 수심에 찬, 생의 곤비함이랄까, 하는 특유의 낯빛이 이따금씩 나타나 보였다. 나는 얼른 자리에 눕고 싶은 생각뿐이었다. 처녀애는 이부자리를 정성스레 펴고 또 반듯이 깔았다. 주저하는 말투와 함께……더 필요한 게 읎어예, 하고 속삭이는 듯이 나직이 말을 건넸다. 나는 그 말뜻을 단박에 알아챘다.

뜻밖에도, 처녀애는 몸때에도 그 짓을 요구해오곤 하던 나의 아내처럼 색욕이 유달리 드센 여자였다. 이 낯선 처녀애와 더불어 낯설지 않는 밤을 보내었던 것으로 기억한다. 기억과 현실의 경계가 마치 지워지는 것 같은 일이 일어나고 있다.

"횟상이 나왔어예."

"……."

"쥔 아지매가 시키데예. 주인 보탤 나그네 읎다 카며서 부담읎이 잘 모시라 카데예."

십 년 전의 처녀애와 달리, 이번에는 무척 발랄해 뵈는 처녀애가 횟상을 차리고 왔다. 십 년 전의 경우와의 흡사한 반복이 이루어지고 있다는 생각에 미치게 되었을 겨를에 이르면서, 더 필요한 게 읎어예, 하는 나직한 속삭임이 한 바퀴를 돌면서 제자리를 찾은 수레바퀴처럼 멈추어서는 듯했다. 그러나 나는 애써 미소를 띠우며 말없이 거절의 낯빛을 나타내 보였다. 오랜 시간의 틈서리에 되풀이되는 말이나 일을 두고, 우연하다고 해야 될지, 아니면 우연찮다고 해야 될지 쉬 분간을 할 수가 없다. 살다가 보면, 사람들은 이런 일을 간혹 겪기도 한다.

내가 율포 생활을 시작했을 무렵에 즈음하여, 정치적 격동의 신열이 한바탕 지나갔다. 온 나라가 달떠 있었다. 서울의 거리에는 민주화의 일정을 요구하는 학생들의 집회가 예제로 열리고 있었다. 하루가 다르게 무엔가 변화되고 있다는 것이 감촉되었다. 나는 그때 나의 존재가 역사의 물굽이를 이루며 도도히 흘러가는 대열 속의 일원에 소속되어 있지 못하다는, 약간의 얄팍한 저항감 때문인지 정치적인 문제에 관해 되도록 관심을 두지 않으려고 애를 썼다. 군부의 심상찮은 동향, 전 장군의 실권 장악, 학생들의 보안사령관 퇴진 요구, 광주에서의 대규모 유혈사태 등등의 보도는 바닷바람이 몹시 불거나 일기가 불순한 날일수록 일본의 라디오 방송국으로부터 명료하게 전해져 왔다. 그 당시에 동료 교사들 중에서 연세가 많은 분들이 더러 있었다. 50대 중반만 해도 일본어라면 날고 기던 사람들이었다. 이들의 촉수는 정확했지만, 세상을 좀 알아선지 예민한 시국에 관해선 쉬쉬했다. 어렸을 때부터 매사에 비웃적거리거나 세상을 냉소하는 것에 익숙해진 나로서는 정치적인 동향이 예민해도 그다지 주요한 얘깃거리가 되지 못했다.

"최 선생님, 여기 있는 동안 여자를 조심하십시오."

어느 날 일미식당에서 박 풍수네 부인이 저녁상을 준비하는 동안, 세상 돌아가는 어수선한 일들로 빼곡히 가득 찬 석간신문을 열심히 들춰보고 있던 나에게, 윤 차석은 느닷없이 한 마디를 던졌다. 세상 돌아가는 상황과는 전혀 무관한 난데없는 말이 아닐 수 없었다.

바닷가를 무심히 배회하다가 어둑해질 시간대이면 어김없이 일미식당으로 향했다. 율포에서 일 년 남짓한 기간을 머무는 동안 아침저녁으로 식사 나들이하던 곳이었다. 그 무렵의 나는 이 곳에서 시외버스 기사와 안내양, 고향에 가족을 두고 온 지방 공무원들, 아직 결혼하지 못한 몇몇의 동료교사들—이 틈새에서 끼니를 붙였다. 그 식당은 박 풍수네 부인이 운영했다. 그 부인은 객줏집 칼도마처럼 성마른 인상이었지만, 인정스럽고 곰살맞은 데가 없지 않아서 많은 손님을 끌었고 영리의 실속도 꽤나 좋아 보였다.

지서에 근무하던 윤 차석. 나보다는 십 년쯤 위의 나이였지만, 일미식당에서 식사를 할 시절에 격의가 없고 허물없는 말벗이 되어주었던 그였다. 세상을 바라보는 데 있어서 냉소적이면서도 비판적이었던 나의 견해를 너그럽게 수용할 수 있었을 만큼, 그는 당시로선 보기 드물게 포용성과 개방적인 생각을 갖고 있던 경찰 공무원이었다. 여자를 조심하라는 그의 충고는 내게 이 마을에 무엔가 사연이 깃들여 있었음직한 말투로 얼핏 전해졌다.

"……."

"이 마을은 옛적부터 음기(陰氣)가 드센 곳이라고들 합디다."

이 얘기는 나도 박 풍수로부터 한 번쯤 들어보았음직한 말이었다. 박 풍수에게서 '풍수'라고 하는 대물림의 별칭에서 보듯이, 또 풍수라고 불리는 그가 아무리 풍수에 관해 문외한이라고 해도 이런 '간단한 풍월' 정도의 정보는 가지고 있었을 것이다. 윤 차석 역시 박 풍수에게서 이 정보를 전해 들었으리라. 무엔가 짐작할 수 있는 말이었지만, 나 스스로 호기심을 억제했다. 애써 정곡을 회피하면서 변죽만 울렸다.

"하기야, 무룡산 고갯마루 터에서 내려다보면 지형이 꼭 여자의 아기집 같이 생겼다죠."

나는 무관심한 어투로 그의 말을 받아넘겼다. 그때의 나는 윤 차석의 충고가 이 전설과 무슨 관련이 있지 않겠느냐고 막연히 짐작하긴 했었다.

그의 충고가 있은 지 얼마 되지 않은 이후의 일이었다. 아무 날, 나는 늘 그랬던 것처럼 긴 방파제를 걷고 있었다. 그날따라 부유스름하고 동이 틀 녘의 희붐한 '해미'가 짙게 내리깔려 지척을 분간하기조차 어려웠다. 동해안 사람들이 인식하고 있는 바다안개는 대체로 두 가지다. 해가 뜨기 전에 바다 위에 낀 짙은 새벽안개가 해미라면, 장마철 갠 날의 낮에도 공기 중에 수평으로 떠 있는 덩어리 형태의 안개를 가리켜 '해무'라고 한다. 해미가 한 해 내내 볼 수 있는 바다안개라면, 해무는 한철에만 볼 수 있는 바다안개다.

바다안개 중의 해미는 일쑤, 나로 하여금 적연한 세상의 늪 속으로 이끌리게 했다. 때로 짐승의 신음소리처럼 낮게 흐느적거리는 웅얼거림이 마치 들리듯이 말듯이 공명음으로 귓가에 이따금씩 스쳐 지나갔다. 그것은 나를 측량할 수 없는, 가늠하기조차 어려운 적막의 깊이에 가두어 놓고 속삭이듯 어루만지는 듯했다.

방파제의 끝 간 데에 이를 즈음, 갑작스레 눈에 띄는 것이 있었다. 전망 없는 미래와 같은 막막한 세계로부터 나를 온전히 격절시켜 놓은 것 같은 그 휩싸임이, 무엔가 분분한 미립자로 비산(飛散)하면서 점점 해체되어갈 때 소복으로 단장한 여인이 바로 내 앞에서 갖추 합장하는 모습을 하며 서 있었다. 기름하게 풀어 헤쳐진 머리칼은 찬바람에 격한 동요를 일으키며 나부끼었다. 여인은, 일순에 놀란 나를 힐끔 쳐다보며 희미한 여명 새로 희맑은 낯빛에다 무안한 미소를 지어 보였다. 이때 바다안개는 한결 촉촉한 애무의 손길과 같은 느낌으로 다가왔다.

그로부터 얼마 후에 알게 된 일이지만, 그 여인은 가희(佳姬)라고 하는 이름의 여인이었다. 여인은 본래 만신의 딸이었다. 그녀의 어미는 치술령 신모를 서낭신으로 모시는 강신무였다 한다. 한때 엄 선주(船主)네의 자부였다는 그녀는 마흔을 앞둔 나이에도 불구하고 곱다란 용모와 가냘픈 몸맵시를 갖춘 여인이었다. 윤 차석이 한번 조심하라고 암시해준 '여자'가 우연히 맞닥뜨린 그 새벽녘의 여인 가희인 줄은, 그 당시에 있어선 전연 알아채지 못한 일이었다.

음력으로는, 아마 그믐께였을 것이다. 한 사날 안개비가 추적추적 내리는 궂은 날씨였다. 바람소리마저 여인의 곡성처럼 호젓이, 을씨년스레, 그러면서도 침울하게 가라앉는 분위기를 조성하는 기이한 울림으로 들려왔다. 시간이 지남에 따라 다소 심상해지는 듯했지만, 이런 소리를 처음 겪는 사람들은 누구나, 아마 순간적으로 혼신에 전해지는 것 같은 약간의 몸 떨림이 부지불식간에 스쳐 지나감을 충분히 느끼게 될 것이다.

나는 이럴 때면 바다를 부여안고 말없이 누운 애처로운 영혼들이 안주할 처소를 찾지 못해 안타까이 떠돌고 있을지도 모를 심원한 비탄의 소리를 연상하곤 했다. 그 소리는 깊은 어둠 속에 갇혀 있는 수인이 어둠의 지옥으로 보낸 자를 저주하면서 내는 영락없는 원한과 고통의 신음소리였다. 웃음인지 울음인지 도무지 식별할 수 없는 그러한 기이한 소리였다.

문단속을 하지 않는 것이 시골에서는 예사로운 일이었다. 밤이 깊었지만 잠은 깊지 않았다.

오밤중은 훨씬 지나 꼭두새벽에 이른 때였던 것 같았다. 해변에서부터 한 다발 울림의 무리가 우우……하면서 순식간에 내 귓전에 달려와 하얗게 파열했다. 소복으로 곱게 매무시한 한 여인이 방문을 열고 들어왔다. 그리고 겉옷을 조심스레 벗고 내 옆에 누웠다. 잠자리를 말없이 요구하고 있었다. 그 요구는 몇 차례나 익숙하게 반복됐다. 이 일련의 정황이, 나는 현실이 결코 아니라고 여겼고 단지 꿈에서 일어나는 일인 줄만 알고 있었다. 이런저런 책에서 본, 자신의 의지와 무관한, 욕구 불만의 젊은 남자에게 흔히 있는 꿈속의 성적 생리 현상인 줄만 알았다.

꿈이 아님을 자각하기까지는 꽤 시간이 흘렀다. 벌떡 등을 일으켜 세운 나는 아, 하는 놀람의 탄성을 지를 뻔했다. 여인은 쉿, 하며 손가락을 곧추 세워서 오므라진 입술에 갖다 대고 곁눈질을 했다. 여인의 행동은 뜻밖에 너무도 침착했다. 멋쩍고 당황스런 표정을 지은 것은 오히려 내 쪽이었다. 여인의 얼굴은 뭔가 알 수 없는, 몽환적이랄까, 이를테면 생의 환멸감으로 가득 찬 무표정 같은 분위기를 빚어내고 있었다. 내 쪽에서 진정의 기미가 보이는 상황이 되자, 나는 속삭이는 소리로 여인을 달랬다. 그녀와의 첫 밤은 아무 일도 없었다.

가희가 방문한 후로부터, 때로 여인의 살 냄새를 문득 느끼곤 했다. 궁벽한 시골에는 젊은이의 욕구를 호응해줄 대상이 없었다. 어렸을 적부터 인적이 드문 후미진 곳에서 혼자 생각에 잠겨 있길 좋아했고 성장기에 들어서면서 더욱이 독거(獨居) 생활에 길들여진 내게는, 특히 남녀 간의 육체적 교환(交歡)에 대한 호기심과 막연한 갈망이 전혀 생소한 일만은 아니었다. 가희가 내 방을 처음 은밀하게 다녀간 이후로 잠귀가 밝아졌다. 이상한 정적이 감돌거나 하는 새벽녘이면, 으레 해변의 적막을 깨는 무적(霧笛)에도 잠을 깼다. 그녀는 음력 그믐께가 되면 어김없이 나를 찾았다. 그리곤 나를 깊은 욕정의 수렁으로 인도했다. 그녀가 나의 방을 은밀히 방문한 두 번째 밤도 적요한 그믐께였다. 그때는 초저녁에 마신 술기운 탓인지 혼곤한 귀잠에 빠져 있었다. 정신이 혼미한 가운데서도 살결의 이물감을 느낄 수 있었다. 그녀는 평소에는 특별한 표정이 없었고 때로는 얼을 뺀 듯이 보얘진 얼굴이었지만, 마흔을 앞둔 여인으로서는 낫낫하고 차진 육감과 허릿매 나긋한 몸짓이 매우 민감했다. 그리고 집요했다. 짙고 희붐한 해미가 걷히기 전, 아무런 말도 없이 되돌아가는 이른 새벽까지, 고통스런, 또는 환희로운 비명을 입 속에 가득 머금은 채, 그 짓은 정치하게 반복되었다.

나는 음력 그믐께가 될 무렵이면 의도적으로 문을 잠그지 않았다. 말하자면 한때 우리는 서로가 서로를 갈망했다. 나의 정신은 애정의 결핍으로 인한 소외감과 격절감에 휩싸여 있었고, 그녀의 혼신(渾身)은 무어라 말로 표현하기 힘든 애틋한 안타까움으로 달떠 있었다. 우리는 가능하면 오래 간직하고 싶은 감미로운 조화와 기분 좋은 격정을 유지하려 했다.

가희의 내력에 관해서는 잘 모른다. 알고 싶지도 않았다. 우연한 기회에 들었던 얘기지만, 박 풍수네 부인은 가희와 엄 선주네 맏아들 길수와의 애틋한 사연을 기억하고 있었다.

그녀는 만신의 홀어미 무릎아래 귀히 자랐다. 남달리 영특했던 길수도 주변 이웃들로부터 낙후되고 궁벽진 갯마을 율포를 일으켜 세울 인물로 기대를 모았었다.

그러던 길수가 서울에서 대학을 재학하던 중에 격동하던 60년대의 학생운동에 핵심적으로 가담했다 하여 쫓기는 몸이 되었다. 그는 국민학교 동창이었던 가희를 찾아 은신을 청했다. 그녀는 무룡산 기슭에 서낭신을 모신 당집에 그를 숨겼다. 연고지에 급파된 형사들에 의해, 인적이 드문 깊숙한 당집으로 몰래 음식을 나르던 그녀의 뒤가 밟혀 결국에는 체포를 당했지만, 그 후 길수가 월남전에 거의 강제로 징집되다시피 하기까지, 그 일의 인연이 두 사람으로 하여금 깊이 사랑하게 했다. 근본을 알 수 없는 만신의 외딸과, 비록 해안촌이긴 하나 명망과 재력을 갖춘 집안으로 잘 알려진 엄 선주네 맏아들간의 사랑은 저잣거리 아낙네들 사이엔 자못 흥미로운 관심사가 되었다. 선주는 노발대발했다. 매파를 꼬드겨 대처에 산다는 어떤 규수와 성례를 올리려고 시도하기도 했다. 육례(六禮)의 과정을 밟지 않았던 가희가 딸을 출산했을 무렵에 길수의 가족에겐 그의 전사 통지서가 전달되었다. 그가 남기고 간 손발톱과 머리카락은 동해에 뿌려졌다.

큰 충격을 받은 가희는 망망한 바다를 하염없이 바라보며 서글피 눈물 솟기가 일쑤였다. 그녀의 주기적인 신기(神氣)도 이때부터 시작되었다고 한다. 애젊은 나이에 홀로된 가희는 내가 율포를 떠나던 날까지 혈육지친이라곤 하나밖에 없는 딸과 함께 가세가 급격히 기울어진 엄 선주네 집을 지켜왔다.

그녀의 충격은 어미의 업을 상속받게 된 결정적인 계기가 되었다. 신기가 오르면 죽은 어미처럼 머리에 참꽃을 꽂고 저잣거리를 희죽거리며 다니기도 했다. 이런 그녀를 두고 왈짜 여인네들은 '미친년'이라고까지 손가락질을 해댔다. 그때부터 감탕질 심한 군계집이라는 풍문도 나돌았다. 애초에는 몸 있는 날이면 허성을 지껄이며 열병을 앓거나 이리저리 뒹굴며 몸서리치곤 했다는 것이다. 그녀는 바닷물에 젯메를 던지거나 바다 녘에로의 '혼 띄우기' 의식에도 능했고 치술령 신모의 일대기를 연행하는 무가도 완벽하게 구성할 수 있었거니와, 특히 과부들을 위해 수몰한 남편의 넋을 부르는 수망굿은 그녀의 어미가 행했던 것처럼 그대로 재현했다.

내가 아는 바로는, 동해안의 무녀들은 풍랑에 수몰된, 과부들의 남편들이 환상의 낙토(樂土)인 동해 여인국에 가 있다고 굳게 믿고 있었다. 따라서 그 무녀들은 눈이 뒤집힌 과부들의 질투를 격렬히 대행하곤 했다. 가희도 그믐께가 되면 어김없이 신기가 올랐고, 바다 건너 저편에서 '총 맞고 피 흘려 간 수비'가 된 길수에 대한 질투가 어우러졌다. 수비는 일정한 곳에 머물지 않고 자유롭게 돌아다니는, 한이 많은 귀신이다. 산 사람들의 편견이나 미망(迷妄)이겠지만, 수비끼리는 바람도 피운다. 과부들의 질투를 대행할 무렵이면, 가희의 욕정은 여자의 달거리와 함께 고조되었다. 신기가 오를수록 유난히 작고 조붓한 그녀의 입은 차츰 크게 벌어져 갔다. 신기를 자제하지 못할 때면 깊은 밤에 외지에서 온 젊은 남정네의 문을 두드리면서 황홀한 신명을 체득하곤 했다. 말하자면, 나는 그녀가 주기적으로 방문했던 마지막 군서방인 셈이었다.

여관의 처녀애가 깔아준 이부자리 위에 누워 잠을 청했다. 늘 그랬듯이 적당한 취기에는 깊은 잠을 이룰 수 없었다. 몸을 뒤척였다. 그제나

이제나, 적당량의 술은 오히려 불면을 조장했으므로 나 스스로를 깊은 만취의 늪에 내버려두곤 했다. 귀잠일 땐 꿈 없는 잠에 취할 수 있지만, 반대로 선잠일 땐 꿈만 헛보였다.

아, 바다는 끝없는 넓이로 가득 찬 공허였다. 저 투명한 푸른색으로 채색된 선연한 색감, 비애감. 그 너부죽한 가슴팍엔 이따금씩 아득한 목선이 떠올랐다. 때로는 그 깊이를 측량할 수 없는 심원한 곳에서부터 오는 격분의 몸부림이 궁형(弓形)의 기슭에 이르러 숱한 포말로 하얗게 죽어가고는 했다. 힘이 쇠잔하면 다시 순하게 호흡을 죽이면서 표면엔 감미로운 속삭임으로 너울거렸다. 그때 그 여자 가희는 몸매나 몸짓이 난숙했었다. 혼신의 재채기와 같은 고조감과, 언제 그랬냐는 듯이 가라앉는 안정감. 숨 턱까지 차오르는 욕정이 하나의 고비를 이루면 이내 기력이 쇠잔했고, 그리곤 아무 일 없었다는 듯이 잔잔한 물빛 같은 속삭임으로 허탈감을 달래었다. 사위가 완벽한 어둠으로 에워싸인 적요한 그믐께면 해조음 때문에, 메마른 가슴이 왠지 까닭도 모르게 팍팍했다. 그것은 선명한 울림으로 불러일으키는 매우 스산한 환각이었다.

그런데 오늘 율포의 밤은 안면에 여러 가지로 형상화된, 흉물스런 탈박들이 내 시야에 귀화(鬼火)처럼 어지러이 움직였다. 병신 짓을 하는 초랭이탈도, 입매 비뚤어진 언청이탈도, 관념적 허위를 풍자하는 옴탈도, 어둡게 찌든 울상의 고려중탈도 있었다. 세상을 야유라도 하는 온갖 형모들이, 말하자면 너무나 원색적이고 희학적(戲謔的)이었다. 물론 유덕한 모습의 처용탈도, 큰 코의 모습이 풍요다산의 건강한 남근상을 단박에 나타내고 있는 들놀음판의 말뚝이탈도 보였다. 한국의 탈들은 그로테스크하나 매우 인간적이었다.

짙푸르게 곱다시 깔려있는 잔디 위에서 연무에 휩싸인 두 남녀가 탈을 쓴 채 하나치를 이루며 춤을 추고 있었다. 반주악은 유장한 굿거리였다. 남자는 송파 산대놀이의 옴중탈처럼 눈이 동그랗게 치켜 뜬 모습이었고 회색 칡베장삼에 소매 홍태기는 길어서 땅에 닿을 정도였다. 여자는 자주고름에 남치마였다. 콧대가 삐딱하게 굽어진 여자탈은 주홍에다 흰색을 덧칠하고 연지와 곤지를 찍어 실감나게 치장했다. 강령탈춤의 소무탈같기도 하고, 하회별신굿의 각시탈같기도 하고 또 눈에 익숙한 애시당탈처럼 보이기도 했다. 원색들이 기능적이고 컬러풀하게 한데 어우러졌다. 춤사위는 용틀임 사위와 낙화유수 같은 배김새로써 서로의 조화를 이뤘다. 남자탈의 몸짓춤은 소무와의 농희(弄戲)를 보여주는 것 같았다. 이때, 손아귀에 삼지창과 육모를 쥔 포졸들이 달려들어 남녀의 옷깃을 붙잡았다. 포졸들에 의해 나포되어 동헌 앞마당에 꿇어앉은 남녀는 오랏줄로 꽁꽁 묶여 있었다. 누군가가 탈보를 벗겼다. 아내와 정부가 두려움에 떨면서 다소곳이 고개를 숙이고 있었다. 나는 검정색 법복을 입고 법모를 쓴 판관이 되어 단 아래를 굽어보며 추상같이 단죄했다.

"너희들은 간음의 형벌을 아느냐."

"……."

목이 마르다. 자리끼를 찾았다.

어느 새 동이 틀 무렵이 되었나 보다. 결코 유쾌한 꿈은 아니었구나. 땀방울이 맺혔다. 나는 이즈음 밤마다 아내를 준엄하게 단죄해 왔다. 어떤 때는 흉몽에 시달리기도 했다. 흉몽이란, 이성과 정서의 부조화로부터 발현되는 것이 아닌가? 내가 요즈음 조사하고 있는, 날개를 단 뱀의 정령(精靈)이나 황금의 환으로 둘려진 유리눈알의 장례용 가면, 또는 라마교의 도귀(跳鬼)와 같은 전율스런 모습들이 눈에 어른거렸다.

실로 치명적인 고통의 나날이었다.

나는 아내와 별거하는 동안, 부단히도 이혼만을 생각해왔다. 나의 절뚝거림이 현지를 자주 답사해야 하는 민속학자로서는 적잖은 장애가 되었지만, 이러한 신체적 조건은 노력을 통해 충분히 극복될 수가 있었다. 그러나 우리 부부의 관계는 나의 절뚝거림 이상으로 파행적이었다. 아내에게는 이미 오래 전부터 남자가 있었다. 그것도 축구선수 출신의, 다리가 튼실한 사내였다. 나는 이즈음 몽유(夢遊)와 현실의 틈서리에서 서성대고 머뭇거리고 있는지도 모른다. 잠을 청하면, 때로 환청에 시달리기도 했다. 우린 이미 끝난 거예요……빨리 매듭을 짓도록 해요. 최고조에 도달한 아내의 새된 톤은 내 의식의 평형 상태를 여지없이 깨뜨리고 만다.

오늘 나의 일정은 율포면으로부터 한 시오리 떨어진 곳에 자리하고 있는 오래된 암자를 찾아 살펴보는 일과, 저녁녘에 울산에서 김 교수를 만나는 일 등으로 계획되어 있다.

십 팔 년 전의 일이었다.

나는 그 때 학업을 재개하기 위해 교직을 청산하기로 결심했다. 율포를 떠나기 며칠 전이었다. 그 날도 그믐께 초저녁이었다. 책과 옷가지는 이미 화물 편으로 보냈으므로, 나머지 짐은 그리 많지 않았다. 간편한 짐을 주섬주섬 챙기고 있을 무렵이었다. 멀리서 무당 바라지의 사물소리가 들려왔다. 꽃맞이굿이 한창인가 보다 했다. 나는 무슨 중요한 볼거리라도 놓칠지 모른다는 사람이 그렇게 행동하듯이 허겁지겁 바깥으로 나가보았다.

해변에는 많은 사람들이 모여 있었고, 이 가운데에 밝은 관솔불이 환히 타고 있었다. 어두운 밤하늘로 향해, 아에 오오 아에 어어 어……어허이, 하는 구슬픈 무가가 울려 퍼지고 있었다. 꽃맞이굿이 아니라 수망굿이었다.

가희는 고깃배를 탔다가 풍랑을 만나 실종된 어느 총각의 넋을 달래면서 영혼 혼례식을 올려주고 있었다. 구경꾼들의 말에 의하면, 영혼 혼례의 신부는 세상을 먼저 떠난 부산 처녀란다. 두 영가는 살아생전에 아무런 연고가 없었다고 한다. 두 손에는 부채와 방울이 쥐어졌고, 진혼의 넋두리는 몹시도 애조 띤 목소리를 내었다.

아아 어아으 아아
아에 아오 오오 오오
망자여 수중고혼이여 떠나거라,
극락 가는 용선에 베를 걷고.

그녀의 춤은 곤곤한 물이 흐르는 것처럼 유려했다. 그러면서도 간헐적으로 힘찬 모양새를 짓기도 했다. 내가 아는 한, 무당춤은 본래 지방마다 춤사위가 사뭇 달랐다. 대체로 보아서, 한강 이북에는 상하로 뛰는 격렬한 도무(跳舞)가 많으나, 동해안에는 팔을 머리위로 쭉 뻗고 좌우로 흔드는 동작이 많다. 비애와 정열과 몰두, 그리고 간혹 볼 수 있는 광약(狂躍)! 그날 밤은, 밤이 깊어도, 해미가 걷힐 새벽녘에도, 가희는 나를 찾지 않았다.

서울로 가는 날이었다. 아직껏 황량할 뿐인 들녘에도 봄기운이 감도는 듯한, 꽃다지가 망울져 오르는 계절이었으리라. 때마침 전교생 조회가 있었다. 학교장은 나를 연단 위에 올려 세웠다. 학교장은, 선생님 본인도 물론 그러하려니와 우리들도 유능하고 성실한 선생님과 헤어지게 되어 무척이나 섭섭하지 않을 수 없습니다, 하는 의례적인 고별사를, 마치 교과서를 낭독하는 어조로 읽어 나아갔다. 나도 전교생에게 몇 마디 인사말을 남겼다. 교무실에 잠시 들러 교감과 주임과 동료교사들과의 작별의 정을 나누었다.

시외버스를 타기 위해 면사무소 쪽으로 걸어갔다. 그런데, 뜻밖에도 가까운 해변에 많은 사람들이 모여 있었다.

"무슨 일이 일어났나요?"

"사람이 죽었나 봐요."

평소 눈에 익은 한 아낙네가 대답했다.

"에그, 불쌍해. 바로 그 여자야."

옆에 있는 다른 아낙네가 연민에 가득 찬 표정을 지으며 혼잣말로 한마디 거들었다. 나는 일순, 무엔가 불길한 예감이 문득 스쳐 지나감을 느끼지 않을 수 없었다. 인파를 헤치며 가까이 다가섰다. 한 여인이 돌처럼 뻣뻣이 굳어 있었다. 나는 눈을 의심하며 소스라치게 놀랐다. 아무리 내려다보아도 가희였다. 물먹은 속치마 바깥으로 까만 거웃이 선명히 비치었다. 며칠 전 수망굿을 끝내고 죽은 길수를 부르며 검푸른 물속으로 투신했다고 주위 사람들은 수군거렸다. 누가 보더라도 죽은 여인과는 전혀 무연한 남남의 관계인 나는 그저 망연히 바라보며 서 있었다. 마침 사고현장을 점검하려 나온 윤 차석은 젊은 순경들을 부산스레 독려하고 있었다. 그는 나를 바라보며 말했다.

"참, 오늘 서울로 떠나가신다지요. 섭섭하시겠습니다. "

"……."

내 눈치를 유심히 살펴보는 것 같았다. 섭섭하다니, 의례적인 인사말치고는 암시가 짙게 깔린 것 같은 말투였다.

부임했을 때 40대 남자와 잠적했다는 풍문이 나돌았던 그 소녀가 어미의 싸늘한 시신 옆에서 울부짖고 있었다. 그러나 내 귀에는 그 울음소리마저 들리지 않았다.

나는 벤치에 앉아 도착 시간이 지났는데도 오지 않는 울산행 버스를 마냥 기다리고 있었다. 어패물 같은 것을 그득 담고 있는 큰 아이스박스 앞에 시골 옷차림의 아낙네 몇몇이 차를 기다리고 있다. 세월은 역시 덧없이 흘러가는 것. 십 년 전에 만났던 그 처녀애가 가희의 딸인지도 모른다는 생각이 문득 스쳐 지나갔다.

한때 여인의 살 냄새를 그립게 했던 가희라는 여자. 신라 때의 김 씨

부인처럼, 그녀도 이 유형의 땅을 벗어나 하늘 낮게 드리운, 시원스레 탁 트인 난바다 녘으로 향해, 고독한 넋새가 되어 날아갔을까?

셰익스피어 극이나 추리소설 따위에서 간혹 볼 수 있거니와, 아주 어둡거나 가장 밝은 밤일 때 음모나 살인이나 정사 등과 같은 일이 발생하고는 하듯이, 지구의 인력이 가장 많이 미치는 신월과 만월을 전후로 사람들은 쉽사리 격정의 늪에 빠지기 쉽다고 한다. 가희도 그믐께가 되면 신기에 달뜨거나 질투에 사로잡혀 끝 간 데 모를 욕정의 수렁 속에 빠졌던 게 아닌가 짐작해 보았다. 그녀는 현몽한 김 씨 부인을 마치 몸주 모시듯이 곡진히 모시던 무녀였다. 그녀는 김씨 부인의 넋을 내려 받음으로써 환(幻)과 현실, 정(淨)과 부정의 경계를 무시로 넘나들게 되었으리라.

모든 일이, 또한 모든 존재하는 것들이 덧없이 변화하고 유전하면서 서로간의 긴밀히 의존하는 관계를 맺어가면서 필경에는 원환적(圓環的)인 모습이나 얼거리를 이룩해가는 것은 아닐까?

해는 쪽빛 바다의 수면 위에 희미한 잔영을 남기고 무룡산 쪽으로 무심코 기울어져 갔다. 서쪽으로 조금씩 기우듬해져 가는 빛에 반사되어 출렁이고 있어도 바다는 항시 그 바다에 다름이 아니었다. 바다는 십 년 전, 아니 이 십 년 전의 그 바다였다. 바다의 짙푸른 수면은 그 짙푸름에 그저 아름차 있을 뿐이었다. 멀리 떨어져 있는 무연한 난바다일수록 더욱 그러했다.

나는 생각에 잠긴다. 요동치는 시간의 덫에 갇혀 있는 바닷가의 삶이 끊임없이 윤회하고 있다면, 바다야말로 이 순환 구조에서 벗어나 영원으로 회귀한다고. 난폭하면서도 자애로운 저 바다 동해는 영원성으로 향해 열려 있는 통로이자, 그 자체를 극대화한 원형 심상이 아니겠나, 싶다.

갑자기 냉랭한 한기가 깃든 꽃새암이 불어왔다. 눈시울이 차가왔다

맵찬 샛바람 속의 저켠 헐벗은 나목(裸木)에 목련 봉오리 몇몇 송이가 새하야니 피어오르고 있었다. 목련 사이로 짙푸른 그리움에 아름찬 난바다도 내 시계 안으로 그득 떠올랐다. 나는 안경을 벗고 손수건으로 눈시울을 닦았다. 높지거니 서 있는 무룡산 고개턱 길마잿길은 어느새 잘 포장된 도로로 변해 있었다. 이른 봄이 되어도 율포에는 풍설이 사뭇 잦았고 그 정경이 매우 스산했다. 옥류천 냇둑 너머에 갈대가 무성하고, 거울 같은 수면 위로 후락한 똑딱선 몇 척이 떠 있다. 가냘픈 미인의 눈썹과도 같은 둥긋한 그 율포만을 멀리하면서 나는 이 갯마을로부터 점점 떠나고 있었다.

나는 무엔가 메모를 남기기 위해 펜과 노트를 가방에서 끄집어내었다. 무엇인가를 긁적이었다. 오래 전부터 쓰고 싶었던 시 한 편에 관한 초벌 원고다. 가제는 이게 좋겠다. '치술령에서 그리움을 노래하다.' 시 속의 시는 김씨 부인을 화자로 극화한 넋두리이다. 나의 상상력은 산문의 시간을 넘어서, 마침내 시적 무시간의 영역으로 들어선다.

2

이승에서 다할 사랑이 아니라네. 암영(暗影)이 깃든 새벽하늘이 또 아침을 열면 돋을볕 속절없이 번지는 바다였네. 삼국유사의 물비늘이 허허로이 피어 올린 안개여. 꽃새암이 부네. 물때썰때 없는 바다에 맵찬 꽃새암이 부네. 어미는 말굽을 쳤지만, 동이 틀 녘의 날빛이 창망히 눈부시었던 물마루 넘어 아비의 목선은 말없이 떠났네. 바람소리 지날결에도 들려오는 파도소리의 벅찬 숨결로도, 갯바위에 선 딸아이가 목메어 우네. 꽃새암이 부는 율포만. 영마루에서 내려다보는, 하지만 파도로 너울져도 만날 예사로운 바다여. 예닐곱, 일여덟, 엳아홉의 성상(星霜)이

지나가 버렸네. 어미가 기다렸다는 저뭇한, 그 아비의 바다는 끝내 보이지 않았네.

치술령 마루에서 일본을 바라보네
하늘과 맞닿은 바다는 아득도 해라
그대가 떠나갈 때 흔들던 손이여
살았는지 죽었는지 소식조차 끊겼네
소식마저 없는 긴 헤어짐이여
사생 간에 언제 다시 만나리

안개에도 막이 있는 것 같았네. 막 한 자락씩 거두며 오는 물살보다 한결 바삐 세월은 주름살지고, 기인 기다림 끝에 표연히 떠오르는 가뭇없는 바다. 이승의 바다는 때로 흔들렸네. 흔들림을 일으키고 있었네, 차라리 돌이 되고 싶어요, 로 벅차게 칩떠오르며 외치는 하얀 파도는 속울음을 무성히 일으키고 있었네. 아득한 저켠엔 바람꽃이 일고 해변의 갈목은 나부끼며 흐느껴도, 저토록 어지러이 설레며 뒤척이는 드센 그리움이여.

하지만 목련이여. 입술 메마른 성숙한 몸짓으로, 또는 숨 가쁜 훈김으로 일어서서, 차라리 창백한 순결로 꽃피우는 영혼이여. 그토록 모진 샛바람 속에서도 한목숨 깨무는 처녀의 가녀린 숨결로, 동그라져 속삭여 오는, 새하야니 살 오르는, 아아 눈부신 것이여. 사랑은 이승에서 다할 사랑이 아니라는데, 속살 깊은 그리움만도 가뜩한 일인데, 저만치 저만치에서 세월은 발돋움하네.

3. 엽편

단미와 그린비

1

세도가의 젊은 대감도 초로(初老)에 들어섰다. 모든 일을 꾸민 그의 어머니도 세상을 이미 떠났다. 어느 여름날에 큰물이 져 한강이 흘러넘쳤다. 새댁아씨가 봉은사에서 불공을 드린 후 강을 건널 때 쓰개치마로 얼굴과 온몸을 가린 채 물결 속으로 뛰어내렸다. 어느 늙은 뱃사공은 젊은 여인이 가리켜준 대갓집으로 찾아가 이 사실을 알려주었다. 사실은 여인이 적지 않은 돈을 쥐어주면서 시킨 일이었다.

그녀는 생각했다. 다들 나를 잊어줘. 그래, 나는 이미 죽은 몸이야. 이제는 세도가의 부실도, 새댁아씨도 아니야. 나를 씨받이로 이용했던 그들이, 이미 죽은 나를 더는 찾지 않겠지.

그녀가 그토록 그리워하고 있는 머슴아이도 이제는 어엿한 어른이 되었다. 단미는 이제야 비로소 그린비를 찾아 나섰다. 말의 됨됨이에 따르자면, 단미는 달큼한 여자요, 그린비는 그리운 남자다. 연인이나 부부를 가리키는 말이다. 단미는 그린비가 숨어서 살아온 지리산으로 찾아갔다. 그는 섬진강의 화개장터에까지 들어오는 장삿배의 일을 봐주고 있었다. 단미와 그린비, 두 사람은 방 안에 작은 통영반 겸상에 물 사발을 떠 놓고 작수성례의 형식을 갖춰 부부가 되었다.

2

새댁아씨는 수려한 미목(眉目)의 가인(佳人)이었다. 작지 아니한 신장, 건강한 신체를 지닌 스물네 살의 여인이었다. 몰락한 양반의 딸이었다. 엄청난 권세와 막대한 경제력을 가진 세도가에 팔려갔다. 이 집안의 외아들 본댁에게 후사가 없기 때문이었다. 그녀가 집안의 대를 잇기 위해 부실(副室)로 들어온 지도 4년이 지났다. 부실은 정실도, 소실도 아닌 어정쩡한 위치에 놓여 있었다. 젊은 대감의 작은댁인 것은 사실이지만, 만약 아들을 낳으면, 부실의 아들은 서자가 아닌 적자가 된다. 4년이 지나도 아이가 서지 않는 것을 보면, 아무래도 씨가 부실한 것 같다고 사람들이 입방아를 찧었다. 새댁아씨의 작은 집은 북악과 북한산을 잇는 산등허리의 서쪽 기슭에 있었다.

새댁아씨는 아이를 낳지 못해 요즘 말로 극한의 스트레스에 시달렸다. 규방에 앉아 있어도 늘 좌불안석이었다. 이 시달림은 밤의 잠자리에까지 이어졌다. 꿈에 늘 헛보이는 게 있었다. 심리적으로 불안하니까, 마음은 유쾌하지 않고, 이 불유쾌한 마음은 꿈으로까지 연결되었다. 마음이 이러니 몸도 편하지 않았다. 심신의 악순환은 괴이한 성몽(性夢)으로 연결되었다. 그녀는 알 수 없는 누군가의 남정네와 사련(邪戀)에 빠지기도 했다. 사련에 빠진들 꿈이니 어쩌랴 하겠지만, 당사자로서는 이름도 근본도 모르는 낯선 이와 몸을 섞는다는 게 여간 불유쾌한 일이 아니다. 얼굴은 꿈에 그늘진 채로 등장하기 때문에 윤곽조차 잘 떠오르지 않았다. 다만 몸은 단단하고 미끈했다. 몸짓은 유연하고 힘이 넘쳐났다.

자신보다 나이가 훨씬 아래인 애젊은 소년이 아닌가, 했다.

조선시대의 양반집 부인이 아닌 민간의 소박데기 여인들은 달항아리와 같은 요강에 앉아, 혹은 어두운 시냇가에서, 혹은 뒷간에서 은밀하게 뒷물을 켠다. 이에 반해 소박데기든 과부든 할 것 없이 반가(班家)의 여인들은, 자존심이 있어서 뒷물도 스스로 거부한다. 이와 같이 억압된 무의식이 축적되면, 부인들 가운데 밤마다 성몽에 시달리기도 한다. 무녀는 음란한 귀신에 씌었으니, 외간남자와 붙지 않으면 죽는다고 위협하기도 했다. 굳이 말해 밤마다는 아니라고 해도, 새댁아씨 역시 별당의 규방에서 간혹 성몽에 반응하곤 했다.

젊은 대감의 집에서는 후사가 없어 모두가 불안했다. 집안의 어른들은 양자를 들여라 했으나, 나는 새도 떨어뜨린다고 하는 권세와 막대한 재물이라는 이해관계에 얽혀 이러지도 저러지도 못하고 있다. 우리가 남이냐고 말들을 하지만, 사실은 일가붙이 역시 남이다. 어쩌면 남보다 더 경쟁적인지도 모른다. 젊은 대감의 어머니는 양자를 들여 남 좋은 일을 시키느니, 부실에게 혈통이 전혀 아닌 족외(族外)의 남정네가 내린 씨를 받아내어 후사를 남몰래 이어가야 한다는 생각에 이르렀다. 젊은 대감의 본댁도 시어머니의 의도에 묵시적으로 호응하지 않을 수 없었다. 이 엄청나게 비밀스러운 일을 제대로 해낼 수가 있을까?

명문가 출신의 본댁은 아서라, 세상사 뜬구름 같아라, 하는 것 같은 표정을 지으면서 처연한 눈빛으로 늘 아래쪽을 내려다보곤 했다. 여기저기에 두 눈을 굴리는 무녀에게 이 일을 전적으로 맡겼다.

무녀는 새댁아씨에게 당신이 음란한 귀신에 씌어 성몽에 시달리고 있으니, 외간남자와 붙지 않으면 신령님의 저주를 받고 반드시 죽는다고 다시 한 번 위협했다. 새댁아씨는 평소에 무당의 시시껄렁한 말들을 신뢰하지 않았으나, 반복적으로 퍼붓는 위협적인 언사에 주눅이 들어 있었다. 무당의 말이란, 자고이래로 남을 세뇌(洗腦)하는 일, 즉 사람의 뇌리에 주입하는 일에 지나지 않았다. 마음이 약해 흔들리는 사람에게 이 세뇌의 효과는 커지는 법이다.

문제는 씨를 얻을 상대 남정네를 고르는 일이었다. 이것저것 만족을 할 만한 종마를 고르기가 쉽지 않듯이. 무녀는 신분이 높을수록 비밀이 샐 수 있을 가능성 역시 높다고 봤다. 하룻밤에 여러 차례 사정할 만큼 정력이 왕성해야 여자를 임신케 할 가능성이 크다. 그러려면 여자와의 잠자리 경험이 전혀 없는 소년이 좋다. 기왕이면, 씨도 좋아야 한다. 비록 신분이 천해도, 학식은 좀 있어야 한다. 타고난 생김새는 말할 필요도 없다.

고르고 고른 상대자는 북악과 북한산을 잇는 산등허리의 동쪽 기슭에 이만석지기 명문가에서 일을 하는 한 머슴아이였다. 힘이 장사였고, 진서(한문)로 된 전적도, 언문으로 된 각종 문서도 읽을 수 있었다. 주인댁의 작은집이 낳은 어린 남자아이들에게 천자문을 가르쳐주기도 했다. 다만 그의 부모가 누군지 알 수 없다는 것이다. 선대에 무슨 사연이 있었던 모양이다. 무녀는 이 머슴아이를 미리 만나보았다. 친견해 보니, 천출이어도 품새가 의젓하고, 늠름했다. 40대 초반의 물오른 무녀는 여자로서, 자신이 먼저 저 열일곱의 끌밋하고 준수한 미장부(美丈夫)를 가졌으면 하는 욕망이 치밀어오를 정도였다.

스물네 살의 새댁아씨와 열일곱 살의 미장부는 엄격하게 택일을 한 연후에 처음으로 합방(合房)의 기회를 가졌다. 동짓달 밤의 헐벗은 나뭇가지에 초승달이 낮게 걸려 있는 어둑한 날이었다. 두 남녀는 몸을 깨끗이 하고 진솔옷인 실내복을 갈아입었다. 병풍으로 둘러쳐진 내실에는 촛불 하나만 달랑 밝혔다. 간소하지만 품질이 좋은 먹을거리가 준비된 주안상과 반상이 각각 있었다. 독 형태의 주병에는 쌀가루와 녹말가루가 연료인 백하주(白霞酒)가 담겨 있었다. 안주는 쇠고기 등심살을 간장과 들기름을 발라서 석쇠에 세 번 정도 구운 연한 설야멱(雪夜覓)이었다.

그 옆에 어린 박 껍질을 벗기고 속을 긁어내어 참기름과 소금으로 버무려진 박나물이 접시에 준비해 있었다. 반상에는 찹쌀과 대추와 좋은 맛으로 달인 간장으로 만든 약반과, 시원하게 맑힌 물의 동치미, 꿀물이 섞인 산사차가 놓여 있었다.

두 사람은 술과 식사를 한 후에 양치를 끝내고 초저녁에 합방에 들었다. 생면부지의 두 사람은 포근한 목화밭 같은 이불 속에서 몸을 뒤섞음으로써 운우(雲雨)의 정을 나누고, 또 이로써 남녀 간의 살을 잇대는 인연을 얻었다. 운우는 남녀 간의 성행위를 비유한 것이다. 먹구름 속에서 세차게 쏟아지는 빗줄기가 가물고 메마른 땅속의 깊이를 흠씬 적셨다. 이 운우는 야반(한밤중)에도, 또 새벽녘에도 이어졌다. 무녀는 두 사람에게 하룻밤에 삼세번을 해야 재수가 좋다고 했다.

첫 번째로 맺은 인연에 두 사람은 서로를 잊지 못했다. 이제부터 두 사람은 새댁아씨와 머슴아이가 아니라, 단미와 그린비가 되었다. 그린비는 단미가 보고 싶어 때 이른 새벽인 축시(丑時)에, 동쪽에서 서쪽으로, 칠흑 같은 어둠을 뚫고, 추위를 뚫고 북악과 북한산을 잇는 산등허리를 타고 넘어 단미의 내실까지 마치 뱀처럼 스며들었다.

조선시대에 '밑쫑'을 깐다, 라고 하는 은어가 있었다. 이를테면 '밑' 은 여자의 음부를 가리키며, '쫑'은 따를 종(從) 자에서 온 말로서, 누군가가 시킨 대로 잘 따른다는 것을 뜻한다. 물론 다 그런 건 아니지만, 반가의 계집종은 바깥주인을 위해 밑쫑을 깔아라고 하명하면, 어쩔 수 없이 밑쫑을 깔아주기도 하고, 심지어 안주인인 안방마님에게 은밀히 불려가 음부를 핥거나 빨아주기도 한다. 이처럼 여자끼리 하는 또 다른 밑쫑의 짓거리도 있었던 것이 조선시대의, 잘 알려지지 않은 성풍속의 하나다.

단미는 그린비를 위해 정성스럽게 밑쫑을 깔았다. 가시라기 보리밭에 댓잎자리나 꽃잎자리를 정성스레 깔듯이. 한 차례의 격렬한 일을 치룬 뒤에, 거친 숨이 멎었고 평온한 쉼의 순간에 이르렀다. 둘은 함께 말없이, 천정을 올려다보면서 망연히 누워 있었다. 이처럼 쉬고 있을 때가 너무 평화로웠다. 이때만은 아무런 생각도 없이 몸과 마음이 무척이나 편했다.

단미가 그린비에게 나직이 말을 건넸다.

"그린비. 나는 너를 진심으로 사랑해. 마음을 넘어, 네 몸을 또한 사랑해. 우리는 몸과 마음이 한결같아. 운우에는 신분이 없어. 운우를 즐길 때, 나는 도리어 너의 몸종이 되고 싶어. 내가 너에게 내 몸의 모든 것을 바치는 숙부드러운 몸종이 되고 싶어. 너와 몸으로 하는 사랑에는 높낮이도 없더라. 모나지도, 둥글지도 않더라. 아니 그래?"

"단미. 우리는 아무래도 운명적인가 보오. 하지만 이건 정녕 슬픈 운명이오. 나와 당신은 씨내리와 씨받이로 만난 사이가 아니겠소? 저들의 후사를 잇기 위해 우리가 희생의 제물이 될 것 같소이다. 앞날이 정말 두렵소. 당신이 이 집안의 아들이라도 낳으면, 우리는 어떻게 되는 거요? 저들의 비밀을 위해, 쥐도 새도 모르게, 내가 죽지 않을까요?"

"아, 그린비. 나도 우리 운명이 고통스러워."

"사랑하는 단미. 너무 근심걱정을 하지 말아요. 하늘이 무너져도 솟아날 굼기(구멍)가 있다고 하잖소? 우리에게 타오르는 사랑의 불길은 권세도 신분도 막을 수 없을 것이오."

새댁아씨는 마침내 아들을 낳았다. 아들이 생기자마자, 본댁은 그 아들을 양자로 입적해 키우기로 했다. 세도가 부실과 천한 미장부 사이에 태어난 아들은 명문의 대를 잇는 아들로서 두 번째로 거듭 태어난 셈. 자신의 씨를 제공하고도 신분상의 위해를 미리 감지한 머슴아이는, 도성에 새댁아씨를 남겨두고 필사적으로 어디론가 도망쳤다. 어느 방향으로 종적을 감췄는지는, 그녀 외에 아무도 몰랐다.

여우같이 교활한 무녀는 신어머니로부터 새댁아씨의 넋이 서해로 흘러갔지만 그녀의 몸은 남해 쪽으로 날아갔다는 공수를 받았다. 이 괴이

짹은 점괘가 실로 난해한지라, 무녀는 본댁에게 그녀가 자살한 것이 확실하다고만 고했다. 두 사람은 이 정도로 일을 마무리하고 싶었을 게다.

3

단미와 그린비는 돈이라도 벌어야 했다. 권세의 위아래나 신분의 높낮이가 족쇄가 되던 19세기 사회에서, 그나마 사람대접을 받으려면 재물이라도 있어야 했다. 아들의 일은 잊고 살아가기로 했다. 새로 만난 이들은 섬진강 하류와 남해안 일대를 돌아다니는 배를 타고 선운업(船運業)을 도모하기 시작했다. 그리고 이들은 동업자가 되어 재물을 축적했다. 강과 해안을 따라서, 자신들의 상권을 형성해 나아갔던 것이다.

다만, 이들 사이에 태어난 서울의 아들은 세도가의 귀한 아들로, 재자(才子)에 미장부로서, 출생의 비밀도 전혀 알지 못한 채 잘만 자라가고 있었다. 도성에서는 일찌감치 나라님의 부마가 될 것이란 풍문도 나돌았다.

아버지의 노래

사랑할 대상의 나무에서 사랑의 꽃이 피어나듯이, 증오할 대상의 나무에서 증오의 열매는 맺는다. 독일어 '샤덴프로이데'가 남의 불행으로 인한 내 기쁨이라면, 한자어 시기심은 남의 행복 때문에 생기는 나의 고통이다. 서로 다른 것 같아도, 본질은 같다. 그도 그럴 것이, 남의 불행을 바라며 즐기는 심보를 드러내면 드러낼수록, 자위의 달콤함이 보장될 수 있겠지만, 사실은 그러면 그럴수록 자학의 쓰라림만 남기 때문이다. 한마디로 말해, 시기심은 뜬금없이 생기는 단순하고 공연한 심술이 아니라, 남에 대한 터무니없는 미움과 모욺에서 비롯된 그늘진 마음이다.

대부분이 1971년에 태어났으니, 우리는 소위 86세대가 아니다. 1980년대 말인 고등학교 시절에 가장 빈번하게 들려온 단어는 민중과 참교육이었다. 우린 이런 유의 단어가 주는 유혹의 함정 속에 빠지지 않고, 오로지 문학을 즐기던 고등학생들이었다. 부산의 A고등학교와 B여자고등학교는 같은 사학재단이어서 공식적인 자매학교였다. (사실은 남녀 학생들을 가리키니까 남매 학교라고 해야 온당하다.) 두 학교의 문예부는 전국 백일장을 휩쓸고 다녔다. 특히 우리는 소위 황금세대였다. 남학생 여섯 명과 여학생 네 명의 동급생들이 모여 합평회를 하면서 문학적 글쓰기의 능력을 시나브로 키워갔다. 지도교사가 있었지만 우리 스스로 모든 것을 해결했다.

우리는 고등학교를 졸업한 이후에도, 대부분이 장르를 가리지 않고 문단에 등단했고, 30년 넘게 모임을 지속해오고 있다. 우리는 스스럼이 없었다. 어느 때부터인지 이름 대신에 별명을 불렀다. 별명의 끝 자는 '파'로 통일했다. 내 별명은 '후기인상파'다. 합평회나 술자리의 막바지에 다다르면 혼자서 세상을 고민이라도 하듯이 인상을 쓴대서 붙여진 별명이다. 내가 평생을 독신으로 살아온 데는 세상의 고민을 혼자서 일삼는 성향이나 버릇과도 무관치 않다.

이런저런 자리에서 늘 깐족거리기를 잘 하는 한 친구는 본래 별명이 소위 '깐족파'였는데 세월이 흐르면서 '쪽파'로 바뀌었다. 이 친구와 입씨름이 잦은 이는 '불성파'였다. 불같은 성질의 정의파란다. 문학원론이나 시사문제에 대해 논쟁을 할라치면, 쪽파와 불성파가 서로 지지 않았다. 우리가 모일 때마다, 이들은 주제를 놓고, 주구장창으로 따따부따했다. 또 선긋기가 잘 되는 축은 나와 순정파였다. 순정파는 여성적일 것 같지만, 전혀 그렇지 않았다. 사실은 여자로서 예쁜 구석이 없었다. 다만 이름이 김순정일 뿐이다. 개는 나만 보면 가지고 놀았다. 중학교 시절에 핸드볼 선수였던 개는 키도 크고, 손과 팔의 힘이 셌다. 그 우악스런 손힘으로 내 어깨를 툭툭 치고는 했다. 내가 무슨 말을 꺼내면, 핀잔을 주기 일쑤였다. 그러면 다들 이 익숙한 상황에 은근히 재미있어 했다. 어떤 때는 박장대소했다.

대학을 졸업하고 군대를 제대한 이후에, 우리는 거의 서울에서 살았다. 만나기만 하면 문학과 인생을 논하거나, 결혼과 관련해 이성교제에 관심을 보이기도 했다. 어느 날에, 순정파가 야하고 요상한 옷차림에다 짙붉은 입술연지를 바르고 나타난 일이 있었다. 이를 본 쪽파는 깐족거렸다.

"순정파. 오늘따라 왜 이리 섹시해? 오늘이 맞선본 날이야?"

순정파는 마치 이 말싸움에 결코 질 수 없다는 듯이 대거리한다.

"그놈의 '섹시'는 어디에 있다가, 이제야 겨우 나타난 거야?"

순정파의 맞섬과 대듦은 웬만한 남자의 한 몫을 했다. 이런 그녀는 얼마 후에 미국으로 공부하러 간다고 가선 돌아오지 않았다. 미국인 남자와 결혼해 거기서 눌러 살아가고 있다는 근황을 우리에게 전해주었다. 지금은 미국에서 동화 작가와 칼럼리스트로 활동하고 있다. 한인 사회에서 문명이 꽤 높다. 나는 붉은 입술의 순정파를 생각할 때마다 내 아버지의 삶을 떠올린다.

아버지는 서울에서 대학을 다녔다. 재학 중에 사일구를 경험했다. 군대에 입대하자마자 사단 단위의 장병을 대상으로 한 노래자랑대회가 있었는데, 평소에 음악에 관심이 많았던 아버지는 1등을 했다. 사단장의 배려로 사단 예하의 정훈부대에 소속되어 군인가수로 활동했다. 신문이나 방송이 흔치 않던 시대에 강원도, 충북, 경북 북부 등의 두메를 돌아다니면서 대민 위문공연을 자주 했다. 이 때문에 그 시대에 군 생활은 편히 보냈다. 남서 해안의 군인가수들이 주로 낙도를 전전하는 것과 달랐다. 군에서 만기로 제대한 아버지는 서울 변두리의 밤무대 B급 가수로 활동했다. 그래도 당시에는 희귀한 학출(學出) 가수여서, 험한 세상의 가요계로부터 그다지 설움은 겪지 않았다. 주로, 스탠더드 팝과 블루스, 미국 블루스를 왜색화한 '부루스(ブルース)', 트로트 등을 불렀다. 이봉조가 편곡해 현미가 불러 크게 히트한 「밤안개」를 영어로 부르기도 하고, 우리말로 부르기도 했다. 간혹 고향인 부산의 남포동 밤무대에서 일본의 소위 부루스를 부르면, 일제 때 일본에 가서 공부함으로써 일본에 대한 청춘의 향수에 젖어있던 중년들이 아버지를 보면서 환호했다.

아버지는 늘 자신의 노래를 기다렸다.

천신만고의 기다림 끝에 동향의 작곡자에게 눈에 띄어 받은 노래가 「그녀의 붉은 입술」이었다. 아버지는 의욕을 가지고 녹음에 임했다. 내가 태어나기 3년 전인 1968년에 음반으로 나온 가요였다. 뭐랄까, 왜색 블루스풍의 트로트랄까? 노랫말의 1절이 이랬다.

하루 종일 그리워한 나날이
하루 이틀이 아니었을 거예요.
그대와 내가 헤어진 그날 밤의
희미한 빛, 부두의 가로등이여
다시는 보지 못할 모습이여
또한 그대의 붉은 입술이여

여자의 입술만 두고 볼 때, 세상에 못생긴 여자는 없다는 생각이 든다. 순정파는 평소에도 질붉은 입술연지를 자주 바르고 나다니기를 좋아했다. 남자들에게 익숙한 아름다움의 문법과 가치관을 염두에 두자면, 그들의 마음엔 미인의 입술선이 부드러운 곡선으로 매양 그려져 있다. 하지만 그녀의 붉은 입술은 그런 고정관념에서 벗어난다. 아닌 게 아니라, 좀 뻣뻣하다는 인상을 결코 떨칠 수가 없다. 하지만 한쪽 입 꼬리가 올라가면서 미소를 지울 것 같으면, 이 모습이 미소인지 비웃음인지 알 수 없는 미묘한 환상을 불러일으킨다는 점에서, 그녀는 미추를 초월한 독특한 입술 매력을 내뿜고는 했다.

아버지의 노래는 음반으로 출시되자마자 금지곡의 딱지가 붙었다. 공안 당국에서는 붉은 입술이 공산주의를 찬양한다는 데 이용될 소지가 없지 않다는 이유를 달았다. 다들 윗선에 잘 보이려고 의도한 과잉 판단인 것은 두말할 나위가 없었다. 아버지는 좌절했다. 만날 술로 자신의 불우함을 삭히다가, 부산의 수산업자로 삶의 방향을 바꾸었다. 일제강점기부터 해온 할아버지의 가업을 이은 것이다. 아버지는 이때부터 좀 일찍 돌아가시기까지 수산업자로 크게 성공했다. 사업이 번성한 데는 종합상사의 제도가 도입된 시운의 덕이 있었다. 아버지는 대기업의 지원을 적잖이 받았다. 반면에, 대기업은 아버지로 인해 세제 혜택을 많이 받았다. 요즘 말로 공생관계였다. 아버지의 금지곡은 노태우 선언 직후에 해금이 되어도 관심을 다시 받지 못했지만, 최근에 이르러서야 트로트 붐이 새로 조성되면서 매우 뜻밖에도 최고의 중저음 남성 보컬들이 경쟁적으로 불러 인기가 급상승했다. 젊은 가수들이 부른 아버지의 노래는 유튜브에 여러 가지 버전으로 등재해 있다. 아버지는 일찌감치 돌아가셨지만, 아버지의 노래는 50여 년 만에 되살아난 것이다.

내 나이가 스물일곱 살인 해는 아버지가 돌아가신 해였다. 이때 중편소설을 써 신춘문예에 투고하였더니, 이듬해의 신춘문예에 당선되었다. 중편소설 당선자는 한 해에 한 명밖에 없기 때문에, 이 부문은 신춘문예의 꽃이라고 할 수 있다. 모임의 친구들도 다들 놀랐다. 나는 이들을 불러 술을 샀다. 이층 계단으로 오르는 고급스런 술집이었다. 부산에 사는 이들을 제외하고 여덟 명이 모였다. 부산의 부잣집 외아들로 태어나 어려움이 없이 살아온, 기분이 좋으면 돈을 잘 쓰던 '기분파'는 나를 축하하기 위해 부산에서 일부러 상경했다.

이때 이 자리에서 가장 말이 많았던 이는 쪽파였다. 이 무렵에, 그는 일간지 신문사에서 문학담당 기자로 막 시작하고 있었다. 겨우 한 해 정도로 신문사에서 일한 그가 문단의 사정을 훤히 꿰뚫어보고 있는 것처럼 말을 해댔다. 그는 문인이 되지 못하고, 대신에 문학담당 기자가 된 것이다. 자신이 가지고 있는 문단의 영향력이 결코 작지 않음을 은근히 자랑했다. 술자리의 시간이 좀 길어졌다. 거의 혼자서 떠들어대던 그가 갑자기 술에 취하기 시작했다. 술에 취해도 깐족거림은 여전했다. 그가 내뱉은 한마디 말이 좋은 분위기에 찬물을 껴 얹었다.

"딴따라 생선장수 아들이 출세했네!"

다들 멍한 표정이었다. 늘 유쾌하던 기분파도 기분이 꺾인 것 같았다. 불성파는 불같은 성질의 정의파답게 큰소리를 냈다. 너 지금, 무슨 소리를 하고 있는 거야! 무슨 소리라고? 딴따라 생선장수 아들이 출세했다고 말하면 안 돼? 불성파는 자리에서 벌떡 일어났다. 제 일은 아니지만, 나를 대신한 분노의 몸짓이었다. 쪽파와 불성파가 나를 놓고 한 치의 양보도 없이 이처럼 다투고 있을 때, 나는 테이블 위의 포크와 나이프가 있는 곳으로 손이 갔다.

나는 내게 속으로 말했다. 그래, 삼세번이다. 네가 한 번만 더 지껄이면, 이 포크가 눈을 찌르거나, 이 나이프가 입을 찢으리라. 이 순간에, 내 옆에 앉아 있던 순정파가 내 오른 손등을 살며시 눌렀다. 그녀의 말없음이 참아라, 하는 말보다 더 또렷이 말하고 있었다. 평소와 달리, 그녀 손의 우악스러운 힘은 온데간데없고, 한없이 가볍고 부드러운 손길만이 내 증오와 적대감의 손등을 누르고 있었다. 그러니까, 내 아버지는 살아서 국가 권력에 수난을 당하시더니, 돌아가서는 친구 아들한테 영혼의 모욕을 받은 셈이었다.

분위기가 험해지고 사나워졌다. 큰 싸움이 날지 모른다는 우려 때문에, 불성파와 기분파는 쪽파의 양팔을 끼고 계단 아래로 데리고 내려갔다. 잠시 후에 올라온 기분파가 내게 말했다.

"지나가던 택시에 태워 집으로 보냈다."

이 사건 이후로, 우리 모임에 쪽파와 순정파는 나타나지 않았다. 쪽파는 내게 상처를 주었던 자신의 행동이 지나친 것을 깨달았는지, 어쨌든 사과하는 말 한 마디도 없이 우리에게 등을 돌리고 말았다. 순정파는 이 사건이 있은 직후에 미국으로 떠났다.

세월은 20여 년이 흘러갔다. 아버지의 가업은 아우에게 맡기고 나는 엄마로부터 아버지의 유산 일부를 받아 서울을 거점으로 생활해 왔다. 주업인 소설을 쓰기보다는 외국에 드나들고, 음악을 즐기고, 사교를 일삼았다. 이것저것 신경이 쓰이는 애인은 별로 없었고, 대화가 되는 여자 친구들이 많았다. 이 때문에 나의 창작은 늘 과작이었다. 이번에 받은 문학상은 등단한 지 무려 20여 년 만에 처음으로 받은 상이었다.

아주 오랜 만에 친구를 불러 술을 샀다.

옛날 그 자리에 술집은 그대로 있었다. 친구들도 줄어 나를 포함해 모두 여섯 사람이었다. 오랜 만에 우리는 즐거웠다. 돌아가면서 노래도 불렀다. 나는 술에 취하고 기분에 취한 채 마이크를 잡고 아버지의 노래인 「그녀의 붉은 입술」을 부르기도 했다. 서울 집에 귀가해 휴대폰을 열어 보니, 두 개의 문자가 카톡에 들어와 있었다. 하나는 미국에서 순정파가 보낸 문자다. 문학상 수상을 축하한다는 내용의 메시지다. 순정만화 속의 비련의 여주인공처럼 무슨 사연이 그리 많은지, 그녀의 글은 감성적인 장문이다. 다른 하나는 누가 이름도 없이 보낸 문자인데, 내용이 간단했다.

너의 수상을 축하한다. 대단해. 쉰 넘은 나이에, 결혼도 못한 주제꼴에.

아무리 생각해도, 쪽파가 보낸 메시지임이 분명했다. 보낸 문자의 자간과 자간에는 선망과 시기심이 여전히 엇갈려 있고 뒤섞여 있는 것 같다. 고등학교 시절부터 남이 잘 되는 것을 그렇게 못견뎌하던 애가 이제 나이가 좀 들어서, 비로소 축하한다는 말을 하게 된 건 작은 변화라고 하겠다. 그의 축하 메시지에 어느 정도 진실이 묻어나 있는 게 분명해 보인다. 하지만 그의 마음속에 담겨진 엇갈림과 뒤섞임은 앞으로도 떨쳐내지 못할 것 같다. 그도 인간이니까.

작가 후기

소설을 위한 잡감

1. 소설 쓰기, 느지막한

내가 소설을 써야겠다는 생각을 처음으로 한 시점은 1997년이었다. 교수가 될 가능성이 거의 없다고 여겼던 시점이었다. 교수가 아니면 전업 작가라도 되어야 하겠는데, 비평가에게는 전업 작가라는 개념이 없었다. 비평문을 써도, 논문을 써도 아무도 알아주는 사람도 없는데, 앞으로 무엇을 하면서 사나? 그래서 글을 써온 내친 김에 소설 쓰기가 어쩌면 한 치 앞을 내다볼 수 없던 나에게 구원의 빛이 되어주지는 않을까? 막연한 기대감을 가져보았다.

내가 소설을 본격적으로 쓰기 시작한 시점은 1997년에 써본 실패작의 경험을 토대로 내 나름의 작법을 터득한 2000년이었다. 이때는 국립대학교 교수로서 이제 막 재직하고 있었기에 마음이 막다른 골목이나 가파른 비탈길에 놓여있지는 않았다. 이때의 작품이 용케 신춘문예에 당선이 되어, 이듬해 1월 1일의 신문지상에 발표되었다. 제목은 '꽃새암 부는 율포'였다. 이 작품은 이번에 낸 소설집에 실려 있다. 이와 같이, 내가 소설을 쓰기 시작한 내력에는 처연한 사연이나 남다른 곡절이 있었다.

나는 소설가로서 등단할 무렵에 마음으로나마 퇴임을 준비해야 할 시점인 예순 안팎의 나이에 소설을 쓰리라고 계획을 했다. 하지만 소설을 쓰거나 소설집을 내는 일을 한참 뒤로 미루어놓은 것이 내게는 돌이킬 수 없는 회한이기도 하다. 등단한 2001년인 그 당시로부터 소설 쓰기에 모든 것을 걸어야 했다.

삶의 진실은 그 삶이 지나가야 눈에 보이게 마련이다. 지나갈 때는 잘 몰라도 지나가고 나면, 아 그랬었지 하는 생각이 든다. 간혹 사람들이 지나온 일에 후회가 없다고 큰소리를 쳐도, 이것저것을 적당하게 후회하는 것이 바로 인생이라고 생각한다. 회한 없는 인생이란 없다.

세간에서는, 요즈음에 이르러, 정년퇴임을 두고 새로운 인생을 시작한다고들 말하곤 한다. 내 주변의 사람 중에서는 새로운 인생을 위해 전원에 찾아가 농사를 짓는 이들도 있다. 농사고 주식이고 뭐고 할 것 없이, 모든 걸 내려놓고 건강관리에만 신경을 쓰는 사람도 있다. 나는 서울로 돌아와 다시 소설을 바지런히 매만졌다. 나에게 있어서 소설 쓰기가 새로운 인생인 셈인데, 이 '새로운 인생'은 단테와 오르한 파묵의 글 제목이기도 하다. 파묵의 경우에 비추어보자면, 소설 쓰기는 인생의 불만에서 비롯해 진정한 자아를 찾아가는 데서 맺는다.

내가 1997년에 소설을 처음으로 썼을 때 새로운 인생을 막연히 예감하지 아니한 것은 아니었다. 정년퇴임을 하기 몇 년 전부터 소설을 다시 쓰기 시작할 때는, 소설 쓰기가 나에게 새로운 인생이라는 생각이 더해졌다. 내가 소설 쓰기를 일찍 시작하지 않음을 후회한다고 했지만, 지금이 소설을 쓰기에 느지막한 나이라고 생각한 적은 없다.

사람들은 요즈음 들어 이런 말을 부쩍 더 사용한다. 끝날 때까지 끝난 것이 아니다. 반세기 이전에 스포츠 세계에서 나온 말이 지금은 모든 분야의 금언(金言)으로 확산되어 있다. 끝날 때까지 끝난 게 아니듯이, 무슨 일이든 간에, 나는 늦게 시작해도 늦은 게 아니다, 늦되어도 못할 일이 없다, 라고 생각한다. 열댓 번 직업을 바꾼 끝에, 우리식 나이로 마흔여섯 살에 백 석의 소극장에서 처음으로 공연을 했던 명가수 장사익의 경우도 있지 않나? 2000년대에 50대 나이로 시대의 가인으로 이름을 드날린 그의 성공스토리는 내게도 삶의 숨은 뜻이 되거나 뭔가 암시하는 바가 되었다.

내가 소설을 쓸 때마다, 소설을 쓰는 일이 느지막하다는 부정적인 고정관념에서 벗어나서, 늦은 소설 쓰기가 오히려 역발상의 효과를 가져올 수도 있을 거라고, 그것에다가 내 스스로 의도적인 프레임을 덧씌우기도 했다. 이제 한 글자 한 글자 매만져 가면서 소설의 본문을 쓰다보면, 내 마음은 행복해진다. 소설을 써가는 과정을 느낌으로 비유하자면 이렇다. 노래를 배운 지 얼마 되지 않은 소녀가 내는 애잔하고 드맑은 소리의 결처럼 곱다랗고 기다랗다.

하지만 내가 소설을 다 쓰고 나면, 괜한 일을 했나 하는 생각이 들기도 한다. 그 누가 내 소설을 읽어주기나 할까? 낯설기도 하고, 어렵기도 한 소설을. 내 지인이라도 자발적으로 읽는 사람이 그리 많지 않을 것이다. 그래도 나는 혼자만의 자족의 심연에 빠져든다. 어쩌면 이 심미적인 만족감으로 말미암아, 내가 내 소설을 쓰는지도 모른다. 또 다르게 비유하자면, 내 소설 쓰기는 저 깊이를 알 수 없는 나르시시즘의 늪이다. 그렇기 때문에, 내 소설관의 바탕에는 내가 쓰고, 내가 읽는다는 생각이 기본적으로 깔려 있다.

이 글은 소설에 대한 원론으로서의 일반론이라기보다는, 아니면 뭐랄까, 극히 사사로운 견해랄까, 잡감(雜感)과 같은 것이다. 그렇다. 좀 생소한 표현인 잡감이라고 하는 게 좋을 것이다.

나는 소설 역시 여타의 예술처럼 인간의 꿈을 추구하는 것이라고 생각한다. 일상적인 삶에도 운동경기처럼 작전타임이 필요하다면, 이것이 바로 꿈이라고 생각된다. 꿈에는 잠 속의 꿈도 있고, 잠 밖의 꿈도 있겠지만, 둘 다 이루어지기를 바람에 대한 것이라서 서로 매우 공통적이다. 잠 속의 꿈 중에 예지몽이라는 게 있다. 사람들은 이것을 예로부터 신비의 영역에 해당하는 영험의 세계로 여겨왔다. 예지몽이거나 마음속의 바람에도 공통점이 있다. 이것 역시 둘 다 미래를 시뮬레이션(simulation)한다는 사실이다. 최근의 소설 역시 미래의 삶에 대한 새로운 모형을 그리는 데 중점을 두는 경향이 적지 않다고 보인다.

이런 관점에서 볼 때, 내 소설에 꿈에 관한 얘기가 적지 않다. 이것을 처음부터 의도한 것은 아니지만, 소설을 쓰다 보니까, 내 소설에 꿈에 관한 소재가 많구나 하는 걸 깨달았다. 누가 나에게 이 소설집에서 한 부분을 꼭 집어서 이를테면 '엄지손톱'의 문장으로 제시하라고 한다면, 다음의 글을 제시하고 싶다. 꿈에 관한 소재여서다. 어쭙잖게도, 단편소설 「꿈꾸는 저편의 유칼리」에 들앉아 있는 내용을 끄집어내 보이려고 한다.

> 사람마다 살아가는 데는 다름이 아니라 제 나름대로 꿈을 꾸는 느낌이나 느꺼움 같은 게 있으리라. 이것이 비록 거짓감각이래도 좋다. 만약 사람에게 꿈이 없다면 살아갈 방도마저 없으리라. 삶의 궁극에는 사람들마다 제살이하려는 삶의 표상이나 심상 같은 게 따로 있을 거다. 이것이 다름이 아니라, 말레나 에른만이 노래하는, 또 노래하면서 애타게 찾고 있는 유칼리가 아닐까?

내가 최근에 물리학자 미치오 카쿠의 『마음의 미래』를 읽었는데, 인용한 내 소설 본문과 관련된 내용이 눈에 띄었다. 짐승의 뇌를 첨단 기기로 스캔을 하면 짐승도 꿈을 꾼다는 사실을 알 수 있다고 한다. 짐승에게 꿈을 꾸지 못하도록 방해를 하면, 이 짐승은 음식을 섭취하지 못하는 경우보다 더 빨리 죽는다. 그러니까 사람이든 짐승이든 간에, 꿈이야말로 생존에 반드시 필요한 요소라는 것이 하나의 유력한 가설일 테다. 나는 사람의 꿈이 짐승의 경우보다 훨씬 더한 고차원의 의미를 머금고 있다고 본다.

나는 젊었을 때 늘 간고했다. 또 내 마음을 공명하는 주변의 사람조차 거의 없어서 한동안 고적하게 젊음을 보냈다. 여기저기를 돌아다니면서, 직장도 없이, 십 년 가까운 허송세월을 보냈다. 내가 두 번째로 상경한 이후의 15년은 회색 청춘의 시기였다. 먹고 사는 일에 있어서는 변방에서 보낸 5년보다 못했다. 마흔 고개를 넘어서면서 겨우 다시 직장인으로 제자리를 잡게 되었을 때까지, 나는 세상으로부터 버려진 초요(僬僥)처럼 살고 있다는 생각을 매양 떨쳐내지 못했다. 예제 속절없이 떠도는 신세의 유기 동물들도 위로를 받고, 치료를 받아야 하는 것처럼, 그때 나도 위로를 받고 치료를 받아야 했었다. 지금 생각하면, 그때 내가 위로를 받은 것이 있었다면 책 읽기였고, 내가 나를 치유한 것이 있었다면 글쓰기였다. 위로를 받는 것은 타인의 삶에 감정적으로 동화하는 것이요, 치유를 한다는 것은 내 스스로 나 자신에 대해 인지해간다는 것이었다. 내가 그때 회색 청춘의 시기에 꿈으로 버티지 않았다면, 책을 읽고 글을 쓰지 않았더라면, 어떻게 현실 속에서 부대끼면서 살았을까를, 나는 지금도 생각한다.

현대의 정신의학자들은 꿈을 신비의 영역에서 추방하려는 데 혼신의 노력을 다해 왔다. 꿈 연구의 권위자인 핼런 홉슨은 이렇게 말했다. "꿈에서 우주의 메시지가 발견된 사례는 단 한 건도 없었다." 그러나 운명이 과학적으로 해명되지 않는다고 해서 운명의 개념이 전혀 없다고 쉽게 단정할 수 있을까? 운명은 그것이 운명이었다고 느끼는 사람들에게,

또 그들의 마음속에, 언제나 굳건히 자리하고 있다. 강한 현실에 맞서 지탱하는 꿈도 마찬가지다.

2. 무엇이, 왜 소설인가

도대체 무엇이, 왜 소설인가? 소설이란 용어는 고대 중국에서부터 시작되었다. 무슨 종류의 글인 것 같은데, 대설이라고 규정하지 않는다고 해도, 굳이 소설이라고 불렀어야 할 이유가 있었을까? 말밑(어원)이나 말됨됨이(조어)를 잘 살펴보면, 소설은 소인배의 말인 것이 분명하다. 대설이 거대담론이라면, 소설은 미시담론이다. 이 사실을 전제로 한다면, 소설에서 도(道)나 종교나 세계관이나 이데올로기 등을 굳이 말할 필요가 없을 것이다. 사소한 것 같은 일상사나 남녀 간의 통속적인 일들로 가득 채운 것이 바로 소설이다. 글자 그대로의 뜻처럼, 잗다랗게 '설을 푸는' 이야기다. 설을 푼다고 하는 말은 지나치게 통속적인 표현이 아닌가? 그래도 이 문맥에서는 적확하다.

짐작하건대, 1980년대였던가 보다. 젊은이들이 다방에서 만나 진부하게 '이빨 까고, 수다 뜨는' 등의 무의미한 대화를 두고, 이를테면 설을 푼다고 했다. 물론 말들이 의미를 밝히거나 사유를 생성하거나 소통을 위한 효과만을 위해서 존재하는 것은 아니다. 아무리 무의미하고 진부하다고 해도 설을 풀어야 스트레스가 풀린다. 어떻게, 민중이니 해방구니 반미반핵이니 하는 것에 가위눌려가면서, 아니면 또 다른 헛것(망집)에 사로잡혀가면서 만날 진지하게 그렇게만 얘기하며 살아가야 하나?

그러면 도대체 대설이란, 무엇인가? 개개인의 잗다란 일들보다 세계를 유지하고 지탱하는 거대한 담론이다. 이런 크고도 가지런한 담론이 있어야 세세하고도 자잘한 가지치기의 담론이나 비판을 잠재울 수가 있다. 이 담론이 담긴 정전(正典)이 팔만대장경이요, 사서삼경이요, 도덕경이요, 신구약 성경이며, 또한 쿠란이다. 이 정전을 두고 경전이라고들 하는데, 요컨대 경전이 군자나 선지자 등의 말씀이라면, 소설은 앞에서 말했듯이 소인배의 말에 지나지 않는다.

그러니까, 우주 진리의 메시지라면, 군자의 말씀을 들어야 하고, 삶의 밑바닥에 깔려있는 진실이라면, 소인배의 시시껄렁한 말에 귀를 기울여야 한다. 저 군자의 말씀인 대설은 사람됨의 영혼과 우주의 진리를 일깨워 세우는 거대담론의 가득 찬 바닷물과 같다. 이에 반해, 소인배의 말인 소설이야말로 졸졸 흐르는 시냇물이거나 고여 있는 고랑의 물 같은 미시담론이지만, 이 같은 소량의 물이라고 해도, 인간의 개별적인 삶들의 파편마다 결코 작지 않은 영향을 주기도 한다.

소위 낭만주의(자)가 19세기에 세계를 낭만화한다고 선언하기도 했다. 그 시대는 낭만주의 시대라고 해도 지나친 말이 아니다. 낭만주의가 세계를 낭만화하기를 바랐다면, 그 훨씬 이전부터 건재해온 경전은, 혹은 경전주의자는 자아를 세계화하려고 했다. 아니, 절대화하려고 했다. 이와는 달리, 소설가들은 자아와 세계의 어긋남, 모순, 부조리를 운명적으로 받아들이지 않을 수 없었다. 김시습은 자신과 세상이 서로 어긋난다는 사실을 두고 '신세괴위(身世乖違)'라고 했고, 허균은 세상과 더불어 화합할 수 없는 자신의 운명을 가리켜 '불여세합(不與世合)'이라고 했다. 이들이 세계화된 말씀에 대해 순종하거나 경배하지 아니하고 고개를 빳빳이 들고 다녔는데, 그 시대에 이들을 어찌 소인배라고 하지 않았겠나?

군자의 말씀과 소인배의 말이 어떻게 다른가에 대해서는 한 철학자의 저서에서 잘 대조하고 있다. 이정우의 『접힘과 펼쳐짐』(2000)에 의하면, 군자의 말씀이 타인을 어루만지면서 세상을 맑게 하는 건강한 언어라면, 소인배의 말은 남을 헐뜯고, 냉소하고, 또 사회를 혼탁하게 만드는 병든 언어이다. 이 철학적인 해석을 염두에 둔다면, 경전 속의 문어적인 대설에 비해, 소설의 언어가 저잣거리에 얼마나 비속하고 가볍게 떠다니는 입말인가, 하는 사실을 짐작할 수 있겠다.

그러나 소인배의 말이라고 해서 다 속악한 것이 아니다. 이들의 말 가운데 들을 만한 것도 있다. 오르한 파묵은 자신의 소설 「새로운 인생」에서, 굳이 사랑한다고 말을 하지 않아도 세속적인 느낌으로 오가는 사랑에 대해 다소 길게 설을 풀었는데, 성경 고린도 전서에 나오는바 사랑에 대한, 빛이 나고도, 값어치가 있는 어록에 비할 바 못되겠지만, 그런대로, 아쉬운 대로 읽을 만하다. 물론 아쉽다, 라는 말이 가치의 단순 선택에 지나지 않는 표현이겠지만, 애최 소설의 기원이야말로 읽을 만한 읽을거리라는 데서 시작되었다고 봐야 한다.

신약 성경 고린도(코린토스 : Κόρινθος) 전서(前書) 13장인 사랑의 장절(章節)에 보면, 사랑에 관한 사도의 말씀이 있다. 기독교의 사도는 동양의 개념으로 군자이거나 보살에 해당한다. 사랑은 오래 참고 사랑은 온유하며 시기하지 아니하고……위대한 말씀이니, 대설이다. 오르한 파묵은 자신의 소설에서 사랑에 대한 견해를 어떻게 표현하고 있을까? 다음의 인용문을 보자.

사랑은 항복하는 것이다. 사랑은 사랑의 원인이다. 사랑은 이해하는 것이다. 사랑은 일종의 음악이다. 사랑과 고귀한 가슴은 동일한 것이다. 사랑은 슬픔의 시다. 사랑은 예민한 영혼이 거울을 들여다보는 것이다. 사랑은 언제간 소멸되는 것이다. 사랑은 절대 후회한다고 말하지 않는 것이다. 사랑은 결정이 되어가는 과정이다. 사랑은 주는 것이다. 사랑은 껌 하나를 나누는 것이다. 사랑은 절대 어떻게 될지 모르는 것이다. 사랑은 공허한 말이다. 사랑은 신과 결합하는 것이다. 사랑은 고통이다. 사랑은 천사와 눈이 마주치는 것이다. 사랑은 눈물이다. 사랑은 전화벨이 울리기를 기다리는 것이다. 사랑은 세상 전부다. 사랑은 영화관에서 손을 잡는 것이다. 사랑은 취하는 것이다. 사랑은 괴물이다. 사랑은 눈멂이다. 사랑은 마음의 소리에 귀 기울이는 것이다. 사랑은 성스러운 침묵이다. 사랑은 노래다. 사랑은 피부에 좋다. (이난아 옮김)

이 인용문을 읽어보면, 대설과 소설, 거대담론과 미시담론, 사도의 말씀과 소시민의 말이 어떻게 다른가를 감지할 수 있을 것이다. 이 다름을 안다는 사실이 소설의 장르적인 성격을 제대로 간파할 수 있다는 사실과도 통한다. 방금 내가 사실 운운 했는데, 사실에 관해서 말해본다. 소설은 객관적인 사실에서 머물지 않는다. 몇 년 전에 법무부의 여성 장관이 국회에서 '소설 쓰네!'라는 말을 해 빈축을 산 일이 있다. 소설이 소인배의 말이라서 세간에는 소설을 아직 부정적으로 보는 사람들이 있을 것이다. 소설은 일단 거짓말이다. 하지만 소설이란, 사실에 대한 거짓말이라기보다, 세상에 존재하는 수많은 사실들 중에서 무엇인가를 선택해 거짓 없이 해석하거나, 재해석한 말이다. 거짓말의 형식을 통해 삶의 진실을 밝히는 언어의 향연이 바로 소설이란 읽을거리다.

수년 전에 스스로 죽음을 선택해 안타깝게 생애를 마감한 소설가 마광수는 진리가 너희를 자유케 하는 것이 아니라, 자유가 너희를 진리케 한다고 말했다. 문법에도 맞지 않은 이 역설이 자못 심오하다. 진리가 너희를 자유케 한다는 말은 성경 속의 말씀이요, 자신의 모교이자 자신이 재직한 학교의 교훈이다. 그는 이 대설, 이 거대담론을 부정한 것이다. 대신에 그는 자유가 너희를 진리케 한다는 이 소설, 이 미시담론을 부양한 것이다. 강한 것을 억누르고 약한 것을 띄워야 대동세상이 실현된다. 진리가 우주의 진리를 반영한 세계상이라면, 자유는 개인의 자유가 비추어진 자화상이다. 저 헤르만 헤세가 참자아를 카를 융의 정신분석학에서 찾으려 했지만, 이 마광수는 이것을 개개인의 성적 자유에서 찾으려 했다. 그의 어록에는 또 이런 게 있다. 사랑함으로써 섹스를 하는 게 아니

라. 섹스를 함으로써 사랑하게 된다. 사랑함으로써 섹스를 하는 것이 군자의 경건한 말씀이라면, 섹스를 함으로써 사랑하게 된다는 것은 소인배의 시시껄렁한 말이다. 여러분은 어느 표현에 삶의 진실이 묻어나 있다고 보나? 어느 쪽이 소설로서의 가능성이 열려 있다고 보는가?

진리가 사람의 마음을 자유롭게 한다거나, 사랑하기 때문에 섹스를 한다거나 하는 말은 사실로서 완벽한 말이다. 사실의 언어는 주로 역사나 과학에서 사용되는 특수한 말이다. 이에 반해, 진실의 언어는 주로 문학과 예술에서 사용되는 보편적인 말이다. 말과 글, 가락과 장단, 노랫말, 형태와 색깔, 모든 이미지 등은 보편의 언어이다. 언어는 우리가 알고 있는 언어만 있는 게 아니다. 조형언어도, 손짓언어도, 영상언어도 있다.

내가 최근에 신문 칼럼에서 보았는데, 누가 사실을 누에로, 진실을 나비로 비유했다. 멋은 있지만 적절한가 하는 점은 더 두고 봐야 한다. 내가 보기에 사실은 사람에게 고개를 끄덕이게 하지만, 진실은 사람으로 하여금 눈물을 흘리게 한다. 사실이 하나라면, 진실은 여럿이다. 영화 「라쇼몽」에서 산적이 무사를 죽이고 무사는 산적에게 죽임을 당한 내용이 엄연한 사실이라면, 이를 바라보는 시선은 사람마다 달랐다. 다양한 시선을 허용하고 존중하는 게 진실이다. 다양한 시선이 허용되거나 존중된 언어가 바로 소설의 언어다. 앞에서 보았듯이, 소설가 파묵이 사랑에 대해 구구하게 설을 푼 것처럼 말이다.

이 대목에서 선악, 미추, 시비, 곡직에 대한 가치의 상대성 원리를 생각하지 않을 수 없다. 과거에는 선악의 문제가 가장 중시되었는데, 최근에 와서는 곡직이 가치판단의 중심에 서고 있다. 하도 가상현실이니, 가짜뉴스니 하는 말들이 많아서다. 앞으로는 소설의 소재나 내용 중에서도 곡직에 관한 것의 문제의식이 파급되리라고 본다. 작가들은 향후 무엇이 진실을 왜곡한 것이며, 왜 정직한 삶이 우리에게 필요한 것인가를 깊이 성찰하려 들 것이다.

소설은 기성의 가치관에서 보면, 대체로 모짊, 추함, 그릇됨, 왜곡된 것에 맞서거나, 혹은 새로운 가치를 부여하려는 경향이 있다. 이로 인해, 소설가나, 그가 애써 창조한 인물은 세상의 국외자나 방외인처럼 보일 수밖에 없다. 한 예를 보자. 작가 마광수는 사드 후작처럼 저주 받은 작가요, 그가 빚어낸 마녀 같은 주인공인 '즐거운 사라'는 현저히 문제적이다. 젊은 여자가 세상은 넓고 남자가 많아서 행복하다고 한다. 그래도 소설의 주인공이 문제적이지 않으면 맹탕이다. 즐겁거나 괴롭거나 하지 않는 평범한 사라는 소설의 주인공이 될 수 없다. 문제가 있어서 문제적이라고 미리 편견을 가진다면, 표현의 자유라는 가치마저 아무짝에도 쓸모가 없을 것이다. 세상의 모든 가치가 상대적일 수밖에 없어서다.

아닌 게 아니라, 세상살이는 선과 악의 이야기로부터, 어짊과 모짊의 다른 결로부터 결코 자유로울 수가 없다. 세상에는 대부분의 선과 일부분의 악이 공존하고 있다. 세상에 악이 없다면 성선설로 충분한데, 성악설을 굳이 들먹일 필요가 있을까? 물론 다 그런 것은 아니지만, 악인이 현실적으로 선인을 지배한다. 선인이 악인들 위에 군림한다면, 계몽적인 이상국가다. 이 이상국가에서는 선이 길길이 날뛰면 악은 잠잠하거나, 무력해질까? 아니다. 악은 선으로 위장하는 데 익숙해 있다. 일상 속에 숨어있어서 늘 눈치를 본다. 악마가 디테일 속에 있다는 말이 이래서 나도는 건지 모른다.

소설가들은 될 수 있는 대로 모질고 추하고 그릇되고 왜곡된 세계에 들어가서, 위선과, 추악함과, 잘못되거나 이지러짐을 끊임없이 들추어내고 까발린다. 어두운 데서 진실의 빛을 찾으려고 하기 때문이다. 한 오백년 살자는 기득권층의 입장에서 볼 때, 빌어먹을 작가(들)야말로, 작품 속의 골칫거리인 문제아(들)야말로, 이 풍진 세상의, 뜬세상의, 성가시기 짝이 없는 존재들이다. 마광수와 즐거운 사라가 그 대표적인 사례라고 본다.

물론 소설의 가장 기본적인 문제가 선과 악의 문제인 것은 맞다. 소설은 선과 악의 뒷모습을 그려내기도 하고, 인간에게 숨어있는 결백과 흑심을 비추어주기도 한다. 대체로 보아서, 경전이 선인의 선행에 초점을 둔다면, 소설은 악인의 악행에 다이얼을 맞춘다. 소설가는 악인을 잘 형상화해야 한다. 악인이 아니면 문제적 개인이라도 창조해내야 한다. 그는 경우에 따라서 선악의 경계를 모호하게 만들거나, 이를 해체함으로써 선인의 악행, 악인의 선행에 대한 모험도 시도하려고 한다.

내 삶의 경험에 비추어보아서도, 대체로 보아, 악인은 기(氣)가 세고, 힘이 있고, 돈도 잘 번다. 그런데 무엇이 선과 악이며, 누가 선인이고 악인인가? 죄를 분명하게 짓고도 벌을 달게 받겠다는 사람은 아무도 없다. 다들 억울하다고만 말한다. 선과 악의 경계선은 정말 모호하다. 어쩌면 뒤섞여 있는지도 모른다. 선을 가장한 악은 잘 드러나지도, 잘 보이지도 않는다. 죄를 짓는다고 해서 다 악인이 아니며, 역사적으로도 무수한 양심수가 있어왔지만, 죄와 벌의 당사자조차 자신이 선인인지 악인인지를, 잘 구분하지도 못한다.

또 내 삶의 고유한 경험에 비추어본다. 선인과 악인을 구분하는 기준이 딱 하나 있다. 무엇일까? 모든 사람이 잘못을 저지른다. 아니, 잘못을 저질러야 사람이다. 완벽한 사람이 세상 어디에 있나? 만약에 있다면 그가 사람인가? 초인(超人)이지. 중요한 것은 자신이 잘못을 저지르고도 사과를 하지 않거나, 상황을 모면하기 위해 마지못해 사과를 하는 사람치고 선량한 사람이 없다는 사실이다. 독자 여러분도 주변 사람들 중에서 이런 유의 사람이 있는지를 살펴보라. 이런 유의 사람이 있다면, 그가 모진 사람일 가능성이 높다.

세상에는 보이지 않는 악의 순환적 흐름이 있게 마련이다. 악은 선으로 가장하면서 끊임없이 순환한다. 선순환이란 말보다 악순환이란 말을 훨씬 더 자주 사용하지 않는가? 악의 감추어놓은 손톱은 세상의 공정을 해친다. 악은 대부분이 몸을 잘 숨긴다. 몸을 숨기지 못하면, 보호색이라도 띤다. 이처럼 악의 본색은 형언할 수 없이 원색적이다. 악은 세계의 영혼을 잠식한다. 선량하게 살아가려고 하는 사람들은 악에 물든 세계를 절대 이기지 못한다. 악에 물든 세계에서는 모짊이 반드시 승리를 구가하지만, 어짊은 늘 그렇듯이 드센 바람에 나부끼다가 끝내 꺾이고 만다. 그래서 고중세의 현자들은 어짊을 보호해 왔다. 이 어짊의 잣대로 도덕률을 저울질해 왔던 것이다. 만약 신이 존재한다면, 신에게 왜 선보다 악이, 어짊보다 모짊이 강한가를 물어봐야 한다.

동서양에서 말하는 소설의 개념적 패러다임은 전혀 다르다. 동양에서는 소설이 고대부터 존재했지만, 서양의 소설은 근대소설을 의미한다. 소인배가 동양에서 고중세의 개념이었다면, 이 개념을 갈음할 수 있는 서양에서의 용어는 소시민이다. 물론 소설 발생 초기에, 혁명 주체 세력인 대시민도 있었다. 소시민에게 읽히는 소시민의 이야기인 서양 근대소설의 주인공 가운데 선량하고 성실한 소시민도 있었지만, 속물적인 소시민도 있었다.

전자의 경우를 염두에 둔다면, 악에 물든 세상에서 늘 패배하게 마련인 선량한 소시민이 굶주린 늑대처럼 달려드는 악의 기운이나 정체를 느낄 때 '권선징악'이란 통속의 칼날로 세상에 맞선다. 근대소설이 발전하는 가운데 풍자의 작가정신은 한때 제자리를 잡기도 했다. 권선징악은 누구나 좋아한다. 왜 독자들에게 무협소설이 먹혔나? 권선징악 때문이다. 이것은 옥중의 흉악범들에게조차 읽혔다.

후자의 경우를 염두에 둔다면, 소설은 타락한 세상에서 타락한 방식으로 살아가는 타락한 속물의 이야기가 된다. 악인의 이야기를 잘 만들어 내면 실패한 소설이란, 있을 수가 없다. 다만 악인의 형상은 쉽지 않을뿐더러 작가가 잘 시도하지 않으려고 한다. 작가 스스로 악에 물들고 싶지 않아서일까? 악인보다 악의 등급을 조금이라도 낮추면 속물적 인간이 나타날 수 있고, 저 골치 아픈 '문제적 개인'이 기웃거릴 수가 있다.

어쨌든 소시민의 속성에 대해선 헤르만 헤세의 소설 「황야의 이리」에 잘 표현되어 있다. 소설의 본문엔 물론 '시민'으로 표기되어 있지만 문맥상으로는 소시민의 개념인 것이 분명하다. 이 소설에 의하면, 소시민은 본질적으로 삶의 추진력이 약한 존재, 불안에 떨며 자신을 희생하기를 두려워하는 존재, 누군가가 지배하기 쉬운 존재다. 헤세의 소설들이 자아와 세계의 대결을 지양(止揚)해 이를 시적으로 잘 융합하려고 한 것처럼 보이지만, 작가 자신이 성장기에 문제적인 탕아(자아)였고, 그의 인생에는 두 차례의 세계대전이란, 또 광기의 국가주의라는 거칠고도 모진 환경(세계)이 놓여 있었다.

남녀 간의 감미로운 러브스토리라인이 전제된 로맨스도, 먼 훗날에 일어날지 모를 극단적 가공의 SF도 소설이라고 하는 큰 범주의 서사 속에 포함되겠지만, 우리의 삶과 호흡할 수 있는 관점에서 볼 때, 나는 현실 속에 부대끼면서 '악에 받친' 사람들의 이야기가 진짜배기 소설이라고 생각한다. 소설의 문제적인 주인공이 물론 악에 받친 사람이겠지만, 문제적이라고 해서 다 악에 받치는 것은 아니다. 군자가 되지 못하면 내남없이 소인배요, 중산층에 이르지 못하니 '얄짤없는' 소시민이다. 이들은 세상의 불공정을 탓하면서 살아갈 수밖에 없다. 이런 세상에서 왜 불만이 없겠나? 연암 박지원의 생각 틀을 수용하자면, 소설은 주인공의 '불평지기(不平之氣)'를 형상화한 이야기가 될 수밖에 없다.

악인의 개념도 최근에 질적인 변화를 겪고 있다. 약한 상대가 약점을 보일 때 바로 이때다, 하면서 거친 언행과 함께 들개처럼 '달겨드는' 악인은 근대의 외형적 악인이다. 현대의 내면적 악인은 선으로 가장하기 때문에 잘 드러나지도, 잘 보이지도 않는다. 외모가 좋은 선남선녀 중에서, 돈 많고 남부럽지 않는, 또 사회의 기득권자 중에 숨어 있곤 한다.

이들은 최고급품 정장의 양복이나 가장 화사한 드레스에 감추어진 마음속에서 사악한 뱀을 한두 마리 키운다. 이를테면 소시오패스니 사이코패스니 하는 새로운 악인상이다. 유진오의 「김 강사와 T교수」는 현저히 근대소설이지만, 여기에 등장하는 표리부동한 일본인 T교수는 도리어 현대적 악인상에 가깝다.

소설은 자아와 세계의 대결로 나타난다. 그렇다고 해서, 물론 자아와 세계의 대결이 모두 선악의 대결로 귀결되는 것은 아니다. 얼마 전에 잡지사가 작가들에게 원고를 청탁하면서 준 메시지. 악인에게 서사를 주지 말라. 선악의 문제에 대해 너무 애면글면하지 말라는 의도가 아니었을까? 지금은 사회 환경이 엄청나게 다양해지고 복잡해지고 있기 때문에, 이런 단순한 대결 구도로는 이제 더 이상 소설적 진실의 설득력을 얻지 못한다. 소설 속의 자아 역시 루카치의 용어인 '문제적 개인'이나 카뮈의 표현인 '반항적 인간'에만 국한되지 않는다고 본다. 무엇보다 중요한 것은 자아가 그믐 같은 세계의 어둠 속에서라도 어떤 방식으로 진실의 빛을 찾느냐에 달려있다. 세계가 다양하고 복잡하게 바뀌어 가면, 자아의 정체성도 질적으로 변환될 수밖에 없다.

소설의 장르적 성격이 자아와 세계의 대결에 있다는 사실은 도리어 소설의 발전 및 성공의 역사를 이끌어 왔다. 자아가 '언더도그' 즉 약자라면, 세계는 '톱도그' 즉 강자다. 대부분의 사람들은 세계가 공정하지 않으며, 또 세계가 자아에게, 혹은 자신에게 불이익을 준다고 믿는다. 소설이 일종의 박해 텍스트로서 감성과 울림을 주는 서사로 다가설 때 독자와 더불어 정서적 공감 및 교감을 맺는다. 지금도 소설은 이 같은 동일시 및 언더도그 효과를 지닌 채 문학 속에서 굳건한 자리를 차지하고 있다.

그런데 이 대목에서 우리가 눈여겨 볼 게 있다. 대체로 보아서, 과거에는 보수적 세계가 강자였고, 진보적 자아가 약자였다. 이제는 정치적인 지형도 바뀌어간다. 앞으로 언젠가, 세계적으로, 진보가 세계화(강화)되거나, 보수가 자아화(약화)될 수 있다. 보수와 진보가 이전투구 식의 개싸움을 벌여, 보수가 '깔린 개'처럼 동정과 응원을 받을 시대가 올 것이다.

3. 다시 출발선에 서다

이 글을 쓸 때부터, 자신의 소설집에 관해 자신을 변호라도 하듯이 뒷말을 스스로 덧붙이려고 하니, 좀 어쭙잖다는 생각이 들지 않을 수가 없었다. 작가 노트를 밝힌다는 생각으로, 썼다. 쓴 김에 누가 내 소설의 본문과 관련된 키워드 셋을 고르라고 한다면, 나는 다음의 세 낱말을 선택하겠다. 하나는 예술이고, 다른 하나는 젠더이며, 또 다른 하나는 역사이다. 이 낱말들은 거대담론에 가까운 용어인 것이 사실이다. 거대담론이라고 하는 개념을 서화에 빗대면, 굵은 묵선(墨線)의 붓 터치라고 할 수 있겠다.

내 소설에서 예술가는 각별한 의미를 지닌다. 세계 속에 본질적으로 동화하지 못하는 자아가 바로 예술가이기 때문이다. 역사적으로 볼 때, 예술가 중에서 세계로부터 버림을 받은 사람이나 사례는 무수히 많다. 한 예를 들자면, 칸딘스키는 러시아의 볼셰비키와 독일의 나치당으로부터 차례로 버림을 받았다. 그나마 다행인 것은 그가 말년에 프랑스에 안착해 정치적 망명의 생활을 하면서도 예술가로서 예술에 대한 향유와 성취의 날들을 보냈다는 사실이다.

세계사의 과정에서, 세계의 횡포와 공포와 부조리에서 눈을 떠간 반항적 인간 중에서, 우리는 여성을 빼놓을 수가 없겠다. 여자들이 수천 년 동안에 걸쳐, 애들 때문에 그러려니 하면서 살아오다가, 이 시대에 이르러 음양지차니 섹시즘이니 하는 성차별 개념이 희석해지자, 여자들이 거꾸로 스스로를 돌아다보고 있다. 지금의 심각한 사회문제인 저출산은 세계의 부조리에 대한 오래 묵은 반항을 반증하는 것이 아닐까, 나는 생각한다. 나는 이번 소설집을 통해 옥비랑, 김재휘, 손명희, 목혜수 등의, 강단 있는 '이브의 초상'들을 빚어냈다. 이 점이 나에게는 무척이나 어려운 작업이었다. 굵은 묵선의 붓 터치에 짝을 이룰 세필의 감칠맛도 적잖이 필요했기 때문이다. 내 소설은 남성 작가로서 젠더 감수성의 가치와 동기를 부여하는 데 겨우 벽돌 한 장을 쌓아올린 셈이라고 하겠다.

소설이 동시대의 시점과 현재시제형에 초점을 두는 것이 장르적 성격에 비추어 볼 때 바람직하다고 하겠으나, 이런저런 한계가 있다고 여겨질 때, 나는 내 소설의 서사를 과거(역사)의 시간대로 옮겨보기도 했다. 내 나름대로의 문법에 의거한 역사소설을 시도해본 것이다. 특히 소설집의 첫머리를 장식하고 있는 「옥비랑, 한삼을 뿌리다」는 예술과 젠더와 역사의 개념이 함께 어우러진 작품이다. 그렇기 때문에 나는 이 소설을 첫머리의 작품으로 내세웠다. 내가 거대담론의 틀에 미시담론의 결을 어느 정도 보완했느냐 하는 것에 대해서는 독자들이 판단할 몫이라고 본다. 그 밖의 작품들도 마찬가지라고 생각한다.

내가 이미 오래 전부터 문학비평과 영화비평, 일반 시와 동시, 산문과 논문 등을 통해 글쓰기의 세세한 분화를 끊임없이 추구하다 보니, 뜻밖에 이 늦은 나이에 소설집이라고 하는, 분에 넘치는 글쓰기 결과도 이끌어낼 수가 있었다. 모든 글이 갈라져도 결국은 하나다. 또한 하나의 가치를 지향한다. 소설 쓰기를 시도한 점에 있어서는, 내가 내게 고마움을 전한다. 평생을 두고 내가 내게 처음으로 해보는 말이다.

그래, 너, 수고했어.

이때야말로 내 친구는 바로 나 자신이다. 나는 지금, 다채(多彩)의 글, 좋은 글을 쓰기 위한 출발선에 다시 서 있다. 문제의 요체는 거대담론과 미시담론을, 굵은 묵선의 붓 터치와 세필의 감칠맛을 어떻게 조화롭게 뒤섞느냐에 있다고 본다.

어쨌든 이 글을 마무르고자 할 대목에 이른 것 같다. 아무리 시시껄렁한 소인배의 말이, 무력한 소시민의 말이 소설에 반영되어 있다고 해도, 인간에 대한 신뢰와 예의를 회복하는 데, 나는 소설이 우리의 영혼을 고무하고 또 고양할 수 있다는 사실을 굳게 믿어서, 의심하지 않는다. 이 소설집에 실려 있는 중단편 등은 대부분 근래에 발표된 작품들이다. 나는 이 낱낱의 것들을, 하나의 소설집에 한껍에 담기 위해, 하나하나 개작하는 데 혼신의 정성을 기울였다. 이 개작된 것 모두는 2024년 버전의 텍스트로 간주되길 바란다.

시도하지 않는 성취는 없다. 내가 그 동안 다양한 성격의 책을 냈지만, 소설집만큼 내 모든 것을 걸어본 일도 없다. 소설 쓰기는 내게 글쓰기의 또 다른 도전인 셈이다. 그런데 읽히지도 않을 소설은 왜 쓰느냐고, 누가 내게 묻는다면, 나는 대답할 것이다. 쓰니까 살아지고, 사니까 쓰이더라고. 요컨대 글쓰기가 바로, 글 쓰는 이의 삶이더라고. 특히 글쓰기의 욕망 위에 경험적인 삶, 상상하는 삶을 얹으면, 소설은 인간의 참모습에 한결 더 가까워지더라고.